FRANZ WIESENBERGER
GEFANGENES LICHT

Märtyrer im Heimatgau des Führers

INNSALZ

*Gewidmet unserer
Tochter Doris*

INHALT

9	Vorwort
16	Der Erste Weltkrieg führte mit kurzer Unterbrechung zum Zweiten Weltkrieg
46	Nationalismus, Antisemitismus, Hitlerismus
53	Der Rosenfeldzug
77	Kirche und Nationalsozialismus
85	Endstation KZ
110	Schulen im Dritten Reich
120	Oberdonau und seine Verwaltung
125	Stifte und Klöster im III. Reich
152	Widerstand in Oberösterreich und dessen Opfer
226	Zivile Opfer
242	Sinti und Roma
245	Priester im III. Reich
277	Zeugen Jehovas
285	Polizisten als Märtyrer
291	Mauthausen, Gusen, Hartheim und andere Mordstätten in OÖ.
309	Judenverfolgungen während der NS-Zeit in Oberdonau
330	Das oft grausame Schicksal der Kriegsgefangenen
338	Sie taten mehr als ihre Pflicht
377	Nationalsozialistische „Märtyrer"
386	Die Zeit vor und nach 1945
394	Die Nachkriegszeit
416	Abkürzungen und Begriffserklärungen
418	Zeittafel 1914 – 2002
420	Begleitfilme auf YouTube

VORWORT

Laut Duden lässt das Wort „Märtyrer" gleich zwei Deutungen zu. Die erste besagt: *Jemand, der um des christlichen Glaubens willen Verfolgungen, schweres körperliches Leid oder den Tod auf sich nimmt.*
Stephanus[1] gilt als erster christlicher Märtyrer. Er war einer der 7 Diakone der Jerusalemer Urgemeinde und als solcher für die Armenbetreuung zuständig. Wegen seiner Predigten fiel er der Lynchjustiz zwischen 36 und 40 n. Chr. zum Opfer. Er wurde gesteinigt. In den folgenden zwei Jahrtausenden gab es hunderttausende Blutzeugen, die ihren Glauben mit dem Leben bezahlten. Oft waren es die Irrungen und Wirrungen, die in Form von Religionskriegen viele Menschenopfer forderten. Gerade die Diktaturen des 20. Jahrhunderts forderten einen hohen Blutzoll unter den Christen. Nur ein Bruchteil von ihnen wird seitens der Kirchenleitung ins „Heer der Seligen und Heiligen" aufgenommen. Das Martyrium Romanum[2] aus dem Jahre 2004 umfasst 6650 Heilige und Selige sowie 7400 Märtyrer. Papst Johannes Paul II. hat 1338 Personen selig- und 482 Personen heiliggesprochen. In den 300 Jahren davor gab es nur etwa 300 Heiligsprechungen. Franz Jägerstätter war der bekannteste Oberösterreicher, der als Heiliger in diese illustre Gesellschaft der Verstorbenen aufgenommen wurde.
Jemand, der sich für seine Überzeugung opfert oder Verfolgungen auf sich nimmt. Diese Definition ist wesentlich weitreichender und lässt einen größeren Spielraum der Wortverwendung zu. Es bleibt damit jedem Einzelnen überlassen, wer für ihn ein Märtyrer ist. Eine Differenzierung wird vor allem nach politischer Gesinnung erfolgen. Che Guevara und Karl Liebknecht sind etwa für einen Kommunisten Märtyrer. Abraham Lincoln und Martin Luther King gelten unter den dunkelhäutigen Menschen der USA als solche. M. Gandhi den Indern für den unbewaffneten Widerstand. Es

---
1 Ökumenisches Heiligenlexikon „Stephanus"
2 Ökumenisches Heiligenlexikon „Martyrologium Romanum"

bleibt wohl der Sichtweise des einzelnen Bürgers überlassen, durch welche (parteipolitische) Brille Opfer und auch Akteure des Nationalsozialismus gesehen werden, Am Beispiel der Wiener Ringstraße wird dies augenfällig. 2012 wurde der „Lueger-Ring" in Universitätsring umbenannt. Lueger war in der Zwischenkriegszeit Bürgermeister von Wien und erklärter Antisemit. Ein wildes Gerangel entwickelte sich damals zwischen den politischen Parteien. Wenn schon, dann müsse auch der „Dr.-Karl-Renner-Ring" dasselbe Schicksal erfahren, lautete die Argumentation der „Lueger-Fraktion". Dr. Karl Renner war nicht nur erster Bundespräsident der Zweiten Republik, sondern rief 1938 seine Parteifreunde zum Votum für den Anschluss an Deutschland auf. Dieses „Historikergerangel" ist wahrscheinlich für den Großteil der Bevölkerung eher unbedeutend und für die Probleme der Gegenwart wenig relevant.

Grundsätzlich bleibt es Gemeinden und auch Klostergemeinschaften überlassen, wer für sie ein Märtyrer, ein Opfer oder ein Täter war.

Am Linzer Kolpinghaus erinnert eine Tafel daran, dass zwischen 1938 und 1945 an dieser Stelle die Gestapo untergebracht war.

Es bleibt auch der Historikerzunft, zu der ich mich nicht zählen darf und auch nicht will, weitgehend überlassen, über die Schuld oder Nichtschuld von einzelnen Akteuren etwa während der Zeit des Ständestaates entscheiden zu wollen. Sehr viele Historiker befinden sich im Fahrwasser einer politischen Partei. Auch diese Voraussetzung erfülle ich nicht. Unser Bundesland Oberösterreich brachte zwischen 1918 und 1945 eine zu große Reihe an Märtyrern hervor. Menschen, die aus verschiedenen Motiven ihr Leben hingaben. Der Großteil ihrer Schicksale ist längst vergessen und damit auch jene Menschen, die sich hinter diesen Schicksalen verbergen.

In meinem Buch versuche ich einigen Schicksalen dieser Blutzeugen nachzuspüren. Dabei habe ich keine Rücksicht auf deren Beruf, Hautfarbe, politische Gesinnung und Abstammung genommen.

Es kann nur eine kleine Bestandsaufnahme bedeuten. Für viele Leser wird es irritierend sein, dass ich auch das Schicksal kommunistischer Märtyrer nachzeichnete. Sie glaubten an „ihre Sache", auch wenn sich Stalinismus und Maoismus schon bald als die größten Irrtümer der Geschichte herausstellen sollten. Millionen von Unschuldigen fielen diesen Systemen zum Opfer, trotzdem sollten die österreichischen kommunistischen Widerstandskämpfer nicht mit den Massenmördern Stalin und Mao auf eine Stufe gestellt werden. Persönlich lehne ich jeden Extremismus – gleichgültig ob von links oder von rechts – ab.

Grundsätzlich ist Geschichte immer eine Sache der Perspektive. Wir als Nachgeborene sollten uns davor hüten, dass wir jene Generation, die Opfer eines verlogenen Regimes wurde, vorschnell zu verurteilen. Ich wurde am 11. März 1954 – also 16 Jahre nach dem Vorabend der Besetzung Österreichs durch Hitler – geboren. Laut dem ehemaligen deutschen Bundeskanzler Dr. Helmut Kohl gehöre ich damit zur „Generation der späten Geburt". Damit maße ich mir erst gar nicht an, über jene, die 1938 und vorher den Verlockungen und Versprechungen der Nationalsozialisten anheimfielen, den Stab zu brechen. Aus der heutigen Sicht und mit heutigem Wissen fällt es leicht, ein Urteil über jene zu fällen, die ein williges Werkzeug Hitlers wurden. Vielmehr stelle ich an mich selbst die Frage: *Wäre ich Täter, Opfer oder Mitläufer geworden?*

Ich bewundere sicherlich nicht den Opfermut jener, die in der Gegenwart von sich selbst behaupten, dass sie als Widerstandskämpfer während des Zweiten Weltkrieges hingerichtet worden wären. Sie kritisieren, dass „nur" 2.400 Widerstandskämpfer und 32.000 Zivilisten vom Regime in Österreich, damals Ostmark, ermordet worden sind. Diese Meinung führt letztlich dazu, den Opfermut der Märtyrer gering zu schätzen. Dieses Buch sollte nicht eines der Anklage sein. Es sollte eher Hoffnung geben. Es wird immer wieder Menschen geben, die sich gegen jede Form von Totalitarismus zur Wehr setzen werden. *„Sind wir denn unserer selbst und unserer Zeit so sicher, dass wir unsere Väter in Gerechte und Verdammte zu scheiden vermögen?"*

Dies schrieb der französische Historiker Marc Bloch (*1886) kurz vor seiner Verhaftung durch die Gestapo in Lyon und seiner Erschießung am 16. Juni 1944. Unsere Aufgabe sollte weniger die posthume Verurteilung sein, sondern die Lehren aus der Vergangenheit zu ziehen.

Keineswegs soll dieses Buch zu einer Art Sippenhaft führen. Ich habe es weitgehend vermieden, die kleinen Rädchen – Blockführer und Zellenleiter – namentlich zu nennen. Gerade in kleineren Kommunen führt dies zu nicht notwendigen Verwerfungen innerhalb der örtlichen Gemeinschaften. Für mich ist es vollkommen unerheblich, wer 1938 Nazi war. Viel wesentlicher ist für mich, wer 1945 oder später noch immer Nazi blieb. Der Wehrmachtsoffizier Bernardis war 1938 überzeugter Antisemit und Nationalsozialist. Nur sechs Jahre später starb er, weil er zu den Mitverschwörern von Stauffenberg gehörte. Diese Liste jener, die sich während des Krieges vom „Saulus zum Paulus" wandelten, ist Gott sei Dank lang. Es gab auch jenen SS-Arzt, der sich an die Ostfront versetzen ließ, weil er nicht länger als Lagerarzt in einem Konzentrationslager bleiben wollte. Es gab auch jene beiden Beamten der gefürchteten GESTAPO-Stelle in Linz, die unter größter Lebensgefahr Menschen vor ihrer drohenden Verhaftung warnten. Jene Bürgermeister, die alles versuchten, damit die Behinderten in ihrem Ort nicht in Hartheim vergast wurden.

Vielmehr soll mein Buch ein Aufruf zu mehr Toleranz sein. Ausgenommen sind nur jene, die aus der Geschichte nichts lernen wollen und Hitler, Goebbels und Co. auch noch heute als ihre Ideale ansehen. Jene, die die Gaskammern als eine der größten Lügen der Weltgeschichte bezeichneten bzw. dies noch immer unverdrossen behaupten. In jüngster Zeit hat eine Gemeindemandatarin den Glauben an die Holocaustverbrechen mit jenem Kinderglauben verglichen, dass der Osterhase die Ostereier bringe.

Die Widerstandsleistung bleibt in der öffentlichen Meinung weitgehend auf Franz Jägerstätter und Schwester Restituta reduziert. Das Schicksal weiterer Märtyrer ist zwar archiviert, der breiteren Bevölkerung aber zumeist unbekannt. Dieses Buch unternimmt den schlichten Versuch, weitere Märtyrer „vorzustellen". Es sind Menschen, die ihr Leben für mehr Toleranz, Freiheit und Gerechtigkeit hingaben. Häufig wurden sie von uns Nachgeborenen als Verräter, Feiglinge und sozialer Abschaum verunglimpft. Großartige Menschen wurden vom Regime ermordet. *Sie leben weiter, wenn wir sie nicht vergessen!*

Ein Großteil der Österreicher dürfte den Umgang mit diesem Abschnitt der Geschichte ablehnen oder sie oft auch noch verharmlosen. 75 Jahre nach dem Anschluss ergab 2013 eine Umfrage, dass 42 % der Österreicher durchaus die Meinung vertraten, dass das Dritte Reich auch seine guten Seiten hatte.

Zu unvorstellbar ist jener Massenmord, an dem auch viele Österreicher beteiligt waren. Das Entsetzliche ist für uns Nachgeborene in Wirklichkeit nicht begreifbar. Das Böse kannte plötzlich keine Grenzen mehr. Der Biedermann vom Nachbarhaus wurde das willige Werkzeug eines Regimes, dessen Politik Rechtslosigkeit, Unterdrückung, Demütigung und eben den Massenmord beinhaltete. Es war auch eine Zeit der Opportunisten. Man sah und hörte nur mehr das, was man zur Kenntnis nehmen wollte. Es herrschte allerdings eine Atmosphäre der Angst. Ein falsches Wort – und die Tore eines Gefängnisses oder eines Konzentrationslagers öffneten sich. Auch sollte nicht zwischen den „Bösen" (Parteigenossen, Parteimitglieder) und den Nichtmitgliedern unterschieden werden. Der Begriff „guter Nazi" führt wohl in die falsche Richtung, schon eher dürfte der Begriff „bekehrter ehemaliger Nazi" zielführender sein. In der Person von Oskar Schindler wird weitgehend der „gute Nazi" gesehen. Im „über jemanden den Stab zu brechen" waren die Nazis Großmeister. Diesem zu folgen wäre der falsche Weg. Vielmehr sollten jene, die *„ein gefangenes Licht in eine hoffnungsvolle Finsternis brachten"*, als Vorbild dienen.

Der Umgang mit dem Nationalsozialismus erscheint nach wie vor problematisch. Bis 1965 hütete sich der Großteil der Geschichtslehrer davor, den Nationalsozialismus und den Zweiten Weltkrieg in den Unterricht aufzunehmen. Nicht selten endete der Geschichtsunterricht mit dem Ende des Ersten Weltkrieges. Heute geht die Kritik in die gegenteilige Richtung. Die Schüler würden mit diesen Themen *„überfrachtet"*. Manche Schüler sind vom Gesehenen und Gehörten im KZ Mauthausen mehr als geschockt, andere wiederum machen ein *„Freundschaftsselfie"* vor den Krematoriumsöfen. Der ehemalige ORF-Korrespondent Ben Segenreich meinte in einem Vortrag in Ried im Innkreis, dass dieses Thema sogar in Israel umstritten sei. Allerdings sind die israelischen Schüler eine Woche in Europa unterwegs und besichtigen in dieser Woche mehrere Hinrichtungsstätten ihrer Vorfahren. Vor allem rechte Kreise sehen die *„Gefahr"*, dass die Schüler zu viel über die Verbrechen der Nationalsozialisten erfahren. Der AfD-Vorsitzende Gauland meinte etwa zu diesem Thema: *Hitler und die Nazis sind nur ein Vogelschiss in über 1.000 Jahren erfolgreicher deutscher Geschichte.* Für ihn ist es wahrscheinlich nicht erwähnenswert, dass dieser *„Vogelschiss"* immerhin 65 Millionen Menschen das Leben kostete. Sein Adlatus, der ehemalige Geschichtslehrer Björn Höcke, hält es für ein Problem, dass *Hitler für absolut böse dargestellt wird.* Seine Aussage *„Jüdisches Denkmal in Berlin – Denkmal der Schande"* beinhaltete die gewünschte Doppeldeutigkeit. Laut Gerichtsurteil darf er als „Faschist" bezeichnet werden.

In siebzig Jahren wird einmal über uns geurteilt. Wird es mit einer Verurteilung enden? Wird uns dann der Umgang mit unserem Planeten oder jener mit anderen Menschen von anderen Erdteilen zum Vorwurf gemacht werden?

DER ERSTE WELTKRIEG FÜHRTE MIT KURZER UNTERBRECHUNG ZUM ZWEITEN WELTKRIEG

Der 28. Juni 1914 war ein heißer Sommertag in Bad Ischl. Nach der Sonntagsmesse saßen die Einheimischen beim Frühschoppen, Vertreter des Hoch- und Niederadels, Künstler und Intellektuelle und vor allem die vielen Adabeis blieben in ihren Villen lieber unter sich. Auch in der nahen Kaiservilla herrschte noch gelassene Geruhsamkeit.

Am Nachmittag traf das verhängnisvolle Telefonat ein, dass der Thronfolger Franz Ferdinand und seine Gattin bei einem Schussattentat in Sarajewo ermordet worden sind. Der greise Herrscher soll diese Nachricht mit *„Mir bleibt nichts erspart"* kommentiert haben.

In der Kaiservilla und vor allem im Außenministerium in Wien begann eine hektische Betriebsamkeit. Vom deutschen Bündnispartner erhielt die Regierung in Wien die Zusicherung, dass man bei einem Waffengang gegen Serbien hinter Österreich stehen würde.

Die Kriegserklärung an Serbien wird durch die Zeitungen der Monarchie verkündet.

Dieser „Blankoscheck" sollte sich als verhängnisvoll erweisen, da Russland und die mit Russland verbündeten Staaten wie Großbritannien und Frankreich sich an ihr Bündnis, die „Entente", gebunden fühlten. Aus dem Waffengang gegen Serbien entwickelte sich innerhalb kürzester Zeit ein Flächenbrand, der am Ende zehn Millionen Soldaten und sieben Millionen Zivilisten das Leben kosten sollte. Die Kriegsbegeisterung des Jahres 1914 schlug schnell in eine große Ernüchterung um. An der „Heimatfront" kam es zu Hunger, Inflation und Mangel an allem Lebensnotwendigen. Waffenhändler und -produzenten, Wucherer und Schleichhändler waren die einzigen Kriegsgewinner. Die wichtigen Grundbedürfnisse des Menschen – Kleidung, Nahrung und Wohnung – konnten für viele Bürger nicht mehr erfüllt werden. Täglich satt zu werden war ein Luxus, der nur wenigen vergönnt war. Es begann das Zeitalter der Ersatzstoffe. Dem Brot wurde zum Beispiel Holzmehl beigemischt. Zu der Unterernährung kamen vielfach Krankheiten und Seuchen. Die Spanische Grippe kostete Millionen Menschen das Leben. An der Front wurde maschinell gemordet. Der Krieg sollte aber auch die Machtverhältnisse in der Welt grundlegend verändern. Mächtige Herrscherhäuser wurden gestürzt und vielfach durch Diktaturen abgelöst.

Die Habsburger brauchten 600 Jahre, um durch Heiratspolitik, Kriege und Verträge eines der größten Reiche Europas zusammenzuraffen. Innerhalb weniger Wochen zerfiel dieses Machtkonglomerat in der Mitte Europas in zahlreiche Nationalstaaten.

November 1918.[1] Der Erste Weltkrieg war beendet und eine tiefe Depression fiel über das restliche Österreich. Mit Tränen in den Augen nahm so mancher das Bildnis des jungen Kaisers Karl vom Herrgottswinkel. Nach dem verlorenen Krieg erklärte er seinen Rücktritt und bezog sein Asyl auf der Sonneninsel Madeira.

---

1   Die verwendeten Quellen stammen ausschließlich aus Rieder Wochenzeitungen der Zeit zwischen 1918 und 2008. Diese sind in gebündelter Form im Rieder Volkskundehaus zusammengefasst und gegen Voranmeldung im Museum verwendbar.

Am 12. November 1918 wurde vom Präsidenten der Nationalversammlung, Dr. Franz Dinghofer, die Republik ausgerufen. Damit wurde die Republik, die eigentlich niemand wollte, von einem glühenden Antisemiten und Deutschnationalen ausgerufen. Hunderttausende kamen zum Parlament, um dieses historische Ereignis mitzuerleben. Bundeskanzler Dr. Karl Renner nannte die junge Republik ein *„armseliges und ganz hilfloses Gebilde"*.

Nach jedem Krieg gibt es immer wieder ehemalige Soldaten, die während des Krieges alles – mit Ausnahme des eigenen Lebens – verloren haben. Vom Krieg enthemmt zogen sie durch die Lande und „ernährten" sich durch Kriminalität. Es ist weiters ein Phänomen der Geschichte, dass Soldaten durch Kriege oft entwurzelt werden. Sie sehen dann keine Perspektive mehr für ihr weiteres „normales Leben". Viele Soldaten wurden durch den Krieg mehr als gezeichnet.

Das verbliebene Deutsch-Österreich hielt der Großteil der Bevölkerung für nicht lebensfähig. Der abrupte Übergang von einer Großmacht zu einem Kleinstaat brachte massive Probleme mit sich. Das *„Wirtschaftssystem Donaumonarchie"* war zerstört. Es kamen nahezu keine Nahrungsmittel mehr aus Ungarn. Der Industriestandort Südböhmen löste sich schnell aus dem Vielvölkerverband. Der Kleinstaat Österreich zählte nur mehr 6,5 Millionen Einwohner. Laut einer Volkszählung im Jahre 1910 bevölkerten die Donaumonarchie noch 51,4 Millionen Einwohner. Mit mehr als zwei Millionen Einwohnern gehörte Wien zu den größten Städten Europas. Nach 1918 war praktisch jeder dritte Österreicher ein Wiener. Ein großes Problem der Stadt bedeutete dann auch der Kohlenachschub in den Wintermonaten. Die Politiker der Tschechoslowakischen Republik wollten von ihrer ehemaligen Hauptstadt nichts mehr wissen. Die neu gezogenen Grenzen wurden dicht gemacht und die Kohle aus den nordmährischen Kohlebergwerken nicht mehr angeliefert. Im „Wasserkopf Wien" kam es zu den Hungerwintern.

Schleichhändler machten sich auf den Weg, um „Rares für Bares" zu erhalten. Auch nach Oberösterreich reisten Wiener „Kettenhändler", um sich mit prallgefüllten Rucksäcken auf den Rückweg zu machen. Hamsterer, die sich nur für den „Eigenbedarf" auf den Weg machten, waren Stammgäste bei den Bauern.

Am 4. und 5. Februar 1919 wurden in Linz 300 Geschäfte geplündert. In der Folge wurde das Standrecht verhängt. Wegen des Papiermangels durften die Zeitungen nur mehr acht Seiten umfassen. Für die Wiener gab es dann noch Reise- und Aufenthaltsbeschränkungen für die „Provinz". Viele Zeitungen des Landes fanden schnell die Ursachen für die Misere im Land – die Juden. *Was ist mit der Lederversorgung? Es ist eine Unverschämtheit, wenn man Häute liefert, Leder aber dafür nicht erhält. Wo kommt das Leder hin? Die Herren Jüdele müssen Geschäfte machen und wir müssen bitten und betteln, um Leder zu erhalten!* war die „Meinung" eines Leserbriefschreibers in einer national gesinnten Rieder Wochenzeitung des Jahres 1921.

Die Schusterinnung beschwerte sich lautstark über die Zuteilung des Leders. Demnach wäre alles Leder in den Arbeitsstätten der (jüdischen) Fabrikanten gelandet. Die Meister der kleinen Handwerksbetriebe wären demnach leer ausgegangen. Einen weiteren Schuldigen fand man im „Amtsschimmel" (die Verwaltung): *Eine Preisfrage? Wie kommt es, daß die Konsumenten von St. Georgen bei Obernberg – bekanntlich eine der fruchtbarsten Gemeinden des Innviertels – bereits die dritte Woche ohne Brot sind? Festgestellt sei, daß die Gemeinde nicht Schuld ist! Aber du lieber vertrottelter Amtsschimmel, wirst du nicht bald hin? Die Bauern liefern das gute Getreide in die Waltermühle (heute Wiesbauer-Mühle in Mörschwang), von uns eine Stunde entfernt. Von dort kommt das Mehl nach Ried. Von dort kommt es zum Bäcker nach Obernberg. Endlich bekommen wir ein kohlrabenschwarzes Brot, trotz besten gelieferten Weizen. Die weisen Ernährungsorgane können bald die einfachste und vernünftigste Lösung begreifen: Gemeinden versorgt eure Konsumenten selber!* (aus einem Leserbrief des Jahres 1921).

Ein weiteres Problem in jenen Tagen war sicherlich die rasche Geldentwertung (*„galoppierende Inflation"*). Im Volksmund wurde die rasante Talfahrt des Geldes *„Schernbalgezeit"* genannt. Damit verstand man die Vermarktung der Maulwurffelle. Der Erlös wurde sofort im nächsten Wirtshaus in Wein verwandelt. Viele freute diese Tatsache, weil auch ihre Schulden von Tag zu Tag rasant weniger wurden. Jeder *Stallbub* hatte plötzlich *„Geld wie Mist"*, wie die Rieder Volkszeitung in einem Artikel süffisant anmerkte. Für die Sparer war die Geldentwertung ein Schlag ins Gesicht.

Nach dem Ersten Weltkrieg begannen unruhige Zeiten, in denen es neben den politischen Morden auch viele Gewalttaten auf der *„zivilen Ebene"* gab. Die Koalition zwischen Sozialdemokraten und Christsozialen endete bereits nach zwei Jahren. Das Ende dieser Partnerschaft mündete in gegenseitigem Hass, der darin gipfelte, dass die beiden Parteien bewaffnete Wehrverbände – Heimwehr und Republikanischer Schutzbund – unterhielten.

Beide Organisationen hatten jeweils an die 100.000 Angehörige. Während der Ersten Republik kam es häufig zu Auseinandersetzungen von Angehörigen beider Organisationen. Am Ende gab es Schwerverletzte oder gar Tote zu beklagen. Der Schutzbund entwickelte sich bereits zu Zeiten der Donaumonarchie. Die ursprüngliche Aufgabe des Schutzbundes war die eines Ordnerdienstes. Der reibungslose Ablauf von Parteiveranstaltungen war das ursprüngliche Ziel.

In Oberösterreich arbeiteten allerdings die Sozialdemokraten und Christlichsozialen in der Landesregierung weiterhin gut zusammen. Die Handels-, Leistungs- und Zahlungsbilanzen der jungen Republik waren enorm schlecht. Nur die Gelddruckmaschinen in der Nationalbank liefen ohne Unterlass. Die gedruckten Geldscheine waren weder durch Goldreserven noch durch die Wirtschaftsleistung gedeckt. Der Wertverlust des gedruckten Geldes war die logische Folge. Vor allem verminderte sich ihr Umtauschwert mit ausländischen Währungen, eine logische Folge der passiven österreichischen Handelsbilanz. Auf den internationalen

Devisenmärkten wurde die österreichische Krone immer mehr zum Ladenhüter.

Die Ersparnisse wurden von Tag zu Tag weniger wert und am Ende dieser Entwicklung erhielt man für 10.000 Kronen nur mehr einen Laib Brot. Für die Summe hätte der Wiener vor Beginn des Krieges ein fünfstöckiges Haus in bester Lage erhalten. Es gab auch einige Kriegsgewinner. Zunächst einmal jene Schuldner, deren Schuldenberg auf wundersame Weise nun abschmolz. Die Schieber, Schwarzhändler und Spekulanten nützten die Notsituation der Mitmenschen und konnten häufig auf skrupellose Weise ein riesiges Vermögen anhäufen. Auch für Touristen aus allen Herren Länder herrschten in Österreich paradiesische Zustände. Luxussuiten in den vornehmen Wiener Hotels wurden nun zusehends von ausländischen Gästen belegt, die in ihren Heimatländern über ein bescheidenes Einkommen verfügten. Vor allem die Schweizer freuten sich nun über den Wechselkurs zwischen Franken und Kronen.

Immer mehr wurde Österreich ein Fall für den Konkursrichter. Nur mehr eine Hilfe von außen konnte den Staatshaushalt und letztlich auch die österreichische Wirtschaft retten. Das Schwungrad der Inflation drehte sich ähnlich schnell wie die Notenpressen. Die Lage der jungen Nation wurde von Tag zu Tag aussichtsloser. Der drohende Staatsbankrott, eine Bevölkerung, die zum größtem Teil unter dem Existenzminimum lebte, eine hohe Kindersterblichkeit, mangelnde medizinische Versorgung, der Mangel an Heizmaterial und die Unterversorgung der Bevölkerung mit Nahrungsmitteln waren nicht nur Leit-, sondern vor allem Leidbilder jener Zeit. Die Versorgungslage der Hauptstadt Wien war dramatisch. Die Einwohner hungerten von Monat zu Monat mehr. 85 % der Kinder zwischen neun Monaten und drei Jahren litten unter Rachitis. Der Zufluss von Milch versiegte von Tag zu Tag mehr. Im Februar 1919 war es nur mehr ein Zehntel jener Menge, die vor 1914 angeliefert wurde. Die Desinfektion des Operationsbesteckes war in den Wiener Krankenhäusern oft nicht mehr möglich, weil das dazu notwendige heiße Wasser fehlte. Im Nationalrat und im Wiener Stadtrat fand eine Krisensitzung nach der anderen statt. Wucher, Kettenhandel – wirtschaftlich nicht gerechtfertigter Zwischenhandel, der Preise nur unnötig erhöht – und Preistreiberei wurden nun hart bestraft. Geldstrafen zeigten aber wenig Wirksamkeit, weil die galoppierende Inflation auch die Höhe der Strafen schnell verminderte. Das mühsam Ersparte wurde von Tag zu Tag weniger wert. Nur der Schleichhandel florierte in diesen Tagen überaus gut. Täglich wurden 30.000 bis 40.000 Liter Milch auf Schleichwegen in die Stadt gebracht. Natürlich wurden dabei „*Rucksacktäter*" als Schmuggler gefasst. Die beschlagnahmte Ware erhielten – meistens – soziale Einrichtungen. Vor allem im Wiener Stadtrat entbrannten heiße Diskussionen, wie man mit diesen Warenschiebern umgehen sollte. Die Christlichsozialen waren dafür, dass man kleine „Haushaltsmengen" in die Stadt bringen durfte. Die Sozialdemokraten waren strikt dagegen. Ihrer Meinung nach wären Schwerkranke, Kinder und stillende Mütter dabei durch den Rost gefallen. Die Hamsterer waren eifrig auf dem Land unterwegs. Die Not der Mitmenschen bedeutete ein lukratives Geschäft. Diese Not gab es in verminderter Form auch auf dem Land. Diese *Wiener Rucksacktäter* kamen durchaus bis nach Oberösterreich, um Nachschub für die Millionenstadt zu holen. Die Rieder Volkszeitung berichtete mehrfach darüber, dass es zwischen Schleichhändlern und Gendarmen zu bewaffneten Auseinandersetzungen kam. Einige Gendarmen mussten diese mit ihrem Leben bezahlen. In der zwanzigjährigen Zwischenkriegszeit gab es in Oberösterreich wesentlich mehr ermordete Gendarmen als in den 70 Jahren nach dem Zweiten Weltkrieg. Die Bauern und der Lebensmittelhandel konnten nur ein Drittel des Landes ernähren. Die Inflation „*galoppierte schneller als das schnellste Pferd auf der Weide*".

Massenarbeitslosigkeit und Massenarmut überzogen das Land. Schleichhändler und Spekulanten profitierten von der Not ihrer Mitmenschen. Der Mangel an Lebensmitteln und Heizmaterial war in den Städten naturgemäß noch größer als auf dem Land. Die Einwohner in den Städten mussten sich mit 890 Kalorien pro Tag bescheiden. Das angebotene Brot bestand häufig aus seltsamen und zweifelhaften Zutaten. Die „Backmischung" bestand aus Säge-, Kastanien-, Kartoffel- und auch aus Gerstenmehl. Weitere Backingredienzien waren Brennnesseln, Steckrüben- und Kartoffelschalen. Eicheln dienten als Geschmacksverstärker. Die Bestandteile bedingten, dass dem Brot die notwendige Kompaktheit fehlte. Nach dem langen Schlangestehen brachte die Hausfrau oft nur Brotbrösel mit nach Hause. Auch für die Raucher gestaltete sich ihr Laster immer schwieriger. Ab nun wurde vieles geraucht, nur kein Tabak.

Für das Beerenpflücken im Wald benötigte man eine Genehmigung der „Herrschaft". Wenn die Pflücker diese nicht vorweisen konnten, wurden sie mit Waffengewalt vertrieben. Um den Fleischmangel auszugleichen, schlichen Männer und auch Frauen in den Wald, um sich am Wildbret zu bedienen. Es gab damals oft eine Überpopulation an Rehen und Hirschen. So mancher ehemalige Soldat nahm sich als „*Erinnerungsstück*" seine Waffe mit nach Hause. Die karge Nahrung konnte auf diese Weise im wahrsten Sinne des Wortes aufgefettet werden. Laut Berichten in der Rieder Volkszeitung nahm auch das Fallenstellen und Schlingenlegen in der Zwischenkriegszeit überhand. Zwischen den Jagdorganen und den Wilderern kam es immer wieder zu Konfrontationen. Einen negativen Höhepunkt bildete dabei die berühmt-berüchtigte „*Wildererschlacht von Molln*".[2] Am 17. Oktober 1918 wurde in Molln der Förster Johann Daxner von einem Wilderer feig von hinten ermordet. Nur drei Monate später kam es zur blutigen Revanche. Der Wilderer Vinzenz Bloderer wurde ebenso – also auch von rückwärts – vom Förster Friedrich Lugner ermordet. Der Ermordete war ein Sozialdemokrat. Sein Begräbnis war ein lauter Protest und eine *Manifestation gegen die da oben*. Im Februar jenes Jahres fanden Wahlen zur Nationalversammlung statt. Die Genossen aus Molln konnten dabei einen Erdrutschsieg einfahren. 13 Jahre später wurde Friedrich Lugner, inzwischen nach Reichraming versetzt, ermordet aufgefunden. Es konnte nie festgestellt werden, ob es sich dabei um einen Racheakt oder

---

2 Oberösterreichisches Landesarchiv: „Das Krisenjahr 1929 in Oberösterreich"

um eine Konfrontation mit einem *„reviereigenen Wilderer"* handelte. Im März 1919 wurden fünf der gewerbsmäßigen Wilderei bezichtigte Mollner verhaftet. Am Bahnhof von Grünbach wurden sie gewaltsam von „Kollegen" befreit. In einer Mollner Gaststätte fand anschließend eine *„Befreiungsfeier"* statt. Die Gaststätte wurde von 50 Exekutivbeamten umstellt. 16 weitere Gendarmen betraten das Lokal. Die Wilderer und ihre Freunde wehrten sich mit Biergläsern, Aschenbechern und Stuhlbeinen gegen die ungebetenen Gäste. Ein Gendarmeriebeamter wurde durch eine Glasscherbe am Auge verletzt. Er starb einen Tag später an den Folgen dieser Verletzung. Der Gendarmeriemajor gab daraufhin Schießbefehl. Die Gaststube glich am Ende einem Schlachtfeld. Drei Tote und mehrere Schwerverletzte blieben zurück. Damit gab sich die Gendarmerie noch lange nicht zufrieden. Bei einer Razzia in einem Bauernhaus wurde ein weiterer vermuteter Wilderer von der Exekutive erschossen. Die Ereignisse von Molln waren eine zusätzliche Belastung für die angespannte Situation zwischen den Parteien. Eine „Wilderertreibjagd in Neuhofen im Innkreis" gestaltete sich später wesentlich harmloser. Drei Wilderer betätigten sich am helllichten Tag als Jäger, dem vierten Mann fehlte eine Waffe, er war damit automatisch zum Treiber degradiert. Ein einsamer Hase bildete am Ende die „Strecke". Die vier Männer wurden wenige Stunden später in einer Gaststätte festgenommen.

Die ehemaligen Kronländer boykottierten nun sogar den Kleinstaat Österreich. Es kamen keine Kohle mehr aus Böhmen und Mähren, keine Nahrungsmittel aus der einstigen Kornkammer Ungarn. Der deutschsprachige Teil der einstigen Monarchie war plötzlich auf sich alleine gestellt. Trotz der 14 Punkte von Präsident Wilson – Autonomie der Völker – wurden Südtirol und das Sudetenland abgetrennt. Westungarn (heute Burgenland) und Teile von Kärnten und der Steiermark erhielten das Autonomierecht. Westungarn schon deshalb, weil dadurch eine vermehrte Nahrungsmittelzufuhr nach Wien gesichert wurde.

Die Millionenstadt Wien erschien als Hauptstadt viel zu groß, daraus ergaben sich Probleme zwischen den *„Provinzen und dem Wasserkopf Wien"*. In Wien verblieb zudem ein überdimensionierter, aufgeblähter Verwaltungsapparat. Eine Verschärfung der Probleme trat durch den Vertrag von St. Germain ein. Der Kleinstaat Österreich war nun der Rechtsträger des ehemaligen Riesenreiches. Reparationszahlungen mussten an die Siegermächte gezahlt werden. Die Klausel zur Kriegsschuld mussten die österreichischen Parlamentäre wohl oder übel unterzeichnen. Die Siegermächte verboten im Paragraf 88 dem *„sterbenden Österreich"* den Anschluss an Deutschland.

In Salzburg und Tirol gab es Volksabstimmungen, der Großteil der Wähler sprach sich klar für einen Anschluss an Deutschland aus. Auch in Oberösterreich war dieser Gedanke populär, vor allem im Innviertel. Bis 1779 war ja das Innviertel Bestandteil Bayerns. In seinem Buch „Söldner für den Anschluss" behauptet der namhafte österreichische Historiker Hans Schafranek, dass spätestens 1934 70 % der Innviertler für einen Anschluss an Deutschland gewesen seien. Diese Zahl dürfte allerdings zu hoch gegriffen sein. Weitgehend kann sich Schafranek dabei nur auf Vermutungen stützen. Hauptargument ist in diesem Buch, dass viele illegale Nazis nach dem gescheiterten Juli-Putsch 1934 ihre Heimat – vor allem aus den Bezirken Ried, Schärding und Braunau – überhastet verlassen haben und Mitglied der Österreichischen Legion in Deutschland wurden.

Allerdings haben die Siegermächte klar signalisiert, dass ein Anschluss an Deutschland nicht in Frage käme. Also unterblieb die Umsetzung dieses Wunsches in Oberösterreich. An den *„Staat, den niemand wollte"* glaubten nur wenige Österreicher. Die Massenarbeitslosigkeit, hohe Schutzzölle, die Hungersnot, eine galoppierende Inflation waren die Ingredienzen für diese österreichische Identitätskrise. Spätestens 1922 sahen die Vertreter des Völkerbundes ein, dass Österreich geholfen werden müsse. Schon deshalb, weil eine Vergrößerung des Territoriums Deutschlands nicht ernsthaft in

Erwägung gezogen wurde. Auch Deutschland erhielt in Versailles einen ähnlichen *„Diktatfrieden"*.

Für den Großteil der Österreicher waren die *„Friedensbedingungen von St. Germain"* ein tiefsitzender Schock. Die weitere Ausbreitung der Massenarbeitslosigkeit und Massenarmut bedrohte den Kleinstaat. Eine weitere Polarisierung innerhalb der österreichischen Politik trat ein. Am verbissensten vertraten die „Schönerianer" den Anschlussgedanken. Die Thesen von Schönerer waren vielen Österreichern zu radikal, daher konnte seine „Großdeutsche Volkspartei" nie richtig reüssieren. Bei Wahlen erreichte sie nie mehr als 17 %. Ihre Radikalität schreckte ab. In den ländlichen Gebieten wurde ihre *„Los-von-Rom-Bewegung"* vom Predigtstuhl herunter bekämpft. Zu ihrer Wählerklientel gehörten vor allem Lehrer, Staatsdiener, Freiberufler und auch Studenten. Der große Rest der Wählerstimmen wurde zwischen Christlichsozialen und Sozialdemokraten wenig friedlich aufgeteilt. Drei politische Parteien befanden sich damit auf Konfrontationskurs.

In der ersten Sitzung des Staatsrates vom 11. November 1918 meinte Staatskanzler Karl Renner (Sozialdemokraten), die Entente (Anm. „Siegermächte") plane, Österreich zu einem *„armseligen und hilflosen Gebilde"* umfunktionieren zu wollen. Auch sein Dauerrivale Otto Bauer – beide stammten aus Gebieten, die nun zur Tschechoslowakei gehörten – sah nur eine Chance im Anschluss an ein *„proletarisches Deutschland"*. Die Sozialdemokraten waren weitgehend eine Arbeiterpartei. Die Arbeiter mussten sich in der Zwischenkriegszeit viel von ihren Arbeitgebern, von den Behörden und auch seitens der Kirche gefallen lassen. Als *„Gegengewicht"* zu den *„Wehrverbänden der Schwarzen"* gab es seitens der Sozialdemokraten den Republikanischen Schutzbund. Mitglied in diesem Kampfbund waren vor allem ehemalige Soldaten und Arbeiter. Schutzbundvereinigungen gab es in den Industriestädten. Hauptziel war die Abwehr der *„reaktionären Kräfte"*. Ihre politische Legitimation wollten sie durch politische Wahlen erhalten. Nur im *„Notfall"* sollte laut dem *„Linzer Programm"* eine sozialistische

Revolution angestrebt werden. Dieser Notfall wäre nach ihrer Ansicht dann eingetreten, wenn die konservativen Kräfte sich der sozialistischen Erneuerung widersetzt hätten.

Die Christlichsozialen fanden sich wohl am schnellsten mit den Gegebenheiten ab. Zähneknirschend wurde der „Diktatfrieden von St. Germain" zur Kenntnis genommen. Die Christlichsozialen rekrutierten ihre Mitglieder aus Teilen des Mittelstandes und der Bauern. Es kam innerhalb dieser Partei zu einer vermehrten Radikalisierung. Ein Hauptgrund lag darin, dass es breiten Wählergruppen wie den Bauern und den Gewerbetreibenden von Jahr zu Jahr schlechter ging. Viele ihrer Wähler waren noch treu den Habsburgern ergeben. Die beiden anderen Parteien lehnten eine Restaurierung der Monarchie mit größter Behäbigkeit ab.

1922 starb der letzte österreichische Kaiser. *24. April. Heute, am Tage des Ritters Georg, hielt unsere Pfarrgemeinde die Trauerfeier für den ritterlichen Kaiser Karl ab. Die zahlreich erschienenen Pfarrbewohner, viele Heimkehrer, die Ortsbehörden und die meisten Schulkinder, wollten damit bekunden: Hochachtung vor dem heldenhaften Dulder der Verbannung und Mitleid mit seinen Hinterbliebenen.* Dieser Bericht aus Mörschwang erschien Tage später in einer Rieder Lokalzeitung.

Private Armeen wie die „*Heimwehr*" und die „*Frontkämpfervereinigung*" wurden ab nun durch die Parteikasse subventioniert. Deren „*Kampf auf arischer Grundlage*" galt vor allem den Sozialdemokraten, den Kommunisten und dem ihrer Meinung nach zunehmenden Einfluss der Juden. Viele „Hahnenschwanzler" – sie trugen auf ihrem Hut Federn von einem Hahn – votierten für einen Faschismus nach italienischem Vorbild. Gemeinsam war ihnen die Abscheu vor dem Bolschewismus und dem Sozialismus. Ihre Programme enthielten klar antisemitische Grundzüge. Die Frontkämpfer wurden vor allem durch die Ereignisse von Schattendorf bekannt.

In den zwanzig Jahren der Ersten Republik bildeten sich also drei politisch konträre und verfeindete Lager. Es darf allerdings angemerkt werden, dass in Oberösterreich die Zusammenarbeit zwischen den beiden

Großparteien weitgehend klaglos funktionierte. Es ist daher verwunderlich, dass der Arbeiteraufstand im Februar 1934 gerade in Oberösterreich ausbrach. Dieser Riss zwischen den Parteien ging quer durch die Gesellschaft, durch Familien und Gemeinden. Gegensätze spielten sich aber auch auf den „unteren Ebenen" ab. Es gab auch in kleineren Orten „schwarze und rote Wirtshäuser". Einem Arbeiter wäre es nie eingefallen, ein „schwarzes Gasthaus" aufzusuchen.

Mitte der Zwanzigerjahre kam es zu einer Verbesserung der Wirtschaftsdaten in Österreich. Durch eine Völkerbundanleihe wurde die „rasende Inflation" beseitigt. Die Österreicher mussten sich an die neue Währung, den Schilling, gewöhnen. Zwei Ereignisse des Jahres 1927 führten zu einer weiteren Vertiefung der politischen Gräben: In der kleinen burgenländischen Gemeinde Schattendorf kam es zu einer verhängnisvollen Konfrontation zwischen Frontkämpfern und republikanischen Schutzbündlern, die mit dem Tod eines Kriegsinvaliden und eines Kindes endete. Die Todesschützen wurden beim Prozess freigesprochen. Auf Seite der Sozialdemokraten herrschte nun helle Aufregung über das *„Schandurteil von Schattendorf"*. Vor dem Justizpalast entlud sich der Volkszorn gegen dieses Urteil. Einige Demonstranten drangen in das Gebäude ein und zündeten an verschiedenen Stellen Ordner und Akten an. Der Justizpalast brannte zum Großteil nieder. Der Wiener Polizeichef und spätere Bundeskanzler Schober, ein geborener Mühlviertler, gab nun Schießbefehl gegen die Demonstration. Schober war schon unter Kaiser Karl Wiener Polizeipräsident und später österreichischer Bundeskanzler. Er gilt als Inbegriff eines österreichischen Beamten. Am Abend gab es eine erschreckende Bilanz. Über 90 Personen starben an diesem Tag. Dieser Tag war auch der endgültige Wendepunkt in der Geschichte der Ersten Republik. Das Land war ab nun in zwei Lager gespalten.

1928 forderten die Sozialdemokraten ihre Mitglieder in Obernberg zum Boykott der Geschäftsleute auf, weil sie angeblich ihrer Sympathie zur Heimwehrbewegung Ausdruck verliehen hatten. Das Tagblatt bestätigte dies durch einen Artikel am 5. Jänner: *"Ja, lieber Herr Bäckermeister, warum vermissen Sie jetzt auf einmal Ihre Kundschaft aus den Arbeiterkreisen?"* Der Konter des bürgerlichen Volksblattes ließ dann nicht lange auf sich warten: *"Jene verantwortungslosen Elemente, die glauben, durch solche Hetzarbeit unsere Anhänger einschüchtern und den Arbeitern nützen zu können, haben wohl die Rechnung ohne den Wirt gemacht! Sie sind sich wohl der Tragweite einer solchen unverantwortlichen Handlungsweise nicht bewusst und scheinen vergessen zu haben, dass die Heimatwehr nicht gesonnen ist, marxistischem Terror zu weichen!"*

Als Wendepunkt der politischen Verhältnisse – auch in Österreich – darf das Jahr 1929[3] angesehen werden. Die fatale Entwicklung begann im Wunderland des Kapitalismus, den USA. Innerhalb weniger Tage stürzten die Börsenkurse an der Wall Street ins Bodenlose. Millionäre wurden zu Sozialhilfeempfängern, Arbeiter fielen durch das „soziale Netz" und lebten vom Betteln. Diese Entwicklung fand eine *„natürliche Fortsetzung"* in Europa. Die USA verlangten Kredite zurück und vor allem die deutsche Wirtschaft und Politik konnte dies nicht mehr „stemmen". Der Zusammenbruch der Bodenkreditbank am 5. Oktober 1929 läutete auch in Österreich die verhängnisvolle Wirtschaftsentwicklung ein. Die Produktionsleistung der österreichischen Wirtschaft sank mehr als um ein Drittel, der Außenhandel wurde halbiert. Die Landwirtschaft verdiente um ein Fünftel weniger. Jeder zehnte Oberösterreicher arbeitete in der Industrie. Die Sensen- und Sichelfabriken waren ohnehin mit der Konkurrenz der neuen Mähmaschinen konfrontiert. Vielen dieser Firmen gelang kein rechtzeitiger Strukturwandel.

Die Absatzzahlen der Steyr-Automobilfabrik nahmen stark ab. Vor der Krise arbeiteten fast 7000 Arbeiter an den Fließbändern dieser Fabrik. 1934 waren es nicht einmal noch 1000. Die Reifenfabrik Reithofer mit ihren 1000 Angestellten wanderte von Steyr in Richtung Traiskirchen und Wien ab. Die Schiffswerft in Linz musste von den über 600 Arbeitern 500 entlassen. Die Ziegel- und Granitwerke verspürten ebenfalls einen

---

3   OÖNachrichten: „Die Wildererschlacht von Molln geriet zur politischen Belastung"

rasanten Absatzrückgang, da die Bautätigkeit im Land stark abnahm. Die Lokomotivfabrik Krauß & Co. in Linz wurde stillgelegt. Die Stadt Wels musste mit der Tatsache leben, dass viele Welser Firmen der schlechten Wirtschaftslage zum Opfer fielen. Die wirtschaftliche Spirale drehte sich unaufhaltsam nach unten. Der Bierkonsum halbierte sich innerhalb von drei Jahren. Als unmittelbare Folge mussten die Brauereien Teile ihrer Belegschaften abbauen. Zum „*Kultgetränk der Arbeitslosen*" entwickelte sich der Most. In Summe wurden in Oberösterreich bis 1934 fast 50.000 Arbeiter arbeitslos.

1932 war knapp ein Drittel in der Land- und Forstwirtschaft, ein weiteres Drittel in der Industrie und im Gewerbe beschäftigt. Im Handel und Verkehr waren 13 % beschäftigt. Laut dieser Statistik (Kershaw, Popular Opinion, Statistisches Handbuch der Republik Österreich) waren 12,7 % der Bevölkerung ohne Beruf.

In Österreich erreichte die Wirtschaftskrise im Jahre 1933 einen absoluten Höhepunkt. Über 550.000 Österreicher waren nun arbeitslos, damit gehörte jeder dritte Arbeiter zum Heer der Arbeitslosen. Es wurden viele Firmen geschlossen. Eine Radikalisierung erfolgte nicht nur unter der Arbeiterschaft, sondern auch bei den Firmenchefs. Radikale Kleinparteien wie die NSDAP, die sich bis 1929 unter der Wahrnehmungsgrenze bewegten, erhielten einen enormen Aufwind und Zuspruch. Diese fatale Entwicklung lässt sich am Beispiel der NSDAP anhand der Wahlergebnisse in Deutschland leicht nachzeichnen.

Besonders hart wurde die Stadt Steyr von der Weltwirtschaftskrise getroffen. Steyr gehörte damals zu den ärmsten Städten Europas. Mehr als die Hälfte der Einwohner hatte kein regelmäßiges Einkommen. Die Armut in der Stadt war allgegenwärtig.

Mit Hilfe von Geldern der Großindustrie konnte sich der ehemalige Gefreite Adolf Hitler in Deutschland teure Wahlkämpfe leisten. Auf weitgehend demokratische und legale Weise wurde er deutscher Reichskanzler. Weniger legal setzten er und sein Regime binnen kürzester Zeit alle demokratischen Einrichtungen außer Kraft. Mit einer riesigen Verschuldungspolitik konnten die Nazis am Anfang durchaus kleinere und größere wirtschaftliche Erfolge feiern.

In Österreich wurde die Not für viele Familien immer größer. Die Kinder wurden zum Betteln „fortgeschickt". Viele Bauern unterhielten eigene *Bettlerfenster*. Durch diese kleinen Fenster erhielten die Bettler oft nur ein Stück Brot.

600.000 arbeitsfähige Österreicher und damit ein Viertel der Einwohner waren weitgehend „Ausgesteuerte". Sie erhielten als solche keine finanzielle Unterstützung durch den Staat. Zwischen 1929 und 1933 war die Arbeitslosigkeit in Deutschland aber noch höher. Durch die Machtübernahme der Nationalsozialisten dort im Jahre 1933 konnte die Arbeitslosigkeit auf sechs Prozent gesenkt werden.

Neidvoll blickte so mancher Arbeitslose in Richtung Deutschland. Dort, wo laut der Propaganda der illegalen Nazis *„jeder Arbeiter am Abend bei Bier und Gulasch"* saß. Durch die Weltwirtschaftskrise 1929 war die politische Lage in Österreich noch einmal verschärft worden. Neben den beiden Wehrverbänden der Großparteien traten immer mehr die NSDAP und damit ihre Schlägertruppe SA in Erscheinung. Ebenso erhielten die Kommunisten in den Industrieorten starken Zulauf.

Nach der Schließung des Sensenwerkes Kaltenbrunner und Entlassungen bei der Lederfabrik Vogl, der Mattighofner Brauerei und weiteren Firmen ging das Gespenst der Massenarbeitslosigkeit vor allem im Mattigtal um. Im Nachbarort von Mattighofen, in Schalchen, fand 1932 eine Veranstaltung der NSDAP im Gasthaus Laimer statt. Es waren etwa 190 Personen anwesend, darunter 40 Kommunisten. Aus Zwischenrufen anwesender Kommunisten entwickelte sich eine handfeste Saalschlacht. Gegner waren 80 Nationalsozialisten, der Rest der Anwesenden war „politisch neutral". *Laut Augenzeugenberichten bzw. dem Polizeibericht floss das Blut über die Stiege, als wäre der Saal ein Schlachthaus gewesen. Am Ende waren ein Sozialdemokrat und fünf unpolitische Besucher verletzt. Sieben Kommunisten* mussten ebenso medizinisch versorgt werden. Beim Kommunisten Handlechner durchstieß ein Messer beide Wangen, die dazwischenliegende Zunge wurde auch in Mitleidenschaft gezogen. Acht Angehörige der NSDAP „erhielten auch ihr Fett" ab. Eine schwere Kopfwunde erhielt der Nazi Hitzginger. Die beiden anwesenden Ärzte versorgten jeweils ihre verwundeten Klienten redlich. Gemeindearzt Dr. Simmerstatter versorgte seine „Glaubensgenossen von der NSDAP", Dr. Gstöttner kümmerte sich um die übrigen Verletzten. Laut Polizei war der entstandene Sachschaden nicht unerheblich: 103 Biergläser, 6 Weinstutzen, 1 Steingutkrug, die elektrische Beleuchtung, 5 Fensterscheiben, 12 Bänke, 2 Sitzbanklehnen und einige Tischfußlehnen. Der angerichtete Schaden betrug 5000 Schilling.

In einem Artikel vom 8. März 1933 wurde von der Rieder Volkszeitung festgestellt, dass der politische Kampf mit roher Gewalt – „*Willst du nicht mein Bruder sein, dann schlag ich dir den Schädel ein*" – endgültig in Österreich angekommen sei. Rohe Gewalt gegen politisch Andersdenkende diente vor allem den Nationalsozialisten immer mehr zur Ausbreitung ihrer Gesinnung.

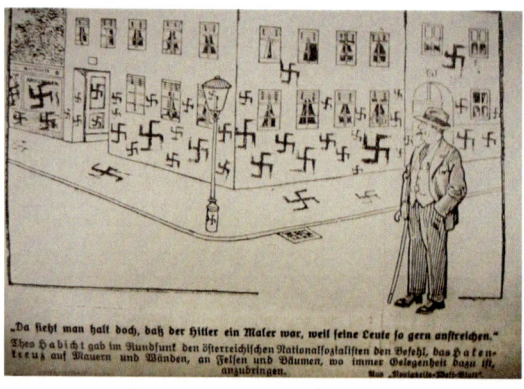

Der „Maler" Hitler als Vorbild.

In den Jahren 1933 und 1934 kam es zu unzähligen Terroranschlägen in Oberösterreich. Meistens verliefen diese relativ glimpflich, allerdings waren die dabei entstandenen Sachschäden nicht unbeträchtlich.

Am 30. Januar 1933 übernahm Hitler die Macht in Deutschland. Durch seinen „Landesinspektor" Theodor Habicht ließ Hitler Gespräche mit der österreichischen Regierung aufnehmen. Allerdings konnte und wollte Dollfuß nicht auf die Forderungen von Habicht eingehen. Die Forderungen Habichts waren schon deshalb nicht akzeptabel, weil der „*Mann ohne Schatten*" (Anmerkung: Spott der Opposition, weil der Kanzler nur 1,50 Meter groß war) die Unterstützung der Heimwehr verloren hätte. Nach dem Scheitern der Geheimverhandlungen setzte massiver Nazi-Terror gegen Österreich ein. Auch das Innviertel war massiv dem braunen Terror ausgesetzt. Die Illegalen begannen mit Schmieraktionen. Papierböller richteten dabei größere und kleinere Schäden an. Zielpunkt des Terrors waren vor allem Geschäfte von Juden. Nach dem Verbot der NSDAP in Österreich waren vor allem Infrastruktureinrichtungen wie Strommasten und Telefonkabel Zielpunkte der Anschläge. Ins Visier gerieten auch Einrichtungen der „Lügenpresse". Gegen die „Rieder Volkszeitung" gab es gleich zwei Anschläge. Finanziert wurde diese „Kampagne" von Berlin aus. Bei Nacht und Nebel wurde das Propagandamaterial per Zille über den Inn geschmuggelt. Zwischen den verschiedenen Lagern gab es handfeste Auseinandersetzungen. Die Bezirkshauptmannschaften waren eifrig bemüht, den illegalen Nationalsozialisten mit Hilfe von Strafbefehlen ihre Freude an ihren neuen Idealen zu nehmen. Ein Kaffeehausbesitzer musste eine Strafe berappen, weil er seinen Sohn Horst Adolf nannte. Das „Abhalten eines Gottesdienstes" war ein weiteres Vergehen, das mit einem Bußgeldbescheid endete.

Am 4. März 1933 versammelten sich Arbeiter der Lederfabrik Vogl in einem Gasthof in Mattighofen. Nationalsozialisten stürmten den Saal und die Bilanz der folgenden Saalschlacht waren ein schwerverletzter und sechs leichtverletzte Nationalsozialisten. Nach der Versammlung begleiteten sozialdemokratische Wehrsportler und Schutzbündler den sozialdemokratischen Redner aus Linz zum Zug. Nachher wurden die Sozialdemokraten von einigen Nationalsozialisten angestänkert. Dieser Stänkerei folgte eine handfeste Rauferei. Der Wehrsportler und Lederfabrikarbeiter Robert

Zimmerbauer ergriff die Flucht, verfolgt von einer Gruppe politischer Gegner, an deren Spitze ein durch seine Brutalität bekannter Metzgergeselle aus Feldkirchen. Am Morgen des 5. März 1933 wurde der sozialdemokratische Lederfabrikarbeiter erstochen neben dem Bahnhof aufgefunden. Der Täter floh wahrscheinlich nach Bayern, wo er von der dortigen Polizei trotz eines Ersuchens um Amtshilfe seitens der österreichischen Kollegen nicht weiterverfolgt wurde. Im Gegenteil, der Mörder wurde gebührend gefeiert und in die Österreichische Legion aufgenommen, die die Machtergreifung in Österreich vorbereiten sollte. Nach diesem Mord kam es zu Unruhen der Arbeiterschaft in Mattighofen. Beim Begräbnis von Zimmerbauer marschierten Abteilungen des Republikanischen Schutzbundes von Salzburg und Schneegattern auf. Flankiert wurde dieses Begräbnis von Einheiten des Bundesheeres. Nach dem Krieg sollte der Mörder an die österreichischen Behörden ausgeliefert werden, allerdings verlief auch dieses Auslieferungsbegehren im Sande. Justizminister Schuschnigg führte 1933 wieder die Todesstrafe ein. Es kam zu einer verschärften Polarisierung zwischen Teilen der Bevölkerung. In Österreich nahm sich die Christlichsoziale Partei Anleihen bei den Nachbarstaaten Italien, Ungarn und Deutschland. Dort waren die demokratischen Staatsformen längst durch Diktaturen ersetzt. Also brauchte Österreich auch eine Diktatur. Diese Form der Diktatur wurde schon bald als „*Imitationsfaschismus*" verspottet. Die Christlichsoziale Partei wurde in die Vaterländische Front umgewandelt. Mit dem Kruckenkreuz erhielt „*unsere Diktatur*" ein Symbol, nicht unähnlich dem Hakenkreuz. Getragen wurde diese „*bürgerliche Diktatur*" vor allem von Kirche, Polizei, Armee, Beamtentum und von bürgerlichen Kreisen. Allen politischen Kundgebungen anlässlich des 1. Mai 1933 wurden wegen der politisch gespannten Verhältnisse seitens der Regierung die Aufmärsche untersagt. Die Gewerkschaft und die Sozialdemokratische Partei riefen ihre Anhänger zum Spazierengehen mit roten Nelken im Knopfloch auf. 220 „Spaziergänger" wurden verhaftet. In Altheim kam es an diesem Tag zu einem weiteren Aufeinandertreffen zwischen den Braunen und den Roten. Am Marktplatz, heute Stadtplatz, kam es zu einer wilden Rauferei zwischen den Nationalsozialisten und Kommunisten. Wenig später belagerten einige Nationalsozialisten das Parteiheim der Kommunisten. Ein mehrminütiger Schusswechsel folgte. Die Kommunisten gaben vom Dachboden aus Schüsse auf die Belagerer ab. Einer der Schüsse traf den NSDAP-Anhänger Franz Ertl tödlich, zwei weitere Männer wurden von Schüssen schwer verletzt. Der Erschossene wurde in der Altheimer Turnhalle feierlich als „*Märtyrer der Bewegung*" aufgebahrt. Nach der Machtergreifung wurden zwei Straßen in Braunau und Altheim nach Franz Ertl benannt. Vier Kommunisten wurden verhaftet und ein halbes Jahr später zu mehrmonatigen Gefängnisstrafen verdonnert. Viele der beteiligten Nationalsozialisten flüchteten nach Deutschland.

1934 kam es gleich zu zwei Revolten gegen die Ständestaatdiktatur. Der Bürgerkrieg 1934 wurde in Linz ausgelöst. Der Grund war eine „Eigenmächtigkeit" des oberösterreichischen Schutzbundführers Richard Bernaschek. Mit der verschlüsselten Botschaft „*Das Befinden des Onkel Otto und der Tante wird sich erst morgen entscheiden. Ärzte raten abzuwarten, Tantes Zustand fast hoffnungslos. Vorerst noch nichts unternehmen. Verschiebe die Operation vorerst auf Montag*" wollte die Parteiführung in Wien Bernaschek vor unüberlegten Schritten abhalten. Vor allem General Körner wies immer wieder darauf hin, dass der gleichzeitige Kampf gegen Polizei, Militär und Heimwehr nicht zu gewinnen sei und deshalb mit einer Katastrophe enden müsste. Das Telegramm wurde von der Linzer Sicherheitsbehörde abgefangen.

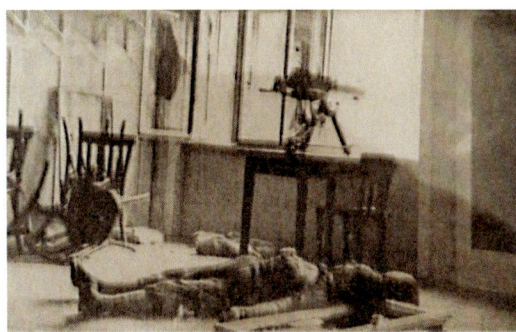

Kampf um die Parteizentrale Hotel Schiff.

In den Morgenstunden des 12. Februar 1934 wurde eine Hausdurchsuchung in der sozialdemokratischen Parteizentrale „Hotel Schiff" angesetzt. Bernaschek verhinderte „auf eigene Faust" diese Hausdurchsuchung durch seinen „Schießbefehl". Es begann nun in Österreich ein fünftägiger Bürgerkrieg, der alleine in Oberösterreich 60 Menschenleben forderte.

Die Sozialdemokratie und der Schutzbund nahmen es gleich mit drei Gegnern auf – Bundesheer, Polizei und Heimwehr.

Im Kohlenrevier Hausruck beteiligten sich Arbeiter an diesem Aufstand. Der Großteil der Arbeiter blieb allerdings lieber daheim, wohl aus Angst um ihre Familie und um sich selbst. Soldaten aus der Kaserne Ried erhielten den Marschbefehl in Richtung Eberschwang. Der Winter 1934 brachte große Schneemassen mit sich und diese türmten sich entlang der Straßen auf. Am Nachmittag trafen die Soldaten dann auf den ersten Widerstand und es entwickelte sich ein „reger Schusswechsel".

Am Abend versuchten einige Arbeiter über den Welserstollen auf die Innviertler Seite zu gelangen, um sich mit den Kollegen über das weitere Vorgehen zu beraten. Am Stollenausgang stießen sie unvermutet auf Soldaten, die den Tunnelausgang bewachen mussten. Es kam nun zu einem Schusswechsel, bei dem die Arbeiter Josef Zeilinger, Johann Lobmaier und ihr Anführer Josef Skrabal tödlich getroffen wurden. Vier Tage später wurden sie am Friedhof in Eberschwang bestattet. Die Leichen der gefallenen Arbeiter wurden auf Mistwägen zum Friedhof transportiert. Sogar ein kirchliches Begräbnis wurde zunächst vom Pfarrer abgelehnt, weil die Toten „Verbrecher" seien. Von der Bezirkshauptmannschaft Ried kam die Weisung, dass bei der Trauerfeier nur die engsten Familienmitglieder teilnehmen dürfen. Es waren wesentlich mehr Soldaten als Trauergäste anwesend. Die Angst vor den Anhängern des Schutzbundes war nach wie vor groß, obwohl der Bürgerkrieg – ein Akt der Hilflosigkeit der Arbeiterschaft – längst blutig niedergeschlagen war. Zwei MG-Stellungen flankierten die Trauerfeierlichkeiten.

Am 13. Februar 1934 näherten sich Soldaten dem Arbeitervolksheim Holzleithen. Mit weißen Tüchern signalisierten die Insassen, dass man sich ergeben werde. Die Soldaten gerieten allerdings in einen Hinterhalt und vier Soldaten wurden erschossen.

Das Bühnen-Massaker

Nun wurde das Heim von allen Seiten angegriffen und auch eingenommen. Als Rache für die toten Soldaten wurden sechs Arbeiter auf die Bühne gestellt und auf sie geschossen. Vier Arbeiter wurden dabei tödlich getroffen, zwei überlebten dieses Massaker schwerverletzt. Die Fotos von diesem „Bühnen-Massaker" gingen um die Welt. Es gibt Behauptungen, dass die Erschießung auf einer Rieder Bühne nachgestellt wurde. Für diese Annahme spricht vor allem, dass die Opfer „trotzig und mutig dem Tode ins Auge schauten". Alleine im Hausruckviertel kamen sieben Schutzbündler und fünf Exekutivbeamte ums Leben.

Der Aufstand der Arbeiterschaft hatte nur eine kurze Dauer. Die Hinrichtung einiger ihrer Führer, das Verbot der Partei und der Gewerkschaft waren die Folgen dieses sinnlosen Unterfangens. Insgesamt starben während der Arbeiterrevolte 72 Personen. 28 Exekutivbeamte und 29

Arbeiter verloren in Oberösterreich dabei ihr Leben. Auch 15 Zivilisten kamen zwischen die Fronten.

Während dieses Februaraufstandes wurde ein Heimwehrregiment von 600 Mann nach Mattighofen verlegt. Der Arbeitslose Robert Kaihofer wurde von einem Wachsoldaten erschossen.

Bis 31. Dezember 1933 war Hans von Hammerstein-Equord Bezirkshauptmann von Braunau, der Vorplatz der Bezirkshauptmannschaft trägt seinen Namen. Als Bezirkshauptmann erlebte er viele Terroranschläge in „seinem" Bezirk.

Grenzlandkundgebung in Polling vor dem Gasthof Kaiserlinde

Er wusste auch um die Aktivitäten der Nationalsozialisten auf der anderen Seite des Inns. Nicht in der Arbeiterschaft sah er den Feind, sondern in den Nationalsozialisten. Er hegte schon früh den Verdacht, dass die Nationalsozialisten an der Destabilisierung der politischen Verhältnisse in Österreich interessiert waren. Hammerstein wurde mit Wirkung vom 1. Januar 1934 Sicherheitsdirektor von Oberösterreich. Als solcher erlebte er den Arbeiterputsch aus nächster Nähe. Auch die Person Richard

Bernascheks sah er kritisch. Vor allem die „Fluchthilfe" durch die Nazis erschien ihm verdächtig. Nach dem Krieg vertrat er die Ansicht, dass die wahren Drahtzieher des Arbeiteraufstandes die Nationalsozialisten gewesen seien. Der Grenzposten in Haibach wurde in der Nacht vorher von Angehörigen der „Österreichischen Legion" überfallen. Die spätere Flucht von Bernaschek aus dem Gefängnis wurde von Nationalsozialisten ermöglicht. Der damalige Gauinspektor der NSDAP in Österreich, Theo Habicht, rief die Arbeiter zum Aufstand auf. Laut seinen Aufzeichnungen hat sich die Indizienkette erst zehn Jahre später für ihn geschlossen. Im Juli 1944 wurde Hammerstein von der Gestapo verhaftet. Sein Zellengenosse war Franz Fiala, ehemaliger Schutzbundangehöriger in Steyr. Laut Fiala war das „Losschlagen" nicht von Bernaschek, sondern vom Bürgermeister von Steyr, Sichelrader, und dem Landtagsabgeordneten Schrangl ausgegangen. Bernaschek sei selbst nur ein „Geschobener" gewesen, der sich den radikalen Gruppen in Steyr und Linz hatte fügen müssen. Nach dem „Umbruch 1938" seien beide Politiker bald mit dem nationalsozialistischen Parteiabzeichen auf der „braunen Politbühne" erschienen. Die „fünf Thesen" von Hammerstein zeigen zumindest, wie verworren die damalige politische Situation in Österreich war. Den endgültigen objektiven Beweis, dass die Nationalsozialisten die Fadenzieher und die Sozialdemokraten letztlich die „Gefoppten" waren, konnte er allerdings nicht erbringen. Hinter der Frage, ob die Nationalsozialisten die wahren Drahtzieher des Arbeiterputsches waren, muss ein großes Fragezeichen gesetzt werden.

Eine weitere Theorie läuft darauf hinaus, dass die Regierung bewusst den Arbeiteraufstand provoziert habe. Durch den andauernden „Würgegriff" hätten Dollfuß und seine Minister die Sozialdemokraten förmlich zu dieser Verzweiflungstat getrieben.

Nach dem Scheitern zeigten sich Dollfuß und Justizminister Schuschnigg unbarmherzig. Einige Arbeiterführer bezahlten ihre Teilnahme am Putsch mit ihrem Leben. Mit Terroranschlägen sollten die Einwohner der Alpenrepublik in die Knie gezwungen werden.

In vielen Orten und Städten des Landes kam es zu Anschlägen durch die Nazis. In Ried kam es zu zwei Anschlägen gegen die Rieder Volkszeitung. Foto: Rieder Volkszeitung

Durch einen Sabotageanschlag der Nazis entgleiste im April 1934 ein Zug zwischen Oftering und Marchtrenk. Dieser feige Anschlag kostete ein Menschenleben und 14 Schwerverletzte. In Ried gab es zwei Sprengstoffanschläge gegen die „Lügenpresse Rieder Volkszeitung".

Bei einem Ziegelwerk in der Nähe von Ried wurde auf dem Schlot eine Hakenkreuzfahne gehisst. In Braunau wurde ein Transformatorenhaus vollständig zerstört. Bei einer Hausdurchsuchung bei den Kommunisten in Braunau kam es am 19. Juli 1934 zur Gegenwehr. Ein Gendarm wurde dabei niedergeschossen.

Am 25. Juli 1934 wurde der österreichische Bundeskanzler Dr. Dollfuß von nationalsozialistischen Putschisten ermordet. Nach seinem Tod wurde er einerseits als „Heldenkanzler" verehrt, anderseits als „Arbeitermörder" verunglimpft. Foto: Rieder Volkszeitung

Im Juli 1934 putschten die Nationalsozialisten. Hinter den Putschplänen stand Hitler persönlich. Der österreichische Bundeskanzler Dollfuß wurde von den Putschisten angeschossen. Weder Priester noch Arzt durften zu dem Sterbenden. In seiner Todesstunde bestimmte er noch den Justizminister Schuschnigg zu seinem Nachfolger. Wenige Stunden später erlag Dollfuß seinen Schussverletzungen. Zum Schutz Österreichs marschierten die Truppen Mussolinis am Brenner auf. Diese *„nationalsozialistische Revolution"* war ein Flop, die einen tobenden Hitler hinterließ. Der Putsch der Nationalsozialisten kostete mehr als 200 Österreichern das Leben. Für die illegalen Anhänger der Sozialdemokraten war aber Dollfuß weiterhin der „Arbeitermörder". Dollfuß gehört wohl zu den umstrittensten Politikern in der neueren Geschichte Österreichs. Beim Durchblättern der Rieder Volkszeitungen der Jahre 1934 und 1935 bemerkt der *„verspätete Leser"*, dass unzählige Denkmäler für den *„heldenmütigen Kanzler"* im Bezirk errichtet und Gedenkgottesdienste abgehalten wurden. In der Gegenwart erinnert nur mehr wenig an ihn. Schon die Nazis haben die Denkmäler wieder entfernt. Die ÖVP nützte die Generalsanierung des Parlaments, sodass sein Porträt aus dem Klubraum dieser Partei verschwunden ist. Nur das Eingangstor des Neuen Doms in Linz erinnert an ihn. Eine später angebrachte Begleittafel bemüht sich um Relativierung des Geschriebenen. Vielleicht wäre es durchaus sinnvoll, wenn an anderer Stelle im größten Kirchenraum Österreichs an die eigenen Märtyrer, die zwischen 1940 und 1945 für die Kirche ihr Leben lassen mussten, erinnert werden würde. Die Vaterländische Front erhielt nach der Ermordung von Dollfuß mit Kurt Schuschnigg einen neuen Bundeskanzler. Schuschnigg war ein gewissenhafter Bürokrat, der aber durch seine verfehlte Außen- und Innenpolitik Österreich vier Jahre später mit in sein Verderben führte. Die Sozialdemokraten hielt er für wesentlich gefährlicher als die Nationalsozialisten, in der Außenpolitik lehnte er sich sehr einseitig an Italien an. Auch mit Deutschland suchte er eine gewisse Annäherung, anscheinend überschätzte er die *„Handschlagqualität des Führers"*. Die Nationalsozialisten erlangten in Oberösterreich von Jahr zu Jahr größere Bedeutung. Durch das „Juliabkommen" im Jahre 1936 zwischen Wien und Berlin wurde die Tausendmarksperre wieder aufgehoben und die Souveränität Österreichs blieb zunächst erhalten. In der Folge kam es zu keinen Terroranschlägen mehr. Nach dem missglückten Abenteuer Mussolinis in Abessinien, heute Äthiopien, suchte dieser Hilfe bei Hitler. Es entstand die *„Achse Rom-Berlin"*, Österreich stellte dabei in der Mitte höchstens einen *Achsenbruch* dar.

Schuschnigg führte weitgehend die Politik seines ermordeten Vorgängers fort. Das Heer wurde aufgerüstet, politische Gegner verfolgt und eine Hartwährungspolitik betrieben. Die Politik des Ständestaates war aber durch einen massiven Antisemitismus geprägt. In Oberösterreich gab es zwar nur 800 Juden, trotzdem mussten sie als Sündenböcke für die schlechte wirtschaftliche Lage herhalten. Der damalige Linzer Bischof Gföllner war auch nicht vor dem religiösen Antisemitismus gefeit. Allerdings war sein Antisemitismus „nur" religiös geprägt. Den Rassismus und den rassistischen Antisemitismus der Nationalsozialisten lehnte er strikt ab. Angemerkt muss auch werden, dass ab 1934 die Wirtschaft sich relativ gut erholte. Geld wurde für die Modernisierung der Betriebe und die Neuerrichtung von Firmen verwendet. Im Jahr 1936 kam es zu einem Treffen der Kommunisten im Kobernaußerwald.

Spätestens ab Herbst 1937 war Österreich vollkommen isoliert. Natürlich wurde diese Tatsache in Berlin dankend zur Kenntnis genommen. Bei einem Gespräch am 12. Februar 1938 in Berchtesgaden stellte der deutsche Kanzler den österreichischen Kanzler vor vollendete Tatsachen.

Militärische Inspizierung am Rieder Hauptplatz im September 1937

Hitler unterstellte dem Kanzler mit adeligen Wurzeln „Volksverrat". Durch das Bündnis zwischen Rom und Berlin und der Uneinigkeit innerhalb der österreichischen Politik war das Schicksal Österreichs praktisch besiegelt. Nun rächte sich die Außenpolitik Schuschniggs. Sie orientierte sich nur in Richtung Rom. Mit den Westmächten unterhielt er ein weitgehend unterkühltes Verhältnis. Zu spät merkte er seinen Fehler und musste eingestehen, dass die Westmächte nicht zu einer Hilfestellung bereit waren.

Am 12. März 1938 überschritten deutsche Truppen die österreichischen Grenzen. Der Jubel weiter Kreise der österreichischen Bevölkerung kannte anscheinend keine Grenzen mehr. Die erklärten Gegner der neuen Machthaber verschwanden schnell hinter den Mauern der Gefängnisse und der Konzentrationslager.

Diese Tabelle enthält eine Zusammenstellung von Aktenvermerken der BH Ried im Zeitraum zwischen 1933 und 1938 gegen illegale Nationalsozialisten, aber auch Kommunisten und Sozialdemokraten, mit Benennung und Anzahl der von ihr verfolgten Delikte.

Verfahren wegen des Ausrufens „Heil Hitler!"	106
Mitgliedschaft oder Betätigung bei der illegalen nationalsozialistischen Partei Ö.	226
Besitz von Flugzetteln, Hakenkreuzsymbolen und -fahnen, verbotenen Büchern, Zeitungen und anderen Druckwerken mit nationalsozialistischem Inhalt	48
Verursachung von Terrorschäden, verbotener Waffenbesitz, Sprengmittelbesitz, Besitz und Verwendung von Papierböllern	57
Verbotene Propaganda für die verbotene NSDAP durch Verbreitung von Flugschriften, Abhaltung von Versammlungen und Zeigen von nationalsozialistischen Symbolen	45
Absingen des Horst-Wessel-Liedes und anderer Lieder, die den nationalsozialistischen Idealen dienen sollten	39
Verbreitung falscher Gerüchte, Erzählen staatsfeindlicher Witze, abfällige Äußerungen über österreichische Politiker und Geistliche	7
Schmieraktionen, Anbringung von Hakenkreuzen, Tragen von Nazisymbolen wie Originalhakenkreuzbinden, Hakenkreuzringen und Parteiabzeichen. Kekse in Hakenkreuzform auf Christbäumen, Tragen von Seidentüchern mit eingestickten Hakenkreuzen, Beschmieren einer Kirchenmauer mit Hakenkreuzen, Hissen von Hakenkreuzfahnen, Zünden von Hakenkreuzfeuern, Tragen von verbotenen Uniformen, bedenkliche Äußerungen, Herstellung eines Hakenkreuzes durch Anbau von Rüben, Hakenkreuzzeichnungen an Haustüren, Verweigerung der Entfernung eines Hakenkreuzes, Tragen von Kornblumen zu Demonstrationszwecken, bedenkliche Schreibweisen, Veranstaltung eines Henkerspiels, Verkauf von SA-Losen, Aufforderung zum Lesen einer verbotenen NS-Zeitung, Benützung eines „NS-Jo-Jo", öffentliches Spielen des vierjährigen Sohnes mit einer NS-Fahne, Horst Adolf als Namensgebung für Sohn, Kurierdienste nach Bayern, Verteilung von Flugzetteln, Verheimlichung einer gesuchten Person, Verbreitung von Hakenkreuzkarten, Hitlerbild im Wohnzimmer, Verhöhnung einer Trauerfahne, Ermunterung zur Parteitätigkeit, Säen eines Hakenkreuzes, Verkauf von Schokoladewaren in Hakenkreuzform, Beimengung von Explosionskörpern in Rauchwaren	115

Ersatzleistungen für die Julirevolution, Übernahme der Kosten für die Anhaltelager	11
Schmähung der Abzeichen der Vaterländischen Front, ungebührliches Benehmen bei Veranstaltungen der Vaterländischen Front, bedenkliche Äußerungen über die Republik Österreich, Beleidigung des Bundeskanzlers, ungestümes Benehmen gegen Gendarmerie Beamte, demonstratives Sitzenbleiben beim Abspielen der Bundeshymne, bewusste Unterlassung der Beflaggung der Häuser, Werbung für den Austritt aus der Kirche, verbotene Politikerwitze, Gutheißung der Ermordung des Bundeskanzlers, Wassergüsse vom Fenster auf vorbeischreitende Heimwehr, Schmähung der Landesregierung	36
Erhebungen gegen die kommunistische Partei	
Kommunistische Betätigung, Mitgliedschaft, Heil-Moskau-Rufe	13
Verbreitung und Besitz von kommunistischen Flugblättern, Besitz von kommunistischen Zeitungen	25
Anschlag auf Stromleitung. Besitz von Sprengstoff. Ein Arbeiter aus Eberschwang wurde wegen dieses Delikts sogar zum Tode verurteilt. Dieses Urteil wurde allerdings nie vollstreckt.	2
Sozialdemokratische Partei	
Verbreitung von sozialdemokratischen Flugblättern, verbotene Parteientätigkeit	6
Auflösung der Konsumvereine, Beschlagnahmung des Parteivermögens, Auflösung des Republikanischen Schutzbundes, Behandlung der Begnadigungsbitten von SP-Funktionären.	3

Die „Aktenvermerke" für die Tabelle stammen von der BH Ried. Diese Akten befinden sich im Landesarchiv und wurden für das Internet digitalisiert.

NATIONALISMUS, ANTISEMITISMUS, HITLERISMUS

Im Jahre 1849 betätigte sich ein kluger Österreicher als Prophet und vernichtete mit wenigen Worten das Bildungsideal der Aufklärung: *„Der Weg der neuen Bildung geht von der Humanität über die Nationalität zur Bestialität."* Mit dieser einfachen Feststellung umriss der Dichter Franz Grillparzer[1] wie ein Hellseher das Unheil der folgenden 100 Jahre. Die Industrielle Revolution, die damals am Beginn stand, brachte auch die Entwicklung von Massenvernichtungswaffen mit sich.

1849 verfassten Marx und Engels das Kommunistische Manifest. Dieses war später eine Grundlage für den Stalinismus und Maoismus. Beide Diktaturen betrieben Nationalismus in ihrer brutalsten Form.

Der Nationalismus, der zunächst von Napoleon niedergeworfen wurde, erwachte wieder durch die Pariser Julirevolution 1830. Jede Nation sollte einen eigenen Staat haben, in jedem nur eine Nation leben. Opfer dieser Idee wurden später der Vielvölkerstaat Österreich und das zaristische Russland. Der Nationalismus[2] verherrlichte die eigene Nation und wertete die anderen ab. Diese Abwertung einer anderen Nation, anderer Rassen, erreichte mit der Judenverfolgung im III. Reich einen negativen Höhepunkt. Die Lösung der deutschen Frage erfolgte durch Bismarck im großpreußisch-kleindeutschen[3] Sinne. Die Deutschösterreicher wurden

---

1 Der österreichische Nationaldichter wurde 1791 in Wien geboren. Nach seinem Jusstudium wurde er Beamter. Als Archivdirektor ging er 1856 in die Pension.

2 Beim Nationalismus sollte grundsätzlich zwischen einem positiven und negativen N. unterschieden werden. Der positive Nationalismus nimmt keine Wertungen vor. Dieser verfügt auch über Toleranz gegen Minderheiten. Es kommt zu keiner Diskriminierung von anderen Rassen, Kulturen, Sitten und Gebräuchen. Man lässt „auch die anderen leben". Als positives Beispiel dürfen die Westfriesen in den Niederlanden angesehen werden. Der negative Nationalismus besitzt genau die umgekehrten Vorzeichen. Das eigene Volk wird häufig weitgehend überschätzt, andere Völker und Staaten dafür gering geschätzt.

3 Emil Franzel: „Das Reich der braunen Jakobiner. Der Nationalsozialismus als geschichtliche Erscheinung". Verlag Pfeifer. München 1964

ausgeschlossen. Viele Zeitgenossen sahen diese Lösung als unvollendet an. Die Schweizer, Balten, die Deutschösterreicher und sogar die Niederländer sollten im Staatenbunde aufgenommen werden. Nur die christlichen und die marxistischen Parteien waren Gegner dieser Geistesströmung. Die Nationalisten sahen im eigenen Volk den höchsten sittlichen Wert. Im Osten verbreitete sich die Gedankenwelt des Panslawismus. Der Nationalismus entwickelte sich immer mehr zu einer Ersatzreligion. Schon bald wurde der Nationalismus durch den Sozialismus ergänzt. Beide Strömungen waren betont kirchenfeindlich. In Österreich vertrat Georg von Schönerer[4,5] mit *„Ohne Juda, ohne Rom, wird erbaut Germanias Dom!"* und *„Der unter kühlerem Himmel gereifte Mensch hat auch die Pflicht, die parasitären Rassen auszurotten"*, so wie *„man bedrohliche Giftschlangen und wilde Raubtiere eben ausrotten muss"*, diese Gedankenwelt. Vor allem im Waldviertel war der Großgrundbesitzer Schönerer ungemein populär. Der Ehrenbürger von Zwettl wurde häufig auch als der „Herrgott von Zwettl" bezeichnet. Hitler war von der Gedankenwelt Schönerers so fasziniert, dass er in seinem Buch „Mein Kampf" gleich auf mehreren Seiten auf dessen Ideen einging. Schönerer war sicherlich der bedeutendste Vertreter des deutschen Nationalismus in der Donaumonarchie. Er lehnte diese Monarchie ab, weil sie nach seiner Ansicht ein Gemisch der verschiedenen Völker war. Daneben waer antikapitalistisch,

---

4 Wikipedia: Georg Heinrich Ritter von Schönerer wurde 1842 als Sohn eines Eisenbahnunternehmers geboren. Er galt als heftiger Gegner des politischen Katholizismus und glühender Antisemit. Er gilt als einer der geistigen Ziehväter des jungen Adolf Hitler. Schönerer war Mitglied mehrerer Burschenschaften. Sein radikaler Antisemitismus hinderte ihn nicht, eine Jüdin zu heiraten. Schönerer verkündete immer wieder völkisch-antisemitische Parolen: „Durch Reinheit zur Einheit!", „Die Religion ist einerlei, im Blute liegt die Schweinerei!" Als Vorkämpfer der „Los-von-Rom-Bewegung" trat er zum Protestantismus über. Er kämpfte weiters für die Auflösung der Monarchie. Der Angriff auf eine „jüdische Zeitung" brachte ihm vier Monate Gefängnis und die Aberkennung des Adelstitels ein. Sogar die Arbeiterzeitung musste anerkennen, dass er als Grundherr als sehr sozial galt.
5 Evan Burr Bukey: „Hitlers Österreich. Eine Bewegung und ein Volk". Europa Verlag. Hamburg/Wien 2000

antikatholisch, antiliberal, antisozialistisch und vor allem antisemitisch eingestellt. Er war der neue Heilsbringer für Teile des Bürgertums und vor allem für jene, die in den Juden eine gefährliche Konkurrenz sahen. Auch Houston Stewart Chamberlain[6] prägte die nationale und antisemitische Entwicklung Hitlers maßgeblich. In München wurde durch Anton

---

6   Chamberlain wurde 1855 als Sohn einer wohlhabenden Adelsfamilie in England geboren. Die Mutter starb schon bald nach seiner Geburt. Seine Jugend verbrachte er daher weitgehend in Versailles bei Großmutter und Tante. Als Schriftsteller schrieb er Bücher über Richard Wagner, Immanuel Kant und Johann Wolfgang von Goethe. 1899 verfasste er sein bekanntestes Werk „Grundlagen des neunzehnten Jahrhunderts". Dieses gilt als Standardwerk des rassistischen Antisemitismus in Deutschland. Bei der Rückkehr nach England beherrschte er die französische Sprache besser als seine Muttersprache. Er war den dauernden Anfeindungen seiner Mitschüler ausgesetzt. Er fühlte sich im eigenen Land als Ausgestoßener. Das mag wohl der Hauptgrund dafür gewesen sein, dass er sich schon bald dem Deutschtum zuwandte. Schon früh erhielt er eine Leibrente von seinem Vater. Diese ermöglichte ihm ein weitgehend ungebundenes Leben. Die weiteren Jahre verbrachte er, inzwischen verehelicht, in Dresden. Nach Dresden folgte die Wiener Zeit. In Wien störte ihn vor allem das Sprachenwirrwarr. In ihm verfestigte sich der Gedanke, dass man das Deutschtum vor fremden Einflüssen und rassistischer Durchmischung schützen müsse. Mit seinem Standardwerk Grundlagen des neunzehnten Jahrhunderts schuf er die theoretischen Grundlagen für den rassistischen Antisemitismus. Zur begeisterten Leserschaft zählten neben Adolf Hitler und Alfred Rosenberg auch Kaiser Wilhelm II., Winston Churchill und Albert Schweitzer. In diesen Jahren kam es auch zur Trennung von seiner ersten Frau. Er heiratete nun Eva Wagner, die Tochter von Cosima und Richard Wagner. Bis zum Ersten Weltkrieg verbrachte er ruhige Jahre in Bayreuth. Durch den Ausbruch des Krieges kam er in eine persönliche Zwickmühle. Seine alte Heimat England kämpfte gegen seine neue Heimat Deutschland. Er entschied sich für Deutschland und wurde auch dessen Staatsbürger. Er trat auch in die Deutsche Vaterlandspartei ein. Er konnte die Niederlage Deutschlands nicht verstehen, weil deutsche Soldaten bis Kriegsende noch feindliches Territorium besetzt hielten. In der „Dolchstoßlegende" und in der „Verschwörung der Juden" sah er schon bald mögliche Gründe. 1923 besuchte Hitler sein großes Idol in seinem Haus in Bayreuth. Chamberlain starb 1927 mit 71 Jahren. Bei seinem Begräbnis war Adolf Hitler anwesend.

Drexler[7] und den Schriftsteller Karl Harrer[8] die Nationalsozialistische Partei gegründet. Bekannt wurde die neue Partei zunächst in Deutschland und später in der Welt durch ihren brutalen Antisemitismus[9]. Den tiefen Hass gegen das Christentum hielt man zunächst zurück, weil man die christlichen Wähler nicht vor den Kopf stoßen wollte. Das Streben nach der absoluten Macht, der Diktatur eines Mannes, vertrug sich nicht mit den Werten der christlichen Religion.

---

7 Die Welt: „Fast wäre Hitler kein Nazi geworden" von Johannes Althaus am 4.11.2017. Am 5. Januar 1919 gründete Anton Drexler gemeinsam mit Karl Harrer die Deutsche Arbeiterpartei (DAP), die 13 Monate später im Münchner Hofbräuhaus in Nationalsozialistische Deutsche Arbeiterpartei (NSDAP) umbenannt wurde. In „Mein Kampf" wurde Drexler von Hitler als einfacher Arbeiter ohne militärische Erfahrung und rhetorisches Talent abgekanzelt. Er sei daher als Parteiführer vollends ungeeignet, weil er „nicht fähig wäre, mit brutalster Rücksichtslosigkeit die Widerstände zu beseitigen, die sich im Emporsteigen der neuen Idee in die Wege stellen mochten". Schon bald gründete Drexler eine neue Partei und trat aus der NSDAP aus. Beim Putschversuch beteiligte er sich nicht. Nach der Machtergreifung Hitlers trat Anton Drexler erneut in die Partei ein. 1934 erhielt er als Gründungsmitglied der NSDAP den Blutorden. Bis zu seinem Tod im Jahre 1942 blieb er sonst auf dem Abstellgleis der Partei.

8 Karl Harrer war Sportjournalist beim Münchner Beobachter, der seit 1918 im Besitz der antisemitischen Thule-Gesellschaft war. Eigentümer dieser „Unabhängigen Zeitung für nationale und völkische Politik" war Rudolf von Sebottendorf, Mitglied der Thule-Gesellschaft. Auf Geheiß von Sebottendorf engagierte sich Harrer parteipolitisch. Harrer wollte die Deutsche Arbeiterpartei wie einen Geheimbund führen. Dies hätte die Pläne Hitlers vollends durchkreuzt. In der Folgezeit verstärkten sich die Reibereien zwischen Harrer und Hitler. Harrer bezichtigte Hitler des Größenwahns. Bereits 1920 trat Harrer aus seiner eigenen Partei wieder aus. Den vakanten Vorsitz übernahm zunächst Drexler und wenig später Hitler. Harrer starb mit knapp 36 Jahren 1926 in München eines natürlichen Todes.

9 Wikipedia: Antisemitismus ist eine Ableitung des Wortes „Semiten". Es ist eine Judenfeindlichkeit, begründet auf Sozialdarwinismus, Nationalismus, Geschichte des Christentums, Rassismus und einer immer wiederkehrenden Verschwörungstheorie. Der Antisemitismus führte unmittelbar zum Holocaust. Vor allem in den letzten Jahren kam es zu einer Renaissance des Antisemitismus in vielen Staaten Europas.

Im Laufe der Geschichte gab man den Juden die Schuld an Epidemien, Missernten und Kriegen. Man beschuldigte sie als Gottesmörder, da sie Jesus Christus ans Kreuz schlugen. Ein weiteres Argument für den Judenhass war, dass sie immer wieder Auslöser für Revolutionen gewesen seien. Durch Joseph II. kam es im Habsburgerreich zu einer Emanzipation des Judentums. Juden traten ab nun in linke und liberale Parteien ein. Ein Phänomen in der Geschichte besteht darin, dass oft Judenhasser selbst Juden waren. Richard Wagner soll wegen einer Beziehung Halbjude gewesen sein. Der Judenhasser Heydrich war Vierteljude.

Im Februar 1919 ermordete Graf Anton Arco von Valley den bayrischen Ministerpräsidenten Dr. Kurt Eisner. Als Begründung für den Mord gab der junge Graf zu Protokoll: *„Eisner ist Bolschewist, er ist Jude, er ist kein Deutscher, er fühlt nicht deutsch, untergräbt jedes deutsche Denken und Fühlen, ist ein Landesverräter."* Die Mutter von Graf Arco stammte aus dem jüdischen Bankhaus Oppenheim. Der junge Graf mit jüdischem Blut in den Adern war vor allem über den Ausschluss aus der Thule-Gesellschaft maßlos verärgert und wollte durch die Tat seine nationale Gesinnung zeigen. Die Thule-Gesellschaft war ein Vorläufer der Nationalsozialistischen Partei. Gemeinsam verbrachten der junge Graf und Hitler einen Teil ihrer Gefängnisstrafe in der Justizanstalt Landsberg am Lech. Hitler soll sich über das laute Klavierspiel von Graf Arco maßlos geärgert haben.

Das Gerücht, dass der Großvater Hitlers Jude gewesen sei, hält sich bis zum heutigen Tag. Der Rechtsanwalt Hans Frank, der einen Teil seiner Kindheit in Rotthalmünster verbrachte, wurde 1931 damit beauftragt, Gerüchten nachzugehen, ob der Großvater Hitlers tatsächlich Jude war. Als dubioser Rechtsanwalt vertrat er die NSDAP und Hitler in vielen Rechtsstreitigkeiten. Nach dem Überfall der Wehrmacht auf Polen 1939 wurde Frank Generalgouverneur des besetzten Landes. Als hoher Beamter und „König von Polen" war er tief verstrickt in die Mordmaschinerie der Nazis. Der *„Schlächter von Polen"* zählte zu den 24 Hauptkriegsverbrechern in Nürnberg. Das Geheimnis, ob Hitler Vierteljude war, nahm der

Ehrenbürger von Rotthalmünster (Niederbayern) wohl mit zum Galgen. Oberösterreich wurde während der Nazi-Zeit ein Land der Gegensätze. Tatsächlich erhielt das Land einen „Modernisierungsschub". Die Industrialisierung wurde vorangetrieben und im „Vier-Jahres-Plan" von Göring spielte Oberdonau eine bedeutende Rolle. Diese Industrialisierung hatte de facto nur ein Ziel, denn der geplante Krieg gegen die „Untermenschen des Ostens" und gegen die Westmächte brauchte eine unendliche Anzahl an Waffen. Sogar die Vernichtung der Menschen wurde vom Regime „industrialisiert". In der Umgebung von Linz entstanden mit Mauthausen und Hartheim „Tötungsfabriken", in denen in Summe 130.000 Menschen auf bestialische Weise ermordet wurden. Völkermord wurde vom Regime „technokratisiert". Die in den Augen der Machthaber „Minderwertigen" mussten entsorgt werden. Ein pauschales Todesurteil wurde über Behinderte, Homosexuelle, Zigeuner, Juden, Zeugen Jehovas, Kranke und Asoziale gefällt. Zumindest in Linz und seiner Umgebung war es bekannt, dass Völkermord „vor der Haustür" stattfand. Hartheim und Mauthausen sind schon deshalb erstaunlich, weil die übrigen Vernichtungs- und Konzentrationslager weitgehend in abgelegenen Gegenden angesiedelt waren.

Es begann eine Zeit des Wegschauens und sich selbst retten Wollens. Man war weder Nationalsozialist noch Widerstandskämpfer. Auch die Parteimitgliedschaft sagt oft wenig aus. Beamte wurden berufsbedingt Mitglieder der Partei, Nichtmitglieder waren oft die „besseren Nazis". Eine Konformität mit dem Regime von der Parteimitgliedschaft ableiten zu wollen, erscheint daher in vielen Fällen mehr als problematisch. Entscheidend war weniger, ob man 1938 Parteimitglied wurde, sondern ob man nach den Erfahrungen der sieben Jahre das Regime 1945 und später noch immer bejahte. 700.000 eingeschriebene Parteimitglieder, 2700 hingerichtete Widerstandskämpfer. Welch ein Gegensatz der Zahlen. 100.000 Österreicher wurden aus politischen Gründen inhaftiert und lernten dabei häufig die „neuesten Foltermethoden" der Gestapo kennen. Bis Stalingrad dürfte allerdings die Zustimmung zum Regime größer gewesen sein als dessen Ablehnung. Auch einer der Gründe, warum der Widerstand in Oberösterreich mehr als schwierig war. In den anderen besetzten Gebieten Europas waren die Grenzen zwischen Besatzern und besetzter Bevölkerung wesentlich markanter. Das Regime wurde vielfach differenziert gesehen. Die „Piefkes" in der Verwaltung und als Offiziere wurden unisono abgelehnt, genauso wie vor allem in den ländlichen Gegenden der Kampf gegen das Christentum. Punkten konnte das Regime mit dem latenten Antisemitismus und dem Antibolschewismus. Durch die Arisierungen wurden Immobilien und Betriebe „frei zur Übernahme" durch deutsche Volksgenossen. Das Regime sorgte für jene „brachiale Ordnung", die anscheinend mehr Sicherheit auf den Straßen zur nächtlichen Stunde bot. Die Hebräer mit ihrem Davidstern wurden auf der Linzer Landstraße immer seltener gesehen.

Göring ärgerte sich maßlos darüber, dass rund um die Reichskristallnacht viel „deutsches Eigentum" von den aufgebrachten Volksgenossen vernichtet wurde. Spätestens 1942 war nicht nur die Linzer Landstraße, sondern der Gau Oberdonau weitgehend judenfrei. Die Frage, was denn mit ihnen geschehen sei, war in „Zeiten wie diesen" nicht nur gefährlich, sondern für den Großteil der Bevölkerung auch weitgehend unerheblich, weil „man" und vor allem „frau" andere Sorgen hatte: der Mann an der Front, die verpflichtende Arbeit in der Munitionsfabrik, der Kampf um Nahrungsmittel und Heizmaterial, die ersten Bombenangriffe... Angst war für viele Bürger unseres Landes das bestimmende Thema. Man konnte nur mehr wenigen Mitmenschen trauen. Ein feingesponnenes und vor allem unsichtbares Netz der Gestapo überspannte das Land. Für viele galt die Überlebensstrategie „Wer nicht mit den Wölfen heult, wird am Ende von ihnen gefressen!". Sogar vor dem Frieden hatte man Angst. Wie würde die Rache der Sieger aussehen?

DER ROSENFELDZUG

Der 12. März 1938[1] war ein sonniger, aber kalter Vorfrühlingstag. Seit Mittag strömten Menschenmassen in Richtung Braunauer Hauptplatz. Die eilig aus Burghausen herbeigeholte Musikkapelle spielte Blasmusik. Eine deutsche Blaskapelle spielte in der nunmehr deutschen Stadt Braunau. Bisher standen sich die Musikkapellen „feindlich" gegenüber. Es begann bereits 1933 der „Lautsprecherkrieg". Bei NS-Veranstaltungen in Simbach musste die Stadtkapelle Braunau am Innufer möglichst laut spielen. Die Nazis verwendeten auf dem Gegenufer dafür moderne Technik. Die Musik kam aus der „Konserve".

Das Jahr 1934[2] war jenes Jahr, das Österreich endgültig spaltete und es dann vier Jahre später zur leichten Beute Deutschlands werden ließ. Am 17. Juni 1934 fand eine Grenzlandkundgebung in Braunau statt. Vizekanzler Rüdiger von Starhemberg und Landeshauptmann Dr. Heinrich Gleißner mit seinen Landräten Wenninger und Revetera waren angereist. Deren Reden wurden durch die laute Musik aus dem Reich gestört.

Bei einer ähnlichen Veranstaltung am 21. Mai 1934 in Schärding beließen es die Nationalsozialisten nicht nur bei der Musik. Mit Luftballons wurden Papierböller nach Österreich verfrachtet. Für die Nationalsozialisten der Stadt Braunau war die damalige Veranstaltung nur ein müder Abklatsch ihrer Bewegung. Damals erschienen 8000 Zuhörer, nun waren es 25.000, die Hitler sehen und begrüßen wollten. Das Ständestaatsymbol, das *„Kruckenkreuz"*, war nur ein *„verbogenes Hakenkreuz"*, wie ein Kampfgefährte damals spöttisch anmerkte.

Erstaunlich ist die hohe Anzahl jener Sympathisanten, die ihr braunes Idol unbedingt sehen wollten. Vor allem war die „Vorlaufzeit" sehr kurz. Hitler entschloss sich kurzfristig dafür, dass er sich selbst an die Spitze

---
1 Braunau History: „Braunau – braune Stadt" von Mag. Florian Kotanko
2 „Rieder Volkszeitung". Von dieser Zeitung sind jeweils ein Exemplar in Jahres- und Halbjahresbänden im Rieder Volkskundehaus gebündelt.

des Rosenfeldzuges[3] setzen wollte. Innerhalb kürzester Zeit gelang es den nationalsozialistischen Funktionären, „Sternmärsche" nach Braunau zu organisieren. Die Stadt Braunau hatte damals etwas mehr als 5000 Einwohner. Bereits wenige Stunden später erhielt Stadtpfarrer Johann Ludwig ungebetenen Besuch von der Gestapo. Die Herren mit den schwarzen Ledermänteln wollten Einblick ins Pfarrarchiv nehmen. Vor allem der päpstliche Dispens für die Ehe der Eltern von Hitler dürfte großes Interesse der Beamten geweckt haben. Diese *„Verwandtenehe"* passte so gar nicht in das Schema einer Partei, die sich der *Reinheit der Rasse* verschrieben hatte. Die Mutter Hitlers war ihrerseits die Enkelin des Bruders von Alois Hitler. Auch alles Jüdische sollte aus den Stammbäumen der Hitlers und Schicklgrubers entfernt werden.

Eine wichtige Aufgabe hatte „an Tagen wie diesen" der geborene Braunauer Edmund Glaise-Horstenau[4] zu erfüllen. Er überbrachte dem österreichischen Bundeskanzler Schuschnigg jenes Ultimatum von Hitler[5], das die österreichische Regierung endgültig in die Knie zwang. Vorher spielten sich vor allem im Bundeskanzleramt dramatische Szenen ab. Im letzten Moment wollte Schuschnigg[6] die Unterstützung der Westmächte erreichen. Nun rächte sich die Außenpolitik Schuschniggs. Zu sehr setzte er seine einzige Spielkarte auf ein Bündnis mit Mussolini. Dieser hatte längst aber ein Bündnis mit Hitler geschlossen. So stand Österreich ohne Bündnispartner da und das Heer war für einen längeren Widerstand zu schwach[7]. Mit einem deutschen Gruß verabschiedete sich Schuschnigg in einer dreiminütigen Rundfunkansprache von seinen Österreichern. Bei

---

3 Erwin A. Schmidl: „Der Anschluss. Der deutsche Einmarsch im März 1938". Bonn 1998
4 Peter Broucek: „Edmund Glaise Horstenau. Ein General im Zwielicht". Wien 1959
5 Walter Goldinger: „Geschichten der Republik Österreich 1918–1938". Wien/München 1992
6 Salzburgwiki: „Kurt Schuschnigg"
7 Christian Anger, Maria Ecker: „Nationalsozialismus in Oberösterreich". Studienverlag. 2014

der Vorbereitung dieser Rede standen ihm sein Nachfolger als Kanzler, Dr. Seyß-Inquart, und dessen künftiger Vizekanzler, General Glaise-Horstenau, zur Seite. Auch der ehemalige Bezirkshauptmann von Braunau, der spätere Sicherheitschef von Oberösterreich und Minister im Kabinett von Schuschnigg, Hans von Hammerstein-Equord[8] gesellte sich zu dieser Runde. Er soll die kritischen und vor allem prophetischen Worte gesprochen haben: „*Hoch Österreich. Heute schäme ich mich, Deutscher zu sein... Dies ist das Ende Österreichs... aber das ist auch das Ende Deutschlands!*" Horstenau war schon von jeher deutschnational eingestellt, allerdings betonte er stets seinen Katholizismus. Im Kabinett Schuschnigg war er mehrfach Minister mit verschiedenen Aufgabengebieten. In der zweitägigen Übergangsregierung war er neben Dipl. Ing. Anton Reinthaller und Dr. Ernst Kaltenbrunner der dritte Minister, der aus dem Innviertel stammte.

Horstenau, der es im österreichischen Heer zum General brachte, war jener Offizier, der während des Ersten Weltkrieges die Geheimverhandlungen zwischen Kaiser Karl und dem „Feind" Frankreich dem deutschen Bündnispartner Deutschland zuspielte. In den Reihen der Paladine Hitlers wurde er mit größter Geringschätzung behandelt und gerne von ihnen hinter dessen Rücken als „*Puppe*" oder „*Weihnachtsmann*" bezeichnet. Für seine „Briefträgerdienste" erhielt er ehrenvolle Posten. Er wurde Vizekanzler Österreichs in der zweitägigen Übergangsregierung. Nach dem zweitägigen Intermezzo trat allerdings ein jäher Karriereknick – laut Peter Broucek „*ein General, mit dem man nichts anzufangen wusste*" – für den geborenen Braunauer ein. Eines hatte Horstenau mit Hitler gemeinsam – den Geburtsort Braunau. Bei jeder Gelegenheit machte er die Umwelt auf diese Tatsache aufmerksam. Die Geringschätzung bei Gesprächen über ihn blieb bestehen, bei Begegnungen mit ihm wurde ihm größter Respekt gezollt. Hintergrund für diesen oft auftretenden Sinneswandel war, dass zwischen den beiden Braunauern Hitler und Glaise-Horstenau eine tiefe Männerfreundschaft

---

8 Harry Slapnicka: „Hitler und Oberösterreich. Mythos, Propaganda und Wirklichkeit um den Heimatgau des Führers" Edition der Geschichte. 1998

vermutet wurde. In der Realität kühlte sich die Begeisterung Horstenaus für den Führer immer mehr ab. Wie eine Kerze erlosch diese am Ende vollständig. Im betrunkenen Zustand lästerte er über den Führer. Für einen „normalen Reichsbürger" hätten sich dafür schnell die Pforten eines Konzentrationslagers geöffnet. Sein weiteres Leben war nur mehr eine Tragödie. Bei seinem Einsatz in Kroatien sah er die ganze Brutalität des Hitlerismus und dessen Vasallen. So wie Hitler endete Glaise-Horstenau durch sich selbst – beim Nürnberger Kriegsverbrecherprozess musste er gegen die „eigenen Leute" aussagen, bei denen er sich einst anbiederte. 14 Monate nach Hitlers Selbstmord beging auch er im Lager Langwasser bei Nürnberg Suizid.

Die Grenzbalken zwischen Österreich und Deutschland wurden entfernt.

Hitler flog am Morgen des 12. März 1938 von Berlin nach München. Eine Wagenkolonne bewegte sich in Richtung Mühldorf am Inn, dem Hauptquartier der 8. Armee. Dort ließ sich Hitler über die Besetzung Österreichs informieren. Die Soldaten würden mit Kuchen und Blumen empfangen. Eine Welle der Sympathie schlage ihnen entgegen. Auch die internationale Presse berichtete darüber, dass die Besetzung Österreichs in den Hauptstädten Europas zur Kenntnis genommen wurde. Die Besetzung

Österreichs ging als „Unternehmen Otto"⁹ in die Geschichte ein. „Otto" war eine Anspielung auf den Kaisersohn Otto von Habsburg. Dieser war ein Exponent jener Kräfte, die für eine Gegenwehr gegen die deutsche Wehrmacht eintraten.

Hitler am Braunauer Hauptplatz

Der Hauptplatz von Braunau war inzwischen mit etwa 25.000 fanatischen Anhängern übervoll. Auf den Ladeflächen von Lastwägen, mit dem Fahrrad, dem Motorrad und im Eisenbahnwaggon wurde dem künftigen Heilsbringer und Retter aus ihrer wirtschaftlichen Schieflage entgegengefahren. Eben in diesem Braunau wurde er 49 Jahre vorher geboren und auch getauft. In seiner Geburtsstadt sah er eine Form der Vorsehung und einer *glücklichen Bestimmung*. Die Grenzstadt Braunau war für ihn ein Bindeglied zwischen dem Deutschen Reich und seiner Heimat Österreich.

Kurz vor vier Uhr erreichte der Wagenkonvoi die Brücke, die Simbach mit Braunau verbindet. Ein Vierteljahrhundert vorher verließ er als Arbeitsloser und Fahnenflüchtiger Österreich (Hitler befolgte die österreichischen Einberufungen zu den Stellungskommissionen nie). In diesen 25 Jahren vermied er es auch weitgehend, mit seinen Verwandten und der Familie Kontakt zu halten.

Als strahlender Held kehrte er in seine ursprüngliche Heimat zurück. Der Doppeladler am Brückengeländer wurde nur zum Teil mit der

---

9 Wikipedia: „Otto von Habsburg"

Hakenkreuzfahne verhüllt. In Braunau begann eine unvergleichbare Triumphfahrt für Hitler. Stehend im Auto fuhr er bei seinem Geburtshaus vorbei.

In diesem Haus wohnte Hitler nur drei Jahre. Sein Interesse für dieses Haus dürfte – so wie auch für Braunau – auch in der weiteren Folge sehr gering gewesen sein. In der Gegenwart verfällt dieses Haus immer mehr.

Die Eigentümerin wurde enteignet, neuer Besitzer ist die Republik Österreich. Auch über die künftige Verwendung scheiden sich die Geister. Diese reicht von einem „Haus der Verantwortung" über ein „Steakhaus" (Hitler war bekanntlich Vegetarier) bis zu einem Haus für Sozialeinrichtungen. Endgültig soll nun die Braunauer Polizei in das Gebäude einziehen. Das Schicksal der Stadt Braunau ist es eben, automatisch mit einem der größten Verbrecher der Menschheitsgeschichte verbunden zu werden. Nach dem Motto: Salzburg hat seinen Mozart, Innsbruck seinen Andreas Hofer und Braunau eben seinen Hitler.

Begeisterung an den Straßenrändern.

Viele vergossen Tränen der Freude. Es soll allerdings auch vor allem Männer gegeben haben, die vom Mercedes Hitlers mehr fasziniert waren als vom „großen Führer". Es waren allerdings nicht alle Braunauer in der jubelnden Menge. Kommunisten, Sozialisten, Zeugen Jehovas wussten bereits zu diesem Zeitpunkt, dass für sie schlimme Zeiten anbrechen würden. Es gab auch jene, die einen „klaren Verstand" behielten. Sie sahen im Nationalsozialismus nur eine Blase, die einmal zerplatzen musste. Vor allem die christlich geprägte Landbevölkerung sah in Hitler einen

„Antichristen". Der städtische Mittelstand – Beamte, Angestellte, Lehrer, Geschäftsleute, Rechtsanwälte – zählte mehrheitlich zum Lager Hitlers. Mehrheitlich heißt in diesem Fall, dass unter den aufgezählten Berufsgruppen auch entschiedene Gegner Hitlers waren.

Der „Rosenfeldzug" war der einzige Feldzug, an dem Hitler persönlich teilnahm. Am Unternehmen „Otto" nahmen 65.000 Soldaten mit zum Teil schwerer Bewaffnung teil. Die „Besetzung" nahm häufig kabaretthafte Formen an. Die Truppenzusammenstellung erfolgte in größter Eile und war deshalb auch weitgehend desorganisiert. Das dazu notwendige Kartenmaterial fehlte zumeist. Soldaten wurden losgeschickt, um in Trafiken Fremdenverkehrsprospekte mit beinhalteten Landkarten einzukaufen. Die Soldaten der 8. Armee wurden am 11. März zur Grenze gebracht. Nun warteten sie auf ihren Marschbefehl. Eine gewisse Spannung befiel die Wehrmachtssoldaten. Kam es zu Kampfhandlungen mit dem österreichischen Heer? Die Soldaten beschäftigten sich mit dieser und ähnlichen Fragen. Viele deutsche Soldaten konnten sich diese Fragen erst gar nicht mehr stellen. Sie waren zu stark alkoholisiert. Die „Eroberung Österreichs" beruhte eher auf Improvisation als auf einem taktischen Konzept. In den Morgenstunden des 12. März 1938 kam der erwartete Marschbefehl. Die Schlagbäume[10] wurden entweder gemeinsam von österreichischen Zöllnern und deutschen Soldaten geöffnet oder waren bereits oben.

Kurz vor sechs Uhr betraten die ersten deutschen Soldaten bei Schärding österreichischen Boden. Überall wurden die deutschen Soldaten mit einem unglaublichen Jubel begrüßt. Den Soldaten wurden Blumen in den Gewehrlauf gesteckt. Die Menschen standen am Straßenrand, um die marschierenden Truppen zu bejubeln. Bei der Besetzung Österreichs kamen zwanzig Wehrmachtssoldaten ums Leben. Auf den Straßen Österreichs war noch der „Linksverkehr" vorgeschrieben. Viele deutsche Wehrfahrzeuge blieben „liegen", weil die Qualität des österreichischen

---

10 Lernmodule für Politische Bildung „11./12./13. März Anschluss Österreichs". Demokratiezentrum Wien

Sprits schlichtweg zu schlecht war für die deutschen Qualitätsmotoren. Am Ende waren es 39 Panzer und 7 Spähwagen, die auf der Strecke blieben.[11] 1946 amüsierte sich der „dicke Hermann" über den Anklagepunkt „Angriffskrieg gegen Österreich": „Zu einem Angriffskrieg würden wohl Schüsse, geworfene Bomben und kämpfende Soldaten gehören. Hier wurden nur Blumen geworfen."[12] Im Schlepptau der deutschen Wehrmacht befand sich die Österreichische Legion[13]. Die Legion wurde aus ehemaligen NS-Emigranten gebildet. Meistens mussten sie Österreich verlassen, weil sie vor allem in den Jahren 1933 und 1934 Straftaten in Österreich begingen. Sie verbrachten die letzten Jahre in Lagern und wurden dort militärisch gedrillt. Sonst waren sie zur Untätigkeit verdammt. Nun war für sie die Stunde des Triumphs gekommen. Aus Tätern wurden Befreier, die von der Bevölkerung mit Blumen begrüßt wurden. Für sie begann auch die Zeit der Abrechnung. Auf sie warteten lukrative Beschäftigungen. Durch „wilde Arisierungen" konnte sich so mancher Legionär ein kleines Vermögen auf die Seite schaffen.

Der Grund für diese schnelle Invasion war die für den 13. März 1938[14] geplante Volksabstimmung. In ihr sah Bundeskanzler Schuschnigg die letzte Möglichkeit, die Unabhängigkeit Österreichs zu erhalten. Die Linken im Lande signalisierten die Zustimmung bei einem eventuellen Plebiszit über die Zukunft der Souveränität des Landes. Die Kirchen des Landes sicherten ebenfalls ihre Unterstützung zu.

Göring wurde von der kurzfristig angesetzten Volksbefragung vollkommen überrumpelt. Der Ausgang der Volksbefragung war auch der deutschen Regierung klar. Eine klare Mehrheit der Österreicher hätte wohl für die Souveränität der Alpenrepublik gestimmt. Erst am 10. März

---

11 Die Presse: „Die Besetzung Österreichs war nicht nur ein Blumenkorso" von Wolfgang Gieber
12 Kurt Bauer: „Die dunklen Jahre. Politik und Alltag im nationalsozialistischen Österreich 1938–1945". Fischer Verlag. Frankfurt
13 ebenda
14 Gottfried Gansinger: „Nationalsozialismus im Bezirk Ried im Innkreis, Widerstand und Verfolgung 1938–1945". Studienverlag Innsbruck. 2016

1938 gab Hitler der 8. Armee den „Angriffsbefehl". Zu spät wurden die Westmächte um Hilfe gebeten, die diese in diplomatischer Form ablehnten. Schuschnigg musste nun einsehen, dass Österreich isoliert war und das *„Vergießen deutschen Blutes"* sinnlos gewesen wäre. Der Bundeskanzler sagte die Volksabstimmung ab und trat zurück.

Zur selben Zeit kam es in Linz bereits zur Machtübernahme durch die Nationalsozialisten. Unter der Leitung von Gauleiter Eigruber wurden alle wichtigen Gebäude und Behörden der Stadt besetzt. Ab Mitternacht wehten vor diesen Gebäuden bereits die Hakenkreuzfahnen. Nur sieben Jahre später wurden die nächsten Befreier von der österreichischen Bevölkerung gefeiert, weil diese sie von den *„einstigen Befreiern"* befreit hatten.

Hitler am Rieder Hauptplatz

Um 17.25 Uhr erreichte der Wagenkonvoi die Stadt Ried. Die Szenen von Braunau wiederholten sich. Ununterbrochen läuteten alle Kirchenglocken und Böller krachten. In Fünferreihen standen die Anhänger diszipliniert da und harrten stundenlang aus, um einige Blicke auf den Führer zu „erheischen".

„Ein Volk, ein Reich, ein Führer". Titelseite der Rieder Volkszeitung

Vorbei ging es auch an jenem Haus, in dem 1903 Dr. Ernst Kaltenbrunner geboren wurde. Ebendieser Dr. Kaltenbrunner[15] wurde in diesen „historischen Tagen" in Wien benötigt. Mit 500 SS-Männern umstellte er das Bundeskanzleramt. Dr. Ernst Kaltenbrunner war einer der vielen „alten Kämpfer", die Hitler diesen „Rosenfeldzug" ermöglichten. Für Dr. Kaltenbrunner sollten aber die „großen Stunden" erst viel später schlagen. Bei der Wannseekonferenz im Januar 1942 fehlte er noch. Bei dieser Konferenz wurde die *„praktische Umsetzung der Endlösung"* besprochen. Nach der Ermordung Heydrichs im Juni 1942 wurde er Stellvertreter Himmlers. Über seinen Schreibtisch wanderte ab nun die Ermordung von hunderttausenden Menschen. Nach dem 20. Juli 1944 wuchs seine Macht nochmals. Er umstellte mit seinen Männern den Bendlerblock und

---

15 Peter Black: „Ernst Kaltenbrunner. Vasall Himmlers. Eine SS-Karriere". Paderborn 1991; nur mehr im Antiquariat erhältlich (wird im Internet bereits um 120 € gehandelt).

beendete das gegenseitige Erschießen der Verschwörer. Die Verschwörer sollten vor ein „*ordentliches Gericht*" gestellt werden. Was die Nationalsozialisten unter einem „ordentlichen Gericht" verstanden, lassen die damaligen Wochenschauaufnahmen vermuten. Den Vorsitz führte der berüchtigte „Blutrichter" Dr. Roland Freisler. Freisler war bis zu der Machtergreifung 1933 eher ein unterbeschäftigter Rechtsanwalt. In der Parteihierarchie stieg er dann allerdings schnell auf.

Am Abend dieses Tages beklagte eine Riederin, dass nicht sie, sondern ihre Rose von den Reifen des Führerautos überrollt worden sei. Laut damaligem Zeitungsbericht überschüttete die NS-Frauenschaft das Auto Hitlers förmlich mit Blumen.

Die weitere Route des Konvois führte über Haag am Hausruck nach Lambach. In der Marktgemeinde verbrachte Hitler einen Teil seiner Kindheit. Im Stift soll er das erste Mal das Hakenkreuz gesehen haben.

Der Konvoi erreichte um 19.15 Uhr den Kaiser-Josef-Platz in Wels. Wenige Tage später berichtete die inzwischen gleichgeschaltete Zeitung über einen Jubel ohne Ende. Auch im benachbarten Ort Fischlham wohnte einst die Familie Hitler. Als Kind geriet der *„spätere größte Feldherr der Geschichte"* in einem *Sautrog* in größte Seenot. Ein beherzter Fischlhamer rettete das schreiende Kind aus seiner misslichen Lage.

Mit Hitler kamen die Wehrmacht und die Gestapo. In den folgenden Tagen wurden die politischen Gegner festgenommen, darunter Bezirkshauptmann Machtenhofen, Primarius Hittmair und Bezirksschulinspektor Gartner. Viele von ihnen landeten im KZ Dachau. Dort wurden sie erpresst, geschlagen und durch Scheinerschießungen mit dem Tod bedroht. Die Juden der Stadt wurden weitgehend vertrieben und ihr Eigentum arisiert. In Neubau bei Marchtrenk wurde der Wagenkonvoi von Hitler bereits sehnsüchtig erwartet. Das „*Anschlusskabinett*" unter der Führung von Seyß-Inquart und der künftige starke Mann von Oberdonau, Gauleiter August Eigruber, begegneten sich im Vorfeld von Linz. Eine später errichtete Gedenktafel erinnerte an die „*historische Begegnung*". Solche Gedenktafeln,

Gedenksteine und andere Monumente hatten im „Tausendjährigen Reich" nur eine kurze Lebensdauer. Im „verflixten siebten Jahr" wurden sie wieder entsorgt. In Linz wurden Hitler und seine Entourage von einer begeisterten Menge empfangen. Hier verbrachte er einen Teil seiner Jugend, hier besuchte er das Linzer Landestheater, um Opern von Richard Wagner zu hören. Zeit seines Lebens besuchte Hitler 400 Vorstellungen von Opern seines Lieblingskomponisten. Hier befasste er sich erstmals mit den Ideen von Schönerer[16]. In dieser Stadt wollte er nach vollbrachter Mission seinen Alterssitz errichten. Im „Linzer Führermuseum" wollte er Stunden der Muße verbringen. An der Linzer Prachtstraße sollte ein Opernhaus entstehen, das zu den führenden Häusern dieser Erde gehören sollte.

Vor Hitler traf aus Wien kommend SS-Führer Heinrich Himmler ein. Noch in dieser Nacht übernahm Hitler die Patenschaft über Linz. Keine Stadt in Österreich profitierte ähnlich stark wie Linz.

Hitler auf dem Balkon des Linzer Rathauses.

Hermann Göring, der „Regisseur der Besetzung", mischte sich mit seinem Schwager Hueber unter die illustre Runde der Nazigrößen. Der Notar Hueber war mit der Schwester von Göring verheiratet. Im Kabinett Schuschnigg brachte es Hueber zum Minister. Als „Pausenfüller" hielten sie vom Balkon des Rathauses aus Reden an die wartende Bevölkerung. Die Menschen hingen wie ein Hornissenschwarm an der Dreifaltigkeitssäule.

---

16 Metapedia: „Schönerer, Georg von"

An allen Fenstern des Hauptplatzes herrschte dichtes Gedränge, ebenso auf den Dächern der Bürgerhäuser.

Linz sollte für 36 Stunden Mittelpunkt des Weltgeschehens werden. Am Balkon des alten Rathauses hielt Hitler eine Rede: *„Wenn die Vorsehung mich einst aus dieser Stadt zur Führung des Reiches berief, dann muss sie mir doch auch den Auftrag gegeben haben, meine teure Heimat dem Deutschen Reiche wiederzugeben."* Während Hitler auf dem Balkon des Rathauses zu seinen begeisterten Anhängern sprach, wurden im Keller des Rathauses bereits die ersten Häftlinge misshandelt. Menschen wurden ab nun zu Nummern degradiert, aller Rechte beraubt und gequält. „Systemfeinde" wurden inhaftiert, gefoltert und Hitler unterschrieb noch in dieser Nacht jene Dokumente, die die Ermordung der führenden Polizei- und Gendarmeriebeamten in Linz „ermöglichten".

Oberdonau, wie nun Oberösterreich hieß, profitierte ab nun wesentlich mehr als die anderen Gaue von der Industrialisierung, die allerdings nur ein Ziel kannte – den Krieg. Vor allem in die Zellstoff-, Stahl-, Aluminium- und Chemieindustrie wurde viel Geld investiert.

Modell von Linz. In Linz wollte Hitler seinen Lebensabend verbringen.

Linz sollte eine neue „Musterstadt" im Reich werden. Linz zählte damals knapp 100.000 Einwohner. Die Pläne der Nazis sahen vor, dass die Stadt auf mindestens 300.000 Einwohner anwachsen sollte.

Großes war für die Stadt Linz angedacht. Die Donau sollte von Prachtbauten auf beiden Ufern gesäumt werden. Die Stadt sollte sich als Alterssitz des Führers würdig erweisen. Alle diese Ideen sollten sich als Hirngespinste herausstellen. Realisiert wurden allerdings 11.000 Wohnungen, das Hermann-Göring-Werk, später VOEST, das Stickstoffwerk und die Nibelungenbrücke.

Gespannt wartete der engere Führungskreis Hitlers auf die Reaktionen der Westmächte, die dann weitgehend entfielen. Das Risiko, Österreich zu besetzen, hielt Hitler ohnehin für geringer als jenes der Rheinlandbesetzung des Jahres 1936. London wollte ohnehin nichts unternehmen. Frankreich befand sich wieder einmal in einer Regierungskrise und der Ministerpräsident Chautemps war am Vormittag zurückgetreten. In Rom rief der Führer mit dem einzigen Telefon des Hotel Weinzinger an, um dem italienischen Führer zu danken. An diesem Tag bewies ein Großteil der Österreicher große Wandlungsfähigkeit. Am Vormittag war der *„gelernte Österreicher"* noch ein strikter Gegner des Regimes, am Abend standen sie bereits im Lager Hitlers. Es waren die Stunden der Opportunisten, der Wendehälse und Mitläufer. Später wurde für sie der Begriff „Märzveilchen" geprägt.

Im Hotel Weinzinger an der Donau bezogen Hitler und seine Entourage für eine Nacht Quartier. Das Hotel besaß nur einen Telefonapparat. Dieser genügte anscheinend, um die Welt vor vollendete Tatsachen zu stellen. Dieses Hotel wurde inzwischen längst niedergerissen und durch den Generali-Hochbau ersetzt.

Am Sonntag, den 13. März, lud Hitler zehn der „treuesten und verdienstvollsten Nationalsozialisten" zum Mittagessen ein. Als Nachspeise erhielten sie noch einen längeren Monolog von Hitler. Um 15 Uhr verkündete er ihnen, dass der Anschluss Österreichs de facto schon vollzogen sei. Er unterzeichnete das Gesetz über die Wiedervereinigung seines Reiches mit Österreich. Damit endete die Selbständigkeit Österreichs für die nächsten 17 Jahre. Gauleiter Josef Bürckel beauftragte er mit der Abhaltung einer Volksabstimmung. In der Zwischenzeit blieb Joseph Goebbels in Berlin auch nicht untätig. Er kurbelte eine riesige Propagandaschlacht, die in den folgenden vier Wochen Österreich überzog, an. Als „Einstimmung" wurden 300 Millionen Flugblätter *Das nationalsozialistische Deutschland grüßt sein nationalsozialistisches Österreich und die neue nationalsozialistische Regierung! In treuer, unlösbarer Verbundenheit! Heil Hitler!* von der deutschen Luftwaffe über Österreich abgeworfen. Nur ein halbes Jahrzehnt später warfen die Alliierten nicht nur Flugblätter, sondern auch Bomben ab. Goebbels bediente sich bei der nun einsetzenden Propagandaschlacht der Methode „Zuckerbrot und Peitsche". Die Wochenschau berichtete durchaus von den ersten Verhaftungen, aber auch über die vielen Wohltaten, die Hitler für Österreich (angeblich) brachte. Vor allem wurden die deutschen Propagandisten nicht müde, über die nationalsozialistischen Errungenschaften zu berichten. Die Linzer waren durchaus für das Versprochene dankbar. Bei der Volksabstimmung am 10. April 1938 stimmten 99,9988 Prozent der Einwohner mit einem klaren „Ja" für die neuen Verhältnisse Weitere zehn Mal besuchte Hitler nachweislich seine „Patenstadt". In den letzten Monaten seines Lebens war sein Denken weitgehend auf Linz fokussiert. Im Februar 1945 ließ er ein Modell von Linz in den Keller der Reichskanzlei bringen. Unzählige Stunden verbrachte er vor diesem Modell. Viele Ewiggestrige argumentieren damit, dass Hitler für Oberösterreich durchaus auch Positives geleistet habe. Vor allem hätten er und seine Komplizen die Industrialisierung des Landes vorangetrieben.

Etwa zur selben Zeit wurde Hitler von „Time" zum Mann des Jahres gekürt:

Hitlers Ernennung zum Mann des Jahres war nämlich alles andere als schmeichelhaft. Wenn man bei „Time" die Serie der „Männer des Jahres" durchsieht, stellt man fest, dass fast überall Porträts der betreffenden Persönlichkeiten aufs Titelbild gesetzt wurden. Bei Hitler ist dies anders. Hier sieht man einen vergleichsweise winzigen Mann in SA-Uniform (möglicherweise soll es Hitler selbst sein), der auf einer riesigen Orgel spielt. Darüber dreht sich zu seiner Musik eine Art Riesenrad, an dem Leichen hängen. Der Text, der zusammen mit Hitlers Ernennung zum Mann des Jahres 1938 von „Time" veröffentlicht wurde, bekräftigt diese negative Bewertung, wie einige Auszüge belegen (vgl. „Time", 2. Januar 1939). Hitler habe 1938 in München die Früchte seiner dreisten, trotzigen und rücksichtslosen Außenpolitik geerntet, heißt es da. Er habe Deutschland bis an die Zähne bewaffnet und vor den Augen der fassungslosen und ohnmächtig zuschauenden Welt Österreich gestohlen Hitler sei mit Recht zum Mann des Jahres ernannt worden, weil er im Jahre 1938 zur größten Bedrohung geworden ist, der die demokratische, die Freiheit liebende Welt heute gegenübersteht. Vor einer Generation habe die westliche Zivilisation, vom Krieg zwischen Nationen einmal abgesehen, die schlimmsten Auswüchse der Barbarei überwunden. Die kommunistische Revolution der Russen stand für das Übel des Klassenkampfes, doch Hitler habe sie mit seinem Rassenkampf übertrumpft. Kommunismus und Faschismus, diese unterschiedlichen Formen der Barbarei, hätten 1938 ein Thema auf die Tagesordnung gesetzt, das vielleicht schon bald zu neuem Blutvergießen führen könne: den Kampf zwischen zivilisierter Freiheit und einem barbarischen, autoritären Regime. In weiteren Abschnitten der Würdigung in „Time" wird der Verlust an Freiheit und Kultur in Hitlers Diktatur beklagt. Hitler habe das Reich auf den Kopf gestellt, Bürgerrechte seien aufgehoben worden. Die Arbeitslosigkeit habe er mit Rüstungsprogrammen bekämpft, politische Gegner seien in Konzentrationslager gesteckt worden und den 700.000 Juden Deutschlands sei es schlecht ergangen, denn man habe sie physisch gefoltert, ihrer Heime und ihres Besitzes beraubt, am Erwerb des Lebensunterhalts gehindert und von den Straßen verscheucht. Deutschland marschiere im Stechschritt zu Hitlers Musik, die Zehnjährigen würden schon im Werfen von Handgranaten unterwiesen und in Deutschland würde man eher Kanonen als Butter produzieren.

In den folgenden zwei Tagen fielen wichtige Entscheidungen, die für die kommenden sieben Jahre für Oberösterreich sehr nachteilig wurden. Neuer starker Mann in Oberösterreich, später Oberdonau, wurde August Eigruber. Er übernahm nun auch die Geschäfte des Landeshauptmannes. Sein Vorgänger Dr. Heinrich Gleißner wurde verhaftet und in die Konzentrationslager Dachau und Buchenwald verschleppt. Erst die private Intervention seiner Frau bei der Mutter Heinrich Himmlers bewirkte seine Befreiung aus seiner misslichen Lage. Die restlichen Kriegsjahre verbrachte er als Angestellter in der Reichshauptstadt Berlin. Die Frage, ob er in dieser Zeit der NSDAP beigetreten war, kann bis zum heutigen Tag nicht schlüssig beantwortet werden.

- Alle politischen Funktionen im Lande wurden neu besetzt. Politiker und Beamte des Ständestaates wurden entweder verhaftet oder ermordet. In jeder Gemeinde gab es neue Bürgermeister und Gemeinderäte.
- Presse und Rundfunk wurden „gleichgeschaltet".
- Linz wurde „offiziell die Patenstadt des Führers". In dieser Stadt wollte er nach vollbrachter Mission seinen Lebensabend verbringen.
- Für die nächsten zwei Jahre wurde Josef Bürckel Gauleiter der Ostmark.
- Bereits am 12. März begann die erste große Verhaftungswelle gegen Juden, Politiker des Ständestaates, Sozialdemokraten, Kommunisten, Intellektuelle und Priester. Ehemalige Gegner wie Kommunisten, Sozialdemokraten und Christlichsoziale wurden nun gemeinsam in Schutzhaft genommen, deportiert und in einem Konzentrationslager interniert.
- In diesen Tagen kam es auch zu den ersten Arisierungen. Jüdisches Eigentum wurde beschlagnahmt oder „privatisiert".

- Die Polizeiführung von Linz wurde zwischen dem 14. und 17. März 1938 weitgehend durch Mord ausgeschaltet. Der Linzer Polizeipräsident Dr. Viktor Benz und sein Untergebener Dr. Ludwig Bernegger wurden von ihren Nachfolgern ermordet. Ebenso die beiden Kriminalinspektoren Josef Schmirl und Josef Feldmann.
- Während die Besetzung Österreichs durch die deutsche Wehrmacht häufig reichlich dilettantisch wirkte, war die Gestapo wesentlich effizienter. Innerhalb von nur wenigen Wochen wurden rund 60.000 Menschen verhaftet und viele von ihnen in das KZ Dachau deportiert. 2700 Widerstandskämpfer wurden von SS und Gestapo ermordet. Weitere 10.000 Menschen starben in den Gefängnissen der Gestapo.

Die Verfolgung von politischen Gegnern wie auch die von Juden setzte unmittelbar nach dem „Anschluss" 1938 ein. Innerhalb weniger Wochen wurden rund 60.000 Menschen verhaftet und vor allem in das KZ Dachau deportiert. Nach zwei Tagen trat auch diese Regierung zurück – wohl zur Enttäuschung von Seyß-Inquart[17] und seiner Minister. Nach den entscheidenden Stunden in Linz fuhr Hitler weiter nach Wien. In St. Pölten nahm er sein Mittagessen ein. Zu seiner Überraschung wurde dieses durch einen Anruf von Kardinal Theodor Innitzer unterbrochen. Innitzer sicherte dabei seine Loyalität und die der katholischen Kirche zum Deutschen Reich zu. Hitlers Fahrt nach Wien war dann wohl nur eine Draufgabe. In Filmberichten wird immer wieder der Heldenplatz mit seinen begeisterten Menschen gezeigt. In seiner Ansprache verkündete Hitler den *Eintritt seiner Heimat in das Deutsche Reich.*

---

17 Die Presse: „Seyß-Inquart: Am Ende blieb nur noch der Strick" am 23.2.2013

Heldenplatz. Die Fotos vom Heldenplatz dienen immer als Indiz dafür, dass Österreich ein Volk von Nazis war.

Die für Österreich wichtigen Entscheidungen fielen aber bereits in Braunau, Ried und Linz. Zu den von den Nationalsozialisten befürchteten Reaktionen der Westmächte kam es nicht. Einzig Mexiko protestierte dagegen, dass Österreich „*heim ins Reich*" geholt wurde. Seyß-Inquart wurde bereits im Februar 1938 zum Innenminister bestellt. Seine Mitarbeiter und Vertrauten begannen sofort mit dem Aktenstudium. Es wurde nun gegen jene Beamten und Personen ermittelt, die vor 1938 gegen die illegalen Nationalsozialisten vorgingen. Spätestens seit dieser Zeit weiß man auch um die Bedeutung des Innenministers, der maßgeblich für die Sicherheit des Landes und Bewahrung der Demokratie die Verantwortung trägt. Außerdem konnten sie sich auf jene Proskriptionslisten stützen, die von den illegalen Nationalsozialisten zur Zeit des Ständestaates angefertigt wurden. Eine Verhaftungswelle überzog das nun besetzte Land. Das mag auch erklären, warum der Widerstand in Österreich vielfach schon im Keim erstickt wurde.

Schnell waren vor allem die Juden von den Repressalien der „Herrenmenschen" betroffen. Sie wurden auf brutalste Weise diskriminiert und ihrer Menschenrechte beraubt. Ihr Privatbesitz wurde arisiert. Vor allem SS- und SA-Trupps gingen mit roher Gewalt gegen die Juden vor. Die Schaufenster ihrer Geschäfte wurden entweder mit üblen Parolen beschmiert oder eingeschlagen.

Der „Rosenfeldzug" war für das nationalsozialistische Regime ein erfolgreiches Unternehmen und vor allem ein gutes Geschäft. Längst waren die geheimen Kriegsvorbereitungen der Wehrmacht ins Endstadium getreten. Kriegswichtige Rohstoffe wie Erze, Grafit, Magnesit lieferte nun die Ostmark. Auch über die Gold- und Devisenreserven der österreichischen Nationalbank war vor allem der Regisseur der Besetzung, Feldmarschall Hermann Göring, hoch erfreut. Göring[18] war mit der Alpenrepublik gut vernetzt. Teile seiner Jugend verbrachte er bei seinem „Wahlonkel" in Mauterndorf im Lungau. Zwei seiner Schwestern waren mit Österreichern verheiratet. Die vielen österreichischen Facharbeiter passten hervorragend in die deutsche Wirtschaft. Österreichische Soldaten „durften" mit der Wehrmacht in den Krieg ziehen. Viele von ihnen starben für den Führer den „Heldentod". Die „Goldreserven" der österreichischen Nationalbank wurden nach Berlin transferiert und ermöglichten für weitere Monate die Rüstungsanstrengungen der deutschen Wehrmacht.

---

18 Noch 2017 gab es in Mauterndorf „heiße Diskussionen" darüber, ob Göring zum Ehrenbürger der Marktgemeinde ernannt wurde. Es wurde die Frage gestellt, ob eine eventuelle Ehrenbürgerwürde automatisch mit einem Todesurteil erlischt.

Der beflaggte Rieder Roßmarkt vor der Volksabstimmung am 10. April 1938

Mit einer Verzögerung von vier Wochen wurde die Volksbefragung durchgeführt, allerdings nun unter undemokratischen Vorzeichen. Deren Ausgang war von Wien und Berlin aus organisiert.

Propaganda für die Volksabstimmung

Meistens vor „Zeugen" musste das „Ja" angekreuzt werden. Jene wenigen Österreicher, die mit ihrem „Nein" auch offiziell den Anschluss Österreichs an Deutschland ablehnten, wurden in der Folge diffamiert und auch verfolgt. Bei der abgesagten Volksabstimmung vom 13. März 1938 hätte wahrscheinlich eine Mehrheit der Österreicher für Österreich und damit gegen den Anschluss an Deutschland gestimmt. Einer der Schachzüge der Regierung Schuschnigg wäre gewesen, dass man das Wahlalter auf 24 Jahre hinaufgesetzt hätte. Der Grund dafür war klar. Gerade die Jugend Österreichs hegte starke Sympathie für Hitler.

Als Unterlage für dieses Kapitel wurden Ausgaben der „Rieder Volkszeitung" des Jahres 1938 verwendet.

In den folgenden Monaten und Jahren bemühten sich viele Österreicher noch um eine Parteimitgliedschaft:

	1933	1938	1941
Studenten	14,2	20,6	47,5
Freie Berufe	14,2	18	60
Öffentliche Bedienstete	3,9	7,7	38
Angestellte	3,2	7	28,9
Arbeiter	1,6	3,7	14,7
Selbständige	1,6	4,8	18
Bauern	2,3	5,3	25,7
Anteil der Nationalsozialisten an den Erwerbstätigen	2,3	5,1	21,2
Gesamtzahl	**64.800**	**164.300**	**688.300**

Quelle: Botz, „Zwischen Akzeptanz und Distanz", S. 439. Angaben in %.

Das Maßnahmenpaket der Nationalsozialisten zur Behebung der Arbeitslosigkeit war in Österreich zunächst durchaus erfolgreich. Die Zahl der Arbeitslosen sank im Januar 1938 von 401.000 auf etwas mehr als 100.000. Die größten Zuwachsraten gab es dabei in Oberösterreich in der Stahlproduktion, der Stromerzeugung und der Konsumgüterwirtschaft. In dieser Zeit fielen auch die Preise für Heizung und Strom. Im Gegenzug stiegen die Preise für Geflügel, Eier, Fleisch, Obst und Gemüse deutlich. Auch die Mietpreise stiegen sprunghaft. Durch die Arisierung jüdischen Eigentums wurden zwar viele Wohnungen „frei", aber reichsdeutsche Polizeibeamte, Politfunktionäre, Militärberater, Geschäftsführer meldeten für diese Wohnungen „Eigenbedarf" an. In Linz und Steyr wurden daher neue Wohnblöcke gebaut. Für diese Bauten und Brücken wurde auch häufig Granit benötigt. Diesen Granit erhielten die Baufirmen aus dem nahen Mauthausen.

Österreich, ab nun Ostmark, wurde neu strukturiert. Es wurde in sieben Gaue unterteilt. Sofort nach dem Anschluss wurden die Nürnberger Rassegesetze umgesetzt. Es wurde nur mehr zwischen *„Herrenmenschen"* und *„Untermenschen"* unterschieden. An erster Stelle der Untermenschen wurden die Juden von den braunen Machthabern geführt. Allerdings wurde auch schnell zwischen „Feigling" und „Muttersöhnchen" einerseits und germanischen Titanen anderseits unterschieden.

Rasch wurde weiters ein *Vierjahresplan* umgesetzt. Hermann Göring reiste extra an, um in der Ortschaft St. Peter bei Linz jenen Spatenstich für jenes Eisenwerk vorzunehmen, das bis 1945 seinen Namen trug. Der „braune Sonntagsstaat" brillierte zunächst mit sozialen Wohltaten wie Ehestandsdarlehen, Kinderbeihilfe und anderen Starthilfen. Die Geburtenrate nahm dann gleich um 50 % zu.

Hitler gab nun die Weisung, dass sein Lebenslauf beschönigt werden sollte. Vor allem die Tatsache, dass seine Mutter gleichzeitig auch seine Tante war, sollte vor der Öffentlichkeit geheim gehalten werden. Auch die einstigen Hilfeleistungen des Armenarztes Dr. Bloch hielt Hitler zwar für respektvoll, aber die einstige Hilfeleistung des jüdischen Hausarztes für seine krebskranke Mutter war dann doch nicht für die breite Öffentlichkeit bestimmt. Die Dankeskarten aus Wien, die Hitler an Dr. Bloch schrieb, waren nach dem Dafürhalten Hitlers nicht von allgemeinem Interesse.

Hitler gewährte der Familie Bloch zunächst Schutz in Linz und in weiterer Folge die Ausreise in die USA. Auch die Schulen, die Hitler in Linz und Steyr besuchte, wurden nun von der Gestapo abgeklappert. Der Hauptpunkt des Interesses bestand allerdings im „Militärakt Hitlers". Dieser hätte bewiesen, dass er vor der Stellungskommission der Monarchie in Richtung Bayern Reißaus nahm. Auch sein Vorleben in Bayern musste auf seine Anweisung durchforstet werden. Es wurde vor allem seitens der Gestapo viel unternommen, um den Lebenslauf Hitlers zu *schönen*.

Die nächste Station der Triumphfahrt Hitlers war die Donaumetropole Wien. In dieser Stadt lebte der einst arbeitsscheue und zum Teil unterstandslose Hitler in den Jahren zwischen 1907 und 1913. Als Quartier diente Hitler nun das Nobelhotel Imperial. Dieser markante Palast wurde Mitte des 19. Jahrhunderts errichtet und liegt an der Ringstraße. Der jüdische Eigentümer wurde wenige Tage später enteignet und vier Jahre später im KZ Theresienstadt ermordet. In seiner Rede am Heldenplatz sprach er vom *Eintritt seiner Heimat in das Deutsche Reich*. Nach dem Besuch einer Parade auf der Ringstraße flog er über München zurück nach Berlin. Er verließ damit jene Stadt, die er insgeheim hasste und später zu einer Provinzstadt umwandeln wollte. Die politischen Verhältnisse hatten sich in Österreich überraschend schnell geändert. Innerhalb einer Woche wurde die Stände- von der Nazidiktatur abgelöst. In den nächsten sieben Jahren sollte der Großteil der Österreicher erkennen, dass es zwischen den beiden Diktaturen entscheidende Unterschiede gab. Karl Kraus, der 1936 verstarb, nannte den Nationalsozialismus eine *epidemische Gehirnerschütterung*. Zwei Jahre nach dessen Tod wurde ein Großteil der Bevölkerung von dieser Gehirnerschütterung erfasst.

KIRCHE UND NATIONALSOZIALISMUS

Die katholische Kirche in Österreich befand sich nach dem Zerfall der Monarchie in einer Sinnkrise. Ab nun hatte man es oft mit antiklerikalen Parteien und Politikern zu tun. An der Person von Bischof Gföllner[1] wird dies augenscheinlich. Als junger Priester war er als Erzieher im Kaiserhaus tätig. 1915 erhielt er seine Bischofsernennung von Kaiser Franz Joseph. Nach dem Zerfall der Donaumonarchie konnte er wenig mit der neuen Parteienlandschaft anfangen. In der österreichischen Bischofskonferenz war er der entschiedenste Gegner der nationalsozialistischen Bewegung.

Laut Volkszählung 1934 wohnten in Oberösterreich rund 912.400 Einwohner. Etwa 3 % waren evangelisch, 0,11 % zählten zur israelitischen Kultusgemeinde. Immerhin 96,2 % gehörten der katholischen Kirche an. Die katholische Kirche war damit noch ein bedeutender Machtfaktor im Staate. Allerdings zog die österreichische Kirchenleitung alle ihre 8000 Ordens- und Weltpriester 1934 aus der Parteipolitik zurück. Soll heißen, dass Priester kein politisches Amt wie das eines Gemeinderates übernehmen durften.

Schon vor der Besetzung Ö. durch die Nazis gab Bischof Gföllner den Hirtenbrief über den wahren und falschen Nationalismus heraus, Foto: Rieder Volkszeitung.

---

1 Wikipedia: „Bischof Gföllner"

Kurz vor der Machtergreifung Hitlers in Deutschland verfasste Bischof Gföllner einen Hirtenbrief[2], der nichts an Deutlichkeit zu wünschen ließ. *Es sei nicht möglich, gleichzeitig ein guter Christ und ein Nationalsozialist zu sein.* Dieser Hirtenbrief wurde in allen Kirchen der Diözese Linz verlesen. Dieser Brief hatte allerdings auch antisemitische Untertöne: *Man müsse einen Damm errichten. Dieser müsse gegen den geistigen Unrat und die unsittliche Schlammflut, vorwiegend vom Judentum ausgehend, schützen.*

Der Zorn der illegalen Nationalsozialisten gegen das Schreiben des Bischofs war groß. Für die illegalen Nationalsozialisten war Blasphemie das Gebot der Stunde. Papierböller detonierten am Fenster des Bischofes. Am Pressevereinsgebäude, in dem der Hirtenbrief mit einer Auflage von 35.000 Stück gedruckt worden war, stand geschrieben: „Einmal ist er aus jüdischen Horden von arischen Römern gekreuzigt worden. Der Heiland Hitler gebeuts, hängen wir Christus ans Hakenkreuz. Heil Hitler! Judas-Christus verrecke!"[3]

Der Hirtenbrief fand international großes Echo. Das Schriftstück wurde in mehrere Sprachen übersetzt. Auf beiden Seiten gingen die Wogen hoch. Zu den Kritikern des Hirtenbriefes gehörte der Münchner Kardinal Faulhaber. Er fühlte sich bei seinem Bestreben, mit den Nazis ein gutes Einvernehmen zu finden, gestört. Sogar bei Papst Pius XI. soll er sich über den Linzer Bischof beschwert haben.

Behauptungen, dass die katholische Kirche nach 1938 die größten Verbrecher der Weltgeschichte unterstützt habe, lassen sich am Beispiel der Diözese Linz leicht widerlegen. Diese Vorwürfe stimmen weder für die Bischöfe Gföllner und Fließer noch für den Großteil des Klerus und der Gläubigen. Federführend war Bischof Gföllner beteiligt, wenn es um Hirtenbriefe gegen die NS-Ideologie ging.

---

2 Diözesanarchiv: „Kurzbiografie Johannes Ev. Maria Gföllner"
3 Goldberger, Josef und Sulzbacher, Cornelia: „Oberdonau". Hrsg.: Oberösterreichisches Landesarchiv (Oberösterreich in der Zeit des Nationalsozialismus 11). Linz 2008, 256 S.

Nach der Besetzung Österreichs durch deutsche Truppen kamen die Kirchen Österreichs in eine missliche Lage. Die evangelische Kirche hielt sich weitgehend neutral oder versuchte ein gutes Verhältnis zu den neuen Machtstrukturen herzustellen. In der katholischen Kirche kam es zu einer Spaltung im Klerus. Ein Teil der Priester sympathisierte durchaus mit den Nationalsozialisten, ein weiterer Teil war strikt gegen die nationalsozialistische Politik. In Ried wurde anlässlich des Geburtstages des Führers am 20. April 1939 die *„Romfreie katholische Kirche"* gefeiert. Auch innerhalb der österreichischen Bischofskonferenz gab es diese Gegensätze. Der entschiedenste Gegner war wiederum der Linzer Diözesanbischof Dr. Johannes Maria Gföllner.

Der Anschluss Österreichs war nach dem Zerfall der Monarchie der zweite Tiefschlag für den Bischof. Bereits einen Tag nach dem Anschluss begannen die ersten Einschüchterungen in Richtung des Bischofs. In St. Martin im Innkreis wurde Pfarrer Spanlang verhaftet, in Linz mit Dr. Franz Ohnmacht sein engster Mitarbeiter und Vertrauter des Bischofes. Besonders euphorisch wurde der Anschluss von Bischof Adam Hefter, Diözese Klagenfurt Gurk, begrüßt. Gegenüber den Bischöfen und Kardinälen übten die Nationalsozialisten – wohl auf Befehl Hitlers – eine gewisse Zurückhaltung. Die Nazis griffen allerdings schnell zu perfiden Methoden, um den hohen Klerus einzuschüchtern. Die Schicksale von Ferdinand Weinberger, Ludwig Kneidinger und Franz Ohnmacht, alle enge Vertraute des Linzer Bischofs, und der Sturm auf das Palais des Kardinals Innitzer in Wien sind profunde Beispiele. Gegenüber dem Gauleiter Eigruber verfolgte Gföllner eine unmissverständliche Politik.

Hitler und Gföllner gingen sich tunlichst aus dem Wege. Großes Interesse hatte Hitler an dem kürzlich fertiggestellten Linzer Dom. Die „Führung des Führers" überließ er dem Prälaten Schöfecker. Der Führer war ob dieses Affronts gar nicht böse. Er war am größtem Sakralbau Österreichs ohnehin mehr interessiert.

Mit größter Verbitterung musste Gföllner jenen Aufruf der österreichischen Bischöfe an ihre Gläubigen unterzeichnen, sich bei der für den 10. April 1938 angesetzten Volksabstimmung mit ihrem „Ja" zum Anschluss zu bekennen. Diesen Aufruf ließ er in der diözesaneigenen Zeitung erst gar nicht publizieren. Sorgen bereitete ihm aber auch, dass viele seiner Priester in der Diözese durchaus große Sympathien für den neuen Zeitgeist hegten. Der gesundheitlich angeschlagene Bischof resignierte in der Folgezeit immer mehr, trat eine innere Emigration *„schweigen, dulden, beten, hoffen"* an.

Zur Bischofskonferenz am 18. März 1938 in Wien fuhr er in Begleitung eines Polizisten. Wohl nicht aus Sorge um seine Sicherheit, sondern eher als Versuch der Einschüchterung wurde der Polizist von den neuen Machthabern bereitgestellt.

Natürlich waren einige Priester vor den Verführungen der Nationalsozialisten nicht gefeit, allerdings wurden sie schnell von den neuen Verhältnissen eines Besseren belehrt. Die Gestapo sah in der Kirche den gefährlichsten inneren Gegner. Gauleiter August Eigruber[4] diagnostizierte eine *„feindselige Politik der Kirche gegenüber Staat und Partei"*. Bereits seit Kindertagen wusste Eigruber um die Bedeutung der Kirche für die Bevölkerung und auch für die Politik. Er wusste, dass Ignaz Seipel, den die Arbeiter *„Prälat ohne Gnade"* nannten, gleich zweimal österreichischer Bundeskanzler war. Auch mit Johann Nepomuk Hauser war ein Priester bis 1927 oberösterreichischer Landeshauptmann. Die Gauleiter Eigruber für Oberdonau und Hofer für Tirol und Vorarlberg waren entschiedene Gegner der katholischen Kirche. Es war dann auch kein Zufall, dass in diesen Gauen viele Priester Opfer der Nazi-Diktatur wurden. Der Despotismus Hitlers und die christliche Lehre konnten und wurden auch nie auf einen gemeinsamen Nenner gebracht. Es war unausweichlich, dass es zwischen den beiden „Ideologien" zu Konflikten kommen musste. Nach der Besetzung Österreichs durch die deutschen Truppen musste vor

---

4 Manfred Scheuer: „Der Bischofshof im Visier der NS-Gauleitung". Wagner-Verlag in Linz

allem die katholische Kirche bald den totalitären Anspruch des Regimes zur Kenntnis nehmen. Bis zum 10. April 1938 spielte das Regime der Kirche zwar ein gewisses Wohlwollen vor.

Kardinal Innitzer fiel prompt darauf herein. Er animierte nicht nur die Bischöfe zur Unterschrift eines von Gauleiter Bürckel verfassten Dokuments, sondern unterzeichnete es selbst noch mit seinem Namen und einem „Heil Hitler". Dieses Dokument blieb dann erst gar nicht geheim, im Gegenteil, es wurde in den Zeitungen und an den Werbewänden im ganzen Reich publiziert. Kardinal Innitzer wurde daraufhin nach Rom zitiert. Eine gewisse „Kopfwäsche" musste sich der devote Kardinal seitens Papst Pius XI. wohl gefallen lassen.

Schändung. Der Heiland am Hakenkreuz. Rieder Volkszeitung vom 19. April 1933

Schändung Christus am Kreuz durch Beklebung mit Hakenkreuzen in Frankenburg
Foto: Rieder Volkszeitung

Nach der „Volksbefragung" begann die systematische Drangsalierung der Kirche. Vor allem die Kinder und Jugendlichen sollten im Nationalsozialismus ihre neue Religion finden, so war das Kalkül des Regimes. Kirchliche Privatschulen und Internate wurden schon deshalb geschlossen. Theologen mussten die Schulen verlassen. Oft gehörte viel Mut der Eltern dazu, ihre Kinder weiterhin in den Religionsunterricht zu schicken. Katholische Vereine wurden verboten, Kirchenbesitz enteignet.

Bischof Gföllner agierte ab dem Anschluss wesentlich vorsichtiger. Er blieb allerdings auf deutlicher Distanz zu den Nazis und achtete weiterhin auf die Trennung von Kirche und Staat. Er empfing auch keine Regierungsvertreter, auch wenn es sich um Hitler handelte.

Am 3. Juni 1941 verstarb Bischof Gföllner in Linz. Sein Begräbnis geriet zu einer Machtdemonstration der Kirche. 400 Priester begleiteten Bischof Gföllner zur letzten Ruhe. Unter den eingelangten Beileidsschreiben befand sich auch eines von Gauleiter Eigruber. Aus dem Linzer Rathaus flatterte eine Strafverfügung an den Bischofssitz. Die Diözese Linz musste 10 RM Strafe entrichten, weil der Tod des Bischofs dem Standesamt mit zwei Tagen Verspätung gemeldet worden war.

Nachfolger von Bischof Gföllner wurde Josef Calasanz Fließer. Er errichtete über 140 neue Seelsorgerposten, damit weniger Priester als Soldaten an die Front einberufen wurden. Im Umgang mit den Machthabern zeigte sich Fließer flexibler als sein Vorgänger. Die nunmehrige Situation der Priester in der Diözese Linz war schwierig. Die Pfarrer waren immer der Gefahr einer Hausdurchsuchung im Pfarrhof ausgesetzt. Bei den Predigten war es ratsam, jedes Wort auf die Goldwaage zu legen. Die Gefahr, dass ein Judas in einer der Kirchenbänke saß, war groß. So mancher Priester sah sich dem Vorwurf des *„Kanzelmissbrauchs"* entweder vor Gericht oder vor der Gestapo ausgesetzt.

Der sogenannte Kanzelmissbrauchsparagraf § 130 a wurde bereits zu Zeiten von Bismarck und Kaiser Wilhelm in das Strafgesetzbuch eingefügt. Mit Freude übernahm das Regime dieses Gesetz als Handhabe gegen die Priester. Meistens endete ein Verfahren mit einem Predigt- oder Gauverbot für den angeklagten Priester. Das Verfahren konnte allerdings auch im Vorwurf der *„Wehrkraftzersetzung"* oder im *„Heimtückegesetz"* münden. Bei diesen Vorwürfen drohte eine längere Gefängnisstrafe oder die Einlieferung in ein Konzentrationslager. Natürlich durfte ein Pfarrer in seinem Pfarrhof keinen Feindsender hören. Auch Homosexualität oder sittliche Verfehlungen im Umgang mit Kindern und Jugendlichen wurden so manchen Priestern unterstellt. Zum Rufmord griffen die Nationalsozialisten gerne, um eine missliebige Person in der Bevölkerung unmöglich zu machen. Devisenvergehen, Hilfe für Kriegsgefangene, staatsfeindliche Bemerkungen standen weiters auf der Agenda der ermittelnden Behörden, um *„widerspenstige"* Priester hinter Gefängnismauern zu bringen.

Frau Univ.-Prof. Dr. Erika Weinzierl[5] erstellte darüber eine Statistik: Vor 1938 gab es in Österreich 8000 Welt- und Ordenspriester. 724 von ihnen landeten im Gefängnis. Sieben von ihnen haben diesen Gefängnisaufenthalt nicht überlebt. 110 Priester wurden in ein Konzentrationslager eingeliefert, 20 überlebten dieses Martyrium nicht. Mehr als 200 mussten ihren Gau strafweise verlassen, 1500 Priester erhielten ein Predigt- und Schulverbot. Mit dem Rosenkranzfest am 7. Oktober 1938 ermöglichten 7000 Jugendliche in Wien die machtvollste Demonstration gegen den Faschismus während der NS-Zeit. Die Rache des Regimes ließ nicht lange auf sich warten. 1200 eingeschlagene Fensterscheiben und zwei schwerverletzte Priester waren Ergebnis des *„Volkszorns"*. Durch die Einführung der *„Kirchensteuer"* wollte das Regime den Bürgern den Austritt aus der Kirche schmackhaft machen. Laut Botz, „Nationalsozialismus in Wien", trat in Oberösterreich folgende Anzahl von Katholiken aus der Kirche aus: 1938: 5340; 1939: 16.026; 1940: 5472; 1942: 1346; 1943: 1636 Erstaunlich ist auch, dass in Oberösterreich nur sehr wenige Eltern ihre Kinder vom Religionsunterricht abmeldeten. Oberdonau: 0,57 %; Steiermark: 27,04 %; Wien und Kärnten: ca. 44 % *(Anzahl der abgemeldeten Schüler in Prozent)*

Spätestens seit 1943 kam seitens der Nazis ein Neidkomplex dazu. Während immer weniger Bürger zu Parteiveranstaltungen gingen, füllten sich die Kirchenbänke wieder vermehrt. Vor allem in den Landgemeinden war es ein stiller Protest gegen das Regime. Allerdings war vom Regime angedacht, dass nach der *Lösung der Judenfrage* das Christentum beseitigt werden sollte.

---

5 Erika Weinzierl: „Kirchlicher Widerstand gegen den Nationalsozialismus". Aus: Themen der Zeitgeschichte und der Gegenwart. Arbeiterbewegung – NS-Herrschaft – Rechtsextremismus. Ein Resümee aus Anlass des 60. Geburtstags von Wolfgang Neugebauer, Wien 2004

ENDSTATION KZ

In einer Pressekonferenz[1] am 20. März 1933 gab Heinrich Himmler die Eröffnung des Konzentrationslagers im nahen Dachau bekannt. Im Münchner Polizeipräsidium war der schmächtige Mann mit Nickelbrille und Oberlippenbärtchen den meisten anwesenden Journalisten unbekannt. Als Begründung gab der 32-Jährige, oberster Polizist von München, an, der Platz für die vielen inhaftierten Kommunisten fehle schlichtweg in den Gefängnissen. Bereits einen Tag nach der Eröffnung begingen die als Bewachung hinzugezogenen Männer der SS die ersten Morde. In einer aufgelassenen Munitionsfabrik wurden zunächst vor allem Kommunisten zusammengepfercht. Durch das Ermächtigungsgesetz erhielt die SS die unbegrenzte Macht über die Systemfeinde. Der *„Schwarze Orden"* war nun ein Staat im Staate, die *„Ordensmitglieder"* fühlten sich nur Hitler und Himmler verpflichtet. Die SS war von Himmler zum Schutz der deutschrassischen Herrschaft gegründet worden. Nach der weitgehenden Ausschaltung der SA kamen die GESTAPO und die Konzentrationslager in das Machtgefüge Himmlers und seiner SS. Als oberster Grundsatz galt ab nun: *„Lieber zehn Unschuldige hinter dem Stacheldraht als einen einzigen wirklichen Gegner in Freiheit lassen!"* Nach Meinung Himmlers mussten damit jene Elemente entfernt werden, die dem nationalsozialistischen Machtdenken entgegenstanden. Die Konzentrationslager wurden nach Kriegsbeginn in drei Lagerstufen eingeteilt: Stufe I waren „nur" Arbeitslager, Stufe II bedeutete weitgehend eine deutliche Verschärfung der Arbeits- und Lebensbedingungen. Der Tod der Insassen wurde dabei durchaus in Kauf genommen, Stufe III waren die „Knochenmühlen" der SS wie Auschwitz, Mauthausen und Lublin.

---

1 Welt: „Dachau – Heinrich Himmler und das erste KZ", 20.03.2008

Das Tor in Auschwitz

Nach der Ankunft wurden die Insassen zunächst kahl geschoren. Sie wurden ab nun nicht mehr nach Namen, sondern nach Nummern unterschieden. Auf der linken Brustseite und am rechten Hosenbein war jeweils ein färbiger Dreieckswinkel angebracht: Rot stand für politische Häftlinge, Grün für Kriminelle, Violett für Bibelforscher, Rosa für Homosexuelle, Braun für Zigeuner. Priester galten als politische Gefangene.

Dachau[2,3] war das erste Konzentrationslager, das die Nationalsozialisten unter diesem verharmlosenden Namen errichteten. Nach dem KZ Dachau sollten noch weitere 21 Haupt- und 1200 Nebenlager entstehen. Im *„Muster- und Versuchs-KZ"* landeten diejenigen, die sich den braunen Machthabern und ihrem Regime widersetzten oder sonst nicht ins Bild der *„Volksgemeinschaft"* passten. Dazu zählten viele katholische, aber auch evangelische Geistliche, Zeugen Jehovas, Sinti und Roma, Homosexuelle, „minderwertige Rassen", später verstärkt Juden sowie von Anfang an „Asoziale" und Schwerverbrecher. Die Welt sollte sehen: Das sind keine Menschen mehr, das sind alles Verbrecher und Staatsfeinde. Mit der zynischen Verhöhnung *„Arbeit macht frei"* wurden die Häftlinge bereits am Lagertor begrüßt. Bei der Errichtung der Konzentrationslager wurden zunächst die Unterkünfte der SS und der Verwaltungstrakt errichtet, dann erst die

---

2 BR24: „Das Lager, von dem jeder wissen konnte."
3 SpiegelOnline: „KZ Dachau – Modell für deutsche Konzentrationslager"

Häftlingsbaracken. In einem KZ gab es de facto zwei Welten: dort räumliche Enge, Hunger, Fronarbeit, Folter, Angst, Tod – hier Völlerei, Luxus, Faulheit und jegliche sonstige Form von Laster wie Sauferei und Hurerei. Dachau diente aber auch als „Experimentierfeld für die Wissenschaft". Die Reichsführung der SS und ihre Ärzte machten Versuche an „menschlichen Versuchskaninchen". Bekannt und berüchtigt unter den Häftlingen war die Versuchsstation der deutschen Luftwaffe. Geleitet wurde diese Station von Dr. Sigmund Rascher. Der Hauptmann der Luftwaffe war ein persönlicher Freund von Heinrich Himmler. Hier wurde der „Dachauer Himmelswagen" aufgebaut. Dieser beinhaltete Druck-, Temperatur- und Höhenapparaturen, mit denen für die Testperson eine Höhenlage von 10.000 Metern simuliert werden konnte. Anschließend wurde ein Sturzflug simuliert. Zuletzt stürzte der „Testpilot" in zwei Grad kaltes Wasser. Dort verblieb er zwei Stunden. In den meisten Fällen endete dieses „Experiment" mit dem Tod der Testperson. Jene, die überlebten, wurden zwischen zwei Prostituierte gelegt. Deren Körperwärme sollte den erstarrten Körpern wieder die notwendige Wärme geben. Bei den Toten wurden Organe entnommen, um die Veränderungen bei der „Himmelsfahrt und der Landung im Meer" zu erkunden. Insgesamt dürften insgesamt 80 Personen Opfer dieser Experimente geworden sein. Wegen diverser anderer Betrugsfälle ließ der einstige Förderer Heinrich Himmler das Ehepaar Rascher ermorden. Nach Kriegsende und im Zeichen des beginnenden Kalten Krieges gingen die Siegermächte auf die Jagd nach deutschen Wissenschaftlern, so auch auf jene, die an den Experimenten von Dr. Rascher beteiligt waren. Der Bekannteste unter ihnen war wohl Wernher von Braun. Aber auch für die „Experimente mit dem Himmelwagen in Dachau" interessierten sich die Amerikaner. In Hubertus Strughold fanden sie einen ehemaligen Mitarbeiter von Dr. Rascher. In ihm fanden sie den gewünschten deutschen Luftfahrtsmediziner, der als „Vater der Raumfahrtmedizin" gilt. Erst viel später wurden seine Verquickungen mit den Experimenten von Dachau bekannt. Viele Ehrungen und Würdigungen wurden posthum wieder aberkannt. Auch Malaria-Versuche wurden in Dachau durchgeführt. Die Probanden sollten dabei möglichst zwischen 20 und 45 Jahre alt und sehr gesund sein. Wöchentlich wurden ab 1942 20 Häftlinge mit Malaria infiziert. Nach etwa drei Wochen kam es zu den ersten Fieberschüben der Testpersonen. Von insgesamt 200 starben zunächst 17 Personen. Allerdings dürfte sich später diese Anzahl wesentlich erhöht haben.

Konzentrationslager waren aber auch oft Orte der Kunst und der Kreativität. Bildhauer, Steinmetze, Juweliere und Graphiker mussten für ihre Häscher hochwertiges Kunst- und Handwerksmaterial liefern. Die Prunkfassade in Buchenwald sollte etwa darüber hinwegtäuschen, welches Elend sich dahinter abspielte. Die neuen Herrscherscliquen beschenkten sich gegenseitig mit Kunstwaren aus „ihren" Konzentrationslagern. In der Gegenwart besteht oft die irrige Meinung, dass die Häftlinge nur mit Arbeiten in den Steinbrüchen und Rüstungsindustrien beschäftigt waren. Das KZ Buchenwald verfügte über eine eigene Fotoabteilung, eine Malstube sowie über eine Buchdruckerei und eine Buchbinderei. Die neuen Herren ließen Wappenschilder herstellen. Ahnen- und Sippentafeln, Ahnenpässe und Familienchroniken sollten ihre edle und damit arische Herkunft dokumentieren. In der Praxis stieß das Ahnenforscherkommando oft auf fast unlösbare Probleme. Die Ahnengalerie entsprach sehr oft nicht den Vorgaben der SS, dass der arische Stammbaum bis ins Jahr 1750 zurückzuverfolgen sein musste und an diesem Stammbaum keine Wildwüchse wie etwa slawische Vorfahren vorhanden sein durften.

Die SS-Elite hatte großes Interesse an den KZ-eigenen Gutsbetrieben. Zu den Gutsbetrieben gehörten Ställe für Schweine, Rinder, Pferde, Schafe und Geflügel. Das Nahrungsangebot für die SS sollte durchaus ausgewogen sein, daher gehörten natürlich auch Gärtnereien zu einem KZ-Gutsbetrieb. Die SS-Gärtnereien standen in Buchenwald unter dem Kommando von SS-Obersturmführer Dumböck, einem Salzburger, der eigenhändig 40 seiner „Mitarbeiter" ermordete. Andere kamen ihrer Ermordung zuvor und begingen Selbstmord. Sein Hass entwickelte sich vor allem gegen seine Landsleute. Wenige Kilometer entfernt wurden die Wohnhäuser der „braunen Elite" angelegt. Die Arbeiten wurden weitgehend von den Häftlingssklaven ausgeführt. Alle Häuser in bester Lage verfügten über schöne Vorgärten. Nach getanem Mordhandwerk, nach Feierabend, wurde der Rosengarten gepflegt und das Salatbeet bewässert. Jedes Konzentrationslager verfügte über eine eigene Hundestaffel. Es gab in Dachau nicht nur eine Hundestaffel, sondern auch „Hundezellen". Der eingesperrte Häftling konnte in diesen Zellen nur seitlich zusammengekauert liegen, das Essen wurde ihm wie einem Hund hineingereicht, und er hatte bittend darum zu bellen. Die SS-Schergen überboten sich förmlich beim Erfinden neuer Foltermethoden. In einigen KZs – auch in Dachau – wurde der Stehbunker verwendet. Der Verlorene steckte in einem Art „Schornstein" (Grundfläche 0,8 x 0,8 Meter). Ein positiver Nebeneffekt war für die Lagerleitung, dass dadurch Platz gespart wurde. Drei Tage war keine Hocke geschweige denn ein Liegen möglich. Nach drei Tagen gab es einen Erholungstag, um dann wieder in diese missliche Lage gebracht zu werden. Dieser Erholungstag war nicht unbedingt Pflicht. Es gab Häftlinge, die bis zu 9 Tage im Stehbunker bleiben mussten. Durch den eigenen Kot und Urin kam es zu schwersten Hautverletzungen und Infektionen. Auch im KZ Sachsenhausen gab es Stehzellen. Die Inhaftierten hatten gerade genügend Platz, um stehen zu können. Durch ein Gitter in Augenhöhe konnten die Hilflosen angespuckt werden. Wegen der Beengtheit hatten sie nicht die Möglichkeit, den Schleim und den Speichel aus ihrem Gesicht abzuwischen. Die Gefangenen lebten ab nun in Baracken, die etwa 100 Meter lang und 10 Meter breit waren und in vier Räume, genannt „Stuben", unterteilt waren. Jede Stube war für etwa 50 Häftlinge konzipiert und nochmals in einen Schlaf- und in einen Aufenthaltsraum unterteilt. Alle 75 Meter wurde ein Wachtturm aus Stein oder Holz errichtet. Das KZ Dachau gilt als der Prototyp der Konzentrationslager.[4] Wie Sklaven wurden die Gefangenen dort gehalten,

---

4 Mittelbayerischer Rundfunk. Interview mit Historiker Wolfgang Benz: „Dachau war der Prototyp für das KZ-System", 22. März 2013

um im Straßenbau oder in Kiesgruben und später für die Rüstungsproduktion eingesetzt zu werden. Die Arbeit sollte „*erschöpfend*" sein, um ein Höchstmaß an Leistung zu erreichen. Zu den Strafmaßnahmen[5,6] gehörten die Prügelstrafe, das Pfahlhängen und Strafstehen. „*Über den Bock gehen*" war eine häufige Strafmaßnahme. Beim „Bock" handelte es sich um ein tischähnliches Holzgestell. Das bedauernswerte Opfer wurde dabei auf dem Bauch liegend festgeschnallt, wobei das Gesäß höher lag. Zwischen 5 und 25 Hiebe erfolgten mit einer Peitsche, einem Stock oder dem Ochsenziemer. Bei der Tortur war meistens der Lagerarzt anwesend. Das zerfetzte Gesäß wurde nach den Schlägen mit Jod eingepinselt, was die höllischen Qualen noch einmal enorm verstärkte. Statt auf das Gesäß wurde auch oft auf die Nierengegend gedroschen, und dies bedeutete häufig den Tod des angeblichen Delinquenten. Noch gefürchteter als der Bock war das Pfahl- und Baumhängen. Die Hände wurden auf dem Rücken eng zusammengebunden. Mit einem weiteren Strick wurde der Unglückliche in zwei Metern Höhe an einen Nagel gehängt. Die Folge waren schwerste Schulterverletzungen. Das genügte den Häschern oft immer noch nicht. Mit Knüppeln oder Peitschen wurde gegen Beine, Gesicht und Geschlechtsteile geschlagen. Es gab sogar Wärter, die sich an die Beine ihrer Opfer hängten. Die Geräusche von brechenden Knochen und Gelenken bereiteten ihnen dann eine satanische Freude. Der „*Bunker*" – das „Gefängnis" im Konzentrationslager – wurde von den Häftlingen als „*Vorhof zur Hölle*" bezeichnet. In völliger Abgeschiedenheit wurden an den Insassen „*Spezialbehandlungen*" durchgeführt. Hier wurden der „*Abschaum*" unter den Häftlingen (SS-Diktion) gefoltert und Geständnisse herausgepresst. In Dunkelhaft verloren die Häftlinge jegliche Zeitorientierung.

---

5   KZ-Gedenkstätte Dachau, Station 7 „Bunker und Bunkerhof"
6   Zeit Online: „Der Kommandant des Grauens" vom 23. Oktober 1953, aktualisiert am 21.11.2012

Am 1. April 1938[7] verließ der sogenannte „Prominententransport"[7] den Westbahnhof in Wien. Unter ihnen die beiden späteren Bundeskanzler Leopold Figl und Alfons Gorbach. Es waren die ersten österreichischen Gefangenen, die in ein Konzentrationslager verschleppt wurden. 7800 weitere sollten folgen.

Der abgesetzte Landeshauptmann Dr. Heinrich Gleißner[8] und der Pfarrer von St. Martin im Innkreis, Matthias Spanlang[9], wurden am 24. Mai 1938 mit 170 weiteren Personen ins Konzentrationslager Dachau gebracht. Gleißner sollte das Nazi-Regime überleben. Im Juni 1939 kam er in Dachau frei. Doch schon drei Monate später wurde er in das nächste KZ gebracht – nach Buchenwald. Gleißners Gattin Maria fuhr nach München, passte bei einem Kirchgang die Mutter von SS-Chef Heinrich Himmler ab und erbat die Freilassung ihres Mannes. Sie hatte Glück. Zum Jahreswechsel 1939/40 kam Gleißner frei. Wegen des ihm auferlegten Gauverbots musste er in Berlin bleiben. Als Zwangsverpflichteter arbeitete er im SS-Betrieb Braunkohle-Benzin-AG. Kurz vor Kriegsende kehrte er nach Oberösterreich zurück. Heinrich Gleißner war einst ein enger Vertrauter von Bundeskanzler Dollfuß. Gemeinsam mit Dollfuß baute er die Ständestaatdiktatur auf. Er bekämpfte die demokratischen Kräfte innerhalb der Partei. Nach seinen Erfahrungen in den beiden Konzentrationslagern kam er 1945 geläutert nach Linz zurück. Aus dem einstigen Verfechter der Diktatur wurde nun ein überzeugter Demokrat.

Weniger Glück hatte der ehemalige Pfarrer von St. Martin im Innkreis. Matthias Spanlang galt in den Augen der neuen Machthaber als gefährlicher Regimegegner. Er wurde in das KZ Buchenwald verfrachtet und dort auf bestialische Weise ermordet. Nach den Politikern mit dem falschen Parteibuch kamen Juden, Sinti, Homosexuelle in dieses Lager der

---

7   Wikipedia: „Prominententransport"
8   KirchenZeitung 2013/03 vom 15.1.2013: „Gleißners Lehrjahre in der Verbannung"
9   OÖNachrichten: „Spanlang und Gleißner, zwei Häftlinge in Dachau. Ein Pfarrer, ein Landeshauptmann. Der eine starb, der andere überlebte – zwei Schicksale im KZ" von Markus Staudinger, 15. März 2018

Erniedrigung. Auch immer mehr Priester fanden in Dachau „Aufnahme". 2800 Priester durchliefen dieses *„Lager des Schreckens"*. Wegen der großen Anzahl der gefangenen Priester wurde es bald als das *„größte Kloster der Welt"* bezeichnet. Die Blöcke 26, 28 und 30 waren für die katholischen Geistlichen reserviert. Nach Kriegsausbruch 1939 kamen jeweils die Priester aus den eroberten Gebieten neu zur *„Lagergemeinschaft"*. Das mit Abstand größte Kontingent stellten dabei die Polen. Die polnischen Priester besaßen einen großen Einfluss auf die Bevölkerung und galten daher für das Regime als extrem gefährlich. Erstaunlich erscheint, dass auf Befehl Heinrich Himmlers der Block 26[10], Stube 4 eine eigene Hauskapelle erhielt. Unter Aufsicht konnten die Priester das Abendmahl feiern. Ab 1941 gab es auch sonst Begünstigungen für die Priester, die vom Vatikan finanziert wurden. Sie erhielten ab nun größere Essensrationen. Die österreichischen und deutschen Priester waren im Block 26 untergebracht. Die Todesrate unter den Priestern war bis 1945 sehr hoch. 868 polnische Priester sollten Dachau nicht überleben. An zweiter Stelle standen bereits österreichische und deutsche Priester mit 94 Opfern. An vielen Priestern wurden schmerzhafte und vor allem sinnlose medizinische Versuche unternommen. Schon bald war das KZ Dachau nicht nur das größte Kloster, sondern auch zum größten Priesterfriedhof der Welt geworden. Der Großteil der Kleriker wurde in die Konzentrationslager Dachau und Buchenwald eingeliefert. Beide Lager waren keine Vernichtungslager. Das Vernichtungslager[11] unterschied sich dadurch vom Konzentrationslager, dass es dort keinen Aufenthalt gab. Das Vernichtungslager hatte nur den einen Zweck, die dorthin deportierten Menschen innerhalb kürzester Zeit zu ermorden – so in Treblinka, so in Sobibor, so in Belzec und in Chelmno. Zwei Lager waren zugleich KZ und Vernichtungslager, nämlich Auschwitz und Majdanek. Es gibt im Vernichtungslager keine Gefangenschaft, sondern man kam an, und wenige Stunden später war man nicht nur seiner

---

10 Wikiwand: „Pfarrerblock" (KZ Dachau)
11 Geschichtsforum de: „Unterschied Vernichtungslager Konzentrationslager"

Kleidung und seiner Habseligkeiten, sondern seines Lebens beraubt. Für das Vernichtungslager Auschwitz gab es eigene Gleise. Nach dem „Entladen" der Todgeweihten wurde zunächst sondiert und in weiterer Folge sortiert. In jene, die sofort in Richtung Gaskammern getrieben wurden, und jene, die noch eine kurze Gnadenfrist erhielten.

Die Situation der Lagerinsassen hing auch oft vom jeweiligen Lagerkommandanten ab. Dieser Unterschied ist an den Beispielen SS-Oberführer Heinrich Deubel[12] und Theodor Eicke[13] augenfällig: Lagerkommandant Theodor Eicke, ein Vertrauensmann von Himmler, schuf das *„Dachauer Modell"*. Im Herbst legte er die neue „Lagerordnung" vor. Eicke listete dabei jedes noch so kleine Vergehen auf und teilte ihm die *„zugehörige Strafe"* zu. Es war ein Katalog der Pervertierungen des menschlichen Verstandes. Wer bei der Arbeit zu laut redete, galt als Meuterer und wurde sofort erschossen. Wer langsam vom Bett aufstand, wurde mit drei Tagen Arrest im Bunker bestraft. Er organisierte auch das Lagerwesen neu und schuf dabei eine Hierarchie. Kriminelle wurden dabei zu Kapos und waren damit auch für die Unterdrückung der Mithäftlinge verantwortlich. Das neue System erwies sich als „erfolgreich" und wurde daher weitgehend von den anderen Lagern im Reich kopiert. Angrenzend an das Lager errichtete Eicke die „Dachauer Schule". In dieser Schule wurden die SS-Wachtrupps ausgebildet und zu Massenmördern und Folterknechten abgerichtet. Als „neue Herrenmenschen" erhielten sie das Recht, über Leben und Tod eines Menschen zu entscheiden. Es gelang Eicke, die letzten Hemmschwellen seiner Schüler zu brechen. Eine der Übungen bestand darin, dass seine Schüler Häftlinge mit eigenen Händen zu töten hatten. Die dunkelsten Triebkräfte des Menschen galt es nach seiner Meinung zu wecken. Seine bekanntesten Schüler waren wohl Rudolf Höß, von 1940 bis 1943 Kommandant in Auschwitz, und Karl Otto Koch. In den

---

12   Welt: Die „ekelhafte Humanität" im SS-„Musterlager" von Sven Kellerhof am 22.5.2016
13   „Eine SS-Karriere zwischen Nervenklinik, KZ-System und Waffen-SS"

Konzentrationslagern wurden viele Soldaten der SS-Totenkopfverbände erst richtig „gestählt". Ohne Wimpernzucken sollten sie Unschuldige ermorden. Hier wurde ihnen jene Enthemmung antrainiert, die sie später für die „Spezialkommandos" an der Front benötigten. Eicke gilt als der Mörder von Gregor Strasser und des SA-Führers Ernst Röhm. Beide waren maßgeblich daran beteiligt, dass Hitler an die Macht kam. Auch der Liebhaber von Röhm, Graf Hans Erwin von Spreti-Weilbach, dürfte von ihm im Gefängnis Stadelheim ermordet worden sein. Im Februar 1943 kam Eicke bei einem Aufklärungsflug in der Ukraine ums Leben.

1935 wurde Lagerkommandant SS-Oberführer Heinrich Deubel in Dachau abgesetzt, weil er nach Dafürhalten anderer SS-Männer eine *„ekelhafte humanitäre Behandlung der Häftlinge"* einreißen ließ. Deubel und dessen Stellvertreter Karl d'Angelo hätten neue Methoden der „Gefangenenerziehung" eingeführt. Zum Beispiel eine eigene Lagerschule, die Unterricht in Mathematik und Fremdsprachen anbot. Allerdings gab es daneben nach wie vor schwerste Diskriminierungen, Prügel und Demütigungen, trotzdem wurde der *„humanitäre Oberkapo"* sofort abgesetzt. Deubel wurde nach Berlin befohlen. In einem weiteren Lager galt er wieder als zu „weich" und damit für die SS ungeeignet. Er kehrte in seinen ursprünglichen Beruf als Zollbeamter zurück. 200.000 Gefangene durchliefen das KZ Dachau, für 40.000 von ihnen sollte es der Ort ihres Todes werden. Das Wort „Dachau" wurde zum geflügelten Wort. Dachau galt und gilt als Inbegriff der deutschen Konzentrationslager. Alleine das Wort „Dachau" galt schon als Drohung.

KZ Buchenwald[14]

Dieses KZ befindet sich im Bundesland Thüringen[15] und liegt in der Nähe der Stadt Weimar. Diese Stadt beherbergte einst die Dichterfürsten Goethe und Schiller. In der Gegenwart besitzt die Stadt umgerechnet auf die Einwohnerzahl die meisten Museen in Deutschland. Die SS erhielt von der Fürst Thurn und Taxis'schen Domänenverwaltung als Geschenk ein Waldgrundstück, das zur Errichtung der KZ-Anlage verwendet wurde.

Mit der Linie 6 gelangt heute der Besucher von Weimar kommend in das zehn Kilometer entfernte Lager: *„Nächster Halt Buchenwald. Endstation. Bitte alle aussteigen."*

Am 15. Juli 1937 wurde das KZ Buchenwald als Endstation für viele Unerwünschte und Systemfeinde eröffnet. Erster Lagerkommandant wurde Karl Otto Koch. Der gelernte Buchhalter kam während der Weimarer Republik häufig mit dem Gesetz in Konflikt. Wegen Unterschlagung, Diebstahl und Urkundenfälschung wurde er 1930 zu einer Gefängnisstrafe verurteilt. Schon bald trat er der SS und der NSDAP bei. Perversität, Sadismus, Grausamkeit und Korruptheit galten als seine „Markenzeichen". Koch galt als der brutalste und gnadenloseste Lagerkommandant im III. Reich. Nach Lust und Laune ermordete er wehrlose Lagerinsassen eigenhändig. Das Wimmern der Hilflosen bereitete ihm das größte Lustgefühl. Der Teufel in Menschengestalt ließ im Lager Blumenrabatten anlegen, was bei vielen Geschundenen als zynische Provokation angesehen wurde. In den Blumenbeeten wurden Menschen gefoltert und ihrer Menschenwürde beraubt. In seiner zweiten Ehefrau Ilse fand er bezüglich Korruptheit eine kongeniale Partnerin. Einen mächtigen Förderer fand er in seinem Mentor und „Lehrer" Theodor Eicke. Dieser sah ihnen dieses Luxusleben, das weitgehend auf Korruption zu Ungunsten der SS beruhte, nach. Ihr größter Widersacher war Erbprinz Josias zu Waldeck und Pyrmont. Waldeck organisierte 1934 die Ausschaltung der SA-Führung durch Mord.

---
14 MDR-Zeitreise: „Das KZ neben der Klassikerstadt Buchenwald – Geschichte des KZ."
15 Die Welt: „Wie baut man eine Hölle auf Erden?" von Sven Kellerhof am 19.3.2014

Waldeck war als höherer SS- und Polizeiführer für den Wehrkreis IX zuständig. Zu diesem Wehrkreis gehörte auch das KZ Buchenwald. Schon 1941 tauchten die ersten Korruptionsvorwürfe in Richtung Familie Koch auf. Ende 1941 wurde Koch ins Lager Majdanek versetzt. Inzwischen wurde gegen Standartenführer Koch und seine Helfer intensiv ermittelt. Der SS-Richter Konrad Morgen wurde mit dem Verfahren gegen die Eheleute Koch und weitere Mittäter beauftragt. Diese Ermittlungen führten 1943 zur Verhaftung Kochs. Zu offensichtlich war er korrupt. Mitwisser wurden festgenommen, unter ihnen der Leiter des Arrestblocks Martin Sommer. Bei Hausdurchsuchungen wurden Zahngold, Schmuck und Geldbeträge gefunden. Geld wurde sogar unterschlagen, das für die Lebensmittelrationen der Häftlinge bestimmt war. Bei diesem Verfahren erkennt man endgültig die Doppelmoral des Regimes. Nicht das Zahngold von tausenden Ermordeten war einer der Anklagepunkte, sondern die Tatsache, dass das Ehepaar Koch dieses der SS vorenthielt. Sogar Mord wurde ihm nun zur Last gelegt, obwohl zur selben Zeit für dieses Delikt andere Lagerkommandanten belobigt wurden. Wegen Hehlerei, Mord, Betrug, Unterschlagung wurde Koch zum Tode verurteilt. Durch ein SS-Erschießungskommando fand das Leben Kochs ein unwürdiges Ende. Wie zwiespältig die Person Karl Otto Koch war, zeigt sich an der Tatsache, dass er unzählige Menschen mit einem rosa Winkel (Homosexuelle) hinrichten ließ, selbst aber als bisexuell galt. Seine Frau Ilse ging als *„Hexe von Buchenwald"* in die Geschichtsschreibung ein. Es bereitete der Femme fatale eine sadistische Freude, wenn sie Gefangene malträtieren konnte. Sie führte ein exzessives Liebesleben und betrog ihren Mann mit seinen engsten Mitarbeitern. Wenn ein Häftling sie bei seiner Arbeit ungebührlich ansah, notierte sie sich die Nummer des Häftlings. Wenig später befand sich der Mann mit dieser Nummer bereits im Rosengarten oder Bunker. Dank Betrügereien, Morden und Unterschlagungen konnten sich die Kochs ein luxuriöses Leben leisten. Mehrfach wurde Ilse Koch nach dem Krieg vor ein Gericht gestellt. Eine Schwangerschaft rettete sie zunächst vor dem Strang. 1967 verwendete sie den Strang, um sich selbst zu richten. Ein williges Opfer für ihre Machenschaften fanden die Kochs im SS-Mann Martin Sommer. Dieser trat schon bald in die Schlägertruppe der NSDAP, die SA, ein. Er wechselte bereits ein Jahr später zur SS, hier sah er wohl größere Karrierechancen. 1938 wurde er zum Leiter des gefürchteten Arrestzellenbaus – Bunker – ernannt. Er fühlte sich als Alleinherrscher, hier konnte er ungehindert seinen sadistischen Neigungen nachgehen. Die Zellen waren etwa zwei Meter lang und einen Meter breit. Bis zu 15 Häftlinge mussten sich solch eine Zelle teilen. Noch brutaler, noch grausamer, noch qualvoller war die Devise seines Handelns. Er spritzte Evipan, Phenol oder Luft in die Venen seiner ihm wehrlos Ausgelieferten. Die Leichen der Ermordeten fanden oft in der Nacht ein Zwischenlager unter seinem Bett. Anschließend schlief er den Schlaf des Gerechten. Der Sadist Sommer erfand immer neue Hinrichtungsarten. Mit einer Schraubzwinge zerquetschte er den Kopf eines Unglücklichen. Den Prügelbock bediente er oft selbst. 25 Stockschläge gab es mindestens für die Widerborstigen. Bei einem Kollegen beschwerte er sich, dass durch diese „harte Arbeit" es zu einer Blasenbildung an seinen Händen gekommen war. Aus diesem Grund zog er später seine gefürchteten schwarzen Handschuhe an. Einen Pfarrer übergoss er mit kaltem Wasser und der Geistliche erfror qualvoll. Er vergiftete die kargen Essensrationen und tötete viele durch eine Wasserinjektion. Der „Vollstrecker" Sommer war allgemein im Lager gefürchtet. Ein Unglücklicher musste seinen Hodensack abwechselnd in brühend heißes und eiskaltes Wasser legen. Am Ende pinselte Sommer die zerfetzte Haut mit Jod ein. Der gutachtende Psychiater meinte in seiner Expertise nach dem Krieg: *weder geisteskrank, dafür aber ein ausgeprägter Sadist, ein äußerst gefühlloser Egoist in der extremsten Form.*

So könnte sich die Hinrichtung von Matthias Spanlang und Otto Neururer abgespielt haben: *Der Henker von Buchenwald. Martin Sommer stülpte sich wieder einmal seine schwarzen Handschuhe über. Vor ihm lag der nackte Matthias Spanlang aus Oberdonau. Genüsslich band er jeweils ein Seil an das Bein des Pfarrers. Nun nahm er den Abgemagerten und hängte ihn — mit dem Kopf nach unten — an jeweils einen Fleischhaken. Bei seinem Vorgänger, einem Pfarrer aus Tirol, dauerte der Todeskampf immerhin 34 Stunden. Wie lange würde es bei Spanlang dauern?*

1943 wurde der Hauptscharführer kurz an die Front gerufen, nach wenigen Wochen auf Weisung von SS-Richter Morgen zurückbeordert. Hauptvorwurf war wohl, dass Mitwisser der Korruptionsaffäre von ihm ermordet wurden. Als Gnadenbeweis wurde ihm „*Frontbewährung*" zugesichert. Bei Eisenach wurde sein Panzer getroffen und er erlitt dabei schwerste Verletzungen. Ein Bein musste amputiert und ein Ellbogen versteift werden. Ab nun saß der „*Henker von Buchenwald*" in einem Rollstuhl und machte auf seine Umwelt einen bemitleidenswerten Eindruck. Für die Zeit zwischen Kriegsende und 1958 ist über ihn wenig bekannt. Erwähnenswert ist allerdings, dass er die Unverfrorenheit besaß, als Kriegsversehrter eine einmalige Zahlung von 10.000 DM und monatliche Rente von 300 DM vom westdeutschen Staat einzufordern. Der „Spiegel" kritisierte dieses Begehren mit größter Schärfe. In diese Zeit fiel auch seine Hochzeit mit einer 21-jährigen Krankenschwester. Allfällige Gerichtstermine wurden immer wieder aus „medizinischen Gründen" vereitelt. Wegen seiner Schandtaten wurde er 1958 zu einer lebenslangen Haft verurteilt. 1971 wurde er aus der Haft entlassen und lebte für die restlichen Jahre seines Lebens in einem evangelischen Seniorenheim. Das Bewachungspersonal rekrutierte sich vor allem aus Mitgliedern der Schutzstaffel (SS). Schon bald entwickelte sich seitens der SS eine enorme Korruption. Sie nahmen bei jeder Gelegenheit die Wörter „Liebe zum Vaterland" in den Mund, um es bei nächster Gelegenheit zu betrügen und zu bestehlen. Unter den SS-Führern herrschte ständiger Streit.

Heute kehrt der Besucher dem Lager wieder nach wenigen Stunden den Rücken. In den Jahren bis 1945 war diese Rückkehr für „*Besucher dieses Lagers*" weitgehend unerwünscht. Schon in ihrem Dokument stand der Vermerk „ru" (Rückkehr unerwünscht). Jean Améry[16] schrieb später: *„Des Häftlings letzte Pflicht war der Tod."* Der Spruch „*Wir sind nicht mehr im Lande der Dichter und Denker, sondern im Lande der Richter und Henker*" stammte von einem Aufseher, der auch nach dieser Maxime handelte. In den Jahren 1937 bis 1945 wurden insgesamt 234.000 Menschen in dieses Lager eingeliefert, mehr als 56.000 kamen ums Leben. Die häufigsten Todesursachen waren dabei Erfrieren, Unterernährung, Folterungen jeglicher Art, Erschießen und Erschlagen.

Zum „Lagerpersonal" gehörten auch 120 Bluthunde, denen das Zerfleischen von Menschen antrainiert worden war Bezeichnend für das „Drückebergerdasein" vieler SS-Männer war die Tatsache, dass statt ihrer Häftlinge an die Front geschickt wurden. Unter den Opfern war auch KPD-Chef Ernst Thälmann, der im August 1944 von SS-Männern in Buchenwald erschossen wurde.

Auffallend ist vor allem die Tatsache, dass sehr viele Österreicher in dieses KZ eingeliefert wurden. Kurz nach Ostern 1945 wurde das KZ Buchenwald von amerikanischen Truppen befreit. Viele GIs waren von der Bestialität und der Grausamkeit, die noch kurz vor ihrer Befreiung anscheinend allgegenwärtig war, so überwältigt, dass sie sich übergeben mussten. General Patton lehnte es ab, jene Räume zu besuchen, in denen nackte Leichen aufgeschichtet waren. Er war von dem Gesehenen so angewidert,

---

16 Wikipedia: Jean Améry war Jude. Der Vater starb während des Ersten Weltkrieges. Die Mutter pachtete ein Gasthaus in Bad Ischl. Er wuchs im katholischen Milieu des Salzkammergutes auf. 1926 zog er mit seiner Mutter nach Wien. Als Beruf übte er jenen des Buchhandlungsgehilfen aus. Zu seinem Freundes- und Bekanntenkreis zählten Hermann Broch, Robert Musil, Elias Canetti, Albert Paris Gütersloh, Max Brod, Ludwig Wittgenstein. 1937 heiratete er eine Jüdin, ihretwegen trat er wieder in die Israelitische Kultusgemeinde ein. Das Ehepaar verließ am 31. Dezember 1938 Österreich. Mittels eines Schleppers gelang ihnen die Flucht nach Belgien. Nach der Besetzung durch die deutsche Wehrmacht beteiligte er sich am Widerstand. 1943 wurde er verhaftet. Er landete im KZ Auschwitz. 1978 beging der Literat im „Österreichischen Hof" in Salzburg Selbstmord.

dass auf seinen Befehl hin 100 Bürger der Stadt Weimar am nächsten Tag das Lager besuchen mussten. Allerdings war Patton ein Antisemit und durchaus ein heimlicher Bewunderer der „Leistungen der SS". 20.000 Insassen wurden 1945 von amerikanischen Truppen befreit, darunter 500 Österreicher. Der spätere amerikanische Präsident Eisenhower besuchte das KZ Buchenwald und wollte sich selbst ein Bild der menschlichen Perversität machen. Vor allem befürchteten Patton und Eisenhower, dass die Schilderung des Vorgefundenen schon bald als „Propaganda" dargestellt werden könnte. Nun, diese Befürchtungen sollten sich allerdings bald bewahrheiten. Holocaustleugner bestreiten bis in die Gegenwart hinein, dass in den Konzentrations- und Vernichtungslagern millionenfacher Mord begangen wurde. Sie bestreiten das System des bewussten Aushungerns, des Folterns und einer kaum vorstellbaren Brutalität anderen Menschen gegenüber. Nach der Gründung der DDR wurde das Lager regelmäßig von Schulklassen und Jugendgruppen besucht. Der Rassismus und Nationalismus der Nazis wurde dabei nicht thematisiert, auch nicht der Antisemitismus. Die anderen Siegermächte wurden dabei nicht erwähnt, nur die heldenhafte Befreiung des Lagers durch die kommunistischen Insassen und die Truppen der Sowjetunion.

Vom Lager ist wenig übrig geblieben, das Grauen wird dafür nun virtuell vermittelt. Die einstige SED-Führung ließ dieses „Zeichen des faschistischen Grauens" in den fünfziger Jahren des vorigen Jahrhunderts weitgehend niederreißen.

Auf Großbildschirmen erscheinen in Lumpen gehüllte, vollkommen abgemagerte Personen, die ohne jegliche Perspektive ihrem Ende entgegensehen. Die Ausstellung wartet nicht mit Zahlen, sondern mit Einzelschicksalen auf, z.B. jene Zigeunerin, die den Holocaust überlebte und nach dem Krieg für jedes ihrer drei ermordeten Kinder 150 DM erhielt.

Die Krematoriumsöfen dienen als willkommener Hintergrund für Selfies. An sich selbst stellt der Besucher die Frage: *„Wie benimmt man sich als Besucher?"* „Darf man rauchen?" „Darf man am Ort des Schreckens auch *lachen?"* Und am Ende die entscheidende Frage: *"Sollte man dieses Unbegreifliche begreifen können?"*

Bereits 1937 errichtet, war es zunächst für politische Gegner des Regimes wie Kriminelle, Asoziale, Zeugen Jehovas und Homosexuelle „reserviert". Buchenwald war kein Vernichtungslager, sondern die Ermordung sollte durch „Auslese" erfolgen.Der Großteil der Häftlinge starb an Auszehrung, Unterernährung und häufig genug an stümperhaften medizinischen Versuchen. Das KZ Buchenwald war ein Exerzierfeld für die SS, diente der Abschreckung und der deutschen Wirtschaft durch die Sklavenarbeit der Inhaftierten. Beim Näherkommen des „Feindes" kam es zu Massenevakuierungen. Vielen gelang dabei die Flucht, andere wurden ermordet. Der Großteil der Häftlinge musste für die Rüstungsindustrie arbeiten. Der gefürchtete „Bunker" blieb für die Nachwelt erhalten. Jener Bunker, in dem ein Landpfarrer aus dem Innviertel nach Jahren des Folterns, Hungerns, der Schwerstarbeit und Schläge sein Ende fand.

Die Gestapo installierte innerhalb des Lagers ein „perfektes" Spitzelwesen. Die beiden Priester Otto Neururer aus Götzens in Tirol und Matthias Spanlang[17] aus St. Martin im Innkreis wurden Opfer eines solchen Spitzels, dessen Informationen zu ihrer brutalen Ermordung führten. Der weißrussische Emigrant Grigorij Kushnir-Kushnarew, angeblich ein früherer General, schlich sich systematisch in das Vertrauen vieler seiner Mitgefangenen ein. Dieser Gestapo-Vertrauensmann lieferte mehrere Hundert von ihnen an das Messer der SS. Seine Beseitigung durch die Inhaftierten gestaltete sich überaus schwierig, weil er besonderen Schutz der SS genoss. Ein Aufenthalt im Krankenrevier wurde schließlich genützt, um ihm die tödliche Giftinjektion zu setzen.

Von den 260.000 Inhaftierten wurde etwa ein Viertel ermordet. Via „Videoguide" wird der Besucher zur Erschießungswand gelotst, die sich wiederum vorzüglich als Hintergrund für weitere Selfies eignet. Nur der

---

17 Das Leben und Sterben der beiden Priester wird im Kapitel „Priester im III. Reich" geschildert.

„Rosengarten" ist längst entfernt worden. Ein Stacheldrahtkäfig, in dem die Gefangenen erfroren, verhungerten oder „einfach starben".[18]

Die Reithalle war zunächst nur für den Lagerleiter Koch[19] und seine Frau Ilse[20] reserviert. Später wurden in dieser Halle Erschießungen durchgeführt. Dabei wurde durch ein Gerät die Körpergröße gemessen. Wenige Zentimeter darunter befand sich eine Vorrichtung, die jeweils einen Genickschuss ermöglichte. Einer der Inhaftierten war der Jude Eugen Kogon. Nach dem Krieg veröffentlichte er das Buch „Der SS-Staat. Das System der deutschen Konzentrationslager"[21]. Sein Buch stützt sich auf seine eigenen Erlebnisse im KZ Buchenwald, weiters auf 150 Einzelprotokolle. Kogon schildert darin die „Totenkopf-Auslese". Der Alltag im Lager war durch Luxus, Völlerei, Weichlichkeit und Hurerei bestimmt. Nicht zu Unrecht sah Kogon darin eine deutliche Diskrepanz zwischen den Ordensidealen Himmlers „Meine Ehre heißt Treue" und dem Drohnendasein im KZ Buchenwald. Korruption war im KZ Buchenwald allgegenwärtig. Während des Krieges wurden die KZ-Sklaven verstärkt an deutsche Industriebetriebe „verleast". Die Firmen mussten dabei zwischen 6 RM und 8 RM pro Tag an die KZ-Leitung überweisen. Bei seiner makabren Kosten-Nutzen-Rechnung geht Kogon von einer dreivierteljährlichen Lebensdauer eines Inhaftierten aus.

---

18 Breitengrad 66: „Ein Besuch im ehemaligen Konzentrationslager Buchenwald"
19 Die Welt: „Wie baut man eine Hölle auf Erden?" von Sven Felix Kellerhoff am 19.3.2014
20 MDR: „Ilse Koch – Die Hexe von Buchenwald"
21 Der Spiegel: „Kriegsverbrecher – Schwarze Handschuhe" vom 3.10.1956

Eines der vielen Denkmäler im KZ Buchenwald

Damit erhielt das Konzentrationslager für dessen Arbeitsleistung 1431 RM refundiert. Nach dem Tod des Inhaftierten konnten weitere 200 RM (Zahngold, Knochen- und Aschenverwertung) eingenommen werden. Am Ende blieb vom verstorbenen Inhaftierten ein Reingewinn von 1630 RM übrig. Auch sonst zeigte sich die Lagerleitung durchaus kreativ, um den Häftlingen das letzte Geld aus der Tasche zu ziehen. Dazu wurde sogar ein eigener Kinobetrieb im Lager eingeführt. Einst gehörte es zu den Idealen der SS, die Menschheit vom „Fluch des Goldes" zu befreien. Nun trat die paradoxe Situation ein, dass die „Elitetruppe Himmlers" diesem Fluch erlegen war. Die Inhaftierten wurden für diverse „Pfuscharbeiten" für die SS verwendet. Heinrich Himmler erhielt 1939 eine Schreibzeuggarnitur aus grünem Marmor, hergestellt in der Häftlingsbildhauerei Buchenwald. Der Bedarf an Kunstgegenständen aus dem KZ schien unbegrenzt. Ganze Wohnzimmereinrichtungen verschwanden am Ende an unbekannte Bestimmungsorte. Es lebte sich gut in einem Konzentrationslager – allerdings nur aus der Perspektive eines SS-Mannes gesehen. Prunkgebäude des KZ Buchenwald waren dabei der Falkenhof als Geschenk für Hermann

Göring und eine Reithalle für die Frau des Lagerkommandanten Koch. Die Reithalle der Kommandeuse war etwa 40x100 Meter groß und 20 Meter hoch. Sie erhielt innen eine Manege und eine Wandspiegelverkleidung. Beim Bau der Reithalle kamen dreißig Häftlinge ums Leben. Die Baukosten der Reithalle beliefen sich auf 250.000 RM und die des Falkenhofes auf weitere 135.000 RM. Die Einrichtungsgegenstände im Falkenhof waren von höchster Qualität. Zum Falkenhof gehörte ein kleiner Zoo mit fünf Affen, vier Bären, einem Nashorn, Wölfen und dgl. Starb ein Tier, mussten die inhaftierten Juden für den entsprechenden Ersatz sorgen. Dem Kommandanten Koch bereitete das Zerfleischen eines Inhaftierten im Bärenkäfig ein neronisches SS-Vergnügen. Die Raubtiere wurden vorzüglich ernährt. Während das Durchschnittsgewicht der männlichen Gefangenen unter 50 Kilogramm sank, wurden die Tiere reichlich mit Fleisch, Milch, Haferflocken und Zwieback versorgt. Spätestens ab 1943 litt das deutsche Volk an Hunger und Entbehrung, das SS-Führungspersonal hingegen lebte weiterhin wie die Maden im Speck.

Nach wie vor gab es üppiges Essen, Geflügel, Schnitzel, Bohnenkaffee und Markenliköre. 500 „Kommandanturschweine" wurden in einem KZ-eigenen Schweinestall gehalten, daneben noch dieselbe Anzahl an Gänsen, Enten und Hühnern. Alleine die Kantine warf 2 Millionen RM ab, tatsächlich wurden allerdings nur 52.000 RM nach Berlin abgeliefert. Sehr viel Geld erwirtschaftete die „SS-Wirtschaft" durch Preisschwindel. In der Häftlingskantine wurden für einen „Wikingersalat" 2,60 RM verlangt, was etwa dem Zehnfachen des tatsächlichen Wertes entsprach. Weiteres Geld wurde durch den Kostenzug für die Häftlinge in die „schwarze Kassa" gespült. Im Monat mussten die Rüstungsbetriebe für das Häftlingsverleihgeschäft bis zu 2 Millionen RM bezahlen. Durch ungenaue Abrechnungen kam weiteres Geld in die „schwarze Kassa". Bei diesem Luxusleben verringerte sich die Lust, an der Front den Heldentod zu sterben, enorm. Die einstige Totenkopf-Elite mutierte zu einer Drückeberger-Einheit. Die „verhinderten Helden" ließen dabei nichts unversucht, um dem Fronterlebnis zu entgehen. 2018 änderte die

Gedenkstätte Buchenwald[22] ihre Besucherordnung. Die Direktion der Stiftung KZ Buchenwald nimmt nun auch Einfluss auf das Tragen von gewissen Kleidungsstücken. Kleidungsstücke dürfen keine Symbole aus dem rechtsradikalen Milieu mehr tragen. Es gab Anlass, dies zu tun. Die Direktion erteilte im Januar 2017 Björn Höcke von der AfD Besuchsverbot. Ein Starreferent bei einer Veranstaltung Höckes war bekanntlich ein ehemaliger Landesrat aus Oberösterreich. Laut Direktion kam es immer wieder zu Verhöhnungen und Provokationen von Überlebenden und deren Angehörigen und auch der demokratischen Mehrheitsgesellschaft. Ein Gästebuch gibt darüber Auskunft, dass durchaus Holocaustleugner – *Erfindung der Alliierten, Bevölkerung habe nichts davon gewusst* – zu den Besuchern zählen. Es gibt allerdings auch Eintragungen, die den Holocaust erst gar nicht leugnen. Im Gegenteil, ihn als positiv empfinden. 1996 war der NSU[23] in Buchenwald, mit Beate Zschäpe im Schlepptau. Uwe Mundlos und Uwe Böhnhardt bekamen lebenslanges Hausverbot. Der Grund lag in ihrer SA-ähnlichen Uniform. Eine weitere Provokation besteht darin, dass „Besucher" bei markanten Stellen wie Erschießungsanlagen oder Krematoriumsöfen mit revisionistischen Sprüchen oder falschen Zahlen aufwarten. Allerdings immer knapp unter der Grenze dessen, was straf-

---

22 Süddeutsche Zeitung, 27. Dezember 2018 auf Seite 3: „Wer stört? Ob Buchenwald oder Sachsenhausen, wenn Mitglieder der AfD deutsche NS-Gedenkstätten besuchen, wollen sie oft damit provozieren. Über neue Herausforderungen in Zeiten des Revisionismus" von Johanna Adorjan.

23 Der Nationalsozialistische Untergrund (NSU) war eine neonationalsozialistische terroristische Vereinigung, die ab der Jahrtausendwende in Deutschland Menschen mit Migrationshintergrund ermordete. Ihre Mitglieder Uwe Mundlos, Uwe Böhnhardt und Beate Zschäpe stammten aus Jena und lebten ab 1998 im Untergrund. Zwischen 2000 und 2007 töteten sie neun Migranten und eine Polizistin, verübten 43 Mordsuche, Sprengstoffanschläge und 15 Raubüberfälle. Geschätzte 100 bis 200 Personen unterstützten sie in ihren „Aktivitäten", darunter auch Personen von rechtsextremen Parteien. Mundlos und Böhnhardt begingen 2011 in einem Wohnmobil Selbstmord. Die Ermittler hatten bis zu diesem Zeitpunkt einen rechtsradikalen Hintergrund ausgeschlossen.

rechtlich verfolgt werden müsste. Ihre „Einwendungen" bei Führungen, die provozieren, verletzen, schockieren und Mitmenschen auch verletzen sollen, werden mit viel Wonne ins Internet gestellt. Diverse Staatsanwaltschaften ermitteln in der Folge wegen des Verdachts auf Volksverhetzung, wegen Leugnung oder Verharmlosung des Holocaust und Störung der Totenruhe. In den 300 nationalsozialistischen Gedenkstätten in Deutschland werden von Jahr zu Jahr mehr Besucher gezählt. 700.000 Personen besuchen zum Beispiel jährlich das KZ Sachsenhausen. Bei 99,8 Prozent der Führungen kommt es zu keinen Störungen.

Gerade die AfD und so mancher Sympathisant in Österreich würden sich wieder ein geändertes Geschichtsbild wünschen. Mehr aus der Sicht des tapferen und verratenen deutschen Soldaten. Der AfD-Vorsitzende Alexander Gauland vertritt die Meinung, dass die Deutschen ein Recht darauf hätten, stolz auf die Leistungen der deutschen Soldaten während der beiden Weltkriege zu sein. In der Zwischenzeit bemüht sich die AfD eifrig darum, dass keine staatlichen und städtischen Gelder für die Erinnerungskultur aufgewendet werden. Anders als im KZ Mauthausen werden die Besucher im KZ Buchenwald um eine Spende gebeten.

KZ Mauthausen[24]

Bereits zwei Wochen nach dem Anschluss konnte Gauleiter Eigruber einer johlenden Zuschauerschar in Gmunden verkünden, dass sein Gau mit der Errichtung eines Konzentrationslagers ausgezeichnet werden sollte. Als Standort wurde der Ort Mauthausen auserwählt. „Bevorzugt" sollten politische Gegner, Kriminelle und als asozial geltende Personengruppen inhaftiert werden.

KZ Mauthausen

Den Nationalsozialisten erschien der Standort schon deshalb als ideal, weil der Granitsteinbruch Schwerstarbeit für ihre Gegner bot. Auch die Nähe zu Linz war ein weiteres Argument für Mauthausen. Nach den Grundstücksablösungen wurde bereits im August 1938 mit dem Bau begonnen. Letztendlich mussten Häftlinge ihr Lager selbst errichten. Insgesamt wurden 20 Baracken errichtet. Mittelpunkt des Lagers war der Appellplatz. Hier spielten sich wahre Tragödien ab. Eine vergessene Mütze beim Appell war oft gleichbedeutend mit dem Tod. 15 solcher „Zweitlager" sollten in den folgenden Jahren in Oberdonau folgen, 33 weitere in anderen Gauen. Zipf, Gusen und Ebensee sind wohl die bekanntesten Mordstätten des Verbrecherregimes in Oberösterreich. Ab der zweiten Kriegshälfte erhielt die auf insgesamt 48 Lager angewachsene Lagereinheit Mauthausen vermehrt Aufträge von der Rüstungsindustrie. Die nun häufig einsetzenden

---

24 Wikipedia: „KZ Mauthausen"

Luftangriffe bedingten es, dass die neuen Arbeitsplätze oft untertunnelt oder in einen Berg getrieben wurden. Im Mittelpunkt des gegenwärtigen Geschichtsinteresses steht Gusen II. Unter größter Geheimhaltung wurde ab Anfang 1944 ein unterirdisches Flugzeugwerk errichtet. Unter der Tarnbezeichnung „B-8-Bergkristall" sollte in Großserie das Düsenflugzeug des Typs Messerschmitt Me 262 produziert werden. In nur 13 Monaten Bauzeit wurde eine der modernsten und wohl auch größten unterirdischen Produktionsstätten des Dritten Reiches errichtet. Unter unvorstellbaren Arbeitsbedingungen wurden tausende Inhaftierte hinweggerafft. Hunger und vor allem die hygienischen Verhältnisse führten zu Seuchen und zu einem Massensterben. Besonders schlimm war die Situation im letzten Kriegsjahr. Das Lager Mauthausen platzte aus allen Nähten. Vergasungen wurden ab nun häufig im nahen Schloss Hartheim durchgeführt. Nach der offiziellen Beendigung des Euthanasieprogrammes T4 hatte das Mörderschloss seine ursprüngliche Aufgabe verloren. In Hartheim wurden wesentlich mehr Menschen vergast als in Mauthausen. Am 5. Mai 1945 wurden Mauthausen und Gusen von der US-Armee befreit. Von den insgesamt 190.000 Insassen starben fast die Hälfte. Zum Vergleich: Im KZ Dachau starb „nur" jeder Fünfte.

Himmler und Eigruber in Mauthausen

Menschen wurden ermordet, weil man sich in den Besitz des Ermordeten bringen wollte, ein Richard Bernaschek aus Bosheit. Sein Tod und der Tod vieler anderer Politiker sollte den Aufbau eines „Nachfolgestaates" nach Ansicht von Landeshauptmann Eigruber erschweren. Er wollte jene 5000 Kunstschätze, die während des Krieges in Europa geraubt wurden und nun in Bergwerksstollen lagerten, zerstören lassen. Im Hintergrund dieser Raserei stand wohl die wirre Gedankenwelt eines Adolf Hitler: *„Wenn wir diesen Krieg verlieren, hat das deutsche Volk das Recht auf seine Existenz verloren."* Dieser totale Krieg, von Goebbels propagiert, sollte auch bis zu den letzten Kriegstagen noch viele Opfer in Oberösterreich fordern. Mutige Bürger wurden erschossen, weil sie die weiße Fahne hissten. Der Oberbefehlshaber der Ostmark, Dr. Rendulic, und Landeshauptmann Eigruber richteten noch jene Schnellgerichte ein, die vielen das Leben kosteten. Der Besuch des KZ Mauthausen gehört zum „Pflichtprogramm" eines jeden Schülers in Oberösterreich. Der Plan, dies jedem Schüler bundesweit zu ermöglichen, wurde still und leise wieder verworfen. Über die tatsächlichen Gründe erfährt man wenig. Seit 1945 gab es immer wieder Personen in Österreich, die die Mordmaschinerien in Mauthausen und den anderen Konzentrationslagern schlichtweg leugneten bzw. noch immer leugnen. Die Gräueltaten seien schlichtweg eine Erfindung der jüdischen Lügenpresse der amerikanischen Ostküste. Die Zeitschrift „Aula" publizierte in ihrer Ausgabe Juli/August 2015 den Artikel mit dem Titel „Mauthausen-Befreite als Massenmörder". In diesem Bericht wurden die Befreiten als „Landplage" und „Massenmörder" bezeichnet. Die Lagerinsassen seien zum Großteil Kriminelle gewesen. Die „Horden" hätten Gewaltdelikte gegen die einheimische Bevölkerung begangen. Eine angebliche Quelle des Mai 1945 wird mit folgenden Worten zitiert: *„Zu einer wahren Landplage hat sich das Treiben der Ausländer und KZler gestaltet."* Am Höhepunkt der Flüchtlingskrise des Jahres 2015 wurde über diese brutale Diffamierung der Überlebenden Mauthausens berichtet. Die Zeitschrift, die diese perfide Opfer-Täter-Umkehr betrieb, wurde inzwischen eingestellt.

SCHULEN IM DRITTEN REICH

Der Roman und Film „Im Westen nichts Neues" schildert die Motivation für das Soldatentum durch einen Lehrer während des Ersten Weltkrieges. Alle Schüler melden sich als Freiwillige und ein Großteil von ihnen kommt in den mörderischen Kämpfen um Verdun ums Leben. Vor und während des Ersten Weltkrieges blieb es den Lehrern weitgehend überlassen, die älteren Schüler zu einem falschen Heldentum zu motivieren. Es war dann kein Zufall, dass die Bücher von Erich Maria Remarque[1] bei den Bücherverbrennungen des barbarischen Regimes auf dem Scheiterhaufen landeten.

Die Weltanschauung[2] der Nazis wurde nicht nur über die Medien, sondern auch über die Schulen verbreitet. Das Regime begann bereits 1933 mit den Kriegsvorbereitungen an den Schulen. Es begann die Vereinnahmung von Jugendgruppen und der Schule.

Denn Schüler waren leichter zu beeinflussen als Erwachsene und waren zudem oft der neuen Weltanschauung schutzlos ausgeliefert. Die Gemeinschaft sei wichtiger als der Einzelmensch, wurde ihnen nun fortwährend eingetrichtert und eingebläut. Es gehörte ab nun zum „Gemeinschaftsgeist" der

---

1 Erich Maria Remarque wurde 1898 in Osnabrück als Erich Paul Remark geboren. Im Sommer 1916 wurde er zum Ersten Weltkrieg eingezogen. Schon nach wenigen Wochen wurde er an der Westfront von Granatsplittern schwer verletzt. In seinem Klassiker „Im Westen nichts Neues" verarbeitete er die Erlebnisse im Lazarett. Nach dem Krieg beendete er seine Lehrerausbildung. Sein erster Roman „Traumbude" wurde ein Misserfolg. Er arbeitete zunächst als Zeitungsredakteur und Werbetexter. 1928 landete er mit dem Roman „Im Westen nichts Neues" einen großen Erfolg. Der Roman wurde in 50 Sprachen übersetzt und 20 Millionen Mal verkauft. Der Folgeroman „Der Weg zurück" schildert das Schicksal der ehemaligen Soldaten. Remarque wurde sogar für den Friedensnobelpreis vorgeschlagen. Im nationalsozialistischen Deutschland war er starken Anfeindungen ausgesetzt. 1933 ging er ins Exil in die Schweiz, später in die USA. Entnommen von Erich Remarque Gesellschaft e. V.

2 Verschmelzung von imperialistischem Nationalismus, Antisemitismus, Ressentiments gegen andere Rassen. Gegen Parlamentarismus, Pressefreiheit, Kommunismus und Demokratie.

Schüler, dass man „*gemeinsam Juden hasste*", gemeinsam viele andere Gegner des Regimes ablehnte. Einzelne aus dieser Gemeinschaft ließen sich so sehr manipulieren, dass aus den einstmals schutzlosen Opfern Jahre später Täter entstanden. Viele „Endzeitverbrechen" wurden von jugendlichen Soldaten begangen. Die Jugendlichen waren von den nationalsozialistischen Ideen wesentlich überzeugter als die Elterngeneration. Das war ein Grund dafür, dass Bundeskanzler Schuschnigg das Wahlalter für die am 13. März 1938 geplante Volksabstimmung auf 24 Jahre hinaufsetzte. Das Schulsystem wurde bereits im Herbst 1938 an jenes des „Altreichs" angeglichen. Dieses war vollkommen der „Volksgemeinschaft" untergeordnet. Der Landesschulinspektor und einige Bezirksschulinspektoren wurden in Haft genommen. Für die Lehrer fanden Umerziehungs- und Schulungskampagnen im Schloss Schmiding bei Wels statt. Als Alternative stand nur die Arbeitslosigkeit zur Debatte. Viele jüngere Lehrer mussten nun einrücken. Der dadurch auftretende Lehrermangel wurde durch die Reaktivierung von bereits pensionierten Lehrern gemildert. Die Schulbücher[3] in den österreichischen Klassenräumen bekamen neue Inhalte. Der Krieg wurde noch mehr glorifiziert und der nationalsozialistische Rassenhass wurde „fächerübergreifend" den Schülern vermittelt. Die Schüler sollten ab nun stolz darauf sein, dass sie der Rasse der Arier angehörten und damit im Universum auf der höchsten Entwicklungsstufe stünden. Die angebliche Minderwertigkeit anderer Rassen wurde ihnen durch Schaubilder vor Augen geführt. In Zukunft sollte jeder Schüler auf Anhieb zwischen dem „edlen Arier" und dem „abstoßenden Juden" unterscheiden können.

Statt zwei Stunden Leibesübungen standen plötzlich fünf auf der Stundentafel. Die Körperertüchtigung[4] erhielt nun eine überragende Stellung. Der gestählte Körper sollte in einem willensstarken Körper stecken. Diese Willensstärke sollte allerdings nur auf die Überwindung der eigenen Leistungsgrenzen reduziert bleiben. Das Ziel war anderseits, dass der

---
3   Wikipedia: „Erziehung im Nationalsozialismus"
4   Leibeserziehung im Nationalsozialismus

Heranwachsende Hitler willenlos folgen sollte. Diese eigene Entmündigung sollte der Volksgemeinschaft[5] zum Vorteil gereichen. In seinem Buch „Mein Kampf" vermerkte Hitler zu diesem Thema: *„Der völkische Staat hat seine Erziehungsarbeit nicht in erster Linie auf das Hineinpumpen bloßen Wissens einzustellen, sondern auf das Heranzüchten kerngesunder Körper."* Auch der Gemeinschaftsgeist sollte bereits bei den Jugendlichen geweckt werden.

Bald wurden auch in den österreichischen Schulen „*neue Tatsachen*" geschaffen: Wenige Tage nach dem Anschluss 1938 begannen die Nationalsozialisten das Schulwesen völlig „umzukrempeln". Bereits am 14. März 1938 kam die Weisung an die Schulen, dass „*Heil Hitler*" die einzig erlaubte Grußformel in der Schule sei. Direktoren bekamen den „braunen Brief", hitlertreue Vasallen ersetzten sie. Lehrer mit „politischer Vorgeschichte" wurden ausgetauscht. Etwa zehn Prozent der oberösterreichischen Lehrer verloren ihre Lehrbefähigung. Viele Lehrer und Lehrerinnen traten nun dem nationalsozialistischen Lehrerbund bei. Durch diesen Schritt wollten viele einer eventuellen Entlassung zuvorkommen. Den damaligen Lehrern Opportunismus vorzuwerfen, erscheint eher problematisch. Der Lehrerberuf wurde vollkommen „verpolitisiert". Direktorenbestellungen und Beförderungen waren jeweils politische Entscheidungen. Turnen wurde zum Hauptfach erklärt. Turnlehrer wurden bei Direktorenbestellungen bevorzugt.

Diese Gemeinschaft sollte sich auf die Volksgemeinschaft reduzieren. Sinti, Juden und Slawen wurden aus dieser Volksgemeinschaft ausgegrenzt.

Den jüdischen Lehrern wurde der Zutritt zu ihrer ehemaligen Schule erst gar nicht mehr erlaubt. Kirchliche Privatschulen wurden geschlossen oder in staatliche Schulen umgewandelt.

Bei Lehrern, die keine Parteigenossen waren, sah man absoluten Kursbedarf. Die deutsche Jugend sollte durch parteitreue Lehrer zu wertvollen Mitgliedern des deutschen Volkes getrimmt werden. Die *totale Erziehung* begann bereits in den Vorschulgruppen, heute Kindergärten, und endete

---

5 Wikipedia: „Volksgemeinschaft"

spätestens an den Universitäten. Die „*arische Jugend*" sollte mit „*gestählten Körpern*" zu „*arischen Volksgenossen*" geformt werden. Kadavergehorsam und der „*Krieg gegen das Unterlegene*" waren ab nun die wichtigsten Punkte in der Erziehung.

Die Schüler wurden mit NS-Propaganda[6], allgegenwärtigem Führerkult, Rassenhass gegen andere Völker und Kulturen vollgestopft. Hier bediente sich das Regime durchaus moderner Unterrichtsmaterialien. Schulfilme dienten schon bald als Hilfsmittel für Manipulationen.

Für Hitler war die Schule[7] ohnehin nur eine Vorstufe zur soldatischen Erziehung. Alle Schulfäden liefen nun im Reichserziehungsministerium zusammen, mit der Schließung der konfessionellen Schulen wurden die Fäden zu diesen Schulen gewaltsam durchgeschnitten.

Wichtig war es für den Schüler, dass er sich der Klassengemeinschaft unterwarf. Dies entsprach der NS-Ideologie: Nur das Volk und der Führer haben Bedeutung. Das einzelne Individuum muss sich der Volksgemeinschaft nicht nur unterwerfen, sondern bereit sein, sein Leben für die Gemeinschaft zu opfern.

Mit der Erziehung der Kinder begann das Regime bereits zum Zeitpunkt der Geburt. Ein Schreien des Kleinkindes galt als Schwäche der Eltern. Die Kindererziehung oblag der Mutter. Franz Jägerstätter wurde belächelt, weil er den Kinderwagen durch St. Radegund schob.

In den besetzten Gebieten wurden den Eltern häufig ihre Kinder weggenommen, weil diese dem „arischen Typus" entsprachen. Die entführten Kinder wurden regimetreuen Eltern anvertraut.

Im Schuljahr 1936/37 verstärkte das Regime die ideologische Umgestaltung des Unterrichts. Der Kampf gegen die Kirchen wurde intensiviert. Fächer wie Deutsch, Geschichte und Turnen bekamen eine dominante Stellung auf der Stundenplantafel. Der Geschichtsunterricht sollte vor

---

6 Lebendiges Museum: „Schule im Dritten Reich" von Bernhard Struck am 7. August 2015
7 vinum.info: Schule im Nationalsozialismus

allem die „*vaterländische Größe*" und den „*Heroismus des germanischen Volkes*" hervorheben. Als Bestandteil des Biologieunterrichts wurden „*Vererbungslehre*" und „*Rassenkunde*" eingeführt.

Um das nationalsozialistische Ideal „*körperlicher Ertüchtigung*" umzusetzen, erhielt der Sportunterricht eine erhöhte Stundenanzahl, „undeutsche Fächer" wurden dafür entweder gestrichen oder reduziert. Die klassisch-humanitäre Ausbildung wurde vom Regime abgelehnt.

Am 14. März 1938 meinte Gauleiter Eigruber in einer Rundfunkansprache:

Unsere Jugend erzieht die NSDAP! Denn die Jugend gehört dem Staat. Der Gruß aller Schüler und Lehrer hat ab heute nicht mehr „Grüß Gott" sondern „Heil Hitler" zu lauten.

Aufgabe der Schule und der Organisationen HJ und BDM war, die Kinder dazu zu bringen, dass sie funktionieren! Die Mädchen sollten seitens der Schule auf ihre künftige Mutterrolle vorbereitet werden. „Hauswirtschaft" und „Handarbeiten" waren neben Turnen die „wichtigsten Mädchenfächer".

Der Samstag wurde ab 1934 zum „*Staatsjugendtag*"[8] erklärt und diente nur der Indoktrinierung. Für die Zehn- bis Vierzehnjährigen bestand Teilnahmepflicht. Mitglieder des Jungmädelbundes und des Jungvolks versammelten sich in den Schulen.

Nationalpolitischer Unterricht wechselte mit Werkunterricht und Sport ab. Sport – „*Ein gesunder Geist in einem gesunden Körper*" oder „*Gelobt sei alles, was hart macht*" – erhielt einen hohen Stellenwert. Wehrkunde war Bestandteil des Stundenplanes. So schrieb der Beauftragte des Reichsjugendführers für die Ertüchtigung der Deutschen Jugend Helmut Stellrecht in seinem 1936 erschienenen amtlichen Buch „*Die Wehrerziehung*[9] *der deutschen Jugend*": „*Der Geist des Angriffs ist der Geist der nordischen Rasse.*

---

8 Weimarer Republik und NS-Diktatur „Pimpf und Hitlerjunge. Staatsjugendtag"
9 „Die Wehrerziehung von Kindern und Jugendlichen in der NS-Diktatur" im Spiegel von Schulbüchern." Fakultät für Geschichte und Kunst in Dresden

Er wirkt in ihrem Blut wie eine unnennbare Sehnsucht. Schießen müssen unsere Jungen lernen. Die Büchse muss ihnen so selbstverständlich in der Hand liegen wie der Federhalter. Bilden will man die Menschen, als ob Schießen nicht auch Bildung, als ob Wehrerziehung nicht eigentliche Bildung wäre. ‚Wissen ist Macht' schreibt man über die Schultüren, als ob Macht sich in etwas mehr verkörpern könnte als in der Waffe." Aus dem Turnunterricht wurde das Fach „Wehrturnen". Sehr gezielt wurden die Schüler auf den Nahkampf, das Werfen von Handgranaten und das Überklettern von Hindernissen vorbereitetet. Damals geisterte bereits der Begriff *„fächerübergreifender Unterricht"* durch die Gänge der Schulen. Neben dem Fach „Biologie" sollte Rassenkunde betrieben werden. In den übrigen Fächern sollten die Schüler mit der Minderwertigkeit der anderen Rassen und Nationen konfrontiert werden. Im Deutschunterricht lasen die Schüler im Lesebuch *„Ewiges Volk"* Sätze wie diesen: *„Trau keinem Fuchs auf grüner Heid und keinem Jud bei seinem Eid".* Auf Wandbildern wurden die Schädelformen der nordischen Rasse, die der Juden und der „Untermenschen des Ostens" miteinander verglichen.

Besonders „kreativ" zeigten sich die Verfasser von Mathematikschulbüchern. Durch Schlussrechnungen sollte der Schüler selbst berechnen können, welche *„Einsparungen"* durch das Euthanasieprogramm für die übrigen Reichsbürger erzielt werden könnten bzw. konnten.

Auch die übrigen Fächer missbrauchte das Regime. Den Schwerpunkt des Geschichtsunterrichts bildeten die Existenz der Arier, der *„Versailler Vertrag"*[10] und die *„Dolchstoßlegende"*.[11]

---

10 Der Versailler Vertrag wurde von der deutschen Nationalversammlung angenommen und am 28. Juni 1919 zwischen dem Deutschen Reich und 32 alliierten, also zusammengeschlossenen Ländern und Mächten unterzeichnet. Er trat am 10. Januar 1920 in Kraft.

11 Die Dolchstoßlegende (auch Dolchstoßlüge) war eine von der deutschen Obersten Heeresleitung (OHL) in die Welt gesetzte Verschwörungstheorie, die die Schuld an der von ihr verantworteten militärischen Niederlage des Deutschen Reiches im Ersten Weltkrieg vor allem der Sozialdemokratie gab.

Vermehrt[12,13] prägten Rituale und die Verherrlichung der NS-Symbole den Schulalltag. Hakenkreuze mussten mit Kornblumen geschmückt, Fahnenappelle abgehalten und der Hitlergruß perfekt ausgeführt werden. Es gab eine wahre Inflation an Feierstunden. Die Lehrer mussten dem NS-Lehrerbund[14] beitreten. Wer sich weigerte, wurde, wie die jüdischen Kollegen, gekündigt. Andere Lehrer machten als Zellenleiter oder Bürgermeister rasch Karriere in der Partei: 7 Lehrer wurden Gauleiter oder stellvertretende Gauleiter, auf der nächsten Führungsebene waren 78 Lehrer als Kreisleiter tätig. Auf der untersten Führungsebene waren 2668 Lehrer Ortsgruppen- oder Stützpunktleiter. In Österreich erwiesen sich nach dem Anschluss zehn Prozent der Lehrer als nicht „vertrauenswürdig". Viele von ihnen vertauschten ihren Aufenthalt in den Schulklassen mit jenen in Gefängniszellen. Schulbibliotheken und der übrige Fundus der Schulen wurden akribisch untersucht, ob das Unterrichtsmaterial und die Bücher dem „deutschen Geist" entsprächen.

Sport und Rassenlehre waren Schwerpunkte des Lehrplanes. Kaum konnten die Kinder lesen, bekamen sie Kinderbücher wie der *„Der Giftpilz"*[15] in die Hände. Hauptaufgabe dieser *„Kinderbücher"* war es schlichtweg, den Hass auf die jüdische Bevölkerung zu schüren. Die jüdischen Kinder mussten die deutschen Schulen verlassen und wurden in „Ghettoschulen" unterrichtet. Später erhielten sie gar keinen Unterricht mehr. In *Adolf-Hitler-Schulen* sollten die Schüler zur künftigen Führungsschicht der Bewegung herangezogen werden. Aufgenommen wurden nur jene, die

---

12 forum oö. geschichte: „Schuljugend" von Josef Goldberger und Cornelia Sulzbacher
13 forum oö. geschichte: „Jugendorte" von Josef Goldberger und Cornelia Sulzbacher
14 Wikipedia: Der Nationalsozialistische Lehrerbund wurde 1929 als der Parteigliederung der NSDAP angeschlossener Verband gegründet, entwickelte sich ab 1933 zur alleinigen Lehrerorganisation mit maßgeblichem Einfluss auf die Erziehung im Nationalsozialismus im Deutschen Reich und bestand bis 1943.
15 „Der Giftpilz": Dieses Kinderbuch hetzte gegen die Juden. Das Buch erschien 1938 und sollte bereits bei den Kindern den Hass auf die jüdische Bevölkerung schüren.

das strenge Ausleseverfahren bestanden. Der Namensgeber dieser Schulen hätte diese wahrscheinlich als Jugendlicher nicht geschafft.

Parallel dazu wurden die nationalpolitischen Erziehungsanstalten – kurz Napola – geschaffen, in denen die künftige Elite des Regimes heranwachsen sollte. Im Stift Lambach war eine Napola untergebracht. Diese Schüler fielen weitgehend durch schlechtes Benehmen auf. Die wahre Elite sah Hitler in den Mitgliedern der SS[16]. Wer in diesen erlesenen Kreis kommen wollte, musste mit 15 Jahren 1,80 Meter groß sein und einen arischen Stammbaum, der bis ins Jahr 1750 zurückreichte, vorweisen. Sonthofen im bayrischen Allgäu, Vogelsang im Bayerischen Wald und Krössinsee in Ostpommern waren die drei einsam gelegenen, malerischen Ordensburgen des Führernachwuchses. Aus diesen drei Ordensburgen sollte sich die künftige nationalsozialistische Aristokratie rekrutieren. Der SS wurde weitgehend die *„ehrenvolle Aufgabe"* zugestanden, *„rassenbiologisch minderwertige Menschen und Systemgegner auszumerzen"*. Härte gegen sich selbst und vor allem gegen andere, ein geordnetes Familienleben, Unbestechlichkeit, bedingungsloser Gehorsam gegenüber Vorgesetzten waren die Grundpfeiler dieser „Eliteeinheit". Dem *obersten Schirmherrn und Führer* dieser Eliteeinheit sollte bedingungslose Treue geschworen werden. Heinrich Himmler entsprach keineswegs dem Idealbild eines Germanen – groß, blond, blaue Augen. Das hatte er allerdings mit dem Rassentheoretiker Alfred Rosenberg und Hermann Göring gemeinsam. Die personifizierte Karikatur des germanischen Herrenmenschen war Joseph Goebbels. Kopfform, Gestalt und sein durch eine Kinderkrankheit bedingter Klumpfuß ließen erst gar nicht den Verdacht aufkommen, dass er ein „echter Germane" sei. Hitler selbst wich durchaus von dem von ihm entworfenen Bild des „arischen Herrenmenschen" ab.

Der gescheiterte Volksschullehrer Himmler war Antialkoholiker, Mystiker und vor allem vollkommen unberechenbar. Das Regime griff neben

---

16 „Der SS-Staat. Das System der deutschen Konzentrationslager" von Eugen Kogon, Heyne-Verlag

der Schule auch in den Freizeitbereich der Kinder ein. In den Sommerferien wurde mit Ferienlagern gelockt. Da sich der Großteil der Eltern keinen gemeinsamen Urlaub mit ihren Kindern leisten konnte, war dies für die Kinder eine willkommene Gelegenheit, mit Gleichaltrigen gemeinsame Tage an einem See zu verbringen. Die gebotene „Lagerfeuerromantik", die „Kampfspiele" und etwa die erste Fahrt mit einem Motorrad verfehlten nur selten ihre Wirkung. Das Regime machte kein Geheimnis daraus, wozu die Schüler einmal gebraucht werden. Bereits 1936 wurden die 12. und 13. Klassen gestrichen, um rechtzeitig bei Kriegsbeginn zwei zusätzliche Offiziersjahrgänge zu erhalten.

Spätestens ab 1943 benötigte die deutsche Wehrmacht pubertierende Burschen, um mit ihnen den Endsieg zu ermöglichen. Als Flakhelfer und im Volkssturm sollten sie die längst verkohlten Kastanien aus dem Feuer holen. Ab 1943 setzten die Nationalsozialisten Minderjährige der Jahrgänge 1926 bis 1928 als Flakhelfer und ab 1944 als Soldaten im Volkssturm ein.

In den letzten Kriegsmonaten kam es vermehrt zu einem Mangel an Lehrern. Immer mehr Lehrer erhielten den Einberufungsbefehl. Bereits pensionierte Lehrer kehrten wieder an die *„Schulfront"* zurück. Es gab nicht nur den Mangel an Lehrern, es gab nun einen allgemeinen Mangel. In den Wintermonaten musste der Unterricht häufig entfallen, weil das letzte Stück Kohle verheizt war.

Während des Krieges öffneten sich viele „Nebentätigkeiten" für die Schüler und Lehrer. Für den Endsieg wurden im Fach Mädchenhandarbeit Fäustlinge und Hauben für die Helden an der Front gestrickt. Mit kleinen Leiterwagen zogen inzwischen die Buben durch die Gassen, um Alteisen und andere Rohstoffe einzusammeln. Selbst Knochen waren zu gebrauchen, um daraus Seife zu erzeugen. Der Krieg war längst ein Moloch. Er fraß nicht nur Millionen von Soldaten, auch der Materialmangel wurde immer mehr zu einem Handikap der deutschen Kriegsführung. Gerade in den letzten Wochen des Krieges begingen Jugendliche als

Volkssturmangehörige entsetzliche Verbrechen. Sie ermordeten 12 Freiheitskämpfer bei der Schießanlage in Treffling. Sie wurden Handlanger der Schnellgerichte. Die „Gerichtsverhandlungen" dauerten meistens nur wenige Minuten, die Liquidierung der Verurteilten oblag den Jugendlichen des Volkssturms. Sie ermordeten jene *„Feiglinge"*, die wegen der Aussichtslosigkeit ihre Einheit verließen. Sie bestraften den *„Verrat am Volk"* mit ihren Gewehrsalven. In den letzten Tagen des April 1945 und den ersten Tagen des Mai 1945 wurden noch Menschen von den „jungen Soldaten" erschossen, nur weil diese die weiße Fahne hissen wollten. Der Antikriegsfilm „Die Brücke" aus dem Jahre 1959 basiert auf dem autobiografischen Roman von Gregor Dorfmeister. Der Roman und dessen Verfilmung zeigen auf eine sehr eindringliche Weise, auf welche Art 16-Jährige vollkommen sinnlos geopfert wurden. Niemals hat ein Regime seine eigene Jugend so skrupellos missbraucht. Sie wurden zu Märtyrern jenes Regimes, das sie im Angesicht des bereits verlorenen Krieges im wahrsten Sinne des Wortes noch „verheizte".

Mit dem 1. Februar 1945 entfiel weitgehend der Unterricht. Die Schulgebäude wurden vermehrt für Flüchtlinge benötigt. Auch der Schulweg wurde zu einer Gefahrenquelle. Lehrer und Schüler waren oft das „letzte Aufgebot im Volkssturm".

Flink wie Windhunde, zäh wie Leder und hart wie Kruppstahl sollten sie werden, missbrauchte Opfer eines völker- und menschenverachtenden Regimes wurden sie tatsächlich.

OBERDONAU UND SEINE VERWALTUNG

Am Abend des 12. März 1938 erreichte Hitler „seine Stadt Linz", hier verbrachte er einen Teil seiner Jugend. Nach vollendeter Mission sollte die Stadt Ort seines Ruhestandes werden. Am Vorabend organisierten die Braunhemden einen Fackelzug, Hakenkreuzfahnen prägten von nun an das Straßenbild.[1] Das Territorium Oberösterreichs, nun Oberdonau, wurde um das steirische Salzkammergut (Bad Aussee) und die Landkreise Krumau und Kaplitz in Südböhmen erweitert.[2] Landeshauptmann Gleißner[3,4] wurde mit sofortiger Wirkung abgesetzt und wenige Tage später verhaftet. Es folgten für ihn mehrere Aufenthalte in den Konzentrationslagern Dachau und Buchenwald.

Sein provisorischer Nachfolger wurde August Eigruber.[5,6] Hitler weilte vom 12. bis 14. März 1938 in Linz. Für Eigruber waren das entscheidende Tage. Er konnte das Vertrauen seines „geliebten Führers" gewinnen. Der Arbeitersohn aus Steyr erwies sich schnell als skrupelloser Machtmensch, der zügellos und korrupt nach mehr Macht strebte. In der arisierten „Hatschek-Villa", einem Jugendstilbau, wohnte er mit seiner Familie und hielt dort auch Hof. Seinen sündteuren Lebensstil finanzierte er weitgehend durch Korruption. Die Meinungen über Eigruber waren in Berlin geteilt. Zu seinen Kritikern gehörte Joseph Goebbels: *„Ganz schlechte Besetzung. Muss noch geändert werden!"* Als gestandener Opportunist sollte er allerdings später seine Meinung punkto Eigruber revidieren. In seine Zuständigkeit gehörten auch das Konzentrationslager Mauthausen mitsamt seinen 48 Nebenlagern, Hartheim und das Zigeunerlager in Weyer.

---

1 forum oberösterreiche geschichte: „Die Verwaltungsstruktur des NS-Regimes"
2 Wikipedia: „Reichsgau Oberdonau"
3 Wikipedia: „Heinrich Gleißner"
4 forum oberösterreichische geschichte: „Heinrich Gleißner"
5 forum oö. geschichte: „August Eigruber" von Josef Goldberger und Cornelia Sulzbacher
6 Metapedia: „August Eigruber"

Gleich nach seiner Machtübernahme sorgte er für eine beispiellose Verhaftungswelle. Vertreter des Ständestaates, Sozialdemokraten und Kommunisten wurden interniert. Viele von ihnen wurden später in den Gefängnissen und Konzentrationslagern ermordet. Auch mit dem „Kirchenkampf" wurde sofort begonnen. Vor allem in der katholischen Kirche sah er die *„gefährlichste Keimzelle nationalen Widerstandes"*. Allerdings trat er nie offiziell aus der katholischen Kirche aus und zahlte weiterhin auch die Kirchensteuer.

Seine offizielle Ernennung zum Gauleiter und Landeshauptmann erhielt Eigruber Ende Mai 1938. Er wurde als Vertreter Österreichs in den Reichstag „gewählt". Das Regime konnte bis zum Beginn des Krieges in Österreich wirtschaftlich punkten. Das Arbeitslosenheer wurde von Januar 1939 mit 402.000 Arbeitslosen auf unter 100.000 im August 1939 reduziert. In Linz und Steyr wurde mit dem Bau von Industrie- und Wohnanlagen begonnen. Gerade in diesen beiden Städten traten viele Arbeiter der Partei bei. Vor ihren Augen wurden Wohnraum und Arbeitsplätze geschaffen. Auch auf die Warteliste für einen „Kraft-durch-Freude-Urlaub" konnte sich der Arbeiter setzen lassen. Die Löhne der Arbeiter und Angestellten steigerten sich, allerdings auch die Inflation. Viele glaubten sich in ein Wunderland versetzt. Das *„wahre Arbeiterparadies"* hätten die Nationalsozialisten geschaffen. Umso schrecklicher muss das Erwachen aus diesem Traum gewesen sein. Es sollten Jahre der Angst, der Not, des Hungerns und auch des Sterbens folgen.

Immer mehr verschwand Oberösterreich aus dem Sprachgebrauch und wurde durch Oberdonau ersetzt. Oberdonau war nun einer der sieben Gaue in der Ostmark. Eigruber setzte zumindest bei den Spitzenbeamten vermehrt auf regimetreue Beamte. Beamte, Lehrer und Richter wurden wegen *„mangelnder Zuverlässigkeit"* gekündigt und häufig durch Beamte aus dem Reich ersetzt.

Die Bezirkshauptmannschaften wurden in Landratsämter umgewandelt. An der Spitze der Bezirke standen nun jeweils die Kreisleiter.

In den letzten Kriegstagen erließ Eigruber einen *„Nero-Befehl"*[7] nach dem anderen. Alle Kunstwerke, die in Salzstollen in der Nähe von Bad Aussee lagerten, sollten durch Sprengungen vernichtet werden. Alle oberösterreichischen Sozialisten und Kommunisten, die in Mauthausen interniert waren, wurden Ende April 1945 auf seinen Befehl noch vergast. Gemeinsam mit dem Oberbefehlshaber der Heeresgruppe Süd/Ostmark, Dr. Rendulic, wurden noch Schnellgerichte errichtet. Für seine Grausamkeiten und Morde wurde Eigruber von den Alliierten zum Tode verurteilt. Sein Lebensweg endete am 28. Mai 1947 in jenem Gefängnis, in dem sein „geliebter Führer" sein Lieblingsbuch „Mein Kampf" schrieb – in Landsberg am Lech.

Bis 1938 war die NSDAP in Oberösterreich eine kleine Partei[8] mit 2000 Mitgliedern. Aus ihnen ging der Gauleiter Eigruber hervor. Nach dem Anschluss begünstigte er seine „alten Kämpfer" mit enormen Aufstiegschancen in der Verwaltung und Industrie. Erst 1941 gab es einen prozentuellen Gleichstand der Parteimitglieder in Oberösterreich und Gesamtösterreich. In den Gemeinden wurden die Bürgermeister und Gemeinderäte weitgehend abgesetzt. Ersetzt durch Männer, die das Vertrauen des Regimes hatten. Allerdings gab es vor allem in kleineren Gemeinden Probleme mit der Neubesetzung des Bürgermeisteramtes. In St. Radegund, Bezirk Braunau, wurde dem späteren Wehrdienstverweigerer Franz Jägerstätter dieses Amt angeboten. Vor allem in den Landgemeinden gab es die *„dörfliche Dreifaltigkeit"* – Bürgermeister, Ortsgruppenleiter und Ortsbauernführer. Sie konnten darüber entscheiden, wer als Soldat „uk" gestellt wurde. Diese Unabkömmlichen konnten, statt auf dem „Feld der Ehre" zu kämpfen, die eigenen Felder bewirtschaften.

---

7   Oberösterreichische Nachrichten: „70 Jahre Kriegsende: die tödlichen Parolen des August Eigruber"
8   forum oberösterreichische geschichte: „Die Partei und ihre Führer" von Josef Goldberger und Cornelia Sulzbacher.

Bürgermeister verfügten durchaus über viel Macht. Sie konnten die Rückkehr eines missliebigen Pfarrers verhindern und besiegelten somit das Schicksal des Gottesmannes. Den Nebenbuhler ließ ein Bürgermeister im Innviertel deshalb ermorden, weil dieser in der Beziehung zu dessen Frau im Wege stand. Bürgermeister leiteten ihre Macht weitgehend von Adolf Hitler ab. Als „*Führer der Gemeinde*" konnten sie von ihren Bürgern Gehorsam und bedingungslose Treue verlangen. Wobei es in den einzelnen Gemeindeverwaltungen größere Unterschiede gab. In einem Ort wirkten Fanatiker, die in den letzten Apriltagen des Jahres 1945 noch an den „Endsieg" glaubten. Schon in der Nachbargemeinde regierten Pragmatiker, die die eigene Gemeinde und deren Bürger vor die große Weltpolitik stellten.

Den stärksten Rückhalt hatten die Nationalsozialisten im sogenannten Mittelstand. Gewerbetreibende, Lehrer, Rechtsanwälte, Beamte und Angestellte in führender Position waren das Rückgrat der nationalsozialistischen Bewegung in Österreich. Immerhin 90.000 Oberösterreicher waren ein „Pg.", also ein Parteigenosse und damit Mitglied der nationalsozialistischen Volksgemeinschaft. Jeder zehnte Oberösterreicher war damit Mitglied dieser Partei. Vermutlich wären es noch mehr geworden, wenn nicht seitens der Partei ein Aufnahmestopp erlassen worden wäre.

Während die Umwandlung im Verwaltungsbereich sich weitgehend gewaltfrei vollzog, waren die Änderungen im Polizei- und Justizwesen mit Gewalt und sogar mit Mord verbunden. Am 15. März 1938 wurde der Linzer Polizeipräsident Victor Benz ermordet. Die Kriminalbeamten Dr. Bernegger, Josef Schmirl und Josef Feldmann wurden Opfer der Rachejustiz der Nationalsozialisten.

Die Macht Eigrubers wuchs von Jahr zu Jahr. Er war nicht nur oberstes Verwaltungsorgan, sondern hatte auch Zugriff auf die Justiz und schuf gegen Kriegsende seine „eigenen Gesetze". In der Endphase des Krieges beging er jene Verbrechen, die im Mai 1947 zu seiner Hinrichtung führten.

Bei seinem Prozess wurden ihm die „Mühlviertler Hasenjagd", befohlene Morde in Mauthausen und die geplante Vernichtung von

Kunstschätzen zum Vorwurf gemacht. Gemeinsam mit Dr. Rendulic wurde die Alpenfestung bis zum „letzten Mann" verteidigt. Sogenannte Deserteure ließ man durch „Schnellgerichte" ermorden. Am Ende war Eigruber dann selbst ein Deserteur, er wurde im August 1945 von amerikanischen Soldaten verhaftet.

STIFTE UND KLÖSTER IM III. REICH

Mit Argusaugen wurden Klöster und Stifte[1] vom Regime beobachtet. In den Ordensgemeinschaften sahen die Nazis einen Hort der Konspiration. Die Klöster galten als *„militanter Arm der katholischen Kirche"*. Ein weiterer Grund für den Griff des Regimes nach reichen Klöstern lag darin begründet, dass mit der Beschlagnahmung die Übernahme des Vermögens verbunden war. Dem hochverschuldeten Staat wurde dadurch Substanz zugeführt.

In Österreich[2] wurden 26 große Stifte, 188 Klöster und Klosterfilialen und 1400 katholische Bildungsstätten verstaatlicht. Katholische Heime und Schulen fielen der nationalsozialistischen Ideologie zum Opfer. Mit den Stiften Reichersberg und Schlierbach wurden nur zwei Stifte in Oberösterreich nicht beschlagnahmt. Im Juli 1941 beendete das Reich die Klosteraufhebungen. Der Hauptgrund lag darin, dass diese innerhalb der Bevölkerung sehr umstritten waren. In Österreich waren zu diesem Zeitpunkt fast alle Klöster und Stifte bereits „unter staatlicher Verwaltung". Klöstern und Stiften war die Aufnahme neuer Mitglieder untersagt.

Stift Reichersberg

Stift Reichersberg[3] wurde zwar von den Nazis nicht konfisziert, musste aber ab 1940 die Flugzeugführerschule A/B 115[4] beherbergen. Eine

---

1 Österreichs Stifte unter dem Hakenkreuz. Zeugnisse und Dokumente aus der Zeit des Nationalsozialismus 1938, zusammengestellt und bearbeitet von Sebastian Bock. Hrsg.: Österreichische Superiorenkonferenz.
2 kathpress: „Kaum eine Ordensgemeinschaft blieb von der Gestapo verschont"
3 Gregor Wilhelm Schauber: „Das Chorherrenstift Reichersberg in der Zeit des Nationalsozialismus". Mitteilungen der Österreichischen Chorherrenkongregation, Band 2, Heft 3
4 Fliegerhorst Wels, Decknamen „Wendepunkt" und „Wagenrad". Als Außenlande- und Arbeitsplätze dienten die Feldflugplätze Reichersberg-Münsteuer im Innviertel sowie Stögen bei Enns und Weiherhof in Bayern.

Gedenktafel erinnert im Stiftshof an jene Schule, in der junge Piloten für den Feindflug ausgebildet wurden. Im nahen Münsteuer errichtete die deutsche Luftwaffe ein eigenes Flugfeld. Drei Wochen vor Kriegsende kam es zum Angriff auf diesen Flughafen. Die amerikanischen Piloten zerstörten über 100 deutsche Flugzeuge am Boden. Das Stift blieb zwar formal eigenständig, die Nationalsozialisten griffen aber massiv in die wirtschaftlichen Belange ein. Grundverkäufe für das Flugfeld mussten zugelassen werden. Vor allem durch Versetzungen versuchte der Prälat Kleriker innerhalb der Klostergemeinschaft aus dem Schussfeld zu nehmen. Dies war insofern möglich, da das Stift in Niederösterreich eine Niederlassung mit 12 Pfarren besitzt. In den folgenden Jahren fanden unzählige Flüchtlinge und Vertriebene im Stift und im stiftseigenen Meierhof eine Unterkunft.

Magnus Huber[5,6] wurde als Josef Huber am 17. Januar 1880 am Schneglbergergut zu Ort im Innkreis geboren. Bereits mit zwölf Jahren arbeitete er in Lambrechten als „kleiner Knecht". Der Kooperator des Ortes und einige Wohltäter sorgten dafür, dass der fromme Bub in Kremsmünster das Gymnasium besuchen konnte. 1904 trat er ins Stift Reichersberg ein, 1908 legte er das ewige Gelübde ab. Nach verschiedenen Aushilfsposten wechselte er 1910 für drei Jahre als Kooperator nach Gunskirchen. In der Folge wurde er in die Pfarren des Stiftes nach Niederösterreich versetzt. 1936 wählte ihn das Dekanat Neukirchen zu ihrem Dechant. Mit der Machtergreifung der Nationalsozialisten begannen für Magnus Huber schwierige Zeiten. Zunächst beriefen die Nazis seinen Kaplan ab, da dieser vor der Machtergreifung Funktionär der Vaterländischen Front war. Als

---

5 Gregor Schauber: „Magnus Huber – Ein Apostel der Nächstenliebe von Stift Reichersberg". Bundschuh 11/2008. Schriftenreihe des Museums Innviertler Volkskundehaus.

6 Gottfried Gansinger: „Nationalsozialismus im Bezirk Ried. Widerstand und Verfolgung". Studienverlag. 2016

deklarierter Gegner der Nationalsozialisten war er als Dechant mit den Problemen von 15 Pfarren konfrontiert. Eingeschlagene Kirchenfenster, die Entfernung der Kreuze aus den Schulkassen und die Schließung eines Kindergartens der Schulschwestern gehörten zu seinem Aufgabengebiet. Gegen diese Übergriffe protestierte er immer wieder bei den zuständigen Behörden und Parteileitungen. Besonders schmerzte es ihn, dass 100 Gläubige in seinem Dekanat aus der Kirche austraten. Sein entschiedenes Auftreten machte ihn bei Nazifunktionären äußerst unbeliebt. Um der drohenden Verhaftung zu entgehen, kehrte er gesundheitlich geschwächt in das heimatliche Kloster Reichersberg zurück. Er betreute nun die Pfarre Münsteuer. Wegen des Begräbnisses eines strammen Parteigenossen bekam er neuerlich Probleme mit den braunen Machthabern. Ein NS-Spitzel berichtete von einem „würdelosen Begräbnis", demnach habe er beim Anblick der Kränze mit Hakenkreuzschleifen eine ärgerliche Miene gemacht. Nach der Beendigung des Begräbnisses habe er eine abfällige Handbewegung in Richtung Grab gemacht. Im Vorfeld gab es schon Probleme, weil der Tote nur zivilrechtlich verheiratet war. Nach dem damals geltenden Kirchenrecht wäre dem Verstorbenen kein kirchliches Begräbnis zugestanden.

Der Prälat schickte ihn nun nach Wesenufer. Dort geriet der aktive Ordensmann bald in Konflikte mit den nationalsozialistischen Bonzen. Sie erwirkten für den streitbaren Pfarrer ein Gauverbot. In der Silvesterpredigt merkte er an, dass alle, mit Ausnahme der Parteigenossen, die Kirchensteuer berappt hätten. Für diese Bemerkung erhielt er ein Wirkungsverbot für die ganze Ostmark.

Seine letzte Stelle trat er 1942 in Kirchham in Niederbayern an. Dort sollte er den 71-jährigen Pfarrer unterstützen. Es war das Jahr, in dem sich das Kriegsglück endgültig gegen die Nationalsozialisten wendete. Vermehrt erhielten Kirchenmitglieder die lapidare Mitteilung, dass Sohn, Vater oder Bruder auf dem „Feld der Ehre gefallen" waren. Trauergottesdienste hielt er auch für die, die für ein verbrecherisches System ihr Leben hingaben.

Die Amerikaner und Engländer griffen von Westen, die Russen von Osten her an. Der Krieg war endgültig verloren.

Das KZ Flossenbürg wurde vor den Feinden geräumt und in Gewaltmärschen wurden 400 Häftlinge in Richtung Pocking getrieben. Das KZ Flossenbürg liegt in der Oberpfalz. Von den insgesamt 100.000 Insassen wurden 30.000 ermordet. Auf persönlichen Befehl Hitlers wurde Dietrich Bonhoeffer in diesem KZ gemeinsam mit Verschwörern des 20. Juli 1944 gehängt. 1936 entstand zwischen Kirchham und Pocking ein Flugplatz der Luftwaffe, der bis zum Ende des Zweiten Weltkrieges erheblich vergrößert wurde. Beim Ausbau des Flughafens wurden russische Kriegsgefangene und politische Häftlinge eingesetzt. Die Seelsorge dieser Unglücklichen übernahm Kooperator Magnus Huber. Der Großteil der Geknechteten waren Juden. Innerhalb von wenigen Wochen starben über 100 Häftlinge. Ein Teil dieser Vorgänge ließ sich auf Dauer nicht vor der Bevölkerung geheim halten. Ins Lager wurden Lebensmittel eingeschmuggelt. Diesem Elend konnte und wollte Magnus Huber nicht tatenlos zusehen.

Er erwirkte den Zugang zum Lager, sammelte Nahrungsmittel bei den Bauern und rief bei Predigten zu Hilfsaktionen auf. Damit begab er sich persönlich in größte Gefahr. Im April 1945 brach im Lager Fleckfieber aus. Er ließ sich dadurch nicht bei seiner karitativen Hilfe bremsen, war nun Dauergast im Lager, tröstete Sterbende und steckte vielen Häftlingen Proviant zu. Dabei unterschied er nicht zwischen Juden und Christen. Am 2. Mai 1945 wurde das Lager von den Amerikanern befreit. Sie befreiten die Insassen, und ihre Befreier waren die ersten „Badegäste" der Therme Bad Füssing. Mitte Mai infizierte sich Magnus Huber mit Fleckfieber, andere Quellen sprechen von Typhus. Am 24. Mai 1945 starb er im Militärlazarett Rotthalmünster. Der „Diener der ärmsten Menschen" wurde im Priestergrab Kirchham bestattet. Ein Denkmal und ein Straßenname erinnern in Kirchham an diesen großartigen Gottesmann.

Auch sein Mitbruder Lambert[7] (Franz Weißl) bekam Besuch von der Gestapo. Als Student verfasste er ein Spottgedicht auf den „großen Führer". Die Strafe für diese „Heimtücke": drei Monate Gefängnis und acht Monate Aufenthalt in einem KZ.

Am 2. Mai 1945 überquerten 41 amerikanische Panzer den Inn beim Kraftwerk Obernberg am Inn. In der Marktgemeinde gab es keinen nennenswerten Widerstand und der NS-Bürgermeister ordnete sogar an, die weiße Fahne zu hissen. Das Stift Reichersberg ist etwa vier Kilometer von der Marktgemeinde Obernberg entfernt. Das Stift und den Ort „verteidigten" nur wenige SS-Männer. Der Chorherr Rupert Haginger versuchte, den Ort und das Stift vor der Zerstörung zu schützen. Beim Hissen der weißen Fahne ermordeten ihn diese SS-Männer.1923 feierte Rupert Haginger[8] in seinem Heimatort Mehrnbach seine Primiz. Es ist bedauerlich, dass keine Gedenktafel in Reichersberg an diese großartigen Ordensmitglieder erinnert. Sie opferten ihr Leben dafür, dass viele ihrer Mitmenschen weiterleben konnten.

Stift Engelszell

Die Zisterzienser mit strengerer Observanz[9,10] werden umgangssprachlich als Trappisten bezeichnet. Der Name Trappisten leitet sich von einem Orden in Frankreich ab. Die Ordensgründung ist jüngeren Datums und fand 1892 durch die Loslösung vom Zisterzienserorden statt. Der Orden steht Frauen und Männern offen und gilt als „strenger Orden". Seine Ordensmitglieder verschreiben sich beim Eintritt weitgehend der Askese. Es gibt auch viele Legenden über diesen „geheimnisvollen Orden". Eine dieser Legenden lautet, dass sie in ihren Särgen übernachten. Tatsache

---

7 ebenda
8 ebenda
9 Ökumenisches Heiligenlexikon: „Trappistenorden" von Joachim Schäfer, 2018
10 Wikipedia: „Zisterzienser der strengeren Observanz"

ist allerdings, dass sie in ihrer Nachtbekleidung bestattet werden. Die Ordensmitglieder sind stark zum Schweigen angehalten. Durch das II. Vatikanische Konzil kam es zur Lockerung vieler asketischer Regeln. Nach wie vor bestimmt harte körperliche Arbeit, unterbrochen von Stunden des Gebets und des Lesens, den Tagesablauf. In unserer Zeit ist das Stift[11] vor allem durch seine Produkte bekannt. In Klosterläden, auch in anderen Stiften und Klöstern des Landes, sind die Produkte dieser Arbeit käuflich zu erwerben. Marmeladen, Weihrauch, Liköre, Trappistenkäse und in letzter Zeit das Trappistenbier tragen zum Unterhalt des Stiftes und seiner Mönche bei. Seit 2012 werden die Trappistenbiere „Gregorius" und „Benno" gebraut. Es handelt sich um hochprozentige und hochpreisige Biere. Das Bier wird nicht nach dem Reinheitsgebot gebraut, da es Honig enthält. Die Gründung des Stiftes Engelszell geht auf das 13. Jahrhundert zurück. Es gehörte zum Klosterverband von Wilhering. 1786 wurde es von Kaiser Joseph II. geschlossen. Bis 1925 diente es profanen Zwecken. In diesem Jahr wurden Trappisten aus dem Elsass vertrieben. Engelszell erfüllte viele Kriterien der Trappisten. Es war von der nächsten Ansiedlung Engelhartszell relativ weit entfernt. In dieser Einschicht konnte die Klostergemeinschaft gelebt werden. Mit der Machtergreifung geriet das Stift relativ schnell in den Fokus des Regimes[12]. Das Stift diente als eine Art Versuchsballon. Es wurde am 27. Juli 1939 als erstes Stift der Ostmark enteignet. Die Begründungen dafür waren mehr als fadenscheinig. Der Konvent umfasste damals 22 Patres, 10 Chornovizen und 39 Brüder. Bei den „Untersuchungen" durch die Gestapo sollte in der Außenwelt der Eindruck entstehen, dass die Beschlagnahmung der Güter gerecht sei. Geständnisse wurden erpresst und haltlose Anschuldigungen erhoben. Ein Viertel des Konventes wurde in Haft genommen. Fünf Mitglieder wurden in das KZ Dachau gebracht. Vier starben dort.

---

11 Homepage des Stiftes
12 Erna Putz: „Das Schicksal der Engelszeller Mönche in der NS-Zeit"

Einer der Mönche überlebte.[13] Der Ordensbruder **Aelradus Haslbeck** stammte aus der Stadt Augsburg und war gelernter Dreher. Er wurde am 19. Oktober 1940 in Dachau eingeliefert und kam sofort in den Strafblock. Diesen überlebte er nur 12 Tage. Er starb am Allerheiligentag 1940. Zwei Tage später folgte ihm Bruder **Joachim Schäfer** nach Dachau. Auch ihn ließ man im Strafblock verhungern. Die Angehörigen erfuhren, dass er an einem Herzinfarkt verstorben sei. Pater **Gottfried Becker** wurde auch in den Strafblock überstellt. Schwere körperliche Arbeiten, Entbehrungen und Hunger führten nach fast zwei Jahren zu seinem Tod.

Auch ihr Mitbruder **Severinus Laudenbach** sollte nach einem Jahr der Qualen, der Folterungen und des Hungerns im KZ Dachau sterben. Am **Pater Makarius** wurden sinnlose medizinische Versuche durchgeführt. Als „Malaria-Versuchsperson" überlebte er das Hungerjahr 1942. Im Dezember 1944 kam er in den gefürchteten Kommandeurarrest. Nach Kriegsende konnte er nach Engelszell zurückkehren. Nach dem Krieg kehrten nur 22 von den ehemals 73 Mitgliedern des Konvents des Jahres 1939 wieder zurück. Abt Gregorius Eisvogel war zwei Jahre in Haft, kam frei und musste das Land während des Krieges verlassen.

---

13 ebenda

Stift Schlägl[14,15]

In der Zwischenkriegszeit litt das Stift unter großen finanziellen Problemen. Erst durch den Verkauf von Kunstschätzen konnte diese Finanznot gemildert werden. Auch die Nationalsozialisten „kauften" Kulturgüter vom Konvent. 1941 wurde das Stift vom Regime enteignet. Die großen Waldbesitzungen waren das Hauptargument für die Beschlagnahmung. Die angeschlossenen Schulen wurden sofort geschlossen. Der Abt und der Großteil des Konvents mussten das Stift umgehend verlassen. Das Stift wurde Südtiroler Optanten und Flüchtlingen als neues Zuhause angeboten. Die jungen Ordensbrüder wurden zur Wehrmacht einberufen. „Verdächtige Klosterbrüder" wurden inhaftiert. Der Ordensbruder Altmann Mager konnte das KZ Dachau erst 1945 verlassen.

---

14 Johann Großruck, Martin Zuckert: „Das Prämonstratenser-Chorherrenstift Schlägl
15 Pfarre Anreit: „80 Jahre Stift Schlägl"

Stift Wilhering

Schnell gerieten die Klosterangehörigen des Stiftes Wilhering ins Visier der allgegenwärtigen Gestapo. Grund dafür war, dass sich innerhalb der Klostermauern eine Widerstandsgruppe um den Offizier Johann Blumenthal[16] gebildet hatte. Zu dieser Gruppe gehörten die Ordensangehörigen Pater Gebhard Rath[17], Sylvester Birngruber[18], Stefan Ploberger[19], Amadeus

---

16 Johann Heinrich Blumenthal, jüdischer Abstimmung (drei Großelternteile), praktizierender Christ, freiwilliger im Ersten Weltkrieg. Nach dem Krieg Studium der Rechtswissenschaft, danach historische Studien. Dolmetscherausbildung für Französisch und Englisch. Pressereferent beim österreichischen Heer. 1938 ging er auf eigenen Wunsch in den Ruhestand. Als österreichischer Patriot war er nach dem Anschluss politischen Verfolgungen ausgesetzt. Er wurde Mitglied der „Großösterreichischen Freiheitsbewegung". Kontakt zu seinen ehemaligen Offizierskameraden. Vier Jahre Gefängnis, ein Jahr Zwangsarbeiter im KZ Auschwitz. Nach dem Krieg Übersetzer für den britischen Nachrichtendienst. Er floh nach Salzburg und war für die Landesregierung als Kunsthistoriker tätig. 1947 wurde er Mitarbeiter des Staatsarchivs. An der Landesverteidigungsakademie vermittelte er sein Wissen an die jungen Offiziere. Aus Wikipedia: „Johann Heinrich Blumenthal"
17 wurde am 13. Februar 1902 in Gramastetten geboren. 1927 Priesterweihe; Studium der Geisteswissenschaften in Wien, Bibliothekar und Archivar des Stiftes; zwischen 26. Juli 1940 und 29. April in Haft. Nach dem Krieg trat er aus dem Orden aus. Staatsarchivar und später Generaldirektor des Staatsarchivs. Er verstarb am 2. März 1979. Aus Professkatalog, Archiv Stift Wilhering.
18 1914 in Bad Leonfelden geboren; Priesterweihe 1939; 1945–1949 Studium in Wien; Professor im Stiftsgymnasium, Verfasser zweier Bücher: „Das Göttliche im Menschen" und „Der Aufstieg zum Göttlichen", Übersetzung in mehrere Sprachen; Pfarrer von Wilhering; ab 1965 Professor an der Pädagogischen Akademie des Bundes in Linz. Er starb am 4. März 2006.
19 Geboren am 5. Oktober 1898 in Alkoven; Priesterweihe 1924; Studium der Forstwirtschaft, Forstmeister im Stift; zur Wehrmacht eingezogen, nach dem Krieg blieb er Forstmeister im Stift bis 1971. Er verstarb am 7. Mai 1977. Aus Professkatalog, Archiv Wilhering.

Reisinger[20], Eduard Haiberger[21] und Theoderich Hofstätter[22]. Weitere Sympathisanten wurden außerhalb des Klosters angeworben. Durch den Verrat des Gestapo-Spitzels Otto Hartmann flog die Widerstandsbewegung auf. Ende Juli 1940 wurden die Patres von der Gestapo verhaftet.

Auch der Abt, der wahrscheinlich nicht Bestandteil der Verschwörung war, wurde verhaftet. Peter Burgstaller[23] stammte aus einer kinderreichen Familie im Mühlviertel. Bereits mit 19 Jahren trat er in die Ordensgemeinschaft von Wilhering ein. Als Ordensmann erhielt er den Namen Bernhard. 1910 wurde er zum Priester geweiht. Während des Ersten Weltkrieges begann er seine Tätigkeit als Lehrer am neugeschaffenen Stiftsgymnasium. Im Umgang mit den Schülern sehr versiert, konnte er diese auch für die klassischen Sprachen Latein und Griechisch begeistern. Nach der Besetzung Österreichs wurde der Schulbetrieb im Gymnasium eingestellt. Nach dem Tod des Abtes Gabriel Fazeny wurde Burgstaller mit großer

---

20 Amadeus Reisinger wurde am 22. August 1892 in Kefermarkt geboren. Priesterweihe 1918; bis 1938 Kustos der verschiedenen Sammlungen und Gastmeister des Stiftes; im Juli 1944 aus der Haft entlassen; Erholung bei den Elisabethinnen; Stiftspfarrer. Er verstarb 1953. Aus Professkatalog, Archiv Wilhering.
21 Eduard Haiberger wurde am 25. Oktober 1887 geboren. Priesterweihe 1912; ab 1917 Rentmeister bis zu seiner Verhaftung. Er verstarb am 6. April an den Folgen der Haft.
22 Theoderich Hofstätter wurde am Heiligen Abend des Jahres 1906 in Urfahr geboren. Der Zisterzienser war ein entschiedener Gegner der Nationalsozialisten. Er wirkte als Konviktpräfekt und Kooperator in Schörfling am Attersee. Er wurde Mitglied der Großösterreichischen Freiheitsbewegung. Er wurde wie sein Abt und Onkel Bernhard Burgstaller ins Gefängnis Anrath bei Krefeld gebracht. Im Juli 1944 wurde er wegen „Vorbereitung zum Hochverrat zu sieben Jahren Gefängnis verurteilt und blieb bis Kriegsende im Zuchthaus Straubing in Haft. Aus Wikipedia: „Theoderich Hofstätter"
23 Bernhard Burgstaller, *am 14 Februar 1886 in Eidenberg; Priesterweihe am 31. Juli 1910, unterrichtete bis 1938 Latein und Griechisch. Am 29. November 1938 wurde er zum Abt von Wilhering gewählt. Nach Entdeckung einer Widerstandsgruppe wurde er zwei Jahre später in Wien verhaftet. Er wurde in das Gefängnis Anrath überstellt. Am Allerheiligentag des Jahres 1941 starb er an Unterernährung. Er war der einzige österreichische Abt, der von den Nationalsozialisten ermordet wurde.

Stimmenmehrheit zum Abt gewählt. In der Zeit der Priesterverfolgungen, der Enteignung von Klöstern und der staatlichen Unterdrückung wurde er in dieses Amt förmlich hineinverfrachtet. In seiner kurzen Zeit als Vorsteher des Stiftes versuchte er das Stift aus den Wirrungen jener Zeit herauszuhalten. Nach der Verhaftung von gleich sechs seiner Mitbrüder musste er endgültig zur Kenntnis nehmen, dass sein Wille zur guten Zusammenarbeit mit den Behörden nur mehr wenig Sinn machte. Über den Aufenthaltsort der verhafteten Ordensbrüder herrschte im Kloster Ungewissheit. Deswegen machte sich Abt Bernhard im November 1940 auf den Weg, um in Wien mehr über die verschwundenen Ordensbrüder zu erfahren. Bereits am Westbahnhof wurde er von der Gestapo erwartet und festgenommen. Der Vorwurf lautete auf Mitwisserschaft an der Verschwörung gegen das Regime. Auf drei Wochen in der gefürchteten Gestapo-Zentrale am Morzinplatz folgte die Überstellung in ein Wiener Gefängnis. Im Juli 1941 wurde er in das Gefängnis Anrath bei Krefeld überstellt. Hier traf er auch wieder auf seine Mitbrüder aus Wilhering. Der 2. November 1941 sollte sein letzter Tag auf dieser Erde werden. An einem Tisch sitzend starb er „einfach" eines natürlichen Todes, er war eben „nur" verhungert. Allerdings wurden seine Mitbrüder nach diesem tragischen Ereignis sofort in ein anderes Gefängnis verlegt. Einer seiner Mitgefangenen war der Direktor der bischöflichen Kanzlei, Ferdinand Weinberger. Dieser hatte von einer geplanten Aktion der Gestapo gegen das Stift Wilhering erfahren und warnte das Kloster brieflich. Das Schreiben wurde wohl von der Gestapo abgefangen und der Kanzleidirektor geriet nun seinerseits in die Fänge der Staatspolizei. In vier Jahren verbrachte er in insgesamt 14 Gefängnissen eine sehr schlimme Zeit.

Für das Regime hatte die Verhaftungswelle den positiven Nebeneffekt, dass man das Stift enteignen und für andere Zwecke verwenden konnte. Es diente fortan als Unterkunft für Flüchtlinge und als Lager von Kriegsgefangenen. Auch diverse Schulungsveranstaltungen fanden ab nun hinter den Klostermauern statt.

Dr. Gebhard Rath war bis 1940 der Archivar und Bibliothekar des Klosters. Auch er wurde ins Gefängnis Anrath überstellt und zu zehn Jahren Gefängnis wegen Hochverrats verurteilt. Bis Ende April 1945 blieb er in Haft. Nach seiner Rückkehr trat er aus dem Orden aus. Er wurde Mitarbeiter und später Direktor des österreichischen Staatsarchivs.

Karl Sylvester Birngruber wurde erst 1939 zum Priester geweiht. Der junge Kaplan wurde als Mitglied der Großösterreichischen Freiheitsbewegung ebenso im Juli 1940 verhaftet. Bis 1945 war er Insasse in verschiedenen Gefängnissen des Reichs. Im Gefängnis Anrath traf er noch einmal auf „seinen" Abt Bernhard Burgstaller. 1944 wurde er in das Gefangenenhaus Straubing verlegt. Beim Todesmarsch von Straubing nach Dachau gelang ihm die Flucht. Nach dem Krieg studierte er noch einmal. Er unterrichtete an verschiedenen Schulen des Landes und ging als Professor der Pädagogischen Akademie in Pension.

Eduard Haiberger landete wie seine Mitbrüder im gefürchteten Gefängnis Anrath. Ohne Narkose wurde an ihm eine Operation durchgeführt. Wegen Haftunfähigkeit konnte er das Gefängnis zwar verlassen, starb aber kurz vor Kriegsende an den Folgen der Haft.

Theoderich Hofstätter überlebte die Strapazen von Anrath und kehrte nach seiner Entlassung nach Wilhering zurück.

Konrad Just[24] spielte nach dem Krieg eine wichtige Rolle, weil er über die letzten Tage der Märtyrer Otto Neururer und Matthias Spanlang berichten konnte. In der Nachkriegszeit ging dieser leutselige Priester als der „Don Camillo des Mühlviertels" in die Geschichte ein. Konrad Just war ein deklarierter Gegner der nationalsozialistischen „Gutmenschenideologie". Er durchschaute ihre Ideologie und machte daher auch kein Hehl aus seiner Abneigung. Das Stift Wilhering schickte ihn als Kooperator nach Gramastetten. Bereits am 12. März 1938, dem Tag des Einmarsches, wurde er verhaftet und im Bezirksgericht Ottensheim verhört. Nach seiner Entlassung war ihm bis Juni noch eine kurze Zeit der Freiheit gegönnt. Im Juli 1938 kam er ins KZ Dachau. 48 Tage musste er dort in Dunkelhaft verbringen, nur jeden 4. Tag erhielt er Nahrung, als „Ersatz" nagte er sogar die Seife ab. Zwischendurch erhielt er die gefürchteten 25 Stockschläge. In seinen Erinnerungen schrieb er, dass er auf die Idee kam, den eigenen Kot zu essen. Nur seine Priesterwürde habe ihn davon abgehalten. Immer mehr sei er in einen narkoseähnlichen Schlaf verfallen. Im September 1939 wurde er ins KZ Buchenwald überstellt.

---

24 Konrad Josef Just wurde am Josefitag des Jahres 1902 in Österreichisch-Schlesien geboren. Er ging in Teschen zur Schule. Nach dem Zusammenbruch der Donaumonarchie übersiedelte die Familie nach Walding. 1921 trat er in den Orden der Zisterzienser in Wilhering ein. 1925 erhielt er die Priesterweihe. 1926 wurde er Kooperator in Gramastetten. Wegen seiner antinationalsozialistischen Weltanschauung wurde er bereits am 12. März 1938 verhaftet. Im Juni 1938 neuerliche Verhaftung; Überstellung ins KZ Dachau. Zwischen September 1939 und Dezember 1940 war er im KZ Buchenwald, wo er an Hungerruhr erkrankte. In dieser Zeit wurden seine Glaubensbrüder Otto Neururer und Matthias Spanlang ermordet. Im Dezember 1940 Rückkehr nach Dachau. Nach der Räumung des Lagers konnte er beim „Todesmarsch" entfliehen. Bei Franziskanerinnen am Starnberger See konnte er mit anderen Mitbrüdern untertauchen. Hier verfasste er die ersten Erinnerungen an seine Haft. Auch über das Schicksal und Sterben anderer Priester äußerte er sich schriftlich. Am 1. September 1945 übernahm er wieder die Pfarre Gramastetten. Am 22. Oktober 1964 erlitt er bei einer Messe einen Schlaganfall, den er nicht überleben sollte.

1940 wurde er Zeuge, wie seine Mitbrüder Neururer und Spanlang gefoltert, gedemütigt und getötet wurden. Seine Beschreibung dieser Vorgänge führte zur Seligsprechung von Neururer. Am Nikolaustag des Jahres 1941 kam er wieder nach Dachau. Bei einem Todesmarsch gegen Kriegsende konnte er mit anderen Mitbrüdern untertauchen. Bei den Franziskanerinnen am Starnberger See fanden sie eine Unterkunft. Am 1. September 1945 übernahm er wieder eine Seelsorgestelle in Gramastetten. In der Pfarrchronik schildert er nicht wissenschaftlich, dafür umso authentischer in einer klaren Sprache seine Erlebnisse in den Konzentrationslagern. 1964 starb er während einer Messe in Gramastetten.

Stift St. Florian[25]

Am 19. Jänner 1941[26] drangen 50 Mann der Gestapo in das Stift ein. Es wurden zunächst alle anwesenden Patres festgesetzt und anschließend die gesamte Stiftsanlage nach verdächtigen Gegenständen und Waffen durchsucht. Bei der Hausdurchsuchung wurde nichts Belastendes gefunden, auch die Einvernahme der einzelnen Patres war wenig ergiebig.

---

25 Hitler hat St. Florian mit Anton Bruckner gleichgesetzt. Nach Richard Wagner war Bruckner sein Lieblingskomponist. Bruckner war ein Sinnbild für die „geistige und seelische Schicksalsgemeinschaft, die das gesamtdeutsche Volk verbindet". St. Florian sollte den angemessenen Rahmen für die Bruckner-Verehrung bieten. St. Florian sollte der Sitz der Bruckner-Gesellschaft unter Wilhelm Furtwängler werden. Hier sollten Dirigenten ausgebildet werden. Außerdem wurden Bruckner-Festspiele geplant. Keiner dieser Pläne wurde verwirklicht, dafür wurden das Stiftsgymnasium, das Sängerknabenkonvikt und die Lehrerbildungsanstalt geschlossen. 1941 besuchte Goebbels das Stift und schrieb darüber in sein Tagebuch: „Wir wollen die Pfaffen hier vertreiben, dafür soll eine Hochschule für Musik und eine Bruckner-Gesellschaft entstehen." Aus „forum oö. geschichte"

26 Text zu Gedenkfeier in St. Florian: Landespolizeidirektion OÖ, Michael Ahrens. Diese Gedenkfeier fand am 11. September 2018 in St. Florian statt. Dabei berichtete Abt Dr. Holzinger über die Ereignisse des Jahres 1941.

Als offizielle Begründung für die Beschlagnahmung mussten dann doch angebliche Waffenfunde herhalten. Schon glaubwürdiger waren dann „staatspolitische Gründe und Interessen". Über die Verfolgungen der Ordensangehörigen ist wenig bekannt. Im Schloss Pulgarn konnten sich die Ordensbrüder wieder sammeln und eine Ordensgemeinschaft bilden. Allerdings verfolgten die Nationalsozialisten große Ziele mit der Stiftsanlage. Neben Richard Wagner war Anton Bruckner ein weiterer Lieblingskomponist des Führers. In der Zwischenkriegszeit wurde die Musik des *„Spielmannes Gottes"* immer populärer. Auch der allmächtige Kulturchef Deutschlands, Joseph Goebbels, konnte sich durchaus für die Musik von Bruckner erwärmen. Vor allem für Partei- und Massenveranstaltungen hielt er die Musik Brucknersfür „maßgeschneidert". Pläne sahen eine Bruckner-Gesellschaft in St. Florian vor. Diverse Wettbewerbe sollten dem Stift neuen Glanz verleihen. Jährliche Festspiele sollten den Salzburger Festspielen, die nach Ansicht der Nazis ohnehin lange Zeit von den Juden dominiert wurden, den Rang ablaufen. Die Bibliothek und die reichhaltige Bildersammlung des Stiftes sollten für die Bevölkerung zugänglich gemacht werden. Der reichsdeutsche Rundfunk meldete auch Interesse am Stift an. Gauleiter Eigruber verwendete das aufgelassene Stift zu Repräsentationsaufgaben. Gegen Kriegsende wollte Eigruber das Stift dem Erdboden gleichmachen. Allerdings setzte sein großer Förderer, eben „sein geliebter Führer", seinen diesbezüglichen Vernichtungsphantasien ein Ende. Im Gegenteil – Hitler befahl, das Stift St. Florian mit allen Mitteln zu erhalten. Im April 1943 besuchte der Führer das Barockstift. Die Musik Bruckners fand Eingang in das „Helden-Testament" des Führers. Seinem Wunsch zufolge sollte nach der Verlesung seines „heldenmütigen Selbstmordes" der Adagio-Satz aus Bruckners Siebenter Symphonie im Rundfunk gespielt werden.

Stift Kremsmünster[27]

Vier Tage nach dem Anschluss Österreichs[28] an das Deutsche Reich nahmen die Nationalsozialisten dem Stift die angeschlossene Schule weg. Stattdessen wurde eine „Staatliche Oberschule für Jungen" errichtet. Im April 1941 wurde das Stift aus „staatspolitischen Gründen" enteignet. Zur Freude von nationalsozialistischen Politikern und Funktionären konnten diese zu günstigen Preisen Grundstücke des Stiftes erwerben. Protestschreiben gegen die Beschlagnahmung blieben erfolglos. Als Begründung wurde die „volks- und staatsfeindliche Wühlarbeit" des Stiftes angegeben. Kunstschätze aus anderen Klöstern bunkerten die Nationalsozialisten in Kremsmünster. Nach Intensivierung der Luftangriffe transferierte das Regime die 5000 Bilder in 400 Kisten in Richtung Bad Aussee. Für diesen Transport brauchte es in Summe ein halbes Jahr. Gegen Kriegsende befahl Gauleiter Eigruber, die Stollen mit den Kunstwerken sprengen zu lassen. Dr. Ernst Kaltenbrunner, der als Schreibtischtäter den Mord an Millionen von Menschen mitzuverantworten hatte, konnte die Zerstörung von Kunstschätzen aus vielen Ländern Europas verhindern.

Karmeliterorden Linz

Paulus August Wörndl.[29,30,31] Der Wirtssohn wurde 1894 in einem Vorort von Salzburg geboren und wuchs gemeinsam mit 13 Geschwistern auf. Um die Jahrhundertwende übersiedelte die Familie nach Schlierbach. In den fol-

---

27 Harry Slapnicka: „Oberösterreich als es ‚Oberdonau' hieß. Von der ersten Stunde an Kampf gegen die christlichen Kirchen". S. 194–225
28 Chronik des Stiftsgymnasiums Kremsmünster
29 Wikipedia: „August Wörndl"
30 Erika Weinzierl: „Kirchlicher Widerstand gegen den Nationalsozialismus".
  Aus „Themen der Zeitgeschichte und der Gegenwart. Arbeiterbewegung, NS-Bewegung. Rechtsextremismus". Ein Resümee aus Anlass des 60. Geburtstags von Wolfgang Neugebauer. Wien 2004
31 Diözese St. Pölten: „Vor 70 Jahren wurde der St. Pöltener Priester Paulus Wörndl von den Nazis hingerichtet". 14.6.2014

genden Jahren wurde der Wohnort noch mehrmals gewechselt. Nach seiner Matura in Wels trat er in den Orden der Karmeliten ein und empfing 1919 die Priesterweihe. Als Priester war er in den folgenden Jahren in Wien, Linz, Graz und St. Pölten tätig. Politisch sympathisierte er stark mit den Habsburgern und trat vehement für deren Wiedereinsetzung ein. Nach der Machtergreifung geriet er schnell ins Visier der Gestapo. Seine erfolgreiche Jugendarbeit und vor allem seine Predigten brachten ihn ins Schussfeld der Staatsmacht. Um ihn aus diesem Schussfeld herauszunehmen, versetzte ihn der Orden nach Linz. Auch in Linz setzte er seine erfolgreiche Seelsorgearbeit fort. Mit seinem Verhalten und seinen Predigten provozierte er die Geheime Staatspolizei, forderte sie förmlich heraus. Am 6. Juli 1943 schlug die Gestapo dann endgültig zu. Nach einer Hausdurchsuchung erfolgte seine Festnahme. Bei einer weiteren Hausdurchsuchung fand man seinen Briefverkehr mit einem Soldaten. In diesen Briefen forderte Wörndl die Soldaten zum aktiven Widerstand gegen das Regime auf. Im Gefängnis erlitt er ein wahres Martyrium. Er wurde geschlagen, gequält und gedemütigt. Der Hauptvorwurf lautete allerdings, er habe sich an ihm anvertrauten Jugendlichen vergangen. Dieser Vorwurf konnte nach dem Krieg weder bestätigt noch widerlegt werden. Ende März 1944 wurde er von Linz nach Berlin überstellt. Die Begründung für das Todesurteil lautete in verkürzter Form: *Er war seit jeher ein überzeugter Feind unserer nationalsozialistischen Lebensauffassung, hat seine Priesterautorität dazu genutzt, um einen Soldaten der Wehrmacht anzustiften, Hochverrat zu begehen. Er wollte dadurch die Wehrkraft unserer Armee schwächen. Für immer ehrlos, wird er mit dem Tod bestraft.* Sämtliche Versuche seiner Familie, doch noch eine Begnadigung zu erreichen, mussten am Ende scheitern. Endstation im Leben des Fünfzigjährigen war Brandenburg an der Havel. Am 26. Juni 1944 wurde er dort enthauptet.

Kloster Maria Schmolln[32]

Um 1860 wurde in Maria Schmolln eine Wallfahrtskirche errichtet. Um diese Kirche herum wuchs eine Siedlung. Bereits 1898 wurde Maria Schmolln eine eigenständige Gemeinde. Bald nach der Errichtung der Wallfahrtskirche bemühte sich Bischof Franz Joseph Rudigier um Ordensleute zur seelsorgerischen Betreuung der Pilger. 1864 kamen die ersten Franziskaner aus Hall in Tirol. Bis zu 10 Franziskaner wohnten im Kloster. 1941 wurde das Kloster von den Nationalsozialisten aufgehoben. Nur mehr zwei Priester durften zur Seelsorge verbleiben.

Ludwig Seraphim Binder[33] wurde am 28. April 1881 in Maria Schmolln, Unterinntal geboren. Seine Einkleidung erfolgte am 28. August 1904 in Salzburg, seine feierliche Profess fand vier Jahre später in Maria Schmolln statt. In verschiedenen Berufen, etwa als Schneider, Mesnergehilfe und Pförtner, war er in Pupping, Leopoldinum in Hall, Lienz, Suben, Enns und Telfs tätig. Er wurde im Gefangenenhaus Ried inhaftiert. Der Vorwurf lautete, er habe sich den Ministranten unsittlich genähert. In der Folge kam er ins KZ Dachau, in dem er am 6. Februar 1945 ein schreckliches Ende fand. Nach dem Krieg wurden die ehemaligen Ministranten intensiv befragt, ob diese Vorwürfe der Wahrheit entsprachen. Alle verneinten diese Behauptung der Gestapo, die immerhin dem Pater das Leben kostete.

Stift Lambach

Für das Regime hatte das Stift Lambach eine Sonderstellung.[34] Diese Sonderstellung erklärt sich durch die Biografie des „Führers". Als Kind lebte er zwei Jahre am Lambacher Marktplatz. Er besuchte hier die Volksschule, war Sängerknabe und wahrscheinlich auch Ministrant. In den Volksschulen

---

32 Wikipedia: „Maria Schmolln"
33 Wikipedia: „Liste der Stolpersteine in Oberösterreich"
34 Linzer KirchenZeitung, Ausgabe 2011/36: „Lambach, Hakenkreuz, Legende" Benediktinerstift, Vorankündigung der Buchpräsentation von Großruck.

Fischlham und Lambach erhielt der „junge Hitler" sehr gute Zeugnisnoten. Bekanntlich entwickelte sich die Leistungskurve bezüglich der Zeugnisnoten in den nächsten von Hitler besuchten Schulen steil nach unten. Hitler war ein talentierter, aber auch sehr fauler Schüler.

Laut weitverbreiteter Legende soll Hitler als Kind bereits das Hakenkreuz[35] in Lambach für seine Bewegung entdeckt haben. Das Hakenkreuz ist tatsächlich im Wappen des Abtes Hagn enthalten.[36,37] Hagn war zwischen 1859 und 1872 Abt des Stiftes. Allerdings ist das „Hagn-Kreuz" vollkommen unscheinbar. Das Hagn-Kreuz taucht zwar an einigen Stellen des Stiftes auf, ist aber erst immer bei sehr „genauem Hinschauen" erkennbar. Nun, wie kam der Nationalsozialismus zu seinem Symbol? Wie wurde dieses Logo Symbol für Massenvernichtung, Unterdrückung und Rassenwahn? Die „Thule-Gesellschaft" war eine Vorläuferorganisation der NSDAP. Aus Gründen der Einfachheit übernahmen die Nazis das Symbol von diesem „germanischen Orden". Seit jeher gab es viele Kreuzformen. In der Gegenwart sind es noch Andreas-, Malteser- und Passionskreuz. Krucken- und Hakenkreuz stehen heute jeweils für eine Fehlentwicklung in der Geschichte. Zwischen den beiden Kreuzformen besteht ein entscheidender Unterschied: Das Hakenkreuz steht für das heidnische, das Kruckenkreuz für das christliche Germanentum.

Bei Hitlers „Eroberungsfahrt" am 12. März 1938 fuhr der Fahrzeugkonvoi auch durch Lambach. In den folgenden Jahren erhielt die Marktgemeinde neben Linz, Leonding und Braunau eine Sonderstellung im Heimatgau des Führers.

---

35 OÖNachrichten: „Der „Corriere della Sera" hat sich kürzlich mit der in Oberösterreich und auch darüber hinaus durchaus bekannten Tatsache befasst, dass das monumentale Grab eines Abtes des Stiftes Lambach aus den 19. Jahrhundert von einer goldenen Hakenkreuz-Darstellung geziert wird.

36 Johann Grossruck: „Benediktinerstift Lambach im Dritten Reich 1938–1945. Ein Kloster im Fokus von Hitlermythos und Hakenkreuzlegende". Wagner. Linz 2011

37 Gustav Keller: „Der Schüler Adolf Hitler. Die Geschichte eines lebenslangen Amoklaufes". Lit. Verlag Dr. W. Hopf. Berlin 2010

Auch in Lambach stand die jubelnde Menge am Straßenrand. Im Wagen des Führers befanden sich seine Paladine Wilhelm Keitel (Oberbefehlshaber der Wehrmacht), Dr. Dietrich (Reichspressechef), Martin Bormann (Hitlers Büroleiter) und noch fünf weitere Personen. Der Ort Lambach wurde nicht aus nostalgischen oder ideologischen Gründen durchquert, sondern hatte logistische Gründe. Die Fernstraße von Ried nach Wels wurde erst um 1960 errichtet. Am 12. Juni 1939[38] nahm sich Hitler etwas mehr Zeit und besuchte seine alten Wirkungsstätten. Wenige Tage nach *„diesem epochalen Ereignis für Lambach"* geriet das Stift immer mehr in die Fänge des Regimes.[39] Die ersten Mitglieder des Konvents wurden verhaftet. Gegen die übrigen Ordensmitglieder gab es verstärkt Repressalien.[40] Die Stiftsanlage wurde nun vermehrt als Quartier für durchziehende Soldaten genützt. Für Kost und Logis erhielt das Stift sogar jeweils einen Unkostenbeitrag. Zur „Volksabstimmung" wurden die Patres ins stiftseigene Bierstüberl gerufen. Mit der Ausnahme des Novizen Engelbert Wiesinger stimmte der Konvent mit einem „Ja" für die neuen Verhältnisse.

Das „Nein" hatte für Wiesinger persönliche Konsequenzen. Der nun untragbare Novize musste das Kloster verlassen. Die langen Arme der Gestapo verfolgten ihn bis nach Tirol. Der junge Mann erhielt postwendend die Einberufung zur Wehrmacht. In Russland musste er seine Heimat verteidigen und starb am 7. Dezember 1942 den obligaten Heldentod. Der Konvent musste in der Folge immer mehr „zusammenrücken". Im Hitlergedenkort sollte eine Eliteschule der deutschen Jugend namens NAPOLA entstehen. Die Aufnahmekriterien entsprachen dem damals herrschenden Klischee von einem „perfekten deutschen Jugendlichen". Arische Abstammung, einwandfreie Charaktereigenschaften, Erbgesundheit (Nachweis der Erbgesundheit der Sippe durch das Rassenpolitische Amt), volle körperliche und geistige Leistungsfähigkeit. Vorgezogen wurden die Kinder von

---

38 Wikipedia: „Rauschergut" (Fischlham)
39 forum oö. geschichte „Das Stift Lambach – 1000 Jahre Geschichte"
40 Gedenkdienst „Der Einzelne ist nichts, die Gemeinschaft alles."

bewährten Parteimitgliedern. Der Junge sollte sich bei der Hitlerjugend bereits durch seine Führernatur gewissermaßen als Rädelsführer hervorgetan und durchgesetzt haben. In der Praxis konnten die Jugendlichen diese hohe Erwartungshaltung kaum erfüllen. Laut Stiftschronik fielen sie eher durch Unfug auf.

Gegen einzelne Ordensmitglieder wurde seitens der allmächtigen Staatspolizei intensiv ermittelt. Mit Vorwürfen wie *„Verbreitung beunruhigender Gerüchte", „Heimtücke", „abnormales Verhalten gegenüber Jugendlichen"* wurden gegen Ordensmitglieder Erhebungen durchgeführt. Am 3. Juli 1941 wurde das Stift endgültig beschlagnahmt. Leibesvisitationen, Durchsuchung aller Stiftsräume und Verhöre durch die Gestapo fanden statt. Am Ende wurden die Mitglieder der Ordensgemeinschaft vor vollendete Tatsachen gestellt. Der Großteil musste das Stift innerhalb kürzester Zeit verlassen, nur der „Fünfer-Konvent" durfte bleiben.[41] Einer der Gründe, die von der NSDAP angegeben wurden, war der angeblich *„unmoralische und unchristliche Lebenswandel vieler Ordensangehöriger".* Diese Anklagepunkte reichten dem „hochmoralischen" Regime, um zwei Klosterbrüder zu ermorden.

Rückblickend erscheint das Schicksal von **P. Arno Eilenstein OSB**[42,43] als sehr bedrückend. Nach seiner Matura trat er als achtzehnjähriger Novize ins Stift Lambach ein. Sechs Jahre später wurde er in Linz zum Priester geweiht. Sein weiterer Lebensweg bekam zu dieser Zeit eine gefährliche Bruchstelle. Seitens des Abtes gab es ab nun vermehrt Abmahnungen, weil *„er oft ins Gasthaus geht", „mit jungen Burschen vertraulich verkehrt und sie in seinem Sinne abrichtet", „mit der Zigarette am Marktplatz herumläuft"* und *„Priester aus der Umgebung um Mess-Stipendien anschnorrt".* Strafweise wurde er nun in andere Stifte des Benediktinerordens versetzt. Hier geriet er aber sogar mit dem Gesetz in Konflikt, weil sein Verhalten von besorgten Eltern

---

41 Johann Großruck: „Benediktinerstift Lambach im Dritten Reich 1938–1945. Ein Kloster im Fokus von Hitlermythos und Hakenkreuzlegende" Wagner Verlag
42 ebenda
43 Biographia Benedictina: „Arno Eilenstein"

angezeigt wurde. In der Benediktinerabtei Seckau erhielt er nochmals eine Chance, die er aber nicht nützte. Zwei Jahre verweilte er dann in Deutschland. 1928 kehrte er wegen Herzproblemen in sein Heimatkloster Lambach zurück und wurde vier Jahre als Stiftsarchivar eingesetzt. Zahlreiche Publikationen zeigen, dass er ein durchaus fähiger Stiftsbibliothekar war. Gleichzeitig wurde aber seine Alkoholerkrankung immer mehr zu seinem ganz persönlichen Dilemma. Seine Mitbrüder litten mit ihm. Der Mann mit seinen Fähigkeiten verfiel immer mehr der Sucht, war in den nächsten zehn Jahren Dauerpatient der psychiatrischen Klinik Mauer-Öhling in der Nähe von Amstetten. In den Augen der Nationalsozialisten war sein Leben „lebensunwert" und daher wurde der Priester dem Euthanasieprogramm „Aktion T4" unterzogen. Ende Juli 1941 wurde das Leben von Arno Eilenstein in der Euthanasie-Anstalt Hadamar in Hessen durch Vergasung beendet. Es gibt allerdings starke Indizien dafür, dass sein Leben im Schloss Hartheim ein unwürdiges Ende fand. Die Urne dieses Unglücklichen wurde am Konventfriedhof des Stiftes beigesetzt.

Zwischen 1936 und 1938 war Edmund Pontiller[44,45,46] Gastmönch im Stift Lambach. Der geborene Osttiroler war vorher Mönch in Niederaltach. Er galt als ein entschiedener Gegner des Regimes. Das dachte er sich nicht nur, das sagte er auch. Mit größter Vehemenz lehnte er sich gegen das verbrecherische Regime auf. Er entkam zunächst nur knapp seiner Verhaftung und fand zunächst im Stift Lambach Asyl.

Dort übernahm er verschiedene pastorale Tätigkeiten. In der Dreifaltigkeitskirche in Stadl-Paura hielt er die Gottesdienste. Im „Arbeiterort" gab es viele Arbeitslose, die oft in größter Not lebten. In ihren Kreisen galt er bald nicht nur als *„Mann des Wortes, sondern auch der Tat"*. Vielen Arbeiterfamilien half er durch finanzielle Zuwendungen. Im September 1938 wurde ihm der Aufenthalt in Österreich zu gefährlich und er flüchtete

---

44 Ökumenisches Heiligenlexikon „Edmund Pontiller"
45 Biographia Benedictina: „Edmund Pontiller"
46 Wikipedia: „Edmund Pontiller"

nach Ungarn. Er teilte dieses Schicksal mit hunderttausenden Menschen, die spätestens nach Kriegsbeginn immer wieder von der heranrückenden Wehrmacht quer durch Europa getrieben wurden.

Einige Tage hielt er sich noch im Stift Reichersberg auf, bevor er sich endgültig nach Ungarn absetzte. Auf Vermittlung wurde er Hauskaplan bei Stephanie von Belgien. Bis 1889 war sie mit dem österreichischen Thronfolger Rudolf verheiratet. Der einzige Sohn von Kaiser Franz Joseph beging bekanntlich mit seiner Geliebten Selbstmord. In den adeligen Kreisen fühlte er sich nicht wohl. Er suchte in Ungarn neue Herausforderungen. Aus sicherer Entfernung – wie er irrtümlich glaubte – provozierte er das Regime. Er schrieb sogar einen Brief an Hitler.

Über den Inhalt ist zwar nichts bekannt, aber nichts deutet darauf hin, dass der Brief eher ein Abgesang als ein Loblied auf das Regime war. Für das Regime wurde er damit endgültig zum Staatsfeind. Die Gestapo spürte ihn auf, und für Pontiller begann der letzte Akt seines ganz persönlichen Dramas.

Am 15. Dezember 1944 stand er in Salzburg vor Richter Dr. Roland Freisler. Der Präsident des Volksgerichtshofes ging als Blutrichter in die Annalen der Geschichte ein. Insgesamt 2600 Todesurteile verkündigte er. Seine „Spezialität" waren Schauprozesse, die er für die Wochenschau inszenierte, etwa jene gegen die Geschwister Scholl und die Verschwörer des 20. Juli 1944. Er liebte es, die Angeklagten zu demütigen, und ließ den Angeklagten die Hosenträger abnehmen, damit sie möglichst unvorteilhaft vor dem Richter standen. Sein Fanatismus bedingte allerdings sein jähes Ende. Freisler gilt noch heute als das negativste Beispiel für die Rechtsbrechung in Hitlers Deutschland. Bei der Urteilsverkündigung gegen Pontiller verfiel der Blutrichter immer wieder in einen seiner vielen Wutanfälle: *„Sie müssen sterben, damit das deutsche Volk leben kann!"* Der Klosterbruder wurde nach Stadelheim gebracht und dort am 9. Februar 1945 enthauptet. Zu diesem Zeitpunkt lebte auch sein „Richter" nicht mehr. Freisler wurde eine Woche vorher Opfer seines eigenen fanatischen Handelns. Trotz Alarmmeldung wegen des Anflugs feindlicher Flugzeuge setzte er zunächst die Verhandlung fort. Zu spät verließ er den Verhandlungssaal. Der Blutrichter wurde von einem herabstürzenden Balken erschlagen. Pontiller fand seine letzte Ruhe in seinem Heimatort Dölsach in Osttirol. Im Kreuzgang des Stiftes Lambach erinnern ein Foto und der Lebenslauf an diesen großartigen Priester, der im Stift mehr als ein Gast war.

Athanasius Gerster OSB[47,48,49]

Als Spätberufener trat er in das Kloster Seckau/Steiermark ein. Als Gartenmeister wollte er den Alkoholismus mit seinem Süßmost bekämpfen. 1938 kam der „Süßmostpater" für ein ¾-Jahr in das Stift Lambach. Die Klosterbrüder wurden ins „Altreich versetzt". Unbedachte Äußerungen während einer Zugfahrt führten zu seiner Verurteilung wegen „Wehrkraftzersetzung durch Defätismus". Sein Tod wurde dann auf eine sehr perfide Art herbeigeführt. Er bekam keine Hilfeleistung bei einer schweren Erkrankung. Schwerste körperliche Arbeiten und Hungerrationen führten bei ihm zu einem langsamen Hinscheiden in eine wohl bessere Welt.

Das „Seraphische Liebeswerk" und 30 tote Kinder

1713 herrschte in Österreich eine Pestepidemie. Abt Maximilian Pagl ließ am Pauraberg aus Dank dafür, dass Lambach von der Seuche verschont geblieben war, eine ganz besondere Kirche[50] errichten. Eine Kirche mit drei Türmen, drei Altären, drei Orgeln, drei Marmorportalen, auch der Grundriss ist dreieckig. Die Kirche und das Nebengebäude wurden vom

---

47 Wikipedia: „Athanasius Gerster"
48 Biographia Benedictina: „Athanasius Gerster"
49 Johann Großruck: „Benediktinerstift Lambach im Dritten Reich 1938–1945.
  Ein Kloster im Fokus von Hitlermythos und Hakenkreuzlegende" Wagner Verlag
50 Wikipedia: „Wallfahrtskirche Stadl-Paura"

barocken Stararchitekten Prunner geplant. Das Haus sollte als Heimat für behinderte Kinder dienen.

Noch am 24. Juni 1940 empfingen 15 der insgesamt 30 Kinder, die im Gau-Kinderheim untergebracht waren, die heilige Firmung.

Am 17. September 1940[51] parkten zwei Busse vor dem Heim. Die Kinder wurden zu einer fröhlichen Ausflugsfahrt eingeladen. Voller Freude stiegen sie ein. Die Busse fuhren in Richtung Schloss Hartheim bei Alkoven, dort fielen die Kinder dem T4-Programm zum Opfer. In Alkoven wurden mehr Menschen vergast als in Mauthausen. Die Kinder, die im „Seraphischen[52] Liebeswerk" – der Name des Heimes vor der Machtergreifung – aufwuchsen, erfüllten laut Diktion des Regimes die Kriterien, für „Führer und Reich" unbrauchbar zu sein. Sie waren wegen ihrer *„Unproduktivität nur unnütze Esser"*. Wegen *„Rassenhygiene"* mussten die *„Ballastexistenzen"* beseitigt werden, da sie sonst das wertvolle deutsche Erbgut beschädigt hätten. Laut dem damaligen deutschen Wirtschaftsministerium machte die Vernichtung dieser *„unnützen Esser"* durchaus ökonomischen Sinn. Laut dessen Berechnungen kam der *„Gnadentod"* billiger als das *„Gnadenbrot"*. In der Euthanasie sahen die NS-Bonzen zudem einen weiteren positiven Nebeneffekt. Durch Vernichtung *„lebensunwerter Geschöpfe"* konnten Raumressourcen gewonnen werden. So zogen wenige Tage später im Gauheim Stadl-Paura Umsiedler ein. In seinem Buch „Nationalsozialismus im Bezirk Ried" geht Gottfried Gansinger von 200 Euthanasieopfern alleine im Bezirk Ried aus. Diese Opfer scheinen auf keinem Grabstein, auch auf keinem Kriegerdenkmal auf. Vielleicht sollte zu Allerheiligen nicht nur an die „Heldentoten" erinnert werden, sondern an jene Schwachen, die von einem verbrecherischen Regime gnadenlos ermordet wurden.

---

51 Johann Großruck: ebd.
52 Wikipedia: „Seraphisches Liebeswerk"

P. Hubert P. Englmar Unzeitig[53] wurde 1911 in der Nähe von Brünn geboren. Bereits mit fünf Jahren verlor er seinen Vater, der in russischer Gefangenschaft an Flecktyphus starb. Erst nach einigen gescheiterten Versuchen wurde er 1928 in die Ordensgemeinschaft der Mariannhiller aufgenommen. Kurz vor Kriegsbeginn wurde er in Würzburg zum Priester geweiht und im Sommer 1940 in die Ordensniederlassung Burg Riedegg bei Gallneukirchen versetzt. Immer mehr reifte der junge Priester zum entschiedenen Gegner des Regimes. Er ließ sich auch nicht durch Repressalien der Nationalsozialisten einschüchtern. Vor allem seine Predigten, in denen er aus seiner Abneigung gegenüber der Diktatur kein Geheimnis machte, sollten ihm im April 1941 zum Verhängnis werden. Wegen Verstoßes gegen das Heimtückegesetz wurde er inhaftiert und ins KZ Dachau gebracht. Wie die anderen inhaftierten Priester musste er Hunger, Schläge, Demütigungen und Diskriminierungen über sich ergehen lassen. 1944 brach im Lager eine Flecktyphusseuche und damit ein Massensterben aus. Täglich wurden mehr als 100 Tote aus den Baracken herausgekarrt. Niemand vom Wachpersonal wollte mehr die „Infektionsbaracken" betreten. Zwanzig Priester übernahmen die Aufgabe, diesen Menschen in ihrer äußerst verzweifelten Situation beizustehen. Sie lagen auf einem vollkommenen verdreckten Boden, es stank fürchterlich nach menschlichem Kot und Urin. Viele waren schon in eine andere Welt entrückt, stammelten und redeten nur mehr Wirres. Als *„Apostel der Hoffnungslosen"* spendete er ihnen Trost, die letzte Ölung und oft genug war er der letzte Ansprechpartner in ihrem irdischen Leben. Von den 20 Priestern, die sich für diese „vollkommene Nächstenliebe" bereitfanden, sollten nur zwei Priester ihre Freiwilligkeit überleben. Unter den 18 toten Seelsorgern befand sich auch Pater Unzeitig. Zwei Monate vor Kriegsende beendete der Tod ein mit 34 Jahren kurzes Leben. Selten hat ein Mensch eine Seligsprechung, die 1991 erfolgte, so „verdient" wie dieser Heilige unserer Tage.

---

[53] Linzer KirchenZeitung: „Todestag von P. Engelmar Unzeitig wird Gedenktag in der Diözese Linz". Ausgabe 2017/09 v. 28.2.2017; Josef Wallner

Stift Schlierbach

Neben dem Stift Reichersberg war das Stift Schlierbach[54, 55] das einzige Stift in Oberdonau, das nicht aufgehoben und vom Regime beschlagnahmt wurde. Auf Anordnung der braunen Jakobiner musste allerdings das Gymnasium geschlossen werden. Auch sonst waren die Klosterbrüder vielen Repressalien der neuen Machthaber ausgesetzt. Die jungen Klosterbrüder erhielten den Einrückungsbefehl, die übrigen Brüder standen unter der Kontrolle der „Ordnungsmacht". Der Abt verbrachte sein Asyl in Brasilien. Pater Kassian Kitzmantel[56] war der entschiedenste Gegner des Regimes innerhalb der Klostergemeinde. Als Pfarrvikar von Steinbach am Ziehberg hielt er am Fronleichnamstag eine „*heimtückische Predigt*" vor einer großen Menge von Gläubigen, die wegen „Beleidigung der Partei und Staatsgefährdung" zu seiner Verhaftung führte. Bei dieser Fronleichnamsprozession durfte die uniformierte Musikkapelle erst gar nicht teilnehmen. In der Gestapo-Dienststelle in Linz wurde er dauernden Verhören unterzogen. Für kurze Zeit wurde er im Landesgericht Salzburg weitervernommen, bevor er ins KZ Dachau gebracht wurde. Vier Tagen Essensentzug folgte ein Monat Dunkelhaft. Diesen Torturen folgte harter Arbeitseinsatz. Einer der Häftlinge floh aus dem Lager. Voller Wut schossen die SS-Bewacher auf die Häftlinge. Ein Schwerverletzter blieb im Schmutz liegen. Die anderen Häftlinge durften ihm nicht helfen. Eine Nacht Strammstehen war die Strafe für die Flucht eines anderen Häftlings. In der Nacht wurde dieser wieder eingefangen. Am Morgen wurde er auf den berühmt-berüchtigten Bock gespannt. Zwei SS-Männer droschen auf seinen entblößten Unterleib. Der Gequälte musste bis zur Zahl 50 zählen. Nach einem Jahr wurde Kitzmantel aus dem Lager entlassen. Für Oberdonau erhielt er Gauverbot. Wenig später wurde er zu den Waffen der Wehrmacht gerufen. Nach russischer Kriegsgefangenschaft konnte er wieder nach Schlierbach zurückkehren. Weitere Verfolgte des Stiftes waren P. Bruno Brunner und der spätere Abt Berthold Niedermoser.

---

54 tips: „Sonderausstellung-Eröffnung: Stift Schlierbach in der NS-Zeit" v. 1. April 2013
55 forum oö. geschichte: „Kirche"
56 extrablick v. 21. September 2018: „Vor dem Gefängnis habe ich keine Angst"

WIDERSTAND IN OBERÖSTERREICH UND DESSEN OPFER

Das Ende der Donaumonarchie versetzte den Großteil der Bevölkerung „Restösterreichs" in eine schwere Identitätskrise. Viele zweifelten die Existenzfähigkeit des neuen Kleinstaates an und sahen die Lösung dieses Dilemmas im Anschluss an Deutschland. Die politische Zerrissenheit, der weitverbreitete Antisemitismus, Massenarbeitslosigkeit und die teilweise schlechte Versorgungslage ließen den Wunsch nach dem Anschluss an Deutschland[1] immer stärker werden. Vor allem die Jugend ließ sich von den nationalsozialistischen Ideen schnell begeistern.

Spätestens seit Einführung des Ständestaates kam es zum Verbot der Gewerkschaften, der sozialistischen und kommunistischen Partei. Durch dieses Verbot trieb der Ständestaat deren Anhänger automatisch in die Illegalität. Gewerkschaften und die beiden Parteien waren damit keine Gesprächspartner mehr für die Regierung.

Unmittelbar mit der Machtergreifung setzte das Regime das totalitäre System in die Praxis um. Der latente Wunsch nach einer nationalen Vereinigung mit Deutschland sollte nach der Machtergreifung das größte Problem für die Widerstandsgruppen werden. Die Gefahr, denunziert oder verraten zu werden, ging weniger von der allgegenwärtigen Gestapo und eher von den „eigenen Volksgenossen" aus.

Die „anschlussfreundlichen Erklärungen" bedeutender Persönlichkeiten (Innitzer, Dr. Karl Renner) hatten für den Widerstand verheerende Folgen.

Bereits die Diktatur des Ständestaates zwang viele potenzielle Gegner zur Flucht ins Ausland. Das „Feindbild nationalsozialistisches Deutschland" fehlte beim Großteil der Österreicher. Die einmarschierenden deutschen Wehrmachtssoldaten wurden „wie Brüder" in Österreich empfangen. Bereits an den Grenzübergängen salutierten die österreichischen Zöllner vor ihren Kollegen

---

1 Demokratiezentrum Wien: „Der Anschluss Österreichs an das nationalsozialistische Deutschland" von Maria Wörth, 2005

So dilettantisch sich die militärische Besetzung Österreichs vollzog, so erfolgreich war die Gestapo beim Ausschalten potenzieller Widerstandsgruppen. Nach Prag war die Gestapo-Leitstelle in Wien mit den meisten Beamten außerhalb des Altreiches besetzt. Ein Indiz dafür, dass man von Seiten Berlins den „österreichischen Volksbrüdern" doch nicht ganz traute. Gleich in den ersten Tagen der Machtübernahme wurden 80.000 mögliche Regimegegner verhaftet. Als Hauptgegner entwickelten sich die Arbeiterbewegung einerseits und das christlichsoziale Lager anderseits. Zwei Lager, die sich in der Zwischenkriegszeit bekämpften, sich aber nun langsam annäherten. Seitens der Gestapo wurde der Widerstand der Sozialisten als „Stammtischrunden" belächelt. Erst gegen Kriegsende gab es seitens der Sozialdemokraten (Seitz, Körner, Schärf) ernsthafte Widerstandsbestrebungen. Nach dem Scheitern des Februaraufstandes wechselten viele Genossen zu den Kommunisten über. Mehr als die Hälfte der ermordeten Widerstandskämpfer waren Kommunisten. Vor allem durch V-Männer konnte die Gestapo immer wieder einzelne kommunistische Zellen und Gruppen unterwandern und ausheben. Den größten Erfolg landete die österreichische Gestapo nicht durch ihre brutalen Foltermethoden, sondern durch das Einschleusen von sogenannten V-Männern in diverse Widerstandsgruppen.

Die Vermutung, dass der Schwerpunkt des Widerstandes in Linz gelegen sei, ist grundsätzlich falsch. Das Salzkammergut und die Stadt Steyr waren die Schwerpunkte des Widerstandes in Oberösterreich.

Viele einzelne Personen leisteten Widerstand. Dieser Widerstand reichte von der Wehrdienstverweigerung über die Hilfe für Gefangene bis zum aktiven Widerstand. Die Gründung einer Widerstandsgruppe war enorm schwierig, weil durch Denunziantentum und Verrat vielfach Widerstandsgruppen enttarnt wurden. Es stand auch keine Exilregierung hinter den Aktivitäten. Der Widerstand reduzierte sich immer auf kleinere Gebietsabschnitte des Landes, die miteinander nicht vernetzt waren. Getragen war der Widerstand vor allem von politischen Gruppierungen.

Aber auch religiöse und persönliche Gründe führten Menschen dazu, sich aktiv dem Regime entgegenzustellen. Vor allem Kommunisten und Sozialisten waren die entschiedensten Gegner der Nationalsozialisten. Während in der UdSSR unter Stalin zehntausende Priester zeitgleich ermordet wurden, kam es im Deutschen Reich zu einer Allianz der Verfolgten. Jene, die sich noch 1934 im Bürgerkrieg erbittert gegenüberstanden, teilten nun die gemeinsame Gefängniszelle. Plötzlich fand der verfolgte Kommunist ein Versteck in einem Pfarrhof und der inhaftierte Priester in einem Sozialisten einen Freund. Einzige Verbindung zur „Außenwelt" war meistens das Schwarzhören. Die Widerstandskämpfer waren weitgehend auf sich alleine gestellt. Keine dieser Gruppen erreichte die Bedeutung etwa der Résistance in Frankreich, der Polnischen Befreiungsarmee oder der Roten Kapelle. Laut Wolfgang Neugebauer[2] war der Widerstand in Oberösterreich im Vergleich zu den anderen Bundesländern sehr gering. Das Regime bekämpfte Widerstandsgruppen oder einzelne Widerstandskämpfer mit größter Beharrlichkeit und Brutalität. Die Inhaftierten wurden gequält, gedemütigt, gefoltert und häufig auch hingerichtet. In den sieben Jahren der Fremdherrschaft wurden fast 100.000 Österreicher und Österreicherinnen von der Gestapo „beamtshandelt". Die Gestapo gilt bis zum heutigen Tag als das Synonym für das Böse, Hinterhältige, Gemeine im Menschen. Ihre Mitarbeiter schreckten selten vor Mord, Folter und Erpressung zurück. Es gab in dieser Mördergruppe auch Mitarbeiter mit Courage. Zwei Mitarbeiter der Gestapostelle Linz[3] warnten regelmäßig Bürger vor ihrer bevorstehenden Verhaftung. Sie setzten damit nicht nur ihre Existenz, sondern auch ihr Leben aufs Spiel.

---

2 Dr. Wolfgang Neugebauer ist seit 1970 Mitarbeiter des Dokumentationszentrums des österreichischen Widerstandes (DÖW); zwischen 1983 und 2004 dessen Leiter. Schwerpunkte seiner Forschungen: Widerstand und Verfolgung im Nationalsozialismus, NS-Medizinverbrechen, Rechtsextremismus in Österreich seit 1945.

3 Für diese „Behörde des Grauens" wurde das Kolpinghaus in der Langgasse 13 beschlagnahmt. An diesem Gebäude befindet sich eine Gedenktafel.

Die Gestapo Österreich beschäftigte mehr als 2000 Personen, fast die Hälfte von ihnen alleine in Wien. Es ist schlichtweg falsch, wenn behauptet wird, dass es sich bei ihnen nur um plumpe Schläger gehandelt habe. Ihre Hauptaufgabe bestand oft darin, „V-Männer" auszubilden und diese dann in Widerstandsgruppen einzuschleusen. Auch das „Umdrehen" der politisch Andersdenkenden geschah nicht immer mit roher Gewalt. Wie eine Spinne spann die Geheime Staatspolizei ein unsichtbares Netz über die ehemalige Alpenrepublik. Mit größter Akribie wurde jedem Gerücht, jeder „Mitteilung" nachgegangen. Denunziationen gehören in Diktaturen grundsätzlich zu den „notwendigen" systemerhaltenden Maßnahmen. Diese Strafanzeigen geschehen meistens aus persönlichen, niederen Beweggründen. Der Denunziant erwartet sich persönliche Vorteile oder will Rachegedanken stillen. Oft geschehen diese Anzeigen anonym, um bei den angeschwärzten Nachbarn weiterhin als Gutmensch dazustehen. Das Zitat von Hoffmann von Fallersleben, Der größte Lump im ganzen Land, das ist und bleibt der Denunziant, beschreibt sehr gut seine Stellung in der Gesellschaft. Hoffmann dürfte sich dabei auf das Lied „Der Denunziant" von Max Kegel berufen haben:

Verpestet ist ein ganzes Land,
Wo schleicht herum der Denunziant.
Der Menschheit Schandfleck wird genannt
Der niederträcht'ge Denunziant.

Natürlich sollte Denunziation nie auf eine Stufe mit einer berechtigten Anzeige gestellt werden. Es sollte zu einer Bürgerpflicht gehören, Mord, Diebstahl oder andere Straftaten bei der zuständigen Behörde zu melden. Ein „Whistleblower" der Gegenwart stellt z.B. Missstände der Gesellschaft an den Pranger.

Bis März 1943 wurden 6300 Kommunisten alleine von der Gestapostelle Wien festgenommen. Während des Krieges wurden vermehrt

Kriegsgefangene, FremdarbeiterInnen und ZwangsarbeiterInnen mit den Methoden der Gestapo bekannt gemacht. 2300 von ihnen wurden von ihr inhaftiert. Für kleinere Delikte gab es bereits drakonische Strafen wie die Einweisung in ein Konzentrationslager. Kriegsgefangene wurden wegen „verbotenen Umgangs" mit deutschen Frauen meistens mit dem Tode bestraft. Wirtschaftssabotage wurde ebenso mit der größten Härte bestraft. Dazu zählten Schwarzhandel und Schwarzschlachtungen von Haustieren. Vertreter der katholischen Kirche wurden entweder von Beamten der Gestapo abgeholt oder vorgeladen. Aus dieser Gruppe wurden fast 2000 Personen festgenommen. Auch gegen Einzelpersonen wurde ermittelt. Meistens waren sie wegen Verstößen gegen das Heimtückegesetz, verbotenen Hörens von ausländischen Sendern, verbotenen Umgangs mit Kriegsgefangenen ins Visier der Staatspolizei geraten. Spätestens ab dem Kriegsbeginn entpuppte sich der „wahre Nationalsozialismus". Der Machtapparat wirkte für viele Österreicher abstoßend. Die Bilanz des „Tausendjährigen Reiches" war nach sieben Jahren mehr als ernüchternd. 2700 Widerstandskämpfer und 1400 Deserteure waren hingerichtet worden. 32.000 politisch Verfolgte wurden Opfer des Regimes. Laut dem „Hinrichtungsbuch" des Straflandesgerichtes Wien wurden zwischen 1938 und 1945 1184 Menschen hingerichtet, meist aus politischen Gründen. Die Opfer waren Patrioten und Antifaschisten.

Der Widerstand richtete sich oft weniger gegen den Nationalsozialismus, sondern vielmehr gegen „das Deutsche", denn deutsche Offiziere und Ausbildner behandelten die österreichischen Soldaten oft schlecht. In vielen Amtsstuben saßen ab nun deutsche Beamte, die die Bürger „piesackten". Ein Großteil der österreichischen Historiker kritisiert, der Widerstand sei zu gering gewesen. Dass dieser nicht ganz sinnlos erfolgte, zeigte die „Moskauer Deklaration" des Jahres 1943. In dieser wurde der österreichische Widerstand durchaus positiv bewertet. In den ersten Nachkriegstagen wurde die erste provisorische Regierung weitgehend aus „Widerstandskämpfern" gebildet.

Viele „kritische Historiker", die permanent wiederholen, der Widerstand sei in Österreich zu gering gewesen, sollten die einfache Frage beantworten, ab welcher Anzahl getöteter Widerstandskämpfer der Widerstand für sie „erfolgreich" gewesen wäre. Wie viele Widerstandskämpfer in Österreich hätten geköpft werden sollen? Allen Widerstandsgruppen war klar, dass ein Widerstand innerhalb des Reiches mehr als schwierig war. Eine Unterstützung durch die Alliierten erfolgte nicht. Im Gegenteil, das Verlangen nach einer bedingungslosen Kapitulation führte vielfach zu einer Solidarisierung in der „Volksgemeinschaft". Auch die gemeinsame deutsche Sprache machte es den Widerstandskämpfern nicht einfacher. Dieses dauernde Klagen, dass es zu wenig Widerstand während der NS-Zeit gegeben habe, führt unweigerlich dazu, den tatsächlichen damaligen Widerstand gering zu schätzen. Den effektivsten Widerstand leisteten wohl jene, die die „Seite" wechselten und für den „Feind" kämpften. Bis in die Gegenwart herauf werden sie als „treulose Gesellen", „Vaterlandsverräter" und „Mörder unserer Soldaten" beschimpft. Ihre Namen sind längst vergessen. Sie haben wohl einen wertvolleren Beitrag für die Befreiung unserer Heimat geleistet als jene „Helden", die noch am 5. Mai 1945 Bürger ermordeten, nur weil diese die weiße Fahne aus ihren Fenstern hängten.

Wirtschaftlicher Widerstand

Die Landwirtschaft[4] nahm in der „Blut- und Bodenideologie" der Nationalsozialisten eine hervorragende Rolle ein. Der Bauer wird als Titan des neuen Germanentums dargestellt. Zahlreiche Gemälde aus dieser Zeit zeigen das verklärte Bild des „typischen" deutschen Bauern, der als „Ernährer des Volkes" kraftvoll mit schwieliger Faust die Sense führte.

Der Bauer war für die nationalsozialistischen Rassentheoretiker mehr als ein Nahrungsmittelproduzent. Sein Erbgut sollte für die Entstehung

---

4   Masterarbeit von Michaela Maurer: „Die BäuerInnen und ihr Widerstand". Wien 2016

der „nordischen Rasse" sorgen. Allerdings durften sich nur jene Bauern nennen, die einen Erbhof besaßen. Für die übrigen galt der damals eher abfällig gemeinte Begriff „Landwirt". In Oberösterreich erreichten nur 7 % der Bauernhöfe den Status „Erbhof". Ein Erbhof musste mindestens 7 ½ ha und höchstens 125 ha umfassen. Am Kriegsbeginn gab es in Oberösterreich noch 92.000 landwirtschaftliche Betriebe.

In den 18 Monaten zwischen der Besetzung Österreichs und dem Kriegsbeginn gelang es dem Regime nur sehr mäßig, die ländliche Bevölkerung auf seine Seite zu ziehen. Mit dem von den Nazis praktizierten Antisemitismus und dem Antibolschewismus konnte die Dorfgemeinschaft durchaus gut leben. Weniger damit, dass ihre Produktion und deren Verkauf ständig beaufsichtigt wurde. Sehr schnell sollte sich bemerkbar machen, dass die Preise eine rasante Talfahrt erfuhren. Die antichristliche Politik des Regimes verstärkte diese Skepsis gegenüber der neuen Zeit. Anders als im Altreich standen die österreichischen Bauern den neuen Herren weitgehend reserviert gegenüber. Vor dem Anschluss konnte die Landwirtschaft in Österreich den Bedarf an Nahrungsmitteln nur zu drei Vierteln decken. Nach der Eingliederung ins Deutsche Reich wurde die österreichische Landwirtschaft Bestandteil des „Reichsnährstandes". Die Organisation der Landwirtschaft wurde vollkommen neu organisiert und sollte dazu führen, dass das III. Reich bei der Versorgung der Bevölkerung vollkommen autark wäre. Nun war der Bauer nur mehr Produzent. Er durfte nichts an Kunden verkaufen und musste seine Waren bei den diversen Genossenschaften abliefern. Auch die Veredelung seiner Rohstoffe wurde erschwert, so wurden etwa Butterrührgeräte beschlagnahmt.

1934 gab es in Deutschland die erste „Ernteschlacht". Erntehelfer aus der Stadt mussten sich nun an den Erntearbeiten beteiligen. Die Agrarpolitik der Nationalsozialisten ließ zunächst bei den Bauern Hoffnungen aufkeimen. Ab nun durften keine bäuerlichen Anwesen mehr versteigert werden. Die Bauern und die übrige Bevölkerung wurden allerdings bereits auf den kommenden Krieg vorbereitet. Dem drohenden Kriegsunheil wurde von weiten Kreisen der Bevölkerung skeptisch entgegengesehen. Bei Kriegsbeginn war die Kriegsbegeisterung wesentlich geringer als vor Ausbruch des Ersten Weltkrieges. Bauern, Knechte und sogar die Pferde mussten nun in den Krieg einrücken. Bäuerinnen, Mägde, „Arbeitsmaiden" und Kriegsgefangene mussten sie ersetzen und standen ab nun an der „Erntefront". In den Dörfern, Gemeinden und Märkten gab es häufig eine „Zweiklassengesellschaft". Die Honoratioren im Ort wie Ärzte, Kaufleute, Rechtsanwälte, Apotheker, Lehrer galten schon von jeher als liberal. Ihr Übertritt zur nationalsozialistischen Partei war oft nur ein kleiner Schritt. In der dörflichen Gemeinschaft waren sie zwar geachtet, aber auch nicht mehr. Ihre Haltung zum Katholizismus wurde von der übrigen Bevölkerung oft sehr kritisch gesehen. Nach der Machtübernahme wurden die Vertreter dieser Berufsgruppen oft für verantwortliche Parteiämter in der Gemeinde auserkoren. Die Kirche blieb dabei im Dorf. Oft war der Pfarrer der personifizierte Gegenpol. Die Partei wusste um seine Bedeutung. Es ist daher nicht verwunderlich, dass jeder zehnte Pfarrer in der Linzer Diözese verhaftet wurde. Während der Sonntagsmesse musste der Pfarrer überaus vorsichtig sein, nicht weniger bei vertraulichen Einzelgesprächen mit seinen Gläubigen. Vor allem pflegte man die alten Traditionen. Es kam auch oft zu einem subtilen Widerstand. Bei dem Kaufmann, der als „gottgläubig" aus der katholischen Kirche austrat, wurde halt weniger gekauft. Auch wenn dieser Ortsgruppenleiter war. Ebenso wurde der „ausgetretene Lehrer geschnitten". Der Widerstand der bäuerlichen Bevölkerung war weitgehend wortlos. Der Widerstand manifestierte sich im Kirchgang, der Einhaltung der „abgeschafften Feiertage", im Schwarzschlachten und -hören, der guten Behandlung der Kriegsgefangenen. Vor der Sonntagsmesse begrüßte sich die Dorfgemeinschaft untereinander mit einem „Grüß Gott". Nur die Parteigrößen wurden mit „vorgehaltener Hand" begrüßt. Die anfänglichen Erfolge an der Westfront und die Propagandaschlacht steigerten die Kriegsbegeisterung für kurze Zeit. Spätestens mit Beginn des Zweiten Weltkrieges kam es zu ersten Lebensmittelrationierungen.

Die zentrale Lenkung der Produktion, des Verkaufs und die Preisgestaltung waren schwerwiegende Eingriffe in die bäuerliche Selbständigkeit. Die Vorschreibungen von oben bewirkten oft das Gegenteil. Ein weiteres großes Problem war die einsetzende Landflucht. Knechte und Mägde fanden im Gewerbe und vor allem in der Industrie Berufsmöglichkeiten, die weitgehend besser bezahlt wurden. Auch „weichende Bauernsöhne und -töchter" wechselten lieber in andere Berufe. Die von den Machthabern angestrebte Mechanisierung erfolgte nur zögerlich. Während des Krieges konnten die Traktoren oft wegen des fehlenden Treibstoffes nicht eingesetzt werden. Als unmittelbare Folge sanken Hektarerträge kontinuierlich von Jahr zu Jahr. Ein Hektarertrag von 1800 Kilogramm war vor Kriegsbeginn in durchschnittlichen Lagen und Witterungsbedingungen durchaus erreichbar. Gegen Kriegsende waren es dann nur mehr 1200 Kilogramm. Das Reichserbhofgesetz verhinderte de facto die Vererbung an die einzige Tochter. Die einzige Tochter stand plötzlich nur an neunter Stelle in der Erbfolge. Der Erbhof sollte in „männlicher Linie" bleiben, der Bauer wurde als „Lebensquell der nordischen Rasse" angesehen. Noch während des Krieges wurde dieses Gesetz nolens volens wieder repariert. Die einzige Tochter war damit wieder die Hoferbin.

Steuererhöhungen erschwerten zusätzlich ein positives Wirtschaften. Der Landflucht wollte das Regime mit einer vermehrten Mechanisierung begegnen. Der Ankauf von Traktoren und anderen Gerätschaften wurde gefördert.

Die antiklerikale Politik des Regimes sorgte in weiten Kreisen der bäuerlichen Bevölkerung für Unverständnis und Passivität. Dem Kampf gegen die „bolschewistischen Antichristen" und die Juden wurde zwar mit Verständnis, allerdings auch mit einer gehörigen Portion an Skepsis entgegengesehen.

Es wurden repressive Maßnahmen geschaffen, die den Bauern zur Einhaltung der Leistungen zwingen sollten. Die „Kriegswirtschaftsverordnung" ermöglichte es, „all jene mit Zuchthaus oder Gefängnis zu bestrafen, (die) Rohstoffe oder Erzeugnisse, die zum lebenswichtigen Bedarf der Bevölkerung gehören, vernichten, beiseiteschaffen oder zurückhalten". Dieser Passus führte dazu, dass unzählige Mitglieder bäuerlicher Betriebe mit dem Gesetz in Konflikt kommen mussten. Durch diese Verordnung sollte die „Heimatfront" geschützt werden. Im Hintergrund stand bei der Führung die Angst, dass es wie im Winter 1917, der als „Steckrübenwinter" in die Geschichte einging, zu sozialen Unruhen kommen könnte.

Interne Kritik kam von unerwarteter Seite. Dipl. Ing. Anton Reinthaller aus Mettmach avancierte nach der Machtergreifung zum Unterstaatssekretär für Bergbauernfragen in Berlin. In einem vertraulichen Schreiben an seinen Freund und Landwirtschaftsminister Walter Darré sprach er dieses Thema sehr offen an: „die großen Hoffnungen der Bauernschaft seien nach zehn Monaten der NS-Herrschaft zusammengebrochen." Es sei „vom Bauerntum ausgegangen worden, ... praktisch seien aber der Getreide bauende Großbetrieb gefördert worden, der die Möglichkeit zur Mechanisierung und der Einstellung von Landarbeitern in regelmäßige Überschüsse umsetzen konnte, während Kleinbauern und bergbäuerliche Betriebe unter den bekannten Spannungen leiden würden".

Ein Wort noch zu Dipl. Ing. Anton Reinthaller. Nach dem Krieg wurde er im Lager Glasenbach inhaftiert. Nach der Gründung der Freiheitlichen Partei wurde er erster Bundesobmann dieser Partei.

Der Widerstand der Bauern zeigte sich oft nur darin, dass Verbote und Gebote nicht eingehalten wurden. Die Verordnung richtete sich zunächst gegen jene Bauern, die entweder Tiere „schwarz schlachteten" oder die Produkte an Schwarzhändler oder „Hamsterer" weitergaben. Grundnahrungsmittel und Waren des täglichen Bedarfs waren während des Krieges rationiert. Lebensmittelmarken und Bezugsscheine regelten ab nun das Einkaufsverhalten der Volksgemeinschaft. Trotz drakonischer Strafen blühte spätestens seit der verlorenen Schlacht um Stalingrad der Schwarzhandel. Die Aktenstöße in den Gerichten, die sich mit diesen Delikten befassten, erreichten schon bald eine beachtliche Höhe. Das „Schwarzschlachten" wurde also vermehrt zum Problem im „Heimatgau des Führers". Alleine im Landkreis Vöcklabruck wurden in den Monaten Februar und März 1942 140 Bauern wegen dieses Delikts angezeigt.

Gauleiter Eigruber und „Blutrichter" Freisler forderten drakonische Strafen für diese „Volksschädlinge". Zwei Männer aus St. Lorenz am Mondsee wurden zum Tode verurteilt.

Der Landwirt Franz Habetswallner aus Aspach wurde im Jahr 1944 von den „ermittelnden Behörden" erschlagen. Sein „Selbstmord" wurde sehr dilettantisch dargestellt. Allerdings dürfte weniger das Delikt der „Schwarzschlachterei" sein Todesurteil gewesen sein, sondern dass man aus ihm seine Kunden herauspressen wollte und erfolglos blieb. Vor allem wollte die Gestapo erfahren, ob die Klosterschwestern vom Kneippkurheim zu seinen Kunden zählten. Verraten wurde Habetswallner von der eigenen Magd. Dieses Beispiel zeigt, dass in vielen Hausgemeinschaften eine tiefe Kluft zwischen den Bauern und dem „Gesinde" entstanden war. In einem anderen Fall wurde der Bauer angezeigt, weil der Kriegsgefangene am gemeinsamen Mittagstisch saß. Der Bauer erhielt am Ende 15 Monate für seine Gesinnung „Russen sind auch Menschen".

Ein weiterer Bauer aus dem Landkreis Ried soll im Gefangenenhaus Ried ein ähnliches Ende wie der Bauer Habetswallner gefunden haben. Viele Bauern wurden angezeigt, weil sie gegen den Viehzählungsparagraphen verstießen oder Brotgetreide „verschwinden" ließen. Auch das Verfüttern von Getreide oder Milch an Tiere war strengstens untersagt. Der Druck auf die Bauern wuchs nun ständig, weil die erhofften Nahrungsmittelreserven aus dem Osten nicht eintrafen.

Vor allem in kleineren Orten gehörten der Bürgermeister und der Ortsgruppenleiter der Dorfbourgeoisie an. Sie waren also entweder Oberlehrer, Großbauer, Handwerker oder Kaufmann. Das Amt eines Gemeinderats wurde allerdings von den Bauern weniger angestrebt.

Die Eingriffe der Nationalsozialisten in den religiösen Alltag der bäuerlichen Bevölkerung waren zu stark und zu diktatorisch, als dass sie einfach hingenommen wurden. Maßnahmen wie die Verbote der Bittgänge und Wallfahrten, Verbote von Prozessionen an Bauernfeiertagen, die Verschiebung der Sonntagsgottesdienstzeiten, die Abnahme der Kirchenglocken seit dem Oktober 1941, die Beschlagnahmung von Kirchenorgeln, die Abschaffung hoher kirchlicher Festtage, das Verbot des Religionsunterrichts, die Entfernung der Kreuze aus den Schulen, die Verhaftung von Geistlichen und andere Erlässe weckten die Widerspenstigkeit der bäuerlichen Bevölkerung. So konnte nach dem Sonntagsgottesdienst im Dorfkaufhaus nicht mehr eingekauft werden. Vielerorts führten die Verbote zu einer gesteigerten religiösen Betätigung der Menschen. Hier leisteten die Dorfbewohner oft passiven Widerstand. Bei Totenmessen für die gefallenen Soldaten waren die Kirchen übervoll, bei „Heldenehrungen" der Partei versammelte sich dann nur der „innerste Kreis". Ab 1943 nahmen die Kircheneintritte sogar wieder zu. Die Grußformel „Heil Hitler" wurde nachhaltig abgelehnt und die Dorfgemeinschaft blieb häufig beim „Grüß Gott" – ein weiteres Zeichen des passiven Widerstandes. In den Bergen wurden Bergfeuer mit religiösen Symbolen abgebrannt.

Vor allem Frauen trugen diesen passiven Widerstand. Menschen, die aus rassischen, religiösen und politischen Gründen vor dem Regime flüchteten, erhielten im Heustadel ein Asyl. Nach dem Kriegsende fand so mancher Bauer in seinem eigenen Heustadel einen Fluchtort, weil er als ehemaliger Bürgermeister oder Ortsgruppenleiter vor unbequemen Fragen berechtigte Angst hatte. Was sei denn mit dem abgeschossenen amerikanischen Piloten oder den Behinderten des Ortes geschehen? Den Kriegsgefangenen und den KZ-Häftlingen wurden heimlich über die Zäune Nahrungsmittel zugeworfen. Das von den Männern dominierte Regime unterschätzte weitgehend die Rolle der Frauen im Widerstand.

Nach den anfänglichen Erfolgen der Wehrmacht kamen nun vermehrt Kriegsgefangene in die Dörfer. Das Los dieser Gefangenen war oft gar nicht so schlecht. Meistens sogar hervorragend, wenn man ihr Los mit jenem der Gefangenen vergleicht, die für die **Rüstungsindustrie** oder auf den Baustellen arbeiten mussten. Es entwickelten sich durchaus Freundschaften, die das Kriegsende überdauerten. So manche Liaison bahnte sich zwischen diesen Fremdarbeitern und der einheimischen weiblichen Bevölkerung an. Das Regime sah in diesen intimen Beziehungen eine „Rassenschande", die für die Frauen mit Demütigungen endete. Ihre Haare wurden geschoren und sie mit dem Schild „Ich bin die größte Hure im Ort" durch die Straßen getrieben. Für die fremdländischen Liebhaber endete das Verhältnis zu einer Deutschblütigen oft noch fataler. Sie wurden wegen der Rassenschande hingerichtet. Die Anzahl der illegalen Abtreibungen nahm drastisch zu. Es war einfach zu schwierig, den Parteibonzen im Ort und dem Ehemann an der Front zu erklären, wer für die Zeugung des Kindes verantwortlich gewesen sei. Im Gegensatz zu Deutschland war in Österreich die Landbevölkerung nicht in Scharen den Verlockungen und Versprechungen des Regimes erlegen. Auch die Mechanisierung der Bauernhöfe ging während des Krieges sehr zögerlich und schleppend voran. Die in der Zwischenkriegszeit begonnene Landflucht setzte sich fort. 100.000 Knechte und Mägde verließen die Landwirtschaft für immer. Vor allem die Rüstungsindustrie benötigte vermehrt ihre Arbeitskraft. Bauern gerieten in eine Negativspirale. Sie konnten nicht mehr mit den Löhnen der „Privatwirtschaft" mithalten, die Preise waren vom Regime festgelegt und der Ankauf von Maschinen war schon aus diesem Grund kaum erschwinglich. Die Stimmung in den Dörfern dürfte mit Fortdauer des Krieges immer gedrückter und misstrauischer geworden sein. Im Nationalsozialismus sah man eine Naturkatastrophe, die unvermutet wie eine Lawine über das Dorf kam. Vielfach kamen nun „Ausgebombte ins Haus", die auch mit dem „täglichen Brot" versorgt werden mussten. In Polizeiberichten wurde festgestellt, dass die Unzufriedenheit in der Landbevölkerung ständig wuchs. Seuchen, wie zum Beispiel die Maul- und Klauenseuche, sorgten dafür, dass das Einkommen der Bauern noch einmal schrumpfte. Der Pferdestall leerte sich immer mehr, weil die Pferde für den „Endsieg" benötigt wurden und die „gefallenen Pferde" ersetzt werden mussten. Den Meldungen des Reichsrundfunks schenkten die Dorfbewohner schon lange keinen Glauben mehr. Es war zwar gefährlich, einen „Feindsender" zu hören, aber dieser vermittelte zumindest die Wahrheit. Immer häufiger mussten die örtlichen Parteigrößen ausrücken, um den Anverwandten den Tod des Sohnes, des Gatten oder des Vaters mitzuteilen. Meistens in einer sehr schwülstigen Form – für Führer und Vaterland habe er sein Leben hingegeben. Die Antwort einer Mutter, die wegen der Kriegsführung des Regimes ihren Sohn verlor und dessen Tod ihr mit großem Pathos mitgeteilt wurde, war weniger pathetisch. Der Überbringer der Todesnachricht erhielt eine schallende Ohrfeige.

Vor allem in der Rüstungsindustrie kam es mit Fortdauer des Krieges zu Sabotage und Boykottmaßnahmen. Notwendige Einzelteile wurden entweder zur Seite geschafft oder es fehlte ihnen die notwendige Präzision. Da in der Produktion Kriegsgefangene verwendet wurden, wurde dieses Problem sicherlich nicht kleiner. Für die Firmen des Reichs wurde daher die Qualitätssicherung vermehrt ein wichtiges Thema. Es war allerdings schwierig, dies in den „Stollenfabriken" durchzuführen. Flugzeuge und die „Wunderwaffe V 2" stürzten dann häufig wegen eines „technischen Gebrechens" ab. Mit Dauer des Krieges verschlimmerte sich die Versorgung mit Nahrungsmitteln. Die harte Arbeit und die kleinen Portionen in den Werkskantinen stellten sich für die arbeitende Bevölkerung immer mehr als Problem dar. Auch über die Qualität des Dargebotenen waren die Arbeiter wohl zu Recht aufgebracht.

Der Blick in die Wochenzeitung und auf die Anschlagtafeln der Gemeinden verhieß nichts Gutes. Mütter mussten um Söhne und Brüder, Kinder um ihren Vater oder Onkel trauern. Die Gedenkgottesdienste für die Gefallenen stellten vor allem für Priester eine Herausforderung dar. Das Regime unterstellte den Gottesmännern, dass sie die Schuld für den frühen Tod eines jungen Mannes dem Regime zuwiesen. Allerdings keimte immer wieder Hoffnung auf, dass der Krieg ein jähes Ende finden würde. Mit der verlorenen Schlacht um Stalingrad ging für viele Bürger auch dieses kleine Quantum an Hoffnung verloren. Eine stille Resignation legte sich wie ein unsichtbarer Nebel über das Land. Das „Heil Hitler" wurde oft aus „Versehen" durch ein „Heil Österreich" ersetzt. In dieser depressiven Grundhaltung eines Großteils der Bevölkerung war es kaum möglich, Widerstand zu leisten. Der Österreicher neigt ohnehin gerne zum Phlegma, nun war es vielfach ein Gebot der Stunde. Man wollte schlichtweg nur überleben, nicht den Helden spielen. Die Schuld an dem herrschenden Dilemma wurde den Deutschen gegeben. Immer mehr wurde den Nordlichtern sämtliche Schuld am herrschenden Ungemach gegeben. Man ließ es die Piefkes spüren, dass sie keine Befreier, sondern nur mehr eine Belastung waren. Nach 1938 unterwanderten sie den österreichischen Beamtenapparat. Nun wurde den „deutschen Beamten" auch die Schuld an der schlechten Versorgungslage gegeben. Spät, aber doch erinnerte man sich, dass man wenige Jahre vorher noch begeistert am Straßenrand gestanden war und Hitler begeistert zugejubelt hatte. Statt der guten Zukunft brachte der Nationalsozialismus nur Krieg, Korruption, Hunger und Tod. Es war mehr als verständlich, dass die Arbeitsmoral darunter litt. Das Regime reagierte auf seine Art. Dessen eigenes Überleben sollte durch noch mehr Druck auf die Bevölkerung gesichert werden.

Kommunistischer und sozialistischer Widerstand

Nach der Niederschlagung des Februaraufstandes 1934[5] wendeten sich viele Sozialisten von ihrer Partei ab und den Kommunisten zu. Während der Zeit des Ständestaates wurden sie verfolgt und erlernten bereits damals den Untergrundkampf. In der Bevölkerung fanden sie einen sehr geringen Rückhalt. Zu bekannt waren die Verbrechen Stalins im Zeichen des Kommunismus. Der Antibolschewismus war einer der Gründe dafür, dass Menschen ins nationalsozialistische Lager überwechselten. Diese Stimmung wurde von den Nationalsozialisten geschickt ausgenützt. Die

---

5   Wikipedia: „Februar 1934"

Wochenschauen berichteten fast wöchentlich über die Gräueltaten des kommunistischen Regimes in Moskau. Der Führungskader der Sozialdemokratischen Partei setzte sich 1934 und spätestens 1938 ins Ausland ab. Richard Bernaschek[6] gehört wohl zu den umstrittensten Persönlichkeiten in der oberösterreichischen Geschichte. Seine Flucht aus einem Linzer Gefangenenhaus ermöglichten ihm die Nazis. Bei Schärding kehrte er „heim ins Reich". Er, der den Bürgerkrieg 1934 ohne das Wissen der Parteiführung in Wien ausgelöst hatte, wurde nun kurze Zeit Sympathisant der „National-Sozialisten". Auch im „sowjetischen Sozialismus Marke Stalin" fand er auf seinem persönlichen „Weg zum wahren Sozialismus" keine Erfüllung. Desillusioniert kehrte er aus dem Ausland zurück und schloss sich dem Widerstand an.

Nach dem Anschluss verließen viele Kommunisten Österreich fluchtartig in das Arbeiterparadies Sowjetunion. Das österreichische Zentralkomitee der Kommunistischen Partei fand in Prag seinen ersten Fluchtpunkt. Kriegsbedingt wurde es nach Frankreich und später nach Moskau verlegt. Viele Kommunisten verließen Österreich während der Ständestaatdiktatur, um in Spanien auf Seiten der Republikaner gegen Franco und für mehr Demokratie zu kämpfen. Die verbliebenen kommunistischen Widerstandsgruppen[7,8] in Österreich waren in Kleingruppen zersplittert. Dadurch erhofften sie sich, dass die Gestapo weniger Informationen über ihre Tätigkeiten erhalten konnte. Diese Tätigkeiten bestanden vorwiegend im Vervielfältigen von Flugblättern und ihrer Verteilung. Auch in Firmen wurde Werbung gegen die Nationalsozialisten gemacht. Im Falle der Verhaftung eines Mitgliedes wurde dessen Familie durch die Rote Hilfe unterstützt. Die Mitglieder des Kommunistischen Jugendverbandes verfügten gegenüber der Staatsmacht über den großen Vorteil, dass sie wegen ihres

---

6 forum oö. geschichte: „Richard Bernaschek" von Josef Goldberger und Cornelia Sulzbacher
7 Wikipedia: „Widerstand gegen den Nationalsozialismus"
8 Wolfgang Neugebauer: „Der österreichische Widerstand" in DÖW

jugendlichen Alters während der Zeit des Ständestaates den Behörden noch nicht aufgefallen waren. Sie traten nun häufig den HJ-Jugendverbänden bei, um wertvolle Informationen über diese nationalsozialistische Jugendorganisation zu erhalten. Die kommunistischen Jugendverbände reproduzierten fleißig Flugblätter, die sie an Arbeitskollegen verteilten. Aber auch an Frontsoldaten, die sich auf Fronturlaub befanden.

Josef Sepp Teufl [9,10] wuchs bei seiner Großmutter auf. Nach dem Schulbesuch in Amstetten und in Urfahr machte er eine Lehre als Maschinenschlosser. Zunächst arbeitete er in einer Lokomotivfabrik, später in den Steyr-Werken. Vor allem die Arbeitsbedingungen in dieser Firma wurden Triebfeder für sein weiteres soziales Engagement. Im Jahr der Weltwirtschaftskrise wechselte er in die Linzer Tabakfabrik. Seine Frau Johanna hatte ihm diese Stelle vermittelt, da sie selbst dort tätig war. Er trat nun der KPÖ bei. Bis zum Verbot der Gewerkschaften war er Vertrauensmann in der „Tschick-Bude". 1934 wurde er auch wegen seiner „gewerkschaftlichen Umtriebe" von der Firmenleitung entlassen. Ein Jahr vorher war er Landesobmann der verbotenen KPÖ in Oberösterreich geworden. Das Verbot der Gewerkschaften bedingte vor allem eine enorme Geheimniskrämerei. Teufl firmierte nun unter dem Tarnnamen „Brand". Bereits im September 1933 erfolgte seine erste Festnahme. Nach seiner Freilassung kritisierte er den Arbeiterführer Otto Bauer in einer Linzer Veranstaltung heftig, vor allem dessen abwartende und lasche Haltung zum Austrofaschismus. Am Februaraufstand der Arbeiterschaft im Februar 1934 beteiligte er sich aktiv. Als Landesobmann der KPÖ suchte er nun verstärkt die Zusammenarbeit mit den Sozialdemokraten. Seine politischen Aktivitäten führten zu seiner Entlassung aus der Tabakfabrik. Viele bisherige Anhänger der Sozialdemokratie liefen nach dem Scheitern ihres Aufstandes vermehrt zu den Kommunisten über. Das Winterhalbjahr 1934/35 verbrachte er

---
9 Wikipedia: „Josef Teufl"
10 forum oö. geschichte: „Josef Teufl" von Josef Goldberger und Cornelia Sulzbacher

„wegen kommunistischer Umtriebe" und „staatsfeindlicher Handlungen" von September bis März in einem Linzer Gefängnis. In dieser Zeit wurde er, trotz seiner Abwesenheit, beim 12. Parteitag der KPÖ in Prag in das Zentralkomitee gewählt. Wegen „Störung der öffentlichen Ruhe" kam er zwischen Mai und Dezember 1936 ins Anhaltelager Wöllersdorf. Dieses Lager wurde nach der Machtübernahme mit großem Propagandaaufwand abgebrannt. In den deutschen Wochenschauen wurde die Vernichtung des Lagers damit kommentiert, dass hier einst „treue Nationalsozialisten" gefangen gewesen seien. Mitgefangener in dieser Zeit war Adolf Eigruber – nach der Machtergreifung der „starke Mann" von Oberösterreich. Der Kommunist und der Nationalsozialist dürften in ihrer gemeinsamen Gefangenschaft durchaus ein freundschaftliches Verhältnis gepflegt haben. Eigruber verwendete sehr viel Zeit und Energie, um Teufl für seine Ideen und damit für den Nationalsozialismus zu gewinnen. Auch mit den übrigen Nationalsozialisten unterhielt er in dieser Zeit eine sehr „freundschaftliche Gegnerschaft".

In der Zeit der Arbeitslosigkeit und Inhaftierungen Teufls musste seine Frau Johanna für das Familieneinkommen sorgen. Mit ihr führte er eine Musterehe. Johanna Teufl unterstützte die politischen Aktivitäten ihres Ehemannes. Nach der Machtergreifung der Nationalsozialisten wurde er aus Propagandagründen stark umworben. Diesen Verlockungen des Regimes widerstand er und blieb schon aus ideologischen Gründen ein entschiedener Gegner der Nationalsozialisten. So wurde er in den folgenden Monaten verstärkt von der Gestapo überwacht. Der „verhinderte Nationalsozialist" begann nun seinen Untergrundkampf. Vor allem unzählige Flugblätter fertigte er an, die er in Linz und Steyr verteilte. Einen letzten Versuch der Anwerbung unternahm sein ehemaliger „Zellengenosse" Gauleiter August Eigruber: Teufl sollte ein Amt innerhalb der NSDAP annehmen. Nach dessen Ablehnung wurde der Störrische sogar in die Ukraine geschickt, um den „wahren Sozialismus" kennenzulernen. Auch diese Versuche der „Sozialisierung" schlugen bei

Teufl fehl. Er wurde kein „Unsriger", musste Eigruber zur Kenntnis nehmen. Die Gestapostelle Linz berichtete eifrig über die Aktivitäten Teufls an ihre vorgesetzte Stelle in Berlin. Als politisch zu unverlässlich erhielt er auch keinen Einberufungsbefehl. Ein Gestapo-Spitzel verriet ihn und Teufl wurde ab September 1944 Lagerinsasse von Mauthausen. Erst nach drei Monaten erfuhr seine Familie seinen Aufenthaltsort. Als Arbeiter im Steinbruch wurde er immer wieder durch brutale Schläge zu einem „größeren Arbeitseinsatz angespornt". Ein Ausbruchversuch im April 1945 scheiterte. Ende April 1945 erfolgte der Befehl Eigrubers, dass noch alle geborenen Oberösterreicher des Lagers exekutiert werden mussten. Die zynische Begründung für diesen Befehl – es sollten nach dem Krieg keine aufbauwilligen Kräfte vorhanden sein. Teufl wurde in der Nacht zum 29. April 1945 gemeinsam mit weiteren 41 oberösterreichischen Antifaschisten in der Gaskammer ermordet. Anschließend wurde die Gaskammeranlage abgebaut. Nach Kriegsende erlebte seine Familie eine sehr schwierige Zeit. Seine Gattin Johanna verstarb bereits 1962 an Herzversagen. Heute ist in Linz eine Straße nach Sepp Teufl benannt.

Neben Sepp Teufl wurde in dieser Nacht auch **Karl Reindl**[11] vergast. In den Augen der Nationalsozialisten waren seine Vergehen mehr als „volksfeindlich". Er brachte als Eisenbahner den Gefangenen heimlich Wasser zu ihren Viehwaggons. Vor allem die Mitgliedschaft Reindls bei der verbotenen KP war der Grund für mehrere Inhaftierungen während des Krieges. Auch die Tatsache, dass er sich 1934 aktiv am Februaraufstand beteiligt hatte, dürfte der Gestapo bekannt gewesen sein. Bei einer großen Verhaftungswelle unter den Kommunisten im September wurde er für immer eingesperrt. Auch seine Frau geriet in die Fänge der Gestapo. Sie hatte allerdings etwas mehr Glück und überlebte das Regime. Eine weitere Widerstandsgruppe gründete der in Innsbruck gebürtige

---

11 Raum der Namen. Die Toten des KZ Mauthausen, Band 1: „Karl Reindl" auf Seite 353, von Margit Kain

Ludwig Telfner[12] in Linz. Diese Gründung war eher eine Verlegenheitslösung, weil er als Fremder aus Vorsichtsgründen von keiner anderen Widerstandsgruppe aufgenommen wurde. Rasch gelang es ihm, eine relativ große Widerstandsgruppe zusammenzustellen. Viele Jahre hatte der Koch aus Innsbruck in der Sowjetunion verbracht. Als Deserteur musste er nun doppelt vorsichtig sein. Die Widerstandstätigkeit seiner Gruppe wurde bald von der Gestapo bzw. von deren „Informanten" bemerkt. Im August 1944 wurde der Großteil der Gruppe inhaftiert. Später wurden die Widerstandskämpfer Ludwig Telfner, Karl Hehenberger, Josef Grillmayr und Cäcilia Zinner zum Tode verurteilt. Kurz vor der Befreiung wurden sie am 1. Mai 1945 von Angehörigen der Hitlerjugend am Trefflinger Schießplatz erschossen. Der Gruppengründer Ludwig Telfner verdankte es einem Zufall, dass er auch die letzte Kriegswoche überlebte. Auch im Bezirk Braunau gab es kommunistischen Widerstand. Kaum war Hitler in Braunau über die Brücke gefahren, wurden bereits die ersten Kommunisten in der Stadt verfolgt. Der KPÖ-Führer des Bezirkes, Karl Amberger[13], wurde wie einige andere Kommunisten im Bezirk hingerichtet. Nach Amberger ist eine Straße in Braunau benannt, ein Stolperstein in Braunau erinnert ebenso an ihn. Mit zwei weiteren Kollegen wurde er wegen Hochverrats verurteilt. Sie hätten versucht, eine Ortsgruppe in Braunau zu gründen, und hätten für dieses Ansinnen bereits Mitgliedsbeiträge eingesammelt.

Der Zugsführer **Adolf Wenger**[14] kam in der Folge ins KZ Mauthausen und starb dort unter mysteriösen Umständen. Die Information der Lagerleitung an die Witwe sprach von einer bestmöglichen medizinischen Versorgung, die am Ende erfolglos geblieben war. Abschließend wurde der Witwe im Schreiben das Beileid zu diesem Verlust ausgedrückt. Gemeinsam mit

---
12 forum oö. geschichte: „Kommunistischer Widerstand"
13 Wikipedia: „Franz Amberger"
14 forum oö. geschichte: „Freies Österreich"

seinem Bruder Ludwig, Franz Harringer und Alois Wimberger gründete Richard Bernaschek die Gruppe Neues Freies Österreich[15]. Zu dieser Gruppe zählte auch lose Josef Hofer, ein ehemals hochrangiger Polizist in Linz. Als Versicherungsvertreter konnte dieser ungehindert durch Oberösterreich reisen. Er unterhielt nach wie vor beste Kontakte zu seinen ehemaligen Kollegen und war über diverse Erhebungen gut unterrichtet. Auch diese Gruppe wurde durch Verrat ausgehoben. Die letzte Lebensstation für Richard Bernaschek sollte das KZ Mauthausen werden. Auf persönlichen Befehl des Gauleiters Eigruber wurde Bernaschek ermordet. Erwin Steyrer war der Bruder des späteren SPÖ-Ministers und Bundespräsidentschaftskandidaten Dr. Kurt Steyrer. Er wurde 1935 wegen seiner illegalen Betätigung bei den Kommunisten verurteilt. Bereits ein Jahr später – alle, die aus politischen Gründen inhaftiert waren, wurden amnestiert – verließ er die Strafanstalt Garsten als freier Mann. Im Spanischen Bürgerkrieg beteiligte er sich als Freiwilliger. Bei Kampfhandlungen erlitt er schwere Kopfverletzungen. In Frankreich geriet er in deutsche Gefangenschaft. Vier Jahre verbrachte er daraufhin im KZ Flossenbürg. Nach dem Krieg war er politisch in der KPÖ OÖ. und im KZ-Verband politisch aktiv.

Großösterreichische Freiheitsbewegung [16,17]

In Wien gründeten 1938 Dr. Karl Rössel-Majdan, Johann Schwendenwein und Dr. Jakob Kastelic die Großösterreichische Freiheitsbewegung. Das Zisterzienserstift Wilhering war ihre Zweigstelle in Oberösterreich. Fünf Klosterbrüder waren in diesen Verschwörungskreis eingebunden. Dr. Florian Rath war der führende Kopf. Zu dieser Gruppe zählten schon bald Arbeiter der Linzer Rüstungsindustrie. 1940 wurde die Verschwörung

---

15 Mahnmal Barbarafriedhof „Widerstandsgruppe Freies Österreich"
16 forum oö. geschichte: „Großösterreichische Freiheitsbewegung"
17 Wikipedia: „Großösterreichische Freiheitsbewegung"

von der Gestapo in Wien und Linz aufgedeckt. Die fünf Klosterbrüder wurden inhaftiert. Dr. Florian Rath erhielt eine Freiheitsstrafe von zehn Jahren. Die führenden Mitglieder wurden zum Tode verurteilt. Der Abt des Stiftes, Dr. Bernhard Burgstaller, hatte keine Ahnung von der Widerstandstätigkeit seiner Ordensmänner und geriet trotzdem in die Fänge der Gestapo. 1941 starb er im Gefängnis Anrath an Unterernährung. Auch der Kaisersspross Dr. Otto von Habsburg versuchte, Widerstandsbewegungen von seinem Exil aus zu unterstützen. Die Wurzeln der Widerstandsgruppe Orel[18] reichten bis ins Bürgerkriegsjahr 1934 zurück. Zu der damaligen Gruppe gehörten Katholiken, Sozialdemokraten und Liberale, Mitglieder waren Richter, Gymnasialprofessoren und höhere Beamte. Ursprünglich richtete sich ihr Kampf gegen die Vaterländische Front, während der Zeit des Nationalsozialismus war das gemeinsame Ziel die Wiedererrichtung eines unabhängigen Österreichs. Mitte 1942 bildete sich die Gruppe rund um den Baumeister Anton Canek neu, der bereits seit 1939 gemeinsam mit Gleichgesinnten Flüsterpropaganda betrieben hatte. Nach eigenen Angaben begann man nunmehr auch kleinere Sabotageakte in den Stickstoffwerken durchzuführen, allerdings in einer Form, die zum Schutz der Mitglieder von der Obrigkeit nicht als offene Sabotage erkannt werden konnte. Außerdem wurden Nachrichten weitergegeben, Flugzettel vervielfältigt und verteilt sowie Opfer des Nationalsozialismus mit Geld und Kleidung unterstützt. Einige Mitglieder waren Luftwaffenhelfer und versuchten im Dienst, den Abschuss alliierter Bomber zu vermeiden. Damit gingen sie ein großes Risiko ein. Hätte einer ihrer Vorgesetzten Verdacht geschöpft, wären sie umgehend inhaftiert worden.

---

18 forum oö. geschichte: „Widerstandsgruppe Orel"

Welser Gruppe[19]

Zur sogenannten Welser Gruppe gehörten Gruppierungen, die in Stadl-Paura, Lambach, Laakirchen, Gmunden, Gschwandt und Linz operierten. Ihr gehörten Mitglieder aus den unterschiedlichsten politischen Lagern an. Der Großteil war kommunistisch orientiert, es gab aber auch Katholiken und Großdeutsche unter ihnen. 1944 deckte ein Spitzel der Gestapo die Gruppe auf, daraufhin kam es zu einer Reihe von Verhaftungen, unter anderem in der Linzer Schiffswerft, in der Tabakfabrik, bei der Eisenbahn und in den Stickstoffwerken. Während die Männer zum Teil direkt in das KZ Mauthausen eingeliefert wurden, kamen die Frauen in das Frauengefängnis im Kaplanhof, in dem viele beim Luftangriff vom 31. März 1945 umkamen. Einziger Überlebender dieser Gruppe im KZ Mauthausen war Richard Dietl, der sich im typhusverseuchten Krankenlager des KZ versteckte. Alle anderen wurden Ende April 1945 auf Befehl von Eigruber kurz vor der Befreiung des KZs in der Gaskammer ermordet. Der Schlosser Karl Ammer war kommunistischer Funktionär. Als Gebietsleiter der Roten Hilfe fungierte er ab Februar 1934 in Wels. Ab diesem Zeitpunkt wurde er von der Polizei ständig überwacht. 1937 emigrierte er deshalb nach England, kehrte allerdings schon bald wieder in seine Heimat zurück. 1938 wurde er zum Bezirksobmann der KPÖ Wels bestimmt. Während des Krieges intensivierte er mit Gesinnungsgenossen die Widerstandstätigkeit. Der Gestapo gelang es trotz aller Vorsichtsmaßnahmen, einen Spitzel in die Rote Hilfe einzuschleusen. Bei einer Razzia im September 1944 wurde ein Großteil der Welser Gruppe inhaftiert. Ammer wurde im Februar 1945 im KZ Mauthausen ermordet.

---

19 forum oö. geschichte: „Welser Gruppe"

Widerstand in der Stadt Steyr[20] In der Zwischenkriegszeit gehörte die Stadt Steyr zu den ärmsten Städten Österreichs. Massenarbeitslosigkeit, Hunger und Wohnungsnot waren kennzeichnende Merkmale für eine allgemeine Resignation. Viele Genossen beteiligten sich im Februar 1934 aktiv am Aufstand gegen den Ständestaat. Nach dessen Scheitern wurden einige von ihnen „Spanienkämpfer" oder kämpften auf der Seite der Alliierten gegen das verhasste Regime.

Otto Pensl[21] war der erste österreichische Läufer, der die Marathonstrecke unter drei Stunden bewältigte. Als sportlicher Allrounder war er Schispringer, Turner und Fußballer. Als Naturfreund war er Mitglied der Bergrettung. Bei seinem ersten Marathonlauf lieferte Max eine seltsame Einlage. Viel zu schnell begann er den Lauf. Er musste zunächst den Preis für seine mangelnde Routine bezahlen. Knapp nach der Hälfte legte er sich erschöpft in die Wiese. Nach einem zwanzigminütigen Schlaf war er neu erstarkt. Er setzte den Lauf fort und wurde am Ende noch Vierter. Seine Trainingsstrecke als Läufer war die Strecke von Steyr nach Linz und zurück. Sein Meisterstück lieferte er 1925 bei der Marathonmeisterschaft in Wien. Mit dem Fahrrad fuhr er von Steyr nach Wien, lief nach 42 Kilometern als Sieger ins Ziel und fuhr dann zurück nach Steyr – wieder mit dem Fahrrad. Wegen der Weltwirtschaftskrise wurde er 1929 arbeitslos. 1934 kämpfte er vergeblich auf Seiten des Republikanischen Schutzbundes für mehr Demokratie und gegen den Austrofaschismus. Nach dem Bürgerkrieg – von den Sozialdemokraten enttäuscht – schloss sich Pensl der Kommunistischen Partei an. Wegen seiner kommunistischen Betätigung wurde er im Bürgerkriegsjahr drei Monate eingesperrt. 1935 wurde er neuerlich von den Steyr-Werken angestellt. Auch gegen die Nationalsozialisten nahm er wieder den Kampf auf. 1939 wurde er daher erneut von den Steyr-Werken entlassen. Anschließend

20 steyrerpioniere: „Archiv der Kategorie „Widerstand"
21 OÖN: „Drei Marathons für einen Sieg" von Walter Höfer am 9. April 2010

bekam er eine Anstellung bei einer Installationsfirma. 1942 wurde er von der Firmenleitung zu einem Haus geschickt, weil eine Wasserleitung zu reparieren war. Nach getaner Arbeit lud ihn die Hausfrau zu einer Tasse Tee ein. Dabei legte Pensl seine Zunge nicht auf die Goldwaage. Sehr offen sprach er über die – seiner Ansicht nach – negativen Zeitumstände. Die Hausfrau sah es als gute Deutsche als ihre Pflicht an, den redseligen Gesellen bei der Behörde anzuschwärzen. Wegen Vergehens gegen das Heimtückegesetz wurde er ein Jahr inhaftiert. Seine Freiheit war nachher aber nur von kurzer Dauer. Im Jahr 1944 wurden alle bekannten Kommunisten der Umgebung eingesammelt. Er wurde in das Konzentrationslager Mauthausen überstellt. Eine Woche vor der Befreiung des Lagers gab Gauleiter Eigruber den verhängnisvollen Befehl, dass alle Kommunisten des Lagers zu liquidieren seien. Gemeinsam mit weiteren Kommunisten starb er in der Gaskammer von Mauthausen einen qualvollen Tod.

Friedrich Uprimny, der letzte Jude von Steyr[22]

Nach dem Anschluss durfte der Sohn eines Malermeisters nicht mehr zur Schule gehen. Ab nun wurde seine Familie diskriminiert und seine ehemaligen Freunde kannten ihn plötzlich nicht mehr. Den wohlhabenden Juden der Stadt gelang dank ihres Vermögens die Flucht ins sichere Ausland. Da die restliche Familie nicht fliehen wollte, flüchtete er zu Verwandten nach Prag. 1939 wurde er von der Gestapo verhaftet. In einem Verhör war der Massenmörder Adolf Eichmann sein Widerpart. Er hatte Glück und wurde entlassen. Seine weitere Flucht führte ihn per Schiff über Pressburg, Ungarn und Rumänien bis in die Türkei. Von dort erreichte er das „gelobte Land Palästina". Er wurde Soldat der Royal Army. Unter dem Befehl Montgomerys beteiligte er sich am Afrikafeldzug und an der Befreiung Süditaliens. In Udine lernte er seine Frau Nora kennen. 1947

---

22 Annemarie Löv-Steiner: Abschlussarbeit „Auf Spurensuche – Jüdische Bürger und Bürgerinnen"

kam er nach Steyr zurück und erfuhr von der Ermordung seiner Eltern und Geschwister.

Sidonie Adlersburg[23]
Die Zehnjährige musste sterben, weil sie als „Zigeunerkind" als minderwertig galt. Die Regisseurin Karin Brandauer schuf auf Basis des Romans von Erich Hackl im Film „Sidonie" ein eindrucksvolles Denkmal. Dieser Film ist für den Geschichtsunterricht sehr empfehlenswert.

Alois Kisely[24]
Er war seit 1930 Kommunist und wurde deshalb vom Ständestaat dreimal abgestraft. Im Juni 1939 wurde er wegen „Vorbereitung zum Hochverrat" im berüchtigten Gestapo-Gefängnis in Wien verhört, gefoltert und starb unter den Schlägen der SS-Folterknechte.

Hans Wagner[25]
Wegen seiner Mitwirkung an den „Februarunruhen" wurde er zu acht Monaten Gefängnis verurteilt. Nach dem Gefängnisaufenthalt wechselte er zur Kommunistischen Partei. 1936 wurde er neuerlich festgenommen, konnte allerdings auf dem Weg zur Vernehmung in die ČSR fliehen. Mit drei weiteren Männern kämpfte er in Spanien für den Erhalt der Demokratie. Im Universitätsviertel von Madrid bezahlten sie das mit ihrem Leben.

Der gelernte Tischler **Karl Punzer**[26,27] arbeitete in den Steyr-Werken als Gewehrlaufrichter. Seit dem 14. Lebensjahr war er in der Sozialistischen Jugend aktiv. 1934 beteiligte er sich aktiv am Februaraufstand in Steyr.

---

23 steyrerpioniere: „Sidonie Adlersburg"
24 steyrerpioniere: „ Alois Kisely"
25 steyrerpioniere: „Hans Wagner"
26 steyrerpioniere: „Karl Punzer"
27 Wikipedia: „Karl Punzer"

Nach dem Anschluss war er trotz aller Widrigkeiten und Gefahren politisch sehr aktiv. Als Vorsitzender der KPÖ im Bezirk Steyr leistete er in den Steyr-Werken vor allem bei seinen Kollegen Überzeugungsarbeit. Im September 1942 wurde er gemeinsam mit anderen Widerstandskämpfern aus Steyr verhaftet und nach Linz zur Gestapo überstellt. Sein eigener Vater, ein fanatischer Nationalsozialist, hatte sie denunziert. Die Folterknechte ahnten, dass er ein führendes Mitglied im Widerstand von Steyr war. An ihm wurden die brutalsten Verhörmethoden angewendet. Scheinerschießungen und -ertränkungen, Experimente mit Stromstößen, Hungerrationen, Lichtentzug wechselten mit grellem Licht. Er blieb standhaft. Keiner wurde von ihm verraten. Am Ende ihrer „Folterkunst" schickten sie den Unbeugsamen ins Gefängnis Stadelheim. In einem Schauprozess wurde er gemeinsam mit den Widerstandskämpfern Josef Bloderer, Franz Draber, Hans Palme, Hans Riepl und Josef Ulram zum Tode verurteilt. Die Begründung für dieses Todesurteil lautete „Gründung und Beteiligung an einer marxistischen Unterstützungsaktion nach Art der Roten Hilfe". Mit seinen sechs Genossen bzw. Leidensgefährten verbrachte er 200 Tage in der Todeszelle. Am 30. November 1944 konnte Punzer gemeinsam mit Josef Bloderer und Franz Draber aus Stadelheim fliehen. Doch sein Körper spielte nicht mehr mit. Zu sehr war er von den Drangsalierungen der Nationalsozialisten der letzten beiden Jahre geschwächt. Während Bloderer und Draber ihren Häschern endgültig entkommen konnten, wurde Karl Punzer wieder von einem Stoßtrupp gefasst. Sein 32-jähriges Leben wurde vier Tage später beendet. Wenige Stunden vor seiner Enthauptung schrieb er noch einen erschütternden Abschiedsbrief an seine Lebensgefährtin: Nun bitte ich Dich noch, verzeihe mir, daß ich so viel Sorge und Leid über Dich gebracht habe, das Du nie verdient hast. Meine einzige Rechtfertigung ist, daß ich im Bewußtsein – nichts Schlechtes zu tun – gehandelt habe.

Ferdinand Kurzböck[28]
Als Sohn eines Nationalsozialisten ließ er sich kurzfristig für deren Ideen begeistern. Während seiner Zeit als Mechanikerlehrling lernte er die kommunistischen Ideen kennen und baute mit anderen Jugendlichen im Salzkammergut eine kommunistische Zelle auf. Wegen Hochverrats wurde er 1941 zu 2 ¾ Jahren Gefängnis verurteilt. In diversen Gefängnissen wie in Wels, Linz, Graz lernte er die Brutalität der Nazi-Schergen kennen. Im Gefängnis Rockenberg wurde er auf den gefürchteten Bock gespannt und dabei wurden ihm schwerste Verletzungen zugefügt. Im Oktober 1943 wurde er aus diesem Gefängnis entlassen. Nur ein Jahr war ihm der Aufenthalt bei seiner Familie in Bad Ischl vergönnt. Nach Verbüßung der Haft erhielt er im November 1944 die Einberufung in eine Strafkompanie. Kurz vor Weihnachten 1944 wurde er ins Wilhelminenspital nach Wien überstellt. Sein Gesundheitszustand war so schlecht, dass er die nächsten Monate in diesem Spital blieb. Kurz vor Kriegsende rettete ihm eine Krankenschwester sein Leben. Sie teilte ihm mit, dass die SS nach ihm suche. In letzter Minute konnte er seinen Mördern entkommen und in der zerbombten Stadt Wien untertauchen. Anfang Juli 2014 starb Ferdinand Kurzböck, der letzte Widerstandskämpfer von Steyr.

Zur Gruppe der Widerstandskämpfer in Steyr gehörte auch **Max Petek**[29]. Er wurde am Vorabend des Ersten Weltkrieges 1913 in Marburg geboren. Das Kleinkind wurde schon bald eines der vielen Kriegsopfer. Sein Vater starb zwar nicht für „Gott, Kaiser und Vaterland", sondern verlor bei einem Radunfall ein Auge und galt daher als kriegsuntauglich. Er wurde aber den Daimler-Werken in Wiener Neustadt dienstzugeteilt. Die Familie lebte in bitterster Armut. Der kleine Garten und die Sammeltätigkeit seiner Schwester Elisabeth bewahrten die Familie vor dem Verhungern. Die Mutter verdiente Geld als Wäscherin dazu. Mit

---
28 Nachruf für „Ferdinand Kurzböck" in den OÖN im Juli 2014
29 KZ-Verband/VdA Oberösterreich: „Max Petek"

knapper Not überlebten sie eine Ruhrepidemie. Erst 1922 kam es zu einem Wiedersehen mit dem Vater. Max war zwar ein guter Schüler, konnte aber wegen des fehlenden Geldes die Realschule nicht besuchen. Mit 13 Jahren war Max bereits Obmann der Sozialistischen Arbeiterjugend, mit 14 Jahren begann er seine Lehre als Mechaniker in den Daimler-Werken. Als es im Februar 1934 zum Arbeiteraufstand kam, blieb es in der Industriestadt Wiener Neustadt weitgehend ruhig. Er war von der Haltung der sozialdemokratischen Führung maßlos enttäuscht und wandte sich frustriert dem Kommunistischen Jugendverband zu. Nach einer Fusion wurde das Daimler-Werk in Wiener Neustadt stillgelegt. Die Maschinen wurden nach Steyr transportiert. Nur mit einem Koffer in der Hand kam er in Steyr an. Zur Zeit des Austrofaschismus war jegliche politische Betätigung für Kommunisten und Sozialisten verboten. Am Sonntag diente der Ausflug in die Berge dazu, sich mit politisch Gleichgesinnten zu treffen. Auch sonst traf man sich zu sportlichen Aktivitäten. Im Sommer wurde auf der Enns gepaddelt, in den Wintermonaten dem Schisport gefrönt. Einen Umbruch in ihrem Leben brachte die Besetzung Österreichs. Viele vermeintliche Freunde stellten sich nun als überzeugte Nationalsozialisten heraus. Max wurde zum Panzer- und Flugzeugmonteur ausgebildet. Wegen seiner Qualifikation wurde er „uk" gestellt, er war also für die Steyr-Werke unabkömmlich. Sein Freund kehrte völlig verstört vom Polenfeldzug zurück. Er musste mit einem Spezialfahrzeug Juden transportieren. Während der Fahrt seien Gase in den Frachtraum geleitet worden. Nach einer einstündigen Fahrt habe niemand mehr gelebt und 40 Ermordete seien „entladen" worden. Leichen aus Mauthausen wurden in das Krematorium von Steyr gebracht. Die „Geruchsbelästigung" führte dazu, dass in Mauthausen ein eigenes Krematorium errichtet wurde. Max kannte die Gefahr, in der er schwebte. Er spielte mit dem Gedanken, sich den jugoslawischen Partisanen anzuschließen. Wegen seiner schwerkranken Frau ließ er diese Idee wieder fallen. Seine Befürchtungen bewahrheiteten sich und er wurde von der Gestapo verhaftet. Seine Frau durfte er nicht mehr sehen. Ihr wurde einige Tage vorher eine Niere entfernt. Bei seinen Verhören wollte er seine eigene Rolle herunterspielen, aber durch seine Aussagen keinesfalls einen Freund belasten. Er wurde später nach München-Stadelheim, anschließend in das nahe dem Stadtzentrum gelegene Cornelius-Gefängnis überstellt. In diesem Gefängnis war auch das Geschwisterpaar Scholl untergebracht. Im Mai 1944 begann für ihn und seine Genossen der Prozess vor dem gefürchteten Volksgerichtshof. Ihre Spendensammlungen hätten Hochverrat bedeutet. Sechs seiner Freunde wurden zum Tode verurteilt, nur Max Petek kam mit fünf Jahren noch glimpflich davon. Die Zeit bis Kriegsende verbrachte er im Gefängnis von Straubing. Als sich die amerikanischen Truppen näherten, wurden die Gefangenen in Richtung Dachau getrieben. Bald löste sich dieser Zug auf und Max und einige Kameraden konnten sich „unerlaubt entfernen". Die Rückkehr nach Steyr gestaltete sich mehr als schwierig. Er begann wieder seine Tätigkeit bei den Steyr-Werken. Nach dem Oktoberstreik 1950 wurde er als Kommunist gekündigt. Wohl wegen seiner Fähigkeiten wurde er 1955 zurückgeholt und zum Leiter des Kundendienstes bestellt. Daneben engagierte sich der überzeugte Antifaschist für das Friedenswerk der Republik Österreich.

Der Neffe von Richard Bernaschek, **Hugo Müller**, war begeisterter Bergsteiger und Sportler. Nach dem Scheitern des Februaraufstandes 1934 floh er über die Tschechoslowakei in die UdSSR. Nach dem Überfall auf die Sowjetunion kämpfte er auf Seiten der Rotarmisten. Mit dem Fallschirm sprang er hinter der Front in Slowenien ab. In der Südsteiermark starb er im Kampf gegen SS-Einheiten.

Militärischer Widerstand

Robert Bernardis[30,31,32,33] wurde in Innsbruck geboren und verbrachte seine Kindheit in Linz. Später besuchte er die Militärunterrealschule in Enns. Er maturierte an der Bundeserziehungsanstalt in Wiener Neustadt. Die Militärkarriere von „Österreichs Stauffenberg" begann in Linz. Nach Zeiten der Arbeitslosigkeit machte er schnell Karriere beim Heer. Einer der Offiziersausbildner war ein glühender Anhänger Hitlers und infizierte Bernardis mit der NS-Ideologie. Auch für den Antisemitismus war der junge Offizier durchaus aufgeschlossen. Nach der Besetzung Österreichs durch das Deutsche Reich wechselte er in die deutsche Wehrmacht. Als Offizier nahm er an der Besetzung des Sudetenlandes und der Resttschechei und nach dem Ausbruch des Zweiten Weltkrieges an den Feldzügen gegen Polen, Frankreich und Jugoslawien teil. Spätestens nach dem Feldzug gegen die Sowjetunion wurde aus dem begeisterten Offizier ein Skeptiker, der sich aus Gewissensgründen dem Widerstand gegen Hitler anschloss. Im Lager Shitomir und in der Stadt Charkow wurde er Zeuge von Massenexekutionen. Hauptverantwortlich für diese Kriegsverbrechen war der aus Oberösterreich stammende Dr. Friedrich Kranebitter, der als Oberbefehlshaber der Sicherheitspolizei die Massaker befahl. Kranebitter leitete persönlich die Massenexekutionen von 30.000 Unschuldigen. Der Hass Kranebitters richtete sich vor allem gegen die Juden und die „Untermenschen des Ostens". Für Bernardis war das Gesehene und Erlebte erschreckend, mehrmals musste er sich übergeben. Für seine Gesundheit hatte dies psychosomatische Folgen. Er erkrankte wegen eines Zwölffingerdarmgeschwürs schwer. Nach seiner Genesung kam er zurück an die Heimatfront und versah ab nun seinen Dienst im Bendlerblock, der

---

30 Wikipedia: „Robert Bernardis"
31 forum oö. geschichte: „Robert Bernardis"
32 Der Standard: „Vergessener Held", ORF-Dokumentation über den Widerstandskämpfer Robert Bernardis, 11. September 2019
33 Karl Glaubauf: „Robert Bernardis – der Stauffenberg von Österreich". Wien 1994

Schaltstelle der deutschen Kriegsführung. In seiner neuen Funktion bekam er Einblick in die Verluste der deutschen Wehrmacht. Es wurde ihm klar, dass diese Verluste nicht mehr ausgeglichen werden konnten. Spätestens nach dem Fall von Stalingrad glaubten nur mehr wenige Offiziere an eine entscheidende Wende im Krieg. Der Krieg war verloren. Außerdem zweifelte er an Hitlers militärischen Fähigkeiten.

Direkt unterstellt war er Graf von Stauffenberg, der während des Afrikafeldzuges schwerste Verletzungen davongetragen hatte. Graf von Stauffenberg war eine charismatische Gestalt und konnte die ihn umgebenden Personen begeistern. In seiner Privatvilla konnte Stauffenberg Bernardis davon überzeugen, dass nur die Ermordung Hitlers das sinnlose Blutvergießen beenden könnte. Stauffenberg sah für Bernardis beim vorgesehenen Putsch eine bedeutende Rolle vor. Er sollte im Wehrkreisverband Wien den Putsch auslösen. Bernardis reiste in der Folge mehrmals nach Wien, um mit ehemaligen Offizierskameraden in Verbindung zu treten. Das Attentat gegen Hitler am 20. Juli 1944 scheiterte und Bernardis wurde als einer der Drahtzieher enttarnt. Der durch das Attentat leicht verletzte Hitler gab den Befehl, dass die Verschwörer wie Schweine aufgehängt werden sollten. Otto Skorzeny nahm Bernardis kurz nach Mitternacht im Bendlerblock fest. Skorzeny war ein begnadeter Selbstdarsteller, der seine Rolle bei der Befreiung des Duce maßlos überzeichnete. Skorzenys Gesicht war ein Spiegelbild von 13 Mensuren, die unzählige Schmisse zurückließen. In der Figur des Hugo Drax im Film „Moonraker" und in der Figur Auric Goldfinger kam er als Superschurke zu James-Bond-Ehren. Im August 1944 stand Bernardis mit weiteren Angeklagten vor dem „Blutrichter" Dr. Freisler. Noch am selben Tag wurden sie gehängt. Ihre Leichen wurden verbrannt und die Asche in alle Windrichtungen verstreut. Mit der Hinrichtung von Bernardis war der Rachedurst des Regimes noch lange nicht gestillt. Mutter und Ehefrau landeten im KZ Ravensbrück, ihre beiden Kinder wurden der Mutter vorher weggenommen und in ein Kinderheim verschleppt. Lange Zeit blieb es still um den „Stauffenberg

Österreichs". Die Witwe erhielt zunächst keine Unterstützung durch den österreichischen Staat. Allerdings erhielt sie ihre beiden Kinder zurück. Diese wurden in der Schule böswillig beschimpft, weil ihr Vater ein gemeiner Verräter gewesen sei. Erfolgreicher manövrierte sich der Kriegsverbrecher **Skorzeny** durch die Wirren Nachkriegseuropas. Als Waffenhändler der VOEST konnte er ein großes Vermögen anhäufen. Bei seinem Begräbnis am Döblinger Friedhof skandierten die alten Kameraden mit einem Hitler-Gruß. Erst 1994 setzte General Hubertus Trauttenberg die Straßenbenennung nach Bernardis in Linz durch. Weiters wurde in Enns ein Denkmal für den „Märtyrer im Militärrock" gesetzt.

Erwin Heinrich René Lahousen Edler von Vivremont[34,35,36]

Lahousen stammt aus altem Militäradel. Als junger Leutnant nahm er ab 1915 am Ersten Weltkrieg teil, dabei wurde er mehrmals schwer verwundet. Für seine Tapferkeit erhielt er hohe militärische Auszeichnungen. Innerlich reifte er immer mehr zu einem entschiedenen Kriegsgegner.

Das hinderte ihn allerdings nicht daran, dass er auch in der Zwischenkriegszeit weiterhin den Militärrock trug. Er machte Karriere beim Heer und wurde von der deutschen Wehrmacht als Oberstleutnant übernommen. Er wurde enger Mitarbeiter von Wilhelm Canaris. Canaris wies seine Mitarbeiter an, Tagebücher zu führen: „Schreiben Sie alles nieder, Sie werden eines Tages Rede und Antwort stehen müssen." Das Tagebuch Lahousens befindet sich in einem amerikanischen Archiv. Immer mehr wurden Canaris und sein enger Mitarbeiter Lahousen mit der Tatsache konfrontiert, dass von der Wehrmacht, der SS und der Gestapo schwere Kriegsverbrechen begangen wurden. Für beide Männer war nun die Zeit des Handelns

---

34 Karl Glaubauf: „Erwin Heinrich René Lahousen Edler von Vivremont. Ein Linzer Abwehroffizier im militärischen Widerstand". Berlin 2005
35 Metapedia: „Lahousen Edler von Vivremont"
36 OÖNachrichten: „Der Österreicher, der in Nürnberg Göring und Genossen das Spiel verdarb" von Josef Achleitner

gekommen. Lahousen organisierte die Zünder und den Sprengstoff, die im Flugzeug Hitlers platziert werden sollten. Hitler rettete wieder einmal die „Vorsehung", aus technischen Gründen explodierte der Sprengstoff nicht. Aber die Vorsehung meinte es auch mit Lahousen später gut. Seine Ernennung zum Generalmajor war mit der automatischen sechsmonatigen Frontverwendung verbunden. An der Front wurde er zwar schwer verletzt, seine Mitgliedschaft im Verschwörerkreis rund um Canaris blieb jedoch unentdeckt. Beim Nürnberger Prozess gingen Hitlers designierter Nachfolger Hermann Göring und die Mehrheit der unter seinem Einfluss stehenden Mitangeklagten mit der Strategie in den Prozess, alle Schuld auf Hitler zu schieben. Doch in der zweiten Verhandlungswoche machte Lahousen mit seiner Aussage bereits einen dicken Strich durch ihre Strategie. Es war eine schonungslose Abrechnung mit dem Regime. Vor allem war es sein Verdienst, dass viele Angeklagte in Nürnberg der gerechten Strafe zugeführt wurden. Er sah es als seine Pflicht an, für die auszusagen, die es nicht mehr konnten, weil sie von einem unmenschlichen Regime ermordet worden waren. Er wurde auch befragt, ob es Pläne gegeben habe, Papst Pius XII. zu entführen oder zu ermorden. In seiner Beantwortung schränkte er dies mit dem Wort Ermordung ein. Durch diese Aussage mutierte er endgültig zum Feindbild der Nationalsozialisten. Der ehemalige Reichsmarschall Hermann Göring meinte dazu hinter vorgehaltener Hand: „Da haben wir eines von den Schweinen, das wir am 20. Juli vergessen haben umzulegen. Jetzt wundere ich mich nicht mehr, dass wir den Krieg verloren haben." Seine Aussagen waren nicht zu widerlegen. Zu penibel berichteten diese über die entscheidenden Sitzungen mit Hitler und seinen Generälen. Dank seines Tagebuchs konnte er beweisen, dass der Krieg gegen die Sowjetunion nicht dem Bolschewismus galt, sondern ein reiner Vernichtungsfeldzug war. Die letzten Jahre verbrachte er in Seefeld in Tirol. Die Unterzeichnung des Staatsvertrages sollte er nicht mehr erleben, im Februar 1955 erlag er seinem dritten Herzinfarkt. Seine letzten Lebensjahre waren vor allem durch die Anfeindungen der Neonazis geprägt. In Österreich ist Lahousen weitgehend vergessen. Keine Schule, keine Straße, keine Universität ist nach ihm benannt. Das ZDF zeigte 2014 den Film über das „Zeugenhaus[37]",in dem einst auch Lahousen als Kronzeuge untergebracht war. Der Film wurde am 24. November 2014 ausgestrahlt und erreichte 5,68 Millionen Zuschauer. In seinem Heimatland dürfte man an der Ausstrahlung dieses mit unzähligen Preisen ausgezeichneten Filmes kein Interesse besitzen. Laut Auskunft des ORF hätte man ohnehin eine Dokumentation über Lahousen gezeigt. Über YouTube lässt sich dieses hervorragende Kammerspiel abrufen. Die Zeugen im Nürnberger Prozess waren in zwei Vorstadtvillen untergebracht. Geführt wurde diese Villa von Gräfin Ingeborg Kalnoky (im Film Iris Berben). Die Hausdame sprach mehrere Fremdsprachen und war daher für die Amerikaner für diese Funktion prädestiniert. Die Hausgesellschaft bildete sich aus hochrangigen Nazis, Widerstandskämpfern und ehemaligen KZ-Insassen. Henriette von Schirach, Frau des Reichsjugendführers, und ihr Vater Heinrich Hoffmann, Leibfotograf des Führers, waren weitere prominente Gäste der Villa in der Novalisstraße. Henriette von Schirach bat Erwin Lahousen, ein gutes Wort für ihren Ehemann einzulegen. Einer der Angehörigen dieser seltsamen Hausgemeinschaft war eben General Lahousen (im Film Matthias Brandt). Lahousen dürfte sich in einer schlimmen psychischen Situation befunden haben. Als Kronzeuge „gegen seinen ehemaligen Dienstgeber" wusste er, dass er nun zum endgültigen Feindbild mutieren würde. Die Amerikaner wussten um seine schwierige Situation und schickten ihm „ein Mädchen aufs Zimmer". Schwierig war seine Situation aber auch deshalb, weil er als ehemaliger Abteilungschef viele Terroraktionen gegen die „Feinde" befehligte. Am 20. November 1945 begann der Prozess gegen die 21 noch lebenden Kriegsverbrecher. 600 Journalisten berichteten über diesen 218 Tage dauernden Sensationsprozess. Nicht nur war die Anklagebank mit ehemaligen Politikern, hochrangigen Wehrmachts- und SS-Angehörigen und Industriemagnaten besetzt, sondern auf der Gegenseite saßen

---

37 Wikipedia: „Das Zeugenhaus"

prominente Journalisten aus aller Welt. Unter ihnen Erich Kästner und der spätere deutsche Bundeskanzler Willy Brandt. Aber auch Markus Wolf. Jener Markus Wolf, der als Spionagechef der DDR 1974 Willy Brandt als Kanzler zu Fall brachte.

Heinrich Kodré [38,39]

Der Vater von Heinrich Kodré stammte aus Triest, die Mutter aus Frankreich. Sein Onkel war Direktor im Gefangenenhaus in Krems-Stein. In den letzten Kriegstagen wurde dieser ermordet, weil er vielen politisch Inhaftierten die Freiheit schenkte.

Wegen der Zeitumstände konnte er sich zunächst seinen Wunsch, Berufsoffizier zu werden, nicht erfüllen. Sein Jusstudium schloss er erfolgreich ab, um dann in Enns endgültig die gewünschte Offizierslaufbahn zu beginnen. Die weitere Karriere beim Bundesheer war voller Hürden, weil er sich als „unpolitischer Offizier" sah und deshalb keiner Gewerkschaft beitrat. Strafversetzungen und andere disziplinäre Maßnahmen sollten ihn zur Einsicht bringen. 1935 trat er der nationalsozialistischen Partei bei. Er gehörte damit zu jenen 20 % der Offiziere, die sich klar zum Hitlerismus bekannten. Nach der Machtergreifung wechselte er in die deutsche Wehrmacht über. Während des Krieges konnte er seine Tapferkeit unter Beweis stellen. Für die Überwindung der „Metaxa-Linie" in Griechenland erhielt er das Ritterkreuz. Der Krieg brachte für ihn einige Verwundungen mit sich. Als Ritterkreuzträger wurde er – als einer der wenigen – aus Stalingrad ausgeflogen. Als Oberst im Generalstab wurde er nach Wien versetzt. Hier schloss er sich endgültig dem Widerstand an. Sein Freund Robert Bernardis war der Kontaktmann zwischen Berlin und Wien. Das Attentat Stauffenbergs scheiterte zwar, trotzdem wurde die „Aktion Walküre" in Wien

---

38 Österreichisches Staatsarchiv: „Heinrich Kodré"
39 K. Glaubauf: „Oberst i. G. Heinrich Kodré – Ein Linzer Ritterkreuzträger im militärischen Widerstand", Dokumentationsarchiv des österreichischen Widerstands (Hrsg.), Jahrbuch 2002

ausgerufen. Die vielen Ungereimtheiten führten zur Verhaftung Kodrés. Die absichtliche Beteiligung am Staatsstreich konnte ihm nicht nachgewiesen werden. Trotzdem wurde er in den ersten Tagen des Jahres 1945 ins Lager Mauthausen überstellt. Der hohe Offizier arbeitete in der Wäscherei. Am 4. Mai 1945 verließ die SS fluchtartig das KZ Mauthausen. Vorher übertrugen sie Oberst Heinrich Kodré das Kommando. Damit wurde er der letzte Kommandant von Mauthausen. Es sollte sein letztes Kommando werden. Am 6. Mai übergab er das Lager an die sowjetischen Truppen. Kodré arbeitete in der Lambacher Flachsspinnerei, da seine Übernahme in das neue Bundesheer am „Obristen-Paragraph" scheiterte, wonach alle, die in der Wehrmacht den Dienstgrad „Oberst" erreicht hatten, vom Dienst im neuen Heer ausgeschlossen waren. Er hatte auch unter dem Titel „Probleme des Bundesheeres" in den „Oberösterreichischen Nachrichten" eine sehr kritische Artikelserie über die Personalpolitik im Ersten Weltkrieg verfasst, wodurch er sich zusätzlich zu seinen Neidern viele Feinde machte. Schließlich gelang es ihm, 1958 eine Anstellung als Zivilschutz-Referent im Innenministerium zu erhalten. 1964 ging er in Pension und starb am 22. Mai 1977 in seiner Heimatstadt Linz. Gemeinsam mit seinen Linzer Kameraden Robert Bernardis und Erwin von Lahousen gehört er zu den Protagonisten des militärischen Widerstandes der Österreicher in der deutschen Wehrmacht. Bemerkenswert ist, dass sie alle in Linz beheimatet waren. Hitler hatte also in seiner österreichischen Lieblingsstadt einerseits mit Kaltenbrunner und Eichmann seine mörderischen Anhänger, andererseits aber auch mit Bernardis, Lahousen und Kodré seine entschiedensten Gegner. Diese bewährten sich auch an der Ostfront, um Deutschland so lange wie möglich vor der Rache der Sieger für den Vernichtungskrieg im Osten zu bewahren, waren also, wie Freisler im Prozess gegen Bernardis selbst einräumen musste, keine Saboteure.

Mit der „Operation Walküre", die erstmalig schon beim Schlabrendorff-Attentatsversuch am 13. März 1943 ausgelöst wurde (siehe Beitrag über Erwin von Lahousen), strebten sie den Sturz des NS-Systems an, um den Krieg zu beenden und ein rechtsstaatliches politisches System zu errichten. Dieses hätte dann bei den Waffenstillstands- und Friedensverhandlungen eine wesentlich bessere Ausgangsposition gehabt, weil die Befreiung vom Nationalsozialismus von innen gelungen und nicht das Ergebnis der totalen Niederlage gewesen wäre. Seine Familie lebte von 1943 bis 1950 in Geinberg.

Franz Rosenkranz[40] wurde 1886 im Bezirk Vöcklabruck geboren. Der Berufsoffizier wurde im Juli 1934 mit der Niederschlagung des NS-Putsches in Lambrechtshausen beauftragt. Nach der Machtergreifung wurde er deshalb zu sechs Jahren Gefängnis verurteilt. Zwei Tage vor der Befreiung des KZ Sachsenhausen wurde Hauptmann Franz Rosenkranz ermordet.

General Zehner[41,42] war ein österreichischer General der Infanterie. Seine Bewährungsproben erhielt er 1934 bei der Niederschlagung des Arbeiteraufstandes und ein halbes Jahr später bei der Niederschlagung des Putsches der Nationalsozialisten. Diese Erfolge führten dazu, dass er als Staatssekretär Mitglied der österreichischen Regierung wurde. In seiner vierjährigen Amtszeit erhielt das österreichische Heer einen Modernisierungsschub. Als „Falke" wollte er Gegenwehr gegen das deutsche Heer leisten. Die „Tauben" im Kabinett setzten sich durch und General Zehner reichte seinen Rücktritt ein.

Am 11. April 1938 drangen Gestapo-Beamte in seine Wohnung ein. Über die darauffolgenden Geschehnisse gibt es unterschiedliche Aussagen. Allerdings deuten viele Indizien darauf hin, dass General Zehner von den beiden Beamten ermordet wurde. General Wilhelm Zehner wurde am Döblinger Friedhof bestattet. Auf diesem Friedhof liegt auch der „große

---

40 Prof. Andreas Maislinger: „Franz Rosenkranz. Der Putsch von Lambrechtshausen". Eigenverlag 1992
41 ORF III: „Ein General gegen Hitler – Wilhelm Zehner". Dokumentation 2008
42 Karl Glaubauf: „Die Volkswehr und die Gründung der Republik"

Kriegsheld" Otto Skorzeny begraben. Nach dem Krieg wurden die beiden Beamten, die lediglich ihre Pflicht erfüllten, aus „Mangel an Beweisen" freigesprochen. Der Name der Rieder Kaserne erinnert an jenen Mann, der auch nur seine Pflicht erfüllte und deshalb ermordet wurde.

In Enns formierte sich der militärische Widerstand rund um Oberstleutnant Erhard Heckel und nach dessen Entfernung von seinem Posten um Major Franz Payrl. Dieser besetzte am 4. Mai 1945 mit 150 Mann die Kaserne Enns und nahm die dort anwesenden Offiziere gefangen. Zu Hilfe gerufene SS-Truppen belagerten die Kaserne und Payrl geriet in Gefangenschaft. Ein amerikanischer Tieffliegerangriff ermöglichte den Belagerten aber die Flucht.

Wels: Innerhalb der Batterien der Artillerie-Ersatzabteilung 96 etablierte sich im März 1945 rund um Leutnant Volkmar Vösleitner und Oberleutnant Gottfried Teufel der Soldatenbund Wels, der mit dem zivilen Widerstand in Wels zusammenarbeitete. Durch ihr Engagement konnten die Zerstörung von Fabrikseinrichtungen und die Sprengung der Traunbrücken verhindert werden.

Lenzing: Die Gruppe Bari bestand aus 70 Mann der Artillerie-Ersatzabteilung 109 unter Hauptmann Dr. Manfred Schneider. Nach einem Hinweis zweier englischer Fallschirmagenten drang eine Kommandogruppe am 4. Mai 1945 in die Papierfabrik Lenzing ein und verhinderte gemeinsam mit Werksangehörigen die Zerstörung der Fabrik. Sie entwaffneten den Werksschutz und eine vor Ort befindliche Pionierkompanie und übergaben den Betrieb am nächsten Tag den amerikanischen Truppen. Landesarchiv OÖ.

Bei **Georg Hamminger**[43] wird die Beantwortung folgender Fragestellung sehr schwierig. War er Widerstandskämpfer oder nur ein feiger, hinterhältiger Mörder? Noch heute kommt es bei der Beantwortung zu einer

---

43 Silvana und Christian Schiller: „Georg Hamminger. Ein Mörder und seine Zeit". Grünbach 1993

starken Polarisierung. Für die einen ist er ein tapferer Widerstandskämpfer, der es alleine mit dem Naziregime aufnahm, für die zweite Gruppe ist er schlichtweg nur einer, der seinen Rachedurst durch 11 Morde stillen wollte. Die unheimliche Mordserie rund um den Kobernaußerwald begann 1944. Hamminger fingierte einen Einbruch, um den Gendarmen Johann Traxler in eine mörderische Falle zu locken. Der Ortsgruppenleiter Traxler tappte in diese Falle und wurde von Hamminger kaltblütig ermordet. Dieser Mord war für Hamminger der Beginn seiner Partisanentätigkeit. Im Kobernaußerwald fand er jenes Rückzugsgebiet, das er nur verließ, um einen neuerlichen Mord zu begehen. Insgesamt ermordete er elf Personen. Sein privater Rachefeldzug richtete sich dabei gegen Gendarmen, lokale Naziparteigrößen und Großbauern. Selbst sah er sich als bedeutenden Widerstandskämpfer. Er wollte nach Moskau reisen, um Stalin von seinem privaten Befreiungskampf gegen das Naziregime zu erzählen. Seine Reise nach Moskau endete aber bereits in der legendären Salzkammergutbahn. Sein Leben endete im Gefängnis von Ried im Innkreis durch Selbstmord. Es gehört wohl zu jenen Zufällen der Geschichte, dass die Lebenslinien des Bauern Habetswallner und Georg Hammingers in Aspach begannen und im Gefängnis von Ried endeten. Beide galten in den Augen des Regimes als Verbrecher. Beide wurde in etwa gleich alt. Beide starben eines „unnatürlichen Todes". Habetswallner wurde erschlagen, weil er Kunden für sein schwarzgeschlachtetes Fleisch nicht verraten wollte. Hamminger beging Selbstmord wohl aus der Erkenntnis heraus, dass er bei einem Prozess eher als Mörder und nicht als Freiheitskämpfer gesehen worden wäre. Das Urteil war voraussehbar, Hinrichtung oder lebenslanger Freiheitsentzug.

Der Adel und der Widerstand

Der österreichische Adel wurde vom Zusammenbruch der Donaumonarchie schwer getroffen. Viele Ländereien gingen verloren. Die Adelsgesetze bewirkten einen enormen Machtverlust innerhalb der Bevölkerung.

Denkmäler ehemaliger Herrscher und namhafter Adeliger der Vergangenheit wurden in den ersten Nachkriegsjahren entweder zerstört oder an einen unbedeutenden Platz verschoben. Der bekannteste Gegenspieler Hitlers unter den Adeligen war Graf Stauffenberg. Sogar diese Aussage ist unrichtig, da der junge Stauffenberg durchaus Sympathien für Hitler und sein Regime hegte.

Waren die Adeligen Gegner oder Sympathisanten der Nationalsozialisten? Diese Frage muss wohl mit einem klaren „Jein" beantwortet werden. Das ehemalige Kaiserhaus der Hohenzollern[44,45] ließ sich als Aushängeschild durchaus missbrauchen. Kaiserspross August Wilhelm wurde bereits 1930 Mitglied der SA und machte in verrauchten Bierhallen in brauner Uniform Werbung für den Gefreiten aus Braunau. Der österreichische Kaisersohn Otto von Habsburg war ein deklarierter Gegner Hitlers, dessen Einladungen Otto immer wieder ausschlug und damit dem Ego des Führers einige Kratzer zufügte. Otto Habsburg kam auf die Fahndungslisten Deutschlands und später der eroberten Gebiete. Die Adeligen in Österreich standen den „neuen Gegebenheiten" reservierter gegenüber als die Adeligen in Deutschland. Viele Adelsgüter wurden nach 1938 von den Nazis konfisziert. Das Lambergische Forstgut mit 30.000 ha ging ebenso in den „Volksbesitz" über wie die Schwarzenbergischen Besitzungen mit 90.000 ha im Böhmerwald. Das Fürstenhaus Starhemberg wurde enteignet wie auch die Grafen von St. Martin im Innkreis. Allerdings zogen sich in vielen Adels- und Fürstenhäusern in Österreich markante Trennungslinien zwischen Gegnern und Anhängern. Unter den österreichischen Adeligen gab es keine einhellige Meinung zum Phänomen Hitler. Der Ständestaat wurde weitgehend vom österreichischen Adel getragen. Die Habsburger erhielten ihre Latifundien in dieser Zeit zurück. Nach Kriegsbeginn dienten adelige Offiziere in der deutschen Wehrmacht.

---

44 Stephan Malinowski: „Vom König zum Führer. Sozialer Niedergang und politische Radikalisierung im deutschen Adel zwischen Kaiserreich und NS-Staat"
45 Cicero: „Hohenzollern und Hitler"

Ein Teil von ihnen schloss sich dem militärischen Widerstand gegen das Regime an.

Theodor Friedrich Ritter von Hornbostel[46]
Sein Großvater war erfolgreicher Seidenfabrikant und Politiker. Für seine Verdienste erhielt dieser vom Kaiserhaus das Adelsprädikat „von" verliehen. Sein Enkel war zunächst als Diplomat für das Kaiserhaus tätig, wofür er von Kaiser Karl das Militärverdienstkreuz erhielt. Zu seinen persönlichen Freunden zählten Chopin und Brahms. Nach dem Sturz der Habsburger war er weiterhin als Spitzendiplomat für die neu geschaffene Republik tätig. 1933 zum Leiter der Politischen Abteilung im Außenamt ernannt, beeinflusste er maßgeblich die Außenpolitik der Regierung Dollfuß. Er begleitete den Kanzler bei allen Auslandsreisen. Beim Putschversuch der Nationalsozialisten im Juli 1934 war er direkter Zeuge im Bundeskanzleramt. Die Putschisten beschrieb er als „unsoldatisch und undiszipliniert". Mit dem Nationalsozialisten Glaise-Horstenau verband ihn eine innige Todfeindschaft. Am 11. März 1938 führte er noch verzweifelte Gespräche mit Paris und London. Nach der Machtergreifung wurde er verhaftet und am 1. April 1938 mit dem Prominententransport nach Dachau gebracht. 1939 wurde er ins KZ Buchenwald verlegt. 1943 erfolgte dann seine Freilassung. In Berlin nahm er Kontakt mit dem Widerstand auf. Anschließend arbeitete er für die IG Farben. Jahre später sagte er als Zeuge gegen diese Firma aus, die sich durch die Häftlingsarbeit während des Krieges bereichern konnte. Im August 1945 kehrte er nach Gmunden zurück. Die Stadt am Traunsee sollte die letzte Lebensstation für den österreichischen Spitzendiplomaten werden. 1947 und 1948 wurde er als Zeuge beim Nürnberger Prozess geladen. Zwischen 1945 und 1956 war er Stadtparteiobmann der ÖVP in Gmunden. 1973 verstarb er in Gmunden und ist dort bestattet.

---

46 Wikipedia: „Theodor Hornbostl"

Graf Peter Revertera von Salandra[47] wurde 1893 in Paris geboren. Er machte innerhalb der oberösterreichischen Heimwehr schnell Karriere. Als Landesrat und Sicherheitsdirektor war er enger Mitarbeiter von Landeshauptmann Dr. Heinrich Gleißner. 1917 heiratete er in das Fürstenhaus der Schwarzenbergs ein. 1937 traf Herr Graf Peter Revertera bei einer Jagdausstellung in Berlin auf Hermann Göring. Göring teilte dem verdutzten Grafen aus Helfenberg mit, dass die Selbständigkeit Österreichs bis zum Frühjahr 1938 befristet sei. In seinen Augen sei er der geeignete Gaujägermeister von Oberösterreich. Göring betrieb zu diesem Zeitpunkt bereits planend die Annexion Österreichs durch den „großen deutschen Bruder". Göring hielt zwar in der Anschlussfrage Wort, aber anstatt die Weihen eines Landesjägermeisters zu erhalten, erhielt Revertera einen „Gauverweis", der ihn nach Neustadt an der Saale führte. Nach seiner Rückkehr nach Helfenberg gründete er gemeinsam mit seiner Frau die Widerstandsgruppe Helfenberg.

Graf Ernst Rüdiger von Starhemberg[48] ging 1683 als Verteidiger der Stadt Wien während der Zweiten Türkenbelagerung ruhmvoll in die Annalen der österreichischen Geschichte ein.
Ein Vierteljahrtausend später wollte ein Nachgeborener mit identem Namen den Geschichtsbüchern seinen adeligen Stempel aufdrücken. Er war während des Ersten Weltkrieges Soldat. Später studierte er in Innsbruck und nahm mit einem Freikorps an den Kämpfen in Oberschlesien teil, erlebte in München im Jahre 1923 den Putsch der Nationalsozialisten. Zu jener Zeit imponierte ihm sein Landsmann Adolf Hitler mächtig. Er traf sich mehrmals mit ihm. Hitler schmeichelte es, dass ein Vertreter des mächtigsten Fürstengeschlechts von Oberösterreich für ihn und seine Bewegung Sympathie und Begeisterung entwickelte. Starhemberg war vom mitreißenden Redestil und den aufwühlenden Worten Hitlers vollends

---

47 Austria-Forum: „Peter Revertera-Salandra"
48 Schloss Starhemberg: Familiengeschichte

angetan. Anscheinend hörte er keine Reden des Führers, die Vulgärausdrücke wie diese enthielten: „parlamentarische Goschenreißer", „sozialistisches Ungeziefer", „Rotzbuben und Parteilumpen". Als Heimwehrführer versuchte er später diesen Redestil am Rednerpult zu imitieren. Nicht nur den Redestil übernahm er von Hitler, auch die Weltanschauung und die politischen Ansichten beeinflussten lange Zeit den jungen Adeligen maßgeblich. Viel später gestand Starhemberg ein, dass ihn die Suggestionskraft Hitlers lange in Beschlag nahm. 1926 trat er der österreichischen Heimwehr bei, deren Bundesführer er 1930 wurde. Schon in diesem Jahr gehörte er der Regierung als Innenminister an. Seine Feinde waren nicht die Osmanen, sondern die Austromarxisten und die nationalsozialistischen Ableger in Österreich. Innerhalb der Heimwehr erhielt er mit Major Emil Fey[49] einen entschiedenen Gegner. Starhemberg war ein Bewunderer des Duce Mussolini und trat vehement dafür ein, dass Österreich in einen faschistischen Staat nach italienischem Muster umgewandelt wird. Durch die Unterdrückung des Februaraufstandes fand er zunehmend Gehör und Einfluss bei Dollfuß. Nach der Ermordung des Kanzlers hatte der Fürst einige Tage – bis zur Angelobung der Regierung Schuschnigg – die Macht im Staate in seinen Händen. Als Heimwehrführer war er maßgeblich an der Niederschlagung des Nazi-Putsches beteiligt. Als Vizekanzler sah er sich als potenzieller Nachfolger des ermordeten Bundeskanzlers. Dieses Ansinnen scheiterte allerdings am klaren Veto des Bundespräsidenten. Starhembergs damaliges Privatleben war für viele christlichsoziale Politiker ein klares Indiz dafür, dass der Fürst nicht Bundeskanzler des Ständestaates werden sollte und auch nicht werden konnte.

Unterrichtsminister Kurt Schuschnigg machte das Rennen und war nun der neue starke Mann in der Hofburg. Dieser beließ Starhemberg das

---

49 Wikipedia: Emil Fey war Major der k.u.k. Armee, Heimwehrführer und Politiker der Ersten Republik und des Ständestaates. Als erklärter Gegner der Sozialdemokratie nutzte er seine Machtstellung als Vizekanzler und Sicherheitsminister rücksichtslos. Sehr umstrittener Politiker der Ersten Republik. Kurz nach der Machtergreifung der Nationalsozialisten beging er Selbstmord.

Amt des Vizekanzlers und machte ihn zusätzlich zum Sicherheitsminister. Immer mehr positionierte der Fürst sich als Gegner der Bolschewiken und der Nationalsozialisten. 1936 wurden die Heimwehren von Schuschnigg verboten. Als Trotzreaktion trat der Fürst nun von allen seinen politischen Funktionen zurück und näherte sich – wieder – den „gemäßigten Nationalsozialisten" an. Zur Zeit des deutschen Einmarsches im März 1938 weilte der Fürst mit seiner jungen Frau, der Burgschauspielerin Nora Gregor, zu seinem Glück im Ausland. In Frankreich ließ er sich zum Kampfflieger ausbilden und ging nach dem Zusammenbruch der französischen Armee zunächst nach England. Nach dem Eintritt der Sowjetunion in diese Allianz war seine private Kriegsteilnahme beendet. Schließlich landete er auf abenteuerlichen Wegen in Argentinien, wo er wieder mit seiner Familie vereint war.

Nach dem Krieg kämpfte er verbissen um die Rückerstattung seiner Besitzungen in Österreich. Der Verfassungsgerichtshof entschied am Ende für den Fürsten. 1955 kehrte er mit „neuem" österreichischem Pass in seine Heimat zurück. Eine Konfrontation mit einem kommunistischen Fotografen im Kurort Schruns führte zu einer Herzattacke, die er nicht überleben sollte.

Konrad Joseph Michael Benedictus Maurus Placidus
Freiherr von und zu Franckenstein
Der studierte Altphilologe war ein entschiedener Gegner des Naziregimes. Er wurde einer der ersten Lagerinsassen im KZ Mauthausen. 1939 konnte er mit Unterstützung von Verwandten fliehen. In Frankreich lernte er seine spätere Frau Kay Boyle kennen. Die amerikanische Schriftstellerin vermittelte ihm einen Job im amerikanischen Außenministerium. Als Spezialagent unterstützte er die Résistance im Kampf gegen die deutsche Besatzung. Er geriet in die Hände der deutschen Waffen-SS, entzog sich allerdings durch Flucht der drohenden Hinrichtung. Nach dem Krieg machte er in Zeiten des Kalten Krieges unliebsame Bekanntschaft mit der Kommunistenhatz

des Senators McCarthy. Die Vorwürfe gegen den Adeligen aus Europa waren weitgehend aus der Luft gegriffen, trotzdem zogen die Ermittlungen gegen das Ehepaar tiefgreifende berufliche und finanzielle Konsequenzen nach sich. Wenige Wochen vor der Ermordung Kennedys starb der Freiherr von und zu Franckenstein in Kalifornien mit erst 53 Jahren. Auch in der Gegenwart wird er vor allem von rechten Kreisen als Verräter gesehen, weil er auf Seiten der Alliierten gegen die deutsche Wehrmacht kämpfte. In seiner neuen Heimat wurde er vor allem wegen seiner Tapferkeit mit hohen militärischen Auszeichnungen dekoriert. Der Verdacht, für die Sowjetunion zu spionieren, setzte ihm merklich zu.

Kirchlicher Widerstand

Spätestens mit dem Einmarsch der deutschen Truppen brach für die katholische Kirche eine schwierige Zeit an. Vor allem die Amtskirche war gefordert, war aber mit den „neuen Verhältnissen" weitgehend überfordert. Die österreichische Kirchenführung schwankte zwischen totaler Opposition, Anbiederung, Zustimmung und Pragmatismus. Der Linzer Diözesanbischof Gföllner[50] war ein deklarierter Gegner – „Man kann nicht gleichzeitig Katholik und Nationalsozialist sein" – des Regimes. Papst Pius XI.[51] wandte sich 1937 mit der Enzyklika „Mit brennender Sorge" ganz klar gegen den Nationalsozialismus. Besonders wankelmütig erwies sich das Oberhaupt der katholischen Kirche in Österreich, Kardinal Innitzer. Noch am 10. März 1938 versprach er Bundeskanzler Schuschnigg die volle Unterstützung bei der Volksabstimmung. Einige Tage später ließ er beim Einmarsch deutscher Truppen sämtliche Kirchenglocken läuten. Dieser Pragmatismus führte auch dazu, dass die österreichische Bischofskonferenz ihre Gläubigen dazu aufrief, sich bei der Volksabstimmung für „Ja" zu entscheiden. Diesen Aufruf unterzeichnete Innitzer mit „Heil Hitler".

---
50 Diözesanarchiv: „Kurzbiografie von Bischof Johannes Maria Gföllner"
51 SpiegelOnline: „Papst Pius XI. und Mussolini. Pakt mit dem Teufel"

Die Kirchenführer Österreichs wussten um die leidvollen Erfahrungen ihrer deutschen Kollegen mit dem Regime. Sie wussten, dass sich nach der Machtergreifung 1933 in Deutschland die neuen Machthaber relativ schnell am Kirchengut vergriffen hatten und viele Geistliche unter der Unterdrückung litten. Die katholische Kirche als Institution war am Widerstand nicht beteiligt. Eine kleine Ausnahme bildete das Rosenkranzfest. Im Oktober 1938 kam es beim Rosenkranzfest[52] zu einer machtvollen Demonstration gegen das Regime. Die Reaktionen darauf ließen nicht lange auf sich warten. Die aufgehetzte Hitlerjugend stürmte das erzbischöfliche Palais, entweihte sakrale Gegenstände und warf einen Priester zum Fenster hinaus. Dieser blieb schwerverletzt liegen. Am Heldenplatz skandierte eine aufgebrachte „Volksgemeinschaft gegen Jud, Innitzer und Pfaffen". Der österreichische Episkopat musste nun eingestehen, dass der „österreichische Weg" – einen gemeinsamen Weg mit dem Hitlerismus zu finden – gescheitert war. Die österreichische Amtskirche musste den Allmachtanspruch des Regimes zur Kenntnis nehmen und bemühte sich nur mehr um Schadensbegrenzung. So wurden in Oberösterreich neue Pfarreien geschaffen, um damit Priester von der Front fernzuhalten. In der Gegenwart wird der Kirche eine Kumpanei mit dem Regime vorgeworfen. Diese Vorwürfe haben in abgeschwächter Form ihre Berechtigung. Viele Geistliche und ihre Vorgesetzten hätten sich bedingungslos dem neuen Zeitgeist unterworfen und seien begeisterte Hitlerianer geworden. Auch weitere Vorurteile wirken bis in die Gegenwart nach. Von der von Hitler eingeführten Kirchensteuer profitiere die katholische Kirche noch heuten. Die Kirche hatte vielen NS-Verbrechern die Flucht vor allem nach Südamerika ermöglicht. Sollte damit eine Gegenrechnung aufgestellt werden, die etwa die Drangsalierung vieler Priester und Klosterschwestern während der NS-Zeit rechtfertigen sollte?

---

52 Die Presse vom 4.12.2013: „Rosenkranzfest – Sternstunde des Widerstands"

Als Leitfigur für den christlichen Widerstand gilt der einfache Bauer **Franz Jägerstätter**. Er ist aber zugleich Reibebaum für so manch Ewiggestrige. Er gilt für sie als Selbstmörder, Verräter und Feigling. Er habe seine Familie im Stich gelassen. Auch die Amtskirche hatte lange Zeit mit seiner Handlungsweise Probleme. So verbot Bischof Fließer den Redakteuren der Linzer Kirchenzeitung, über den störrischen Bauern aus dem Innviertel zu berichten.

Der Kampf ums Überleben fand während des Krieges oft in Sakristeien statt, in der verbotenen Jugendarbeit, in der Sorge um getaufte Juden, in mutigen Predigten. Engagierte Laien wurden ebenso verhaftet, deportiert, ermordet oder hingerichtet wie unzählige Priester. Über Widerstandskämpfer in der Soutane wurden auch Landesverweise und Predigtverbote verhängt. Kurz nach dem Einmarsch begann der Kirchenkampf. Parallel zu den anfänglichen Kriegserfolgen wurde der Kampf gegen die „inneren Feinde" verstärkt. Der Einfluss der Kirche auf die Bevölkerung sollte reduziert werden. Ein autoritäres System wie der Nationalsozialismus konnte und wollte auch keine weitere Macht neben sich dulden.

Am 11. März 1940 kam es in allen Pfarrämtern und anderen kirchlichen Gebäuden zu Hausdurchsuchungen durch die Gestapo. Der Hass des Regimes richtete sich vor allem gegen die Priester. Vor allem im Heimatkreis des Führers, dem Bezirk Braunau, machte ein Drittel der Priester eine längere oder kürzere Bekanntschaft mit Gefängniszellen und Aufsehern.

Das Kirchenjahr wurde um fünf Feiertage reduziert, Kirchenglocken zu Kanonenrohren umgeschmolzen, Kreuze aus den Schulklassen entfernt und katholische Schulen geschlossen. Dieser Kirchenkampf endete für das Regime weitgehend unbefriedigend. Von Kriegsjahr zu Kriegsjahr füllten sich die Kirchenbänke zusehends mehr. Mancher Parteigenosse ließ sich von der sonntäglichen „Kirchenbesuchspflicht" nicht abhalten. Allerdings wurden Parteigenossen bei Annahme eines kirchlichen Amtes aus der Partei ausgeschlossen. Auch das Tragen einer Militäruniform in Kirchen war strengstens untersagt. In Zeiten der Gewalt und der Angst suchten viele Trost in der Kirche. Der Kampf gegen den russischen Bolschewismus wurde seitens der österreichischen Bischöfe unterstützt. Der Kommunismus wurde weitgehend als Werk des Teufels angesehen. Dieses Teufelswerk zu vernichten war auch für die katholische Kirche durchaus ein lockendes Ziel. Von den vorhergehenden Kriegserfolgen verwöhnt, glaubten viele an die Zerstörung des Reiches des roten Zaren Stalin.

Der Kirchenbesuch war aber auch ein Zeichen des passiven Widerstandes. Im Februar 1943 wurde die Niederlage von Stalingrad ruchbar. Stalingrad war mehr als eine verlorene Schlacht. Es war der Wendepunkt im Krieg. Ab nun glaubten nur mehr eingefleischte Nationalsozialisten an den „Endsieg". Spätestens die verlorene Schlacht um Stalingrad ließ die Stimmungslage der Bevölkerung weitgehend kippen. Diese Stimmungslage schwankte zwischen Resignation, Depression, Angst, Friedenssehnsucht, Durchhaltewillen und passivem Widerstand. Der Krieg war zwar längst verloren, aber vor allem die „Mär von der Wunderwaffe" ließ diese Tatsache in den Hintergrund treten.

Frauen im Widerstand[53]

Eine auch heute noch unterschätzte Rolle spielten die Frauen im Widerstand. Gegenüber den Männern hatten sie den Vorteil, dass sie nicht zur Wehrmacht einberufen wurden. In den Widerstandsgruppen wurde durch sie eine gewisse Kontinuität bewahrt. Ihre Rolle im Widerstand wurde auch oft von der allgegenwärtigen Gestapo unterschätzt. Zu sehr reduzierte das Regime die Frauen auf das Mutterkreuz. Mindestanforderung an eine „deutsche Frau" waren vier Kinder. Allerdings fielen der deutschen Frau noch viele Nebentätigkeiten zu. Sie war wegen des Fronteinsatzes des Ehemannes Alleinerzieherin und musste auch noch an der „Heimatfront" arbeiten. Trotz dieser Unterschätzung wurden viele Frauen als

---

53 forum oö geschichte: „Frauen im Widerstand" von Josef Goldberger und Cornelia Sulzbacher

Widerstandskämpferinnen festgenommen. Die Beamten gingen wenig zimperlich mit ihnen um. Demütigende Verhöre, auch in Hinsicht auf ihre sexuellen Vorlieben, mussten sie über sich ergehen lassen. Die Kinder wurden ihnen abgenommen, damit diese eine „ordentliche deutsche Erziehung" erhielten. Zahlreiche WiderstandskämpferInnen wurden bei der Bombardierung des Gefängnisses Kaplanhofstraße in Linz noch im März 1945 getötet. Die Frauenbaracke befand sich auf dem Areal der heutigen Polizeidirektion und der Bildungshochschule. Diese Tatsache dürfte dem Großteil der künftigen Pflichtschullehrer des Landes unbekannt sein. Das Lagerhaus Mauthausen lag 300 Schritte vom Bahnhof entfernt.

Die junge Buchhalterin **Anna Strasser**[54,55,56,57,58] konnte von ihrem Schreibtisch aus jene KZ-Häftlinge beobachten, die auf dem Bahnhofsgelände eine neue Rampe errichten mussten. Neu ankommende Häftlinge sollten dadurch schneller aus den Viehwaggons entladen werden. In der Mittagspause warf sie den Gefangenen Lebensmittel und nützliche Dinge wie Knöpfe, Nadeln und Zwirn zu. Sie war das zwölfte Kind einer Kaufmannsfamilie und stammte aus der Umgebung. Ihr Vater war ein entschiedener Gegner der Nationalsozialisten. Sechs Wochen vor dem Einmarsch Hitlers in Österreichs starb der Siebzigjährige. „Zuerst waren wir traurig über seinen Tod", schrieb Anna Strasser in ihren Lebenserinnerungen, „aber als der Hitler kam, wussten wir, daß Gott ihn zur rechten Zeit abberufen hatte." Immer wieder kam SS-Bewachungspersonal in ihr Büro, um Rechnungen für das KZ zu begleichen. Sie erzählten dabei auch häufig von ihrem Lageralltag. Einer erzählte voller Stolz von seiner letzten „Heldentat": „Ich habe heute wieder zwei Häftlinge umgelegt."

---

54 Wikipedia: „Anna Strasser"
55 „Mein Bezirk" vom 2. September 2014
56 Oberösterreichische Nachrichten vom 21. Mai 2010: „Ein Nachruf"
57 Niederösterreichische Nachrichten am 8. Mai 2018
58 Tatsachenbericht März 1938 bis Mai 1945. Erlebt und geschrieben von Anna Strasser.

„Wie haben Sie das gemacht?" „Ich habe die beiden Häftlinge in eine Jauchegrube gejagt, eine Kiste über sie geschmissen, bin auf dieser so lange gestanden, bis sie ersoffen waren." „Haben Sie kein Herz im Leib?" „Aber Fräulein, so etwas hat ein SS-Mann nicht! Wir sind froh, wenn wir einige unnütze Fresser loshaben und bekommen dafür eine Sonderration." Ein anderer „Kollege" berichtete: „Heute in der Nacht sind 119 erfroren. Die Baracken sind nur provisorisch eingerichtet. Die Leute lagen ohne Decken auf ihren Holzpritschen." Ein junger SS-Mann machte auf sie einen verzweifelten Eindruck. Nach langem Zögern erzählte er Folgendes: „Gestern kamen zwanzig norwegische Schüler zwischen 14 und 18 Jahren im Lager an. Zuerst wurden sie verhört und dann mussten sie sich im Kreis aufstellen. Der Hauptscharführer kam und setzte einem nach dem anderen einen Elektroapparat an die Schläfe. Sie fielen tot um. Ein ganz junges Mädchen kroch auf den Knien zu dem SS-Mann und bat um ihr Leben. Sie wolle noch einmal ihre Eltern und ihre Heimat sehen. Der Hauptscharführer versetzte ihr zunächst einen Fußtritt und anschließend den tödlichen Stromstoß." Der junge Mann war kaum zu trösten. Er sei einst den Idealen der SS erlegen und finde nun keinen Ausweg mehr. Laut dem Tatsachenbericht der Anna Strasser war es sein einziger Besuch in ihrem Büro. Die Frage, was aus ihm geworden ist, beschäftigte sie noch lange. Fortan lebte sie mit der Gewissheit „Überall gibt es gute Menschen!". 1942 wurde sie ins Nibelungenwerk nach St. Valentin dienstverpflichtet. In einer der größten Panzerschmieden des Reiches versorgte sie die KZler mit Essensrationen. Nach ihrer Enttarnung kam sie in verschiedene Gefängnisse des Reiches und damit begann für die überzeugte Christin ein ganz persönlicher Kreuzweg. In einem Arbeitslager erkrankte sie schwer an Typhus. Ein Arzt, der selbst Widerstandskämpfer war, rettete sie. Soziales Engagement, Zivilcourage und viel Gottvertrauen blieben auch nach dem Krieg die Triebfeder für ihr Handeln. Bis ins hohe Alter besuchte sie Mitmenschen im Krankenhaus, die sonst keinen Besuch erhielten. Die karge Pension teilte sie mit jenen, die noch weniger besaßen. Nach dem Tod der Ehrenbürgerin von St. Valentin wurde ein Platz nach ihr benannt und ein Denkmal enthüllt. Bei einer Gedenkfeier gegen das Vergessen am 7. Mai 2018 gedachte der Nahostexperte und ORF-Korrespondent Karim El-Gawhary der Befreiung der KZ-Häftlinge in St. Valentin. Besonders berührende Worte fand er für die Widerstandskämpferin Anna Strasser.

Die Eltern von **Gisela Tschofenig**[59,60,61] waren Eisenbahner und politisch gesehen überzeugte Sozialisten. Als überzeugte Kommunistin lernte Gisela bald die Verhörräume des Ständestaates kennen. 1935 verlor ihr Vater wegen politischer Unzuverlässigkeit seine Beschäftigung bei der Eisenbahn. Die inzwischen 18-Jährige übersiedelte daher mit ihrer Familie von Kärnten nach Linz. 1939 folgte sie ihrem Lebensgefährten nach Antwerpen. Nach dem Einmarsch der deutschen Wehrmacht wurde Sepp Tschofenig inhaftiert und Gisela kehrte schwanger nach Linz zurück. Sie schloss sich der Widerstandsgruppe rund um Sepp Teufl an, war beim Verfassen von Flugblättern und als Kurier tätig. Am 3. Juni 1944 heiratete sie Sepp Tschofenig im KZ Dachau. Anschließend kehrte sie in ihre ursprüngliche Heimat Kärnten zurück, weil sie in Linz kurz vor der Verhaftung stand. Doch die Büttel des Regimes verfolgten sie bis nach Kärnten und sie wurde wegen Vorbereitung zum Hochverrat und dem Bestreben, die Ostmark vom Reich loszureißen verhaftet. Gisela wurde im Linzer Gefängnis Kaplanhofstraße festgehalten. Bei der Bombardierung von Linz wurde das Gefängnis schwer getroffen, viele ihrer Leidensgefährtinnen kamen dabei ums Leben. Insgesamt 1000 Reichsangehörige und 800 Ausländer kamen bei den Bombardierungen von Linz ums Leben. Sie wurde nun ins Arbeitserziehungslager Schörghub verfrachtet. Sechs Tage vor der Befreiung durch die Amerikaner wurde sie gemeinsam mit fünf anderen Personen ermordet. Der Grund für die Ermordung kurz vor Kriegsende war, dass

---
59 Wikipedia: „Gisela Tschofenig"
60 AustriaWiki im Austria Forum
61 JeWiki: „Gisela Tschofenig"

man unliebsame Zeugen beseitigen wollte. Ihre Leichen wurden in einem Erdloch verscharrt. Kurz nach Kriegsende mussten ehemalige Nationalsozialisten als Sühnedienst unter Anleitung ihres Vaters die Leichen exhumieren. Ihre endgültige letzte Ruhestätte fand sie auf dem Friedhof von Kleinmünchen. Ihr Gatte Sepp überlebte das KZ Dachau, wurde Redakteur und kurzzeitig auch Politiker. Bei Kriegsverbrecherprozessen sagte er gegen die Nazi-Verbrecher aus. Im KZ Dachau musste er für Ärzte Röntgenbilder anfertigen. Jene Bilder dokumentierten weitgehend die sinnlosen medizinischen Versuche.

Widerstand der Eisenbahner[62]

Bereits im März 1938 wurde die Österreichische Bundesbahn (BBÖ)* in die deutsche Reichsbahn eingegliedert. Für das Regime hatten die Eisenbahn und ihre Mitarbeiter eine enorme strategische Bedeutung. Das sieht man daran, dass für die Eisenbahner strengere Regeln galten als für die übrigen Beamten. Sie sollten möglichst schnell an das Regime gebunden werden. Eine rigorose Überwachung sollte dafür sorgen, dass sie „rückhaltlos für den nationalsozialistischen Staat eintraten". Trotz dieser „Behinderungen" gelang es den Eisenbahnern immer wieder, kleinere und größere Sabotageakte durchzuführen. Neben ihrer militärischen Bedeutung spielte die Bahn bei der Aussiedlung von unerwünschten Menschen eine wichtige Rolle. Diese „Aussiedelungen" mündeten später im Holocaust. Durch die Massentransporte wurde das systematische Morden erst ermöglicht. Vor dem Antritt ihrer Reise in den Tod mussten die Verlorenen noch eine Fahrkarte lösen und dafür auch bezahlen. Ab nun wurden politisch Andersdenkende, Homosexuelle, Zeugen Jehovas, Juden und feindliche Offiziere an den „Ort ihrer Bestimmung" gebracht. Geschätzte drei Millionen Menschen wurden auf diese Weise deportiert.

---

62 ÖBB-Ausstellung „Verdrängte Jahre – Bahn im Nationalsozialismus in Österreich 1938–1945"

Auch für viele Eisenbahner begann eine schwierige Zeit. Ein Fünftel der Eisenbahner wurde nach Übernahme durch die Deutsche Reichsbahn gekündigt. Für die Verbliebenen galten ab nun penible Regeln, deren Einhaltung vor allem von der Gestapo überwacht wurde. Die Eisenbahner wurden Zeugen, wie menschenverachtend die Verlorenen transportiert wurden. Jegliche Hilfestellungen, wie das Reichen von Wassereimern in die Viehwaggons, waren ihnen bei Strafe strengstens untersagt. Viele Eisenbahner konnten und wollten nicht täglich Gehilfen dieses Terrors werden. Sie gründeten Widerstandsgruppen oder schlossen sich Widerstandsgruppen an. Bei ihren Sabotageakten waren die Eisenbahner oft sehr kreativ. Bremsschläuche an Güterwaggons wurden entweder zerschnitten oder deren Sicherheitsringe entfernt. In die Achslager wurden Sand oder Eisenspäne gestreut. Weichen oder Seilstrecken wurden so manipuliert, dass es zu Entgleisungen kam.

Die Eisenbahn hatte für das Regime eine enorme Bedeutung (Truppenverlegungen, Transport des Kriegsgerätes und der Soldaten, „Todestransporte", Zivilisten, Warentransporte...)

Laut einem Bericht des Reichssicherheitshauptamtes (RSHA) spielte der Widerstand der Eisenbahner in der Ostmark eine wesentlich größere Rolle als im Altreich. Sie waren die Berufsgruppe mit den meisten Märtyrern in ihren Reihen. 154 Eisenbahner wurden wegen ihres Widerstandes zum Tode verurteilt und hingerichtet, 135 starben in Konzentrationslagern oder Zuchthäusern, 1438 wurden zu KZ- oder Zuchthausstrafen verurteilt. 43 kamen in die Strafdivision 999, davon fielen 22.

Einer dieser ermordeten Eisenbahner war **August Gruber**[63], der 1894 in Aurolzmünster geboren wurde. Während des Ersten Weltkrieges übersiedelte er nach Salzburg und arbeitete bei der heutigen Lokalbahn. Als Sozialdemokrat und Gewerkschafter verlor er während der Ständestaatdiktatur seinen Arbeitsplatz. Nach der Machtergreifung durch die

63 Stolpersteine Salzburg „August Gruber"

Nationalsozialisten wurde er wieder eingestellt. Schon bald schloss er sich einer Widerstandsgruppe an. Als eine der wenigen Widerstandsgruppen versuchte diese überregional zu agieren. Der Gestapo gelang es, einen Spitzel einzuschleusen. Fast alle Mitglieder dieser Widerstandsgruppe wurden wegen Hochverrats verhaftet.

Franz Amberger[64] wurde in Mining, Bezirk Braunau, geboren. Bei der Eisenbahn wurde er Lokomotivheizer. Schon früh betätigte er sich politisch und wurde nach dem gescheiterten Februaraufstand 1934 Kommunist.
Alois Steiner wurde 1908 in Edt bei Lambach geboren. Während der Zeit des Ständestaates wurde er mehrmals wegen seiner politischen Gesinnung verhaftet. Im September 1944 wurde er wegen illegaler Tätigkeit für die „Welser Gruppe" von der Gestapo in das KZ Mauthausen verschleppt. Dort musste er mehrmals am Tag schwere Granitsteine über die Todesstiege hinauftransportieren. Nach einer überstandenen Lungenentzündung im November 1944 wurden an ihm sinnlose medizinische Experimente durchgeführt. Gegen Ende des Krieges ließ Gauleiter Eigruber 42 Kommunisten und Sozialisten – unter ihnen auch Alois Steiner – vergasen.

Gastwirte leisteten Widerstand:

Die Nazis verhöhnten den Gastwirt **Ferdinand Roitinger**[65] als „Andreas Hofer von Weibern". Nach dem Naziputsch im Jahre 1934 nahm er aktiv an Kämpfen gegen die braune Gefahr teil. Als Mitglied der Heimwehr, als „Hahnenschwanzler", war er ein entschiedener Gegner der „braunen Bagage". Dadurch geriet er in das Visier der illegalen Nationalsozialisten.

---

64 Alfred Klahr Gesellschaft. Verein zur Erforschung der Geschichte der Arbeiterbewegung. „Franz Amberger"
65 Christian Angerer, Maria Ecker. Nationalsozialismus in Oberösterreich. Opfer. Täter. Gegner: „Ferdinand Roitinger. Der Andreas Hofer von Weibern" auf Seite 332.

Nach der Machtergreifung wurde er von den Schergen der Gestapo verhaftet. Durch Haag am Hausruck wurde er wie ein räudiger Hund getrieben, bespuckt und verhöhnt, auch von seinen ehemaligen Gästen. Es folgten Monate der Demütigungen, Qualen und Misshandlungen. Erst bei einer Gerichtsverhandlung in Wels stellte sich seine Unschuld heraus. Diese Monate im Gefängnis konnten ihn nicht in die Knie zwingen. Kaum in Freiheit, begann er wieder mit seinem Untergrundkampf. Im Zweitberuf war Roitinger Pferdehändler. Ab nun war sein Hauptkampfmittel die Flüsterpropaganda. Er erzählte den Leuten vom „wahren Nationalsozialismus", der weitgehend auf Misswirtschaft und Verlogenheit aufgebaut war. Als „Feindsenderhörer" wusste er Bescheid, dass der Kriegsverlauf gar nicht so rosig war. In Weibern war der störrische Wirt den Braunhemden mehr als lästig. Der Plan, den Wirt in die Wehrmachtsuniform zu stecken, misslang zunächst. Er war nun Zielscheibe einer schikanösen Behandlung seitens der Ortsgrößen. Sein Bauernhof und sein Gasthaus wurden mit Kriegsgefangenen überbelegt. Mit einem Großteil dieser Gefangenen freundete er sich dann an. Gegen Kriegsende stattete er sie mit Waffen, Kleidung und Nahrung aus und zeigte den acht Polen den Weg in den nahen Hausruck- und Kobernaußerwald.

Als Partisanen überlebten sie dort die letzten Kriegstage. Roitinger selbst geriet noch einmal in größte Gefahr. SS-Männer suchten wenige Tage vor Kriegsende in seinem Gasthaus Unterschlupf. Ein Gastwirt warnte ihn und so verließ er fluchtartig sein Anwesen. Er ging nun nach Grieskirchen, um Dr. Josef Hofer[66] aufzusuchen. Jener Dr. Josef Hofer, der 1934 den Polizeieinsatz gegen das Hotel „Schiff" leitete. Als treuer Staatsdiener hatte er mit dem Austrofaschismus gar nichts am Hut, trotzdem leitete er die Verhaftung von Richard Bernaschek und dessen Genossen. Die Gegenwehr der Sozialdemokraten führte schlussendlich zum österreichischen Bürgerkrieg. Nicht einmal zwei Monate später gelang Bernaschek und vier Mitgefangenen die Flucht aus dem Linzer Landesgericht. Wieder wurde Dr. Josef Hofer beauftragt, die Hintergründe der Flucht zu klären. Dies gelang dem exzellenten Juristen und er brachte Ungeheuerlichkeiten an das Tageslicht. Der Fluchtversuch zeigte, dass bereits 1934 viele Nationalsozialisten das Justizwesen infiltriert hatten. In der Folge wurde er zwangspensioniert, suspendiert und entlassen. Durch seine korrekte Arbeit machte sich Dr. Josef Hofer bei den Braunhemden nachhaltig unbeliebt.

Mit Dr. Hofer diskutierte Roitinger über die weitere Vorgangsweise in den letzten Kriegstagen. Nach dieser Unterredung kehrte er nach Weibern zurück und konnte dort den SS-Männern nur mit knapper Mühe entkommen. Bei einem Bauern fand er Unterschlupf. Durch seine Tochter erfuhr er am nächsten Tag, dass die fanatischen SS-Männer bereits ein Grab für ihn ausgehoben hätten. Nicht nur für ihn. Roitinger wechselte darauf sein Versteck und ging mit einigen bewaffneten Polen zum Gegenangriff über. Sie wollten die örtliche NS-Parteiführung gefangen nehmen, doch die war

---

66 Der Polizeieinsatz im Februar 1934 gegen das „Hotel Schiff" und die Verhaftung Bernascheks wurden vom Polizeioberkommissär Dr. Josef Hofer geleitet. Dr. Hofer war zwar Christlichsozialer, hatte aber mit dem Heimwehrfaschismus nichts am Hut. Er war allerdings ein loyaler Beamter. So musste er auch den dubiosen Ausbruch von Richard Bernaschek und seinen Mitgefangenen untersuchen. Nach dem Einmarsch wurde er als Beamter degradiert und schließlich im September 1938 verhaftet. Nach der Entlassung aus dem KZ Buchenwald wurde er Vertreter einer Versicherungsgesellschaft. Im August 1942 wurde die Widerstandsbewegung „Gegenbewegung" gegründet. 600 Frauen und Männer waren in dieser Gruppe aktiv. Hofer gelang 1945 die kampflose Übergabe von Grieskirchen. Von 1945 bis 1958 war er Bezirkshauptmann von Grieskirchen.

längst geflohen. „Andreas Hofer von Weibern" war einst von den Nazis als Spott gemeint, aus diesem Spott wurde eine Anerkennung für einen großartigen und mutigen Bürger. Sein Freund Dr. Josef Hofer wurde in den Nachkriegstagen Bezirkshauptmann von Grieskirchen.

Franz Hofer, der Wirt aus Neukirchen an der Enknach[67]

Das Wirtshaus Hofer liegt im Zentrum der Marktgemeinde Neukirchen an der Enknach. Die Wirtsleute sind sehr gastfreundlich, die Wirtsstube ist gemütlich und das Essen hervorragend. Nebenbei erfährt der Gast mehr über den Opa, der den Nazis die Stirne bot.

Schon vor dem Krieg sei in Neukirchen allgemein bekannt gewesen, dass der Wirt gar kein Freund der Nazis war. Seine „Aufhetzung von Wehrpflichtigen, der Musterung fernzubleiben" führte zu seiner Verhaftung. Er wurde nun endgültig zum Feind des Bürgermeisters und Ortsgruppenleiters und ins Gefangenenhaus Braunau am Inn eingeliefert. Bei den Zeugenbefragungen zeigte sich die Solidarität der Neukirchner zugunsten des beliebten Gastwirtes. Mit Ausnahme des Bürgermeisters und des Denunzianten traten alle für den Wirt ein, sogar einige NSDAP-Mitglieder. Nach drei Wochen wurde er wieder aus dem Gefangenenhaus entlassen. Hofer war in der folgenden Zeit etwas vorsichtiger mit seinen Äußerungen. Kurz vor Kriegsende musste er noch einrücken, kehrte aber nach Kriegsende in „sein" Neukirchen" zurück. Am Beispiel Hofer erkennt man allerdings, wie es oft in den Orten zugegangen ist. Als Parteigenosse war der Einzelne nicht immer automatisch ein Kriegsverbrecher.

---

67 Neukirchner Zeitgeschichte 1933–1945: „Franz Hofer, Gastwirt: Der Zusammenhalt der Neukirchner bewahrte ihn vor der Einweisung in ein Lager", Seite 39

Der Partisanenkampf in den Bergen[68,69,70,71]

Es ist umstritten, seit wann im Ausseerland Salz abgebaut wird. Unbestritten ist allerdings die Tatsache, dass vor allem die Salinenarbeiter sich seit jeher gegen die Obrigkeit wehrten. Die Arbeiterbewegung entwickelte sich im Salzkammergut schon früh. Schon im 19. Jahrhundert gab es immer wieder Proteste gegen soziale Benachteiligungen.

Die Rettung der Kunstschätze

Jeder Feldzug der Deutschen wurde durch Kunstexperten – Experten für Kunstraub – begleitet. Ihr Auftrag war immer gleich. Im Auftrag Hitlers, Görings und anderer Nazibonzen sollten Kunstwerke in den besetzten Gebieten zusammengerafft und ins Deutsche Reich gebracht werden. Ein Teil dieses Raubgutes wurde im Stift Kremsmünster[72] untergebracht. Nach Beginn der Luftangriffe auf Gebiete von Oberdonau erschien das Stift als Lagerstätte zu unsicher. Es boten sich nach Expertenmeinung die Salzstollen an. Das Salz würde die Luftfeuchtigkeit absorbieren, die Raumtemperatur von gleichbleibenden 8° erschien ideal. Die mächtigste (Flug-)Bombe konnte den Stollen nicht durchschlagen. Zimmerleute sorgten für die notwendigen Regale. Gauleiter Eigruber ließ allerdings auch sechs Kisten mit der Aufschrift „Vorsicht Granit" in das Bergwerk bringen.

Jede Kiste enthielt eine Bombe mit einem Gewicht von mehr als einer halben Tonne. Eigrubers Credo war, die Kunstschätze dürften keinesfalls in die Hände der Bolschewiken fallen. In den letzten Kriegstagen begann ein dramatisches Gezerre um die Kunstschätze von unschätzbarem Wert. Bilder von Arcimboldo, da Vinci, Dürer, Pieter Brueghel dem Älteren

---

68 Der Standard: „Widerborstig im Salzkammergut", 20. August 2015
69 Florian Hüttner: „Politische Landschaft. Unterschlupf"
70 Wolfgang Neugebauer: „Der österreichische Widerstand 1938–1945"
71 Die Presse: „Steirisches Salzkammergut. In Altaussee ist der Igel gelandet."
72 Kurier: „Hitlers größter Wunsch blieb Fiktion" vom 9. 11. 2013

und Rembrandt sollten dem Nero-Wahn des Gauleiters Eigruber zum Opfer fallen.

Aus dem Führerbunker in Berlin kamen in diesen letzten Apriltagen widersprüchliche Befehle. Stammten sie überhaupt noch von Hitler selbst? In Linz oder Altaussee ließ sich das nicht mit letzter Gewissheit sagen. Hektische Telefonate, Funksprüche zur Causa Kunstschatz liefen letztlich auf die Order hinaus: Die Kunstwerke müssen erhalten werden, sie dürfen aber auf gar keinen Fall dem Feind in die Hände fallen. Ein Dilemma, ein unausführbares Unternehmen. Eigruber war von der fixen Idee beseelt, dass der Feind ein weitgehend zerstörtes Land vorfinden sollte. Um es vorwegzunehmen, die Kunstwerke wurden am Ende dann doch gerettet. Nach dem Krieg entspann sich eine ungustiöse Diskussion, wer als Retter zu gelten habe. Tatsache ist nur, dass die Bomben wohl den Großteil der Raubkunst zerstört hätten. Durch fachkundige Sprengungen wurden die Eingänge „versiegelt" und das Bergwerk dadurch „gelähmt". Diese Sprengungen wurden wahrscheinlich von Salinenarbeitern durchgeführt. Der Grund für ihren Heldenmut lag weniger in der Rettung der Kunst als in der Sicherung ihrer Arbeitsplätze. Eine mögliche Überschrift in der „Bild Zeitung" hätte wohl gelautet: „Salz rettet Kunst". Später haben sich viele Legenden und Mythen rund um die Rettung der Kunstwerke gebildet. Demnach hätten die Salinenarbeiter Kunstwerke als Jausenbretter verwendet. Als Eigruber von dieser Rettungstat erfuhr, befahl er zornbebend die Ermordung der Saboteure.

Viele Bücher und Zeitungsberichte erschienen zu diesem Thema. Auch Widerstandskämpfer ließen sich als Retter der Kunstwerke feiern. In einem späteren Abschnitt dieses Buches wird auf diese Widerstandsbewegungen noch genauer eingegangen.

Sepp Plieseis[73] war tatsächlich ein bedeutender Widerstandskämpfer im Salzkammergut, nur an der Rettung der Kunstschätze[74] dürfte er unbeteiligt gewesen sein. Noch mehr in den Mittelpunkt des öffentlichen Interesses stellte sich Albrecht Gaiswinkler.[75] Er behauptete, dass er unter Waffengewalt Kaltenbrunner zu einem Telefonat mit Eigruber gezwungen habe. Nach diesem Telefonat habe nach der Version von Gaiswinkler Eigruber den Sprengbefehl zurückgenommen. In seiner Gegenwart seien auch die Versiegelungssprengungen durchgeführt worden. Er behauptete später, Eigruber habe die Kunstwerke mittels Flammenwerfer zerstören lassen wollen. Mit seinem Rundfunksender habe er weiters viel zur Befreiung Österreichs beigetragen.

Als Quereinsteiger wurde er von einer österreichischen Partei sogar als Abgeordneter ins Parlament entsendet. Es vermehrten sich allerdings die Zweifel an seinen Darstellungen. Für diverse Richtigstellungen wurde zunächst seine Immunität aufgehoben, später wurde er aus der Partei ausgeschlossen.

Kurz nach dem Anschluss wurde die Bezirkshauptmannschaft Bad Aussee Oberdonau zugeschlagen. Das Ausseerland war in den letzten Kriegsmonaten ein Mikrokosmos. Für viele Nazibonzen war das Gebiet rund um den Loser ein Rückzugsgebiet, in dem sie sich von der schweren Last ihrer Verbrechen erholen konnten. In arisierten Villen wurde Sommerfrische gehalten. Insgesamt 76 Villen wurden im Ausseerland arisiert. Hier verbrachten einst Theodor Herzl, Gustav Mahler, Sigmund Freud und Jakob Wassermann ihre Sommerfrische. Theodor Herzl war der Prophet, der die Entstehung eines Staates für die Juden voraussagte.

---

73 Sepp Plieseis: „Vom Ebro zum Dachstein. Lebenskampf eines österreichischen Arbeiters". Linz 1946. Neuauflage: „Partisan der Berge". Wien 1987

74 OÖNachrichten: „Spione und Schatzsucher: Als der Krieg im Salzkammergut endete. Mythos Alpenfestung: Vor 70 Jahren war das Salzkammergut der letzte Fluchtpunkt für hochrangige Naziverbrecher – aber auch ein Tummelplatz schillernder Persönlichkeiten"

75 Albrecht Gaiswinkler: „Sprung in die Freiheit". Wien 1947

Der Aufenthalt im Ausseerland war den Juden ab sofort verboten. Eine Ausnahme erhielt die Malerin Christine Kerry. Ihre Villa blieb von der Arisierung verschont. Die Villa, oberhalb von Altaussee gelegen, bestach vor allem durch ihre wunderbare Aussichtslage. Frau Kerry galt als großartige Gastgeberin für Künstler, aber auch für Regimegrößen. Dr. Ernst Kaltenbrunner diente die Villa als Liebesnest, in der er sich mit seiner Geliebten Gräfin Gisela von Westarp vergnügte. Im März 1945 schenkte Frau Gräfin Kaltenbrunner Zwillinge. Seine Frau Elisabeth verbrachte die letzten Kriegstage in Strobl am Wolfgangsee. Nach Kriegsende floh er ins Tote Gebirge. Mit Hilfe der Partisanen konnte er aufgespürt werden. Frau Kerry konnte die Wirrungen am Ende des Krieges unbeschadet, trotz eines Sprengstoffanschlages der Einheimischen, überleben. Ein Verwandter von ihr wurde später amerikanischer Außenminister. Nach dem Krieg fand man unter einem Salatbeet dieser Villa einen 70-kg-Golddukatenschatz. Allerdings ist auch dieser Fund mehr als umstritten. Hier versteckte Dr. Kaltenbrunner angeblich seine „Kriegskassa". Nach dem Krieg verschwand dieser Schatz in unbekannte Kanäle. Auch an anderen Punkten vermutete man lange Zeit Raubgold der Nationalsozialisten. Im nahen Toplitzsee hingegen wurde kein mysteriöses Nazigold gefunden, allerdings 17 Kisten gefälschte Pfundnoten und die dazugehörigen Druckplatten. Die „Aktion Bernhard" kam im Film „Die Fälscher" zu Oscarehren. Im Ausseergebiet urlaubten auch Propagandaminister Dr. Joseph Goebbels, Außenminister Ribbentrop, Baldur von Schirach und Adolf Eichmann. Obersturmbannführer Skorzeny, selbsternannter Supermann des Regimes, trieb sich in der Gegend herum. Auf Goebbels sollte ein Attentat verübt werden, allerdings reiste der oberste Volksverführer zwei Tage zu früh ab. Das Ausseergebiet war Zentrum der „Alpenfestung".[76] Hier sollte dank der „Wunderwaffen" der „Endsieg" noch errungen werden. Weniger nobel lebten die Widerstandskämpfer, die in den Bergen Schutz fanden. Über der Blaa-Alm war der Stützpunkt der Widerstandsgruppe

---

76 OÖNachrichten: „Spione und Schatzsucher: Als der Krieg im Salzkammergut endete"

"Willy-Fred". Anführer dieser Partisanengruppe war Sepp Plieseis. Sepp Plieseis wuchs als Kind einer armen Arbeiter- bzw. Kleinhäuslerfamilie in Bad Ischl auf. Beim Arbeiteraufstand 1934 stand er in Ebensee auf Seiten des Republikanischen Schutzbundes. Von den Sozialdemokraten enttäuscht wechselte er ins Lager der Kommunisten. Er verließ Österreich und beteiligte sich als „Spanienkämpfer" aktiv am Bürgerkrieg. Bei der Rückkehr wurde er erwischt und wegen der Ablehnung der Wehrpflicht ins KZ Dachau gesteckt. Aus einem Außenlager gelang ihm schließlich die Flucht. Karl Gitzoller[77] und Alois Straubinger waren seine wichtigsten Mitkämpfer. Der Revierjäger zeigte ihnen einen geeigneten Platz für ihren Igelbau. Werkzeug musste über den Naglsteig aus dem Tal herangeschafft werden. Beim Bau des Stützpunktes war eine Igelfamilie anwesend, als Tarnname erhielt das Versteck daher den Namen „Igel". Die Hütte wurde durch Erde, Moos und Sträucher getarnt. Bis zu 15 Männer fanden in der Hütte Unterkunft.

Die Hütte war mehr als karg eingerichtet. Ein Ofen und Liegen waren die einzigen Einrichtungsgegenstände. Für die Versorgung waren weitgehend die Frauen zuständig. Diese nahmen gewaltige Strapazen auf sich, um Brot, Mehl und Kartoffeln zum Versteck zu bringen. Ohne diese Hilfe der Frauen wäre das Überleben der Männer nicht möglich gewesen. Die Frauen waren weitgehend unverdächtig, weil man(n) „frau" dies schlichtweg nicht zutraute. Gewildertes Fleisch wurde geselcht oder in Salz eingelegt, um es haltbar zu machen. Die Männer dürften über das Kriegsgeschehen gut unterrichtet gewesen sein, ein Radiogerät mit Batteriebetrieb dürfte dies ermöglicht haben. Immer mehr Kriegsdienstverweigerer fanden hier Zuflucht. Karl Feldhammer, einer von ihnen, kehrte für eine Nacht zu seiner Frau zurück. Er wurde dabei von der Gestapo erwischt und erschossen.

Der wohl bekannteste Partisane, der hier Unterschlupf fand, war Arnolt Bronnen.[78] Der Schriftsteller und Theaterautor wurde 1895 in

---

77 Wikipedia: „Karl Gitzoller"
78 Wikipedia: „Arnolt Bronnen"

Wien als Arnold Bronner geboren. Sein Vater wurde in Auschwitz geboren und war später Gymnasiallehrer. 1867 wurde in Auschwitz noch geboren und nicht hunderttausendfach gestorben. Als Soldat erlitt er während des Ersten Weltkrieges schwere Verletzungen. Nach Kriegsende kehrte er Österreich den Rücken und ging nach Berlin.

Sein Theaterstück „Vatermord" geriet zu einem handfesten Theaterskandal. Am Ende des Stückes kam es zu Handgreiflichkeiten zwischen den Theaterbesuchern. In der Zeit der Theaterskandale wurde Bertolt Brecht sein Freund. Diese Freundschaft endete wie so manches seiner Theaterstücke im Chaos. Neue Freunde wurden Otto Strasser und Joseph Goebbels. 1930 heiratete er die Geliebte Goebbels', Olga Förster-Prowe.[79] Nach der Machtergreifung unterzeichnete er das „Gelöbnis treuester Gefolgschaft für Hitler. Seine „linke Vergangenheit" und vor allem die Tatsache, dass er als Halbjude galt, erschwerten seinen weiteren Weg innerhalb der Reichskulturkammer. Eine eidesstattliche Erklärung seiner Mutter machte ihn allerdings zum Arier. Die Vergangenheit holte ihn trotzdem ein, seine Theaterstücke galten als „entartet", was dem gesunden Volksgeist nicht zugemutet werden sollte. 1943 erhielt er Publikationsverbot. In diesem Jahr ließ er sich in Bad Goisern nieder. Für die Widerstandsgruppe Willy-Fred

---

79 Olga Schkarina Prowe-Förster stammte aus reichem Haus und wurde in Berlin Schauspielerin. Sie unterhielt beste Beziehungen zur Berliner Unterwelt. Durch Bronnen lernte sie 1930 Goebbels kennen. Eine „Ménage-à-trois" entwickelte sich in der Folge. Olga stand nun zwischen dem fettleibigen, glatzköpfigen, leicht krächzenden Bronnen und dem hinkenden, mageren Hektiker Goebbels. Sie heiratete Bronnen, die Hochzeitsnacht verbrachte sie mit Goebbels. Nach unzähligen amourösen Abenteuern war Goebbels plötzlich über beide Ohren in die Schauspielerin verliebt. Der Widersacher von Goebbels, Feldmarschall Göring, erfuhr von der verhängnisvollen Affäre. Durch ihn erfuhr Magda Goebbels, dass eine Scheidung drohte. Magda Goebbels pilgerte zum Trauzeugen Adolf Hitler. Hitler stellte Goebbels nun vor die Alternative: Scheidung oder politische Ämter. Goebbels entschied sich für seine Ämter und damit gegen seine Geliebte. Diese beging 1935 Selbstmord. Friedbert Aspetsberger: „arnolt bronnen Biografie" erschienen im Böhlau Verlag. ZDF History: „Goebbels"

unternahm er Botengänge. 1944 wurde er trotz seines Alters zu den Waffen gerufen. Wegen Wehrkraftzersetzung wurde er denunziert und deshalb nach Wien gebracht. Ein Bombentreffer beendete die Anklage gegen ihn. Über die Wachau kehrte er ins Salzkammergut zurück. Für zwei Monate wurde er von den Amerikanern zum Bürgermeister von Bad Goisern ernannt. In Linz arbeitete er als Kulturredakteur für die kommunistische Zeitung „Neue Zeit". Noch einmal wurde er von seiner Vergangenheit eingeholt. Wegen seiner Mitgliedschaft bei der KPÖ wurde er zum roten Tuch für die Bürgerlichen, wegen seiner Kumpanei mit Goebbels ging die Linke auf Distanz zu ihm. Auch seine Übersiedlung nach Ostberlin war kein Befreiungsschlag mehr. 1956 starb sein wichtigster Fürsprecher und ehemaliger Freund Bert Brecht, den er nur drei Jahre überlebte. Nach der Lektüre seiner Biografie ist man versucht, Bronnen als den personifizierten Wendehals und Opportunisten zu sehen. Kommunist, Anarchist, Nationalsozialist, Freiheitskämpfer gegen die Nationalsozialisten. Freund von Goebbels und Bert Brecht. Bronnen war ein Widerspruch in sich selbst. Seine Tochter schilderte ihn als „politischen Deppen". Mit seinen Theaterstücken provozierte er regelmäßig sein Publikum. Es war dann aber eher ein Zufall, dass er in den ersten Tagen nach dem Krieg Bürgermeister von Bad Goisern wurde. Jenes Bad Goisern, ein Biotop von verschiedenen Charakteren (Jörg Haider, Wilfried, Hubert von Goisern).

1940 gründeten der Krankenkassenbeamte Albrecht Gaiswinkler, der Salinenbeamte Hans Moser und der Gendarmerieinspektor Valentin Terra eine Widerstandsgruppe, der sich später weitere Mitglieder anschlossen. Gaiswinkler wurde zur Wehrmacht einberufen und lief in Frankreich zum Feind über. Er wurde Mitglied des französischen Widerstandes. Als Mitglied der alliierten Streitkräfte sprang er in der Nacht vom 8. auf den 9. April 1945 mit drei weiteren Österreichern über dem Höllengebirge ab.[80]

---

[80] Die Welt: „Im Bunker fällte Hitler Deutschlands Todesurteil". 19. März 2015, von Sven Felix Kellerhoff

Es gelang ihnen, den Radiosender Wien II. unter ihre Kontrolle zu bringen. Ab nun sendeten sie als Radio Freiheit Ausseerland ihr eigenes Programm. In den letzten Kriegstagen wurde das Ausseergebiet ein Refugium für einstige Nazigrößen. Es kam zum letzten Aufeinandertreffen zwischen dem Rieder Dr. Ernst Kaltenbrunner und seiner „Erfindung", dem Linzer Adolf Eichmann. Dieses Treffen dürfte ziemlich frostig abgelaufen sein. In Eichmann sah Kaltenbrunner einen unnötigen Mitwisser, der seine eigene Rettung nur gefährden würde. Es war das Verdienst der Widerstandsgruppe Aussee, dass Kriegsverbrecher wie Dr. Ernst Kaltenbrunner von den Alliierten aufgespürt werden konnten. Der einstige Leiter des Reichssicherheitshauptamtes und Chef der Sicherheitspolizei wurde in Nürnberg des Massenmordes, der Errichtung von Konzentrationslagern und vieler anderer verabscheuungswürdiger Delikte für schuldig befunden und dafür am 16. Oktober 1946 gehängt. Hat dieser Mann eigentlich etwas Positives geleistet? Sein Beitrag zur Rettung der „Altausseer Kunstschätze" muss als positiv gewertet werden.

Dem „Spediteur des Todes" Eichmann gelang zunächst die Flucht nach Argentinien, er wurde aber dort vom Mossad, dem israelischen Geheimdienst, aufgespürt und nach Israel entführt. In Israel wurde Eichmann der Prozess gemacht und er wurde zum Tode verurteilt. Es war das einzige Todesurteil in der Geschichte Israels, das vollstreckt wurde.

Einer der Widerstandskämpfer im Ausseerland war **Josef Grafl**[81] Er wurde am 10. Oktober 1921 in Schattendorf geboren. Sechs Jahre später sollte der Ort wegen der Ermordung eines Pensionisten und eines Kindes unrühmliche Bekanntschaft erhalten. Die Mörder wurden freigesprochen. Der Freispruch führte zum Brand des Justizpalastes. Bereits mit 13 Jahren trat er der Kommunistischen Partei bei. Schon bald kehrte er der Wehrmacht den Rücken und wurde über den Umweg einer englischen Spezialeinheit Angehöriger der „Austrian Legion". Gemeinsam mit Karl Licca, Karl Standhartinger und unter Führung Gaisenwinklers sprang er in

81 Wikipedia: „Josef Hans Grafl"

den letzten Kriegstagen über dem Feuerkogel ab. Ihre Hauptaufgabe war die Installierung des Radiosenders „Freies Österreich". Das eigentliche Ziel wurde zunächst verfehlt. Eigentlich sollte die Spezialeinheit Reichsminister Dr. Goebbels entweder ermorden oder inhaftieren. Bei Beginn der Mission war Goebbels bereits längst abgereist. Nach Kriegsende kam es zu Konflikten zwischen Gaisenwinkler und Grafl, weil ihre Darstellungen über die Ereignisse zu sehr differierten. Grafl war an der Festnahme Dr. Ernst Kaltenbrunners maßgeblich beteiligt.

Am Widerstand im Ausseerland dürfte auch der Pfarrer **Johannes Ude**[82,83] beteiligt gewesen sein. Johannes Ude wurde 1874 in St. Kanzian am Klopeiner See geboren. Der erklärte Antialkoholiker und Nichtraucher wurde aus religiösen Motiven Vegetarier. Diese religiösen Motive ließen ihn auch zum absoluten Kriegsgegner werden. Während der Zeit des Ständestaats kritisierte er dessen terroristische Züge und die Hinrichtung der Sozialdemokraten. Das führte zu einem Unterrichtsverbot an Universitäten. Der vierfache Akademiker war ein „politischer Priester", der ursprünglich den Ideen der Nationalsozialisten vieles abgewinnen konnte. Nach der Machtergreifung war er allerdings schnell von der „Realpolitik der Nationalsozialisten" angewidert. Er geriet wegen seiner „radikalen Friedenspolitik" mit den Nazis und der katholischen Kirche immer wieder in massive Konflikte. Nach einem Protestschreiben wegen der Ereignisse rund um die Reichspogromnacht musste er Graz verlassen und wurde in den Ort Grundlsee ins Asyl geschickt. In dieser Zeit wurde er nun endgültig zum erklärten Pazifisten. Diese Einstellung manifestierte er durch sein Buch „Du sollst nicht töten!", das bereits während des Krieges erschien. Sein klares Bekenntnis gegen den Krieg musste zwangsläufig zu seiner Verhaftung führen. Dabei wurde er von Nazi-Schergen auch brutal gefoltert.

---

82 Reinhard Farkas: „Johannes Ude und die Amtskirche. Chronologie und Analyse eines Konflikts"
83 riedensnews.at: „Johannes Ude 1874–1965" von Hermann Landl am 26.5.2011

Die „Wehrkraftzersetzung" führte schließlich zu seinem Todesurteil, das allerdings wegen des Kriegsendes nicht vollstreckt wurde.

Nach den Erfahrungen mit der NS-Diktatur und den Auswirkungen des Krieges wurde seine „Dogmatik" noch radikaler. Mit größter Vehemenz lehnte er die Todesstrafe, die Euthanasie, das Schlachten von Tieren und medizinische Tierversuche ab. Jegliche Formen von Nationalismus, Chauvinismus und Militarismus lehnte er ab. Wegen seines lebenslangen Einsatzes für den Frieden wurde Ude mehrmals für den Friedensnobelpreis vorgeschlagen. Als Sozialpolitiker bewarb er sich 1951 um das Amt des Bundespräsidenten.

Widerstand durch Desertion

Nur wenige Themen werden auch in der Gegenwart so emotional diskutiert wie die Frage, ob Desertion Feigheit ist und Kameradenmord oder der Bruch des Eides die Möglichkeit bedeutet, einen unsinnigen Krieg schneller zu beenden. Hier prallen die gegenteiligen Argumente hart aufeinander. Desertion kann durchaus auch auf andere Weise interpretiert werden: Desertion war kein Ausdruck von Feigheit, sondern die Folge von Einsicht. Desertion verlangte Mut.

30.000 deutsche Landser verließen während des Krieges unerlaubt ihre Einheit. Fahnenflucht führte unweigerlich zum Todesurteil. 15.000 Todesurteile an Deserteuren sollen vollstreckt worden sein. Andere kamen in Konzentrationslagern und Strafbataillonen ums Leben. Die drei westlichen Alliierten vollstreckten während des Zweiten Weltkrieges nur ein Todesurteil wegen Desertion.

Vielfache Motive führten die Soldaten zu dem Entschluss, für Hitler und sein Reich nicht mehr kämpfen zu wollen. Mehr als die Hälfte der Fahnenflüchtlinge wurde früher oder später inhaftiert und zum Tode verurteilt. 2800 Österreicher begingen Desertion. 1500 von ihnen wurden für dieses Delikt der Schnellgerichtsbarkeit übergeben und dafür getötet.

Gerade in den letzten Kriegstagen kam es vermehrt zur Flucht vor der eigenen Einheit. Die Sinnlosigkeit der „Endschlacht" wurde immer augenfälliger. Der Sieg war längst verspielt und jeder weitere Kriegstag für viele „einfache Wehrmachtssoldaten" nicht mehr begründbar.

Spätestens mit dem 20. April 1945, dem 56. Geburtstag des Führers, kam es zu einem Exodus der einstmals führenden Köpfe des Reiches. Hermann Göring[84] verließ den Geburtstagsempfang Hitlers mit dem Hinweis, wichtige Aufgaben warteten auf ihn in Süddeutschland. Bereits drei Tage später wurde er auf Befehl Hitlers wegen eines geplanten Putschversuches gegen ihn verhaftet. Himmler[85] verließ nur wenige Minuten nach Göring die Feier. Tage später traf Himmler auf einen Vertreter des Jüdischen Weltkongresses. Es kam zu den wohl widerwärtigsten Szenen der Weltgeschichte. Er schmeichelte, um nicht zu sagen, „schleimte" sich bei jenen ein, die er millionenfach ermordet hatte. Wenig später traf er auf Graf Folke Bernadotte, Mitglied des schwedischen Königshauses und namhaftes Mitglied des Internationalen Roten Kreuzes. Hitler erfuhr von diesen Besprechungen und ließ Himmler zur Verhaftung ausschreiben. Hitlers Nachfolger, Großadmiral Karl Dönitz, ließ zwar diese Verhaftung nicht exekutieren, Himmler wurde aber von Dönitz offiziell aller politischen Ämter enthoben. Als einfacher SS-Mann, ohne Bart, dafür mit Augenklappe, setzte er seine Flucht als Deserteur fort.

Der Zeitraum zwischen dem 20. April 1945 und dem 8. Mai 1945 ist auch für die Ermordung von sogenannten österreichischen Deserteuren von Interesse. Volksverräter, Deserteure und Bürger, die eine weiße Fahne aus dem Fenster hängten, wurden per „Standrecht" ermordet. Mehr als die Hälfte der 2400 Deserteure starb in dieser Zeit noch einen sinnlosen Tod. In der Folge sollen einige Beispiele des sinnlosen Sterbens, die in Wirklichkeit „Endzeitverbrechen" waren, geschildert werden.

---

84 Wikipedia: „Hermann Göring"
85 Hamburger Abendblatt: „Das Ende eines Massenmörders" vom 22.9.1999

Am Stephanitag des Jahres 1944 wurde der Frankenmarkter Landarbeiter und Fahnenflüchtige Alois Zierler[86] von drei fanatischen Nazis wie bei einer Treibjagd zur Strecke gebracht. Seit seiner Desertion 1942 hielt er sich mit Hilfe seiner Schwester in den Wäldern rund um Zell am Moos versteckt.

Am selben Tag abends gegen 21 Uhr wurde in Thal, am Rande der Innauen, nahe dem Lechnergut (heute Stadtgut) der Soldat **Georg Hauner**[87], 20 Jahre alt, der in Simbach, Flurstraße 4, (Heraklithsiedlung) zu Hause war, wegen Fahnenflucht erschossen und an Ort und Stelle begraben. Seit Jahren erinnert ein Marterl an den Ermordeten. Die Leiche Hauners wurde am 7. Jänner 1946 ausgegraben und im Familiengrab seiner Mutter, geborene Gerner, auf dem Friedhof von Ranshofen beigesetzt.

Der Historiker Prof. Kons. Gottfried Gansinger[88] hat akribisch nach dem Schicksal einiger Deserteure in seinem Bezirk Ried geforscht. Johann O. aus Waldzell wurde 1943 wegen wehrunwürdigen Verhaltens, Hochverrat und Fahnenflucht in Frankfurt am Main hingerichtet. Der Jäger Adolf P. aus Munderfing wurde wegen des mehrmaligen Entfernens von der Truppe, Meuterei und Wehrkraftzersetzung erschossen. Rudolf G. aus Gurten war Mitglied der Vaterländischen Front. Wohl aus politischen Gründen setzte er sich zwei Mal von seiner Einheit ab. Beim zweiten Versuch wollte er zur Roten Armee überlaufen. Wer die Gefangenschaft in einem russischen Gulag dem Kampf in der Wehrmacht vorzog, war mit Sicherheit kein Feigling. Wegen „Feigheit vor dem Feind" und „Fahnenflucht" dürfte er noch einmal „Frontbewährung" erhalten haben. Diese dürfte er nicht überlebt haben, er gilt bis heute als „vermisst". Einen Sonderfall bildete die angebliche Desertion des Gymnasiallehrers Dr. Heinrich P. Inwieweit er für zwei Tage in Norwegen „verloren ging" oder tatsächlich

---

86 OÖNachrichten: „Gedenken an Frankenmarkter NS-Opfer"
87 Braunau History: „Georg Hauner" und „Die letzten Kriegstage"
88 Gottfried Gansinger: „Nationalsozialismus im Bezirk Ried im Innkreis".
Studienverlag, November 2016

desertieren wollte, blieb ungeklärt. Bei der „Gerichtsverhandlung wurde er als „Schwächling" abqualifiziert und zum Tode verurteilt. Die Begnadigung wurde im Interesse der Aufrechterhaltung der Mannszucht vom österreichischen Juristen und Generaloberst Dr. Lothar Rendulic abgelehnt.

Am 3. Mai 1945 wurde Albert Kurske[89] wegen „seiner Kapitulation" von einem Kameraden erschossen. Zu einem „Hotspot von Morden an Deserteuren" sollte sich Amstetten entwickeln. Vor allem Laternenmasten mussten herhalten, um treu- und gewissenlose Kameradenmörder, feige Vaterlandsverräter, Drückeberger und Kameradenschweine (Ausdrücke aus der damaligen Propaganda) aufzuhängen. Auf diese Weise wurden ihre Leichname zur Abschreckung zur Schau gestellt.

Soldaten ohne Marschbefehle und mit verdächtigen Wundverbänden kamen vor Standgerichte. Wegen Fahnenflucht und Selbstverstümmelung wurden für sie weitere Laternenpfähle gesucht. In Summe wurden alleine in Amstetten 200 Deserteure ermordet.

Im nahen **Enns**[90] wurde an der Ennsbrücke ein Deserteur mit der Aufschrift „So lebt Deutschland, so lebt der Führer!" aufgehängt. Ebenfalls in Enns wurde ein junger Soldat auf bloßen Verdacht beim Gasthof Singer erschossen und zur Abschreckung liegen gelassen. Der junge Soldat führte alle notwendigen Entlassungspapiere bei sich.

Hitler meinte in seinem Buch „Mein Kampf": „Soldaten können an der Front sterben, Deserteure müssen sterben." Der Eid auf Hitler verpflichtete die Soldaten zur absoluten Gehorsamkeit. Gehorsamkeit gegenüber einem der größten Verbrecher der Weltgeschichte. Der Vater von Kardinal Schönborn hielt auch nichts von dieser Form des Gehorsams und beging Fahnenflucht.

Es gab aber auch Deserteure, die den Schrecken des Naziregimes überlebten. Natürlich wurden bzw. werden diese sofort parteipolitisch

---

89 profil: „Sadistischer Schlussakkord – Endkriegsverbrechen des Jahres 1945" am 14. März 2015
90 Aus den Gemeindeprotokollen von Enns. Die Geschichte von Ennsdorf seit 1882.

etikettiert und damit punziert. Auf die Idee, dass sie aus patriotischen Gründen für sich selbst einen sinnlosen Krieg beendeten, kommen Parteistrategen erst gar nicht. Einer der bekanntesten Deserteure Österreichs war der Buch- und Zeitungsverleger Fritz Molden.[91] Molden wurde 1924 in gutbürgerlichen Verhältnissen geboren, seine Mutter Paula von Preradovic verfasste den Text zur österreichischen Bundeshymne. Als entschiedener Gegner der Nazis nahm er bereits mit 14 Jahren an Aktionen gegen die Bewegung teil. Als Soldat desertierte er aus der deutschen Wehrmacht und wechselte die Fronten. Er wurde Mitglied der italienischen Partisanen, später Verbindungsmann zwischen den Amerikanern und österreichischen Widerstandsverbänden.

Die Schauspieler Dietmar Schönherr[92], Fritz Muliar[93] und Oskar Werner[94] verließen unerlaubt ihre Einheiten. Der Schriftsteller H.C. Artmann[95] war gleich doppelter Deserteur. Diese „Verbrechen" führten dazu, dass er nach dem Krieg nicht als Briefträger eingestellt wurde. Dem legendären TV-Direktor Gerhard Freund[96] gefiel Paris nicht, er wechselte als Deserteur zum Feind über.

Weniger bekannte Deserteure haben sich nach dem Krieg wohlweislich erst gar nicht als solche „deklariert". Sie haben ihren Familien und sich selbst sehr viel Diskriminierung erspart. Sie vermieden es damit, nach dem Krieg als „Volksschädling" dargestellt zu werden.

Die Juden haben ihr Mahnmal schon, Schwule und Sinti und Roma werden ihre „Orte der Erinnerung" bekommen. Nur die Deserteure, Kriegsdienstverweigerer und Wehrkraftzersetzer, die sich dem Mordapparat des Dritten Reiches verweigert oder sich darüber hinweggesetzt haben, starben, ohne dass ihrer gedacht wird. Mit keiner Gruppe von

91 Die Presse: „Widerstandskämpfer und Verleger Fritz Molden ist tot", 11.1.2014
92 ebenda
93 ebenda
94 ebenda
95 ebenda
96 ebenda

NS-Verfolgten tut sich die Gesellschaft so schwer wie mit den Kriegsdienstverweigerern, Wehrkraftzersetzern und Deserteuren in der Nazi-Zeit. Am Ballhausplatz erinnert ein kleines Denkmal nun an die mutigsten Feiglinge des Zweiten Weltkrieges.

An der Person von Franz Jägerstätter scheiden sich noch immer die Geister. Posthum hat der Bauer aus St. Radegund viel erreicht. Er wird zwar noch immer als Verräter gescholten, doch die Mehrheit der Österreicher steht geschlossen hinter ihm. Ein durchaus kritisches Gedicht über den Widerstand schrieb der Pastor Martin Niemöller:

Als die Nazis die Kommunisten holten,
habe ich geschwiegen,
ich war ja kein Kommunist.
Als sie die Sozialdemokraten einsperrten,
habe ich geschwiegen,
ich war ja kein Sozialdemokrat.
Als sie die Katholiken holten,
habe ich nicht protestiert.
Ich war ja kein Katholik.
Als sie mich holten, gab es keinen
mehr, der protestieren konnte.

Nach dem Krieg war der Großteil der ehemaligen Widerstandskämpfer frustriert wegen der Haltung der Politiker und der zuständigen Beamten zu ihrem einstigen Kampf gegen das übermächtige nationalsozialistische Regime. Für viele von ihnen begann ein mühsamer Spießrutenlauf durch die diversen Büros der angesprochenen Politiker und Beamten. Niemand fühlte sich verantwortlich für das Los jener Menschen, die ihr Leben und ihre Gesundheit für die Befreiung von der Nazi-Barbarei riskierten. Oft saßen ihnen auch Politiker und Beamte gegenüber, die noch wenige Jahre vorher das Hakenkreuz am Rockrevers trugen. Erst Mitte der Siebzigerjahre kam es zu einem Sinneswandel auch innerhalb der Politik. Zaghaft wurde mit einer gewissen Gedenkkultur begonnen.

Straßen wurden umbenannt. Die Straßen trugen ab nun nicht mehr die Namen der Täter, sondern die der Opfer. In so mancher Gemeindestube entspann sich eine harte Diskussion, weil eine Straße nicht den Namen eines „Drückebergers" tragen sollte und durfte. Es ist dann auch mehr als verwunderlich, dass gerade die Kirche oft anscheinend Probleme mit den eigenen Blutzeugen hatte. Ein Schild am Klosterplatz verweist dann darauf, dass während des Krieges eine Fliegerschulstaffel im Stift stationiert war. Die Tatsache, dass drei Klosterbrüder ihr Leben für ihre Gesinnung hingaben, wird verschämt verschwiegen. Diese „Märtyrer unserer Tage" hätten es sich verdient, von uns Nachgeborenen mit etwas mehr Respekt behandelt zu werden. Es ist letztlich ziemlich gleichgültig, welche Beweggründe sie zu diesem Widerstand trieben. In Zeiten, in denen durch „völkisches Liedgut" zur Fortsetzung der Massenvernichtung aufgefordert wird, sollten klare Zeichen gegen dieses neonationalsozialistische Gedankengut gesetzt werden. Ein Besuch des KZ Mauthausen in der achten Schulstufe reicht dazu sicher nicht. Die Umbenennung von Schulen und Kirchen ist offensichtlich nur in Tirol möglich, nicht aber im einstigen Heimatgau des Führers.

ZIVILE OPFER

Kein Bundesland in Österreich hatte eine so hohe Anzahl an Opfern zu beklagen wie das Bundesland Oberösterreich. Einzig die Namen der Gefallenen und Vermissten wurden in Stein gemeißelt. Menschen, die wegen ihrer Behinderung in Hartheim vergast, wegen ihrer politischen oder religiösen Gesinnung ermordet wurden, sind längst weitgehend vergessen.
Der Hass des Regimes richtete sich gegen alles Schwache, Minderwertige und Fremde. Die Ideologie der Nationalsozialisten beruhte weitgehend auf dem Sozialdarwinismus[1]. Nach dieser Theorie sollten und müssten sich die Starken durchsetzen. Rassisch schwache Menschen und Völker würden die Berechtigung auf ihre Existenz dabei verlieren. Erbkranke, Geisteskranke und Behinderte müssten eliminiert werden. Die Starken der Gesellschaft müssten gefördert, die Schwachen an der Fortpflanzung gehindert werden. Die Rassentheoretiker wollten dies durch Sterilisation oder Ermordung bewerkstelligen. In Tötungsanstalten wie Hartheim wurden diese „Minderwertigen ausgemerzt".
Euthanasie leitet sich aus dem Griechischen ab und bedeutet frei übersetzt „schöner Tod". Dieser Zynismus war kaum zu überbieten. Die Betroffenen starben sicherlich keines schönen Todes. Die Euthanasie[2]

---

1 Historisches Lexikon der Schweiz: „Sozialdarwinismus ist eine in den 1870er Jahren entstandene Lehre, der zufolge jede Gemeinschaft nach denselben natürlichen Gesetzen funktioniert, wie sie von Charles Darwin in seiner Evolutionslehre beschrieben wurden. Demnach setzen sich auch in der menschlichen Gesellschaft im Laufe der Geschichte die Tüchtigen gegenüber den weniger Tüchtigen durch. Im Überlebenskampf überlebt auch hier, getreu Darwins „Survival of the Fittest", nur der Stärkste. Dieser Gedanke findet sich ausgeweitet im Wettstreit zwischen den Nationalstaaten wieder. Dass im Überlebenskampf der Nationen letztlich die mächtigen Nationen obsiegen würden, diente dem Imperialismus (Kolonisation) als Argument.
2 Gottfried Gansinger: „Nationalsozialismus im Bezirk Ried"

unterlag zunächst der größten Geheimhaltung. Später wurde die Ermordung als „Gnadentod" dargestellt.

An den sanften Abhängen des Kobernaußerwaldes liegt die Pfarre Aspach. Aspach ist wohl die einzige Pfarre im Lande, die mit Fug und Recht von sich behaupten kann, dass ihr ehemaliger Pfarrer Oberhaupt der katholischen Kirche wurde. Enea Silvio Piccolomini ging als Pius II. in die Kirchengeschichte ein. 1911 gründete Raphaela Freund[3] das Kurheim. Während der NS-Zeit gerieten die Marienschwestern schnell in die Schusslinie der NSDAP. Vor allem das Kloster war Ziel ihrer Begierde, denn der „Eigenbedarf" an Gebäuden war groß. Die Schwestern waren im Ort beliebt und so mussten „plausible Gründe" für die Enteignung gefunden werden. 1943 traten sogar in den Landgemeinden Engpässe bei der Versorgung mit Nahrungsmitteln auf. Die Lebensmittelkarten ließen immer weniger den Erhalt von Lebensmittelrationen zu. Fleisch gab es ohnehin nur mehr zu den „Feiertagen". Aus den Städten kamen die ersten Hamsterer, die aber oft vor verschlossenen Türen standen, weil es nichts zu holen gab. Bei den Bauern gab es durchaus Hartherzige, die sich gut mit Wertgegenständen bezahlen ließen. Ihre Devise war „Bares für Rares". Der Großteil der Bauern sah aber die Not der Menschen, bereitwillig wurden Lebensmittel an hungernde Mitbürger abgegeben. Die Schlachtung eines Schweines musste allerdings den Behördenweg gehen. Eine illegale Schlachtung, eine „Schwarzschlachtung", wurde seitens des Regimes mit einer Gefängnisstrafe belegt. Im Mai 1944 wurde Franz Habetswallner[4], im Ort als Fleischbauer bekannt, nach der Anzeige der eigenen Magd verhaftet. Er wurde ins Gefangenenhaus Ried gebracht. Dort gab er auch das Schwarzschlachten unumwunden zu, nur bei den Fragen nach seinen Kunden schwieg er sich hartnäckig aus. Vor allem die Namen der Klosterschwestern wollten sie förmlich aus ihm herausschlagen. Der Bauer aus Aspach war diesen „Verhörmethoden" der Gestapo nicht

---
3 tips.at: „Kneipp-Traditionshaus schließt seine Pforten"
4 NS-Opfer im Bezirk Braunau: „Habetswallner Franz"

gewachsen. Bereits nach einer Woche erlag er seinen Verletzungen. Seine Frau erhielt nun ihren toten Ehemann mit seiner blutgetränkten Kleidung zurück. Laut Totenschein hatte er sich an einem Haken in der Zelle aufgehängt. Natürlich fiel den Hinterbliebenen sofort die Diskrepanz zwischen „Erhängen" und „blutgetränkter Kleidung" auf. Nach dem Krieg erschien ein ehemaliger Mithäftling am Fleischbauernhof. Er schilderte das, was er aus seiner Nachbarzelle, der Zelle von Habetswallner, gehört habe. Nach seiner Schilderung hätten die Schreie des Gequälten ihn noch lange im Schlaf verfolgt. Es war eine durchaus übliche Praxis der Nationalsozialisten, Morde als Selbstmorde zu tarnen. Sie wollten dadurch wohl auch erreichen, dass die Ermordeten ein unrühmliches Ende fanden. Nicht durch sie, sondern durch eigene Hand seien sie gestorben.

Im Juni 1943 wurde Pfarrer Josef Forthuber[5] erhängt am Dachboden des Pfarrhofes in Friedburg-Lengau aufgefunden. Niemand wollte damals so recht an die Selbstmordtheorie glauben.

Bereits am 14. März 1938 wurde der Kriminalpolizist Josef Schmirl[6] in Linz ermordet. Auch hier wurde ein Selbstmord fingiert. Die Schussverletzungen an seinem Leichnam sprachen eine andere Sprache.

General Wilhelm Zehner[7], Namensgeber der Rieder Zehner-Kaserne, war ein entschiedener Gegner des Regimes. Schon 1934 war er maßgeblich an der Niederschlagung des Nazi-Putsches beteiligt. 1938 zählte er zu jenen „Falken", die Österreich gegen die deutsche Reichswehr verteidigen wollten.

Die aufgezählten Fälle besitzen einen gemeinsamen Nenner. Ihre Mörder waren bekannt, aber die Erhebungen nach dem Krieg verliefen allesamt im Sand. Allerdings gab es auch viele Fälle, in denen Menschen

---

5   ebenda. Siehe Kapitel „Priester im III. Reich"
6   OÖNachrichten: „Wie NS-Opfer Schmirl 80 Jahre nach seiner Ermordung fast sein Grab verloren hätte."
7   ORF III Kultur und Information: „Ein General gegen Hitler – Wilhelm Zehner". Dokumentation, 2008

in den Selbstmord getrieben wurden. Das bekannteste Beispiel dafür ist der „Fall Erwin Rommel".[8]

Franz Jägerstätter[9,10], Märtyrer oder Feigling?

An Franz Jägerstätter scheiden sich auch heute noch die Geister. Die Gestalt Jägerstätter unterliegt nach wie vor einer kontroversiellen Diskussion. Die Amtskirche hat zu der Person Jägerstätter eindeutig Stellung – auch wenn er den damaligen Bischof Fließer in eine Zwickmühle brachte – genommen und hat den Mesner aus St. Radegund in die Schar der Seligen aufgenommen. Auch der Nachfolger Fließers, Bischof Franz Zauner, gab zur Person Franz Jägerstätter keine öffentliche Stellungnahme ab. Erst Bischof Dr. Aichern war ein „Bewunderer" des einfachen Bauern aus St. Radegund.

Was hatten Franz Jägerstätter und August Eigruber gemeinsam? Eigentlich nur die Tatsachen, dass beide im Jahr 1907 geboren wurden und beide ein gewaltsames Ende fanden. Beide starben für ihre Sache. Jägerstätter wurde hingerichtet, weil sein Glaube ihm das Opfer seines eigenen Lebens abverlangte. Eigruber glaubte auch. Er glaubte an ein verbrecherisches Regime, das Menschenverachtung und Gewalt zu Grundpfeilern

---

8 SpiegelOnline: „Des Führers Lieblingsgeneral" von Michael Sontheimer am 11. Juni 2006: Die Briten narrte er mit Panzerattrappen, die Franzosen tauften seine blitzschnelle Einheit ehrfürchtig „Gespensterdivision": Erwin Rommel galt bei Freund und Feind als genialer Stratege. Er avancierte zur wirkungsvollsten Figur der NS-Propaganda. Je beliebter er bei Hitler und Goebbels war, desto verhasster wurde der Aufsteiger bei anderen führenden Militärs. Nach dem Scheitern in Nordafrika erlosch schnell Hitlers Liebe zu seinem General. Er wurde sogar als Verräter verdächtigt, obwohl er noch immer loyal zu seinem Führer stand. Am 14. Oktober kam General Burgdorf, Chef des Heerespersonalamtes, in sein Haus und stellte Rommel vor die Alternative: ein Verfahren vor dem Volksgerichtshof oder Selbstmord. Bei dem Staatsbegräbnis am 18. Oktober 1944 hielt Generalfeldmarschall Gerd von Rundstedt in Vertretung Hitlers im Ulmer Rathaus die im Propagandaministerium geschriebene Trauerrede. Mit seinem Selbstmord rettete er wohl seine Frau und seinen Sohn Manfred vor der Einlieferung ins KZ. Sein Sohn Manfred wurde später Oberbürgermeister von Stuttgart.
9 Linzer KirchenZeitung: „Kurzbiografie Franz Jägerstätter" 2003/15 vom 8. April 2003
10 Kathpedia: „Franz Jägerstätter"

seiner Ideologie machte. Jägerstätter war Angehöriger der Opfer, Eigruber gehörte der Tätergruppe an. Beide Gruppen hatten in Oberösterreich viele Mitglieder. Die Tätergruppe beherrschte zwischen 1938 und 1945 die Opfergruppe. Jägerstätter wurde ein Opfer von Eigruber. Heute gilt Jägerstätter als Blutzeuge der katholischen Kirche, Eigruber als Verbrecher.

Franz Jägerstätter hieß zunächst Franz Huber, da er einer der vielen „Ledigen" im Dorf war. Die Eltern waren als Dienstboten viel zu arm, um einen eigenen Hausstand zu gründen. Der Vater fiel bereits in den ersten Wochen des Ersten Weltkrieges. Die Mutter musste ihren Lebensunterhalt bei einem Bauern verdienen. Der kleine Franzl kam nun zu seinen Großeltern. Die Großeltern hatten für seinen weiteren Lebensweg eine entscheidende Bedeutung. Sie prägten seinen Charakter mehr als die eigene Mutter. Im Bücherkastl seines Großvaters fand er jene Bücher, die er förmlich „verschlang". Ein Ausspruch von Jägerstätter ist überliefert: *„Wer nicht liest, wird sich nie richtig auf die eigenen Füße stellen können. Er wird zu leicht zum Spielball der Meinungen anderer."* Inzwischen heiratete die Mutter den Bauern Heinrich Jägerstätter. Mit 15 Jahren wirkte er bei Passionsspielen in seinem Heimatort mit. 1927, in diesem Jahr gab es die Morde von Schattendorf und den daraus resultierenden Brand des Justizpalastes, verließ Franz seinen Heimatort, arbeitete für drei Monate als Knecht in Bayern und wurde schließlich Bergarbeiter in der Steiermark. Es war eine Zeit des Zweifelns und des Zauderns. Es war aber auch die Zeit einer ganz persönlichen Glaubenskrise. Am Sonntag besuchte er statt der Kirche lieber die benachbarte Gaststätte. Aus der Heimat erhielt er die Nachricht, dass sein Stiefvater verstorben war.

Mit seiner Frau Franziska übernahm er den elterlichen Hof. Ihre Hochzeitsreise führte das junge Paar nach Rom. Beide waren von den Sehenswürdigkeiten Roms und vor allem von der Papstaudienz tief beeindruckt. Nach der Romreise fand er endgültig wieder in den Schoß der Kirche zurück. Für die anderen Ortsbewohner durchaus ungewöhnlich, dass sich die Jägerstätters diese Reise leisteten. Es war sonst üblich, dass sich ein junges Ehepaar mit einem eintägigen Ausflug zufriedengab. Auch sonst ging der Franz durchaus neue Wege.

Er war der erste Bursche im Ort, der mit einem Motorrad fuhr. Nach der Geburt der ersten Tochter herrschte im kleinen Ort am Rande des Weilhartsforstes großes Aufsehen, weil der Franz den Kinderwagen schob. Kinderwagenschieben galt damals als „Frauensache". Die ihm angetragene Mesnerstelle nahm er gerne an. Bereits 1933 wurde der Hirtenbrief Gföllners – man könne nicht gleichzeitig Christ und Nationalsozialist sein – für sein weiteres Leben ein wichtiger Wendepunkt. Es wurde ihm nun ein Bedürfnis, täglich den Gottesdienst zu besuchen. Die Ehe der Jägerstätters galt im Ort als sehr glücklich. Nie hörte man von beiden ein böses Wort. Durch die Geburt der drei Töchter wurde das Glück noch vervollständigt. Allerdings fielen schon bald Schatten auf dieses Glück. Immer bedeutender wurde die „große Politik" auch für den „kleinen Ort am Rande des Weilhartsforsts". Für Franz Jägerstätter waren die Nationalsozialisten die personifizierten Antichristen. Er änderte auch dann seine Meinung nicht, als ihm die Antichristen das Bürgermeisteramt anboten. Am 10. April 1938 stimmte er als einziger Einwohner des kleinen Ortes mit „Nein". Dieser „Formfehler" wurde allerdings bereinigt. Eine hundertprozentige Zustimmung für „Volk, Reich und Führer" konnte daher stolz vermeldet werden. Zehn Regimegegner wurden von einer Frau bei der Gestapo denunziert, Jägerstätter war einer der Angeschwärzten. Im letzten Moment konnte dieser Brief „abgefangen und entschärft" werden. Persönlich ging er auf deutliche Distanz zum Regime. Er nahm nun die Segnungen der neuen Herren nicht an. Die Hagelentschädigung wurde abgelehnt, an die neue Grußformel „Heil Hitler" konnte und wollte er sich nicht gewöhnen. Er blieb lieber beim „Grüß Gott!". Von Oktober 1940 bis März 1941 schlüpfte er in die verhasste deutsche Wehrmachtsuniform. Er versah seinen Dienst im Kraftfahrer- und Ersatzbataillon in Enns. Durch Bekannte erfuhr er vom Euthanasieprogramm, das psychisch Kranke „entsorgte". Es gelang seinem Heimatort noch einmal, dass er freigestellt wurde. In dieser Zeit dürfte sich sein Entschluss – *„Nie wieder ziehe ich die Wehrmachtsuniform an!"* – gefestigt haben. Befreundete Priester, die sein Leben retten wollten, redeten ihm gut zu. Auch ein Gespräch mit Bischof Fließer brachte keinen Umschwung. Die Unterredung endete für beide Männer mit einer großen Verärgerung. Auf die Frage Jägerstätters *„Kann man die Raubzüge der Deutschen mit einem gerechten und heiligen Krieg erklären?"* antwortete der Bischof sehr harsch: *Es steht einem Mann des Volkes nicht zu, zu prüfen, ob es dem Worte Gottes entspräche, was die Obrigkeit, in diesem Fall das nationalsozialistische Regime, von ihm verlangt. Seine Verantwortung beziehe sich nur auf Familie und Beruf. Das 4. Gebot bestimme klar, dass man der Obrigkeit folgen müsse.* Diese sehr unglückliche Antwort des Bischofs konnte den Franz aus St. Radegund keineswegs umstimmen. Immer klarer wurde für ihn der Weg, den er zu gehen hatte. Auch wenn dieser Weg in das Verderben führen würde. Der Ärger Bischof Fließers dauerte über den Märtyrertod des Unfolgsamen hinaus an. 1946 unterband der Bischof eine Publikation in der „Linzer Kirchenzeitung".

1943 wurde Jägerstätter neuerlich einberufen. In der Kaserne Enns sprach er dann seine Wehrdienstverweigerung persönlich aus. Ein wahres Kesseltreiben begann nun für den einfachen Mann aus dem Innviertel. Drohungen, Angebote, Argumente und Versprechungen wechselten sich ab, doch Jägerstätter blieb sich selbst treu. Wegen *„Wehrkraftzersetzung"* wurde der Mesner aus St. Radegund im Wehrmachtuntersuchungsgefängnis Berlin-Tegel am 6. Juni 1943 zum Tode und zum Verlust der Ehrenrechte verurteilt. Bereits einen Monat später wurde das Urteil am Schafott vollzogen. Bis zum letzten Moment hätte er seine Verweigerung zurückziehen und seinen Kopf zunächst retten können. In einer Strafkompanie hätte er an vorderster Front für das ihm so verhasste Regime sein Leben opfern dürfen. Die Asche wurde an der Kirchenmauer von St. Radegund beigesetzt. Wegen der Errichtung eines Kriegerdenkmals und der Namensnennung Jägerstätters auf diesem kam es innerhalb der Ortsgemeinde zum Eklat. Viele artikulierten nun ihre Meinung sehr deutlich – für einen „Drückeberger" dürfe kein Platz reserviert werden. Pfarrer Karobath setzte es aber durch, dass Jägerstätter als einer der Toten des Zweiten Weltkrieges angeführt wurde. Es war wohl der Autorität dieses Pfarrers, der selbst genügend Konflikte mit dem Regime hatte, zu danken, dass er nun auch in seiner Heimatgemeinde als Opfer des Zweiten Weltkrieges gilt. Pfarrer Karobath war zwar einer der Priester, die Jägerstätter von der Wehrdienstverweigerung – schon wegen der Familie – abrieten, war aber nach dessen Entscheidung auf der Seite Jägerstätters. Nach dem Krieg trug er mit vielen Gläubigen einen Disput aus, weil er letztlich stolz darauf war, einen Blutzeugen in der Gemeinde zu haben. Bei einer Predigt meinte er, dass Jägerstätter einst bei starker Strömung die Salzach zwei Mal durchschwamm, sein Schwimmen gegen die „Strömung des Nationalsozialismus" habe er aber nicht überlebt. Bei den zuständigen Beamten galten Märtyrer lange Zeit nicht als Kriegsopfer. Für die Witwe hatte das fatale Folgen, sie bekam keine Unterstützung des Staates. Die lapidare Begründung der Behörde: Desertation und Wehrdienstverweigerung gelten nicht als Begründung für die Auszahlung des Opferschutzgeldes. Schon damals lebte der feine Unterschied. Bei der Berechnung der „Vordienstzeiten von KZ-Aufsehern" war der österreichische Staat durchaus großzügig.

1997 wurde Jägerstätter von einem Berliner Landgericht rehabilitiert und erhielt „seine Ehre zurück". Zu seinem 50. Todestag brachte die Österreichische Post die Sondermarke „Franz Jägerstätter" heraus. Große Bekanntheit erhielt sein Schicksal erst durch den Film „Der Fall Jägerstätter" von Axel Corti. Weiters ist es der Religionslehrerin, Pfarrerköchin, Journalistin und Historikerin Dr. Erna Putz zu danken, dass mit Franz Jägerstätter einer der wenigen Märtyrer aus der Dunkelheit der Geschichte herausgestellt wurde. Das ist wohl die Hauptfunktion eines Jägerstätter in der Gegenwart. Er ist Stellvertreter. Er ist für jene Stellvertreter, die ein ähnliches Schicksal erlitten haben, aber oft sogar in der eigenen Gemeinde schnell vergessen wurden. Nach wie vor polarisiert aber auch Jägerstätter. Längst ist St. Radegund zum Wallfahrtsort für Bischöfe, Landeshauptleute,

Kardinäle und Bundespräsidenten geworden. Andere sehen in ihm einen, der seine Kameraden im Stich gelassen hat.

Darf man den Nazi-Gegner Franz Jägerstätter einen „Verräter" nennen? Im September 2018 wurde die Meinung eines Herrn Dr. Keyl zur Seligsprechung Jägerstätters aus dem Jahre 2007 publik. Für den Burschenschaftler Dr. Keyl war Jägerstätter ein Verräter. Der oberösterreichische Landeshauptmann Mag. Thomas Stelzer wendete sich mit größter Entschiedenheit und Empörung gegen die Meinung des Bundesverwaltungsrichters in spe: *„Ich habe mir eigentlich nicht gedacht, dass wir im Jahr 2018 noch immer über die historische Rolle von Franz Jägerstätter reden müssen. Für das Land Oberösterreich ist er eine Persönlichkeit, die dem Nationalsozialismus vehement die Stirn geboten hat. Seine Seligsprechung war breit getragen, was belegt, dass wir Oberösterreicher stolz auf Jägerstätter sind."* [11] Frau Dr. Erna Putz und Bischof Scheuer haben dann auch den Seligsprechungsprozess vorangetrieben. 2007 nahm die katholische Kirche Franz Jägerstätter in die Schar der Seligen auf. 10 Jahre später wurde in Linz das Jägerstätter-Institut gegründet. Hauptaufgabe dürfte das Ziel sein, ähnliche Schicksale zu erforschen. Der Buchtitel *„Besser die Hände als der Wille gefesselt"* beschreibt am besten das Erbe, das uns der „Mesner aus der kleinen Gemeinde am Rande des Weilhartsforstes" hinterlassen hat.

Zu Jahresbeginn 2020 wurde der Film „Ein verborgenes Leben" in den österreichischen Kinos vorgeführt. In einem fast dreistündigen Kriegsdrama wird das Leben und Sterben des Bauern aus St. Radegund gezeigt. Die Besetzungsliste ist mit Valerie Pachner, Tobias Moretti, Karl Markovics und Bruno Ganz prominent besetzt.

---

11 Kurier: „Richterkandidat Keyl: „LH Stelzer verteidigt Landsmann Jägerstätter" vom 16. September 2018

Camilla Estermann[12]

Die Tochter eines Fleischhauerehepaares wurde 1881 in Linz geboren. Das begabte Mädchen ließ sich zur Näherin ausbilden. Mit 26 Jahren trat sie in das Redemptoristinnen-Kloster St. Anna in Ried ein. Zehn Jahre stellte sie ihre außerordentliche Begabung als Organistin, Malerin, Schnitzerin, Näherin und Schriftstellerin dem Kloster zur Verfügung. Allerdings kam es immer wieder zu Konflikten mit den Mitschwestern, die 1916 mit einer Disziplinierung durch Bischof Gföllner endete. Sie bat nun um Entbindung aus dem Ordensgelübde. Diesen wohl überstürzten Schritt bereute sie schon bald zutiefst und wollte schon bald wieder in die Klostergemeinde aufgenommen werden, allerdings wurde dies vom Bischöflichen Ordinariat abgelehnt. Das Arbeitsamt vermittelte sie als Näherin in eine Linzer Bekleidungsfirma zu kriegswichtigen Arbeiten. In dieser Firma arbeiteten vor allem französische Zwangsarbeiterinnen, die oft von den Aufsehern misshandelt und häufig sexuell missbraucht wurden. 1944 trat Frau Estermann noch einmal in einen Linzer Orden ein. Am Ende genügte eine anonyme Anzeige, um Frau Estermann dem Regime auszuliefern. Im September 1944 wurde Camilla Estermann von der Gestapo verhaftet.

Hauptanklagepunkt war, dass sie den französischen Zwangsarbeiterinnen häufig Nahrungsmittel und Medikamente zusteckte. Die begünstigten Frauen wurden auf brutale Art und Weise gefoltert. Wegen dieser „Wohlfahrtsdelikte" wurde sie zunächst in Linz inhaftiert. Die Begünstigung von Kriegsgefangenen galt damals als ein Delikt, das mit der Todesstrafe geahndet werden konnte. Allerdings wurde sie mit weiteren Anklagepunkten konfrontiert. Ihr wurde das Abhören von Feindsendern unterstellt. Sie habe den Bolschewismus mit dem Nationalsozialismus gleichgesetzt. Am schwerwiegendsten war allerdings, sie habe die „Prophezeiungen der heiligen Ottilie" verbreitet.

---

12 Grauzone – Verein zur Vermittlung von Geschichte durch künstlerische und wissenschaftliche Maßnahmen

Diese seien nur getarnte Schmähungen gegen den Führer, behauptete der Richter. Auch habe sie sich abfällig über die Zivilehe geäußert. Wegen „Wehrkraftzersetzung" wurde sie am 21. November 1944 zum Tode verurteilt. Unter den Richtern saß auch Franz Langoth[13], der im letzten Kriegsjahr Bürgermeister von Linz wurde. Lange Zeit galt Langoth als ein „guter Nazi". Auch nach 1945 hielt sich noch lange der Mythos von Langoths Einsatz für eine kampflose Übergabe von Linz, der zu einem Gutteil auf einer Berichtsfälschung beruhte. Bis zu seinem Lebensende blieb er ein überzeugter Nazi, der die vielen grausamen Fehlentwicklungen seiner ehemaligen Partei nicht einsehen wollte und wahrscheinlich auch nicht konnte. Wenige Stunden nach der Verurteilung wurde das Urteil an Frau Estermann exekutiert.

Franz Heger

Franz Heger[14] wurde am 13. Dezember 1869 in Nordmähren geboren. Bereits mit 21 Jahren wurde er Gendarmerie-Postenkommandant von Riedau. 9 Jahre später wurde er Bezirkskommandant der Gendarmerie im Bezirk Ried. 1929 ging er in den Ruhestand. Er galt als fleißiger und strebsamer Beamter und war auch für seine tiefreligiöse Einstellung bekannt. 1933 erhielt er von einer bis heute unbekannten Frau eine Weissagung der hl. Ottilie (Herzogin von Elsass, 1650–1726) und eine Vision der Gräfin Cilande (1902–1933). Der Inhalt der Schriften deckt sich weitgehend mit dem Verlauf des Zweiten Weltkrieges. Heger glaubte an diese Prophezeiungen, schrieb sie ab und versandte sie an Freunde und Bekannte. Zu Beginn des Zweiten Weltkrieges wurde er in das Ernährungsamt des Bezirkes Ried berufen. 1943 erhielt er in seinem Büro ungebetenen Besuch der Gestapo. Er wurde verhaftet und nach Linz gebracht. 14 Personen, die im Besitz seiner Abschriften

---

13 OÖNachrichten: „Als in Linz die Legende vom ‚guten Nazi' Franz Langoth entstand" von Josef Achleitner am 4. Mai 2015
14 Gendarmerie-riedauheimat: „Franz Heger"

waren, befanden sich bereits in den Verhörzimmern der Gestapo. Heger wurde „Zersetzung des Wehrwillens" und „Landesverrat" vorgeworfen. Schwerwiegender für die Gestapo war allerdings, dass Heger den Namen der einstigen Informantin nicht nennen wollte. Seine Weigerung war gleichzeitig sein Todesurteil. Am 21. November 1944 wurde er im Alter von knapp 75 Jahren in Wien hingerichtet.

Der Jurist **Hans Wölfel**[15] wurde in Bad Hall geboren. Seine Schulzeit verbrachte er in Kremsmünster und später in Bamberg. In seiner Studentenzeit trat er gegen die Studentenverbindungen auf, die immer mehr eine nationalsozialistische Gesinnung annahmen. In Zeiten der Weltwirtschaftskrise ließ er sich als junger Rechtsanwalt in Bamberg nieder. Er verteidigte auch jene, die vom Regime bedroht waren. Bei einer Urlaubsreise äußerte er sich im Kreis von Bekannten negativ über Hitler und dessen verwirrtes Weltbild. Demnach könne der Krieg nicht mehr gewonnen werden und Hitler sei unfähig, den Krieg mit Anstand zu beenden. Diese unbedachten Äußerungen führten ihn umgehend in die Fänge der Gestapo. Am 10. Mai 1944 wurde er wegen „Wehrkraftzersetzung" zum Tode verurteilt, am 3. Juli 1944 wurde dieses Urteil vollstreckt.

Marcel Callo[16]

In seinem kurzen Leben, es dauerte nur 24 Jahre, konnte der junge Franzose viele humanitäre Glanzlichter setzen. Als begeisterter Pfadfinder arbeitete er für verschiedene soziale Vereine. Als freiwilliger Mitarbeiter der Bahnhofsmission ermöglichte er vielen Landsleuten die Flucht in die nichtbesetzten Gebiete. 1943 wurde er zum Arbeitsdienst eingeteilt und nach Deutschland versetzt.

Vor allem wegen seines christlichen Engagements kam er in Konflikt mit dem Regime. Seine letzte Lebensstation war das Konzentrationslager

---

15 Wikipedia: „Johann Wilhelm Wölfel"
16 Pfarre Mauthausen: „Marcel Callo – Märtyrer von Mauthausen"

Gusen II. Durch die schwere körperliche Arbeit verlor der junge Franzose zusehends an Kraft. Der Sterbende wurde noch ins Krankenrevier nach Mauthausen gebracht. Am 19. März 1945 endete sein Lebensweg. Fast ein halbes Jahrhundert später wurde der gelernte Buchdrucker von Papst Johannes Paul II. seliggesprochen.

Egon Ranshofen-Wertheimer[17, 18]

Kurz nach Weihnachten am 28. Dezember 1957 herrschte am New Yorker Flughafen ein reges Treiben. Die Lichter am Christbaum in der Eingangshalle vermittelten noch immer weihnachtliche Stimmung. Ein elegant gekleideter Mann brach plötzlich zusammen. Wegen seines großen Heimwehs wollte er in seine alte Heimat Österreich fliegen. Obwohl sofort Sanitäter und ein Notarzt zur Stelle waren, kam für den Mann jede Hilfe zu spät. Es war der Soziologe, Journalist, Buchautor, Patriot und Diplomat Egon Ranshofen-Wertheimer.

Egon Ranshofen-Wertheimer wurde am 4. September 1894 als Sohn des katholischen Grundbesitzers Julius Wertheimer in Ranshofen bei Braunau am Inn geboren. Einige seiner Vorfahren waren Juden. Sein Großvater Ferdinand Wertheimer, geboren 1817 in Regensburg, erwarb 1851 das ehemalige Kloster. Als Student der Agriculturchemie unternahm er mehrjährige Studienreisen quer durch Europa. Er schuf aus dem ehemaligen Klostergut eine Musterlandwirtschaft. Seine Nachfolger waren weniger erfolgreich. Das Gut musste 1934 versteigert werden. Die Sparkassen Ried und Braunau waren die Bestbieter. Dr. Egon Ranshofen-Wertheimer schrieb später von einer wachsenden Schuldenlast. Die Nationalsozialisten übernahmen nach der Machtübernahme das Gut und errichteten das Innwasserkraftwerk und ein Aluminiumwerk. Egon maturierte 1912 am Akademischem Gymnasium in Salzburg. Sein Elternhaus war liberal

---

17 Willkommen in Braunau: „Egon Ranshofen-Wertheimer" von Manfred Rachbauer, 19.12.2017
18 Wikipedia: „Egon Ranshofen-Wertheimer"

geprägt. Im Oktober 1914 meldete er sich freiwillig zur Armee. Für seine Tapferkeit erhielt er diverse militärische Auszeichnungen. Nach dem Krieg kehrte er als Marxist zurück und studierte bis 1921 in Wien, Zürich, Berlin, München und Heidelberg und schloss seine Studienzeit mit „Summa cum Laude" ab. In dieser Zeit wandelte sich der Marxist Wertheimer aus pragmatischen Gründen zum Sozialdemokraten. Zwischen 1921 und 1924 arbeitete er als Redakteur in Hamburg, in den folgenden sechs Jahren war er Auslandskorrespondent der Zeitung „Vorwärts" in London. Ein Buch über die britische Arbeiterpartei wurde zum Bestseller. In seinem Freundeskreis befand sich der Ökonom Leopold Kohr.[19] Auch britische Regierungsmitglieder fanden Gefallen an seinem Buch. Diese ermöglichten ihm eine Anstellung als Diplomat beim Völkerbund. Zwischen 1930 und 1940 war er als Diplomat in Genf beschäftigt. Seit 1933 war er im Visier der gleichgeschalteten deutschen Presse. Er versuchte seinen Arbeitgeber, den Völkerbund, davon zu überzeugen, dass der Einmarsch Deutschlands in Österreich ein völkerrechtliches Verbrechen war. Gemeinsam mit dem Kaisersspross Otto Habsburg wollte er eine österreichische Exilregierung auf die Beine stellen. Beide Versuche scheiterten kläglich, bekanntlich hat nur Mexiko gegen die Besetzung Österreichs protestiert.

Frustriert von den Ereignissen in Europa emigrierte er ein Jahr nach Kriegsbeginn in die USA. Als Protest gegen die Eingemeindung Ranshofens in die Hitler-Geburtsstadt nannte er sich fortan Ranshofen-Wertheimer. Zunächst als Universitätsprofessor und später als Beamter im Außenministerium kämpfte er vor allem für den Sieg über das Naziregime. Nebenbei betätigte er sich als Journalist für namhafte amerikanische Zeitungen wie die New York Times und die Washington Post. Als profunder Kenner der Nazi-Ideologie versorgte er nicht nur die amerikanische Regierung, sondern auch deren Bürger mit wertvollem Hintergrundwissen. Mit größter Energie schrieb er gegen die Nazis und für ein selbständiges Österreich. Das vorherrschende Bild der Amerikaner, der Großteil der Österreicher

---

19 Salzburgwiki: „Leopold Kohr"

seien fanatische Nationalsozialisten, wollte er in seinen Beiträgen immer wieder korrigieren. Viele geflohene Österreicher wurden in den Staaten wie Feinde behandelt und daher auch häufig diskriminiert. Gemeinsam mit dem Ökonomen Leopold Kohr kämpfte er für ein positiveres Bild von Österreich. Nach der Beendigung des Krieges sollte Südtirol wieder Bestandteil Österreichs werden. Jene Südtiroler Optanten, die ausgewandert waren, hätten dies wegen des enormen Druckes des Duce gemacht.

Als sich die Niederlage des Hitler-Regimes abzeichnete, gab es in den USA verschiedene Szenarien, wie man mit den Besiegten umgehen sollte bzw. wollte. Im August 1944 soll der amerikanische Finanzminister Henry Morgenthau einen Plan verfasst haben, der vorsah, Deutschland in ein Agrarland zu verwandeln. Dadurch sollte verhindert werden, dass Deutschland wieder einen Angriffskrieg beginnen könnte. Im September 1944 wurde dieses Memorandum, das viel Wasser auf die Mühlen der deutschen Kriegspropaganda bedeutete, der Presse zugespielt. Laut Goebbels war das Ziel dieses Plans die „Versklavung des Germanentums" durch das Weltjudentum. Goebbels schimpfte Morgenthau einen „jüdischen Racheengel", der Deutschland vernichten und in einen riesigen Kartoffelacker verwandeln wolle. „Judas Mordplan" diente den Durchhalteparolen der Nazi-Propaganda. Die Amerikaner wurden zu Teufeln gemacht. Der „Völkische Beobachter" vertrat die Meinung, der Jude Morgenthau bereite den größten Völkermord in der Geschichte vor, 30 Millionen Deutsche sollten dem Hungertod ausgeliefert werden. In den letzten Kriegstagen hoffte der Großteil der Bevölkerung, von Briten und Amerikanern besetzt zu werden und nicht von den Russen oder Franzosen.

Wegen des Kalten Krieges wurden die Westdeutschen bald Verbündete der USA. Allerdings dient die „Morgenthau-Legende" Rechtsradikalen noch immer als Aufhänger für ihre antisemitische Propaganda. Durch diese Argumentation wurden plötzlich aus Opfern Täter.

In der neu geschaffenen UNO wurde Dr. Egon Wertheimer-Ranshofen bis zu seiner Pensionierung im Jahre 1955 Beamter. Er war der einzige

Österreicher, der bei der Gründung der UNO in San Francisco anwesend war. Erst später wurde New York der Hauptsitz der Friedensorganisation. Als solcher setzte er sich vor allem für die Beendigung der Vorherrschaft der vier Mächte ein. Als Hochkommissar war er für einige Krisengebiete der damaligen Welt zuständig. Als ehemaliger Mitarbeiter des Völkerbundes analysierte er das Scheitern und damit das Ende des Völkerbundes. Auch seine ehemalige Heimat Österreich war ihm immer ein wichtiges Anliegen. Der Staatsvertrag und die rasche Aufnahme Österreichs in die UNO trugen zum Teil seine Handschrift. Er gilt als einer der Vordenker der Europäischen Union.

Nach seinem Tod wurde sein Leichnam nach Europa überführt und am 10. Januar 1958 im Grab seiner Familie bestattet. Sein Traum, in Österreich ein geachteter Politiker zu werden, blieb ihm wegen seines frühen Todes verwehrt.

Heute ist Dr. Ranshofen-Wertheimer in seiner Heimat Österreich weitgehend in Vergessenheit geraten. Als hoher Beamter der UNO kämpfte er unermüdlich für die Befreiung Österreichs und später für den Staatsvertrag. Bei den 16. Braunauer Zeitgeschichte-Tagen stand der ehemalige Diplomat mit jüdischen Wurzeln im Mittelpunkt der Veranstaltung. Alljährlich verleiht die Stadt Braunau den „Ranshofen-Wertheimer-Preis" an verdiente Auslandsösterreicher. Auch ein Stern in einer fernen Galaxie ist nach ihm benannt.

SINTI UND ROMA

Seit mindestens 600 Jahren leben Sinti und Roma[1] in Europa. Ursprünglich kamen sie aus Indien, von wo aus sie mehrere Jahrhunderte lang Richtung Westen wanderten. Hier wurden sie schon vor Jahrhunderten systematisch diskriminiert und verfolgt. Selbst nannten sich diese Volksgruppen nicht „Zigeuner"– das war schon bald nach den ersten Kontakten mit der Mehrheitsgesellschaft ein abwertender Begriff. Roma siedelten hauptsächlich in Osteuropa, Sinti vorwiegend in Mitteleuropa. Roma hatten kein Aufenthaltsrecht. Sie wurden als Minderheit, die über eine eigene Sprache und Kultur verfügte und meist von dunklerer Hautfarbe war, ausgegrenzt und sozial deklassiert und damit zum „Wandervolk". Sie wurden als *„diebisches Volk"* oder als *„Gemisch und Auswurf"* bezeichnet. Im Reichstag zu Freiburg 1498 wurden die Roma reichsweit für „vogelfrei" erklärt, also geächtet. 1933[2,3] wurden sie in Oberwart von Bürgermeistern, Vertretern der Landesregierung und Gerichtsbeamten zur *„verwerflichen Rasse"* erklärt. Die Nationalsozialisten schürten die Vorurteile, dass Kriminalität und asoziales Verhalten bei ihnen vererbbar seien. 1938 und 1939 fand eine große Verhaftungswelle gegen die Volksgruppe statt. Sie wurden zunächst in „Zigeunerlager" verschleppt. Hier sollten sie das Arbeiten lernen. Eines dieser Lager befand sich in Weyer[4], damals im Gemeindegebiet von St. Pantaleon im Bezirk Braunau am Inn, das 1940 als Arbeitslager eingerichtet wurde. Der Großteil der Internierten stammte aus der Umgebung. Ein Gendarmeriemeister und zehn Polizeireservisten bildeten das Aufsichtspersonal, ein Beamter der Kriminalpolizei aus Linz wurde Lagerleiter. Die Gefangenen wurden vor allem zu Entwässerungsarbeiten

---

1 BR24: „Zur Geschichte der Sinti und Roma. Der lange Weg von Indien nach Deutschland"
2 Zentrum polis Politik, Lernen in der Schule: „Soziale Ausgrenzung. Fokus: Roma in Österreich"
3 Wikipedia: „Roma in Österreich"
4 Wikipedia: „Arbeitserziehungs- und Zigeuneranhaltelager St. Pantaleon-Weyer"

herangezogen. Als fünf Häftlinge in kurzer Folge nach Misshandlungen starben, zeigte der Gemeindearzt von St. Pantaleon diese „Auffälligkeit" bei der Staatsanwaltschaft Ried im Innkreis an. Das Arbeitslager wurde in der Folge geschlossen und diente als Zigeuneranhaltelager hauptsächlich für etwa 300 Roma. Die angeführten Todesursachen sind zum Teil äußerst merkwürdig: *„Lebensschwäche"* und *„Herzkollaps"* bei Kindern, *„Herzfleischentartung"* bei einer älteren Frau. Die toten Körper der Sinti wurden nach übereinstimmenden Aussagen von Zeitzeugen zunächst in der Totengräberkammer des Friedhofs Haigermoos zwischen Kannen und Schaufeln ablegt und nachts in einem nicht erkennbaren Grab verscharrt. Am 4. November 1941 wurde das Lager aufgelöst, die Insassen wurden in Viehwaggons verladen und nach einem dreitägigen Zwischenaufenthalt im burgenländischen Lackenbach mit 4700 anderen Personen ins Zigeunerlager des Ghettos Litzmannstadt deportiert. Von dort kehrte niemand zurück. Die vollkommene Entfernung der *„ziganischen Volksgruppe"* war schon längst Bestandteil der Politik in Berlin. Viele Sinti und Roma wurden im Vernichtungslager Auschwitz-Birkenau ermordet. Eine dieser Familien war die Familie Rosenfels aus Weng, Bezirk Braunau. Bis Januar 1941 lebten Emma und Clemens Rosenfels mit ihren zehn Kindern in Weng. Die Familie war in der Gemeinde anerkannt. Ihre Kinder waren bei ihren Mitschülern beliebt. Von einem auf den anderen Tag waren sie weg. Sie passten zwar in die Ortsgemeinschaft von Weng, aber dem Regime passten sie schlichtweg nicht in „sein System". Gab es vor 1938 etwa 11.000 Sinti und Roma in Österreich, waren es nach dem Krieg nur noch etwa 1500. Ihr Todesurteil war schlichtweg darin begründet, dass sie dem Leitbild des Germanentums so gar nicht entsprachen. Die alten Vorurteile von wegen ihrer angeblich angeborenen Kriminalität und ihrer Arbeitsscheu wurden von den braunen Machthabern neu befeuert. In für sie eingerichteten Arbeitslagern kam es zu Massenzwangssterilisierungen. Seit 1993 werden die Sinti und Roma in Österreich als Volksgruppe anerkannt. Die Vorurteile gegen sie blieben dennoch erhalten. Sie wurden und werden noch immer als *Bettler, Taschendiebe, Kinderstehler und Faulpelze* diskriminiert.

Am 4. Februar 1995[5] wurden vier Roma in Oberwart durch eine Sprengfalle getötet. Die Rohrbombe war an einem Schild mit der Aufschrift „*Roma zurück nach Indien*" angebracht. Beim Versuch, dieses Schild zu entfernen, explodierte der aus ca. 150 Gramm gedämmtem Nitroglyzerin hergestellte Sprengsatz. Zunächst gaben die Behörden den Opfern selbst die Schuld. Hausdurchsuchungen in den Wohnungen der Opfer wurden angeordnet. Es war der größte Terroranschlag Österreichs in der Zweiten Republik. Viel später wurde Franz Fuchs als Bombenleger enttarnt. Mit seiner Rohrbombe hat er das Leben von vier unschuldigen Menschen ausgelöscht. Jeder von ihnen ging einer geregelten Arbeit nach und zahlte damit auch Steuern an die Republik Österreich. Heute gibt es wieder etwa 40.000 Roma und Sinti in Österreich. Viele von ihnen geben ihre Zugehörigkeit zu dieser Volksgruppe erst gar nicht bekannt und schützen sich und ihre Familie dadurch vor Vorurteilen. Bei der Volkszählung 1991 haben sich nur 122 Roma und Sinti als solche deklariert. Bekannte Roma und Sinti waren bzw. sind: Yul Brynner, Marianne Rosenberg, Gipsy Kings und Django Reinhardt

---

5   Wikipedia: „Franz Fuchs (Attentäter)"

PRIESTER IM III. REICH

Spätabends am 12. März 1938 erreichte Adolf Hitler die Stadt Linz. Die Gestapo war wesentlich früher vor Ort und begann ihre unheilvolle Tätigkeit. Sie konnte dabei auf die Arbeit der ehemaligen illegalen Nationalsozialisten zurückgreifen, die in der Kirche die gefährlichste Opposition sahen. Am Beispiel von Polen war dies besonders augenfällig. Polen galt als das Land, dessen Bevölkerung besonders stark von der katholischen Kirche geprägt war. Es ist daher wenig verwunderlich, dass besonders viele polnische Priester Opfer des Regimes wurden. Ab nun wurde nicht nur mit Mord, sondern auch durch Rufmord gegen viele Priester vorgegangen. Viele Geistliche wurden mit dem Brandmal der Homosexualität versehen.

Bereits wenige Stunden nach dem Einmarsch der deutschen Truppen in Österreich wurden mit den Priestern DDr. Franz Ohnmacht und Matthias Spanlang die ersten *„Regimegegner im Priesterrock"* verhaftet. Ohnmacht wohl als Faustpfand für seinen Bischof Gföllner, Spanlang wegen seiner in ihren Augen provozierenden Zeitungsartikel und Predigten. Beide haben unvorstellbare Qualen in diversen Konzentrationslagern und Gefängnissen erlitten, sind aber heute sogar in ihren ehemaligen Wirkungskreisen weitgehend vergessen.

Franz Xaver Ohnmacht[1,2] kam 1893 in Raab im Innviertel zur Welt. Es zählt zu jenen Zufällen des Lebens, dass ein Dr. Ernst Kaltenbrunner in Raab einen Teil seiner Jugend verbrachte. Kaltenbrunner war um zehn Jahre jünger als Ohnmacht. Beide dürften sich nie begegnet sein, da der Vater von Franz Ohnmacht schon bald die Arztstelle in Lambrechten

---

1 Rudolf Zinnhobler: „Er litt für seinen Bischof – Franz Ohnmacht (1893–1954) im Lichte neuer Forschungen". Wagner Verlag Linz

2 Rudolf Zinnhobler: „Von Florian bis Jägerstätter. Glaubenszeugen in Oberösterreich". Wagner Verlag Linz

übernahm. Als Hochbegabter wurde er von Bischof Hittmair nach Rom zum Studium geschickt. Während des Ersten Weltkrieges empfing er die Priesterweihe und promovierte zum Dr. der Theologie. Schon bald nach seinem Studium in Rom wurde er enger Mitarbeiter – und wohl auch Vertrauter – von Bischof Gföllner. Gemeinsam verfassten sie im Jänner den Hirtenbrief „*Über den wahren und den falschen Nationalsozialismus*". Beide Männer distanzierten sich sehr eindeutig von den „Brückenbauern", die ernsthaft an eine Kooperation zwischen Kirche und Nationalsozialismus glaubten. Der bedeutendste „Brückenbauer" war wohl Bischof Alois Hudal.[3] Dieser sollte nach dem Krieg die gesamte katholische Kirche in ein schiefes Licht rücken und damit in Misskredit bringen. Es kann allerdings auch nicht ausgeschlossen werden, dass die vatikanische Kirchenführung den „Fluchthelfer-Hudal" durchaus unterstützte. Via „Rattenlinien" verhalf er unzähligen Nazi-Verbrechern zur Flucht nach Südamerika, nach Syrien und in andere Teile der Welt.

Diese Vertrauensstellung bei Bischof Gföllner sollte DDr. Franz Ohnmacht zum Verhängnis werden. Es gab die Weisung Hitlers, dass die Bischöfe und Kardinäle des Reichs weitgehend unbehelligt bleiben mussten. Also griffen die NS-Schergen zu perfiden Maßnahmen. Eine davon war wohl, dass bereits nach der „*Heimholung ins Reich*" Franz Ohnmacht „*stellvertretend*" für den Bischof gedemütigt, gefoltert und „*dank*" fragwürdiger ärztlicher Versuche zu einem Pflegefall, ja zu einem menschlichen Wrack gemacht wurde. Bereits am 13. März 1938, kurz nach einem gemeinsamen Spaziergang mit dem Bischof, wurde er von der Gestapo festgenommen und ins Polizeigefängnis in der Mozartstraße gebracht. Mitte Juni 1938 erfolgte seine Überstellung ins KZ Dachau. Die SS-Schergen warteten erst gar nicht auf die Ankunft in Dachau, schon unterwegs wurde DDr. Ohnmacht gedemütigt. So musste er auf Geheiß eines jungen SS-Offiziers eine Predigt über die Jungfräulichkeit Mariens halten. Was als Provokation

---

3 Wikipedia: „Alois Hudal – Ruf des Hoftheologen und Fluchthelfers der Nationalsozialisten"

gedacht war, geriet aber wegen der hohen Intelligenz Ohnmachts zu einer Lobpreisung der Muttergottes.

In Summe verbrachte DDr. Ohnmacht fast fünf Jahre in verschiedenen Konzentrations- und Straflagern des Reiches. Schwerste körperliche Arbeiten bei nur geringen Essensrationen wechselten mit körperlichen Quälereien wie dem berüchtigten Pfahlhängen ab. Während er als Mitarbeiter des Bischofs wegen seiner Bedeutung oft scherzhaft als „Dr. Allmacht" bezeichnet wurde, bekam sein Familienname spätestens im KZ Dachau eine tiefere Bedeutung. Ohnmacht steht laut Duden für Macht- und Hilflosigkeit. Ohnmächtig musste er Schläge und Demütigungen über sich ergehen lassen. Am Heiligen Abend des Jahres 1938 wurde er unter dem Julbaum und dem Gejohle der Wachsoldaten am Appellplatz ausgepeitscht. Ohnmächtig stand er der Tatsache gegenüber, dass Glaubensbrüder gefoltert und hingerichtet wurden. Ohnmächtig musste er auch jene medizinischen Versuche über sich ergehen lassen, die ihm zunächst sehr viel Energie nahmen und ihn Jahre später zum Pflegefall werden ließen. Sein geschundener Körper wurde am Ende noch Experimentierfeld für sinnlose Versuche. So wurden in den Körper dieses Gequälten die Hormone von Hengsten injiziert. Seine Familie blieb inzwischen nicht untätig. Die vielen Eingaben der Diözese, seines Bruders, der damals Gemeindearzt in Enzenkirchen war, und seiner alten Mutter blieben zumindest zunächst erfolglos. Seine Schwester fuhr inzwischen nach München, um die Mutter von Himmler zu treffen. Frau Himmler war eine überzeugte Christin und besuchte täglich den Frühgottesdienst. Zu ihrem Leidwesen traten zwei ihrer Söhne aus der katholischen Kirche aus, nur ihr Heinrich blieb der „*Kirche treu ergeben*". Diese Ansicht vertrat wahrscheinlich nur die Mutter Himmlers. Folgender Ausspruch von Himmler ist überliefert: *Wir werden mit dem Christentum in noch stärkerer Form als bisher fertigwerden müssen. Mit diesem Christentum, dieser größten Pest, die uns in der Geschichte anfallen konnte, die uns für jede Auseinandersetzung schwach gemacht hat, müssen wir fertigwerden.* Es ist allerdings mehr als rätselhaft, warum Himmler den Schritt des

Kirchenaustrittes nicht vollzog. Himmler war es ja ein Anliegen, möglichst viele Priester und Gläubige umbringen zu lassen.

Die Mutter wandte sich tatsächlich an ihren Sohn Heinrich. Die Antwort ihres Sohnes war jedoch abschlägig, weil Franz Ohnmacht nach Diktion des Allmächtigen gegenüber der *„Obrigkeit nicht gehorsam"* war. Der Ungehorsam bestand wohl darin, dass er Beichte hörte und auch sonst religiös tätig war. Allerdings dürfte ein zweites Ansuchen an Himmler, dieses Mal von seiner Stiefmutter gestellt, mehr Erfolg gehabt haben. 1943 wurde Franz Ohnmacht tatsächlich aus dem KZ Dachau entlassen und in das nördliche Deutschland verbannt. Auch nach dem Zusammenbruch des Tausendjährigen Reiches blieb ihm die Heimkehr nach Linz zunächst verwehrt. Nun bildeten die Besatzungsmächte ein natürliches Hindernis.

Von 1943 bis 1946 verbrachte er in einem norddeutschen Ort seine Exilzeit. Erst 1946 – also acht Jahre nach seiner Verhaftung – kehrte er nach Linz zurück. Die Spätfolgen seiner langen Gefangenschaft und die an ihm vorgenommenen ärztliche Versuche machten sich immer mehr bemerkbar. Nun begann der zweite Leidensweg im Leben des DDr. Franz Ohnmacht. Nur mehr mit Hilfe eines zweiten Priesters konnte er eine Messe zelebrieren Am 11. April 1954 beendete der Tod das Leben eines großartigen Mannes, der für einen anderen leiden musste.

Matthias Spanlang, der verhinderte Selige

Der 13. März 1938 war ein Sonntag, der Tag des Herrn. Dieses Mal war es allerdings der Tag der neuen Herren. Vor der Kirche und dem Pfarrhof von St. Martin im Innkreis gab es eine größere Menschenmenge. Dieses Mal wurden nicht wie üblich von den Messbesuchern nach dem Gottesdienst Neuigkeiten ausgetauscht. Dieses Mal waren auch viele Bürger vor der Kirche, die man „Jahr und Tag" nicht in der Kirche sah. Sie waren auch nicht wegen des Gottesdienstes gekommen, sondern wegen des Pfarrers der Gemeinde. Am Dachboden des Pfarrhofes hatten die SA-Angehörigen ein Munitionslager entdeckt. Nach diesem „Beweis" wurde Pfarrer

Spanlang herausgeholt und verhaftet. Verschämt blickten viele gegen den Boden und verspürten dabei ihre Machtlosigkeit, ihre Ohnmacht. Andere wollten einander mit martialischen Sprüchen förmlich übertreffen. Ein Metzger sah *„die Geschichten, die mit dem Pfarrer gemacht wurden, überhaupt nicht ein. Er hätte ihn gleich einmal in seine Wurstmaschine gesteckt".* Nun, dieses Schicksal blieb Spanlang erspart. Für ihn sollte es allerdings auch der letzte Tag ohne Demütigungen, Schläge und Folter sein. Er wurde nach Ried gebracht. An jedem Haus der Stadt war bereits eine Hakenkreuzfahne befestigt. Am Vortag fuhr der Führer durch die Stadt und holte *„Österreich heim ins Reich".* Tausende säumten den Weg des Konvois. Eine Trachtenmusikkapelle spielte das „Deutschlandlied". Noch aber herrschte Frieden. Pfarrer Spanlang, der seit 1931 der nationalsozialistischen Bewegung enorm geschadet hatte, wurde verhört. In diesem Jahr gab es in St. Martin die erste Versammlung der illegalen Nationalsozialisten. In diesem Jahr begann er – in ihren Augen – mit seinen *„feindseligen Predigten".* Ab diesem Jahr schrieb er gegen sie.[4] Spätestens seit 1931 kam es zu einer endgültigen Polarisierung innerhalb der Bevölkerung. Die Nationalsozialisten wurden seitens der österreichischen Regierung verboten. Für die Mitglieder der „*Bewegung"* kam die Zeit des Untergrundkampfes, der im Innviertel auch Opfer forderte. In Mattighofen wurde ein junger Sozialdemokrat von einem Nationalsozialisten ermordet. Am 1. Mai 1933 wurde ein Nationalsozialist in Altheim bei einer Auseinandersetzung zwischen Kommunisten und Nationalsozialisten erschossen. In dieser aufgeheizten Stimmung kamen illegale Nazis in St. Martin im Innkreis mit dem Gesetz in Konflikt. Laut den Akten[5] der Bezirkshauptmannschaft Ried im Innkreis bekamen sie vor allem Verwaltungsstrafen für folgende

---

4   Rieder Volkszeitung: Kolumnen „Unten im Antiesentale" zwischen 1931 und 1937 von Pfarrer Matthias Spanlang. Die Exemplare liegen in gebündelter Form im Rieder Volkskundehaus auf.
5   Akten der Bezirkshauptmannschaft Ried im Innkreis aus den Jahren 1933 bis 1935. Dies Akten wurden dem Landesarchiv Linz übergeben und können via Internet abgerufen werden.

Delikte: *"verbotene Parteizugehörigkeit"*, *"Werbung für den Austritt aus der Kirche"*, *"NS-Umtriebe"*, *"abfällige Äußerungen zum Tod von Dollfuß"*, *"Tragen des Hakenkreuzes"*, *Terroranschläge"* Bei den Terroranschlägen dürfte es sich vor allem um das Werfen von Papierböllern gehandelt haben. Diese hatten etwa die Sprengkraft von 20 Schweizer Krachern und konnten durchaus schwere Verletzungen hervorrufen. Auf den Besitz von Sprengstoff stand ab 1934 die Todesstrafe. Ein Kommunist aus Eberschwang wurde deshalb zum Tode verurteilt. Die Strafe wurde allerdings nie vollstreckt.

Die *"Rieder Volkszeitung"* galt in den Augen der Nationalsozialisten als *"christlichsoziales Hetz- und Sudelblatt"*. Die Druckerei wurde Ziel zweier ihrer Bombenanschläge. In der Rubrik „Unten im Antiesentale" setzte Spanlang sich mit dem aufkeimenden Nationalsozialismus auseinander. Nach der Machtergreifung Hitlers am 30. Januar 1933 verstärkte er noch einmal seine Tätigkeit für diese Zeitung. Er berichtete über die *"Vorgänge im Reich"*. Seine Sprache reichte dabei von Kampfrhetorik über Vergleiche der Wirtschaft dies- und jenseits des Inn bis zum bissigen Sarkasmus. 1933, in dem Jahr der Machtergreifung Hitlers in Deutschland, schrieb Hochwürden fast prophetische Worte über die Weiterentwicklung der Nazis in seine Rubrik: *Sie haben von der Geschichte fast nichts gelernt. Mit ihrem großen Maul suchen sie auch jetzt wieder die Welt zu bezwingen. Mit ihrem Säbelrasseln, mit ihrem Geschrei haben sie ihre Nachbarn aufgescheucht... Eine rechtlose Kolonie wollen sie aus uns machen, einen preußischen Statthalter nach Wien setzen, uns mit Braunhemden drangsalieren... Das Hakenkreuz wird schneller verblassen als man glaubt... Der Nationalsozialismus ist eine G.m.b.H. (Gehst mit, bist hin)."*

Später verglich er in einer Fabel das Regime mit einem Esel: *Dieser entkam seinem Stall, schlich über die Stiege zum Heuboden. Dort fraß er und fraß er, bis kein Heu mehr da war. Und was kam heraus? Nur Mist! Am Ende erstickte der Esel am eigenen Mist!*

Dieser Vergleich war zwar deftig, aber durchaus treffend. Nachdem Österreich „heim ins Reich" geholt worden war, wurden auch die

Goldreserven dorthin gebracht. Der Verkauf der Goldbarren reichte immerhin dafür, dass die deutsche Rüstung für Monate ausgebaut werden konnte. In vielen Bereichen war die deutsche Wirtschaft auf Kirchenraub, Arisierungen und vor allem auf Pump aufgebaut. Spätestens 1939 war das deutsche Regime ein Fall für den Konkursrichter. Der einzige Ausweg aus diesem Dilemma war anscheinend die Flucht in den Krieg. Spanlang war über die Vorgänge im Reich gut unterrichtet. Deutschland nannte er *Nazedonien*. Auch ein Rieder Rechtsanwalt, der in einer Rede an Gleichgesinnte über das *nördliche Paradies* schwärmte, *in dem sich jeder Arbeiter jeden Abend Gulasch und eine Maß Bier leisten könne*, musste sich via Zeitung den Spott des Pfarrers gefallen lassen. „*Das mit dem Gulasch und dem Bier stimme schon. Nur würden dies jene genießen, die an der Futterkrippe sitzen. Die Steuerzahler würden sich mit dem herrlichen Duft zufriedengeben (müssen).*" Während des Ersten Weltkrieges lernte Brigadepfarrer Spanlang auch deutsche Militärseelsorger kennen. Einer von ihnen war Domkurat Johannes Baptist Huber.[6] Beide waren nicht nur enge Freunde, beide verband die Abneigung gegen die „braunen und roten Bolschewiken".

Später trafen sich die beiden Männer regelmäßig am Passauer Bahnhof. Bei diesen Treffen erhielt Spanlang jene Nachrichten, die er für seine Kolumnen benötigte. Spanlang war klar, dass das Regime ein einziges Lügengebäude war.

Nach seinem Gefängnisaufenthalt in Ried wurde er ins KZ Dachau gebracht. Bei dieser Fahrt wollten die Bewacher erst gar kein Geheimnis daraus machen, was er zu erwarten habe. Zwischen Gang und Abteil wurde der Pfarrer festgebunden. Er musste in ein grelles Licht schauen, auf sein entblößtes Gesäß droschen die Aufseher mit sogenannten Gummiwürsten, mit Sand gefüllten Fahrradschläuchen.

Die NS-Zeitung „*Der Österreichische Beobachter*" beschrieb Spanlangs Verhaftung auf folgende Weise: *Spanlang ist uns kein Unbekannter. Wegen seiner moralischen Eigenschaften im Innviertel als „Blechbias" bekannt, ließ er*

---

6 Wikipedia: „Johann Baptist Huber"

allwöchentlich in seinem Leib- und Sudelblatt in der Spalte „Aus dem Antiesental" seine giftigen Pfeile gegen den Nationalsozialismus und das Deutsche Reich los.... Heute ist auch ihm sein Handwerk gelegt worden.

Im Lager angekommen begann für ihn eine entwürdigende Prozedur. Sein Priesterrock wurde durch eine Sträflingsuniform ersetzt, die Haare wurden geschoren. Schläge wechselten mit übelsten Beschimpfungen. Der Lageralltag war auch im Priesterblock mehr als qualvoll. Schwerste Lasten mussten getragen werden. Schläge der Aufseher gehörten zum Ritual. Im Lager lernte er den Tiroler Pfarrer Otto Neururer[7] kennen. Einige Aufrechte unterzeichneten in St. Martin eine Bittschrift, Spanlang sollte die Freiheit erhalten. Diese Bittschrift hatte nur eine kurze Lebensdauer. Sie landete im Ofen des Gemeindeamtes. Auch der Nachfolger Spanlangs wurde mit den Verleumdungen des Regimes konfrontiert. Demnach habe der junge Pfarrer ein Verhältnis mit der Tochter des ehemaligen Bürgermeisters gehabt. Das junge Mädchen musste sich danach einem beschämenden Jungfrauentest unterziehen.

An den Beispielen Spanlang und Neururer erkennt man, dass die Parteigenossen auf Gemeindeebene über sehr viel Macht verfügten. Ein drittes Beispiel[8] soll dies noch zusätzlich dokumentieren. Ein Soldat aus dem Innviertel kam zu früh zum Weihnachtsurlaub nach Hause. Im gemeinsamen Ehebett fand er seine Frau mit einer lokalen Parteigröße. Der gehörnte Ehemann warf den Parteigenossen aus dem Haus. Wenige Stunden später wurde der betrogene Ehemann von der Polizei geholt und in das Lager Weyer bei St. Pantaleon im Innviertel gebracht. Dort wurde er auf brutale Art misshandelt, und nach fünf Tagen glich er mehr einem Fleischklumpen als einem Menschen. An diesem Tag starb er dann auch. Im Dezember 1939 öffnete sich für Spanlang noch einmal ein Fenster der Hoffnung. Die Lagerleitung schrieb an die Gemeinde St. Martin, dass man „ihren" Pfarrer freilassen werde, allerdings müsse man ihm ein Zimmer zur

---

7 Ökumenisches Heiligenlexikon: „Otto Neururer"
8 Ludwig Laher: „Herzfleischentartung", Roman aus dem Jahre 2001.

Verfügung stellen. Das angesprochene Fenster der Hoffnung wurde aber von der Gemeindeführung brutal zugeschlagen. Als Begründung wurde *die Gefahr gesehen, dass die Anwesenheit Spanlangs sich negativ auf die Bevölkerung auswirken würde. Vor allem die sittliche Entwicklung der Jugendlichen sah die Gemeindeleitung als gefährdet an.*

Die letzte Station auf seinem ganz persönlichen Kreuzweg sollte das KZ Buchenwald werden. Mit einem Körpergewicht von 120 Kilogramm verließ er einst seine Pfarre, nun wog er nur mehr 45 kg. Zu den „Spezialitäten" dieses Lagers gehörte, dass man ein perfektes Spitzelwesen installierte und die „Drecksarbeit" weitgehend den Kapos überließ. Das Spitzelwesen erschien den Lagergewaltigen schon deshalb erforderlich, weil man etwas über Vorgänge zwischen den Inhaftierten erfahren wollte. Kapos trugen als Erkennungszeichen jenes der Kriminellen. Diese Kapos waren unter den Gefangenen privilegiert, dafür mussten sie ihre Mitgefangenen drangsalieren.

Für die Priester, laut Abzeichen galten sie als „politische Gefangene", gab es ein strenges Verbot, religiöse Handlungen vorzunehmen. Im Tiroler Otto Neururer fand Pfarrer Spanlang bald einen Freund und im wahrsten Sinne des Wortes einen Leidensgefährten. Beide kamen in das Invalidenkommando. Sie mussten Wurzelstöcke herausarbeiten und schwere Baumstämme tragen. Neururer und Spanlang hielten sich nicht an das Verbot, religiöse Handlungen vorzunehmen. Als Vorgeschmack wurde über sie die „Pfahlstrafe" verhängt. Bei Spanlang gab es noch einmal eine Verschärfung dieser Strafe. Seine Hände wurden am Rücken gefesselt. Mit einem weiteren Seil wurde er in die Höhe gezogen. Sinn dieser „Übung" sollte es wohl sein, die Schulterblätter und wohl auch seinen Willen zu brechen.

Bei diesen brutalen Torturen brachen zwar die Schulterblätter, nicht aber der Wille der beiden Unbeugsamen. In der Gegenwart würden solche Verletzungen mehrere Operationen, einen Reha-Aufenthalt und einen mehrmonatigen Krankenstand bedeuten. Spanlang musste bereits am folgenden Tag wieder schwere Steine schleppen.

Dann tappten sie in eine von der Lagerleitung gestellte Falle. Ein Spitzel wurde in den Priesterblock eingeschleust. Dieser gab vor, dass er zur katholischen Kirche konvertieren wollte.

Am 28. Mai 1940 wurden die beiden Priester über den Lagerlautsprecher aufgerufen, zum Lagertor zu kommen. Von dort wurden sie in den berüchtigten Lagerbunker gebracht. Otto Neururer wurde nackt an seinen Beinen gefesselt und mit dem Kopf nach unten aufgehängt. Er klagte nicht, schrie nicht und betete ohne Unterlass. Nach 34 Stunden wurde er vom Tod erlöst.

Über die genauen Todesursachen von Spanlang weiß man nur wenig. Es gibt allerdings Vermutungen, dass auch er mit dem Kopf nach unten aufgehängt wurde. Das ist durchaus glaubhaft, da viele SS-Schergen zur Verhöhnung der Religionen neigten. Als Todesursache wurde bei beiden Männern „akutes Herzversagen" angegeben. Bei beiden Leichen gab es tatsächlich kein Zeichen äußerer Gewalteinwirkung, die Schienbeine waren mit Lammfellen umwickelt, deshalb gab es auch keine sichtbaren Druckstellen an den Beinen.

Als einer der Mörder der beiden Männer gilt Hauptscharführer Martin Sommer.[9] Er betrieb im Todesbunker sein grausames Handwerk, war die graue Eminenz und wurde von den Lagerinsassen als der „*Henker von Buchenwald*" oder als „Bestie in Menschengestalt" bezeichnet. Häftlinge ließ er zum Beispiel auf „Böcke" fesseln und versetzte ihnen bis zu 25 Schläge auf das blanke Gesäß. Die Gequälten mussten bei dieser Tortur noch mitzählen. Viele überlebten diese Schläge nicht und starben an Nierenquetschungen und Ähnlichem. Bis zu 2000 Schläge versetzte er seinen Häftlingen täglich. Er beklagte sich wegen der „Blasenbildung an seinen Händen" bei seinen Kollegen. Später zog er seine gefürchteten schwarzen Handschuhe an. Martin Sommer war ein ausgewiesener Sadist. Einem Lagerinsassen zerdrückte er mit einer Schraubzwinge die Schädeldecke. Sein Lieblingsmordzeug war eine Dreikantfeile. Das Töten von Menschen

---

9   Der Spiegel: „Schwarze Handschuhe" 40/1956

bereitete ihm den absoluten Lustgewinn. Die Leichen schob er oft unter das Bett in seinem Dienstzimmer, am nächsten Tag wurden diese dann von den Leichenträgern abgeholt. Sommer ließ einen nackten Häftling abwechselnd seine Hoden in eiskaltes und siedend heißes Wasser hängen. Nach dieser schmerzvollen Prozedur pinselte er die zerfetzte Haut mit Jod ein. „Fürsorglich" legte er vielen Inhaftierten Stricke in ihre Zellen. Sie sollten dadurch – nach seiner Ansicht – ihr unbedeutendes Leben selbst beenden können. Die Angst vor diesem Monster sprang schließlich sogar von den Inhaftierten auf seine Kollegen über. Nur ein geringer Teil der Inhaftierten konnte den „Todesbunker" wieder verlassen. Zum Abschied erhielten jene, die den Bunker überlebten, von Sommer als „Abschiedsgeschenk" Rauchwaren. Sein absoluter Hass richtete sich gegen die Juden. Mehr als 100 Juden wurden in den Bunker eingeliefert, keiner von ihnen hat ihn lebend verlassen. Eine weitere Lieblingstötungsart blieb das Erwürgen mit seinen eigenen Händen. Mordopfer Sommers waren auch die beiden österreichischen Theologen Otto Neururer und Matthias Spanlang.

Ab 1942 wurde Himmler immer öfter zugetragen, dass in den Konzentrationslagern Korruption auftrat. KZ-Kommandanten und Bewacher würden sich durch das Raubgut (Zahngold, Utensilien der Häftlinge...) bereichern. Als Sonderermittler wurde der SS-Richter Konrad Morgen in die Konzentrationslager des Reiches geschickt. Im KZ Buchenwald wurde er schnell fündig. Der Lagerkommandant Koch[10] wurde zum Tode verurteilt und erschossen.

Martin Sommer erhielt Frontbewährung. Bei einem Gefecht in der Nähe von Eisenach erhielt er schwerste Verletzungen. Bis zu seinem Lebensende 1988 war er an den Rollstuhl gefesselt. Seine Hände waren verkrüppelt.

Beide Priester wurden eingeäschert und Tage später wurden die Urnen ihren Verwandten postalisch zugestellt. Die Verwandten mussten dann nicht nur die „Transportkosten", sondern auch die Kosten für das Krematorium

---
10 Wikipedia: „Karl Otto Koch"

übernehmen. Die Schicksalsgefährten waren enge Freunde, vereint wurden sie letztendlich durch ihren gewaltsamen Tod. Die Außenwelt reagierte auf beide Persönlichkeiten und deren Hinscheiden durchaus kontrovers.

Neururers Vorgesetzter, Provikar Carl Lampert, setzte alle Hebel in Bewegung, um die Befreiung Neururers zu erreichen. Das Verfassen der Todesanzeige Neururers sollte für Lampert sein eigenes Todesurteil bedeuten. Dabei wurden der *Sterbeort* und die Art seines Sterbens – *sein Hinscheiden werden wir nie vergessen* – angedeutet.

Dieser Gefahr setzte sich Dechant Riepl, Spanlangs direkter Vorgesetzter, erst gar nicht aus. Sein Aufruf zur Bejahung der Volksabstimmung vom April 1938 imponierte sogar jenen Parteibonzen, die die Rückkehr Spanlangs aus „moralischen Gründen" verhinderten. In seiner „Festpredigt zum 49. Geburtstag des geliebten Führers" unterstützte Dechant Riepl die *„Los-von-Rom-Bewegung"*. Diese Forderung war bereits kurz nach Beendigung des Ersten Weltkrieges von nationalen Kreisen in Ried erhoben worden und ging bekanntlich auf Georg von Schönerer zurück. Der Tod Spanlangs hatte nach dem Krieg durchaus ein juristisches Nachspiel. Erhebungen in verschiedene Richtungen ergaben dann am Ende ein eindeutiges Urteil der ermittelnden Behörde. Matthias Spanlang habe an seinem gewaltsamen Ende selbst die größte Schuld getragen. Demnach habe er die Gebote und Verbote des Konzentrationslagers nicht zur Kenntnis nehmen wollen und provozierte damit sein eigenes Ende. *Nicht die Mörder, sondern der Ermordete war also der Hauptschuldige.* Diese Taktik wird auch noch heute gern angewendet. Auf sehr bequeme Art und Weise schiebt man die Eigenverantwortung von sich ab und überlässt dem Opfer die Verantwortung für das Geschehene.

Auch der heutige Staat leistet sich viele Institutionen, die ein rechtliches Gleichgewicht zwischen den Bürgern herstellen sollten. *Grau ist alle Theorie* und vor allem für viele Beamte die Triebfeder ihres Handelns. Schon aus Gründen der Bequemlichkeit. Die These von Dr. Joseph Goebbels *Wir machen keine Märtyrer, sondern Verbrecher aus ihnen* dürfte bis in die Gegenwart von Erfolg gekrönt sein. Die Ermordeten wurden nicht nur ihres Lebens, sondern posthum auch ihrer Ehre beraubt. Jene, die ihn an den Massenmörder Martin Sommer auslieferten, erhielten nun den gewünschten Persilschein. Sie wurden willkommene Mitglieder im örtlichen Gesangsverein und erhielten einen ehrenden Nachruf in jener Wochenzeitung, in der Spanlang noch ein Jahrzehnt vorher gegen sie schrieb. Die Ermordung Spanlangs und Otto Neururers konnte Martin Sommer letztlich nicht nachgewiesen werden.

In seiner Predigt zum 80. Jahrestag der Besetzung Österreichs durch die Wehrmacht ging der oberösterreichische Diözesanbischof Dr. Manfred Scheuer im KZ Dachau auf das Wirken und vor allem auf die Ermordung dieses großartigen Gottesmannes ein.

Mittelpunkt des Ortes – in ein Diesseits und Jenseits getrennt – ist die „Herrschaft". 1821 kaufte das Geschlecht Arco von Valley das Schloss und die dazugehörigen Latifundien. Graf Ferdinand Arco von Valley und seine Verwalter hatten vor dem Krieg nicht immer die beste Zahlungsmoral. Mehrmals pilgerte Spanlang in das Schloss, damit die Taglöhner ihren Lohn erhielten. An dieser Stelle darf angemerkt werden, dass Spanlang[11] überaus sozial war. In der Adventzeit bettelte er, damit auch die Kinder der armen Leute ein kleines Geschenk zu Weihnachten erhielten.

Als zweiter Einwohner von St. Martin wurde Graf Ferdinand[12] in einem KZ inhaftiert. Sein Schloss wurde vom Regime enteignet. Sein Bruder Anton und dessen Frau wurden allerdings als Verwalter bestellt. Zwischen Februar und Mai 1945 waren Lipizzaner in den Stallungen des Schlosses zu Gast. Bei einer improvisierten Galavorführung ritt General George Patton auf jenem Hengst, den Hitler eigentlich dem japanischen Kaiser zum Geschenk machen wollte.

Am 7. Mai 1945 unterzeichnete Dr. Lothar Rendulic als Oberbefehlshaber die Kapitulation der Heeresgruppe Ostmark. Nach dieser

---

11 Diverse Zeitzeugenberichte von Bürgern der Marktgemeinde St. Martin im Innkreis
12 Wikipedia: „Graf Ferdinand Arco von Valley"

Unterschrift wurde Rendulic inhaftiert und später zu 20 Jahren Gefängnis verurteilt. Aus den 20 Jahren wurden dann nur drei Jahre. Während die meisten Einwohner Salzburgs hungerten, fanden die Gefangenen im Lager Glasenbach durchaus lebenswerte Verhältnisse vor. Gemeinsam mit Landeshauptmann Eigruber schuf Rendulic im April 1945 noch die sattsam bekannten Schnellgerichte. Unzählige Landsleute fielen dieser „Schnellgerichtsbarkeit" zum Opfer. Nach seiner Entlassung arbeitete er als Militärhistoriker und schrieb für eine große oberösterreichische Zeitung. Sein Versuch, Obmann einer österreichischen Partei zu werden, scheiterte. Seine These, dass „seine" Wehrmacht immer ehrenvoll gekämpft habe und die Verbrechen nur von der SS begangen wurden, sind längst widerlegt.

Graf Ferdinand Arco von Valley sah es als seine Pflicht an, am 5. Juni 1946, dem sechsten Todestag des Pfarrers, zu einem feierlichen Pontifikalrequiem einzuladen. Seine eigenen KZ-Erlebnisse waren wohl der Hauptgrund für diesen ungewöhnlichen Schritt. Der „Fall Spanlang" wurde seitens der Behörde neu aufgerollt. Jene, die seine Entlassung verhinderten, übten sich nun in gegenseitigen Schuldzuweisungen. Der ehemalige Bürgermeister meinte, dass er nichts vom „Angebot" des KZ gewusst habe und seine Unterschrift wohl gefälscht worden sei. Am Ende gab es dann doch einen posthumen Schuldspruch. Hauptverantwortlicher für seinen Tod sei halt der Pfarrer selbst gewesen. Er habe sich nicht an die Verbote des KZ Buchenwald gehalten. Das Problem der Nachkriegszeit war auch, dass viele Täter ungeschoren davonkamen.

Oft genug kam es zu einer Schubumkehr. Aus Tätern wurden Opfer, aus Opfern wurden Täter.

Es dauerte immerhin bis zum Jahre 2017, bis aus dem KZ-Opfer Maria Mandl auch formaljuristisch eine Verbrecherin wurde. Jene Maria Mandl[13], die die „Stabprobe" erfand. Dabei mussten die Neuankommenden einen Stab überspringen. Wer den Stab berührte, musste in Richtung Gaskammern gehen. Gebärenden Müttern ließ sie die Beine zusammen-

---

13 Kapitel „Sie taten mehr als ihre Pflicht. Maria Mandl"

binden. In der Sterbeurkunde hieß es dann zynisch „*Mutter und Kind bei der Geburt verstorben*". An freien Nachmittagen holte sie ein Kind aus der Gefangenengruppe. Sie spielte und sang mit dem Kind, beschenkte es mit Süßigkeiten. Am Ende begleitete sie das Kind zur Gaskammer und sah dann zu, wie das Kind qualvoll verstarb.

Seine Freunde und Schicksalsgefährten Huber und Neururer sind längst Selige. Kirchen, Kindergärten und Straßen sind nach ihnen benannt.

Warum Spanlang kein Seliger wurde, darüber kann nur spekuliert werden.

Kons. Gottfried Gansinger gibt in seinem Buch „Nationalsozialismus im Bezirk Ried" eine eher ungewöhnliche Erklärung ab: „*Nicht aus dem Holz, aus dem Heilige geschnitzt sind*". Eine weitere Erklärung mag sein, dass man spätestens seit 1933 seitens der Diözese Linz den Priestern jegliche politische Tätigkeit untersagte. Mit seinen „*politischen Artikeln und Predigten*" hielt sich Spanlang nicht an dieses Verbot. Triftiger mag der dritte Grund sein: Die Dienstbeschreibungen durch seinen Vorgesetzten, Dechant und Stadtpfarrer Riepl aus Ried, waren eher schlecht: „*bei dem ihm eigenen Selbstbewusstsein in manchen Punkten ziemlich eigenmächtig... am Interesse für wissenschaftliche Fortbildung in den theologischen Disziplinen habe es gemangelt... Auch habe er selten an Pastoralkonferenzen teilgenommen.*" Am 18. März 1938 berichtete eine Salzburger Tageszeitung über eine Predigt zur Besetzung Österreichs durch deutsche Truppen: „*Euch ruhig und willig (...) unter die gegebenen Tatsachen zu beugen.*" Spanlang war ein Unbeugsamer und Unbequemer, der dem damaligen Zeitgeist nicht Tribut zollte. Trotzdem mag es eines der Geheimnisse der Amtskirche bleiben, warum Spanlang einen anderen Stellenwert in der Diözese Linz besitzt als Neururer in Tirol und Huber in der Diözese Passau. Der Hauptgrund liegt wahrscheinlich darin, dass sein Kind mehr als ein Gerücht für die Amtskirche darstellt. Der Verstoß gegen den Zölibat war und ist für die Amtskirche eine schwere Verfehlung gegen das Kirchengesetz.

Johann Gruber[14]

Bis zum Jahre 2016 hatte es Goebbels geschafft: Der Märtyrer Johann Gruber galt bis zu diesem Zeitpunkt als Verbrecher. Der Vorwurf des Sittlichkeitsverbrechens wurde erst am 7. Jänner 2016 vom Landesgericht für Strafsachen in Wien aufgehoben.

Von Tegernbach nach Gusen: In Tegernbach bei Grieskirchen wurde der Priester Johann Gruber geboren, in Gusen 55 Jahre später ermordet.

Seine drei Geschwister und er wurden schon früh Vollwaisen. Das Studium zum Priester ermöglichte ihm der Pfarrer von Grieskirchen. Geschichte war seine bevorzugte Studienrichtung. Am Vorabend des Ersten Weltkrieges wurde er zum Priester geweiht. Es folgten verschiedene Stationen als Pfarrseelsorger. Seine wahre Bestimmung sah er aber im Schuldienst. Bald erkannte die bischöfliche Verwaltung seine Fähigkeiten und er wurde daher zum Studium nach Wien geschickt.

Dort unterrichtete er an verschiedenen Schulen des Landes, wobei ihm die Volks- und Erwachsenenbildung ein wesentliches Anliegen war. Sein soziales Engagement galt auch jenen, die nicht unbedingt ein Nahverhältnis zur Kirche hatten. Die Tätigkeit im katholischen Waisenhaus musste er vorzeitig beenden, weil seine Reformen von der konservativen Leitung nicht akzeptiert wurden. 1934 wurde er Direktor der Blindenanstalt. Auch dort wurden die Reformen Grubers nicht akzeptiert. Der Vorwurf gegen ihn war massiv. Er habe sich vor allem den Mädchen ungebührlich genähert.

Nach der Machtergreifung kam er frühzeitig in eine Konfliktsituation mit dem Regime. Seine Einstellung zum Naziregime war klar umrissen. *„Alles Unglück beginnt mit den Nazis, alles Unglück endet auch mit ihnen."* Während die Mehrheit wegsah, Unrecht und Verbrechen gegen die Menschlichkeit hinnahm, war Gruber einer, der sich nicht kleinkriegen ließ von einem menschenverachtenden Regime. Er ließ die Hitlerbilder wieder von der Wand nehmen, schimpfte auf den „Scheiß-Inquart".

---

14 Wikipedia: „Johann Gruber"

Das verhasste Regime bediente sich der üblichen Methoden. Der Unbequeme sollte möglichst öffentlichkeitswirksam desavouiert werden. Bei einem Lehrer war und ist dies – auch in der Gegenwart – nicht unbedingt schwierig zu bewerkstelligen. Die gleichgeschaltete Presse begann ein wahres Kesseltreiben gegen den Geistlichen. Seine angeblichen sittlichen Verfehlungen an seinen Schülern führten zu einer Verurteilung. Ein Lehrer denunzierte ihn, er habe blinde Mädchen unsittlich berührt. Dafür sollte er in der Strafanstalt Garsten zwei Jahre absitzen. Seine Berufung gegen das Urteil führte dazu, dass er nun in Schutzhaft genommen und nach Dachau gebracht wurde, später mit einem Häftlingstransport wieder zurück in seine Heimat. Seine letzte Lebensstation wurde das Konzentrationslager Gusen. Im Krankenrevier war der Häftling mit der Nummer 43.050 für seine Mithäftlinge mehr als ein Pfleger. Er erhielt Zugang zu den Medikamenten und schanzte diese den Schwerkranken zu. Als Organisationstalent konnte er das Gemüse für seine berühmte „Gruber-Suppe" herbeischaffen. Im Lager schaffte er dann sogar einen „wissenschaftlichen Aufstieg". Als „Museums-Kapo" und studierter Historiker war er für die Archivierung von Fundstücken, die von Häftlingen ausgegraben wurden, zuständig. Diese Funktion ermöglichte es Gruber, sich relativ frei im Lager zu bewegen. Er wagte es dann sogar, Kontakt mit der Außenwelt aufzunehmen. Als *„Drahtzaunkurier"* vermittelte er einen Informationsaustausch zwischen Lager und Außenwelt. Auf diese Weise wurden auch Geld, Lebensmittel und Medikamente eingeschleust. Innerhalb des Lagers wurde eine *„Hilfsorganisation"*[15] aufgebaut, die vielen Mithäftlingen das Überleben ermöglichte. Im Lager galt er bald als „das" Organisationstalent. Sein Brief an den Linzer Bischof, in dem er die Grausamkeiten im Lager Gusen[16] schilderte, geriet in die „falschen Hände", in die Hände der Lagerleitung. Im März 1944 kam er in die berüchtigte Bunkerhaft. „Papa

---
15 Linzer KirchenZeitung: „Eine Hostie ist die Rübensuppe". Ausgabe 2009/42
16 Projektarbeit „Pädagogik an Gedenkorten": „Die Ortsgeschichte von St. Georgen an der Gusen"

Gruber", wie er von vielen Mitgefangenen liebevoll genannt wurde, musste ab nun fürchterliche Folterungen über sich ergehen lassen.

Er wurde vom Schutzhaftlagerführer Seidler,[17] der als Sadist einen unrühmlichen Ruf bei den Lagerinsassen hatte, auf brutale Art gemartert und gequält. Am Karfreitag 1944 vollendete er dann sein mörderisches Werk. Mit den Worten *„Du sollst verrecken wie dein Meister zur dritten Stunde"* schlug er andauernd mit größter Gewalt auf den Wehrlosen ein. Anschließend ließ er einen Strick bringen. Seidler gab nun Gruber die „Chance", sich selbst zu erhängen. Gruber nützte diese „Chance" nicht und wurde anschließend mit dem Hosengürtel des Sadisten erwürgt. Den Leichnam hängte er wie ein erlegtes Tier nach erfolgreicher Jagd mit dem Kopf nach unten auf. Erst kurz vor Kriegsende erhielt die bischöfliche Nuntiatur die Nachricht, „ihr" Priester habe sich aufgehängt. Die Asche Grubers könne bei nächster Gelegenheit geholt werden...

Fritz Seidler war wegen seiner Grausamkeit berüchtigt. Invalide Häftlinge ließ er als unnütze Esser vergasen. Gegen Kriegsende ließ er unzählige hilflose Lagerinsassen massakrieren. Über sein eigenes Ende kursieren verschiedene Versionen. Die eine besagt, dass er seine gesamte Familie mit in den Tod genommen habe. Eine andere, er habe den „Heldentod" bei Kampfhandlungen gefunden.

Ehemalige Mithäftlinge konnten nach Kriegsende über die Umstände von Grubers Tod berichten.

Anfang Mai 1945 wurde das Lager von amerikanischen Soldaten befreit. Fast 40.000 Menschen aus den verschiedensten Ländern dieser Erde waren „hier zu Tode gebracht" worden. Zum Lager gehörte auch die Stollenanlage „Bergkristall".

Erst 2016 wurde das Gerichtsurteil aus dem Jahre 1939 hinsichtlich sittlicher Verfehlungen Grubers aufgehoben. Es brauchte also 70 Jahre, damit ein „Heiliger unserer Tage" vollständig rehabilitiert wurde. Das zynische Zitat Goebbels' *„Nicht Märtyrer, sondern Verbrecher machen wir aus*

---

17 Gusen Memorial: „Der Lagerführer Fritz Seidler"

ihnen" sollte im „Fall Gruber" auch in der II. Republik seine Gültigkeit lange Zeit behalten.

Gruber ist sein Engagement für die Jugend zum Verhängnis geworden. Er, der selbst in armen Verhältnissen aufgewachsen war, kannte keine Unterschiede bei den Schülern. Als Reformpädagoge sah er zunächst das Kind und nicht den materiellen Hintergrund der Eltern. Es genügte am Ende eine anonyme Anzeige, um sein Leben zu zerstören. Es wurde aber nicht nur sein Leben, sondern auch seine Ehre zerstört. Im Lager Gusen wurde er Opfer, weil er sein eigenes Leben hintanstellte. Das Leben seiner Mitgefangenen war ihm wichtiger als persönliche Bequemlichkeiten. Als „Museums-Kapo" war er zunächst durchaus privilegiert. Aber er wollte kein Privilegierter sein. Er wollte Vermittler und Helfer sein. Als Vermittler wollte er der Außenwelt die unfassbaren Verbrechen innerhalb des Lagers mitteilen.

Im Lager vermittelte er nicht nur lebensnotwendige Nahrungsmittel, die er von „außen" bezog, sondern vermittelte ein Stück Hoffnung in einer Welt voller Erniedrigung und Gewalt.

Durch seine Güte konnten sich am Abend nach zwölf Stunden Arbeit bis zu 30 junge Hungernde versammeln, und er kam daher wie ein himmlischer Bote zur Austeilung seiner Suppe.... „*Er war der Christus in der Hölle*", schrieb Louis Deblé, ein überlebender Mithäftling des Priesters Johann Gruber im KZ Gusen.

Über Franz Gruber hat der Linzer Autor Thomas Baum das Stück „Der Fall Gruber" geschrieben. In der Regie von Franz Froschauer (er spielte auch die Hauptrolle) gelangte es am 24. Juni 2017 im Linzer Mariendom zur Uraufführung. Die zweite Vorstellung fand tags darauf statt, ehe der Umbau zur Innenraum-Neugestaltung in Österreichs größter Kirche begann, der den Altar näher an die Gläubigen heranrückt. In der Diözese Linz rückt man derzeit nicht nur den Altar näher in Richtung der Gläubigen, sondern auch mit der Schaffung des *Jägerstätter-Instituts* die einst Unbeugsamen der katholischen Kirche den eigenen Gläubigen ein Stück näher.

50 Jahre nach dem Tod Grubers besuchte der Maler und Bildhauer Alfred Hrdlicka mit seinen Schülern das ehemalige Lager Gusen. Aus dem ehemaligen Lager war schon längst eine Siedlung mit schmucken Häusern geworden. Bei Gartenarbeiten fanden die Hausbesitzer immer wieder menschliche Knochen. Zur Erinnerung schuf Prof. Hrdlicka einen Zyklus von 14 Radierungen.

Johann Steinbock[18,19]

Als junger Priester kam er nach Stationen in Waldhausen und Gaspoltshofen nach Ried im Innkreis. Als Jugendbetreuer geriet er in der Messestadt in einen Konflikt mit dem Regime. Er sei als Geistlicher eine *„Gefahr für die Jugend"* und bekam deshalb ein unbefristetes Schulverbot im gesamten Reich. Anschließend wurde er in die Steyrer Pfarre St. Michael versetzt. Ab diesem Zeitpunkt war er der dauernden Beobachtung der Gestapo ausgesetzt. Wegen *„gefährdendem Verhalten und Untergrabung der Sicherheit der Bevölkerung"* war er von Jänner 1942 bis zum Kriegsende in Dachau inhaftiert.

Im Juni 1937 kam Pfarrer **Anton Matzinger**[20,21] in die Sauwaldgemeinde Kopfing. Der leutselige Pfarrer war bald bei der Pfarrgemeinde sehr beliebt. Sein Fachwissen über Pferde beeindruckte vor allem die Bauern des Ortes. Den Gesangsverein verstärkte er mit seiner Tenorstimme und setzte sich auch gerne einmal an die Orgel, um die Kopfinger mit seinem Spiel zu begeistern. Mit dem Einmarsch der deutschen Wehrmacht begannen auch für Kopfing neue Zeiten. Der Herr Pfarrer war von der nationalsozialistischen Ideologie durchaus angetan. In den Nachbargemeinden hielt

---

18 steyrerpioniere: „Johann Steinbock"
19 Wikipedia: „Johann Steinbock"
20 OÖNachrichten: „Pfarrer Matzinger – Vom Saulus zum Paulus"
21 Linzer KirchenZeitung „Pfarrer Matzingers Wandlung" 2016/40

er Wahlreden, um die Menschen auf ein „Ja" bei der Volksabstimmung einzustimmen. *„Eindringlich mahnte er alle, dem Führer, der wie ein Rettungsengel in unser Land gekommen ist, dankbar und treu ergeben zu sein"*, berichtete die Rieder Volkszeitung.

Allerdings erkannte er schon sehr bald das wahre Gesicht der Nationalsozialisten, das sich hinter einem Lügengebäude versteckte. Aus dem „Saulus wurde der Paulus Matzinger". Aus dem Befürworter wurde ein entschiedener Gegner. Sehr rasch geriet er dadurch in die Mühlen der Gestapo. Zwei Mal schlossen sich die Gefängnistore hinter ihm für längere Zeit. Die beiden Gefängnisaufenthalte hinterließen an ihm deutliche gesundheitliche Spuren. Es war einem Zufall zu verdanken, dass er nicht erschossen wurde. Die Begründung für seine erste Verhaftung war: *„Dass er sein Pfarramt zu Äußerungen staatsfeindlicher Art missbraucht und erhebliche Unruhe in die Bevölkerung trägt."*

Im Jänner 1945 wurde er zum Tode verurteilt. Es war einem ehemaligen Studienkollegen, der als Staatsanwalt am Landesgericht Linz tätig war, zu verdanken, dass die Vollstreckung immer wieder hinausgezögert wurde. In der Todeszelle durchlebte er nun schlimme Wochen. Die Aufseher verschwanden bei Luftangriffen in den Schutzkellern. Die Häftlinge waren währenddessen dem Bombenhagel schutzlos ausgeliefert. Bis zu seinem Lebensende litt er an den psychischen und physischen Folgen seiner Inhaftierungen.

Aus der Kirchenzeitung, Diözese Linz, Nr. 40, 6. Oktober 2016

Georg Bachinger[22] wurde am 10. März 1894 in Pramet geboren. Am 29. Juni 1916 erfolgte seine Priesterweihe in Linz. Als Kooperator war er in Steinbach an der Steyr, Laakirchen und in Haag am Hausruck tätig. 1924 wurde er Pfarrer in Utzenaich.

---

22 Gottfried Gansinger „Nationalsozialismus im Bezirk Ried im Innkreis", Studienverlag 2016

Bereits zwei Tage nach dem Anschluss an das Deutsche Reich wurde er verhaftet. Sechs SA-Männer führten eine Hausdurchsuchung nach antinationalsozialistischen Schriften durch. Der Pfarrer wurde rund um die Uhr bewacht, trotzdem gelang es ihm, belastendes Material zu verbrennen. Die Wirkung seines Mostes war zu stark und so schliefen seine „Bewacher" ein. Diese musste er nämlich auf eigene Kosten verpflegen.

Bei der Volksabstimmung am 10. April 1938 trauten sich drei Utzenaicher gegen das Regime zu stimmen. Ab 1. Juli fuhren die wenigen Autobesitzer nun rechts und nicht mehr links. Die ersten Burschen mussten zur „deutschen Stellung". Einige von ihnen waren bereits vorher Soldaten des „Ständestaates". Aus Linz kamen Studenten, um bei der Kartoffelernte zu helfen. Ab nun wurden die Predigten Bachingers von den Parteigenossen genau kontrolliert und für ein „unrichtiges Wort" wurde er abgemahnt. Die Partei bestimmte den Alltag in der Gemeinde. Gedenkfeiern für den „Münchner Putsch 1923" – es wurde dabei nicht erwähnt, dass Hitler sich damals auf allen vieren aus der Gefahrenzone bewegte –, Luftschutzübungen, Versammlungen für die NS-Frauenschaft und der Geburtstag des Führers wurden unter größter öffentlicher Beteiligung begangen. Damals gab es in Utzenaich 8 Gemischtwarenhändler, 5 Mühlen, 3 Bäcker und einen Kohlen- und Holzhändler.

Ende August 1939 traten die ersten Lebensmittelrationierungen in Form von Lebensmittelkarten in Kraft. Wenige Tage später erfolgte mit dem Einmarsch der deutschen Truppen in Polen der Beginn des Zweiten Weltkrieges. Aus Südtirol kamen drei Familien. Die ersten Kriegsgefangenen aus Polen langten ein. Kirchliche Taufen wurden oft durch Namensgebungsfeiern ersetzt.

Pfarrer Bachinger verwendete statt „Heil Hitler" nach wie vor die Grußformel „Grüß Gott". Es erfolgten im Pfarrhof Wimm häufig Hausdurchsuchungen. Für die Kriegsgefangenen aus Polen, Frankreich und der Ukraine hielt er eigene Gottesdienste ab. Trotz des Verbotes unterhielt er Kontakt mit Juden. Frauen wurden nun zur zeitweiligen Verabschiedung von der Mode aufgerufen. Am 3. April 1943 befand sich Pfarrer Bachinger auf dem Heimweg von Ried. Er wurde überfallen und ausgeraubt. Ein Schlagring fügte ihm drei Löcher im Kopf zu.

Nach dem Krieg musste er sich den Vorwurf gefallen lassen, er habe mit den Nazis kooperiert. Tatsächlich hat er vielen Menschen durch seinen Mut und sein Engagement das Leben gerettet. Er rettete Pfarrer Brunner aus Eggelsberg vor dem KZ Dachau. Dafür, dass er Kriegsgefangenen Tee zu trinken gab, erhielt er zwei Monate und für das Hören eines „Fremdsenders" immerhin 1½ Jahre Gefängnis. Wie ihm die Rettung seines Freundes vor dem KZ Dachau gelang? Auch hier hatte der Alkohol einen sehr positiven Nebeneffekt. Eine Flasche Schnaps genügte, und Pfarrer Brunner war vor den Schergen Dachaus gerettet.

Johann Schwingshackl[23,24]

„Ich will kein stummer Hund gewesen sein in heutiger Zeit." Der Südtiroler Johann Schwingshackl wuchs in einer Bergbauernfamilie auf. Sieben seiner elf Geschwister ergriffen einen geistlichen Beruf. Während des Ersten Weltkrieges wurde er schwer verwundet und landete in russischer Gefangenschaft. Zeit seines Lebens wurde er von der Tatsache verfolgt, dass er auf Befehl seines Vorgesetzten einen wehrlosen russischen Soldaten erschießen musste. Nach Ende des Krieges wurde er Jesuit.

In der *„Kampfeinheit Gottes"* war er als Volksmissionar tätig und wirkte ab September 1942 als Kaplan in der Raphaelskirche in Bad Schallerbach. Diese Versetzung erfolgte aus Sorge des Ordens und auch seiner Gläubigen. Durch seine Predigten hat er den Zorn der Funktionäre der NSDAP herausgefordert. Bald galt er als *„Feind des Volkes"* und als solcher wurde er von der Gestapo fast ständig überwacht. Immer häufiger erhielt er Vorladungen von der gefürchteten Polizeieinheit. Ein Predigtverbot und das Verbot, Jugendgruppen zu führen, folgten. Der Anfang von seinem Ende erfolgte

---
23 Ökomenisches Heiligenlexikon „Johann Schwingshackl"
24 Impuls für die Woche „Johann Schwingshackl (1887-1945)

im Februar 1944. Er wurde in das Gestapo-Amt nach Linz gebracht. Vor allem mit seinen Predigten hatte er zu sehr bei der Gestapo angeeckt. Ein Brief an die Ordensleitung sollte ihm zum Verhängnis werden. In diesem 27-seitigen Brief lieferte er der NS-Ideologie genügend Beweise, um von diesem verbrecherischen Regime als Defätist gerichtet zu werden. Seine Sorge um die Kirche wurde als „Wehrkraftzersetzung und Feindbegünstigung" interpretiert. Im Dezember 1944 wurde über ihn das Todesurteil verhängt. Das Urteil wurde vom berühmt-berüchtigten „Blutrichter" Dr. Freisler gefällt. Dr. Freisler sollte selbst diesen Urteilsspruch nicht mehr lange überleben. Er wurde Opfer seines eigenen Fanatismus. Trotz Fliegeralarms unterbrach er eine Verhandlung zu spät. Die herabstürzende Decke am Gang beendete das Leben jenes Mannes, der als „das" Negativbeispiel eines Richters in die Geschichte einging. Auch das Todesurteil an Pater Schwingshackl wurde nicht mehr vollstreckt, weil er am letzten Februartag 1945 in der Todeszelle der Strafanstalt München-Stadelheim verstarb. Seine endgültige Ruhestätte fand er erst 1985 in der Krypta der Innsbrucker Jesuitenkirche.

Pfarrer Alois Poranzl[25] übernahm 1934 die Pfarre Arbing. Ähnlich wie Matthias Spanlang war er ein „politischer Pfarrer", der sich mit dem neuen Zeitgeist anlegte. Er machte aus seiner Gesinnung kein Geheimnis und brachte sich mit Sätzen wie *„Zehn Kommunisten sind mir lieber als so eine braune Bestie"* oder *„Hitler und Mussolini sind die größten Verbrecher des Jahrhunderts"* bei den damals noch illegalen Nationalsozialisten sehr nachhaltig in Erinnerung. Nach der Machtergreifung agierte er zwar wesentlich vorsichtiger. Doch längst war er in deren Visier geraten. Er polemisierte nicht mehr gegen sie in der Öffentlichkeit. Er wurde nun Anwalt von jenen Arbingern, die vom Regime bedroht wurden. Seine Anhänger und er wurden von den Systemtreuen bespitzelt, und das mit Erfolg. Ein Blockleiter behauptete, er habe „zufällig" gehört, wie Poranzl *„den Hitlergruß als*

---

25 OÖNachrichten "Arbing: Pfarre und Gemeinde erinnern an NS-Märtyrer"

ordinär und die Kriegslage als schlecht" bezeichnete. Grund genug, ihn zu verhaften. Trotz seiner angeschlagenen Gesundheit – er litt unter Tuberkulose und einem verkrümmten Rücken – wurde er im Gefängnis gelassen, und dort starb er drei Wochen später. Das Attest auf Haftunfähigkeit wurde von den Schergen nicht zur Kenntnis genommen.

Hermann Kagerer[26] wurde in eine Arbeiterfamilie hineingeboren. Seinen Kindheitswunsch, Priester zu werden, erfüllte er sich durch sein Studium im Linzer Priesterseminar. 1922 wurde er zum Priester geweiht. Seine ersten Stationen als Seelsorger waren Waizenkirchen, Sierning und Bad Ischl. In Ried im Innkreis wurde er Religionslehrer und trat der Vaterländischen Front bei, deren Bezirksführer er schon bald wurde. Wie Spanlang geriet er nun in das Rachesystem der Nationalsozialisten. Wenige Stunden nach der triumphalen Fahrt Hitlers durch die Messestadt wurde er bereits unter Hausarrest gestellt, später in den Gefangenenhäusern Ried und Linz inhaftiert. Es sollte für ihn noch schlimmer kommen. Zunächst kam er ins Konzentrationslager Dachau und wurde später nach Mauthausen überstellt. In den zwei Jahren seiner Haft lernte er die Brutalität des Regimes kennen. Scheinerschießungen wechselten sich mit Folter, Züchtigungen und Demütigungen ab. In Scheinprozessen wurden drei Todesurteile über ihn gefällt. Durch die Intervention des Reichsfeldmarschalls Hermann Göring erhielt er wieder seine Freiheit. Allerdings wurde diese Freilassung mit einem Gauverbot verbunden. Bis 1944 wirkte er als Priester in Wien. 1944 wurde dieses Gauverbot wieder aufgehoben. In der Gemeinde Altenfelden fand er seine letzte Wirkungsstätte.

---

26 Gottfried Gansinger, Nationalsozialismus im Bezirk Ried „Hermann Kagerer auf Seite 96

Anton Berndl[27,28] wurde am 9. August 1896 in Langenlois geboren. Nach seinem Studium trat er in den Orden der Jesuiten ein. Der Zorn des Regimes gegen die intellektuelle Speerspitze der katholischen Kirche war enorm. Neben den Freimaurern, Juden und Kommunisten galt diese Elite der Kirche als Hauptgegner des Regimes. Er war als Religionslehrer, Altphilologe und Anglist tätig. Ab März 1940 war er Hilfspfarrer in Obernberg. Schon bald wurden ihm sittliche Verfehlungen mit einem jungen Mädchen nachgesagt. Am 13. Juni 1942 wurde er ins KZ Dachau verschleppt. Erst beim Evakuierungsmarsch am 26. April 1945 wurde er befreit.

Karl Haider[29] wurde 1893 in Liebenau, der höchstgelegenen Gemeinde Oberösterreichs, geboren. Nach der Volksschule besuchte er das Petrinum in Linz. Gegen Kriegsende wurde er im Juni 1918 zum Priester geweiht. Bischof Gföllner verbot ihm ein Weiterstudium. Als junger Priester wechselte er mehrmals die Pfarre. Besonders wohl fühlte sich der Bergfreund in der Pfarre Windischgarsten. Hier komponierte er auch das „Haiderlied", das sich zu einem Volkslied entwickelte und mehrmals im Radio gesungen wurde. Als Bergsteiger bestieg er den Großglockner und kletterte im Mönch-Eiger-Jungfrau-Gebiet in der Schweiz. In den Wintermonaten zog er mit Begeisterung Spuren in den Neuschnee in den Bergen rund um Windischgarsten. In Steyr schloss er sich der „falschen" Turnvereinigung an und zog sich damit den Ärger seiner kirchlichen Vorgesetzten zu.

In Waldburg galt das ihm auferlegte Schulverbot nicht, daher konnte er die Kinder des Ortes auf die heiligen Sakramente vorbereiten. Es gefiel ihm in Waldburg so gut, dass er bleiben wollte. Bischof Gföllner hatte

---

27 meinbezirk: „Buchpräsentation: Hermann Kagerer – ein Priester geht durch die Hölle". 4. November 2015
28 Geistliche im KZ-Dachau: „Prof. Anton Berndl"
29 DDr. Helmut Wagner: „Biografische Skizze des Linzer Diözesanpriesters Karl Haider (1893–1978), der mit Adolf Hitler verwandt war"

allerdings andere Pläne mit ihm. In Fornbach war Pfarrer Gerl wegen Vergehens gegen das Heimtückegesetz festgenommen worden. Pfarrer Haider wurde zur Aushilfsleistung ins Innviertel berufen. Nach wenigen Wochen erhielt er bereits ein Religionsunterrichtsverbot. Nächste Station war die Pfarre Königswiesen. Der Pfarrer und der Kooperator waren wegen angeblicher sexueller Verfehlungen bzw. wegen des Vergehens gegen das Heimtückegesetz in Haft. Es bestanden Pläne, auch den neuen Pfarrer ins KZ zu bringen. Pfarrer Haider gelang es, mit den örtlichen Parteigrößen ein freundschaftliches Verhältnis zu unterhalten. Die Verwandtschaft zu Hitler war dabei sicherlich kein Nachteil.

Josef Forthuber[30]

Mord oder Selbstmord? Am 22. Juni 1942 wurde der Pfarrer von Friedburg völlig entkleidet am Dachboden des Pfarrhofes erhängt aufgefunden. Der Gemeindearzt Dr. Edenstrasser verlangte eine gerichtliche Untersuchung. Der NS-Ortsgruppenleiter war strikt gegen die Bestellung einer Mordkommission. Die örtliche Gendarmerie musste daher den Fall als Selbstmord abschließen.

Der Großteil der Bevölkerung glaubte nicht so recht an die Selbstmordtheorie, sondern vermutete hinter dem unnatürlichen Tod ihres Pfarrers die örtlichen Nationalsozialisten. Einige Indizien unterstützen auch diese Vermutung. Die Pfarrräume waren durchsucht worden und unter der Leiche verliefen einige Spuren. Der Pfarrer galt in Friedburg sicherlich nicht als depressiv. Er hatte am Sonntag vor seinem unnatürlichen Hinscheiden die HJ und das Morden des Krieges scharf kritisiert: „Wo ist heute wieder unsere Jugend? Die jungen Männer wurden schon in den sinnlosen Krieg geschickt, jetzt holt ihr noch die Mädchen und Buben zu diesem Treffen der Hitlerjugend in Braunau." Der Großteil der Bevölkerung glaubte nicht an den Selbstmord des Pfarrers. Allerdings sprach niemand diese Vermutung offen aus. Man schrieb das Jahr 1942 und die Gestapo und ihre Spitzel waren allgegenwärtig. Auch seitens der kirchlichen Leitung ging man zunächst von Selbstmord aus. Erst viel später wurde der Leichnam von Pfarrer Josef Forthuber in die Priestergruft umgebettet. Es wird für immer ein Geheimnis bleiben, wie Pfarrer Forthuber zu Tode kam.

Der Kooperator **Herzog Anton**[31] in Ort im Innkreis erhielt wegen „feindlicher Äußerungen" sieben Monate Gefängnis. Sein Schicksal ereilte ihn allerdings erst nach dem Krieg. Am 26.12.1945, also am Stephanitag, wurde er im Haselgraben bei Linz von russischen Soldaten ermordet.

---

30 Linzer KirchenZeitung: „Pfarrer Josef Forthuber – Der Geschichte nachgehen". Ausgabe 2002/31
31 Einladung – Verband der katholischen Publizisten „Herzog Anton"

Wilhelm Bock: Der ehemalige Bürgermeister von Linz wurde Stadtpfarrer von Vöcklabruck[32,33,34]

Wilhelm Bock wurde als Sohn des Landesrechnungsdirektors 1895 in Linz geboren. 1914 begann er das Studium der Rechtswissenschaften. 1915 unterbrach er sein Studium, weil er sich freiwillig zum Linzer Hausregiment meldete. Nach dem Krieg beendete er sein Studium und wurde stellvertretender Direktor bei der Oberösterreichischen Landes-Brandschadenversicherung. 1934 wurde er in den Beirat des Regierungskommissars für Linz, Franz Nusko, berufen. Schon wenige Monate später wurde er zum Bürgermeister von Linz bestimmt. In seiner kurzen Amtszeit begann er verschiedene Bauprojekte, um die Arbeitslosigkeit in Linz zu senken. Zu dieser produktiven Arbeitslosenfürsorge gehörte die Errichtung der Höhenstraße auf den Freinberg. Auch der Bau von Wohnblöcken wurde von ihm forciert. Bis 1938 konnte vor allem durch diese Baumaßnahmen die Arbeitslosigkeit gesenkt werden.

Wenige Tage nach dem Anschluss wurde Bock inhaftiert und nach Monaten der Untersuchungshaft nach Dachau gebracht. Er hatte sich weder als Beamter noch als Bürgermeister etwas zu Schulden kommen lassen. Nach seiner Haftentlassung trat er in das Chorherren-Stift St. Florian ein. Vier Jahre später wurde er zum Priester geweiht. Er wurde Kaplan in Lasberg im Mühlviertel. Diese Tätigkeit wurde durch eine Haft von Oktober 1944 bis April 1945 unterbrochen. Kurz vor Kriegsende trat er seine Stellung in Lasberg wieder an. Er musste miterleben, wie die Einwohner nun von den sowjetischen Besatzungssoldaten drangsaliert wurden. 1951 wurde Bock als Beamter rehabilitiert und ging als solcher in den vorzeitigen Ruhestand. Die erhaltene Pension verschenkte er an Bedürftige. 1951

---

32 OÖNachrichten: „Zuerst Bürgermeister von Linz, dann Stadtpfarrer von Vöcklabruck"
33 Wikipedia: „Wilhelm Bock"
34 Neues Volksblatt: „Würdiges Gedenken an Wilhelm Bock"

wurde er auch rückwirkend zum Hofrat („Gotteshofrat") ernannt. Seine letzte Station als Seelsorger war die des Stadtpfarrers von Vöcklabruck.

Am 10. Juni 1946 versammelte sich die kleine christliche Gemeinde der Kaimusze im Nordosten Chinas zur Herz-Jesu-Andacht. Plötzlich drangen Rotgardisten in die Kirche ein und trieben die Gläubigen ins Freie. Die Kapuziner wurden ins Pfarrhaus gebracht, wo man sie fesselte und dann erschoss. Der Innsbrucker **Antonin Schröcksnadel** und **Theophil Ruderstaller**[35] aus Ostermiething waren sofort tot. Der Ordensbruder Günther Krabichler überlebte zwar zunächst das Massaker, starb aber ein Jahr später an den Folgen der Schussverletzungen. 60 Jahre später wurden bei Grabungsarbeiten die Gebeine der beiden Märtyrer gefunden, wurden geborgen und in ihre Heimat überführt.

Pfarrer **Leopold Arthofer**[36] aus Kronsdorf wurde wegen einer Äußerung gegen die Partei verhaftet. Vier Jahre Dachau sollten es werden. Jahre der Demütigungen, der Schläge, der Angst. In seinem später erschienenen Buch meinte er, dass man die Hausordnung mit einem einsamen Wort zusammenfassen hätte können – Willkür! Die Schergen seien bei der Erfindung immer neuer Strafen sehr einfallsreich gewesen: Briefschreibeverbot, Stehbunker, öffentliches Auspeitschen am Bock, Pfahl- oder Baumhängen. Das Auspeitschen, kurz als „Fünfundzwanzig" bezeichnet, kostete die meisten Menschenleben. Die Nierenquetschungen wurden erst gar nicht behandelt. Das langsame Sterben der Gequälten wurde von der Wachmannschaft mit größtem Wohlgefallen beobachtet. Für die SS-Männer war dieses Auspeitschen sehr erheiternd. Die Lagermusik musste in ihrer Zebrauniform dazu flotte Militärmärsche spielen. Sie nannten diesen Vorgang *„Auszahlung"*. In seinem Buch berichtet Pfarrer Arthofer

---

35 OÖNachrichten: „China Missionar Theophil Ruderstaller bleibt in Erinnerung"
36 Gedanken zur Gedenkfahrt der Diözese Linz zum ehemaligen KZ Dachau am 13. März 2018: „Du bist kein Mensch mehr hier!"

auch über die qualvolle Unterbringung von Pfarrer Daxl im „Stehbunker". Sein „Verbrechen" bestand darin, dass er die Lagerparole „*Der Führer* (sei) *an Gehirnerweichung erkrankt*" nacherzählte. Ein Kapo vom Gewächshaus I, Kommando I, musste auf Befehl der SS die Malariamücke Anopheles züchten. Hinter feinen Netzgittern wurden die „*menschlichen Testkaninchen*" gestochen, um dann im „*Krankenrevier Malariaversuche*" nachbehandelt zu werden. An ihnen wurden die verschiedenen Medikamente erprobt. Arthofer bezeichnete die auf diese Weise *Vergewaltigten* als *bedauernswerte Ruinen*. Viele hätten die Experimentierfreude der SS-Ärzte erst gar nicht überlebt. Im Krankenrevier wurde einer nach dem andern mit Flecktyphusbazillen infiziert, aus dem Erkrankten ein Serum gezogen und dieses dem Nächsten gespritzt, bis sie fast alle gestorben waren.

Viele Priester aus dem Bezirk Braunau wurden seitens des Regimes verfolgt. Die Pfarrer Franz Brunner aus Eggelsberg, Johann Hofbauer aus Burgkirchen, Raster Alois aus Pischelsdorf, Michael Wilflingseder aus St. Georgen am Fillmansbach und Alois Daxl aus Feldkirchen wurden wegen „Rundfunkverbrechen" (Hören eines Feindsenders) für mehrere Monate eingesperrt.

Franz Blöchl trat 1912 in das Stift Höhenfurt ein und wurde vier Jahre später zum Priester geweiht. Wenige Tage nach der Besetzung des Sudetenlandes durch deutsche Truppen wurde er verhaftet. Nach einer Fürsprache seines Abtes wurde er kurzzeitig entlassen. Wegen einer Denunziation wurde er abermals von der Gestapo verhaftet. Wegen „Schändung und Unzucht" wurde er in der Justizanstalt Garsten inhaftiert. Zwei BDM-Mädchen haben falsch gegen ihn ausgesagt und erhielten dafür einen „Judaslohn". In der Justizanstalt Garsten traf er auf zwei mitgefangene Handwerksburschen, die 1933 seinen Vater ermordet hatten. Er reichte ihnen die Hand zur Versöhnung.

Nach der Verbüßung seiner Strafe wurde er von der Gestapo ins KZ Dachau gebracht. Wahrscheinlich starb er dort am Allerheiligentag des Jahres 1942.

Nach dem Krieg hatte die Diözese Linz oft größere Probleme mit ihren Märtyrern oder jenen Heimkehrern unter den Priestern, die Gefangenschaft und Konzentrationslager überlebt hatten. In vielen Orten des Landes stand die Pfarrbevölkerung oft in größter Distanz zu jenen Priestern, die sich mit dem Regime angelegt hatten. Es war dann eine seltene Ausnahme, dass sie mit einem Festzug und der Blaskapelle im Ort feierlich empfangen wurden. Viele Einwohner wurden durch ihren „störrischen Pfarrer" an ihren eigenen Opportunismus oder ihre Mittäterschaft erinnert.

Am 13. März 1988 brachte es Diözesanbischof Dr. Maximilian Aichern in einer Gedenkpredigt weitgehend auf den Punkt: „... Die Kirche ist mit ihren Märtyrern zur Zeit des Nationalsozialismus nicht zurechtgekommen." Es gibt nun Bemühungen, die Gründung des Jägerstätter-Instituts ist dafür ein sichtbares Zeichen, den kirchlichen Märtyrern Anerkennung zukommen zu lassen. Die beiden Bischöfe Scheuer und Aichern sind Garanten dafür, dass den genannten Priesterpersönlichkeiten eine späte Gerechtigkeit widerfährt. Im Unterschied zu anderen Diözesen blieb die Diözese Linz seit 1945 weitgehend skandalfrei. Vor allem die Linzer Kirchenzeitung war schon seit 1945 bemüht, verfolgten Priestern und Laien ein mediales Denkmal zu setzen.

ZEUGEN JEHOVAS

Die Zeugen Jehovas gingen aus der Internationalen Vereinigung Ernster Bibelforscher[1] hervor, die im 19. Jahrhundert in den Vereinigten Staaten gegründet und vor allem wegen ihrer Missionstätigkeit und ihrer Ablehnung von Bluttransfusionen bekannt wurde. Geburtstage und der Großteil der religiösen Feiertage werden nicht gefeiert.

Sie verteilen ihre Zeitschriften *Wachtturm*[2] und *Erwachet* auch heute noch an vielen Straßenecken des Landes. In Österreich sind die Zeugen Jehovas eine anerkannte Religionsgemeinschaft. Auf den Passus mit der Ablehnung von Bluttransfusionen mussten sie allerdings verzichten. In der Praxis heißt das, dass Kinder von Zeugen Jehovas einer Bluttransfusion zugeführt werden können. Wie jeder andere Österreicher können sie als Erwachsene Operationen und Bluttransfusionen ablehnen.

Sie lehnen jegliche Gewalt ab und damit auch den Militärdienst. Auch der Hitlergruß galt für sie als weltliches Symbol und durfte von ihnen nicht ausgeführt werden. Sie gerieten daher sofort in eine Konfliktsituation mit einem Regime[3], das auf Krieg ausgerichtet war. Viele junge Zeugen Jehovas kamen nun in die prekäre Situation, entweder ihrem Glauben abzuschwören oder ihr Todesurteil zu riskieren. Die Nationalsozialisten unterstellten den Zeugen Jehovas ein Nahverhältnis zu jüdischen Verbänden und zu den Freimaurern. Wegen ihrer Ideologie seien sie eine Gefahr für Gesellschaft und staatliche Ordnung. Die Zeugen Jehovas gehen von der Gleichheit der Menschen aus. Vor Jehova hätten Deutsche, Franzosen, Amerikaner, Juden und die „Untermenschen des Ostens" den gleichen Stellenwert. Eine Ansicht, die der Ideologie der Nazis diametral entgegenstand. Ihr Hausieren verstoße außerdem gegen die deutsche Gewerbeverordnung. Innerhalb

---

1 Wikipedia: „Ernste Bibelforscher"
2 kath.net: „Wenn die Zeugen Jehovas klingeln"
3 Dokumentationsarchiv des österreichischen Widerstandes: „Zeugen Jehovas – Vergessene Opfer des Nationalsozialismus?

des Deutschen Reiches waren sie eine kleine Minderheit. Schätzungen gehen etwa von 28.000 Mitgliedern aus.[4] Nach der Machtübernahme gab es die ersten Repressalien, die bis zur fristlosen Kündigung im Beruf reichten. Ihre Kinder wurden in den Schulen oft von Lehrern und Mitschülern diskriminiert.

Von außerhalb Deutschlands sollte nun der Druck auf die deutsche Regierung erhöht werden, damit die Repressalien gegen ihre Glaubensbrüder wieder eingestellt würden. Hitler wurde als Antichrist dargestellt und seine Herrschaft als Werk des Teufels. Mit dieser Taktik wurde aber das Gegenteil erreicht. In einer Flugblattaktion machten sie 1936 auf ihre Unterdrückung aufmerksam. Ihre Kritik richtete sich allerdings auch gegen andere christliche Kirchengemeinschaften.[5] In den Augen der Nationalsozialisten waren die Zeugen Jehovas Asoziale, die keinen Anspruch auf Arbeitslosenunterstützung, Gewerbescheine und dgl. haben sollten.

Bereits 1933 wurden sie vom Regime verboten. 1936 begann in Deutschland eine riesige Verhaftungswelle gegen die Bibeltreuen. 1938 traten sie mit dem Buch „Kreuzweg gegen das Christentum" an die breite Öffentlichkeit. In allen Einzelheiten wurde der Kreuzzug der Nationalsozialisten gegen die Zeugen Jehovas dokumentiert und kommentiert. Auch die Vorgänge in den Konzentrationslagern wurden schonungslos geschildert.

In einer Replik meinte Nobelpreisträger Thomas Mann: *„Ich habe Ihr so schauerlich dokumentiertes Buch mit größter Ergriffenheit gelesen, und ich kann die Mischung aus Abscheu und Verachtung nicht beschreiben, die mich beim Durchblättern dieser Dokumente menschlicher Niedrigkeit und erbärmlicher Grausamkeit erfüllte... durch Schweigen wird der Welt die moralische Apathie... nur zu leicht gemacht. ... auf jeden Fall haben sie ihre Pflicht getan, indem sie mit diesem Buch vor die Öffentlichkeit traten."*

---

4   Die Welt: „Wer den Kriegsdienst verweigerte, wurde erschossen"
5   Austria-Forum: „Zeugen Jehovas"

Am 4. April 1939 wurde landesweit das Gedächtnismahl[6] gefeiert. Grund genug für die Gestapo, dass man durch Großrazzien gegen die Zeugen Jehovas vorging. Laut Endbericht der Gestapo wurden dabei *31 Anhänger dieser Sekte festgenommen.*

In einem Bericht der Geheimen Staatspolizei, Dienststelle Linz, vom 5. Juli 1940 heißt es: *Die Lehre der Bibelforscher ist ein Gemisch von Religion und Politik, wobei die Religion nur das Mittel und die Politik der Zweck ist. Ihr Ziel ist die Beseitigung der bestehenden Staatsformen und Religionen und die Aufrichtung des Reiches Jehova, in dem Juden als das auserwählte Volk die Herrscher sein wollen. Sie dürfen die Gesetze nur insofern befolgen, als sie den Geboten Jehovas nicht entgegenstehen. Praktisch wirkt sich die Lehre so aus, dass die Anhänger den Wehrdienst verweigern und alle Wehrpflichtigen zur Verweigerung des Wehrdienstes anstiften. In Verfolgung dieser Einstellung weigern sie sich auch, am Bau von Kasernen mitzuarbeiten oder Kriegsgerät herzustellen. Sie lehnen die Beteiligung am Luftschutz ab, weil sie in Gottes Hand stehen. Eine Beteiligung an der Wahl kommt für sie nicht in Frage, weil sie bereits Jehova gewählt haben. Der NSDAP und ihren Gliederungen treten sie nicht bei, weil es sich um eine rein irdische Organisation handelt. Aber nicht nur die Einrichtung und Gesetze des Staats werden von den Bibelforschern abgelehnt, sondern sie bekämpfen sogar den NS-Staat und den Führer mit allen ihnen zur Verfügung stehenden Mitteln. Hitler und sein Stab an Beamten stehen – nach ihrer Auffassung – unter der Kontrolle des Satans und seiner ruhelosen Verbündeten.*

In den KZs wurden die Zeugen Jehovas weitgehend von den Mitgefangenen ferngehalten, weil diese ihre Missionstätigkeit auch am Ort der Grausamkeit fortsetzten. Die „Violetten" kamen meistens in Strafkompanien. Nach dem Beginn des Zweiten Weltkrieges wurde Wehrdienstverweigerung zum Delikt erklärt, das die Todesstrafe zur Folge hatte. Das Todesurteil konnte nur abgewendet werden, wenn sie einen Widerruf unterschrieben und den Fahneneid auf den Führer sprachen. Nur wenige kamen dieser Versuchung nach und wurden damit ihren Glaubensgrundsätzen untreu.

6 History: „Kirchenkampf in Deutschland"

Meistens wurden sie danach an besonders gefährliche Frontabschnitte, die sogenannten „Todesfronten", versetzt. Der Druck auf die Standhaften steigerte sich in der Folge enorm. In den Konzentrationslagern durften sie monatlich nur einen Brief mit 25 Wörtern an ihre Angehörigen schreiben. Von den SS-Männern wurden sie als „Himmelskomiker", „Bibelwürmer" und „Jordan-Scheiche" unflätig beschimpft. Im KZ Sachsenhausen wurde wegen Weigerung, ihrem Glauben abzuschwören, jeder zehnte Bibelforscher erschossen. Nach vierzig ermordeten Bibelforschern gaben die Herrenmenschen diesen Versuch dann ergebnislos auf. Neugebauer geht von 550 Mitgliedern dieser Sekte in Österreich aus, laut seinen Forschungen wurden 157 von ihnen ermordet.

In den Lagern waren sie an einem eigenen Abzeichen erkennbar. Die anderen christlichen Regimegegner dagegen galten als politische Gefangene. Ihre Sauberkeit und Gewissenhaftigkeit imponierten sogar den Aufsehern. Ihr starker Gemeinschaftssinn rettete viele von ihnen vor der Hinrichtung. Heute gehen Schätzungen davon aus, dass 2000 Mitglieder den Terror der Nazis nicht überlebten.

Sogar einem Heinrich Himmler imponierte diese Glaubensstärke: „*Mit dieser Willensstärke hätten wir wohl den Krieg gewonnen!*" Seine SS-Männer hatten meistens psychologische Probleme, da ihre Glaubenstreue so gar nicht zu ihrer Einstellung passte.

Diese von Himmler angesprochene Willensstärke forderte im Gau Oberdonau auch viele Menschenleben. Einige Schicksale sollen in der Folge aufgezählt werden:

Anna Sax[7] stammte aus Mattighofen und zählte zur Braunauer Gruppe der Zeugen Jehovas. Sie wurde am 4. April 1939 verhaftet und von der Gestapo Linz verhört. Anschließend wurde sie ins KZ Ravensbrück eingeliefert. Sie wurde in der Tötungsanstalt Bernburg in der Gaskammer ermordet.

---

7   Braunau History: „Anna Sax"

Adolf Zierler[8] aus Schneegattern schwor seinem Glauben nicht ab. Schlussendlich wurde er für dieses Delikt zum Tode verurteilt und in Berlin-Plötzensee hingerichtet.

Juliane Stockmaier[9] wurde 1885 in Suben in eine kinderreiche Familie hineingeboren. Ihr jüngerer Bruder wurde 1923 der erste Bibelforscher in der Familie. In Essen hatte er diese Religionsgemeinschaft kennengelernt. Nach dem Verbot der Zeugen Jehovas in Deutschland schrieb Alois Huber ein persönliches Telegramm an Hitler. Weitere Probleme bekam er 1938, weil er sich an den Wahlen zum 10. April nicht beteiligte. Die Gestapo verhaftete ihn im Juni 1938 an der Schweizer Grenze, vermutlich wollte er in Bern einen Kongress der Bibelforscher besuchen. Das bedeutete für ihn sechs Wochen Haft in Innsbruck und 18 Monate Zwangshaft im Fliegerhorst Hörsching. Dort arbeitete er als Sattler.

Juliane trat 1925 aus der katholischen Kirche aus und wurde im selben Jahr als Bibelforscherin im Inn getauft. 1928 verlegte sie gemeinsam mit ihrer Schwester Katharina Hingsamer den Wohnsitz nach Ried im Innkreis. Im April 1939 wurden die beiden Schwestern von der Gestapo abgeholt. Nach ihrer Haft im Gefangenenhaus Linz wurden sie zwei Monate später in das KZ Ravensbrück überstellt. Am 19. Dezember des Jahres verweigerten 400 Zeugen Jehovas die Arbeit für Kriegszwecke. Der Lagerkommandant tobte und schrie. Sie wurden in eiskalte und verdunkelte Zellen gesperrt. Als Reaktion verfügte Heinrich Himmler die Prügelstrafe auch für weibliche Häftlinge. Beide Schwestern mussten wie die übrigen Zeugen Jehovas „lila Winkel" tragen. Juliane wurde im November 1942 ins KZ Auschwitz überstellt. Wahrscheinlich starb sie an medizinischen Versuchen. Andere Quellen besagen allerdings, dass sie vergast worden sei.

Ihre Schwester Katharina überlebte sechs Jahre in Ravensbrück. Erfrierungen an den Füßen und eine Venenoperation ohne Betäubung hatten

8   Stolperstein-Friedensbezirk-Braunau: „Adolf Zierler"
9   Bundschuh 12 (2009): „Zeugen Jehovas – die vergessenen Opfer" von Richard Jansko

für sie lebenslange qualvolle Folgen. Die SS hetzte sogar Hunde auf sie, doch wie ein Wunder griffen diese Bestien sie nicht an. Nach sechs Jahren der Demütigungen, Schikanen und Diskriminierung verteilte sie ab 1945 auf den Straßen und Plätzen von Ried wieder den „Wachtturm". 1959 starb sie als überzeugte Zeugin ihres Glaubens.

Franz Reiter[10] wurde 1903 in Munderfing geboren. Seit 1928 lebte der gelernte Schmied in Salzburg und arbeitete als Schankbursche. Franz Reiter galt als sehr musikalisch und spielte gerne auf seiner Zither. 1929 trat er den Zeugen Jehovas bei. Der „Pinzgerl" verweigerte den Wehrdienst aus Glaubensgründen. Am 24. November 1939 wurde er vom Reichskriegsgericht zum Tode verurteilt und 1940 im Strafgefängnis Berlin-Plötzensee enthauptet.

Georg Küchler[11] aus Mattighofen verstarb im November 1941 im KZ Neuengamme.

Franziska Roidmaier[12] wurde 1898 in Munderfing als eines von 12 Kindern geboren. Sie arbeitete als Magd. Ihr Ehemann war Hilfsarbeiter. Franziska brachte zwischen 1931 und 1939 sechs Kinder zur Welt. Bereits 1933 kam Franziska mit den Zeugen Jehovas in Kontakt. Das Ehepaar trat 1935 aus der römisch-katholischen Kirche aus. Karl besuchte Kongresse der Zeugen Jehovas in Luzern und Prag. Im April 1939 kam es zur ersten Verhaftungswelle in Oberösterreich. Zunächst wurde Franziska Roidmaier wegen Wehrkraftzersetzung zu sechs Monaten Haft verurteilt. Später kam sie in verschiedene Konzentrationslager und wurde wahrscheinlich im August 1943 ermordet. Trotz ihrer sechs Kinder hat sie ihrem Glauben nicht abgeschworen.

---

10 Verein Lila Winkel: „Franz Reiter"
11 NS-Opfer im Bezirk Braunau: „Küchler Georg" von Prof. Andreas Maislinger
12 Frauen im Widerstand: „Roidmaier Franziska" von Heidi Gsell

Ihr Ehemann wurde wegen seiner Glaubenstreue und seiner Ablehnung des Militärdienstes zu 18 Monaten Gefängnis verurteilt. Er kam ins Gefangenenhaus Garsten, wo er beim Kraftwerksbau Ternberg eingesetzt wurde. Am 30. Oktober 1944 starb er im Krankenhaus Steyr an Tuberkulose. Die sechs Waisenkinder wurden zunächst von der Leiterin des Armenhauses Friedburg für einige Jahre aufgenommen.

Franz Mattischek[13] wurde 1915 in Wolfsegg geboren. Sein Vater war Bergmann. Sohn Franz wurde Malergeselle. Aus religiösen Gründen verweigerte er den Wehrdienst. Er wurde deshalb zum Tode verurteilt und am 2. Dezember 1939 in der Strafanstalt Berlin-Plötzensee hingerichtet.

Leopold Engleitner[14] lehnte als Wehrdienstverweigerer den Dienst mit der Waffe ab. Als Bauernknecht arbeitete er in Bad Ischl. Seine Verweigerung führte ihn durch die Konzentrationslager Buchenwald, Niederhagen und Ravensbrück, wo er gequält, misshandelt und gedemütigt wurde. Mit nur noch 28 Kilogramm Körpergewicht wurde er 1943 entlassen und zu landwirtschaftlicher Arbeit dienstverpflichtet. Kurz vor Kriegsende wurde er noch zur Wehrmacht einberufen. Grund genug, um in die Berge zu fliehen, immer verfolgt von den Nazis. Nach Kriegsende war zwar seine physische Existenz gesichert, doch der Großteil der Mitmenschen „bestrafte ihn mit größter Distanz". Wie ein Franz Jägerstätter wurde er vielfach als ein „Drückeberger" gesehen, der seine Kameraden im Stich gelassen habe.

Eine entscheidende Zäsur in seinem weiteren Leben sollte für ihn die zufällige Bekanntschaft mit dem Buchautor und Filmproduzenten Bernhard Rammerstorfer bedeuten. Gemeinsam verfassten sie eine Biografie und den Film „Ungebrochener Wille". Plötzlich war der einfache Mann aus Bad Ischl als Zeitzeuge in Europa sehr gefragt. Die Reise führte ihn auch über den großen Teich. Mit größter Aufmerksamkeit folgten die Studenten der

---
13 Verein Lila Winkel: „Franz Mattischek"
14 Wikipedia: „Leopold Engleitner"

Stanford und Harvard University seinen Ausführungen. Sehr authentisch schilderte er den „Holocaust" in der Praxis. Den Lebensabend verbrachte der *„Unbeugsame aus den Bergen"* bei seinem Freund Rammerstorfer im Mühlviertel. Als Zeitzeuge hat der Knecht aus Bad Ischl mehr geleistet als so mancher Geschichtswissenschaftler.

In der jüngsten Vergangenheit gibt es prominente bekennende Zeugen Jehovas: die Sänger Michael Jackson, Prince, Cliff Richard und Jimi Hendrix. Auch die beiden Tennisschwestern Williams zählen zu dieser Glaubensgemeinschaft. Am 20.2.2017 veröffentlichte das **profil** einen sehr kritischen Bericht über die Zeugen Jehovas.

POLIZISTEN ALS MÄRTYRER

Schon in der Zwischenkriegszeit wurden viele Polizisten und Gendarmen ermordet. Gleich nach Ende des 1. Weltkrieges endete die Konfrontation zwischen Schleich- bzw. Schwarzhändlern und den alleine auf Patrouille befindlichen Gendarmen oft tödlich.

Auch die politischen Verhältnisse forderten in den Reihen der Exekutive Opfer. Nach dem Ausbruch des Justizpalastbrandes gab es nicht nur auf Seiten der Demonstrationen Todesopfer. Der Februaraufstand der Arbeiterschaft und der Putsch der Nationalsozialisten forderten zudem weitere Opfer innerhalb der Polizei und der Gendarmerie.

1934 wurde der kleine Mühlviertler Ort Kollerschlag[1,2] Nebenschauplatz des gescheiterten Juli-Putsches der Nationalsozialisten. Von Wegscheid (Bayern) griffen österreichische Legionäre die Zollstationen Hanging, Haselbach und Kriegwald an. Auch der Gendarmerieposten Kollerschlag wurde von etwa 30 Legionären unter der Führung von Hauptmann Geister angegriffen. Der Revierinspektor Richard Hölzl[3]

---

1 Marktgemeinde Kollerschlag: „Kleine Geschichte eines Grenzortes"
2 Wikipedia: „Juliputsch"
3 Dokumentationsarchiv des österreichischen Widerstandes: „Richard Hölzel, Opfer des Terrors der NS-Bewegung in Österreich 1933–1938"
„Der bisherige Postenkommandant, Revierinspektor Richard Hölzl, der am Vorabend abgelöst worden war, um auf seinen ständigen Posten abzugehen, eilte aus seiner Privatwohnung auf den Posten, um seine bedrängten Kameraden zu unterstützen. Als er in einer Feuerpause auf die Straße trat, um nach einer ausgesendeten Schutzkorpspatrouille Ausschau zu halten, erhielt er von einem in Zivil gekleideten Legionär, der ihm mit ausgebreiteten Armen und dem Zuruf: ‚Wir sind ja Freunde!' entgegeneilte, einen tödlichen Stich, dem kurz darauf einige Schüsse folgten. Der Kampf um den Gendarmerieposten flammte hierauf neuerlich auf, doch war der Posten inzwischen durch Zollwachebeamte verstärkt worden, so daß der Angriff der Legionäre, die sich unter dem Verlust von 3 Toten und etwa 6 Verwundeten über die Grenze zurückziehen mußten, abgeschlagen werden konnte."
(Beiträge zur Vorgeschichte und Geschichte der Julirevolte. Herausgegeben auf Grund amtlicher Quellen. Mit 8 Bildtafeln, Wien 1934, S. 112)

wurde erstochen, vier Legionäre bezahlten den Überfall mit ihrem Leben. Ein Kurier wurde aufgegriffen, in dessen Krawatte der verschlüsselte Aufstandsplan für den österreichweiten Putsch eingenäht war (*"Kollerschlager Dokument"*)[4].

Dieses Dokument bewies, dass die geistigen Urheber für den Juliputsch sich in Deutschland befanden. In seinen Memoiren betonte Winston Churchill die Bedeutung dieses „Kollerschlager Dokumentes".

Für die Moskauer Erklärung vom 1. November 1943 hatte es eine enorme Bedeutung, denn darin wurde von den vier Siegermächten die Tatsache bekräftigt, dass Österreich als erstes Land Hitlers Angriffspolitik zum Opfer fiel. Unter den Legionären befand sich Anton Burger, der spätere KZ-Kommandant von Theresienstadt. Für die Teilnahme am Putsch bekamen einige Legionäre in Landsberg am Lech einige Wochen „Ehrenhaft".

In Wilhering kam Revierinspektor Josef Beyerl bei einem Schusswechsel mit den Putschisten ums Leben.[5] Posthum wurde beiden von Bundespräsident Miklas die goldene Medaille für Verdienste um den Bundesstaat Österreich verliehen. Denkmäler in den jeweiligen Orten erinnern an die Gendarmen, die im Kampf gegen die Putschisten ums Leben kamen. Am 26. Juli beschossen in Laakirchen 40 Nationalsozialisten den Gendarmerieposten, wobei der Gendarm Josef Lukesch[6] getötet wurde. Im folgenden Prozess wurden am 25. und 26. August 1934 gegen den Laakirchner SA-Führer Leopold Mitterbauer und andere SA-Männer zwei lebenslängliche sowie weitere Haftstrafen bis zu 18 Jahren Kerker ausgesprochen. Im Zuge des sogenannten „Juliabkommens" im Jahr 1936 wurde Mitterbauer amnestiert. In den folgenden vier Jahren dürfte sich

---

4 Wikipedia: „Kollerschlager Dokument"
5 kurt-bauer-geschichte: „Beyerl Josef"
6 Zeitgeschichte Museum Ebensee. KZ-Gedenkstätte Ebensee: „Der Putschversuch im Juli 1934"

die Feindschaft zwischen einzelnen Polizisten und den Nationalsozialisten noch einmal aufgeschaukelt haben.

Der Putsch vergiftete die Beziehung zwischen den illegalen Nationalsozialisten und der staatlichen Gewalt. Der spätere Gauleiter und Landeshauptmann Eigruber musste insgesamt 19 Hausdurchsuchungen und 21 Verhaftungen über sich ergehen lassen. Es darf vorausgesetzt werden, dass mit den illegalen Nationalsozialisten nicht immer zimperlich umgegangen wurde.

Täglich erhielten die Amtsstellen des Ständestaates Drohbriefe, sie würden dafür zu bezahlen haben, wenn sie weiterhin die Nationalsozialisten *„verfolgten"*, und in der Tat, wenn es um Rache ging, haben die Nationalsozialisten ihr Wort immer hundertprozentig gehalten. Der Zeitpunkt der Rache war nun gekommen und diese Rache sollte vielen Polizisten und Gendarmen in Österreich das Leben kosten.

Nach der Machtübernahme öffnete sich das Ventil der Rache. Ein großer Teil der Polizeiführung von Linz wurde innerhalb von wenigen Tagen durch Mord ausgeschaltet. Diese „Ausschaltung" wurde von Hitler persönlich abgesegnet.

Josef Schmirl[7,8] war wohl das erste Opfer der Nationalsozialisten nach der Machtübernahme. Er stammte aus einer kinderreichen Familie. Bis zum Ersten Weltkrieg war er Messerschmied. Den Krieg verbrachte er bei der „österreichischen Luftfahrttruppe". Nach dem Krieg trat er in den Gendarmeriedienst ein. Seine ersten Dienstposten waren Ried im Innkreis und Schärding.

In Schärding lernte er seine spätere Frau Annemarie Kranebitter kennen. Ihr Vater war gleichzeitig sein Vorgesetzter bei der Gendarmerie. 1928 wurde der ehrgeizige Gendarm in die Bundespolizeidirektion nach Linz

---

7   Linzer KirchenZeitung: „Josef Schmirl"
8   OÖNachrichten: „Damit war er weg. Die vier Morde an vier Polizisten am 14. März 1938."

berufen. Mit ganzem Herzen arbeitete er für die noch junge Republik. In seiner Funktion war er mit zahlreichen Terroranschlägen der Nationalsozialisten beschäftigt. In den folgenden Gerichtsverfahren wurden sie oft zu langjährigen Gefängnisstrafen verurteilt.

Am 13. März 1938 wurde er von sechs Gestapo-Männern aus seiner Wohnung geholt und wenig später erschossen. Die offizielle Todesursache wurde mit „Erhängen" angegeben. Vor seinem Tod dürfte er noch gefoltert worden sein. Schmirl war häufig als Leibwächter von Dr. Gleißner und Dr. Schuschnigg eingesetzt. Wahrscheinlich wollten die Folterknechte Belastendes über die beiden Politiker aus ihm herauspressen.

Sein Schwiegervater, ein erfahrener Gendarm, fand dann schnell die Einschusslöcher am Leichnam seines Schwiegersohnes. Die tödlichen Schüsse soll ein gewisser Karl Dorfner abgefeuert haben.

Der Bruder der Witwe war Dr. Friedrich Kranebitter, der als „Schlächter von Charkow" in die Geschichte einging. Er rührte für seine Schwester keinen Finger. Erst als es ihm nach dem Krieg selbst sehr schlecht ging, fand er wieder den Weg zu ihr. Schmirl gilt als der erste Österreicher, der von der SS ermordet wurde.

Dr. Ludwig Bernegger[9,10] wurde in Ach an der Salzach geboren. Matura mit Auszeichnung am Gymnasium Ried und Jusstudium in Wien waren weitere Stationen in seinem kurzen Leben. Er war überzeugter Katholik und Mitglied der katholischen Burschenschaft Rugia.

Als Mitglied der Studentenverbindung Kürnberg trat er vehement für ein freies Österreich ein. Als Polizeijurist wurde er ins Referat „NSDAP-Bekämpfung" versetzt und als „Nazi-Jäger" zum absoluten Feindbild für die Nationalsozialisten. Er musste vor allem gegen jene illegalen Nazis ermitteln, die durch Anschläge Sachschäden verursachten.

---

9 Österreichischer Cartellverband: „Dr. Ludwig Bernegger"
10 Wikipedia: „Ludwig Bernegger"

Bis drei Uhr nachts irrte er am 14. März 1938 mit seiner Frau durch Linz. Bei seiner Wohnung wurde er bereits erwartet. Durch einen Sprung aus dem ersten Stock wollte er sich vor den SS-Männern retten. Sie nahmen ihn fest und schleiften ihn über den Asphalt. Blut und Haarbüschel säumten seinen letzten Weg. Schwerste Misshandlungen dürften am Ort seiner Verhaftung stattgefunden haben. Mit dem Arrestwagen wurde er in die Bundespolizeidirektion Linz in der Mozartstraße gebracht. Wegen der Lage wurde diese vom Volksmund auch häufig „Mozarteum" genannt. Über die Art seines Todes und den Todeszeitpunkt gibt es keine Informationen. Die Spuren eventueller Folterungen hat man durch die Einäscherung seines Leichnams verschwinden lassen. 14 Tage später wurde der jungen Witwe die Urne ihres Mannes kommentarlos überreicht. Erhebungen seitens der Kriminalpolizei wurden durch „Druck von oben" eingestellt. Die Urne Dr. Ludwig Berneggers ruht im Familiengrab am Rieder Stadtfriedhof.

Victor Bentz[11,12] war bis zum 12. März 1938 Polizeipräsident von Linz. In dieser Nacht übergab er ordnungsgemäß seine Funktion an seine Nachfolger. Er verließ zum letzten Mal die Polizeidirektion und fuhr nach Wartberg an der Aist, wo er in einem herrschaftlichen Haus wohnte, das dem Fürsten Starhemberg gehörte. Zwei Tage danach wurde er aus dem Haus geholt und wenig später auf der „Flucht erschossen". Sein Leichnam wurde eingeäschert und die Urne ordnungsgemäß der Witwe überreicht. Zur entfernten Verwandtschaft von Dr. Bentz zählte der zweite Mann im Reich, also Feldmarschall Hermann Göring. Er kommentierte den Mord achselzuckend mit „*Es musste sein!*".

Für den Mord am Linzer Polizeidirektor dürfte aber hauptsächlich der Rachedurst der Linzer Nazis verantwortlich gewesen sein, die schon 1934 ihren Gegnern bei der Linzer Polizei den Tod geschworen hatten.

---
11 meinbezirk.at: „Linzer Polizeidirektor von der SS bei Gallneukirchen ermordet"
12 forum oö. geschichte: „Der Anschluss"

Strafanstaltsdirektor **Othmar Bereiter**, Justizanstalt Garsten, wurde von den Nazis besonders gehasst, weil unter seiner Leitung in den 1930er Jahren viele illegale Nationalsozialisten inhaftiert waren. Er wurde 1938 noch am Tage des Einmarsches deutscher Truppen gemeinsam mit seinem Assistenten Paul Fessler, Anstaltsarzt Rudolf Wichtl und Staatsanwalt Nicoladoni verhaftet. Seine Ehefrau erfuhr zwei Wochen später, dass sie Witwe war, als ihr ein Totenschein aus Linz vom 16. März ausgehändigt wurde. Bei dem von den Behörden in der Nachkriegszeit nie wieder neu aufgerollten Mordfall spricht alles dafür, dass Bereiter bei der Überstellung nach Linz hinterrücks erschossen wurde. Vorsorglich hatten die Nazis seinen Leichnam sofort eingeäschert.

Auch der Kriminalbeamte **Josef Feldmann** wurde von seinen Häschern eingeholt und ermordet.

Als Hintermänner dieser Morde gelten die üblichen Verdächtigen wie Dr. Ernst Kaltenbrunner, August Eigruber und der Nachfolger von Dr. Victor Bentz, Dr. J. Plakolm. Seit 1934 hatte sich der Rachedurst der Nazis enorm aufgestaut. Schon 1934 schworen sie deshalb der Linzer Polizeidirektion „ewige Rache". Im März 1938 hatte Dr. Ernst Kaltenbrunner von Himmler die „Lizenz zum Töten". Nicht einmal ein Jahrzehnt später saß dieser Dr. Kaltenbrunner auf der Nürnberger Anklagebank. Weinend, in seinem eigenen Mitleid erstarrt und von seiner Nikotin- und Alkoholsucht geschüttelt. Aus dem strammen SS-Mann war schon längst ein Häuflein Elend geworden. Er hatte größtes Mitleid mit sich selbst, mit den ermordeten Polizisten aus Linz hatte er diese einst nicht. Er wurde während des Prozesses auch zu den Ermordungen der Linzer Polizisten befragt. Die Täter, die die Morde ausgeführt hatten, konnten nie ausgeforscht werden. Inwieweit man nach dem Krieg an einer Ausforschung der „Kollegenmörder" überhaupt Interesse hatte, kann an dieser Stelle nicht festgestellt werden.

MAUTHAUSEN, GUSEN, HARTHEIM UND ANDERE MORDSTÄTTEN IN OÖ.

Während des nationalsozialistischen Interregnums wurden zwischen 1938 und 1945 in Oberösterreich über 130.000 Menschen ermordet. Das entspricht in etwa der Einwohnerzahl der Stadt Innsbruck. Alleine in Mauthausen und seinen 48 Nebenlagern wurden 100.000, im Schloss Hartheim 30.000 Menschen zu Tode gebracht.

Das Jahr 1898 war ein besonderes Jahr, feierte doch seine Majestät Kaiser Franz Joseph ein besonderes Jubiläum – 50 Jahre war er nun an der Macht. Er herrschte über ein Volk von mehr als 50 Millionen Menschen. Dieses Thronjubiläum wurde durch eine Tragödie überschattet. Seine Frau Elisabeth wurde am 10. September 1898 von einem Anarchisten in Genf erdolcht.

Im Vorfeld dieses Jahres machte sich Fürst von Starhemberg, der mächtige Fürst in Oberösterreich, bereits Gedanken, wie man seine Majestät beglücken könne. Allerdings hatte der reichste Mann in der Monarchie, eben der Kaiser, bereits alles. Da half nur eine soziale Großtat. Also verschenkte der Fürst Camillo sein Schloss Hartheim[1], in der Gemeinde Alkoven gelegen, an den Oberösterreichischen Landeswohltätigkeitsverein.

Das Schloss befand sich zu diesem Zeitpunkt in einem schlechten baulichen Zustand. Durch Spenden konnten die notwendigen Sanierungen durchgeführt werden. Das Heim für „*Schwach- und Blödsinnige, Cretinöse und Idioten*" wurde von nun an von den Barmherzigen Schwestern vom Hl. Vinzenz geführt.

„*Warm, satt und sauber*" waren die wichtigsten Kriterien für die Pflege ihrer Klienten. Bis 1938 entwickelte sich die Anstalt zu einem Musterbetrieb, der sich dank zugekaufter Felder und Wiesen weitgehend selbst erhalten konnte.

---

1 Leben- und Gedenkort Schloss Hartheim

Charles Darwin[2] und andere Wissenschaftler des 19. Jahrhunderts begannen mit einer systematischen Unterscheidung von Arten im Tier- und Pflanzenreich, sie wurden auch nach ihrer Nützlichkeit unterschieden. Ihre Forschungen wurden später auf die Menschen ausgedehnt. Sie gingen von der Voraussetzung aus, dass der Stärkere immer den Schwächeren besiegen würde.

Eugenik lehnte alles Schwache ab, alles Schwache sollte ausgemerzt werden. Das Erbgut der nordischen Rasse sollte dadurch verbessert werden.

Ab 1938 galt es für die Nazi-Bonzen, die Ideen von Darwin in die Praxis umzusetzen: Behinderte passten einfach nicht mehr in das Schema der selbsternannten Herrenmenschen.

Unter den Wilden werden die an Körper und Geist Schwachen bald eliminiert; die Überlebenden sind gewöhnlich von kräftiger Figur. Wir zivilisierten Menschen tun dagegen alles Mögliche, um diese Ausscheidung zu verhindern. Sonst würden diese wegen ihrer schwachen Widerstandskraft den Blattern zum Opfer fallen. Infolgedessen können auch die schwachen Individuen der zivilisierten Völker ihre Art fortpflanzen. Niemand, der etwas von der Zucht der Haustiere kennt, wird daran zweifeln, daß dies äußerst nachteilig ist für die Rasse der Menschen. Ausgenommen im Falle des Menschen wird auch niemand so töricht sein, seinen schlechtesten Tieren Fortpflanzung zu gestatten. Wir erbauen Heime für Idioten, Krüppel und Kranke. Wir erlassen Armengesetze, und unsere Ärzte bieten alle Geschicklichkeit auf, um das Leben der Kranken so lange wie möglich zu erhalten. (aus „Die Abstammung des Menschen" von Darwin)

Adolf Hitler machte nie ein Geheimnis daraus, welche „Zukunft Behinderte" unter seiner Herrschaft hätten. Er schrieb 1924, während seiner Festungshaft in Landsberg am Lech, darüber in seinem Buch „Mein Kampf" Sätze wie: *Es ist die heiligste Verpflichtung, nämlich: Dafür zu sorgen, daß das Blut rein erhalten bleibt, um durch die Bewahrung des besten Menschentums die Möglichkeit einer edleren Entwicklung dieser Wesen zu geben... Der völkische Staat hat die Rasse in den Mittelpunkt des allgemeinen Lebens zu setzen... Er hat für*

2   Der Sinn des Lebens – Umdenken der Weltformel

ihre Reinerhaltung zu sorgen... Es gibt nur eine Schande, bei eigener Krankheit und Mängeln Kinder in die Welt zu setzen... ein wissenschaftlich wenig gebildeter, aber körperlich gesunder Mensch mit gutem, festem Charakter... für die Volksgemeinschaft wichtiger ist als ein geistreicher Schwächling. Zu diesen Schwächlingen der Gesellschaft sollten später auch Arbeitsscheue, Zigeuner, Prostituierte, Alkoholiker und Querdenker gezählt werden.

Das Rassenpolitische Amt der NSDAP gab monatliche Broschüren heraus, die der Bevölkerung die „Unwirtschaftlichkeit von Behinderten" vor Augen führen sollten: *60.000 RM kostet ein Erbkranker der Volksgemeinschaft auf Lebenszeit. Volksgenosse, das ist auch dein Geld.* Weiters finden sich die „Kosten-Nutzen-Rechnungen" für die Existenz von Behinderten: *„Täglich kostet ein Erbkranker 5,50 RM der Gesellschaft. Für diesen Betrag kann eine erbgesunde deutsche Familie einen Tag leben."* Weiters wurde mit Filmen wie „heil emil" die Bevölkerung auf die Vernichtung – nach Ansicht des Verbrecherregimes – alles lebensunwerten Lebens vorbereitet. Der „neue Zeitgeist" bestimmte es, dass alles Kranke, Verbrecherische und Unreine aussortiert werden sollte. Am Anfang standen die zwangsweise durchgeführten Sterilisationen auf Grund des *Gesetzes zur Verhütung erbkranken Nachwuchses.* In Deutschland wurden zwischen 1934 und 1945 etwa 400.000 Menschen zwangssterilisiert, wobei es vorwiegend sozial „Schwache" wie Hilfsschüler und *„Auffällige"* traf. Es war dann ein relativ kurzer Weg von den Zwangssterilisationen bis zur Vernichtung von „Ballastexistenzen". Im Reich wurden Fragebögen an die „zuständigen Ämter" verteilt, um die „lebensunwürdigen Existenzen" zu erfassen. Dabei spielte die Unterscheidung „arbeitsfähig" und „nicht arbeitsfähig" die wichtigste Rolle. Arbeitsunfähigen sollte ab nun der „Gnadentod gewährt" werden.

Bereits in der Schule[3] wurden die Schüler darauf hingewiesen, dass es „lebensunwertes Leben" gebe und welche Kosten diese „Volksschädlinge" verursachen. Im „fächerübergreifenden Unterricht" wurde diesem Thema

---

3   Carolin J. Hinzmann: „Mathematikschulbücher im Nationalsozialismus"

ein breiter Raum geboten. Vor allem im Mathematikunterricht[4] wurde mit Sachrechnungen auf die Unrentabilität der Behinderten hingewiesen:

Beispiel 1: *In einer Provinz des Deutschen Reiches sind 4400 Geisteskranke in staatlichen Heilanstalten untergebracht, 4500 in der Obhut der öffentlichen Fürsorge, 1600 in örtlichen Heilanstalten, 2000 in Heimen für Epileptiker und 1500 Personen in Wohltätigkeitsvereinen. Der Staat allein zahlt mindestens 10 Millionen Reichsmark im Jahr für die angeführten Institutionen. Was kostet durchschnittlich ein Patient im Jahr?*

Beispiel 2: *Der Bau einer Irrenanstalt erfordert sechs Millionen Reichsmark. Wie viele neue Wohnblocks zu 15.000 Reichsmark würden für diese Summe gebaut werden können?*

Beispiel 3: *1935 gab es in Deutschland 600.000 Geisteskranke, 150.000 Trinker und 20.000 Verbrecher. 1 Geisteskranker kostet pro Tag 4,50 RM, 1 Trinker 4,80 RM und ein Verbrecher 3,50 RM.*
a) Wie hoch war der Gesamtaufwand für diese Personen?
b) Vergleiche damit, dass ein Arbeitsloser für sich, seine Frau und 4 Kinder 2,90 RM erhält. Wie viele Arbeitslose mit Familie könnten mit dieser Summe unterstützt werden?

Beispiel 4: *(Mathematisches Unterrichtswerk für die Oberstufe, Wien 1941) Im Jahre 1935 gab es in Deutschland rund 600.000 Geisteskranke. Jeder Minderwertige verursacht täglich 4 Reichsmark 50 Pfennig an Kosten.*
a) Wie hoch war 1935 der Gesamtaufwand für diese Personen?
b) Vergleiche damit, dass ein Arbeitsloser für sich, seine Frau und 4 Kinder täglich 2 RM 90 erhält.

Nach der Machtergreifung wurde das Heim Hartheim aufgelöst.[5] Ab nun sollte es einen anderen Zweck finden. Durch den „Gnadentoderlass"

---

4 Mathematik-Aufgaben aus der NS-Zeit
5 erinnern at: „Lern- und Gedenkort Schloss Hartheim". Dokumentationsstelle des OÖ. Landesarchivs

Hitlers im September 1939[6] wurde die gesetzliche Grundlage für das Euthanasieprogramm der künftigen Jahre geschaffen. In Polen begannen Versuche, Behinderte durch Kohlenmonoxid zu ermorden. Die Diagnose „unbrauchbar" galt jetzt als Todesurteil. Aus rassenhygienischen Gründen sollten die „Schwachen"[7] der Gesellschaft an der Fortpflanzung gehindert werden. Dies sollte vor allem durch Zwangssterilisierungen geschehen. Im späteren Verlauf schreckte das Regime auch nicht vor Massenermordungen zurück. *„Euthanasie wäre für sie eine Erlösung und für das Volk ein wirtschaftlicher Segen"* war die Kernbotschaft der nationalsozialistischen *„Gutmenschen"*.

Im Gegenzug forcierte das Regime die *„Vermehrung hochwertiger Arier"*. Dies geschah durch die Einführung der Kinderbeihilfe, Darlehen, Verleihung von „Mutterverdienstkreuzen" und auch Zuchtanstalten. Männer, die dem germanischen Idealbild am meisten entsprachen, dienten als menschliche *Zuchtbullen*. Während männliche Homosexuelle gnadenlos verfolgt und oft genug ermordet wurden, hatten Lesben nichts zu befürchten. Diese konnte man zwangsweise befruchten und dadurch zu deutschen Müttern machen. Diese Vorgangsweise entsprach weitgehend dem Zynismus der *„braunen Elite"*.

Die Heil- und Pflegeanstalten im Reich erhielten Fragebögen, in denen die Ärzte und das Pflegepersonal Aufschluss über die Nützlichkeit ihrer Patienten geben mussten. Ihre Arbeitsleistung musste mit jener von gesunden Bürgern verglichen werden. Eine Kommission in Berlin entschied über den *„Nützlichkeitsgrad"*. Wer diese Kriterien nicht erfüllte, wurde der T4-Aktion zugeführt. Neben Hartheim wurden fünf weitere Tötungsanstalten eingerichtet, die Behinderte vernichten sollten. Im Schloss Hartheim, in der Nähe von Alkoven und 20 Kilometer vor den Toren von Linz

---

6 Dietfried Krause-Vilmar: „Orte nationalsozialistischer Verbrechen"
7 Ermordet, weil sie eine Lernbehinderung, einen Sprachfehler oder eine Körperbehinderung hatten. Sie waren anders, sie passten nicht in das Schema eines „guten Deutschen". „Euthanasie" nannte man die systematische Vernichtung von Menschen mit geistiger Behinderung oder psychischer Krankheit.

gelegen, wurden wesentlich mehr Menschen vergast als im KZ Mauthausen. In den Gaskammern der Anstalt wurde nicht Zyklon B, sondern Kohlenmonoxid verwendet. Ferner wurden eigens Transportfahrzeuge konstruiert, bei denen während der Fahrt Kohlenmonoxid in den Innenraum geleitet und das „Ladegut" sofort zu den Krematoriumsöfen gebracht wurde.

Zum Anstaltsleiter wurde Herr Dr. Rudolf Lonauer[8] ernannt, als sein Stellvertreter Dr. Georg Renno.[9] Der Arzt aus Straßburg im Elsass harmonierte mit seinem Chef ideal. Er war es, der meistens den Gashahn betätigte. Er musste für die Ermordeten immer wieder neue Todesursachen erfinden. Die bevorzugte Krankheit, die er den Angehörigen mitteilen ließ, war Lungentuberkulose. Diese Krankheit galt als höchst ansteckend und begründete dabei auch die sofortige Einäscherung. Dr. Renno sollte selbst wenig später an dieser heimtückischen Krankheit erkranken. Er wurde nach dem Krieg für das, was er getan hatte, niemals verurteilt. Bis zu seinem Lebensende versuchte er, seine Taten als Erlösung der Opfer zu rechtfertigen. Die Tötungsanstalt Hartheim[10] war wie eine Firma strukturiert. In einer Werbeaktion wurden etwa 70 Mitarbeiter gesucht. Das Gehalt war im Vergleich zu anderen Anstalten ungleich höher und die Männer wurden „uk" gestellt, sie mussten also nicht an die Front.

Organisiert war diese Hinrichtungsstätte wie jede andere Firma mit 80 Angestellten. *„Mord war eben ihr Handwerk."* Die *„Massenhinrichtungen am Fließband"* unterliefen einem genauen Zeitplan.

Im „Schloss des Grauens" wurde gut bezahlt. Ein Brenner erhielt: 180 RM Gehalt, 50 RM Trennungszulage, Kost und Unterkunft waren frei. Für das „Mundhalten" gab es obendrein noch 35 RM. Die Angestellten hatten das Anrecht, in einer Unterkunft am Attersee vierzehn Tage Urlaub

---

8　Wikipedia: „Rudolf Lonauer"
9　Gedenkort-T4.eu: „Georg Renno, Arzt, Massenmörder aus Bockenheim an der Weinstraße"
10　Dokumentationsstelle Hartheim

zu verbringen. Während die „unnützen Esser" auf bestialische Weise ermordet wurden, lebten die „Krankenmörder in Saus und Braus".

Das „Standesamt" stellte Sterbeurkunden in Serie aus. Vor allem *Lungentuberkulose* tauchte auffallend oft als Todesursache auf. Die Nennung dieser Todesursache hatte durchaus pragmatische Gründe. Lungentuberkulose galt als ansteckende Krankheit und rechtfertigte die Einäscherung der Ermordeten. Die Urnen wurden zum Versand fertig gemacht. Insgesamt 70 Personen waren in der „Tötungsanstalt Schloss Hartheim" angestellt. Besonders perfide gestaltete sich das Verfassen von Trauerbekundungen für die Angehörigen der Ermordeten. Auch sonst wurde alles unternommen, den Angehörigen den natürlichen Tod glaubhaft zu machen.

Seit Frühjahr 1940[11] lief der mörderische „*Betrieb*" auf „*Hochtouren*". Ärzte, Fahrer, Heizer, Verwaltungsbeamte sorgten im „*Schichtbetrieb*" für die „*Vernichtung lebensunwerten Lebens*". Sie wurden durch „*Notdienstverordnung*" nach Hartheim versetzt. Voraussetzung für eine Anstellung waren der „gute Leumund" von Parteidienststellen, politische Zuverlässigkeit und Engagement für den Nationalsozialismus. Über die „Geheime Regierungssache" wurden diese Auserwählten zunächst im Dunkeln gelassen.

Beim Dienstantritt mussten sie eine Geheimhaltungsklausel unterschreiben. Ihre Aufgabe war es, den Behinderten beim Auskleiden behilflich zu sein. Sie täuschten dann den Gang zur ärztlichen Untersuchung vor, markierten die Todgeweihten mit einem Kreuz auf dem Rücken und übergaben ihre „Klienten" dem Sonderkommando.[12] Dieses Sonderkommando führte die Menschen zu einer als Dusche getarnten Gaskammer. Das Einleiten des Gases war Aufgabe der Ärzte. Zu den Tätigkeiten des Pflegepersonals gehörten das Bündeln der Kleidungsstücke der Ermordeten, die Begleitung der „Klienten" in den Bussen, die Entfernung der Leichen aus der Gaskammer, das Ziehen der Goldzähne, das Verbrennen der

---

11 Regionews: „Oberösterreich: Schloss Hartheim. Der Wert des Lebens von 1940 bis heute"
12 Wikipedia: „Schloss Hartheim"

Leichen im Krematorium, die Reinigung der Gaskammer von Erbrochenem und Exkrementen sowie die Sortierung zurückgelassener Kleidungsstücke und Besitztümer. Weiters wurde das Pflegepersonal zur Begleitung von Patiententransporten – von den Ursprungsanstalten in ganz Österreich über die Zwischenanstalten Niedernhart (Linz) und Ybbs an der Donau nach Hartheim – eingesetzt. Die Aufgabe der Pflegepersonen bestand im „Hineinbringen" in den Autobus und der Betreuung während der Fahrt.

Die Alternative zu dieser „Notdienstverpflichtung" war der Fronteinsatz als Soldat oder eine Verfolgung seitens der Geheimen Staatspolizei. Die Angestellten wohnten zum Großteil im „Schloss des Grauens". Im Mai 1940 wurden acht Pflegerinnen und drei Pfleger der Heil- und Pflegeanstalt Ybbs an der Donau nach Hartheim „dienstverpflichtet", unter ihnen Franz Sitter.[13]

Franz Sitter war ein gelernter Maschinenschlosser. 1925 begann er mit dem „Irrendienst" – damals eine gebräuchliche Diktion – in der Pflegeanstalt Ybbs. Der begeisterte Pfleger legte diverse Fachprüfungen ab und wurde fünf Jahre später „beamtet". 1940 wurde ihm von zwei Herren in Uniform in der Direktion eine „Notdienstverordnung" angeboten. Er sollte bei Transporten und Verlegungen von geistig Behinderten behilflich sein. Ahnungslos unterschrieb er die „Schweigeerklärung". Bereits zwei Tage später begleitete er einen Transport von Niedernhart nach Hartheim, auch Transporte von der Heil- und Pflegeanstalt Feldhof (Graz) nach Niedernhart (Linz). Zu seiner Verwunderung bekamen die Klienten weder etwas zu trinken noch zu essen. Er sprach den Transportleiter auf diesen Umstand an. „Das gehe ihn gar nichts an" war die kurze Antwort. An diversen „gemütlichen Gemeinschaftsabenden samt Saufgelagen" nahm Sitter nicht teil. Mit Entsetzen musste Sitter feststellen, dass er Mitarbeiter in einem „Mörderschloss" war. Er musste beim Entkleiden der zu ermordenden Personen mithelfen oder deren Urnen etikettieren. Franz Sitter konnte dies auf Dauer nicht mehr mit seinem Gewissen vereinbaren. Er

---

13 OÖNachrichten: „Ein Mutiger, der Nein zum Töten sagte"

führte daher mit dem verantwortlichen Arzt Dr. Lonauer ein Gespräch und forderte eine Rückstellung an seine alte Arbeitsstätte in Ybbs. Der Arzt riet davon ab. Die Tätigkeit in Hartheim werde doch besser bezahlt, außerdem müsse er nicht zur Wehrmacht einrücken. Franz Sitter blieb standhaft und meinte, dass er lieber einrücken würde. Nun, dieser „Wunsch" wurde ihm erfüllt. Bereits drei Monate später steckte er in der Wehrmachtsuniform. Kurz vor Ende des Krieges kam er in amerikanische Kriegsgefangenschaft und war bis Mai 1946 Sanitäter in einem Lazarett. Zurückgekehrt nach Österreich nahm er wieder seine Tätigkeit als Pfleger für „lebenswertes Leben" in Ybbs auf. Beim „Hartheim-Prozess" 1947 trat er gegen seine ehemaligen Kollegen als Zeuge auf. 1952 wurde er zum Oberpfleger ernannt, 1967 trat er in den Ruhestand. 1980 starb Franz Sitter in Ybbs. Zeit seines Lebens sprach er nicht über seine Erlebnisse in Hartheim.

Abwechslung fanden die Angestellten in einem betriebseigenen Haus am Attersee und in abendlichen Veranstaltungen. Mit den KollegInnen aus Mauthausen wurden gemeinsame Ausflüge organisiert. Häufig fuhr man mit dem Bus nach Linz, um gemeinsam einen vergnüglichen Kinoabend zu verbringen. Sonst rundeten gemütliche Bierabende „erfolgreiche Arbeitstage" ab. „Unnütze Esser" wurden durch sie dem Gnadentod zugeführt, das Reichsbudget damit entlastet. Die Mörder lehnten sich zufrieden zurück und tranken ihr Bier. Nach zwei Jahren waren sie zufrieden darüber, dass sie innerhalb dieses relativ kurzen Zeitraumes durch die Ermordung von 18.000 Menschen mitgeholfen hatten, das Reich von „unnützen Essern" zu befreien. Am Ende konnten die sechs Vernichtungslager die Ermordung von 70.000 Behinderten nach Berlin melden. Kurt Hubert Franz, ein SS-Mann, war in Hartheim noch als Koch tätig. Über die *Aktion Reinhard* wurde er zunächst Stellvertreter von Franz Stangl in Treblinka und später dessen Nachfolger. In den Auschwitzprozessen wurden ihm *satanische Grausamkeiten* unterstellt. Während seiner Zeit in Treblinka besaß er einen Hund namens „*Barry*". Bei gewissen Befehlen gab er seinem Hund den Namen „Mensch". Für die Zerfleischung eines Juden gab er seinem Hund den Befehl: *„Mensch, fass den Hund!"*

Vielen Eltern kam der Tod ihres Kindes mysteriös vor. Ein Vater wandte sich deshalb an die Staatsanwaltschaft Linz. Oberstaatsanwalt Dr. Ferdinand Eypeltauer[14] übernahm das Verfahren gegen das Pflegeheim Hartheim. Von den Behörden von Oberdonau wurde er gedrängt, das Verfahren einzustellen. Doch der Oberstaatsanwalt gab diesem Druck nicht nach und ermittelte gegen den zuständigen Arzt. Im September 1941 kam die Weisung von „ganz" oben, dass er das Verfahren einzustellen habe. Er stellte das Verfahren ein, legte sein Amt als Oberstaatsanwalt zurück und wechselte die Seite. Er wurde Richter. Als Richter zeigte er oft wenig Gnade. Todesurteile fällte er gegen einen Fahrraddieb, zwei griechische Zwangsarbeiter als „Volksschädlinge", weiters einen 16-Jährigen, der während eines Bombenalarms ein Leichenauto stahl und mit diesem unfallfrei 80 Kilometer in Linz herumfuhr. In einem anderen Verfahren legte er sich mit korrupten Parteifunktionären an. Die Ordensobere der Barmherzigen Schwestern in Salzburg, Anna Bertha Königsegg[15], wehrte sich gegen den Abtransport ihrer Schutzbefohlenen. Bei der Volksabstimmung im April 1938 animierte sie ihre Schwestern noch dazu, mit „Ja" zu stimmen. Aber schon bald musste sie erkennen, dass das Regime *„alles Lebensunwerte vernichten"* wollte. Vor allem mit schriftlichen Eingaben bei den Behörden und beim Salzburger Gauleiter wurde sie schnell als Regimegegnerin gehandelt. Ihr Engagement galt ab nun der Rettung der Menschen, denen die Nazis das Recht auf ihre Existenz absprachen. Mit größter Entschlossenheit trat sie gegen Zwangssterilisationen und die Ausrottung der Geisteskranken auf. In einem Schreiben an Gauleiter Rainer schrieb sie unter anderem: *Es ist nun ein offenes Geheimnis, welches Los diese abtransportierten Kranken erwartet, denn nur zu oft langt kurz nach ihrer Überführung die Todesnachricht vieler von ihnen ein... Denn ein jeder*

---

14 ORF on science: „Zivilcourage gegen Massenmord"
15 religion orf: „Schwester Courage" und „Der Friede kommt nicht durch"

von uns, auch Sie und ich, wird einmal hilfsbedürftig werden oder durch Krankheit oder Unfall der Gemeinschaft keinen aktiven Dienst mehr leisten können... Die dem Hochadel entstammende Klosterschwester wurde mehrfach verhaftet und später verbannt. Sie gehörte zu jenen Mutigen, die mit ihren Engagements zwar ihre eigene Existenz gefährdeten, aber für den Abbruch des T4-Projekts sorgten.

Die Umgebung[16] des Mörderschlosses wusste Bescheid. Der fürchterliche Leichengestank und so manches Haarbüschel, das aus dem Schornstein flog, waren klare Indizien dafür. Auch die Busse wurden genau beobachtet. Bei der Hinfahrt voll, bei der Rückfahrt leer. Im Umkreis von zehn Kilometern wurde der Gestank bei „richtigem" Wind wahrgenommen. Beim Kirchenwirt hieß es dann am Stammtisch: *„Heut haben's wieder viele Depperl verbrannt!"* Aber an „Tagen wie diesen" hatte man andere Sorgen. Die Söhne oder der Ehemann an der Front, der eigene Kampf um die immer kleiner werdenden Lebensmittelrationen wurde immer zäher. Mit der geheimen Staatspolizei wollte man tunlichst nicht in Berührung kommen.Bei einem Gasthausbesuch im Ort stellte Büroleiter Christian Wirth[17] die Bevölkerung des Ortes vor vollendete Tatsachen. Ohne Umschweife drohte er der Bevölkerung mit Sanktionen. Johann Leopold Hilgarth und die Brüder Karl und Ignaz Schuhmann[18] durchbrachen dieses Schweigen. Schon lange trauten sie den Parolen nicht mehr, die via Kinowochenschau und durch das Radio ausgegeben wurden. Also hörten sie in den Nachtstunden BBC und gingen daran, Flugblätter zu drucken. Bis zu 150 Flugblätter wurden in Linz verbreitet. *„Wir brauchen keinen Kaiser durch Gottesgnaden, aber auch keinen Mörder von Berchtesgaden. Hitler hat den Krieg begonnen – Hitlers Sturz wird ihn beenden."* Auch die Hauswände wurden mit Parolen wie diesen beschmiert: *„Hitler ist ein Massenmörder, 5 Jahre Blutherrschaft in Österreich – jeder Österreicher*

---
16 Wikipedia: „Schloss Hartheim"
17 AustriaWiki: „Tötungsanstalt Hartheim"
18 forum oö. geschichte: „Regionaler Widerstand in Eferding/Alkoven

kämpft heute gegen die braunen Nazi-Verbrecher!!! Er und seine Helfer müssen sterben." Durch einen Spitzel wurden sie an die Gestapo verraten und in Wien als Volksverräter vor Gericht gestellt. Ignaz Schuhmann und Leopold Hilgarth starben durch die Guillotine, zehn Jahre Gefängnis und die Einberufung zur Strafkompanie erhielten die beiden anderen Mitverschwörer als Strafe. Allerdings regte sich schon bald Widerstand gegen die Vernichtung „lebensunwerten Lebens". Der Feindsender BBC berichtete über diese Form der Barbarei. Flugzettelaktionen der Alliierten informierten die Deutschen über die geheimnisvolle „T4-Aktion".

Der Bischof von Münster, Clemens August Graf von Galen, wetterte in seinen Predigten gegen diese Ermordung der Schwächsten in der Gesellschaft. Schon bald regte sich der Widerstand in der Bevölkerung. Hauptverantwortlich für diese Angst war die Befürchtung, dass nach den Behinderten auch Arbeitsunfähige, Schwerstkriegsversehrte, Kranke und Alte ausgemerzt werden sollten. Diese „Engstirnigkeit" seines Volkes veranlasste den Führer dazu, die T4-Aktion offiziell stoppen zu lassen. Unter anderem Namen und Vorzeichen ging das Morden von behinderten Menschen weiter. Die *„prominenteste Ermordete"* war Aloisia Veit.[19] Sie war die Großcousine von Adolf Hitler. Innerhalb der Familie Veit dürfte überhaupt *der Wurm gewesen sein,* wie es Heinrich Himmler in einem internen Bericht anmerkte. Nach diesem Bericht hatte es innerhalb dieser Familie viele *Idioten und Vollidioten* gegeben. Am 24. August 1941 wurde von Hitler die *„Aktion Gnadentod"* gestoppt. Für die Beendigung gab es mannigfache Gründe. Kirchliche Würdenträger traten mit Vehemenz gegen die Ermordung „lebensunwerten Lebens" auf. Angst ging in der Bevölkerung um. Sollte der demente Opa das nächste Opfer sein? Sollte der eigene Sohn, der an der Westfront einen Kopfschuss erlitten hatte, in der Vergasungskammer in Hartheim landen? War der taubstumme Schuster, der so vorzügliche Holzschuhe herstellte, auch ein Kandidat für die Fahrt

---

19 ZDF-history: „Familie Hitler"

nach Hartheim? In diesem Fall genügte den Machthabern allerdings eine „einfache Kastration".

Nach der Beendigung der „T4-Aktion" mussten viele der Beschäftigten an die Front. Sie wurden nun zur Partisanenbekämpfung im Adriagebiet eingesetzt. Allerdings wurde die Euthanasie unter anderen Vorzeichen fortgeführt, in der Gegenwart als „Wilde Euthanasie" bezeichnet. Die T4-Aktion wurde zwar offiziell beendet, das Morden an Behinderten ging aber unvermindert weiter, nur griffen die Krankenmörder zu subtileren Mitteln. Den Opfern wurden Hungerkuren *„Wir geben ihnen kein Fett, dann gehen sie von selber"* verschrieben, Lungenentzündungen wurden eingeleitet und tödliche Injektionen verabreicht. Insgesamt wurden so 200.000 Behinderte von den „Herrenmenschen" ermordet.

Die Versuche mit den Gaskammern hielt die Mörderclique in Berlin für durchaus erfolgreich, ab nun wurde im großen Stil in den Vernichtungs- und Konzentrationslagern gemordet. Alleine im Vernichtungslager Auschwitz-Birkenau wurde eine Million Menschen ermordet. Nach Simon Wiesenthal war die *Euthanasie-Aktion der Nazis die Mörderschule für die Ermordung der Juden.* Schloss Hartheim bekam einen neuen Verwendungszweck. In einem grenzenlosen Zynismus wurde das Lager nun als „Erholungsheim" geführt. Wegen der „mangelnden *Vergasungskapazitäten*" im KZ Mauthausen wurden mindestens 12.000 KZ-Häftlinge zwischen August 1941 und Dezember 1944 in der Tötungsanstalt Hartheim vergast. Vor allem Arbeitsunfähige wurden auf „Erholungsurlaub" in das Schloss geschickt. Weitere Transporte kamen aus Gusen.

Im Juni 1945 wurde ein Stahlfach im Schloss Hartheim von amerikanischen Untersuchungsoffizieren aufgebrochen. In diesem befand sich die sogenannte „Hartheimer Statistik". Laut dieser Statistik wurden zwischen Mai 1940 und August 1941 in Hartheim 18.269 Personen vergast. Im August 1941 wurde die „T 4-Aktion" von Hitler eingestellt. Ein Beiblatt erhielt weitere makabre Details. Laut Berechnungen hatte die Vernichtung von „lebensunwertem Leben" in Gestalt von 70.273 Desinfizierten

(Ausdruck der Nazis für die Ermordeten) in Hartheim und fünf weiteren Anstalten bei einer geschätzten Lebenserwartung von zehn Jahren Lebensmitteleinsparungen von 141.775.773,80 Reichsmark erbracht. Lager wie Hartheim gelten als „Übungsstätten" für die serienmäßige Ermordung von Millionen Menschen unter industriellen Bedingungen. Nach dem Krieg kamen nur wenige der 70 „Mitarbeiter" vor ein ordentliches Gericht. Anstaltsleiter Dr. Rudolf Lonauer entzog sich seiner Verantwortung durch Selbstmord. Nach Vorbild von Goebbels ermordete er vorher seine Frau und seine Kinder.

Sein Stellvertreter war Dr. Georg Renno, der bereits 1930 der NSDAP und ein Jahr später der SS beitrat. 1933 wurde er Assistenzarzt der Pflegeanstalt Leipzig-Dösen. Deren Chef Prof. Nitsche warb ihn für das Euthanasie-Programm der NSDAP an. Die beiden Ärzte entwickelten gemeinsam die sog. Luminal-Methode. Durch eine leichte Überdosierung von Luminal wurden sechzig Patienten der Heilanstalt ermordet.

Nach dieser „Bewährung" wurde der junge Arzt von der Euthanasiezentrale in der Berliner Tiergartenstraße 4 nach Hartheim geschickt. Mit seinem Chef Dr. Georg Lonauer und dem Büroleiter Christian Wirth bildete er ein Trio Infernal, das Massenmord im großen Stil betrieb. Die beiden Ärzte waren für die Selektion und die praktische Durchführung der Massenmorde zuständig, Wirth für den bürokratischen Ablauf. Nach der offiziellen Beendigung der T4-Aktion im Jahre 1941 avancierte Dr. Renno zum Leiter einer Kinderfachabteilung in Nordrhein-Westfalen. Allerdings erkrankte er schon bald nach seiner Ernennung an Lungentuberkulose, der Krankheit, die er als offizielle Todesursache vieler Ermordeter in Hartheim bescheinigte. Nach längeren Kuraufenthalten in Davos kehrte er nach Hartheim zurück. Unter anderen Umständen nahm er erneut sein Mörderhandwerk auf. Er leitete nun die Sonderbehandlung jener Häftlinge aus den Konzentrationslagern Gusen, Dachau und Mauthausen, die dort wegen ihrer „Unbrauchbarkeit" ausgemustert wurden. Es handelte sich dabei meistens um Menschen, die entweder krank oder zu schwach für manuelle Arbeiten waren. Die letzten Kriegsmonate verbrachte er wegen eines weiteren Kuraufenthaltes in der neutralen Schweiz. Nach dem Krieg wurde Dr. Renno von der österreichischen Justiz per Haftbefehl zunächst vergeblich gesucht. Bei einer großen deutschen Pharmafirma war er als wissenschaftlicher Angestellter beschäftigt. 1961 wurde er auf Betreiben der Linzer Staatsanwaltschaft in Deutschland festgenommen. 1967 kam es zum Prozess gegen ihn und drei ehemalige Angestellte der T4-Zentrale in Berlin. Der Hintergedanke der Staatsanwaltschaft Frankfurt am Main war dabei, die ehemaligen Befehlsgeber und den Befehlsnehmer Dr. Renno gegeneinander auszuspielen. Riesige Aktenberge dokumentierten die Massenmorde im Schloss Hartheim zwischen 1940 und 1944. Ein großes Heer an Zeugen wurde aufgeboten, um die einstigen Geschehnisse abzuhandeln. Gutachter wurden mit Gutachten und Gegengutachten beauftragt. In keinem Gerichtsverfahren der Nachkriegszeit wurden Euthanasiemorde so akribisch abgehandelt wie die Verbrechen in Hartheim. In einer Sisyphusarbeit wurde nach den Lebensläufen von Opfern gesucht. Viele Gemeinde- und Kreisämter in Deutschland und Österreich wurden aufgesucht, um das Ende der Opfer, und was dazu führte, dokumentieren zu können. Das Frankfurter Gericht kooperierte dabei eng mit österreichischen Staatsanwaltschaften. Vielfach wurde auf die Amtsverschwiegenheit hingewiesen, weil es sich bei Behinderten um sensible Daten handle. Seitens der Frankfurter Staatsanwaltschaft wurde dann darauf verwiesen, dass es die Pflicht jeder Behörde sei, an der Aufklärung von Morden – auch von Behinderten – mitzuwirken.

Von besonderem Interesse war die Aussage von Franz Stangl, der als Büroleiter Christian Wirth folgte. In einem eigenen Verfahren stand er als Angeklagter vor Gericht, weil er als Kommandant der Vernichtungslager Sobibor und Treblinka für hunderttausendfache Morde verantwortlich zeichnete. An der Person Stangls war der Zusammenhang zwischen den Euthanasiemorden und dem Holocaust für die Staatsanwälte augenfällig. Für die Ankläger waren Gerichtsdokumente von Verfahren, die gegen die ehemaligen SS-Mitarbeiter in Hartheim und Mauthausen geführt wurden, von enormer Bedeutung. Bei der Verhandlung ging es längst nicht mehr um die Person Dr. Renno, sondern um ein Stück Vergangenheitsbewältigung am Beispiel Hartheim. Die Aktionen „T4" und „14f13" sollten thematisiert werden. Auch die beiden Aktionen sollten aufzeigen, dass das Euthanasieprogramm nur eine „Generalprobe für den Holocaust" war.

Dank der Mithilfe deutscher und ausländischer Archive konnte in mühsamer Puzzlearbeit ein Gesamtbild erstellt werden, das die Grausamkeiten im Schloss Hartheim aus den verschiedenen Perspektiven beleuchtete. Bei der Verhandlung wies Dr. Renno jegliche Mitschuld von sich. Trotz erdrückender Indizien leugnete er seine Mitwirkung an den Euthanasie- und den späteren Holocaustmorden. Er schob die Schuld auf seinen damaligen Chef Dr. Lonauer und den Amtsleiter Christian Wirth. Er habe im Mörderschloss nur gewohnt und in seiner Freizeit Flöte gespielt.

Vor allem die Aussagen von Franz Stangl brachten seine Verteidigungsstrategie ins Wanken. Stangl gab als Zeuge zu Protokoll, dass nur die Ärzte den Gashahn betätigen durften. Durch diverse Zeugenaussagen und Vorlegen belastender Dokumente wurde plötzlich das Erinnerungsvermögen des Arztes gestärkt. Plötzlich konnte er sich an Schauvergasungen, die zu Ehren hochrangiger Vertreter des NS-Regimes durchgeführt wurden, erinnern. Die Vergasungen selbst beschrieb er zynisch als „sanften Tod", die Behinderten seien dadurch nur von ihrem trostlosen Dasein befreit worden. Nur die „Gruppenvergasungen" von 40 Personen hielt er immer für befremdlich. Sonst machte er allerdings keinen Hehl daraus, dass er Euthanasie für einen probaten Lösungsansatz für den Umgang mit Behinderten hielt. Er habe das Einleiten des Gases in die Gaskammer im Auftrag der damaligen Staatsgewalt vollzogen. Von der Ermordung von KZ-Häftlingen wollte er gar nichts gewusst, geschweige denn daran mitgewirkt haben. Bei der Verhandlung bewies er wahre „Steherqualitäten". Auch äußerst belastende Zeugenaussagen nahm er ohne jede sichtbare Gemütsregung zur Kenntnis. Das KZ Mauthausen habe er zwar besucht, aber eben nur das Offizierscasino und den Lagerfriseur. Immer mehr geriet die Strategie Rennos und seiner Verteidiger ins Wanken und in eine für sie gefährliche Schieflage. Bereits vor Verhandlungsbeginn verfing er sich vermehrt in Widersprüchen. Wohl auf Rat seiner Anwälte kam es zu einem Strategiewechsel. Ab nun wurde bei jeder sich bietenden Gelegenheit das Verfahren verzögert. Sogar die angeblich zu hohe Raumtemperatur im Gerichtssaal wurde als Grund dafür genannt, dass der Angeklagte dem Verlauf der Verhandlung nicht mit der gebotenen Aufmerksamkeit habe folgen können. Immer mehr rückte der angeblich angeschlagene Gesundheitszustand des Angeklagten in den Mittelpunkt des Verhandlungsverlaufes. Einige seiner Kollegen stellten ihm Gutachten aus, dass er nicht in der Lage sei, als Angeklagter den diversen Ausführungen zu folgen. Die nie ausgeheilte Tuberkulose und Herzrhythmusstörungen würden ihn daran hindern. Eine Blinddarmentzündung war dann ein weiterer Grund, das Verfahren weiter in die Länge zu ziehen.

Danach folgten noch zwei angebliche Schlaganfälle, die ihn fortan an diversen Reisetätigkeiten hinderten. In der Folge entwickelte sich eine rege Betriebsamkeit zwischen Staatsanwaltschaft, Verteidigern, Gutachtern und Gegengutachtern. Vor allem den Verteidigern gelang es immer wieder, eine Wiederaufnahme des Verfahrens zu verhindern.

Wegen seines angeblich sehr schlechten Gesundheitszustandes wurde die *„Verhandlungsunfähigkeit"* seitens des Gerichtes anerkannt. Diesen *„sehr schlechten Gesundheitszustand"* sollte er immerhin noch 22 Jahre überleben. Er blieb zeitlebens uneinsichtig und meinte nur lapidar: „Den Gashahn aufzudrehen war keine große Sache." Eine Herzerkrankung, von der allerdings keine unmittelbare Lebensgefahr ausging, bedingte, dass das Verfahren 1975 endgültig eingestellt wurde. Seine Mitangeklagten hatten weniger Glück. Sie wurden zu langjährigen Gefängnisstrafen verurteilt.

1947 wurde auch gegen fünf Pfleger und Pflegerinnen Anklage erhoben. Wegen ihrer *„Notdienstverpflichtung"* wurden sie vom Gericht freigesprochen. Einem Pfleger wurde bewiesen, dass er freiwillig als überzeugter

Nationalsozialist gekommen sei. Er wurde zu 2½ Jahren Gefängnis verurteilt. Weitere Angeklagte entzogen sich dem Gerichtsverfahren durch Selbstmord. Der Heizer Vinzenz Nohel wurde zum Tode verurteilt und hingerichtet.

Ab April 1942 wurde in Hartheim wieder gemordet. Es lief nun die Aktion „14f13" an. Mauthausen und die Nebenlager waren überfüllt, die Kapazitätsgrenzen waren längst überschritten. Lagerkommandant Ziereis brauchte schlichtweg Platz. Es musste nach seiner Meinung aussortiert werden. Bei einer Visite gingen täglich Ärzte durch die Baracken und durch das Krankenrevier, um „*Erholungssuchende*" für Hartheim auszusuchen. Häufig wurde aber auch dem Blockwart überlassen, wer für ihn als erholungsbedürftig galt. In Summe „*entsorgte*" man auf diese Weise weitere 12.000 Häftlinge.

JUDENVERFOLGUNGEN WÄHREND DER NS-ZEIT IN OBERDONAU

Antisemitismus[1] ist und war gewiss keine Erfindung der Nationalsozialisten. Der Antisemitismus war bereits vor 1938 in der österreichischen Psyche tief verwurzelt. Seit dem Mittelalter gab es immer wieder Judenverfolgungen und Pogrome. Durch das Toleranzpatent von Joseph II. wurden viele mittelalterliche Beschränkungen für die Juden aufgehoben und alle diskriminierenden Gesetze abgeschafft. Diese Liberalisierung sorgte dafür, dass sich viele Juden in Wien niederließen.

Mitte des 19. Jahrhunderts setzte in Linz ein Kesseltreiben gegen die Juden ein. Durch nationalistisch gesinnte Zeitungen und Hetzblätter wurden national gesinnte Kreise gegen die jüdischen Geschäftsleute aufgestachelt. Den hasserfüllten Worten folgten oft Gewalttaten gegen die jüdischen Mitbürger. Vor allem das christlichsoziale „Volksblatt" und die „Linzer Post" waren Träger des religiösen Antisemitismus. Hinter diesem religiösen Antisemitismus verbargen sich oft wirtschaftliche Interessen. Bauern, Handwerker, Kaufleute und Unternehmer sahen in den Juden Konkurrenten, denen vor allem unlauterer Wettbewerb unterstellt wurde.

Kurz vor dem Ersten Weltkrieg war jeder zehnte Wiener ein Jude. Zwei Drittel der Anwälte und Industriellen waren zu diesem Zeitpunkt Juden. Jeder zweite Journalist war Jude. Bei den Finanziers waren es über 70 %. Diese Erfolge mussten zwangsläufig in Brotneid enden und wurden zur Triebfeder einer starken inneren Bewegung. In einer nationalistischen Zeitung wurden die Juden als der „Blutegel des Volkes" bezeichnet. Georg von Schönerer und Bürgermeister Lueger bedienten sich des aufkeimenden Judenhasses, der auch seitens der Kirche seinen Segen erhielt. Während des Ersten Weltkrieges kam es zum Zuzug von fast 80.000 bettelarmen Ostjuden aus Galizien.

---
1   Evan Burr Bukey: „Hitlers Österreich. Eine Bewegung und ein Volk". Europa Verlag, 2000. „Der antisemitische Konsens" auf Seite 43

In der Zwischenkriegszeit häuften sich die Pogrome gegen Juden, die nicht selten mit Mord endeten. Vor allem durch den „Österreichischen Beobachter" wurde der Antisemitismus in der Zwischenkriegszeit geschürt. In dieser Zeitung wurden sogar jene oberösterreichischen Bürger aufgezählt, die in jüdischen Geschäften einkauften und damit gegen den christlichen Wertekodex verstießen. So war zumindest die Argumentation nationalistischer Kreise. In der Zwischenkriegszeit reduzierte sich die Anzahl der jüdischen Bürger in Oberösterreich von 1300 auf 800.

Joseph Roth beschrieb den *ewigen Juden* vier Jahre vor der Machtergreifung wie folgt: *Der Jude! Uraltes Gespenst, in tausendfacher Form vorhanden, unverständlich, schlau, blutdürstig und sanft zugleich. Schrecklicher als alle Schrecken des 1. Weltkrieges.*

Es darf angenommen werden, dass viele Bürger Juden hassten, obwohl sie keine Juden persönlich kannten. Nur drei Wochen vor der Machtergreifung berichtete die Rieder Volkszeitung, damals eine christlichsoziale Wochenzeitung, sehr „kritisch" über das vermeintliche Überhandnehmen der Juden in Europa. *„Die Juden haben augenblicklich in verschiedenen Ländern nichts zu lachen. Nach judenfeindlichen Aktionen in* Deutschland *ist bekanntlich in der letzten Zeit auch* Rumänien *mit Maßnahmen gegen ein Überhandnehmen der Juden auf den Plan getreten. Man wird das begreifen, wenn man erfährt, daß bei einer Gesamteinwohnerzahl von 18 Millionen es 1,9 Millionen Juden gibt. Die Hauptstadt Bukarest weist unter 750.000 Einwohnern 190.000 Juden aus. Das Volksvermögen verteilt sich folgendermaßen: Rumänen 22 %, Minderheiten und Ausländer 12,5 %, Juden 65 %. Auch* Polen *ist daran, Abwehrmaßnahmen gegen den überragenden Einfluss der Juden zu treffen. Dort sind zehn Prozent der Einwohner Juden. Mehr als drei Viertel des polnischen Handels befinden sich aber in jüdischer Hand. In einer Sitzung des polnischen Budgetausschusses erklärte ein Abgeordneter, man müsse Polen um einige hunderttausend Juden, die aus dem Osten gekommen sind, erleichtern. In* Ungarn *hat angesichts der judenfeindlichen Bewegung eine strengere Überwachung der Grenzen und eine scharfe Kontrolle der Bevölkerung eingesetzt. Und in* Österreich? *Das in Beratung stehende*

Fremdengesetz bedarf einer dringenden Erledigung, da sich die Anzeichen mehren, daß unser Land von den anderweitig nicht mehr gewünschten Personen als Aufenthaltsort sehr bevorzugt wird. Wir sind aber ohnehin mit dieser Sorte genügend versehen, das beweist ein Spaziergang durch die Bundeshauptstadt. Schärfere Maßnahmen gegen ein Überhandnehmen der Juden in Österreich wären nicht nur sehr erwünscht, sondern auch augenscheinlich schon sehr notwendig.

Nun, der Wunsch des Redakteurs bzw. seiner Redaktion sollte sich schneller als erwartet erfüllen. Sehr schnell ging das Regime in Österreich daran, gegen Juden vorzugehen. Laut Mitteilungen der Gestapo drohte bereits 1935 in Deutschland die Stimmung zu kippen. Die vielfach beschworene Volksgemeinschaft versprach mehr, als sie hielt. Viele Reiche wurden dank der langsam eintrudelnden Rüstungsaufträge noch reicher, der Adel blieb weitgehend adelig, die Beamten nach wie vor bestimmend. Für die Arbeiter hatte sich in den zwei Jahren seit der Machtergreifung wenig geändert. Die Massenarbeitslosigkeit war zwar abgebaut, dafür blieben aber die Löhne auf niedrigem Niveau. Eine relativ hohe Inflation „fraß" die Lohnerhöhungen wieder weitgehend weg. Aktionen wie „Kraft durch Freude" blieben weitgehend für treue Parteigenossen reserviert. In solchen Situationen suchen sich Diktaturen gerne „innere und äußere Feinde". Hier boten sich die Juden als „perfektes Feindbild" an. Goebbels ließ wieder einmal seine Propagandamaschinerie anlaufen. 1935 wurden die Nürnberger Rassegesetze beschlossen. Das Gesetz zum Schutze des deutschen Blutes und der deutschen Ehre verbot Ehen zwischen Juden und Nichtjuden. Ab nun sollte deutsches Blut reingehalten werden. Auch der Geschlechtsverkehr zwischen Juden und Ariern war bei Strafe untersagt. Dieses Delikt wurde als „Rassenschande" bezeichnet. Eine arische Frau konnte dafür nicht belangt werden. Dieser Passus entsprach wohl dem Frauenbild des Führers, der Frauen weitgehend für sexuell unmündig hielt. Jüdische Männer, die gegen das „Rassenschandegesetz" verstießen, wurden wesentlich strenger bestraft als „arische Männer". Laut Gestapo-Berichten war der Großteil der Bevölkerung mit den „Nürnberger Rassegesetzen" hochzufrieden. Sogar ein kleiner Teil der orthodoxen Juden habe daran Gefallen gefunden. Vor allem das Verbot der „Mischehen" hielten sie für sehr begrüßenswert. Grundsätzlich muss zwischen den verschiedenen Formen des Antisemitismus unterschieden werden. Seitens des Auslandes gab es keine Proteste gegen die neuen diskriminierenden Gesetze in Deutschland. Wohl schon deshalb, weil Antisemitismus auch dort ein bestimmendes Thema war. In den folgenden Jahren wurden die Nürnberger Rassegesetze noch wesentlich verschärft. Ab 1939 mussten alle Juden ab dem sechsten Lebensjahr den „Davidstern" tragen. Es war das sichtbare Kennzeichen der Ausgrenzung. Seinen brutalen Höhepunkt erreichte der nationalsozialistische Antisemitismus mit der Wannseekonferenz im Jahre 1942. In dieser Konferenz wurde die „praktische Vernichtung eines ganzen Volkes" besprochen. Nicht beschlossen. Diese Entscheidung fiel schon wesentlich früher. Vor allem Detailfragen wie der Massentransport zu den Hinrichtungsstätten wurden in einer Berliner Vorstadtvilla abgeklärt.

Religiöser Antisemitismus[2,3]: Für viele Katholiken galten die Juden als Gottesmörder. Sie kreuzigten Jesus Christus, weil sie in ihm nicht den Sohn Gottes sahen. Bereits an einer Stelle des Neuen Testaments werden die Juden als „Söhne des Teufels" bezeichnet. Im Mittelalter kamen weitere Vorwürfe wie die des Ritualmordes und des Hostienfrevels dazu. In der fast zweitausendjährigen Geschichte des Christentums wurde dies in Predigten, Büchern und auch in der mündlichen Überlieferung den „Gläubigen" zur Kenntnis gebracht. Die Juden galten immer wieder als die Sündenböcke für jedes Ungemach. Die Gründe für Kriegsniederlagen, die Ausbrüche von Epidemien, Erdbeben, Klimakatastrophen und Missernten wurden den Söhnen Davids untergeschoben. Als „Brunnenvergifter und

---

2 Bundeszentrale für Politische Bildung: „Ideologische Erscheinungsformen des Antisemitismus" von Armin Pfahl-Traughber
3 Zukunft braucht Erinnerung. Das Online-Portal zu den historischen Themen unserer Zeit: „Vom religiösen Antijudaismus bis zur Endlösung. Zur Geschichte des Antisemitismus"

Hostienschänder" fielen sie häufig genug der aufgebrachten Bevölkerung zum Opfer. Vor allem im Mittelalter landeten Juden und Jüdinnen auf dem Scheiterhaufen. Gewaltexzesse gegen die Juden kennzeichnen die letzten zweitausend Jahre. Spätestens nach dem Zweiten Vatikanischen Konzil distanzierte sich die katholische Kirche vom religiösen Antisemitismus. Ultrakonservative Gruppen aber sehen die Juden nach wie vor als Gottesmörder.

Sozialer Antisemitismus: Tatsächlich gab es vor dem Zweiten Weltkrieg viele jüdische Intellektuelle, die in der Meinungsbildung als Schauspieler, Redakteure und Schriftsteller eine wichtige Rolle spielten. Auffallend viele jüdische Wissenschafter haben den Nobelpreis erhalten. Auch als Unternehmer waren viele Juden überaus erfolgreich. „Brotneid" führte und führt zu vielen Ressentiments gegen die „Söhne Davids". Über die Gründe des „jüdischen Erfolgs" wird bis zum heutigen Tag spekuliert. Das „jüdische Bildungssystem" mag wohl der Hauptgrund sein. Bildung hat bei den Juden einen sehr hohen Stellenwert. Vor allem kann Bildung in ein anderes Land oder in einen anderen Kontinent „transferiert" werden. Da helfen nicht einmal die Zollbeschränkungen eines Präsidenten Trump.

Politischer Antisemitismus[4]: Spätestens seit dem 19. Jahrhundert sahen es nationalistische und rechte Parteien als ihre Aufgabe an, die Juden als angeblich Hauptverantwortliche für die schlechte wirtschaftliche und politische Lage anzuprangern. Für diese Parteien eignete sich das „Feindbild Jude" hervorragend, um von den eigenen Schwächen und Fehlern abzulenken. In einer Art Weltverschwörungstheorie wurde bzw. wird behauptet, dass von der Ostküste der USA aus die Weltwirtschaft weitgehend von „jüdischen Kreisen" bestimmt wurde bzw. wird. „Die Juden" werden als eine verschworene, einflussreiche und dunkle Macht dargestellt, die sich zu einer „jüdischen Weltverschwörung" gegen die restliche Welt verbündet hat.

---

4 Wiener Zeitung Online: „Die alten Vorurteile des Antisemitismus"

Wirtschaftlicher Antisemitismus[5]: Häufig wurden die Juden von der übrigen Bevölkerung ausgegrenzt. Sie mussten in eigenen Vierteln (Ghettos) leben und durften nur bestimmten Berufen nachgehen. Da das Geldverleihwesen für Christen als unrein galt, war dieses für Juden reserviert. Wenn die Gläubigen ihr Geld nicht zurückzahlen konnten bzw. wollten, wurde gegen die Juden gehetzt. Viele fielen dann diesem „Volkszorn" zum Opfer. Außerhalb ihres Ghettos mussten sie sich bis zum 19. Jahrhundert durch Kleidung und Hut als Juden deklarieren.

Rassistischer Antisemitismus[6]: Ab 1870 begannen „Wissenschaftler" zwischen „minderwertigen" und „höherwertigen" Rassen zu unterscheiden. Rassistischer Antisemitismus behauptet, dass Juden eine eigene „Rasse" bilden und bestimmte körperliche und charakteristische Merkmale besitzen, die als minderwertig bezeichnet werden. Diese „arischen Wissenschaftler" behaupteten, dass die Juden der germanischen Rasse weit unterlegen seien.

Vor allem in den Burschenschaften und in politischen Parteien wurde das „Feindbild Jude" hochgehalten. Antisemitismus war sicherlich keine Erfindung der Nationalsozialisten, im Gegenteil. Hitler war in seinen „Wiener Tagen" bereits mit dem Antisemitismus der Donaumonarchie konfrontiert. Sogar in der Sozialdemokratischen Partei, die vom Juden Victor Adler gegründet worden war, gab es durchaus Ressentiments gegen das mosaische Volk. Laut Volkszählungen gab es in Oberösterreich um 1900 700 Juden, 1923 1320 und im Bürgerkriegsjahr 1934 knapp tausend Juden. Auch zu Zeiten des Ständestaates[7] kam es immer wieder zu Demonstrationen gegen sie. Vor allem im Salzkammergut[8] wurde den jüdischen Gästen gezeigt, dass sie „herzlichst unwillkommen" waren.

---

5   Bundeszentrale für Politische Bildung: „Antisemitismus im 19. und 20. Jahrhundert"
6   science ORFat: „Begriffsgeschichte des Antisemitismus"
7   Der „Ständestaat" 1934–1938: Kündigung jüdischer Lehrer unter einem Vorwand. Der Anteil der jüdischen Schüler betrug in Wien 19 Prozent der Gesamtschülerzahl.
8   OÖNachrichten: „Das Salzkammergut zog jüdische Urlauber an, deren Villen die Nazis enteigneten. Die Presse: „Antisemitismus gegen Lehrer und Schüler"

Das Gebiet rund um St. Wolfgang, Bad Ischl und Bad Aussee sollte das wichtigste Fremdenverkehrsgebiet im Deutschen Reich werden. Mit der Verlobung Kaiser Franz Josephs mit seiner Cousine Elisabeth begann für den Ort an der Traun ein touristischer Aufschwung und eine wahre Glanzzeit für Gastwirte und Beherbergungsbetriebe. Ischl zählte zu den bedeutenden „Fremdenverkehrsdestinationen" in der Donaumonarchie. Dem kaiserlichen Paar folgten Adel, Großbürgertum, Künstler und sonstige „Adabeis". Ein wahrer Bauboom an Villen brach über den beschaulichen Kurort herein. Ischl wurde schon während der Zwischenkriegszeit „Neu-Jerusalem" oder „Ischeles" genannt. In Bad Ischl besaßen viele jüdische Künstler und Intellektuelle eine Villa. Auch sie ließ man spüren, dass man in ihnen keine „Mitbürger" sah. Die „Entjudung" der geplanten Fremdenverkehrsdestination war für das Regime in Deutschland von größter Dringlichkeit. Die großen Hotels in den jeweiligen Orten waren schnell in deutscher Hand. Bis Ende 1938 war bereits die Hälfte der Villen im Salzkammergut arisiert. Gleich nach der Jahrhundertwende kam der ungarische Komponist Emmerich Kálmán erstmals nach Ischl. Ab 1917 mietete er in den Sommermonaten jeweils die Villa Sarsteiner im Stadtteil Kaltenbach. Im Jahr 1923 schloss er mit dem Gastwirtsehepaar Sarsteiner einen Vorverkaufsvertrag, den der Komponist allerdings nie einlöste. In dieser Villa gingen Künstlergrößen wie Alexander Girardi, Leo Slezak und Josef Kainz ein und aus. Nach dem Einmarsch der deutschen Truppen verließ Kálmán Österreich. Die Villa Sarsteiner wurde 1940 von Franz Seraph Dinghofer gekauft. Noch heute erinnern Straßennamen in Ottensheim und Linz an den ehemaligen Politiker und Juristen. Dinghofer war eine zutiefst ambivalente Figur. Für Linz hat er als Bürgermeister viel Gutes getan. Als bekennender Antisemit forderte er – lange vor der NSDAP –, dass alle Juden außer Landes gebracht werden sollten. Mit seinem radikalen Antisemitismus war er neben Georg von Schönerer ein Wegbereiter des „modernen Antisemitismus" in Österreich, der dafür sorgte, dass der Antisemitismus der Nazis in Österreich auf fruchtbaren

Boden fiel. 1918 rief er als dritter Nationalratspräsident die Erste Republik aus. 1938 wurde sein Grundbesitz in Linz enteignet. Das war nicht gegen Dinghofer gerichtet, sondern in der Führerstadt Linz wurden für die Hermann-Göring-Werke Grundstücke benötigt. Der „Baumeister der Republik" wurde entschädigt. Mit diesem Geld kaufte die Familie Dinghofer die Villa Sarsteiner in Bad Ischl. Nach dem Krieg kam es zu einer kurzen Begegnung zwischen dem glühenden Antisemiten Dinghofer, der ab 1940 NSDAP-Parteimitglied war, und dem jüdischen Komponisten. Grund für dieses Treffen war, dass Kálmán noch einmal jene Villa besuchen wollte, in der er seine größten Welterfolge komponierte.

Kaum hatte Schuschnigg seine Abschiedsrede beendet, kam es zu wilden Ausschreitungen gegen die Juden.

Diese Gewaltausbrüche stammten ausnahmslos von österreichischen Nationalsozialisten. Parallel zum triumphalen Empfang Hitlers in vielen Städten in seinem Heimatgau kam es zur ersten Verhaftungswelle unter den jüdischen Bürgern.

Ab 1938 wurden rund 250 Villen im Salzkammergut enteignet, davon allein in Bad Ischl 68, in Gmunden 25, in Altaussee und Bad Aussee 55. Der aufgestaute Hass gegen die jüdischen Mitbürger konnte sich frei entfalten. Sämtliche Dämme der Mitmenschlichkeit fielen im Angesicht der neuen Volksgemeinschaft. In den Juden sahen viele die Schmarotzer des Gemeinwohls. Ihnen wurde die Schuld an der schlechten Wirtschaftslage und dem daraus folgenden Massenelend untergeschoben. Firmen wie Kraus & Schober verfielen der Arisierung. Zunächst hatten es die Nazis auf das Eigentum der Juden abgesehen: *„Der Jud muss abhauen, seine Marie bleibt aber da!"*. Vor allem wohlhabenden Juden gelang die Flucht. Die Kinder der Juden[9] wurden aus den öffentlichen Schulen verbannt und ab diesem Zeitpunkt in einer gemeinsamen „Judenschule" unterrichtet. Juden in leitender Funktion wurden fristlos entlassen. Männliche Juden mussten als zweiten Namen den Namen Israel, Frauen den Namen Sara

---

9   OÖNachrichten: „Wie eine Schnapsidee zum Welterfolg wurde"

tragen. Bedeutende jüdische Unternehmer in Oberösterreich waren Salomon Spitz mit seiner gleichnamigen Likör- und Rumfirma und Ludwig Hatschek[10] mit seinem Eternitwerk. Viktor Spitz galt als der reichste Jude in Oberösterreich. 38 Industriebetriebe und damit jeder zehnte Betrieb befanden sich im Besitz der oberösterreichischen Juden. Zeitungen, die sich im Eigentum der Wirtschaft oder der Kirche befanden, begannen mit einer Kampagne gegen diese lästige Konkurrenz. Da half es dann auch wenig, wenn etwa Ludwig Hatschek zum christlichen Glauben konvertierte und sich mit Sozialprojekten hervortat. Schriftsteller und Redakteure wie etwa Franz Stelzhamer[11] sahen es schon seit jeher als ihre Pflicht an, mit judenfeindlichen Parolen ihre Artikel zu füllen. Vor allem nach Ende des Ersten Weltkrieges und der Weltwirtschaftskrise schwappte der Antisemitismus in Oberösterreich hoch. Schon vor 1938 kam es in Linz zu Übergriffen gegen Juden und zum Boykott ihrer Geschäfte. Kaum war Hitler in Richtung Wien entschwunden, wurde mit der systematischen Drangsalierung der jüdischen Bevölkerung in Wels, Steyr und Linz begonnen. Schaufenster von jüdischen Geschäften wurden mit Parolen wie „Nur ein Schwein kauft beim Juden ein" oder „Judensau" beschmiert. Es begann die Zeit der „wilden Arisierungen". Juden wurden mit brutaler Gewalt aus ihren Wohnungen geworfen, ihre Geschäfte dem „deutschen Volkswohl" unterstellt. Unter der jüdischen Bevölkerung verbreitete sich Panik. Alexander, Eduard und Friederike Spitz[12], die InhaberInnen der Weinhandlung Ferihumer, begingen Selbstmord. Auch andere Menschen jüdischer Herkunft sahen in diesen Tagen nur im Freitod einen Ausweg. Nach dem „Anschluss" kam es zu gewalttätigen Angriffen auf die jüdische Bevölkerung. Im Café „Olympia" wurde Ernst S.[13] unter dem Beifall einer

10 Wikipedia: „Ludwig Hatschek""
11 Der Verein Grauzone hat eine „Topografie des Terrors" in Linz verfasst. Durch künstlerische und wissenschaftliche Maßnahmen hat man einen Gedenkweg mit 65 Stationen geschaffen.
12 religionorf.at: „50 Jahre Synagoge Linz: Wo Eichmann aufwuchs"
13 religionorf.at: „50 Jahre Synagoge Linz: Wo Eichmann aufwuchs"

großen Menschenmenge misshandelt und verhaftet. Der Besitz der Familie M.[14] wurde „arisiert" und von Franz Peterseil, Gauinspektor der NSDAP, übernommen. Er war zuvor Chauffeur bei Leopold M., der als 99-Jähriger nach Theresienstadt deportiert wurde. Das Warenhaus Kraus & Schober wurde von der NS-Propaganda als Symbol „jüdischen Wuchers" attackiert und zugunsten der NSDAP „arisiert". Der frühere Besitzer beging im KZ Dachau Selbstmord. Der Zahntechniker Heinrich S. verwahrte sich in einer Annonce gegen den Verdacht, er sei Jude. Wie er wiesen unmittelbar nach dem „Anschluss" viele Geschäftsleute ihren Betrieb als „arisch" aus. Oskar H., Präsident der Industrie- und Handelskammer, war für die „Arisierung" jüdischer Betriebe verantwortlich. Er bereicherte sich auch persönlich als „Ariseur". Das Kolosseum-Kino wurde von den jüdischen BesitzerInnen verpachtet, um die „Arisierung" zu verhindern. Eine ehemalige Angestellte ließ den Tarnversuch auffliegen. Durch das verpflichtende Tragen des Judensterns in der Öffentlichkeit wurden die Juden stigmatisiert. Der „Linzer Adolf Eichmann" perfektionierte die Vertreibung der Juden aus dem Reichsgebiet. Auf eine perfide Art und Weise wurden in der „Zentralstelle für jüdische Auswanderung" die Juden um ihr Eigentum gebracht, dafür erhielten sie – noch – die Auswanderungsbewilligung. Reichere Juden mussten dabei häufig die Auswanderung der ärmeren Juden finanzieren. Auf diese Weise konnten sich zwei Drittel der österreichischen Juden freikaufen und damit Österreich – meistens für immer – verlassen. Bis zur Grenze mussten sie sich große Demütigungen gefallen lassen. In ihrer „neuen Heimat" wiederholten sich diese Demütigungen häufig. Sie fühlten sich nicht angenommen, sahen sich als Fremdkörper in fremder Umgebung. Fluchtländer wie Frankreich wurden wenig später von den Nazis erobert, damit begann ihre Flucht erneut. Nach Palästina kamen während des Krieges nicht einmal 10.000 Juden.

Eichmann und seine Männer empfahlen sich damit für höhere Aufgaben. Das „Modell Oberdonau" wurde weitgehend vom Altreich

---

14 religionorf.at: „50 Jahre Synagoge Linz: Wo Eichmann aufwuchs"

übernommen. Nach dem Krieg siedelte sich Simon Wiesenthal[15] in Linz an. 89 Verwandte von ihm wurden während der NS-Zeit ermordet. Er gilt bis in die Gegenwart herauf als „der" Nazi-Jäger. Durch seine Nachforschungen konnte er viele der einstmals mächtigen Parteigrößen aufstöbern und der gerechten Bestrafung zuführen. Die jeweiligen Aufenthaltsorte von Franz Stangl, Franz Murer und Klaus Barbie konnten durch ihn gefunden werden. In Argentinien stieß er auf den „Transporteur des Todes, Adolf Eichmann". In einer spektakulären Aktion wurde dieser anschließend vom israelischen Geheimdienst aus Argentinien entführt und nach Israel gebracht. In einem Prozess wurde Eichmann zum Tode verurteilt, als Einzigem in der Geschichte des Staates Israels wurde an ihm die Todesstrafe vollzogen.1975 entstand ein Disput zwischen ihm und Bundeskanzler Bruno Kreisky um die SS-Vergangenheit des FPÖ-Vorsitzenden Friedrich Peter. Kreisky war zwar selbst Jude, allerdings ein entschiedener Gegner der Juden und damit auch Israels: *„Wenn die Juden ein Volk sind, so ist es ein mieses Volk."* Neben Simon Wiesenthal war der „kleine politische Krämer" Menachem Begin, damals Ministerpräsident von Israel, sein erklärter Lieblingsgegner. Kreisky spielte damit auf die Herkunft Begins an. Begin wurde in Brest-Litowsk geboren und somit „Ostjude". Kreisky war dagegen ein „Westjude". Dagegen machte Kreisky Jassir Arafat auf der politischen Weltbühne „salonfähig".

Wenn der ehemalige Kaufmann Hans Baumann[16, 17] 1987 mit 82 Jahren in Aigen im Bezirk Rohrbach verstorben wäre, hätte sich der halbe Ort hinter seinem Sarg versammelt. Als nebenberuflicher Fotograf gestaltete er Fotos von Geburtstagen, Taufen und Hochzeiten. Am offenen Grab wären berührende Grabansprachen gehalten worden. Ein Vertreter von „Spar Oberösterreich" hätte das rührige Genossenschaftsmitglied gelobt. Gefolgt wären Würdigungen seitens der Geschäftsstelle des Roten Kreuzes Rohr-

---

15 Spiegel Online: „Simon Wiesenthal, ein übergroßes Ego" 36/2010
16 Meinbezirk: „Wir haben nun einen Gedenkort" am 2. Mai 2013
17 Berichte der Enkelin Karoline Eckl-Honzik

bach für das Ehrenmitglied Hans Baumann, da dieser länger als ein halbes Jahrhundert Kranke und Verletzte ins Rohrbacher Krankenhaus gebracht habe. Weiters hätten der Bürgermeister, die Obmänner des örtlichen Kleinsparvereines, der Sportunion und der Motorradfreunde Aigen letzte Worte gesprochen. In allen diesen Ansprachen wäre er als wertvolles Mitglied der Gesellschaft bezeichnet worden. Hätte! Wäre! Ab März 1938 war Hans Baumann plötzlich kein wertvolles Mitglied der Gesellschaft mehr. Er war zwar ein „assimilierter Jude", am Ende aber eben nur ein „Jude"! Der einzige männliche Jude im Ort. „Mitbürger" im Ort wollten ihn nicht mehr in der Gemeinschaft haben. Sie denunzierten ihn an höherer Stelle und betrieben seine Deportation nach Dachau. Mit seinen drei jüngeren Brüdern verbrachte er eine glückliche Jugend in Aigen. Seine Eltern Isidor und Elisabeth betrieben im Ort ein Geschäft für Waren aller Art. Nach ihrer Pensionierung übernahm Hans mit seiner Frau das Geschäft. Mit der Geburt der Töchter Johanna und Elfriede wurde das Familienglück komplettiert. Am 11. März 1938 ergriffen die Nazis die Macht in Österreich. Am 11. November 1938 wurde sein Haus von einheimischen Nazis mit der Aufschrift „Nur ein Schwein kauft bei einem Juden ein" beschmiert. Hans Baumann landete wegen der Entfernung dieser Schrift für eine Woche im Arrest. Er habe mit seiner Reiberei deutsches Eigentum vernichtet, lautete der Vorwurf. Gleich nach dem Kerker wurde er wegen des Tatbestandes „Jude" von zwei Gendarmen verhaftet. Nächste Station auf seinem Leidensweg war das Konzentrationslager Dachau. Während des Winters musste er oft barfuß Schwerarbeiten erledigen. Mit erfrorenen Füßen durfte er im März 1939 noch einmal für zwei Wochen nach Aigen zurückkehren. Der einstmals sportliche und kräftige Mann kehrte als gebrochenes und gebeugtes Individuum zurück. Das Anrecht auf Menschsein hat man ihm in Dachau genommen. Er sollte in dieser Zeit seine Zwangsübersiedlung nach Wien regeln. Seine letzten zwei Wochen mit Frau und Töchtern. Als jüdischer Bürger musste er sich zwei Mal – laut Bescheid des Büros von Eichmann – bei der Polizei melden.

Am 20. Oktober 1939 musste er mit 911 weiteren Juden einen Zug nach Nirgendwo besteigen. Dieses Nirgendwo lag in den polnischen Karpaten und hieß Nisko. Für diese „Zwangsaussiedlungsaktion" mussten sie ihr gesamtes Hab und Gut in Zahlung geben. Während der Fahrt ließ sich die begleitende SS ihre Ausweispapiere aushändigen. Eine neue Existenz wurde ihnen in Nisko versprochen. Tatsächlich mussten sie für ihre „Nachfolger" ein Arbeitslager errichten. Baumann konnte fliehen, verfolgt von der SS und ihren scharfen Hunden. Bei winterlichen Temperaturen durchschwamm er den Fluss San und erreichte damit die vermeintlich rettende Sowjetunion. Nach einem 180 Kilometer langen Fußmarsch erreichte er die damals im Besitz der Sowjetunion befindliche Stadt Lemberg. Eine fremde und von Flüchtlingen überfüllte Stadt, keine Papiere, abgemagert, Erfrierungen, schweres Rheuma waren sein Schicksal in jenen Tagen. Ab Mai 1940 wurde er wieder verfolgt. Dieses Mal nicht von der SS und ihren scharfen Hunden, sondern von der stalinistischen Geheimpolizei. Von dieser wurde er eingefangen, eingesperrt und nach Archangelsk, in den Norden der Sowjetunion, verschleppt. Archangelsk heißt frei übersetzt ins Deutsche „Erzengelstadt". Im September 1941 verstarb er in der „Erzengelstadt" an Erschöpfung. Seine Frau als Nichtjüdin und seine zwei Töchter ließen die braunen Machthaber überleben. Die beiden Mädchen wurden in der Schule als „Judenkinder" benachteiligt und von ehemaligen Freundinnen gemieden. Am 21. April 2013 verlegte der Kölner Künstler Gunter Demnig vier weitere Stolpersteine vor dem ehemaligen Wohnhaus der Familie Baumann in Aigen[18].

Zwei der Stolpersteine erinnern an die Eltern von Hans Baumann. Elisabeth und Isidor Baumann wurden am 15. Februar 1941 ins Ghetto Opole Lubelskie deportiert. Sie überlebten ihre Zeit in diesem Ghetto nicht. Ihr Sohn Karl lebte ab 1932 in Prag. Im Juli 1942 wurde er ins KZ Theresienstadt deportiert und im Oktober 1942 ins Lager Treblinka überstellt. Noch vor Jahresende wurde er Opfer der Shoah. Bruder Ernst konnte noch rechtzeitig nach Palästina emigrieren und starb 1971 in Israel. Das Schicksal eines weiteren Bruders, Rudolf Baumann, ist bis heute ungeklärt.

Laut dem Rassegesetz des Jahres 1938 war ein „Volljude" jener, der mindestens drei jüdische Großelternteile hatte, für einen „Halbjuden" genügten zwei Großelternteile. Mischlinge 2. Grades waren jene, die entweder über einen jüdischen Großvater oder eine jüdische Großmutter verfügten. In Österreich gab es 1938 185.246 Juden und mindestens 150.000 Viertel-, Halb- oder Dreivierteljuden.

Beim Faschingsumzug am 19. Februar 1939 am Linzer Hauptplatz zeigte sich der tiefsitzende Antisemitismus der Bevölkerung. Die Stadt war zwar zu diesem Zeitpunkt bereits weitgehend judenfrei, trotzdem fanden die zahlreichen bösartigen Karikaturen von Juden – durch Linzer Geschäftsleute vorgetragen – bei den Linzern größte Begeisterung. Während des Krieges gab es in Linz noch 80 Juden, die mit Ariern verheiratet

---

18 40.000 Stolpersteine wurden bisher in zehn Ländern Europas verlegt, damit ist dieses Projekt das größte dezentrale Mahnmal, das an die vielen ermordeten Juden erinnert. Von diesem Projekt sollte ein „Impuls zu einem Prozess einer Bewusstseinsbildung einhergehen. Weitere ambitionierte Ziele: Dieser Impuls sollte das ganze Land und seine Bevölkerung erfassen... Denn nur wer über das Grauenhafte der Vergangenheit informiert ist und darum weiß, was an Unfassbarem Menschen ihren Mitmenschen antun können, der wird rechtzeitig gegen jeden neuen Rassismus auftreten. Allerdings ist das „Stolperstein-Projekt" nicht unumstritten. So kritisiert die Präsidentin des Zentralrates der Juden, dass auf den Namen der Juden mit Füßen herumgetreten werde.

waren und dadurch einen gewissen Schutz genossen. Allerdings konnte dieser Schutz durch einen arischen Ehepartner auch trügerisch sein.

Josef Taitl in Ried im Innkreis war Arier, seine Frau **Charlotte** Jüdin. 1919 wurde geheiratet, 25 Jahre später, also 1944, wurde Silberne Hochzeit im benachbarten Gasthaus gefeiert. Nun war Juden der Aufenthalt in Gasthäusern damals strengstens untersagt. Die Missachtung dieses Verbotes sollte ihr Todesurteil bedeuten. Sie wurde nach Auschwitz gebracht und dort ermordet. Ihr Wohnhaus trägt heute nicht nur ihren Namen, sondern enthält neben der Stadtbibliothek auch einen sehenswerten Gedenkraum. Schüler gestalteten das hervorragende Theaterstück „Sechs Schritte in den Tod".

1938 gab es in Wels 32 Volljuden, die allerdings in keinem Verein organisiert waren. Es gab in der Stadt an der Traun keine Synagoge. Die Juden wurden Zielpunkt von Anfeindungen und Schikanen, ihre Geschäfte beschmiert und Kunden am Betreten ihrer Geschäfte gehindert. Ihre Geschäfte wurden arisiert und die ehemaligen jüdischen Geschäftsinhaber verließen schon bald fluchtartig die Stadt. 15 Welser Juden gelang die Flucht nicht mehr und sie wurden von den Nazi-Schergen ermordet. Im Bezirk Braunau wurde der jüdische Arzt Dr. Leopold Flatow in der Gemeinde Moosbach in den Selbstmord getrieben.

Besonders verlockend waren aber die vielen jüdischen Villen an den Salzkammerseen. Schon den Sommer 1938 verbrachten viele Nazigrößen wie Dr. Ernst Kaltenbrunner, Dr. Goebbels oder Außenminister Ribbentrop ihre Sommerfrische im Salzkammergut. In der Kaiserstadt Bad Ischl gab es reges Interesse für die arisierten Villen seitens der nationalsozialistischen Politiker und Funktionäre.

In der Reichskristallnacht war es der „Wille des Volkes", dass die Synagoge in Linz zerstört wurde. Ein SA-Mann fand bei den Gaffern besonderen Anklang. Mit der Tora in der Hand tänzelte er vor der brennenden Synagoge die Stiegen auf und ab, dabei ahmte er zum Gaudium der Menschen ein jüdisches Ritualgebet nach. Das Gotteshaus in der

Bethlehemstraße wurde in der Nacht vom 9. auf den 10. November 1938 von SA-Männern angezündet. Die Feuerwehr verhinderte nur das Übergreifen der Flammen auf benachbarte Häuser. Der Brand des jüdischen Gotteshauses war das Fanal für die Verhaftung unzähliger Juden, die fast ausschließlich ins Konzentrationslager nach Theresienstadt verfrachtet wurden. Heute geht die Forschung von etwa 300 oberösterreichischen Juden aus, die dem Holocaust (Shoah) zum Opfer fielen. In einem Geheimbericht der Linzer Gestapo stand, dass die Geschehnisse der Reichskristallnacht von einem Großteil der Bevölkerung abgelehnt wurden. Man war zwar für eine Diskreditierung der Juden, von der praktischen Umsetzung wollte der Bürger aber nichts wissen und sie sollte daher diskreter erfolgen.

Eine Ghettoisierung der Juden in der Heimat bewährte sich nur kurz und mit wenig Erfolg. Es begannen die Züge zu rollen. Für ihre letzte Fahrt mussten die Juden dann sogar Fahrkarten lösen. Meistens in Viehwaggons wurde die letzte Fahrt angetreten. Die Fahrt ging in Richtung Osten. Mit dem Hinweis „Rückkehr unerwünscht" wurden sie in eines der vielen neu errichteten Konzentrations- und Vernichtungslager des Ostens gebracht. Mehr als 67.000 österreichische Juden starben dort. Bereits 1941 erklärte Hitler seine Heimatstadt zur „judenfreien Stadt". Tatsächlich gab es nach Beendigung des Krieges in Linz nur mehr ein „halbes Hundert" an überlebenden Juden.

Ein bekannter Linzer Jude war der „Armenarzt" **Obermedizinalrat Dr. Eduard Bloch**[19]. Eduard Bloch war wohl der einzige Jude, der auf persönlichen Befehl Hitlers vor seiner Vernichtung gerettet wurde. Die Ursache für Hitlers „Dankbarkeit" gegenüber Dr. Bloch war in der Tatsache begründet, dass dieser einst seiner schwerkranken Mutter Klara oft gratis oder z.T. zu sehr günstigen Honoraren in ihrer Krankheit beistand. Das Ehepaar Bloch konnte zunächst bis 1940 in Linz vollkommen unbehelligt wohnen. 1940 wurde ihnen die Ausreise nach Amerika gestattet. Vor allem in den

---

19 OÖNachrichten: „Hitlers Linzer‚Edeljude' Dr. Bloch und sein Tod in New York" von Josef Achleitner, 7. März 2016

Sommermonaten verbrachten viele jüdische Künstler, Intellektuelle und Unternehmer ihre Sommerfrische in ihren Villen im Salzkammergut. Nach der Machtübernahme galten diese Villen der Begierde vieler Nazibonzen. Diese Villen verfielen schnell dem Eigentum der deutschen Herrenrasse. Nur die Marktgemeinde Mattsee galt bereits vor dem Anschluss als weitgehend „judenfrei". Grund genug, dass Nazis wie Seyß-Inquart die Sommerfrische in diesem Ort verbrachten. In Bad Ischl besaßen viele jüdische Bürger ihren Haupt- oder Zweitwohnsitz. Bereits 1938 wurde ein Aufenthaltsverbot für Juden in Fremdenverkehrsgemeinden des Salzkammergutes ausgesprochen. Viele Villen standen ab nun leer. Durch den Salzkammerguterlass konnten diese zum Teil sehr wertvollen Immobilien veräußert werden.

Laut der Gmundner Stadtchronik haben sich die ersten Juden um 1860 in der Stadt am Traunsee angesiedelt. Ihre Verstorbenen wurden zunächst am evangelischen Friedhof bestattet. Als dieser zu klein wurde, wandten sie sich an den katholischen Dechant Michael Gusenleiter. Laut Überlieferung soll der Pfarrer dieses Begehren mit *„Juden kommen in meinem Friedhof höchstens in den Selbstmörderwinkel"* beantwortet haben. Um Schlichtung bemüht, stellte die Stadtgemeinde der jüdischen Gemeinde eine kleine Fläche zur Verfügung. Auf etwa 350 m^2 wurde die Aufbahrungshalle „Haus des Lebens" errichtet. Eine eigene Friedhofsmauer schützte die Anlage. 1938 zählte die jüdische Gemeinde in Gmunden knapp 100 Mitglieder. In den Sommermonaten nützten viele jüdische Intellektuelle und Künstler wie Arnold Schönberg und Arthur Schnitzler die Traunseestadt als Ort für ihre Sommerfrische. Gmunden galt bereits vor 1938 als besonders nationalistisch. Am 12. März 1938 wurden am Gmundner Platz Sessel für die Juden aufgestellt. Um den Hals trugen sie Tafeln, auf denen ihre angeblichen Verbrechen aufgelistet waren. Gleichzeitig begannen die ersten Arisierungen in der Stadt. Nach der Machtübernahme der Nazis in Österreich wurde der Pachtvertrag für den Friedhof gekündigt. Gräber wurden eingeebnet, die Aufbahrungshalle und die Friedhofsmauer niedergerissen.

Fortan wurde die Fläche als Gemüseacker verwendet. Es gibt allerdings andere Quellen, die davon sprechen, dass die Fläche als Schweineweide verwendet wurde. Schweine gelten bei den Juden als „unreine Tiere". Es sollte wohl dadurch signalisiert werden, dass man Juden für „unrein" hielt. 1945 gab es in Gmunden noch drei gezählte Juden. Von den Geflohenen mit mosaischem Religionsbekenntnis kehrte kein Einziger zurück. 35 Gmundner Juden wurden Opfer des Holocaust.

Vor allem Ing. Wilhelm Haenel[20] nützte diese Situation und ernannte sich selbst zum „Arisierungskommissär". Der im deutschen Kreis Brandenburg geborene Ingenieur wurde durch die Heirat mit einer Pianistin Eigentümer einer Villa. In Bad Ischl begann er mit der Likörerzeugung und betrieb daneben eine Landwirtschaft. 1936 wurde er Mitglied der NSDAP. Am 1. Oktober 1938 wurde sein Aufgabengebiet auf Bad Aussee erweitert. In beiden Orten gab es 1938 120 leerstehende Villen. Durch Nötigung und Erpressung zwang er die jüdischen Eigentümer, ihre Villen weit unter dem Verkehrswert zu verkaufen. Ganz unverhohlen drohte er mit der Einweisung nach Dachau. In der Folge verkaufte er diese Immobilien um ein Mehrfaches des „Schätzwertes". Die beiden Orte galten ab nun als „entjudet", mit der Verwertung ihrer Villen wurde Haenel betraut. Mit großzügigen Spenden an die Partei und die SS wollte er von der Tatsache ablenken, dass er Hauptnutznießer dieser „wilden Arisierungen" war. Daneben traten auch die Sparkassa Bad Ischl und die Stadtgemeinde Bad Ischl als „Ariseure" auf. In Summe vermarktete das Bankinstitut acht Immobilien jüdischer Provenienz. Nach Kriegsende wurde er vom amerikanischen Geheimdienst CIC inhaftiert. Im „Österreicher-Lager" in der Nähe von München galt er als Mitläufer und „minderbelastet". Nach seiner Entlassung lebte er in Bad Ischl als geachteter Bürger. Ähnliche „Arisierungsverfahren" gab es in Linz, Wels und Steyr. Auch in diesen Städten wurde jüdisches Eigentum enteignet.

---

20 Medienbegleitheft zur DVD 12491: „Die Causa Löhner. Vermögensentzug (,Arisierungen') an jüdischen Liegenschaften in Bad Ischl."

In Europa[21] gab es vor 1938 etwa 11 Millionen Juden. Von diesen wurden mehr als die Hälfte von den Nazis ermordet. Die systematische Ausrottung eines ganzen Volkes war ihr Ziel. Während des Krieges entstand eine eigene jüdische Brigade, die auf der Seite Großbritanniens kämpfte. Diese Einheit bestand aus etwa 5000 Soldaten, die vor allem den Beweis erbringen wollte, dass Juden auch kämpfen können. Nach Kriegsende „verselbständigte" sich diese Brigade. In kleineren Einheiten wurde nun Jagd auf Angehörige des ehemaligen NS-Regimes gemacht. Diese „Racheengel" scheuten vor keiner Brutalität und Grausamkeit zurück. Viele ungeklärte Mordfälle dürften auf ihre Kappe gehen. Nach Erledigung ihrer „Mission" kehrten sie nach Palästina zurück und bildeten in den folgenden Jahren den Kern der zu gründenden Armee Israels. Bereits 1917 befürwortete die britische Regierung durch die „Balfour-Deklaration" ein eigenes Territorium für das jüdische Volk in Palästina. Während des Krieges durften nicht einmal 10.000 Juden in das „gelobte Land". Die Briten hinderten viele Überlebende an der Einreise nach Palästina. Flushing Meadow gehört zum New Yorker Stadtteil Queens. Zwei Weltausstellungen und die jährlichen US-Open im Tennis haben die Parkanlagen weltweit bekannt gemacht. Hier tagte 1947 ein Unterausschuss der UNO, um über die Teilung Palästinas in einen jüdischen und einen arabischen Staat zu beraten. Mit einer knappen Mehrheit wurde den Juden eine neue Heimstätte zugebilligt. Am 14. Mai 1948 wurde von David Ben-Gurion der neue Staat Israel ausgerufen. Mit dieser Ausrufung begann gleichzeitig der Kriegszustand mit den arabischen Nachbarn, der teilweise bis zur Gegenwart andauert.

Juden, denen die Flucht vor den Nazi-Schergen gelungen war, wurden häufig „Seifen" genannt. Mit diesem Ausdruck sollte daran erinnert werden, dass viele ihrer Glaubensbrüder dieses Glück nicht hatten, ermordet und aus ihren Leichen Seifen produziert wurden. Der Antisemitismus hat sich in die Gegenwart „herübergerettet".

---
21 Dokumentation im ZDF am 6. November 2018 um 20.15 Uhr: „Exodus – Antisemitismus in Europa"

In Polen gab es vor 1938 drei Millionen Juden, heute sind es noch knapp 20.000. Viele polnische Nationalisten finden diese Anzahl noch immer zu hoch. Die polnischen Juden wurden mit Anfeindungen, Beleidigungen und auch körperlichen Attacken konfrontiert.

Ähnlich war die Situation ihrer „Leidensgefährten" in Ungarn. 80.000 Juden wurden von den rechtsgerichteten Regierungsparteien diskriminiert und diskreditiert. Besonders der amerikanische Milliardär und Philanthrop George Soros entwickelte sich zum Lieblingsfeind von Ministerpräsident Viktor Orbán.

Die Weltoffenheit Frankreichs hat sich im Falle der Juden ins Gegenteil verkehrt. In Deutschland steht die Partei „Alternative für Deutschland" an der Speerspitze des Antijudentums. Ihre Ausländerfeindlichkeit und ihr Antisemitismus kommen bei Teilen der Bevölkerung sehr gut an. Der Bundesvorsitzende Gauland bezeichnete schon einmal die zwölfjährige nationalsozialistische Herrschaft nur als „Fliegenschiss in der sonst glorreichen tausendjährigen Geschichte Deutschlands". Als Rechtsaußen in der bereits rechten Partei gilt der Gymnasiallehrer Björn Höcke. Er bezeichnete das Judendenkmal in Berlin als „Denkmal der Schande". Seiner Meinung nach befasst sich der Geschichtsunterricht ohnehin zu viel mit diesem Thema. Diese Meinung wird von vielen Zeitgenossen geteilt. Natürlich sind die Punischen Kriege und die Entwicklung Spartas für das Geschichtsverständnis eines Schülers wichtiger als die Geschichte des 20. Jahrhunderts. Es war dann für einen oberösterreichischen Landesrat eine Ehre, der Einladung Björn Höckes Folge zu leisten. Der Angriff eines rechtsradikalen Einzeltäters auf die Synagoge in Halle an der Saale war der Höhepunkt eines latenten Antisemitismus in der Bundesrepublik Deutschland. Welche Gründe lassen den Antisemitismus in Europa wieder „fröhliche Urstände" feiern? Neid, Missgunst, Hass, Nationalismus und abstruse Gedanken sind die Ingredienzen dieser Entwicklung. Die Weltwirtschaft werde von der Wirtschaftslobby der Juden der amerikanischen Ostküste getragen. Getragen wird der derzeitige Antisemitismus vor allem durch

Muslime, Rechtsradikale und linke Chaoten. Auch orthodoxe Juden wurden bereits bei Demonstrationen gegen die Juden erblickt. Verbreitet wird der „moderne Antisemitismus" vermehrt durch das Internet. Juden erhalten nun Drohungen, Hasspostings und Beleidigungen durch und über das „Netz". Allerdings darf eine Kritik an der Politik Israels noch lange nicht als Antisemitismus angesehen werden. In Österreich dürfte der Antisemitismus gemäßigter sein als in anderen Staaten Europas.

DAS OFT GRAUSAME SCHICKSAL DER KRIEGSGEFANGENEN

Ab 1. September 1939[1] wurde zurückgeschossen. Bombe um Bombe. Deutsche Truppen besetzten Polen. Die ersten Kriegsgefangenen wurden „gemacht", viele von ihnen kamen auch nach Oberösterreich. Von diesem Zeitpunkt an wurden Soldaten und Gefangene wie in einem Würfelspiel in die entferntesten Weltgegenden verschlagen.

Deutsche Matrosen mussten bei einer deutlichen Übermacht des Gegners das eigene Schiff versenken. Im Rettungsboot war der deutsche Matrose dann froh, vom Feind aufgegriffen und gerettet zu werden. Auf diese Weise landete der spätere erfolgreiche Bauunternehmer Josef Greil sen. aus St. Martin im Innkreis auf der „Trauminsel" Jamaika. Die Umstände seiner Gefangenschaft schilderte er später als angenehm. Nach dem Krieg kam es zu einem jährlichen „Jamaika-Treffen". 6 Jahre Kriegsgefangenschaft bei den Briten war in Summe wohl angenehmer zu überleben als ein Jahr in einem russischen Gulag.

Wie Schafherden wurden Gefangene durch halb Europa getrieben oder in Viehwaggons transportiert, Betonung wohl auf dem Wort „Vieh".

Im Mai 1940 wurden die Beneluxstaaten und Frankreich durch einen Blitzkrieg in sechs Wochen niedergerungen. Für zwei Millionen französische Soldaten und Offiziere folgte die Kriegsgefangenschaft, die ihren Widerstand jedoch nicht brechen konnte. Soldaten und ihre Offiziere wurden in getrennten Gefangenenlagern interniert. Die Offiziere erhielten eine weitgehend respektvolle Behandlung, mussten keine Arbeiten verrichten.

---

1 Wikipedia: Die Rede am 1. September 1939 vor dem Deutschen Reichstag wurde von Adolf Hitler aus Anlass des deutschen Überfalls auf Polen gehalten. In ihr begründete Hitler den Angriff auf Polen, mit dem der Zweite Weltkrieg in Europa begann. Aus dieser Rede stammt auch das bekannte Zitat: „Seit 5 Uhr 45 wird jetzt zurückgeschossen."

Die „gewöhnlichen Soldaten" wurden in Massenlagern zusammengepfercht und mussten harte Arbeiten verrichten.

Eine nur kurze Kriegseuphorie erfasste die Bevölkerung in der Ostmark. Die Propagandamaschinerie des Herrn Goebbels lief wieder einmal auf Hochtouren, um daran zu „erinnern", dass in Versailles[2] und St. Germain Deutschland und Österreich einen demütigenden „*Diktatfrieden*" unterzeichnen mussten. Hitler wurde als genialer Befreier der „Fesseln von Versailles und St. Germain" gefeiert.

Kriegsgefangene Franzosen wurden auch der Ostmark zugeteilt. Sie landeten in Rüstungsfabriken oder beim Straßenbau. Andere sollten die fehlenden Arbeitskräfte auf den Bauernhöfen ersetzen. Bauer, Knecht und Ross waren längst Bestandteil einer sinnlosen Kriegsführung.[3]

Damit begann sich in vielen Bauernstuben eine „Multikulti-Arbeits- und-Lebensgemeinschaft" zu bilden. Neben den beiden polnischen „Knechten" Wojciech und Piotr saß die französische „Magd" Chloé aus Rennes unter dem Kreuz im Herrgottswinkel.

Sie saßen an einem eigenen Tisch. Ein gemeinsames Mahl an einem Tisch war verboten. Eine Fraternisierung mit dem Feind war strengstens untersagt. Der absurde Rassenwahn der Nazis setzte sich bei den Fremdarbeitern fort. Es wurden Hierarchien zwischen den Kriegsgefangenen geschaffen. In ihrer Rangordnung standen „Westarbeiter germanischer Abstammung" weit oben. Eine germanische Abstammung wurde Norwegern, Holländern, Flamen und auch den Dänen zugestanden. Wesentlich

---

2 Die Friedensverträge von Versailles und St. Germain beendeten den Ersten Weltkrieg auch völkerrechtlich. Bei den Verhandlungen der Triple Entente durften die Verlierermächte nicht teilnehmen. Erst am Ende konnten sie einige Nachbesserungen erreichen. Die Verlierermächte mussten Reparationszahlungen an die Siegermächte leisten. Unter Protest musste der „Diktatfrieden" von Rest-Österreich und Deutschland unterzeichnet werden. Die Mehrheit der Deutschen sah die Friedensbedingungen als Demütigung an.

3 Josef Goldberger, Cornelia Sulzbacher: „Oberösterreich in der Zeit des Nationalsozialismus"

unter diesen wurden Litauer, Esten, Ungarn, Slowenen, Kroaten, Tschechen, Spanier und Franzosen angesiedelt. Am Ende der Werteskala befanden sich die „Untermenschen des Ostens": Polen und russische Völker. Gewissermaßen unter den Untermenschen waren die Juden, Roma und Sinti angesiedelt. Für sie war seitens der Nazis die „Endlösung" angedacht.

Das größte Gefangenenlager in Oberdonau befand sich in Pupping. Bis 1942 verschlechterten sich dort die Zustände für die Gefangenen. Die 15 Baracken, die bereits während des Ersten Weltkrieges der Unterbringung von Gefangenen dienten, waren in einem bedauernswerten Zustand. Die Lagerleitung war dauernd mit Problemen wie der Wasserver- und Abwasserentsorgung konfrontiert.

Die hygienischen und sanitären Zustände waren schlichtweg katastrophal und spotteten laut Beschreibungen von Zeitzeugen jeder menschlichen Vorstellungskraft. Erkrankungen wie Tuberkulose, Durchfall, Bakterien- und Virusinfektionen traten auf.

1942 traten vermehrt Todesfälle auf. Das Lazarett wurde nun ausgegliedert. Schwererkrankte wurden ins Lazarett nach Haid gebracht. Diese Maßnahmen konnten das Los der Gefangenen leicht verbessern.

1944 wurde vom Oberkommando der Wehrmacht die *Aktion Kugel* befohlen. Russische Offiziere sollten im KZ Mauthausen ermordet werden. Im Block 20 war für sie der langsame Hungertod vorgesehen. Die Häftlinge mussten auf dem Boden schlafen. In der Nacht zum 20. Februar 1945 wagten etwa 500 „K"-Häftlinge einen spektakulären Massenausbruchsversuch. 20 schwerkranke Russen konnten an diesem Fluchtversuch nicht teilnehmen. Sie wurden in dieser Nacht von der SS ermordet. Als Waffen dienten den Verzweifelten Feuerlöscher, Pflastersteine und Kohlestücke. Feuchte Decken wurden über den elektrisch geladenen Stacheldraht geworfen und sorgten für den erhofften Kurzschluss. Wachttürme wurden von den russischen Offizieren mit den vorher geschilderten „Waffen" angegriffen. Unter den Kugelsalven der Maschinengewehre und der eigenen Schwäche brachen viele Flüchtlinge bereits vor der Mauer zusammen. 419 konnten die Mauer und den Stacheldraht überwinden. Nun setzte eine Fahndung nach den *russischen Schwerverbrechern* ein. Damit begann eines der dunkelsten Kapitel der oberösterreichischen Landesgeschichte. Der Befehl, es dürften keine Gefangenen gemacht werden, wurde in den folgenden Tagen zur Zufriedenheit der Nazis ausgeführt. Die Aufgegriffenen wurden entweder sofort liquidiert oder zur Abschreckung im KZ Mauthausen ermordet. Diese Such- und Mordaktion ging unter dem zynischen Begriff „Mühlviertler Hasenjagd" in die Geschichte ein.

Oberste Priorität in der Kriegsgefangenenfrage hatte für den NS-Staat die Ausnutzung der Arbeitskraft der Gefangenen. Sie wurden auf Bauernhöfen ebenso eingesetzt wie in der Industrie und sollten die fehlenden deutschen Arbeitskräfte ersetzen. Das Stalag Pupping organisierte diesen Arbeitseinsatz in Oberdonau. Die Lagerführung stand im engen Kontakt zu den Arbeitsämtern, bei denen die Anträge um Zuweisung von Kriegsgefangenen als Arbeitskräfte gestellt werden konnten. Einsatz und Unterbringung eines Gefangenen auf einem Bauernhof sahen verpflichtend die Anwesenheit eines einheimischen Mannes vor, der als Hilfswachmann die Anwesenheit der Kriegsgefangenen vor Ort kontrollieren sollte. Während die Kriegsgefangenen zu Beginn ihrer Gefangenschaft abends immer von ihren Arbeitsplätzen in die Lager zurückkehren mussten, blieben sie später aber auch während der Nacht auf dem Bauernhof. Auch den Weg zwischen Stalag und Arbeitsstätte durften sie später ohne Bewachung zurücklegen, was ihnen durch einen eigenen Ausweis bestätigt wurde. Ganz anders sah hier die Situation der sowjetischen Kriegsgefangenen aus. Sie durften anfangs nur in größeren Gruppen und bei größeren Arbeitsvorhaben eingesetzt werden, außerdem war strikte Trennung von anderen Kriegsgefangenen und Arbeitern vorgeschrieben.

Zwei Tage vor Heiligabend 1945 betrat ein bärtiger Mann eine Bauernstube in der Gemeinde Weilbach. Die beiden Kleinkinder versteckten sich ängstlich hinter dem Rücken der Mutter. „Der böse Mann sollte schnell wieder die Bauernstube verlassen." Nun, der „böse Mann" war ihr eigener Vater. Bereits 1937 musste unser Vater den Eid auf den Ständestaat leisten, um diesen zwei Jahre später für den „Führer" zu wiederholen. Geheiratet wurde 1942 in der Andräkirche in Salzburg, die drei Jahre später von Fliegerbombentreffern schwer beschädigt wurde. Getauschte Lebensmittelkarten ermöglichten ein karges Mahl im Gablerbräu in der Linzer Gasse. Bereits im September 1939 war Papa mit Ross und Wagen dabei, als „zurückgeschossen" wurde. Nach der Hochzeit fand er weitere Verwendung an der Ost- und Westfront. 1945 wurde er von den Franzosen gefangen genommen. Als Sanitäter hatte er in der Gefangenschaft eine privilegierte Stellung. Schon weniger unser Firmpate Karl Schatz aus Salzburg. Der stattliche Mann wog bei seiner Heimkehr statt 120 nur mehr 43 kg. Sein Körper war so geschwächt, dass er von seiner Pritsche nicht mehr aufstehen konnte. Mein Vater war auch mit der Entsorgung der Speisereste aus dem Offizierscasino verantwortlich. Dieses Schweinefutter schanzte er heimlich meinem späteren Firmpaten und anderen Gefangenen zu. In Zeiten, in denen die Wiener täglich Lebensmittel wegwerfen, von denen die Einwohner von Graz leben könnten, ist es schwer verständlich, wie wichtig Schweinefutter zum Überleben eines Menschen werden kann. Nach dem Krieg wollte unser Vater nichts über seine Kriegserlebnisse erzählen. Schon eher unser Firmpate: *„Die Russen ließen die Gefangenen verhungern, weil sie selbst nichts hatten. Die Franzosen, weil sie dies so wollten."* Diese subjektive Bemerkung möchte ich nicht weiter kommentieren. Es steht mir auch schlichtweg nicht zu. Das Schicksal unseres Vaters war kein Einzelschicksal. Für Millionen endete der Krieg nicht am 8. Mai 1945, sondern oft erst Jahre später. Die Erbsenzähler unter den Historikern beharren natürlich auf dem 8. Mai bzw. 2. September 1945 als Tage der Kapitulationen und des damit folgenden Kriegsendes.

    Er zog für sich selbst wohl einen dicken Strich hinter die Vergangenheit. Ab nun waren ihm Familie und Bauernhof wichtiger. Wer will es ihm verdenken? Mit 23 Jahren musste er in die Armee des Ständestaates einrücken.

Mit fast 32 Jahren war er vom Krieg gezeichnet. Für die sinnlose Barbarei der „Herrenmenschen in Berlin" verlor er die schönsten Jahre seines Lebens. Er hatte dennoch Glück, denn er überlebte. Viele seiner Kriegskameraden hatten dieses Glück nicht. Sie starben beim Fronteinsatz oder später als Häftling in einem Gefangenenlager. Nicht einmal ein eigenes Grab war ihnen vergönnt.

Der Blick unseres Vaters richtete sich nach vorne. Sein Schicksal hat sich wohl so oder so ähnlich millionenfach abgespielt. Eine verlorene Generation war heimgekehrt.[4] Sie wollten ab nun vor allem leben, nicht erinnert werden. Man ging es pragmatisch an, kaufte bei jenem Bäcker ein, der einst den Pfarrer ans Kreuz schickte, kehrte bei jenem Wirt ein, der bis 1945 noch an den Endsieg glaubte. Insgesamt waren mehr Oberösterreicher in westalliierter als in sowjetischer Kriegsgefangenschaft.

In den folgenden Jahren waren die Westalliierten an einer zügigen Entlassung ihrer Gefangenen interessiert. Dafür mögen auch ökonomische Gründe eine Rolle gespielt haben. Der Ausfall an Arbeitskräften dürfte in Großbritannien und in den USA wesentlich weniger dramatisch gewesen sein.

Insgesamt wurden 20 Millionen Russen Opfer des Zweiten Weltkrieges. Diese fehlenden Arbeitskräfte wurden nun z. T. durch deutsche und österreichische Kriegsgefangene kompensiert. Kriegsgefangene waren ein bedeutender Wirtschaftsfaktor für den Stalinismus.

In das neue Kriegerdenkmal im Ort wurden die Namen der Väter, der Brüder oder gar der Söhne gemeißelt. Sie waren „gefallen". Gefallen wofür? Gefallen wohin? Waren sie gefallene Helden oder gefallene Opfer einer menschenverachtenden Mörderclique? Die Familie wusste nicht einmal den Ort des Fallens. Ihre Gräber könnte man nie besuchen.

Der Krieg war vorbei, aber das Hineinfinden in den Alltag war beschwerlich, oft unmöglich. Viele standen vor den Trümmern ihres ehemaligen Hauses, aber auch vor den Trümmern ihrer Existenz. Das Wort „Nichts"

---

4 forum oö. geschichte: „Die Heimkehrer"

charakterisierte wohl am besten die Lebenssituation vieler Heimkehrer. Der damalige österreichische Bundeskanzler konnte seinen Bürgern nicht einmal einen Christbaum mit Kerzen[5] bieten, nur die Hoffnung auf ein neues Österreich.

Merkblätter sollten die Heimkehrer über das *„neue Leben in Österreich"* informieren. Die Kriegsgefangenenfürsorge kümmerte sich um die Integration der vielfach Entwurzelten. Diese Organisation wusste durchaus Bescheid, wie wichtig ein fester Arbeitsplatz und Familienbande für die durch den Krieg Gestrauchelten waren. Die Arbeitsämter und die Landesinvalidenämter bemühten sich um das Los dieser Verlorenen. Viele schafften auch keinen Ausweg mehr. Die Ehefrau fand während des Krieges einen neuen Partner, die ehemalige Firma einen neuen Mitarbeiter. Diesen Verzweifelten blieb oft nur der Griff zum Alkohol oder zum Strick. Angehörige warteten oft vergeblich am Bahnsteig auf ihre Angehörigen, umgeben von sich umarmenden Menschen. Die Heimkehrertransporte brachten viel Hoffnung, aber auch viele Enttäuschungen mit sich. Viele Kriegsheimkehrer kamen an, aber noch mehr kamen nicht an. Es war oft ein erstes Wiedersehen nach Jahren. Unverrichteter Dinge verließen andere das Bahnhofsgebäude und stellten sich die bange Frage: *„Gibt es ihn noch?"* 580.000 Kriegsgefangene verbrachten ihre Gefangenschaft in Österreich. Alleine in Oberdonau arbeiteten 102.000 für den „Endsieg". Oberdonau? Unser Bundesland hieß ab Kriegsende wieder Oberösterreich. Gleißner war wieder Landeshauptmann, der Linzer Hauptplatz erhielt wieder seinen ursprünglichen Namen zurück. Wie bei Beginn der Winterzeit wurden die Uhren wieder zurückgedreht. Oft gleich um sieben Jahre.

---

5 „Ich kann euch zu Weihnachten nichts geben. Ich kann euch für den Christbaum, wenn ihr überhaupt einen habt, keine Kerzen geben. Kein Stück Brot, keine Kohle zum Heizen, kein Glas zum Einschneiden. Wir haben nichts. Ich kann euch nur bitten: Glaubt an dieses Österreich!"
Leopold Figl, Radioansprache am Weihnachtsabend 1945

Wie beim Computer wurden diese Jahre aus dem Speicher gelöscht. Nach dem Krieg begann das Zeitalter der Exhumierungen. Soldatenfriedhöfe wurden angelegt. Die Organisation „Schwarzes Kreuz" zeigte sich für die Erhaltung und Pflege dieser Grabanlagen verantwortlich. In der Gegenwart ein Problem. Menschen, die es sich zur Aufgabe gemacht haben, die Gräber der Soldaten zu pflegen, sind selbst schon verstorben. „Nachwuchs" findet sich kaum mehr.

SIE TATEN MEHR ALS IHRE PFLICHT

In den diversen Kriegsverbrecherprozessen rechtfertigten viele Angeklagten ihre Verbrechen mit dem Eid, den sie einst geleistet hätten, und vor allem mit jenem Befehlsnotstand, der sie zu entsetzlichen Taten gezwungen habe. Sie hätten ihr eigenes Überleben erst dadurch ermöglicht, dass sie als Handlager eines verbrecherischen Systems die Befehle kommentarlos ausführten.

Es ist auffallend, dass gerade Oberösterreich sehr viele Nazi-Verbrecher in den verschiedenen Führungsebenen hervorbrachte. Ihre Berufung auf den Befehlsnotstand war in den folgenden aufgezeigten Fällen meistens eher fadenscheinig. Ihre Strafen reichten dann von ihrer Hinrichtung bis zu einer relativ kurzen Gefängnisstrafe.

Der ranghöchste NS-Verbrecher mit oberösterreichischen Wurzeln war sicherlich **Dr. Ernst Kaltenbrunner.**[1,2] Er wurde am 4. Oktober 1903 in Ried im Innkreis geboren. Er gehörte zu jenen 24 Hauptkriegsverbrechern, die vom Internationalen Militärgerichtshof in Nürnberg angeklagt wurden. Am 1. Oktober 1946 wurde er in zwei von drei Anklagepunkten schuldig gesprochen. Er wurde zum Tod durch den Strang verurteilt.

Seine Kindheit verbrachte er weitgehend in Raab, später besuchte er das Realgymnasium in Linz. In dieser Zeit lernte er Adolf Eichmann kennen, der viel später sein Gehilfe und Untergebener werden sollte. Sein Jusstudium absolvierte er in Graz, 1926 wurde er zum Dr. jur. promoviert. Nach Linz zurückgekehrt war der junge Rechtsanwaltsanwärter an verschiedenen Papierbölleranschlägen beteiligt. Bei einer Hausdurchsuchung

---

1 Peter Black: „Ernst Kaltenbrunner, der Vasall Himmlers". Der Autor Peter Black war Chefhistoriker am US Holocaust Memorial Museum in Washington. Sein Buch über Kaltenbrunner ist 1991 erschienen und daher längst im Buchhandel nicht mehr erhältlich. Für ein gebrauchtes Exemplar werden im Internet immerhin 120 € verlangt, in der englischen Fassung gleich 195 €.
2 Austria Forum: „Ernst Kaltenbrunner"

wurden 150.000 Papierhakenkreuze vorgefunden, die er mit seinen Kameraden mittels Stanzen herstellte. 1931 trat er der SS bei, als Rechtanwalt half er inhaftierten Parteifreunden. Der gescheiterte Putsch seiner Partei brachte ihn zehn Monate ins Gefängnis. Bei der Machtübernahme umstellte er mit 500 SS-Männern das Bundeskanzleramt. In Reinhard Heydrich sah er seinen größten Konkurrenten im Machtgefüge der SS. Heydrich machte ungeniert Witze über den „Mann aus der Provinz". Heydrich war das einzige Mitglied in der Führungsetage der Nazis, das als Kampfflieger aktiv in den Kriegsverlauf eingriff. Der Grund für den Wagemut Heydrichs war dessen Wunsch, das Eiserne Kreuz zu erhalten. Bis 1942 fühlte Kaltenbrunner sich in Wien ziemlich isoliert. In jener Stadt, die Hitler so gar nicht mochte. Nach der Ermordung Heydrichs wurde Kaltenbrunner von Hitler und Himmler zu dessen Nachfolger bestimmt. Er trat die neuen Posten zu einem Zeitpunkt an, als sich das Kriegsglück endgültig vom Deutschen Reich abwendete. Die 6. Armee, oder was davon übrig geblieben war, musste in Stalingrad kapitulieren. Der SS-Obergruppenführer und Polizeigeneral war nun Chef der Gestapo, des Sicherheitsdienstes (SD) und des Reichssicherheitshauptamtes (RSHA). In der Praxis wurde er damit Herr über Leben und Tod. Über seinen Schreitisch wanderten ab nun jene Befehle, die in den letzten zwei Kriegsjahren noch hunderttausenden Menschen das Leben kosten sollten. Allerdings erlebte er die Judenmorde auch in der Praxis. Seine drei Besuche im KZ Mauthausen wurden für die Nachwelt dokumentiert. Nach dem gescheiterten Attentat vom 20. Juli 1944 wuchs die Macht Kaltenbrunners noch einmal. Sein damaliges entschlossenes Handeln imponierte dem Führer. In dieser Zeit erwies sich Kaltenbrunner als perfekter Intrigant. Fast täglich teilte er Hitler und Bormann die Zwischenergebnisse der Vernehmungen der Putschisten mit. Demnach war Arbeitsminister Ley ein Alkoholiker, „Fliegergeneral" Göring und Goebbels wurden wegen ihres luxurösen Lebensstils angeprangert. Außenminister Ribbentrop hielten die Verschwörer für vollkommen unfähig. Beim Großteil der Verhandlungen war er interessierter Zuhörer. Von der Verhandlungsführung Freislers war er wenig überzeugt. Im Gegenteil – er soll Freisler deshalb sogar als ein „Schwein" bezeichnet haben.

Seit diesem Zeitpunkt war er mächtiger als sein „Vorgesetzter" Heinrich Himmler, dem Hitler schon längere Zeit misstraute. Er gehörte nun zum engstem Führungskreis im Reich. Im Verbrecherregime stand er auf einer Stufe mit Martin Bormann, Joseph Goebbels und Albert Speer. Noch Anfang 1945 glaubte er fest daran, dass er mit den Amerikanern einen eigenen „Sonderfrieden" abschließen könnte. Er schickte deshalb seinen Freund und Mitarbeiter Wilhelm Höttl in die Schweiz, um mit dem amerikanischen Spitzengeheimdienstler Allen W. Dulles Gespräche zu führen. Diese Gespräche sollten dazu führen, dass Kaltenbrunner nach Kriegsende Bundeskanzler Österreichs werden sollte. Im Kabinett sollte Höttl einen Ministerposten erhalten. Allen W. Dulles verzichtete natürlich auf solche Avancen. 1953 übernahm er den amerikanischen Geheimdienst CIA. 1955 unterschrieb sein Bruder, Außenminister John Foster Dulles, für die USA den österreichischen Staatsvertrag. Auf der Habenseite kann Kaltenbrunner nur wenig Positives zugeteilt werden. Er rettete einigen Oberösterreichern das Leben, unter ihnen seinem ehemaligen Lehrer Dr. Ernst Koref. Koref wurde nach Kriegsende Linzer Bürgermeister. Auch die Rettung von 5000 Kunstwerken in den Bergwerksstollen von Bad Aussee wird ihm gutgeschrieben.

Die letzten Kriegswochen verbrachte er in der Alpenfestung. Er suchte in einer Gegend Zuflucht, die er von seinen Urlauben gut kannte, in Bad Aussee. In einer Almhütte wurde er von amerikanischen Soldaten am 11. Mai 1945 festgenommen und zunächst nach England gebracht. Er litt an seiner Alkohol- und Nikotinsucht. Pünktlich zum Beginn des Kriegsverbrecherprozesses wurde er nach Nürnberg gebracht. Unter seinen Mitangeklagten galt er als feige und unbeliebt. Verzweifelt kämpfte er um sein Leben. *„Ich bin hier angeklagt, weil man für den fehlenden Himmler und andere vollkommen konträre Elemente Stellvertreterschaft braucht."*

Heydrich wurde ermordet. Himmler beging Selbstmord. Damit war Kaltenbrunner tatsächlich der höchste noch lebende Repräsentant der SS. Der fast Zwei-Meter-Mann saß wie ein Häuflein Elend auf der Anklagebank, förmlich im Selbstmitleid erstarrend. Bei jenen, die er bedenkenlos in den Tod schickte, hatte er diese Skrupel nicht. Als einziger Hauptkriegsverbrecher Oberösterreichs ging er ruhmlos in die Geschichte des Landes ein.

Sein Vertrauter **Dr. Wilhelm Höttl** erwies sich nach Kriegsende als Wendehals par excellence. Schon in der Zwischenkriegszeit wurde er von der illegalen SS beauftragt, politische Gegner auszuspionieren. Bereits mit 19 Jahren spionierte er Anhänger des Ständestaates, Otto von Habsburg, Juden und Freimaurer aus. Viele von ihnen fanden sich später im „Prominententransport nach Dachau" wieder. Beim Nürnberger Prozess sagte er gegen seinen einstigen Freund Adolf Eichmann aus. Höttl gilt als der Erfinder des Begriffes „Spediteur des Todes". Dieser habe ihm einst vertraulich das „große Reichsgeheimnis" mitgeteilt, dass vier Millionen Juden in den Konzentrationslagern und zwei Millionen anderweitig ermordet worden seien. Seine eigene Rolle bei der Deportation der ungarischen Juden wurde bei diesem Gerichtsverfahren nicht erörtert. Als Kronzeuge wurden ihm seine eigenen Verbrechen nicht angelastet. Bis 1949 arbeitete er für Allen W. und dessen Geheimdienst in Linz. Einer seiner Kollegen war der ehemalige KZ-Häftling Simon Wiesenthal. Am Ende gab es eine sehr schlechte Dienstbeschreibung durch den amerikanischen CIC: *„ein Mann von solch niederem Charakter und schlechter politischer Vorgeschichte, daß seine Verwendung für Geheimdiensttätigkeiten, egal wie gewinnbringend sie auch sein mögen, eine kurzsichtige Strategie der Vereinigten Staaten ist."* Vor allem seine angebliche Ineffizienz wurde ihm zum Vorwurf gemacht. Der ehemalige SS-Sturmbannführer schrieb unter dem Pseudonym Walter Hagen Abenteuerromane. Diese Bücher veröffentlichte er in seinem eigenen Verlag, dem Nibelungen Verlag. Sein Erstlingswerk „Die geheime Front" wurde ein sensationeller Erfolg und sogar Churchill soll von diesem Roman angetan gewesen sein. Das Buch wurde in alle Weltsprachen übersetzt, geschrieben wurde es allerdings von einem Freund. Für gutes Geld war er bereit, mit allen Geheimdiensten dieser Welt zusammenzuarbeiten, dabei kannte er weder politische noch ideologische Schranken. Mit dem Kommunisten Gaisenwinkler arbeitete er eng zusammen. Höttl wird immer wieder mit dem sagenhaften SS-Goldschatz im Ausseerland in Zusammenhang gebracht. Viele Schatzsucher kamen und kommen in das Salzkammergut, um diesen Schatz zu heben. Sogar die ostdeutsche Stasi soll Agenten in das steirische Salzkammergut geschickt haben. Ab 1952 leitete er in Bad Aussee eine Privatmittelschule, die „Schüler mit Lernschwierigkeiten und sonstigen Verhaltensauffälligkeiten" zur Matura führte. Auffallend viele Lehrer mit NS-Vergangenheit unterrichteten an dieser Schule. Sie wurde auch von Jochen Rindt, Karin Brandauer, Thomas Prinzhorn und André Heller besucht. Heller bezeichnete diese Schule später als „Nazi-Reservat". Direktor Höttl wusste, dass sein neuer Schüler von jüdischer Herkunft war, und „warnte" die Klasse vor „dessen Blut". 1953 arbeitete der „Herr Direktor" wieder nebenbei für Geheimdienste. Das häufige „Auge-Zudrücken" bei der Matura half dann auch nichts mehr, die Privatschule musste Konkurs anmelden. Beim Prozess gegen Eichmann in Jerusalem sollte Höttl als Zeuge aussagen. Höttl lehnte dies ab und gab beim Bezirksgericht Bad Aussee eine eidesstattliche Erklärung ab. Immer wieder gab es Vorerhebungen gegen Höttl, die allerdings nach kurzer Zeit eingestellt wurden. Damals fehlte in Österreich schlichtweg die Bereitschaft, die enorme Anzahl an Verbrechen, die von Österreichern während des Krieges begangen wurden, durch die Gerichte zu ahnden. Später wurde Wilhelm Höttl ein gefragter Zeitzeuge. Kapazunder der Zeitgeschichte wie Hugo Portisch und Guido Knopp baten um Interviews. Dabei wurde auch der sagenhafte SS-Goldschatz von Aussee zur Sprache gebracht. Es ist wenig verwunderlich, dass der Doyen der oberösterreichischen Historiker, Dr. Roman Sandgruber, sehr skeptisch hinsichtlich Zeitzeugenberichten ist. 1999 erhielt Wilhelm Höttl aus den Händen des damaligen steirischen Landeshauptmannes Josef Krainer jun. das Goldene Ehrenzeichen des Landes Steiermark wohl für seine enorme „Wandlungsfähigkeit". Vizelandeshauptmann Peter Schachner-Blazizek nahm diese Prozedur kommentarlos zur Kenntnis. Er besuchte selbst einst die Privatmittelschule in Bad Aussee. 1999 starb Höttl, der *„mit allen Wassern gewaschene Überlebensstratege"* (Kleine Zeitung), im Alter von 85 Jahren. Bei den Holocaustleugnern und Neo-Nazis hat er allerdings einen sehr geringen Stellenwert. Der deutsche Historiker Ulrich Schlie urteilte über Höttl: *„Er konnte lügen wie gedruckt und war völlig skrupellos, wenn es darum ging, einen eigenen Vorteil zu ergattern."* Laut der Bild-Zeitung spionierte er für Hitler und auch für die Amerikaner. Der ehemalige Adjutant von Kaltenbrunner kann als Musterbeispiel dafür angesehen werden, dass so mancher Kriegsverbrecher nach dem Krieg ungestraft eine zweite Karriere beginnen konnte.

Noch unverständlicher mutet der einstige Freispruch von **Franz Murer** an. Murer ging als der „Schlächter von Vilnius" in die Geschichte ein. Wilnius galt vor dem Zweiten Weltkrieg als das „Jerusalem des Nordens". Die Stadt war von 80.000 Juden bevölkert. Während der Herrschaft von Murer sank diese Zahl auf 700. Vor allem polnische Priester, russische Kriegsgefangene und Juden ließ der Großgrundbesitzer aus der Steiermark ermorden. Nach Kriegsende wurde er an die Sowjetunion übergeben und erhielt dort 25 Jahre Haft. Mit den Staatsvertragsverhandlungen erhielt er die Freiheit. Seine Heimkehr aus sibirischer Gefangenschaft wurde in seiner Ortschaft mit einem „lustigen Fest" gefeiert. Nach einer Intervention von Simon Wiesenthal kam Murer 1962 in Graz vor ein Geschworenengericht. Trotz der Zeugenaussagen von 37 Überlebenden in Vilnius und erdrückenden Indizien erhielt Murer einen Freispruch. Eine Zeugin sagte: *Er brauchte Blut. Er musste Menschen morden. Das war ihm eine Art Bedürfnis. Ein Unmensch.* Ein weiterer Zeuge: „Er ist derjenige, der uns erniedrigte, gepeitscht und beleidigt hat." In der österreichischen Justizgeschichte der Nachkriegszeit gehört der „Fall Murer" wohl zu den dunklen Kapiteln des österreichischen

Rechtswesens. Der Freispruch hatte unerwartete Folgen. Es kam sogar zu einer Schubumkehr. Die Opfer von Murer wurden posthum durch das Skandalurteil verhöhnt, der „Schlächter von Vilnius" zum Sieger erklärt. Im Spielfilm „Franz Murer – Anatomie eines Prozesses" aus dem Jahre 2017 wurde die Verhandlung nachgestellt. Ein bedrückendes Bild über Prozessführung, über das Verhalten gegenüber den Zeugen und die Einflussnahme der Politik wird in diesem Film nachgezeichnet. Spätestens durch diesen Film wird das Wesen der NS-Zeit augenscheinlich. Das zynische Verschweigen der Fakten, das schnelle Vergessen der Wahrheit, der brutale Umgang mit den Hinterbliebenen waren die Ingredienzen des damaligen Zeitgeistes.

Adolf Eichmann[3,4] gilt als die „Erfindung" von Kaltenbrunner. In seiner Linzer Zeit warb Dr. Kaltenbrunner den unsteten Eichmann für die Bewegung. In der Nazi-Hierarchie stand Kaltenbrunner weit über Eichmann. Während Kaltenbrunner bei Hitler „ein und aus ging", gab es zwischen Eichmann und Hitler nie ein persönliches Treffen. Für Eichmann blieb es immer ein Traum, dass er vom Führer in der Führerkanzlei empfangen werden würde. Hitler sollte ihm danken, vor allem für seine Loyalität. Ein Spötter meinte, Eichmann hätte alle Wiener, deren Familiennamen mit K begannen, bedenkenlos in den Tod geschickt, wenn dies der Wunsch des Führers gewesen wäre.

Trotzdem war und ist Eichmann wesentlich bekannter als Kaltenbrunner. Ein möglicher Grund dafür mögen die spektakuläre Entführung, die Gerichtsverhandlung und die Hinrichtung in Israel sein. Eichmann ging als der *„Spediteur des Todes"* unrühmlich in die Geschichte ein. Er war vor allem für die *„Logistik der Todestransporte"* verantwortlich. Laut einer Zeugenaussage bei einem der vielen Kriegsverbrecherprozesse soll Eichmann

---
3   Portal Rheinische Geschichte: „Adolf Eichmann, Leiter des Judenreferates im Reichssicherheitshauptamt (1906–1962)" von Björn Thormann
4   planet wissen: „Adolf Eichmann – Organisator des Grauens"

im Februar 1945 im Falle einer Niederlage des Deutschen Reiches seinen Selbstmord angekündigt haben. *„Aber",* so soll er gesagt haben, *„ich werde lachend in die Grube springen, denn das Gefühl, fünf Millionen Menschen auf dem Gewissen zu haben, ist einfach überwältigend."* Die Niederlage kam schon wenige Monate später, aber Eichmann entschied sich bekanntlich für das Weiterleben. Nach dem Krieg gelang Eichmann die besagte Flucht nach Argentinien. Der israelische Geheimdienst konnte den Aufenthaltsort von Eichmann ausforschen. In einer „Nacht-und-Nebel-Aktion" wurde er vom Mossad nach Israel entführt. Er wurde zum Tode verurteilt und auch hingerichtet. Es ist die einzige Hinrichtung, die je in Israel vollzogen wurde. Seine letzten Worte waren: *„In einem kurzen Weilchen, meine Herren, sehen wir uns ohnehin alle wieder. Das ist das Los aller Menschen. Es lebe Deutschland. Es lebe Argentinien. Es lebe Österreich. Das sind die drei Länder, mit denen ich am engsten verbunden war. Ich werde sie nicht vergessen. Ich grüße meine Frau, meine Familie und meine Freunde. Ich hatte den Gesetzen des Krieges und meiner Fahne zu gehorchen. Ich bin bereit! Das ist das Los aller Menschen. Gottgläubig war ich im Leben. Gottgläubig sterbe ich. Ich werde sie nicht vergessen."*[5]

Franz Paul Stangl[6,7,8] wurde 1908 in Altmünster am Traunsee geboren. Seine Kindheit war durch einen autoritären Vater geprägt *(Er hat mich so gehauen, die Wunde ist aufgesprungen und hat wie irrsinnig zu bluten begonnen. Die Mutter schrie: ‚Hör auf, du bespritzt mir die ganze Wand mit Blut.')*, der seine Kasernenmentalität durchaus auch als Erziehungsstil ansah. Als er acht Jahre alt war, verstarb sein Vater und wurde durch einen genauso autoritären Stiefvater ersetzt. Mit 15 begann er gegen den Wunsch seines Stiefvaters mit einer Weberlehre, die er drei Jahre später beendete. Aus gesundheitlichen Gründen und wohl auch weil ihm dieser Beruf zu

---

5   Wikiquote: „Adolf Eichmann"
6   Die Presse vom 28.7.2017: „KZ-Kommandant Stangl lebte jahrelang in Brasilien"
7   ZeitOnline: „Der ‚feine Herr' von Treblinka" von Dietrich Strothmann am 22. November 2012
8   Walter Kohl: „Die Pyramiden von Hartheim. Euthanasie in Oberösterreich 1940–1945". Edition Geschichte der Heimat. 1997

geringe Aufstiegschancen bot, bewarb er sich bei der Linzer Polizei. Er wurde zunächst als Verkehrspolizist, später bei der Verbrechensbekämpfung eingesetzt. Seine erste große Bewährungsprobe erhielt er bei der Niederschlagung des Februaraufstandes 1934. Wenige Monate später gelang es ihm, ein illegales Waffenlager der Nazis auszuheben.

Für diese Einsätze erhielt er die Silberne Verdienstmedaille, den österreichischen Adler am grün-weißen Band und eine Einberufung zur Kriminalpolizei. Er wurde der politischen Abteilung der Kriminalpolizei Wels zugeteilt. Aus opportunistischen Gründen trat er 1938 der Partei bei, so wie es viele seiner Landsleute gemacht haben. Durch die Hilfe eines Rechtsanwaltes gelang es ihm sogar, dass dieses Beitrittsdatum vordatiert wurde. Auf diese Weise wurde er zum „alten Kämpfer". Diese Stelle wurde im Jänner 1939 mit der Gestapo-Leitstelle in Linz zusammengelegt. Dort war er mit der „Judenfrage" konfrontiert. Bis zu diesem Zeitpunkt dürfte seine bisherige Berufslaufbahn durchaus makellos gewesen sein, ab nun sollte er zunächst in seinen weiteren Weg eines Schwerkriegsverbrechers „*hineinstolpern*". Sein neuer Vorgesetzter war Georg Prohaska. In einem Interview mit der „Zeit" 1970 – kurz vor seinem Tod – beschrieb Stangl ihn so: „*... ein schrecklicher Reaktionär aus München: Der hat gesehen, daß ich nicht einer war, der sich alles gefallen lassen würde, und da hat die Schikaniererei gleich begonnen. Nicht lang' nachher wurd' mir befohlen, ein Papier zu unterschreiben, in dem stand, daß ich bereit war, meine Religion aufzugeben. Ich mußte bestätigen, ein ‚Gottgläubiger' zu sein und mich dazu bereit erklären, meine Verbindung mit der Kirche zu lösen.*" Weiters behauptete er in diesem Interview, dass er ernsthaft wegen seiner Amtshandlungen im Jahre 1934 um sein Leben fürchtete. Kollegen von ihm seien aus ähnlichen Gründen ermordet worden: „*Bis dahin hatte ich auch schon gehört, daß mein Name auf einer Liste von Beamten war, die nach dem Anschluß erschossen werden sollten.*" Weiters lastete er in diesem Interview die Schuld für seine Lebensmisere, die ihn zum hunderttausendfachen Mörder werden ließ, den Deutschen an: „*Ich hasse... ich hasse die Deutschen. Wenn ich alles sagen würde, was ich wirklich über sie denk', würd' ich mich bei den Deutschen* verhaßt machen. Ich hasse sie für das, in was sie mich hineingezogen haben. Ich hätte mich 1938 umbringen sollen." Stangl sagte es sachlich, ohne besondere Betonung. „Da hat's für mich angefangen. Ich muß meine Schuld anerkennen." Im November 1940 bekam Stangl den Befehl, sich in Berlin zu melden. Der Befehl war von Himmler unterschrieben. Er musste in die Tiergartenstraße 4 (Anmerkung: das Euthanasieprogramm der Nazis wurde daher „T4" genannt). Ein Mitarbeiter teilte ihm laut Interview folgende Details mit: „... *daß Russland und Amerika schon seit einiger Zeit ein Gesetz hatten, das ihnen erlaubte, hoffnungslosen Geisteskranken oder fürchterlich verunstalteten Patienten den ‚Gnadentod' zu gewähren. Er sagte, dieses Gesetz würde jetzt auch in der nahen Zukunft in Deutschland wie überall in der zivilisierten Welt durchgesetzt werden. Aber inzwischen wäre diese schwierige Arbeit, unter dem Mantel absoluten Geheimnisses, schon begonnen worden. Er erklärte mir, daß es sich bei dieser Aktion nur um die Patienten handelte, deren Fall sich nach den sorgfältigsten Untersuchungen und vier Attesten von mindestens zwei Ärzten als so hoffnungslos herausstellte.... Ich war sprachlos. Und dann hab' ich gesagt, daß ich mich so einer Aufgabe nicht gewachsen fühle... Mehrere Male während diesem Gespräch erwähnte Dr. Werner, daß er schon gehört hatte, daß ich in Linz nicht sehr glücklich wäre. Aber sollte ich mich weigern, diesen Auftrag anzunehmen, sicherlich würde mein augenblicklicher Chef in Linz, Prohaska, mir gern etwas anderes finden...* Weiters wurde Stangl bei diversen Gesprächen in Berlin mitgeteilt, dass vier Gruppen von der Euthanasie ausgenommen seien: *Senile; diejenigen, die in der Armee gedient hatten; Träger des Mutterverdienstkreuzes und Verwandte von Angestellten der Euthanasieaktion.* Diese indirekte Drohung mit seinem Vorgesetzten Prohaska dürfte Stangl bewogen haben, die Stellung in Hartheim anzunehmen. Bereits zwei Tage später war er Mitarbeiter des „Mörderschlosses". Zu seiner *Erleichterung* traf er dort auf seinen Freund und Kollegen von der Polizei, Franz Reichleitner. Ab nun war er Büroleiter der Mordanstalt. Kein einziges Mal musste er den Gashahn öffnen, um wieder einmal 40 geistig und körperlich behinderten Menschen den Gnadentod zu geben. Ab nun *verwaltete er nur den Tod.*

Geleitet wurde die Anstalt damals von Hauptmann Christian Wirth (der „*wilde Christian*"). Er gilt als einer der Pioniere der Euthanasie: „*Weg mit diesen unnützen Fressern, diesem Kropfzeug. Und das ihm bei der Gefühlsduselei, die man von oben her herspielte, das Speien komme.*" Wirth reiste extra zu einem Fest nach Hadamar bei Frankfurt, weil dort im Vernichtungslager die zehntausendste Leiche gefeiert wurde. Eben so wie in der Gegenwart, wenn der hunderttausendste Besucher der Landesgartenausstellung gefeiert wird. Im Krematorium gab es eine feierliche Stimmung. Ernste Mienen begleiteten das zehntausendste Mordopfer auf seinem Weg zum Krematoriumofen. Die anschließende „Totenzehrung" artete dann in eine riesige Sauforgie aus.

Sein weiterer Weg führte Wirth nach Polen, dort soll er an der Liquidierung von Juden teilgenommen haben. Sein persönliches Ende fand Wirth in Triest – seine eigenen Männer sollen ihn erschossen haben. Nach der Ermordung von 50.000 Behinderten im Reich wurden die Proteste im Reich – auch seitens der Kirchen – so massiv, dass das T4-Programm offiziell eingestellt wurde. Offiziell schon deshalb, weil still und leise das Programm weitergeführt wurde („Wilde Euthanasie"). Allerdings nun im „kleinen Stil". Schloss Hartheim erhielt nun einen neuen Verwendungszweck. Da die Kapazitäten punkto Gaskammer in Mauthausen eher beschränkt waren, wurden ab nun Gefangene aus Mauthausen in Hartheim ermordet. Bis Kriegsende waren es mehr als 12.000 (Vergleich: Im KZ Mauthausen waren es „nur" 6000, die in der Gaskammer den Tod fanden). Für Stangl fand sich in Hartheim kein Verwendungszweck mehr und vor allem dürfte er sich in der Zwischenzeit für „*höhere Aufgaben qualifiziert*" haben. In einem Zeitungsinterview sah er sich zum zweiten Mal vor die Alternative gestellt. Dieses Mal lautete diese „*Prohaska oder Lublin*". 1942 erhielt er den Auftrag, das Vernichtungslager Sobibor zu errichten. Er wurde der erste Kommandant dieses Vernichtungslagers. Bei der ersten Vergasung war SS-Führer Heinrich Himmler anwesend. Stangl suchte für seinen obersten Chef 40 hübsche Jüdinnen aus, die Himmler in ihrem

Hinscheiden gefallen sollten. Schnell platzten die Gaskammern und die Krematorien aus ihren Nähten. Auf diese Weise wurde das Vernichtungslager Sobibor zu einer Dauerbaustelle. Stangls nächste Station war das Vernichtungslager Treblinka.

Im August des Jahres 1942 fuhr Franz Stangl nach Treblinka. Als er fast dreißig Jahre später zu erzählen begann, was dort in dem Vernichtungslager geschah, wurde seine Stimme heiser, wie schon so oft in den Tagen davor, sobald er über etwas besonders Fürchterliches, Grauenhaftes sprechen musste. *„Ich bin mit einem SS Fahrer hingefahren. Wir konnten es kilometerweit riechen. Die Straße lief neben den Eisenbahnschienen. Als wir vielleicht fünfzehn, zwanzig Minuten weg waren, begannen wir Leichen neben den Schienen zu sehen. Erst zwei oder drei, dann mehr, und als wir beim Bahnhof ankamen, da waren es Hunderte; die lagen nur so da, offensichtlich seit Tagen in der Hitze. Im Bahnhof stand ein Zug voll von Juden. Einige tot, einige noch lebendig. Es schaute aus, als ob der Zug schon seit Tagen dort gestanden hätte. ... Treblinka an diesem Tage war das Ärgste, was ich während des ganzen Dritten Reiches gesehen hab ... Es lag mehr Geld und Zeug herum, als man sich je erträumen konnte, und man brauchte sich nur zu bedienen. Am Abend tanzten nackte Jüdinnen auf den Tischen. Ekelhaft – es war alles ekelhaft... Es war Dantes Inferno. Als das Auto auf dem Sortierplatz stehen blieb, stieg ich bis zum Knie in Geld hinein. Ich wußte nicht, ob rechts oder links. Ich watete in Münzen, Papiergeld, Diamanten, Gold und Silber, Juwelen und Kleidungsstücken. Der Geruch war unbeschreiblich. Überall Hunderte, nein Tausende verwesender, zerfallener Leichen. Ich fragte, was mit den Wertsachen passiert war, warum die nicht ins Hauptquartier geschickt wurden. Er sagte: Die Transporte werden ausgeplündert, bevor sie Warschau überhaupt verlassen."* Nach dem Erlebten, behauptete er weiters in diesem Interview, sei er nach Warschau gefahren, habe Globocnik von den tausenden verrotteten Leichen erzählt. Das sei das Ende der Welt. Globocnik soll dabei erwidert haben: *Das soll das Ende der Welt sein?!* Als „Saubermann" reinigte Stangl zunächst das Lager. Sämtliche Leichen mussten eingesammelt und eingeäschert werden. Erst dann erlaubte er wieder „Nachschub" aus den verschiedenen Ländern Europas. Als Bürokrat sorgte er ab nun dafür, dass sämtliche Wertsachen, die den Häftlingen abgenommen wurden, der rechtmäßige neue Eigentümer erhielt. In den Augen Stangls war dies das Deutsche Reich.

Stangl sorgte für Ordnung und Tempo. Er machte aus dem einstigen „Lager der Schande" ein geradezu heimeliges Konzentrationslager. Blumenrabatten entlang der Wege, Blumenkästen beim Offizerskasino, eine Birkenallee. An der Rampe ließ er die Pappattrappe eines Provinzbahnhofs errichten. Vor dem Eingang zu den Gaskammern montierte er einen Synagogenvorhang mit der hebräischen Inschrift *„Dies ist das Tor, durch das die Gerechten eingehen."* Stangl erhöhte nun den *„Lagerumsatz"*, wie er stolz im Offizierskasino verkündete. Besonders stolz war der „Julleuchter Stangl" auf den „Winkel der alten Kämpfer". Er ließ größere Gaskammern errichten, die die Ermordung von 18.000 Menschen – pro Tag! – ermöglichten. Unter seiner Führung wurde nun auch effizienter gemordet. Wenn die Gaskammer gerammelt voll war, wurden noch Kleinkinder über ihre Köpfe geworfen. Für die vor der Gaskammer Wartenden wurden Kübel bereit gestellt. In diese konnten sie ihre letzte Notdurft verrichten. Als gewissenhafter Beamter sorgte er für den reibungslosen Ablauf der Mordmaschinerie, die 365 Tage im Jahr ohne Unterlass lief. Allerdings kam es im August 1943 zu einem „Betriebsunfall". Die Häftlinge meuterten plötzlich, ließen sich nicht mehr wie Schafe zur Schlachtbank führen. Belzec, Sobibor und Treblinka wurden geschlossen. In Majdanek und Auschwitz waren die Anlagen noch moderner, der Transportweg vielfach kürzer. Die letzten Kriegsmonate verbrachte Stangl in Oberitalien. Der Einsatz war gegen Partisanen gerichtet. Die einstigen „T4-Experten" aus Hartheim bekämpften nun Partisanen. Bei einem dieser Einsätze kam sein Freund Reichleitner ums Leben. Als Grund für diesen riskanten Einsatz vermutete Stangl rasch, dass Hitler lästige Mitwisser loswerden wollte.

Nach dem Krieg wurde er ins Internierungslager Glasenbach gebracht. Für die amerikanischen Militärangehörigen handelte es sich bei Stangl um einen der vielen SS-Angehörigen. Zwei Jahre erlebte er den langweiligen Lageralltag. Die Kost war gut und die Portionen waren größer als jene, die seine Gefangenen in Treblinka erhielten. Im Kinosaal wurden Filme gezeigt, die die Vernichtung der Juden in Auschwitz zeigten. Viele der Gefangenen zeigten sich entsetzt über riesige Leichenberge, die Raupenfahrzeuge auf LKWs verluden. Einer schrie dann plötzlich auf: *„Das waren wir nicht!"* Stangl lächelte wegen dieser Naivität in sich hinein. Als Lagerkommandant sah er diese Leichenhaufen nicht nur täglich, sondern er hatte sie auch zu verantworten. Zum Thema Juden hatte Stangl eine eigene Meinung. Die Juden wurden nur aus einem Grund ermordet, das war für ihn klar. Das Regime wollte nur an ihr Geld, ihr Vermögen, ihre Firmen und ihre Güter gelangen. Rassistische, politische und religiöse Gründe wurden nur vorgeschoben, um die Ausrottung einer ganzen Rasse zu rechtfertigen. Die Bewacher zeigten sich freundlich und behandelten die Häftlinge weitgehend respektvoll. Keine Schläge, keine Schimpfwörter, nur mit einer großen Distanz. Zu seiner Verwunderung wurde er in diesen zwei Jahren nicht als Kommandant von Treblinka und als wichtiges Rad im T4-Programm enttarnt. Einziges Interesse, das sie an ihm hatten, war seine Teilnahme an der Partisanenbekämpfung in Jugoslawien und Italien. In diesen Verhören konnten ihm weitgehend keine Schuld nachgewiesen werden.

Wegen Hartheim wurde dann doch gegen ihn ermittelt. Aus diesem Grund wurde er schließlich nach Linz überstellt. Hartheim wurde immer mehr zum Thema für die ermittelnden Justizbehörden. Die Behörden ermittelten langsam, aber sie ermittelten. Immer häufiger tauchte bei Befragungen und Verhören der Name Stangl auf. Ein Stahlschrank wurde im Schloss gefunden und geöffnet. Erst durch die "Hartheim Dokumente" erfuhren die Ermittler das wahre Ausmaß der Morde, die in diesem Renaissanceschloss begangen wurden. Ab nun war er im Linzer Gerichtsgefangenenhaus untergebracht. Dort herrschte bereits damals „der offene Strafvollzug". Während seine Frau ihn in Glasenbach nur selten besuchen durfte, war sie nun Dauergast. Sein Fahrer Hödl gab zu Protokoll, dass

Stangl als Kriminalbeamter mit der Ermordung nichts zu tun hatte. Für seine Tätigkeit als Fahrer erhielt Hödl vier Jahre Gefängnis.

Ab diesem Zeitpunkt war zumindest seiner Frau klar, dass ihr Franz, der wesentlich mehr in die Mordmaschinerie involviert war, eine wesentlich längere Gefängnisstrafe zu befürchten hatte. Einziger Ausweg war damit nur die Flucht. Die Flucht im Mai 1948 gelang dann im „Vorbeigehen". Mit einem weiteren Inhaftierten spazierte er beim Tor hinaus. Nach den beiden wurde dann auch nicht großartig gefahndet. Den Weg von Linz nach Graz legten sie weitgehend zu Fuß zurück. Unterwegs gesellte sich noch ein alter SS-Kamerad zu ihnen. Simon Wiesenthal bezweifelte diese Darstellung. Er glaubte eher, dass ein dichtes Netz von Helfern und Helfershelfern diese Flucht erst ermöglichte. Später gingen diese Organisationen ehemaliger SS-Männer unter den Begriffen „Kameradschaftswerk" und „Odessa" in die Geschichts-, aber auch in die Legendenbildung ein. Namhafte Wissenschaftler bezweifeln deren Existenz. Laut Stangl gingen die drei ehemaligen SS-Männer nach Rom. Nicht eine Papstaudienz war ihr Ziel, sondern ein Bischof, der aus Graz stammte. Bischof Alois Hudal gehörte zu jenen Klerikern, die schon bald mit dem Nationalsozialismus sympathisierten. Und er sollte sie nicht enttäuschen. Hudal sah sich vielmehr als Brückenbauer zwischen Kirche und Nationalsozialismus. Der gebürtige Grazer hatte beste Beziehungen zu den dunklen Kanälen der Stadt. Er verschaffte Stangl einen Arbeitsplatz, damit er sich das Geld für die Weiterreise verdienen konnte. Noch wichtiger waren drei gefälschte Reisepässe. Mit neuer Identität ging es weiter nach Syrien. Der Rot-Kreuz-Pass „Paul Stangl" war wahrscheinlich Produkt eines „dunklen Kanals". Bischof Hudal hat mit seinem „Engagement" der Kirche einen enormen Schaden zugefügt. Bis zum heutigen Tag wird vor allem dem Vatikan unterstellt, dieser habe mit den Nazis Kumpanei betrieben. Das mag am Beispiel Hudal und einiger anderer Fälle zwar seine Richtigkeit haben, grundsätzlich war es für den Vatikan ein schwieriges Lavieren durch die Strömungen der Faschisten in Italien und der Nazis in Deutschland.

Hudal verlor in der Folge innerhalb des Episkopats enorm an Bedeutung. Ein Jahr später kam es zu der Familienzusammenführung. Es lebte sich angenehm in Syrien, immer Sonne. Die kleine deutsche Gemeinde schätzte die Neuankömmlinge. Es dürfte allerdings wenig darüber bekannt sein, auf welche Art das Leben in Damaskus finanziert wurde.

1960 reiste Familie Stangl weiter nach Brasilien. In São Paulo meldete sich Stangl unter seinem richtigen Namen beim österreichischen Botschafter an. Es war wahrscheinlich der österreichischen Schlamperei zu danken, dass ein weltweit gesuchter Nazi-Verbrecher mit richtigem Namen ein weitgehend unbeschwertes Leben in Brasilien führen konnte. Simon Wiesenthal führte ihn, nach Martin Bormann und Gestapo-Chef Müller, als „*Nummer 3*" in seiner Fahndungsliste.

Eines Tages kam ein ehemaliger SS-Mann in das Büro des Nazi-Jägers. Gegen 25.000 Dollar könne er den Aufenthaltsort Stangls verraten. Es begann ein bizzares Feilschen um einen angemessenen Judaslohn. Der Informant ging von 700.000 Ermordeten aus, die der Mann aus dem Salzkammergut auf dem Gewissen habe. Der Unbekannte stellte dann die makabre Rechnung auf. Für jedes Mordopfer einen Cent, machte bei 700.000 Ermordeten eine Summe von 7000 Dollar aus. Wiesenthal war mit dieser Rechnungslegung einverstanden und unterzeichnete jenen Wechsel, der mit der Ergreifung Stangls fällig werden sollte. Wer dieser geheimnisvolle Informant war, weiß man bis heute nicht. Stangl ging allerdings davon aus, dass es Stangls ehemaliger Schwiegersohn war. Der Frust darüber, dass ihn seine Frau, also die Tochter Stangls, verlassen hatte, soll der Grund für den Verrat gewesen sein. Wiesenthal widersprach dieser Version und sprach von einem ehemaligen SS-Mann.

Drei Jahre später war es so weit. Unter einem Vorwand – seine Tochter befinde sich schwerverletzt in einem Krankenhaus – wurde der Mechaniker Stangl in dieses Spital gelockt. Der VW-Mitarbeiter wurde festgenommen. 1967 erfolgte seine Auslieferung in die Bundesrepublik Deutschland. Der Prozess gegen Franz Stangl dauerte sieben Monate. Der Prozess erfolgte unter Ausschluss der Bevölkerung und auch der Medien. Nach 45 Verhandlungstagen wurde das erwartete Urteil gesprochen – „Lebenslänglich". Dieses Urteil blieb von der deutschen Bevölkerung weitgehend unbeachtet. Auch im deutschen und österreichischen Blätterwald blieb es um dieses Urteil weitgehend still und es rauschte wegen eines anderen Urteils. Am gleichen Tag, an dem Franz Stangl sein Urteil hörte, wurde in Berlin der Kriminalobermeister Karl-Heinz Kurras von dem Vorwurf freigesprochen, fahrlässig den Studenten Benno Ohnesorg[9] getötet zu haben. Dieser eine Tod erregte die Gemüter, doch die Ermordung von Menschen im sechsstelligen Bereich war inzwischen weitgehend unbedeutend. Es kam zu einer *„Verjährung der Morde von Treblinka und Sobibor – zumindest im Erinnerungsvermögen der Österreicher und Deutschen"*. Stangl war der einzige Lagerkommandant, der vor einem ordentlichen Gericht stand und auch abgeurteilt wurde. Gegen das Urteil berief er. Die nächste Instanz brauchte diese Entscheidung nicht mehr zu treffen. Bereits ein halbes Jahr später verstarb er in der Justizanstalt Düsseldorf mit 63 Jahren an Herzversagen. Es war sein dritter Herzinfarkt. Heute bleibt es den Historikern überlassen, ob Stangl für die Ermordung von 900.000, 730.000 oder gar „nur" 400.000 Menschen die Verantwortung trug. In wissenschaftlichen Diskursen wird wie auf einem Basar gehandelt, welche Anzahl an Morden auf das Konto Stangls geht. Trägt

---

9 Benno Paul Ohnesorg wurde 1940 in Hannover geboren. Am 2. Juni 1967 war der Student Teilnehmer an einer Demonstration gegen Schah Mohammad Reza Pahlavi. Der Berliner Polizist Kurras schoss unbedrängt und gezielt, aus kurzer Distanz, auf den Hinterkopf des Studenten. In einem Aufsehen erregenden Prozess wurde der Todesschütze freigesprochen. Vor allem Falschaussagen und polizeiliche Manipulationen dürften zu diesem Fehlurteil geführt haben. 2009 wurde in der Öffentlichkeit bekannt, dass der Todesschütze ein ehemaliger Mitarbeiter der DDR-Staatssicherheit war. Eine Wiederaufnahme des Verfahrens wurde trotzdem abgelehnt. Diese Ermordung und der Freispruch führten zu einer Radikalisierung weiter Kreise der Studentenschaft.
Eine indirekte Folge dürfte auch die Gründung der RAF gewesen sein.

er etwa in den Urlaubswochen, die er in Österreich verbrachte, auch die Verantwortung für die begangenen Morde? Fast ist man versucht zu denken, das wäre unerheblich, da man sich die Zahlen ohnehin nicht vorstellen kann. Am ehesten vielleicht noch als Besucher in einer Fußballarena mit einem Fassungsvermögen von 70.000 Besuchern. Müsste man als Besucher sechs Mal oder gar 13 Mal in dieses ausverkaufte Stadion gehen, um die gleiche Anzahl von Menschen zu sehen, die einst dem Mörder Stangl zum Opfer fielen?

Als gewiefter Beamter, der er sicherlich war, berief er sich am Ende darauf: *„Ich habe nur meine Pflicht getan!"* Oder anders ausgedrückt: „Die wahre *Schuld hatte der Prohaska!"*

Ferdinand von Sammern-Frankenegg[10] wurde in der beschaulichen Bezirksstadt Grieskirchen geboren. Er stammte aus einem alten Tiroler Adelsgeschlecht. Als junger Soldat wurde er während des Ersten Weltkrieges schwer verletzt. Aus der italienischen Kriegsgefangenschaft wurde er erst 1920 entlassen. Bereits 1922 promovierte er als Dr. jur. an der Universität Innsbruck. 1929 ließ er sich als Anwalt in Peuerbach nieder. 1932 trat er der SS und NSDAP bei. Als illegaler NS-Sympathisant geriet er schnell mit dem Gesetz in Konflikt, was mit Geldstrafen und einer Inhaftierung endete. Nach dem Anschluss nahm er eine hauptamtliche Stellung bei der SS an, seine Anwaltskanzlei meldete er als ruhend an. Im Reichstag zu Berlin war er einer der Abgeordneten Österreichs. Ab 1942 war er im Distrikt Warschau eingesetzt. Seine Hauptaufgabe war die Absiedlung der Juden aus dem Warschauer Ghetto. Mehr als 300.000 Einwohner wurden in verschiedene Vernichtungslager transportiert und dort zum Großteil ermordet. Täglich ließ er 6000 Juden zusammentreiben. An Spitzentagen waren es 15.000. Die letzten 50.000 wehrten sich mit Waffengewalt. Der 45-jährige SS-Oberführer war vollkommen überrascht und flüchtete in seinen Kommandoraum im Hotel Bristol. Für den Ausbruch des Aufstandes

---

10 Stephan D.Yada-Mc Neal: „Hitlers williger Adel" auf Seite 144

im Warschauer Ghetto wurde er verantwortlich gemacht und mit sofortiger Wirkung als Kommandant abgelöst. Seine letzte Dienststellung war die eines Gebietsführers in Kroatien. Beim Kampf gegen jugoslawische Partisanen erlitt er tödliche Verletzungen.

Der Architekt **Fritz Karl Ertl**[11,12] war einer der vielen Schreibtischtäter, die erst durch ihre Arbeit den Holocaust ermöglichten. Nach Beginn des Zweiten Weltkrieges wurde er Angehöriger der 8. SS-Totenkopfstandarte. Als stellvertretender Bauleiter im KZ Auschwitz-Birkenau war der in der Nähe von Linz Geborene für die Planung der Holzbaracken, Gaskammern und Krematorien verantwortlich. Kurz nach dem Überfall auf Polen wurde mit der Errichtung des größten Vernichtungslagers auf polnischem Boden begonnen. Entlausungsstationen, Wachtürme, Bordelle, ärztliche Versuchsanstalten, Sterilisierungsstationen, Räume für die Genickschussanlagen, Folterkeller und Lagerhäuser mussten errichtet werden. Riesige Berge an Haaren, Kleidern, Schuhen und Brillen türmten sich in diesen Gebäuden auf. Die Häftlinge wurden an Firmen wie IG Farben „verleast". Mit dem Reingewinn wurde das Zweiglager Birkenau errichtet. Der Arbeitsaufwand für Ing. Ertl und seine Mitarbeiter war groß. Das Platzangebot für den jeweiligen Häftling umso geringer. *Zum Schlafen, Sitzen und Aufbewahren seiner Habe erhielt jeder Gefangene jetzt einen ‚privaten' Raum, welcher der Fläche eines großen Sarges oder dem Volumen eines flachen Grabes entsprach.* Für die Errichtung der Baracken dienten nun Bausätze für Pferdeställe. Der Platz für 52 Pferde musste für 400 Gefangene reichen. Allerdings erhielten die Pferde eine Belüftungsanlage, die Gefangenen nicht. Eine Waschbaracke wurde jeweils nur für 8000 Gefangene geplant. Infektionskrankheiten wie Ruhr und Typhus wurden seitens der Lagerleitung als *„Lösung eines*

---

11 Deutsches Architektenblatt: „Architekten in Auschwitz. Tiefpunkt der deutschen Architekturgeschichte" am 1. Dezember 2011
12 Thomas Albrich: „Der erste Auschwitz-Prozess gegen die Architekten des Todes Walter Dejaco und Fritz Karl Ertl 1972" in „Holocaust und Kriegsverbrechen vor Gericht"

Problems" in Kauf genommen. Die Latrinen waren Orte der Übertragung dieser Infektionen. In den Waschstuben wurden Stricke bereitgelegt, damit sollte der Selbstmord von Lagerinsassen ermöglicht werden. Wesentlich mehr Sorgfalt wandten Architekten wie Ertl für den Bau der Krematorien auf. Der Bedarf an Krematorien wuchs von Jahr zu Jahr. Spätestens 1941 begann der systematische Völkermord durch die deutsche Herrenrasse. Zunächst mit Erschießen, Erschlagen, Totspritzen und Ersticken. Den Soldaten wollte man das Dauermorden nicht mehr zumuten. Bereits vor der Wannseekonferenz wurde mit der industriellen Massenermordung experimentiert. Zyklon B wurde zunächst für die Entlausung der Insassen verwendet. Generalgouverneur Hans Frank brachte es in seiner zynischen Art auf den Punkt: *„Natürlich konnte ich in einem Jahr nicht alle Läuse und Juden vernichten."* Dieses Gleichsetzen von Juden und Läusen entsprach durchaus der Denkweise und der Ideologie der deutschen Herrenrasse. Der erste Versuch mit Zyklon B war für die verantwortlichen SS-Männer ein voller Erfolg. 900 russische Häftlinge wurden gemeinsam vergast. Ab nun drehte sich das Vernichtungsrad in Auschwitz immer schneller. Immer neue Öfen wurden angeliefert. Im Dreischichtbetrieb wurden die Ermordeten verbrannt. Lagerkommandant Höß forderte seine Architekten zu immer neuen Bautätigkeiten auf, die dann von den Lagerinsassen bewerkstelligt werden mussten. Ertl und seine Architekturkollegen wurden von 100 Polen unterstützt, die für sie zeichnen und messen mussten. Oberstes Ziel dieser Schreibtischtäter war wohl die Vernichtung der jüdischen Rasse. Von diesem Ziel getrieben expandierte das Vernichtungslager sehr schnell. Das Vergraben von 50.000 Ermordeten führte zu ernsthaften Trinkwasserproblemen, vor allem für die Zivilstadt. Diese Toten mussten wieder ausgegraben und verbrannt werden. Die Erfurter Firma Topf belieferte Auschwitz mit den Doppelöfen des *„Typs D-57253"*.
1943 verließ Fritz Ertl freiwillig die sichere Beschäftigung im KZ Auschwitz, um Soldat an vorderster Front zu werden. Seine Beweggründe dafür sind bis zum heutigen Tag weitgehend unbekannt. Geschah dieser Schritt

aus Gewissensgründen? Oder wollte er eine Beziehung zu einer Polin auf diese Weise beenden? Gegen Ende des Krieges geriet er in amerikanische Kriegsgefangenschaft, die allerdings von kurzer Dauer war. Anschließend arbeitete er wieder in der Linzer Firma seiner Familie. 1972 wurde er als „Architekt des Todes" angeklagt, aber freigesprochen.

Maria Mandl[13,14,15] wurde 1912 in Münzkirchen geboren. Nach dem Anschluss Österreichs an Deutschland verlor sie ihre Stellung bei der Post.

Ihr Onkel, ein bayrischer Polizeiinspektor, vermittelte ihr die Beschäftigung als Aufseherin. In der Folge durchwanderte sie verschiedene Konzentrationslager und stieg relativ schnell die Karriereleiter empor. Wegen ihrer Grausamkeiten erhielt sie von den Insassinnen bald den Beinamen „Bestie". Immer brutaler, immer sadistischer wurde ihr Umgang mit den inhaftierten Frauen. Mit dem Revolverknauf zerschlug sie die Kiefer vieler Frauen. Sie suchte Frauen für Menschenversuche aus. An freien Tagen nahm sie oft kleine Mädchen mit sich. Sie spielte dann mit ihnen, beschenkte sie mit Süßigkeiten und begleitete sie abschließend zur Gaskammer. Berüchtigt war auch ihre *„Stabprobe"*. Häftlinge, die den Stab berührten, kamen sofort in die Gaskammer. Als Sadistin war ihr keine Ermordung zu brutal. Zu ihren „Spezialitäten" gehörte es, den inhaftierten Frauen mit nur einem Hieb das gesamte Gebiss zu zerschlagen. Mit *„Vorliebe"* schlug sie den Frauen in den Unterleib. Gebärenden Müttern ließ sie die Beine zusammenbinden, damit wurde der „natürliche Tod des Säuglings und der Mutter" erreicht. Nach Auschwitz versetzt, wurde sie endgültig Herrin über Leben und Tod. Im „Vorbeigehen" erschoss sie Häftlinge und prahlte dann mit ihrer Zielsicherheit. Sie leitete jene berüchtigten Selektionen, die für die Ausgesonderten die Gaskammer bedeuteten. Auf ihr äußeres Erscheinungsbild legte sie größten Wert. Ihre Uniformen

---

13 Wikimedia: „Maria Mandl"
14 SalzburgORFat: „Pechmarie – Film über Massenmörderin im Kino"
15 Salzburger Nachrichten: „Die Bestie von Auschwitz im Kino"

ließ sie maßschneidern. Mit ihrer eleganten Uniform und eleganten Stiefeln saß sie auf ihrem Pferd, um die gequälten Frauen von oben herab zu demütigen. Bei ihren männlichen Kollegen galt sie als fesche Frau und Geliebte des Lagerkommandanten.

Selbst hielt sich Maria Mandl für eine kultivierte Frau, die gerne der Musik von Wagner und Beethoven lauschte. Sie schuf daher auch das Mädchenorchester von Auschwitz, das Hinrichtungen, Auspeitschungen und Appelle der Lagerleitung begleiten musste. Die Musikerinnen wurden besser behandelt als die anderen Insassen. Ihre Baracken waren sauber, sie bekamen bessere Verpflegung als die „normalen" Gefangenen. Nach Kriegsende floh sie in die Alpen. Bei ihrer Flucht kam sie noch einmal in ihren Heimatort Münzkirchen. Der eigene Vater verweigerte ihr den Zutritt zum Elternhaus. Rastlos war sie auf der Flucht, bevor sie im August 1945 von der US-Armee inhaftiert wurde. Sie wurde nach Polen ausgeliefert. Im Krakauer Auschwitzprozess wurde sie zum Tode verurteilt und am 24. Januar 1948 gemeinsam mit vier Männern hingerichtet. Der Körper der Gehenkten wurde zum Anatomie-Institut Krakau transportiert, wo sie als Anschauungsmaterial für die Studenten diente. Bis 2017 wurde sie als KZ-Opfer geführt. Schuld daran war eine „falsche Darstellung" der Marktgemeinde Münzkirchen an das Rieder Kreisgericht.

Franz Peterseil[16,17,18] darf als ein Prototyp eines opportunistischen Nationalsozialisten angesehen werden. Nicht die braune Ideologie interessierte ihn vordergründig, sondern eher die Tatsache, welche Vorteile er durch den Machtwechsel in Österreich lukrieren konnte. Der Sohn eines Bauern besuchte die achtklassige Volksschule und wurde mit 20 Jahren Soldat des österreichischen Heeres. In der Kaserne wurde er mit den Ideen der

---

16 Rundschau Urfahr Umgebung: „Linzer Polizeidirektor von der SS bei Gallneukirchen ermordet" am 13. März 2013
17 Brigitte Kepplinger: „Die Tötungsanstalt Hartheim 1940–1945"
18 Wikimedia: „Franz Peterseil. Eine nationalsozialistische Karriere". Grünbach 2003

Nationalsozialisten konfrontiert. 1933 wurde er als Korporal vom österreichischen Bundesheer wegen „moralischer Nichteignung" entlassen. Ab 1933 war er bei der jüdischen Familie Mostny als Fahrer und Hausdiener beschäftigt. Später kam er als Vertreter viel im Land herum und warb dabei eifrig für seine Partei. Als besonders eifriger Schläger der SA fiel er bei Saalschlachten und Straßenkämpfen der oberösterreichischen NSDAP-Führung auf. Für Delikte wie Anschläge auf das Eisenbahnnetz erhielt er in Summe zwei Jahre Gefängnis. Neun Monate davon verbrachte er im Anhaltelager Wöllersdorf. In der Zeit der Illegalität gehörte er bereits zum engsten Führungskreis innerhalb der oberösterreichischen NSDAP-Führung. Nach dem „Röhm-Putsch" verließ er die Schlägergruppe SA und wechselte zur SS.

Mit der Machtübernahme Hitlers in Österreich begannen für Peterseil goldene Zeiten. Am 12. März 1938 lag Peterseil nach einer Magenoperation im Linzer AKH: *„Es ist ganz unmöglich, bei Ankunft des Führers im Spital zu bleiben. Ich setze es durch, dass mich mein Adjutant mit dem Krankenauto ins Rathaus bringen lässt. Auf die Tragbahre gebettet, warte ich auf den Führer."* Gerichtsakt im Landesarchiv Linz. Er durfte sogar über den Lautsprecher zu den auf dem Hauptplatz versammelten 60.000 Menschen sprechen, und der Radioreporter, der live auf Sendung war, schrie begeistert: *„Selbst der kranke SS-Führer Franz Peterseil lässt es sich nicht nehmen, seinen geliebten Führer zu begrüßen."* Peterseil weiter in seinem Protokoll: *„Plötzlich höre ich von draußen den aufbrausenden Jubelruf,Sieg heil!' und,Wir danken unserem Führer!' und weiß, dass der Führer jeden Augenblick ins Zimmer treten kann. Ich erlebe den Höhepunkt meines Lebens, als der Führer zu mir herantritt, mir die Hand reicht und mit mir spricht."*

Aus dem einstigen Hochverräter wurde nun schnell ein anerkannter Reichstagsabgeordneter, aus dem gekündigten Korporal ein SS-Standartenführer (dieser Rang entsprach bei der Wehrmacht dem eines Obersts). Bei festlichen Anlässen trug er Blutorden, Ehrendegen und den Totenkopfring. Er gehörte damit in Oberösterreich zu den höchstdekorierten

NS-Funktionären. Als NS-Gauinspekteur war er ein wichtiger Mitarbeiter von Gauleiter Eigruber und verantwortlich für die Enteignung oberösterreichischer Stifte und Klöster und für die brutale Arisierung von Betrieben. Für die „ordentliche Beschäftigungspolitik im Mörderschloss Hartheim" warb er um Mitarbeiter. Für die Gaskammer besorgte er das dazu notwendige Gas. Die Brenner erhielten von ihm Schnaps. Diese mussten die durch die Gaskammern entstandenen Leichenberge durch das Verbrennen in den Öfen des Krematoriums abbauen. Bei so viel Ehre und Anerkennung vergaß er nicht, sich selbst zu bereichern. Seinen ehemaligen Arbeitgeber Mostny arisierte er kurzerhand. Sein neues Wirkungsfeld war ab nun dessen Likörfabrik in Attnang-Puchheim, sein neues Domizil das neben der Fabrik liegende Herrenhaus. Ab nun konnte er sehr viel Zeit für seine Lieblingsbeschäftigung, die Jagd, aufwenden. Als Revier dienten ihm mehrere Reviere des Stiftes Schlägl.

Bei der „Mühlviertler Hasenjagd" beteiligte er sich gleichzeitig als Jäger und Treiber. Mittels Lautsprecherwagen wurde die Bevölkerung vor den „gefährlichen Verbrechern" gewarnt. *Da sie für die Bevölkerung eine große Gefahr darstellen würden*, meinte die Lautsprecherstimme weiter, *müssten sie unverzüglich unschädlich gemacht werden. „Niemand darf gefangen genommen werden, alle sind sofort zu liquidieren."* Diesen Ausrufen war großer Erfolg beschieden. Gleich am ersten Tag wurden *300 Flüchtlinge zur Strecke gebracht, 57 von ihnen lebten noch.* Peterseil befehligte diese Jagdgesellschaft, zu der der Volkssturm, Feuerwehr, HJ und Gendarmerie zählten. Sogar der BDM (Bund deutscher Mädchen) wurde als Treiber aktiviert. Die Kriegsgefangenen, es waren keine Verbrecher, wurden nun wie Hasen mit Schaufeln abgeschlagen. Am Ende gelang nur neun die Flucht. Diese wurden von Bauern versteckt. Die aufgegriffenen Flüchtlinge wurden entweder sofort erschossen oder erschlagen. Die ermordeten russischen Offiziere wurden nach der Jagd als „Strecke" aufgelegt. Die beteiligten „Jäger und Treiber" kamen nach dem Krieg frei, weil sie sich auf den Befehl von Peterseil beriefen. Franz Peterseil hat laut einem Augenzeugen aus Wels auf der Flucht mit

Gauleiter Eigruber bei St. Pankraz im Pyhrngebiet einen jungen Leutnant, der befehlsgemäß die Autokolonne aufhalten wollte, erschossen. Während Eigruber verhaftet und später nach dem „Mauthausen-Prozess" in Landsberg / Bayern gehenkt wurde, konnte Peterseil untertauchen. Nach dem Krieg blieb er in seinem Metier. In München mutierte er als Herr Bergmann zu einem erfolgreichen Geschäftsmann. Als Inhaber einer Likörfirma und einer Wäscherei wurde er ein wohlhabender Mann. Vielfach drohte ihn die Vergangenheit einzuholen, allerdings zeigten sich die österreichischen Behörden taub hinsichtlich der Vergehen Peterseils während der NS-Zeit. Seine Anschrift in München war den österreichischen Beamten längst bekannt, trotzdem sah man keinen Handlungsbedarf. Peterseil konnte ein Haus in Julbach bauen, er erhielt sein Vermögen in Oberösterreich zurück und wurde 1957 amnestiert.

Am 12. November 1991 starb Peterseil, 85 Jahre alt. Seine Lebensgeschichte hat 2003 der Katsdorfer Heimatkundler Franz Gindlstrasser in einem Buch dargestellt.

Martin Gittmaier[19,20] wurde in den Nachkriegstagen erhängt im Rabenbergerholz in der Nähe von Tumeltsham im Bezirk Ried aufgefunden. In der Brusttasche des ehemaligen Kreisleiters von Ried, Gmunden und Freistadt fand sich ein Abschiedsbrief. Bereits zur Zeit der Illegalität war Martin Gittmaier ein eifriger Kämpfer. Durch das Zünden eines Papierböllers verletzte er in Ried einen Mitbürger schwer. Kaum hatte Hitler Ried verlassen, wurde der ehemalige Pferdeknecht zum Kreisleiter (entspricht heute etwa dem Bezirkshauptmann) bestimmt. Später wurde er als Kreisleiter nach Freistadt versetzt. Gegen Ende des Krieges versuchte er mit den Werwölfen (Volkssturm) das Unmögliche, den Vormarsch des Feindes zu stoppen. Alte Männer, Buben, Frauen und Mädchen waren mit Panzerfäusten und Maschinengewehren bewaffnet. Panzersperren wurden

---

19 Oberösterreichisches Landesarchiv: „Materialien NS-Biografien, Martin Gittmaier"
20 Gottfried Gansinger: „Nationalsozialismus im Bezirk Ried"

errichtet und Schützenlöcher ausgegraben. Beim Haus mit der Nummer 5 sollte die entscheidende Kriegswende eintreten... Im April 1945 wurden fünf Freistädter Bürger ermordet. Als Hauptauftraggeber wurde der Kreisleiter Martin Gittmaier beschuldigt. Als Kriegsverbrecher wurde nach dem Krieg nach ihm gefahndet.

Sippenhaftung, oder wurden die Kinder von Nazis automatisch wieder Nazis?

Weder Orten noch Familien sollte man die Schuld an der Existenz von Kriegsverbrechern geben. Braunau kann nichts für Hitler, Ried nichts für Ernst Kaltenbrunner und Münzkirchen schon gar nichts für Maria Mandl. Auch von Sippenhaftungen — von den Nazis mit Vorliebe angewendet — sollte man tunlichst keinen Gebrauch machen. „Einmal Nazi — immer Nazi" galt natürlich für viele Familienangehörige von Nazibonzen. In der Geschichte gibt es allerdings genügend Beispiele, die dem System Nationalsozialismus distanziert oder gar feindlich gegenüberstanden. Die Großnichte Heinrich Himmlers, Katrin Himmler,[21] wird nicht müde, über den Massenmord und deren Hintermänner zu reden. Dabei belastet sie auch die Brüder Heinrich Himmlers — also auch ihren Großvater — schwer.

Albert Günter Göring[22] wurde am 9. März 1895 in der Nähe von Berlin geboren. Als jüngerer Bruder des Reichsfeldmarschalls studierte er Maschinenbau und wurde später Geschäftsmann. Zum Unterschied von seinem Bruder war er ein deklarierter Gegner des Nationalsozialismus. Beide Brüder verbrachten sehr viel Zeit auf der Burg Mauterndorf im Lungau. Besitzer dieser Burg war der preußische Stabsarzt Ritter Hermann von Epenstein. Dieser soll auch der Vater von Albert Göring gewesen sein. Den Ersten Weltkrieg verbrachte Albert Göring als Nachrichtentechniker an der Westfront. Das Maschinenbaustudium beendete er 1923 mit „sehr gut". Seine erste Ehe, 1921 geschlossen, hielt nur zwei Jahre.

---

21 Katrin Himmler: „Die Brüder Himmler. Eine deutsche Familiengeschichte". Fischer. 2005
22 Wikimedia: „Albert Günther Göring"

Seine zweite Ehe hielt dann bereits 16 Jahre. 1925 wurde er Angestellter der Fa. Junkers & Co. 1928 ging er als deren Generalvertreter nach Wien. Aus Protest gegen die Nazidiktatur wurde er Österreicher. Nach dem Einmarsch der Deutschen in Österreich solidarisierte er sich mit den Juden Wiens, die unter den Repressalien der neuen Machthaber immer mehr litten. Sogar beim Schrubben der Straßen, das vor allem wegen der Demütigung der Juden veranlasst wurde, half er ihnen demonstrativ. Der SS-Offizier veranlasste darauf die Beendigung dieser Säuberungsaktion. Der Bruder des zweitmächtigsten Mannes im Reich sollte nicht in dieser demütigenden Position gesehen werden. „Fluchtpapiere" für Juden unterschrieb er mit „Göring". In diesem Fall war es auch keine Fälschung der Unterschrift, weil auch er den Namen Göring trug. Franz Lehars Frau und vielen anderen Verfolgten verhalf er zur Flucht ins Ausland. Als neuer Exportchef von Škoda verstärkte er noch einmal seine Aktivitäten als Fluchthelfer. Er unterstützte Sabotageakte gegen die deutschen Besatzer in der Tschechei. Seine Aktionen wurden dann immer dreister. Er schickte einen LKW in ein KZ, damit Arbeiter abgeholt werden sollten. In einem abgelegenen Gebiet hielt dann der LKW an und die „Arbeiter" konnten fliehen. Albert Göring wurde Stammgast bei der Gestapo und deren Gefängniszellen. Während des Krieges heiratete er eine tschechische Schönheitskönigin. Wegen seines Seitensprunges wurde diese Ehe kurz nach dem Krieg geschieden.

Bei Kriegsende stellte er sich der amerikanischen Armee und wurde prompt verhört und verhaftet. Zu unglaublich schien es der amerikanischen Spezialeinheit, dass der Bruder eines der mächtigsten Nazibonzen auf der Gegenseite gestanden war. Menschen, die er während des Krieges unter Lebensgefahr geholfen hat, zeigten Charakter und sagten zu seinen Gunsten aus. Nachdem alle Verdachtsmomente ausgeräumt waren, wurde er an die Tschechen ausgeliefert. In der Tschechei wurde er neuerlich mit vielen Vorwürfen konfrontiert. Ehemalige Škoda-Arbeiter verwendeten sich für ihn, auch eine Gestapo-Akte wurde aufgefunden. Nach drei Jahren der Haft war er 1947 wieder ein freier Mann.

1947 zog er mit der Familie nach Salzburg, nach dem Scheitern der Ehe nach München. Dort lebte er unter ärmlichen Verhältnissen. Wegen seines Namens wurde er von vielen gemieden. Die Verfolgten, denen er einst das Leben rettete, halfen ihm finanziell. 1966 starb Albert Göring an Krebs.

Martin Bormann jun.[23] war der Sohn des Sekretärs Hitlers im Ministerrang. Martin war das erste Patenkind Hitlers. Seine Kindheit verbrachte er am Obersalzberg und in der Reichsschule der NSDAP am Starnberger See. Ein Schlüsselerlebnis sei für ihn ein Besuch bei der Familie Himmler gewesen. Tische und Stühle seien aus Menschenknochen hergestellt gewesen, „Mein Kampf" mit „menschlichem Leder" eingebunden gewesen. Sein Vater war noch Trauzeuge bei der Hochzeit Hitlers mit Eva Braun. Wenige Stunden später beging das „Hochzeitspaar" Selbstmord. Drei Tage später folgte Bormann diesem Beispiel. Sein ältester Sohn wurde von „Begleitern" zu einem Bergbauernhof in der Nähe von Lofer gebracht. Dort wurde Martin Bormann jun. unter falschem Namen abgegeben. Die Querleitenbauersleute nahmen ihn wie das eigene Kind auf. Die auf dem Hof praktizierte Nächstenliebe und der Religionsunterricht in Maria Kirchenthal veranlassten ihn, sich 1947 taufen zu lassen. In diesem Jahr wurde er enttarnt und für kurze Zeit in eine Gefängniszelle gesteckt. Nach der Entlassung kam er ins Privatgymnasium der Herz-Jesu-Missionare in Liefering. Zu jener Zeit galt sein Vater noch als verschollen, sein Skelett wurde wesentlich später bei Bauarbeiten in Berlin gefunden. Der Junior hatte eine enorme Angst vor seinem Vater, der beim Militär und den anderen Parteigrößen sehr unbeliebt war, für den Fall, dass dieser von seinem Schritt erfahren würde. 1958 wurde er zum Priester geweiht. Drei Jahre war er als Erzieher in einem Internat tätig.

Jahre später ging ein ehemaliger Zögling von ihm an die Öffentlichkeit, er sei mit 12 Jahren von seinem ehemaligen Präfekten Bormann mehrfach sexuell missbraucht worden. Vor allem das Nachrichtenmagazin profil konfrontierte Bormann immer wieder mit diesem Vorwurf. Laut einem Mitbruder war dieser Kindesmissbrauch gar nicht möglich, weil Pater Bormann zu diesem Zeitpunkt bereits in Klagenfurt weilte. 2012 sprach die Opferschutzkommission dem „Opfer" eine fünfstellige Summe zu. Allerdings sei laut Opferschutzkommission damit keine Schuldfeststellung Bormanns verbunden.

---

23 „Martin Bormann jun. – Im Namen des Vaters" von Marianne Enigl am 3.1.2011

Viele Jahre verbrachte er als Missionar im Kongo und wurde mehrmals von Aufständischen entführt. 1969 wurde er bei einem Autounfall schwer verletzt. Eine Klosterschwester pflegte ihn aufopferungsvoll. Aus dieser Pflege wurde mehr und beide ließen sich von ihrem Gelübde entbinden. Die letzten Jahre bis zu seiner Pensionierung verbrachte er als Religionslehrer.

Während die Angehörigen der Nazigrößen oft jahrelang schuldlos inhaftiert waren, gelangten viele der wahren Täter bald wieder zu Amt und Würden. Richter, die während der NS-Zeit im Minutentakt Todesurteile unterzeichneten, benötigte man anscheinend nun dringendst, um in der Nachkriegszeit für „Recht und Ordnung" zu sorgen. Flugs wurde das Hakenkreuz von der Richterrobe entfernt, und schon hielt man die „Rechtswaage" wieder in den Händen.

Gustl Kaufmann[24,25,26] Berlin war im Jahr 1941 die pulsierende Hauptstadt des Reiches. Nach dem Sieg über Frankreich war die Stimmung in der Bevölkerung gut, obwohl Nahrungsmittel in Form von Lebensmittelkarten bereits rationiert wurden. In jedem Schaufenster war ein Porträt des Führers. Uniformierte prägten weitgehend das Straßenbild.

Im Café Kranzler am Kurfürstendamm herrschte Hochbetrieb. Einst von einem Wiener Zuckerbäckergesellen gegründet, gab es zur Melange eine echte Sachertorte. Drei Männer trafen sich wieder einmal zur „Rieder Runde". Ernst Kaltenbrunner war unter ihnen wohl der Mächtigste. Ihm unterstand die GESTAPO in der Ostmark. Er stand allerdings im Schatten von Heydrich, der beim „Chef" Himmler die besseren Karten hatte. Sein Freund war DI Anton Reinthaller, der Staatssekretär für Bergbauernfragen im Ministerium. Jeweils ein Schmiss im Gesicht zeigte, dass sie Mitglieder von schlagenden Verbindungen waren. Reinthaller

---

24 Brigitte Kepplinger: „Die Tötungsanstalt Hartheim 1940–1945"
25 Mitteilungen des Oberösterreichischen Landesarchivs, Band 19, S. 359: „Euthanasieanstalt Schloss Hartheim. Involvierung der Verwaltungs- und Parteiendienststellen des Reichsgaues Oberdonau in das Euthanasieprogramm." Von Josef Goldberger
26 Bitter-oe.1ORF.at

stammte aus Mettmach und war der Sohn eines Gutsbesitzers. Er galt als gemäßigt und geriet dadurch in den Gegensatz zu manchen Parteigenossen. Schon als Illegaler wanderte er in die Gefängnisse des Ständestaates. Als Dritter gesellte sich Gustl Kaufmann zu den beiden hochkarätigen Parteibonzen aus dem Innviertel. Adolf Gustav Kaufmann wurde am 20.12.1902 in Przemysl geboren. Als einfacher Eisenbahner machte er trotzdem Karriere bei der „Bewegung". Bereits 1923 trat er in die illegale Vorgängerpartei der NSDAP ein. 1935 wurde er aus Österreich ausgebürgert und erlangte die deutsche Staatsbürgerschaft. Von oben wurden ihm als Standartenführer wichtige Aufgaben übertragen. Er wurde zunächst Gauinspektor von Pommern und kam 1940 zur Abteilung T4. Dort sollte er für eine „Endlösung für lebensunwertes Leben" sorgen. Er wurde der Leiter der Inspektionsabteilung. In dieser Funktion suchte er zunächst Anstalten aus und sorgte für die nötigen Adaptierungen. Nach deren Inbetriebnahme inspizierte er regelmäßig die Tötungsanstalten. Bei einer Melange hatten die drei Männer aber wichtigere Themen als die „Tötung von Behinderten am Fließband".

Der Fahrer von Standartenführer Kaufmann erschien und machte ihn darauf aufmerksam, dass eine Besprechung in der Tiergartenstraße anstehe. Diese Villa im Diplomatenviertel war von einer Reihe von Botschaften umgeben. In lockerer Umgebung wurde über mehr Effizienz bei der Massenermordung von Behinderten gesprochen. Die Reichsdeutschen waren auch in diesem Punkt mehr als gründlich. Die Vergasung durch Kohlenmonoxid würde nur eine Minute dauern, eine Giftspritze würde mehr Zeit in Anspruch nehmen. Paul Nitsche machte darauf aufmerksam, dass viele Mitarbeiter unter den „Arbeitsbedingungen" bereits leiden würden. Tag und Nacht würden die Ermordeten in die Öfen geschoben werden. Der Leichengeruch sei allgegenwärtig. Zumindest eine dritte Ferienwoche im Erholungsheim Schoberstein am Attersee müsse angedacht werden. In diesem Haus wurde zwei Jahre vorher das Euthanasieprogramm „Aktion T4" beschlossen. An der Wand hing eine große Landkarte, die eroberten

Gebiete waren bereits unter „Deutschland" eingezeichnet. Unzählige Stecknadeln kennzeichneten jene Krankenhäuser, Waisenheime und Irrenanstalten, in denen „unnötige Esser" vernichtet wurden. Gustl Kaufmann war häufig Gast im Schloss Hartheim, das als besonders effizient galt. Viele „Klienten" erreichten dieses Schloss gar nicht lebendig, weil sie bereits in „Vergasungsautos" getötet wurden. Das Schloss wurde ursprünglich den Barmherzigen Schwestern vom Hl. Vinzenz von Paul geschenkt. Hier sollten „Schwach- und Blödsinnige, Cretinöse und Idioten" von ihnen gepflegt werden. 1938 meldeten die Nazis Eigenbedarf an. Nach der Besprechung gab es den obligaten Cognac.

Zwanzig Jahre später: Gustav Kaufmann gelang es zunächst, einen Persilschein zu erhalten. Er erhielt einen Job als Kontrolleur bei BMW und später als Kontrolleur für Laborgeräte. Sein ehemaliger Arbeitsplatz in der Tierparkstraße wurde 1943 durch einen Bombentreffer dem Erdboden gleichgemacht. Heydrich wurde bei einem Attentat schwer verletzt und starb wenige Tage später infolge der Verletzungen. Für Dr. Ernst Kaltenbrunner war diese Tat die große Chance für den beruflichen Aufstieg. Er wurde Stellvertreter von Heinrich Himmler und neuer deutscher Polizeichef. Beim Nürnberger Prozess wurde er zum Tode verurteilt. Als dritter Delinquent wurde er zum Henker geführt. Durch einen Konstruktionsfehler der Amerikaner war die Hinrichtung für Herrn Dr. Ernst Kaltenbrunner sehr schmerzvoll... DI Anton Reinthaller kam glimpflicher davon und erhielt als „Mittäter" einige Jahre Gefängnis. Nach seiner Entlassung wurde „Parteigenosse" Reinthaller erster Obmann der Freiheitlichen Partei Österreichs. Für den Kontrolleur von BMW war die Situation trotzdem nicht sehr angenehm. Er musste damit rechnen, dass seine Akten noch einmal genau kontrolliert werden. Spät, aber doch holte ihn die Vergangenheit ein. Erst 1967 begann der Prozess gegen ihn, weiters den Geschäftsführer von T4 und den Leiter der Gemeinnützigen Krankentransport GmbH. Im Juni 1967 erlitt Gustl Kaufmann einen Herzinfarkt. Das Verfahren gegen ihn wurde am 18. Verhandlungstag vorläufig und später endgültig eingestellt. Am 20. August 1974 verstarb Gustav Adolf Kaufmann in Freising.

Dr. Friedrich Kranebitter, der Schlächter von Charkow[27,28,29] Kranebitter wurde als Sohn eines Gendarmeriebeamten in der elterlichen Dienstwohnung im Schloss Wildshut, Gemeinde St. Pantaleon, geboren. Später übersiedelte die Familie nach Schärding, weil sein Vater Bezirkskommandant der Gendarmerie Schärding wurde. Nach der Volksschule besuchte er auf Wunsch des Vaters das Stiftsgymnasium Wilhering. Als Klassenbester musste er wegen seiner radikalen *„nationalen Umtriebe"* die Schule verlassen. Er wechselte an das Gymnasium nach Ried. In der schlagenden Verbindung *Conservative Semestral Verbindung Germania Ried* fand er seine politische Heimat. 1924 maturierte er in Ried und arbeitete anschließend bei der Sicherheitswache in Wien. Nach seiner Ausbildung begann er mit dem Jus-Studium, das er 1934 erfolgreich mit Dr. jur. beendete. Wegen seiner politischen Gesinnung – er trat 1931 der NSDAP bei – bekam er zunächst keine Anstellung. Er kehrte daher in seinen ursprünglichen Beruf als Revierinspektor zurück. Seine erfolgreiche Beteiligung an der Niederschlagung des Februaraufstandes führte zu einer Beförderung. Im Jahr des Bürgerkrieges wurde er Mitglied der SS. Seit 1929 war Dr. Kranebitter verheiratet. Dieser Ehe entsprangen zwei Töchter. Nach dem Anschluss Österreichs an das Deutsche Reich wurde er Mitglied der Polizeileitstelle Wien.

Sein Schwager, Josef Schmirl, wurde in Linz das erste Opfer der Nationalsozialisten.

Kranebitter wurde im April 1938 Leiter der Gestapo-Außenstelle in Wiener Neustadt. Als Dienstauto diente ihm ein Steyr 100. Dieses Auto wurde vorher „arisiert" und gehörte dem jüdischen Rechtsanwalt Dr. Stern.

---
27 heute: „Germania Ried feiert SS-Offizier Kranebitter". 2. Februar 2018
28 Fritz Bitter, das war Ihr Leben!
29 Falter 11/2014: „Bitter von Ludwig Laher"

Dieser Dr. Stern war nach dem Zweiten Weltkrieg wohl der bekannteste Advokat Österreichs. Er wurde zwar während des Krieges aus der deutschen Rechtsanwaltskammer ausgeschlossen, diente aber dem Regime als *„Rechtskonsulent für nichtarische Klienten"*. Er rettete damit sein Leben und das seiner Eltern. Die übrige Verwandtschaft wurde weitgehend in den Vernichtungslagern des Reiches ermordet. Nach dem Krieg stieg Michael Stern schnell zum führenden Strafverteidiger Österreichs auf. 1948 sorgte der Doyen der österreichischen Rechtsanwälte dafür, dass Dr. Friedrich Kranebitter mit einem Jahr Gefängnisstrafe mehr als glimpflich davonkam.

1942 wurde der SS-Sturmbannführer in die Ukraine abkommandiert. In der viertgrößten Stadt der Sowjetunion, Charkow, ließ er als Kommandant der Sicherheitspolizei Gaswagen einsetzen. In diesen „rollenden Gaskammern" starben die „Beifahrer" an den eingeleiteten Auspuffgasen. Dr. Kranebitter leitete Massenexekutionen, dabei wurden tausende Menschen an den Rändern von Gruben, die vorher ausgehoben wurden, erschossen. Auf direkten Befehl Kranebitters wurden 60 Kinder eines Kinderspitals *„in die Grube geschossen"*. Zynische Bemerkung Kranebitters: *Man brauche Platz für die deutschen Helden, die bei Kriegshandlungen verwundet wurden.* In Summe soll Dr. Kranebitter die Erschießung von 40.000 Menschen geleitet haben. Beim Anrücken der Roten Armee floh er rechtzeitig und setzte nun sein mörderisches Werk in Norditalien fort. Bekannt und „berühmt" wurde er durch das *„Bozener Massaker"*. In dieser Stadt wurde er von amerikanischen Soldaten inhaftiert. Er durchlief in der Folge einige Gefangenenlager. Mit Unterstützung von Dr. Michael Stern war er bereits 1949 wieder ein freier Mann. Er heuerte nun bei der „Oberösterreichischen Brandschaden", heute „Oberösterreichische Versicherung", als Angestellter an. 1957 starb er an Krebs. Auf seiner Pate stand: *„Sein Leben war nur aufopfernde Liebe und treueste Pflichterfüllung"* Erst zehn Jahre nach seinem Tod wurde das Ausmaß seiner Verbrechen vollständig bekannt. In seinem Buch „Bitter" zeichnet der Schriftsteller Ludwig das Leben dieses *Liebenden* nach.

Rudolf Lonauer[30,31,32] wurde 1931 Mitglied der NSDAP und zwei Jahre später der SS. Als „schlagender Burschenschaftler" verletzte er einen Kartellbruder bei einer Mensur tödlich. Sein Gesicht war ein Abbild der vielen gefochtenen Mensuren. Als überzeugter Nationalsozialist war er ein Anhänger der rassenhygienischen Gesetze. Ein gesundes Volk könne demnach nur durch Vernichtung alles Lebensunwerten und Minderwertigen entstehen. Beide Elternteile müssten mit reinrassigem Erbgut versehen sein. Das Ehepaar Lonauer war vom Nationalsozialismus beseelt. Bereits kurz nach dem Anschluss wurde der *„Spezialist für Geistes- und Nervenkrankheiten"* Anstaltsleiter der Landesheil- und Pflegeanstalt. Kurze Zeit später übernahm er auch die Leitung der Tötungsanstalt Hartheim in der Nähe von Alkoven. Als Fachgutachter entschied er über Leben und Tod der Menschen, die er selbst nie sah. Einziges Kriterium für seine Entscheidungen waren Meldebögen. Viele Tötungen nahm er durch Verabreichung von Spritzen selbst vor. Auch den Gashahn drehte er oft auf, um sein Volk von *„Minderwertigen zu befreien".* Die letzten zwei Kriegsjahre nahm er als Soldat an den Kämpfen und wohl auch an der Ermordung von Partisanen teil. Kurz vor dem Einmarsch der Amerikaner tötete er seine Frau, seine zwei kleinen Töchter und am Ende sich selbst.
August Eigruber[33,34,35] wurde 1907 in der Eisenstadt Steyr geboren. Der gelernte Feinmechaniker trat schon mit 15 Jahren der NSDAP bei. 1934 wurde er wegen seiner illegalen Tätigkeit bei der NSDAP für einige Monate ins Anhaltelager Wöllersdorf eingesperrt. 1935 wurde er Geschäftsführer

---

30 forum oö. geschichte: „Hartheim"
31 Sarah Kleinmann: „Nationalsozialistische Täterinnen und Täter in Ausstellungen. Eine Analyse in Deutschland und Österreich". Lern- und Gedenkort Hartheim auf Seite 119.
32 Wikipedia: „Dr. Lonauer"
33 forum oö. geschichte: „August Eigruber"
34 OÖNachrichten: „70 Jahre Kriegsende: Die tödlichen Parolen des August Eigruber"
35 profil: „Sadistischer Schlussakkord: Endkriegsverbrechen des Jahres 1945". Christine Zöchling, 14. März 1945

seiner Partei im Gau Oberösterreich. Im März 1938 trat er in die SA ein. Schon bald merkte er, dass Hitlers ehemalige Schlägertruppe 1938 nicht mehr opportun war, und deshalb wechselte er einige Monate später zur „Eliteeinheit SS". Bei der ersten persönlichen Begegnung dürfte Eigruber dem „Führer" mächtig imponiert haben. Ab nun war Eigruber Reichsverteidigungskommissar, Aufsichtsrat in den Steyr-Werken, Landeshauptmann und Abgeordneter im deutschen Reichstag. In den ersten beiden Jahren als Landeshauptmann war er mit der Verwaltung des Landes weitgehend überfordert.

Die Gründe für sein späteres Todesurteil erreichte er erst im Spätherbst seiner Macht. In dieser Zeit verfolgte er die Taktik der „verbrannten Erde". Die 500 entlaufenen russischen Kriegsgefangenen ließ er wie *„Karnickel abschlagen"*. Diese Flucht aus dem KZ ging als *„Mühlviertler Hasenjagd"* in die Geschichtsbücher ein. Gemeinsam mit Dr. Lothar Rendulic errichtete er jene Schnellgerichte, die unzähligen Menschen noch im letzten Kriegsmonat das Leben kosteten. Alle oberösterreichischen Insassen des KZ Mauthausen wurden auf seinen Befehl noch exekutiert. Tieferer Grund für diesen Befehl: Nach Kriegsende sollte es den Siegermächten schwerfallen, geeignete Politiker für einen Neuanfang zu finden. Eigrubers Credo war ab nun, dass die Niederlage Deutschlands keinen Sieg für die Feinde bedeuten sollte. Er wollte Ludendorffs *„Totalen Krieg"* in die Praxis umsetzen. Durch seine *Nero-Befehle* sollte ein zerstörtes Oberösterreich in Feindeshand fallen.

Die im Salzbergwerk gelagerten Kunstwerke wollte er deshalb vernichten lassen. Noch heute wird darüber diskutiert, wer diese Kunstwerke mit einem unschätzbaren Wert am Ende gerettet hat. Eine amerikanische Spezialeinheit, einheimische Partisanen, Salinenarbeiter oder gar der Kriegsverbrecher Dr. Ernst Kaltenbrunner?

Im Mai 1945 wurde er als letzter Deserteur von der US-Armee inhaftiert. Beim Nürnberger Prozess wurde er als Zeuge geladen. Für seine Endphasenverbrechen wurde er im Mauthausen-Hauptprozess zum Tode verurteilt. Als „Hausherr von Schloss Hartheim" wurde ihm die

Teilnahme an Exekutionen zum Vorwurf gemacht. Am 28. Mai 1947 fand er in Landsberg ein unwürdiges Ende. Er wurde just dort aufgehängt, wo einst sein Idol Hitler als Festungshäftling ein komfortables Leben führte.

Hans Frank[36,37] Wegen seiner Bedeutung für die NSDAP, aber auch wegen seiner Brutalität erhielt er die Beinamen *„Des Teufels Rechtsanwalt", „Schlächter von Polen", „Judenschlächter von Krakau"*.

Einen Teil seiner Kindheit verbrachte er in Rotthalmünster, das auf der bayrischen Seite des Inn liegt und etwa zwölf Kilometer von Obernberg entfernt ist. Sein Vater war ein weitgehend erfolgloser Rechtsanwalt, der selbst häufig mit dem Gesetz in Konflikt kam. Sein Sohn Hans, ebenfalls Jurist, vertrat Adolf Hitler etwa 150 Mal vor Gericht. Immer wieder tauchten Gerüchte auf, dass der Jude Frankenberger Hitlers Großvater gewesen sei. Es blieb nicht nur bei diesem einen Gerücht um Hitler. Schon damals wurde vor allem in der alliierten Presse behauptet, in der Verwandtschaft gebe es Fälle von Geisteskrankheit. Zumindest ein Fall aus der Verwandtschaft ist dokumentiert. Die Fachgutachten im Falle von Frau Aloisia Veit,[38] Großcousine Hitlers, wurden von „Fachärzten des III. Reiches" erstellt. Aloisia Veit stammte aus der Linie der Schicklgrubers. Sie arbeitete zunächst als Stubenmädchen. Wegen auffälligen Verhaltens wurde sie in die Anstalt „Am Steinhof" in Wien eingeliefert. Sie litt laut Patientenakte unter *schizophrener Geistesstörung mit Ratlosigkeit und Depression, Zerfahrenheit, Sinnestäuschungen und Wahnideen*. Sie wurde am 6. Dezember 1940 in die Tötungsanstalt Hartheim gebracht und in der Gaskammer ermordet.

Angela Maria „Geli" Raubal[39] war die Nichte von Adolf Hitler. Ihr Vater war Steueramtsoffizial, ihre Mutter die Halbschwester Hitlers. Nach dem

---

36 Die Welt: „Wo der Schlächter von Polen herrschte" von Sven Kellerhoff am 3.8.2010
37 Wikipedia: „Hans Frank"
38 Wikipedia: „Aloisia Veit"
39 Wikipedia: „Geli Raubal"

Tod ihres Vaters wurde Hitler ihr Vormund. Geli, die in Linz geboren wurde, machte als erstes Mädchen am Akademischen Gymnasium in Linz die Matura.

Das Medizinstudium brach sie frühzeitig ab und begann ein Gesangsstudium. Für die Kosten kam Onkel Adolf auf. Emil Maurice, Mitbegründer der SS und Hitlers Chauffeur, eröffnete Hitler die Absicht, Geli zu heiraten. Der Fahrer wurde daraufhin gekündigt. Als Vormund willigte Hitler in diese Eheschließung nicht ein. Ab 1929 zogen Hitler und seine Nichte in eine gemeinsame Wohnung. Am 18. September 1931 erschoss sich Geli mit einer Pistole von Hitler. Welche Gründe zum Selbstmord seiner Nichte führten, darüber kann nur spekuliert werden. War es der *„goldene Käfig"*, in den sie von Onkel Adolf gesperrt war? Ging das Verhältnis weit über eine normale „Onkel-Nichte-Beziehung" hinaus? Die mögliche sexuelle Liebesbeziehung musste dann spätestens bei der Machtergreifung des „Führers" vertuscht werden. Otto Strasser, ein Rivale Hitlers in der NSDAP, behauptete, dass Hitler seine Nichte Geli Raubal gezwungen habe, auf ihn zu defäkieren und zu urinieren.

Frank gelang es weitgehend, solche Vorwürfe zumindest vorübergehend zu entkräften. Als Justizminister von Bayern gelang ihm die Entmachtung der SA und ihres Führers Ernst Röhm. Später wurden Ernst Röhm und einige seiner Gefolgsleute ermordet. Die SA wurde damit weitgehend entmachtet, die SS übernahm deren Aufgaben.

Nach der Machtergreifung wurde Hans Frank oberster Jurist im III. Reich. Gemeinsam mit dem preußischen Justizminister Roland Freisler war er häufig in Österreich, um für den Anschluss zu werben. Von Bundeskanzler Dollfuß wurden sie des Landes verwiesen. Hitler reagierte mit der „1000-Mark-Sperre" auf das Verbot der Partei. 1934 besuchte Frank die Heimat seiner Kinderjahre. Bei dieser Gelegenheit wurde ihm die Ehrenbürgerwürde der Marktgemeinde Rotthalmünster verliehen. Bis zum Kriegsanfang konnte er wichtige politische Ämter an sich ziehen. Seine Macht konnte er durch seine Freundschaft mit Mussolini noch ausbauen.

Nach der Besetzung Polens wurde er zum Generalgouverneur des besetzten Polen. Als Schreibtischtäter ordnete er die Massendeportationen und -ermordungen von hunderttausenden Menschen an.

Durch Raub kam er in den Besitz von Gemälden von Leonardo da Vinci, Rubens und Rembrandt. Er war im Nürnberger Prozess[40] einer der 24 Hauptangeklagten. Durch eine „*Schmierenkomödie*", wie dies der eigene Sohn bezeichnete, wollte er seinen Kopf aus der Schlinge retten. Zum Unmut seiner Mitangeklagten legte er ein Teilgeständnis ab. Am 15. Oktober 1946 wurde der „Ehrenbürger von Rotthalmünster" gehängt. Seine Asche wurde in die Isar gestreut.

Franz Reichleitner[41] wurde 1906 in Ried im Traunkreis geboren. Nach dem Anschluss an Hitler-Deutschland wurde der gelernte Kriminalpolizist Mitarbeiter der Gestapo in Linz. Reichleitner lernte in Linz Franz Stangl, den späteren Kommandanten der Vernichtungslager Sobibor und Treblinka, kennen. Anschließend wurde er ins nahe Hartheim versetzt. In der Verwaltung der Tötungsanstalt war er für den „*ordnungsgemäßen Ablauf der Tötungen*" verantwortlich. Im November 1940 kam auch Franz Stangl nach Hartheim.

Die beiden Freunde teilten sich ein gemeinsames Zimmer. Als weitere Karriereschritte wurde Reichleitner Kommandant vom KZ Sobibor, Franz Stangl von jenem in Treblinka. 1943 wurden sie zur Partisanenbekämpfung nach Oberitalien abkommandiert. Am 3. Jänner wurde Reichleitner in der Nähe von Rijeka von Partisanen erschossen.

Der ehemalige Gestapo-Chef von Linz, Gerhard Bast, wollte auf der „Rattenlinie" nach Südamerika entfliehen. Bereits in Südtirol wurde er von seinem Schlepper ermordet und beraubt.

---

40 Der Stern: „Schamlos gierig und ohne jede Reue" von Gerda Marie Schönfeld
41 HTL Steyr. Gedenktag gegen Gewalt und Rassismus: „Franz Reichleitner – Der Massenmörder von Steyr" von Simon Kirchweger

NATIONALSOZIALISTISCHE „MÄRTYRER"

Es gab in der Menschheitsgeschichte wohl wenige Gewaltherrschaften, die derartig viele Märtyrer produzierten wie das nationalsozialistische Regime. Trotz oder vielleicht wegen dieser Tatsache waren die Nazis Großmeister im theatralischen Zelebrieren ihrer *„eigenen Märtyrer"*. Bereits 1931 legte der damalige Referent in der obersten SA-Führung, Edmund Heines, dem SA-Stabschef Ernst Röhm folgende Richtlinien für getötete SA-Männer vor: *Die Toten der SA müssen so geehrt werden und mit ihnen, soweit es der gute Geschmack erlaubt, ein derartiger Kult betrieben werden, dass das Sterben für die Bewegung nahezu erstrebenswert erscheint. Der tote SA-Mann muss der Bewegung noch einmal nutzen... Sofort nach der Ermordung eines Parteigenossen, nicht erst längere Zeit später, wenn das Ereignis nicht mehr aktuell ist, erscheint im Völkischen Beobachter und im Illustrierten Beobachter das Brustbild des Toten möglichst auf Seite 1... rührende Schilderungen der verwaisten Eltern, Familien, Geschwister und Bräute... von jedem Toten werden möglichst grausige Bilder (Schusslöcher...) aufgenommen werden. Bei Lichtbildervorträgen und Propagandaversammlungen sollten diese den deutschen Volksgenossen gezeigt werden.*

Nach der Machtergreifung wurden die Braunhemden, also die Schlägertruppe SA, nicht mehr benötigt. Die Führungsclique, damit auch Röhm und Edmund Heines, wurde von der SS ermordet. Beide Männer waren maßgeblich daran beteiligt, dass Hitlers NSDAP an die Macht kam. Nun wurden sie im Völkischen Beobachter als *„krankhafte Elemente"* und als *„Perverse"* geschildert.

In der Gegenwart haben die *„Blutzeugen der NSDAP"* bei den Ewiggestrigen nach wie vor Kultstatus. Es waren dann auch keine Zufälle, dass einige NSU-Morde in der Nähe von jenen Orten stattfanden, an denen die „braunen Märtyrer" entweder zu Tode kamen oder bestattet wurden.

1923 waren in Bayern die politischen Verhältnisse mehr als ungeordnet. Eine *„Los-von-Berlin-Stimmung"* war unter den Bürgern des Freistaates allgegenwärtig. Diese Stimmung reichte von der *Restaurierung des Königshauses* bis zur *Schaffung einer bolschewikischen Herrschaft* nach russischem Vorbild.

In diesen politisch labilen Zeiten trat Adolf Hitler vermehrt ins Blickfeld vor allem der bürgerlichen Kreise. Diese instabilen Zeiten wollten Hitler und seine Kumpane nützen, um durch einen Putsch an die Macht zu gelangen. Mit einem Revolverschuss an die Decke sorgte Hitler am 8. November 1923 im Bürgerbräukeller für die allgemeine Aufmerksamkeit der Saalbesucher. Auf einem Stuhl stehend verkündete er die *nationale Revolution*. Am folgenden Tag zogen die Putschisten vom Bürgerbräukeller[1,2] in Richtung *Feldherrnhalle*. Dort kam es zu einer Schießerei, die das Leben von vier Polizisten, dreizehn Putschisten und eines Schaulustigen forderten. Göring wurde im Bein und in der Lende getroffen. Auf allen vieren kriechend und in weiterer Folge in einem Sanitätsauto versteckt, gelang Hitler die Flucht, die ihn an den Staffelsee führte.

Nach seiner Verhaftung wurde er im „Hitler-Ludendorff-Prozess"[3] zu fünf Jahren Festungshaft verurteilt. Allerdings wurde dabei auch geltendes Recht missachtet. Nach § *9 des Republikschutzgesetzes*[4] hätte man Hitler als verurteilten Ausländer nach verbüßter Strafe ausweisen müssen. Bei der Verhandlung unterstellte der Ankläger *Hitler deutsches Denken und Fühlen, das sich durch rein vaterländischen Geist und edelsten Willen auszeichnete.*

Aus den fünf Jahren Festungshaft in Landsberg[5] am Lech wurden dann auch nur neun Monate. Seinen mitgefangenen Putschisten diktierte er einen Großteil des ersten Teiles von „Mein Kampf".[6] Bis zur Machtergreifung waren seine Bücher kein großer Erfolg. Bis 1944 wurden insgesamt 12,4 Millionen Exemplare verkauft. Damit ist „Mein Kampf" das mit Abstand

---

1 Hitlers Weg in den Krieg: „Der Bürgerbräu-Putsch 1923"
2 Wikipedia: „Hitlerputsch"
3 Historisches Lexikon Bayerns: „Hitler-Ludendorff-Prozess, 1924"
4 Landeszentrale für politische Bildung: „Hitlerputsch 8./9.11.1923"
5 Historisches Lexikon Bayerns: „Festungshaft Adolf Hitlers in Landsberg 1923–1924"
6 Die Welt: „Sechs Fakten zu ‚Mein Kampf', die man kennen sollte". Sven Kellerhoff am 8.1.2016

bestverkaufte Autorenbuch deutscher Sprache – bis heute. Insgesamt dürfte er mit „Mein Kampf" zwischen 1925 und 1945 etwa zwölf Millionen Reichsmark verdient haben. Das entspricht von der heutigen Kaufkraft her ungefähr 100 Millionen Euro. Steuerfrei – Hitler war von jeglicher Art von Steuern befreit. Durch den Verkauf der beiden Bände wurde Hitler, der nie einer geregelten Arbeit nachging, also mehrfacher Millionär.

Endgültig kam es nach der Machtergreifung zu einer Verklärung des an und für sich dilettantisch durchgeführten Putsches. In martialischen Totenfeiern trugen SS-Männer Blutfahnen und die Teilnehmer am Putsch Blutorden. Gemessenen Schrittes trat der oberste Feldherr zur Kranzniederlegung. Die getöteten Putschisten wurden bis Kriegsende als „*Blutzeugen der Bewegung*" geehrt und von der NS-Propaganda instrumentalisiert. Der Ehrentempel wurde 1945 von den Amerikanern gesprengt.

16 Jahre nach dem Putsch nützte der Handwerker Georg Elser[7] eine Gedenkfeier im Bürgerbräukeller zu einem Sprengstoffanschlag. Die Vorsehung oder eher der an diesem Tag herrschende Nebel schützte Hitler vor den Folgen. 13 Minuten vor der Explosion verließ er den Bürgerbräukeller und reiste statt des Flugzeuges mit der Bahn nach Berlin. Kurz vor Kriegsende wurde der Attentäter ermordet.

Horst Wessel.[8,9] Das Berlin des Jahres 1926 war ein Schmelztiegel der Migration, der Wirtschaftskapitalisten, des deutschen Proletariats, der Glücksritter und auch ein Hort der Kriminalität.

Es war aber auch gleichzeitig ein Hexenkessel von Armut und Reichtum (Goebbels: *Not, Hunger, fette Bonzen, magere Arbeiter*). Berlin wuchs nach dem Ersten Weltkrieg schnell, sprengte bald seine Stadtgrenzen. In diesem Jahr 1926 trat der 19-jährige Horst Wessel der NSDAP und auch der SA bei.

---

7 Deutsches Historisches Museum: „Das Attentat auf Adolf Hitler im Münchner Bürgerbräukeller 1939"
8 3sat: „Verklärter Nazi-Mythos. Das wahre Leben des Horst Wessel"
9 Spiegel Geschichte 9: „Berlin – Labor der Diktatur"

Er war Sohn aus gutem Haus. Der Vater war ein über die Grenzen Berlins hinaus bekannter Pastor und Prediger. Sohn Horst erbte sein Rednertalent. Er konnte überzeugen. Binnen kürzester Zeit schuf er aus Arbeitslosen, Kurzarbeitern und Oberschülern die SA-Schlägergruppe „Sturm 5". Sie nahmen bei ihren Umzügen die Schalmeien, Musikinstrumente, mit. Er, der zu jung für den Ersten Weltkrieg war, liebte die Provokation und vor allem den oft daraus resultierenden Kampf. Straßen- und Saalschlachten waren ab nun sein Metier. 1929 schrieb er für die Zeitung *Der Angriff* das Gedicht „*Die Fahne hoch, die Reihen fest geschlossen / SA marschiert / mit ruhig festem Schritt*". Die Melodie eines Seemannsliedes wurde dem Gedicht unterlegt und schon war das bekannteste Nazi-Lied geboren. Es gibt allerdings auch die Version, dass die Melodie von einem jüdischen Opernkomponisten verfasst worden sei. Am 14. Januar 1930 wurde Horst Wessel von Albrecht Höhler, Zuhälter und Krimineller aus dem kommunistischen Milieu, in den Mund geschossen. Die Hilfe durch einen jüdischen Arzt lehnte der Schwerverletzte ab. Es dauerte eine weitere Stunde, bis es zu einer ärztlichen Versorgung kam. Die Notoperation gelang zunächst, allerdings starb er fünf Wochen später an Blutvergiftung. Der Schütze wurde zunächst zu 6 Jahren Gefängnis verurteilt, während der NS-Herrschaft von der NS-Diktatur ermordet. Über die Hintergründe dieser Tat gibt es verschiedene Versionen. Tatsache war, dass der 22-jährige Student in ideologische und private Fehden verstrickt war. Bei seinem Begräbnis standen die „*Reihen dicht geschlossen!*". Wenige Stunden vor dem Begräbnis pinselten die Kommunisten „*Dem Zuhälter Horst Wessel ein letztes Heil Hitler*" an eine Hausmauer. Später wurden Szenen von der NS-Propaganda in den Film vom Trauerzug hineingeschnitten, die zeigen sollten, dass die Kommunisten den Trauerzug überfallen hätten und den Sarg von Horst Wessel rauben wollten. Tatsächlich war Wessel vor seinem Tod mit einer Prostituierten liiert, die er allerdings aus dem Milieu herausbringen wollte.

Nach seinem Tod wurde Wessel zum „*Märtyrer der Bewegung*" hochstilisiert. Krankenhäuser, Plätze, Schulen, Straßen und ganze Stadtteile wurden nach dem SA-Schläger und Lebensgefährten einer Prostituierten umbenannt. Goebbels wusste um die Bedeutung des „Märtyrers Horst Wessel" für die „braune Revolution". Der „Märtyrer Horst Wessel" war letztendlich eine Erfindung von Dr. Joseph Goebbels. Der verwöhnte Bürgersohn und braune Rabauke Horst Wessel wurde am „Ende Opfer des Milieus" und seiner eigenen Abenteuerlust. Bereits kurz nach seinem Tod wurde „sein" Lied die offizielle Parteihymne der NSDAP. Zwischen 1933 und 1945 bildete es nach dem Abspielen des *Deutschlandliedes* den *zweiten Teil der deutschen Nationalhymne.*

Horst Wessel war in weiten Teilen der Bevölkerung sehr populär. Bei Durchsicht auch der österreichischen Taufmatrikel der Jahre 1933 bis 1945 fällt auf, dass viele Kinder den Namen *Horst* erhielten. Noch heute gehört das Horst-Wessel-Lied wohl zum „völkischen Liedgut" der Neo-Nazis. Vor allem Goebbels erkannte die Bedeutung nationalsozialistischer Gassenhauer wie „Lili Marlen", „Das kann doch einen Seemann nicht erschüttern" und „La Paloma".

„Lili Marlen" wurde täglich vom Radiosender Belgrad um 21.57 Uhr vor den letzten Nachrichten gesendet. Die deutsche Heeresleitung ließ das Lied als zu „morbid und depressiv" vom Sender nehmen. Ein gewaltiger Proteststurm zwang die Heeresleitung zu einem Umdenken.

Der Fall Reder.[10,11] Walter Reder wurde am 4. Februar 1915 in der nordmährischen Provinz geboren. Nach dem Ersten Weltkrieg zog die Familie nach Steyr. In dieser Stadt besaß sein Vater eine Fabrik, 1928 musste die Firma allerdings Konkurs anmelden. Zwischen 1928 und 1931 wohnte Walter bei seiner Tante in Wien. In unmittelbarer Nähe ihres Hauses befand sich die Parteizentrale der NSDAP. 1932 kehrte er nach Linz zurück, um die Handelsakademie zu besuchen. Über die HJ gelangte er 1933 zur SS.

---

10 Dokumentationsarchiv des Österreichischen Widerstandes: „Am Beispiel Walter Reder. Die SS-Verbrechen in Marzabotto und ihre ,Bewältigung'"
11 Wikipedia: „Walter Reder"

Wegen diverser einschlägiger Delikte geriet er schnell in Konflikt mit dem Gesetz. Er wurde inhaftiert und der Besuch aller österreichischen Schulen wurde ihm in der Folge verwehrt. Ende Juni 1934 – also einen Monat vor dem Nazi-Putsch – emigrierte er ins Reich. In Deutschland schloss er sich der *Österreichischen Legion* an. Zu dieser Legion gehörten Alois Brunner[12] und Dr. Ernst Kaltenbrunner. In der *Braunschweiger Kaderschmiede der SS* erhielt er den „*Feinschliff*" zum SS-Führungsoffizier, im KZ Dachau seine erste Bewährungsprobe in der SS-Totenkopfstandarte. Sein Draufgängertum fiel seinen Vorgesetzten positiv auf, deshalb durchlief er relativ schnell die Karriereleiter der nationalsozialistischen Eliteeinheit. Bei der *Rückholung Österreichs und des Sudetenlandes heim ins Reich* beteiligte er sich aktiv. Weitere Stationen seiner Militärkarriere waren der West- und der Russlandfeldzug. Bei der Rückeroberung von Charkow erlitt er schwerste Verletzungen. Die rechte Hand war ab diesem Zeitpunkt gelähmt, der linke Unterarm musste amputiert werden. Nach seiner Genesung kehrte er relativ schnell zu seiner Einheit zurück. Mit dieser war er am brutalen Feldzug gegen italienische Partisanen beteiligt. Negativer Höhepunkt war dabei das „Massaker von Marzabotto". Unschuldige Kinder und Frauen wurden Opfer dieser großangelegten Lynchjustiz. Zwei Tage nach Kriegsende geriet er in US-Kriegsgefangenschaft. Nach zahlreichen Verfahren erhielt

---

12 Alois Brunner ging als Stellvertreter Eichmanns in die Geschichte ein. Er arbeitete beim „Wiener Modell" beratend mit. Dies war eine besonders effiziente Methode, um Juden vor ihrer Flucht oder Deportation auszuplündern. Er zog selbst mit einer Freundin in eine der arisierten Villen von Wien. Für den Tod von 128.000 Juden trug er die Schuld. Nach dem Krieg setzte er sich nach Syrien ab. In Abwesenheit wurde er mehrmals zum Tode verurteilt. Er soll der syrischen Geheimpolizei „beratend" zur Seite gestanden sein. Er unterwies sie in den Verhör- und Foltermethoden der Nazis. Allerdings waren ihm bereits einige Geheimdienste auf der Spur, doch Syrien wollte Brunner nicht ausliefern. Bei einem Briefbombenanschlag, bei dem zwei Postbeamte ums Leben kamen, verlor er ein Auge und drei Finger. Sein ehemaliger Chef Eichmann wurde inzwischen hingerichtet, für Brunner dürften unruhige Zeiten angebrochen sein. 2001 dürfte er in Damaskus gestorben sein.

er eine lebenslange Festungshaft in Gaeta.[13] Seit 1952 erhielt er zwar die österreichische Kriegsversehrtenfürsorgerente, Bemühungen Österreichs um eine Begnadigung des letzten österreichischen Kriegsgefangenen blieben zunächst erfolglos.

Seit 1970 bemühten sich alle österreichischen Parteien um die Freilassung Reders. Weniger humanitär waren ihre Beweggründe, sondern eher Angst, dass Reder in Gaeta sterben und damit ein weiterer nationalsozialistischer Märtyrer geschaffen würde.

Im Jahre 1985 wurde er endgültig begnadigt. Wie ein Staatsgast wurde Reder vom damaligen österreichischen Verteidigungsminister Frischenschlager empfangen.

Dieses Szenarium ging als die „Frischenschlager-Reder-Affäre"[14] in die österreichische Geschichte ein. Diese Affäre sollte nur eine Ouvertüre zur „Waldheim-Affäre" werden, die ein Jahr später folgte.

Die Achtzigerjahre des vorigen Jahrhunderts waren reich an „Pleiten-, Pech- und Pannenskandalen". AKH, Lucona, Glykol-Wein, Reder, Noricum sind Synonyme für jene Sümpfe, die der damalige Bundespräsident Dr. Rudolf Kirchschläger trockenlegen wollte. Von vielen Grünen wurde die Aussage nur deshalb kritisiert, weil man Sümpfe nicht trockenlegen sollte.

Die ersten Wochen in Freiheit verbrachte Reder im Stift Schlägl. Es war der ausdrückliche Wunsch der damaligen Regierung, Reder möglichst schnell aus dem Spektrum des öffentlichen Interesses zu bringen. Dieses Unterfangen gelang dann auch weitgehend. Seine restlichen Jahre verbrachte er meistens unter seinesgleichen. Bei diversen Kameradschaftstreffen wurde er als Kriegsheld herumgereicht. Bis in die Gegenwart genießt er in gewissen

---

13 Gaeta liegt südlich von Rom. SS-Standartenführer Herbert Kappler und der SS-Sturmbannführer verbrachten eine Haft in einer durchaus angenehmen Umgebung. Beide teilten sich eine Dreizimmerwohnung mit Küche, Duschbad und zwei Terrassen. Ein sizilianischer Bursche kochte und wusch für sie.

14 Der Handschlag zwischen Reder und dem österreichischen Verteidigungsminister Friedhelm Frischenschlager ist bis heute allgegenwärtig. Frischenschlager musste sich wegen des Handschlags vor dem Parlament verantworten.

Kreisen Kultstatus. Wegen seiner langen Haft wird er als „*Märtyrer der Bewegung*" gesehen. Seine letzte Ruhestätte fand er in der Traunseestadt Gmunden. Sein Begräbnis wurde zu einer Großkundgebung der „alten Kameraden". Der damals schon schwerkranke Thomas Bernhard kritisierte jene österreichischen Politiker, die durchaus ein distanzloses Verhältnis zu Major Walter Reder pflegten. Er meinte wohl jene Politiker, die es als ihre Pflicht ansahen, Reder jährlich Weihnachts- und Neujahrsgrüße nach Gaeta zu senden.

Wenn ein nationalsozialistischer Funktionär während des Krieges als Soldat ums Leben kam, wurde diese Tatsache der Umwelt mit größtem Pathos zur Kenntnis gebracht. Am Heiligen Abend des Jahres 1941 kam der Ortsgruppenleiter von Obernberg am Inn bei Kampfhandlungen ums Leben. Am Beginn des Jahres 1942 erschien in den Rieder Heimatblättern, ehemals Rieder Volkszeitung, folgender Nachruf:

Tod eines Helden. Am 24. Dezember 1941 ist unser Ortsgruppenleiter, Parteigenosse..., Angehöriger der SS, an der Ostfront den Heldentod gestorben. Schon von früher Jugend an war er in die Reihen der HJ eingetreten und hat sich in der illegalen Zeit für die Ideen des Führers eingesetzt. Nichts konnte ihm seinen Glauben an den Sieg der nationalsozialistischen Weltanschauung nehmen. Er ertrug stolz und mit lächelnder Miene die Haft, die ihm seine Gesinnung eintrug. Alle Leiden und Opfer, die er ertragen musste, fanden ihre Krönung mit der Heimkehr der Ostmark ins Reich. Für seine Arbeiten in der HJ erhielt er das Goldene Ehrenzeichen und für die Verdienste um den Anschluss der Ostmark die Medaille zum 13. März. Auf Grund dieser Tatsachen hätte niemand besser zur Leitung der Ortspartei gepasst. Als nun der Ruf des Führers kam, in die Wehrmacht einzutreten, folgte er diesem mit derselben Begeisterung. Im nun folgenden Daseinskampf des Reiches machte er alle Feldzüge mit. Trotz der vielen Strapazen schrieb er nie eine Klage, sondern immer wieder spiegelten sich in seinen Briefen sein Kampfesmut und sein Glaube an den Sieg. Im Balkanfeldzug erhielt er für seine Tapferkeit das Eiserne Kreuz II. Klasse. Im Kampfe gegen Bolschewismus krönte er nun diesen Kampf für den Führer und das Reich mit dem Heldentod. Vor ganz kurzer Zeit wurde er vom Gau Oberdonau zum Obergemeinschaftsführer ernannt. So bitter nun dieser Verlust für die Ortsgruppe auch ist, so dürfen wir nicht wehklagen, sondern müssen in stolzer Trauer sein Werk fortsetzen. Mit seinem Heldentod hat er das größte Opfer des Kämpfers erbracht. Wir wollen ihm stets ein ehrendes Andenken bewahren und seinem Beispiele folgen, das uns verpflichtet zum größten Einsatz und höchster Opferbereitschaft für Führer, Volk und Großdeutschland.

„Totenbilder" beklagten ab September 1939 millionenfach das Hinscheiden eines Soldaten. Eines sollte zitiert werden, um die Problematik der „Heldenverehrung" aufzuzeigen:

„*Zum Andenken an unseren lieben unvergeßlichen Sohn, Bruder, Bräutigam, Enkel und Schwager Obergrenadier Pg... welcher am 9. November 1944 bei den schweren Kämpfen an der Westfront für Führer, Volk und Vaterland im 36. Lebensjahr den Heldentod gestorben ist. Seine Sehnsucht auf ein Wiedersehn, seine Liebe zur Heimat und zu Deutschland liegen mit ihm in kühler Erde begraben.*

Die Nationalsozialisten waren Großmeister im Bilden von Heldenmythen. Der Märtyrertod ihrer Soldaten wurde hochstilisiert, Begräbnisfeierlichkeiten fanden weitgehend ohne Leichnam statt. Die „gefallenen Soldaten" wurden oft nur notdürftig verscharrt. Aber solche Details durften nicht erwähnt werden, da dies in den Augen des Regimes „Heimtücke" bedeutet hätte. Die Kapitulation wurde hinausgezögert, da die „Wunderwaffe" noch eine Wende bringen sollte. 250.000 Österreicher blieben auf dem *Feld der Ehre*, 100.000 österreichische Landser kehrten als Krüppel zurück.

DIE ZEIT VOR UND NACH 1945

Das „tausendjährige Reich" endete bereits nach 12 Jahren in einem Meer aus „Blut und Tränen". 65 Millionen Menschenleben kostete dieser Krieg. Hitler entzog sich durch Selbstmord seiner Verantwortung. Am 8. Mai 1945 um 23 Uhr endete der Krieg in Europa. Nach mehr als fünf Jahren Krieg schwiegen nun die Waffen. Am 2. September endete mit der Kapitulation Japans der Zweite Weltkrieg auch im pazifischen Raum. Es ist eine Ironie der Geschichte, dass die Amerikaner durch den Abwurf zweier Atombomben die Japaner zu der Kapitulation zwangen. Beteiligt an der Entwicklung dieser „Wunderwaffen" waren auch jüdische bzw. deutsche Wissenschaftler...

Es gab wahrscheinlich nie die berühmte „Stunde null", in der der schrecklichste Krieg aller Zeiten ein Ende fand. Für viele endete er bereits vor dem Krieg, weil ihnen die Flucht in ein sicheres Land gelang. Mit Kriegsende begann die Stunde der Sieger. Mit der Stunde null begann aber für viele erst das Martyrium. Es waren nun vor allem die Frauen, die einen hohen Preis für Hitlers Größenwahn zahlen mussten. Vergewaltigungen, Morde und Plünderungen gehörten ab nun zur Tagesordnung. Eine riesige Völkerwanderung bewegte sich durch Europa. Heimatlose, Entwurzelte, Ausgebombte, Evakuierte und auch Kriegsverbrecher suchten täglich einen neuen Schlafplatz.

Jeder empfand „sein persönliches Kriegsende" zu einem anderen Zeitpunkt. Während die Einwohner in Wien anlässlich der Niederringung des Faschismus den Donauwalzer tanzten, gab es in Oberdonau noch unzählige „Endzeitverbrechen". Es war aber auch eine Zeit der Rückschau:

Deutsche Kriegspropaganda 1943

Spätestens 1943 glaubten nur mehr wenige Fanatiker an den Endsieg. Resignation breitete sich wie ein unsichtbares Gespenst über das Land. Den Sinneswandel behielt man lieber für sich. Das Überwachungssystem der Nazis funktionierte – noch – hervorragend. Jedes Wort beim Anstellen um die Lebensmittelration musste wohldurchdacht sein. Der Defätismus war zwar allgegenwärtig, aber diesen behielt der Bürger lieber für sich. Der Hitlergruß war längst alltäglich geworden, auch wenn der Grüßende und der Gegrüßte Hitler innerlich verfluchten. Die Wochenzeitung „Rieder Heimatblätter" verbreitete nach wie vor die Mär von der Wunderwaffe.

Kriegsweihnachten 1944, Rieder Heimatblätter

Sie sollte den Endsieg bringen. Die Kriegsmüdigkeit war überall spürbar. Es herrschte Ernüchterung im Land. Der Hitlerismus brachte nur Not, Leid und Schrecken. Die Koffer waren längst gepackt. Nein, nicht für eine Reise, sondern für den nächsten „Fliegeralarm". Das Regime hielt bis zum Ende Wort. Der Krieg wurde tatsächlich noch „totaler". Die Kriegsniederlage war nicht mehr zu vermeiden, trotzdem wurden die Soldaten noch in einen sinnlosen Tod geschickt.

Mit großer Zuversicht ins Kriegsjahr 1945, Rieder Heimatblätter

Der Januar 1945 war mit 450.000 gefallenen Soldaten der verlustreichste Monat im Zweiten Weltkrieg. Bis zum Kriegsende fielen noch einmal eine Million Soldaten. Der Tod kam nun vermehrt aus der Luft. In den letzten acht Monaten des Krieges fielen ¾ aller Bomben. Alleine in Österreich starben 20.000 Menschen bei Luftangriffen. Die Wehrmacht war nur noch auf dem Papier stark. An Truppen, Waffen und Material waren ihr die Gegner um ein Vielfaches überlegen. In Ostpreußen standen die deutschen Einheiten teilweise einer zwanzigfachen Übermacht der Roten Armee gegenüber. Seit Frühsommer 1944 besaßen die Alliierten die absolute Luftüberlegenheit.

Die vielen Todesanzeigen in den Wochenzeitungen von den „gefallenen Helden" im Bezirk rückten die Wahrheit schon eher zurecht. Der Bürger des Landes hörte den „Feindsender" mit der Decke über dem Kopf. Der „Feind" kam unaufhaltsam näher. Es herrschte Unklarheit darüber, wer denn der „Befreier von den Befreiern" werden würde. Der Widerstandswille reduzierte sich meist auf die geballte Faust, die der gelernte Österreicher lieber in seiner Manteltasche behielt.

Auch der Zorn auf die „Piefkes" wuchs ständig. Innerhalb eines halben Jahrhunderts wurde bereits der zweite Krieg mit ihnen verloren. Die Ressentiments gegen die Nordlichter wuchsen merklich. Nur der „Mythos Hitler" hielt sich lange Zeit unbeschadet. Hitler wurde vieles nachgesehen und entschuldigt – er habe nur die falschen Ratgeber um sich.

Die verlorene Schlacht um Stalingrad war nicht nur der endgültige Wendepunkt für die deutsche Kriegsführung, sondern auch der Stern Hitlers befand sich ab nun im Sinkflug. Hitler war zeit seines Lebens ein Karl-May-Fan. Kurz vor dem Tod Karl Mays sah Hitler diesen 1912 bei einer Lesung in Wien. Sein Held Old Shatterhand besaß die Wunderwaffe. An die „Hoffnung Wunderwaffe" klammerten sich Hitler und seine Verbrecherclique verzweifelt. Am Ende zerplatzte auch diese Hoffnung wie eine Seifenblase.

Das Jahr 1945 sollte das letzte Kriegsjahr werden. Der „totale Krieg" wurde noch totaler, die Durchhalteparolen wurden noch „durchhaltender". Immer mehr Frauen erschienen beim Gottesdienst in Trauerkleidung. Viele hielten sich schlichtweg nur mehr für betrogen. Sie glaubten einst an die Verlockungen und Versprechungen des Regimes. Sie waren daher der Partei beigetreten. So wie es viele vor ihnen und nach ihnen getan hatten. Im Nachhinein war die „Volksgemeinschaft" nur eine Fata Morgana, eine hinterhältige Schimäre. Die Reichen wurden durch den Krieg oft noch reicher, die Armen noch ärmer. Viele schämten sich schlichtweg, weil sie den Verführungen und Versuchungen der „Teufel in Menschengestalt" erlegen waren. *Den dazu passenden Fuß habe Goebbels,* merkte eine Linzerin beim Anstellen für eine neue Fahrradkette an. Nach der *„Festung Europa"*, der *„Festung Deutschland"* wurde nun die *„Alpenfestung"* verteidigt. Der Ost- und der Atlantikwall wurden von den gegnerischen Armeen schnell überwunden.

Der eigene Ort wurde zum Kampfgebiet auserkoren. Hier sollte die Wende geschehen, die Feinde in die Flucht geschlagen werden. Panzersperren wurden errichtet, Schützengräben ausgehoben, Brücken und Kraftwerke vermint. Ein Durchhaltebefehl folgte auf den anderen.

Es war die Zeit des Grabens und des Verbrennens. Schützenlöcher erhielten größte strategische Bedeutung. Belastendes wie Hakenkreuzfahnen, das Buch „Mein Kampf", das Mutterverdienstkreuz in Silber, das Hitlerporträt wurde entweder verbrannt oder vergraben. In den Gemeindeämtern herrschte aufgeregte Betriebsamkeit, um den „Sperrmüll der Geschichte" zu entsorgen.

Hochzeitsgeschenke in Form von „Mein Kampf" wurden nicht mehr benötigt und als Heizmaterial verwendet. Nach der Bibel war es das in der ewigen Bestsellerliste Deutschlands am häufigsten gedruckte Buch. Oberdonau wurde in den letzten Kriegstagen immer mehr zum Kriegsgebiet.

Es gab vermehrt Luftangriffe gegen strategische Ziele im Lande. Gauleiter Adolf Eigruber[1] verfolgte die *„Taktik der verbrannten Erde"*. Anfang April 1945 erhielt Dr. Lothar Rendulic[2] den Oberbefehl über die Heeresgruppe Süd/Ostmark.

Während viele Nazigrößen wie Göring, Kaltenbrunner und Himmler versuchten, sich mit den Alliierten ins Einvernehmen zu setzen, ließ der brutale Gauleiter von Oberdonau in den letzten Kriegstagen entsetzliche Verbrechen verüben. Kriegsmüde Zivilisten, die die weiße Fahne hissten, entflohene Häftlinge aus Mauthausen und Deserteure wurden gnadenlos liquidiert. Niemand sollte vorschnell den Waffen enteilen. „Drückeberger" wurden gnadenlos vor ein Schnellgericht gestellt und wenige Minuten

---

1 Spiegel vom 8. Mai 2005
2 OÖNachrichten v. 13. April 2015: „Der Mann, der für Hitler die Ostmark halten sollte.

später von meist minderjährigen Soldaten erschossen. Menschen wurden nur deshalb ermordet, weil dadurch ein Wiederaufbau Oberösterreichs erschwert werden sollte.

Am 5. Mai 1945 musste Dr. Rendulic die Kapitulationsurkunde im Schloss St. Martin im Innkreis unterzeichnen. Rendulic erschien dabei bereits ohne „Führerbärtchen". Zwei Tage vorher wurde die Stadt Braunau von den Amerikanern eingenommen. Auch diese Nachricht nahm die Bevölkerung weitgehend apathisch entgegen. Nur für wenige begann ein nebuloser Führerkult. Schuld an der Niederlage sei nicht er gewesen, sondern unfähige Offiziere und korrupte Politiker.

Hitler hat in Oberösterreich wenig hinterlassen. Ein verfallenes Geburtshaus, aus dem die Eigentümerin mit der Tatsache, dass in diesem Haus einst einer der größten Verbrecher der Weltgeschichte geboren wurde, Kapital geschlagen hat. Das Konzentrationslager Mauthausen mit seinen 48 Nebenlagern. Viele dieser Nebenlager wurden inzwischen dem Erdboden gleichgemacht. So blieb von den „Zwillingslagern" Gusen I und Gusen II de facto nur wenig übrig. Schmucke Einfamilienhäuser und Wohnblöcke traten an die Stelle der Lagerbaracken. Nur in der Kulturhauptstadt Linz erinnert noch vieles an Hitler: die beiden „Brückenkopfgebäude" als Abschluss des Hauptplatzes, die Nibelungenbrücke, die Löwen vor dem Hauptbahnhof, die Hitler-Wohnbauten und am Ende noch die VOEST. Im Buch „Der Bischofshof im Visier der NS-Gauleitung"[3] weist Diözesanbischof Manfred Scheuer darauf hin, dass es in Linz eine Geografie des Grauens, eine Kartografie des Schreckens in Linz gegeben habe. Im Bischofshaus in Linz, Herrenstraße 19, habe Bischof Johannes Maria Gföllner seinen Hirtenbrief „Über den wahren und falschen Nationalismus" geschrieben. Am Eingang des Bischofshofes wurde Franz Ohnmacht verhaftet. In der Bischofsstraße, Ecke Herrengasse lebte von 1914 bis 1934 Adolf Eichmann, der „Regisseur" der Judenvernichtung. Im Haus

---

[3] Manfred Scheuer: „Der Bischofshof im Visier der NS-Gauleitung". Wagner Verlag in Linz.

Bischofsstraße 7 lebte der Süßwarenerzeuger Karl Schwager, der 1936 Präsident der jüdischen Kultusgemeinde in Linz war.

Linz profitierte von den Wirtschaftsleistungen der Nazis wesentlich mehr als Wien. In Wien verbrachte Hitler seine „verlorenen Jahre". Als Arbeitsloser vegetierte er in Notschlafstellen. In dieser Stadt erlebte er seine größten Demütigungen. Als Strafe dafür sollte Wien zur Provinzstadt degradiert werden. Linz dagegen sollte zu einer Kultur- und Wirtschaftshauptstadt aufgewertet werden. In dieser Stadt wollte er nach vollendeter Mission – Niederringung des Bolschewismus und Vernichtung der jüdischen Rasse in Europa – seinen Lebensabend verbringen.

Zudem erinnern die Kriegerdenkmäler in jeder Gemeinde im Lande daran, dass vor allem junge Männer einen hohen Blutzoll bezahlen mussten. Nur wenige waren gekommen, um die Alliierten als Befreier zu begrüßen. Nach diversen „Läuterungen" im Lager Glasenbach[4] betätigte Rendulic sich als Militärhistoriker. Als solcher wiederholte er immer wieder seine Kernaussage. Die „Guten" seien die Angehörigen der Wehrmacht, die „Bösen" jene der SS gewesen. Soldaten, die während der Feldzüge Fotoapparate mit sich führten, scheuten oft nicht davor zurück, ihre schrecklichen Taten auch noch zu fotografieren und damit zu dokumentieren. Die letzten Kriegstage und die ersten Friedenstage waren gezeichnet vom vollkommenen Chaos. Standgerichte begingen ihre letzten Verbrechen, Plünderungen, unzählige Selbstmorde der einstmals Mächtigen, gewaltsame Übergriffe der Besatzungssoldaten, blindwütige Zerstörungswut der einstmals Geschundenen. Das Mühlviertel wurde von der Roten Armee „befreit". Befreiung hieß dabei aber oft Plünderungen und Vergewaltigungen.

---

4   Salzburger Nachrichten: „Das Lager Glasenbach war ein Internierungslager der Amerikaner für Nazi-Verdächtige im Stadtgebiet von Salzburg.

DIE NACHKRIEGSZEIT

Generaloberst Alfred Jodl unterzeichnete am 7. Mai 1945 in Reims die bedingungslose Kapitulation. Auf Verlangen von Stalin musste dieser formale Akt in seiner Anwesenheit wiederholt werden. Generalfeldmarschall Wilhelm Keitel unterzeichnete die Kapitulationsurkunde am 9. Mai 1945 in Berlin. Das „Kriegsende" wurde von den Historikern später mit dem 8. Mai 1945 festgelegt. So wie es beim offiziellen Kriegsende Divergenzen gab, so traten diese auch bei den einzelnen Bürgern auf. Jeder erlebte die „Stunde null" zu einem anderen Zeitpunkt. In vielen Zeitgenossen lebte das Gedankengut der „Kellernazis" in ihren Köpfen weiter.

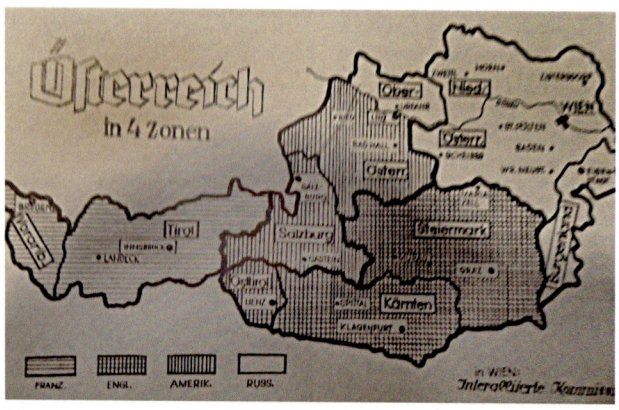

Österreich wurde von den Siegermächten in vier Sektoren geteilt. OÖLA

Diese Rückschau wurde aber oft schnell durch ein kollektives Vergessen ersetzt. Die von den Siegermächten auferlegte „Kollektivschuld" wurde von weiten Bevölkerungskreisen nicht zur Kenntnis genommen. Und wenn schon, dann war man als Österreicher in dieser Zeit des Grauens mehr Märtyrer als Täter. Die Verbrechen, die im Namen des deutschen Volkes begangen wurden, waren in ihrer Dimension einfach unvorstellbar. Die Abholung der jüdischen Nachbarfamilie wurde zwar einst zur Kenntnis genommen, aber man glaubte – wohl gegen besseres Wissen – an eine

Umsiedlung der Familie. Die „blinden Flecken" im Erinnerungsvermögen wurden von Tag zu Tag größer. Die Mehrheit der Bevölkerung behalf sich mit dem Verdrängen und Vergessen des Geschehenen. Dieses kollektive Vergessen war dann anscheinend auch notwendig, um die trostlose Lage in der Nachkriegszeit bewältigen zu können.

Die Kriegsgefangenen wurden in den Gefangenenlagern der Alliierten schonungslos mit den Schandtaten, die im Namen des deutschen Volkes begangen wurden, konfrontiert. In Filmen wie „Die Todesmühlen" wurden ihnen die aufgetürmten Leichenberge von Auschwitz gezeigt. Diese Filme dokumentierten die Verbrechen der SS, aber auch die der Wehrmacht.

Oberösterreich war nach 1945 ein zerstörtes Land. Große Zerstörungen gab es bei der Infrastruktur. Viele Streckenabschnitte der Eisenbahnlinien waren zerstört, zusätzlich waren auch viele Lokomotiven und Waggons durch Luftangriffe vernichtet worden. Städte wie Linz, Steyr, Wels und Attnang-Puchheim wiesen große Schäden vor allem bei den Gebäuden auf. Die „ersten Touristen" waren Fotografen aus aller Welt, die die bizarren Schutthaufen, Reste von Straßenzügen, auf ihre Filme bannten. Ins Bild wurden vor allem jene „Trümmerfrauen" gerückt, die in einer wahren Sisyphusarbeit diese Schuttberge abtragen mussten. Von den Ziegeln wurde der Mörtel abgehauen und dann für den Wiederaufbau verwendet. Diese Wiederaufbauarbeit hat ihnen die nächste Generation wenig vergolten. Wegen der fehlenden Vordienstzeiten mussten sie unter bescheidenen Verhältnissen ihr Lebensende fristen. Ehemalige Parteibonzen wurden nun auch zum Schuttwegräumen verpflichtet.

Wichtige Entscheidungen wurden ab nun in Moskau und Washington getroffen. Ende April 1945 war der Krieg im Osten Österreichs bereits zu Ende. In Wien wurde eine „provisorische Regierung"[5] gebildet. Die ersten „Friedenstage" waren durch ein totales Chaos gekennzeichnet. Uniformen wurden schnell gegen Zivilkleidung getauscht. Waffen wurden am Straßenrand „entsorgt".

5   Wikipedia: „Provisorische Staatsregierung Renner 1945"

Wie ein Chamäleon tauschte so mancher Bürger seine politische Einstellung. Nur die SS-Blutgruppentätowierungen[6] konnten nicht entfernt werden.

Also mied so mancher ehemalige SS-Mann die neu entstandenen Ostblockländer. Ein riesiger Grenzwall trennte Europa in „Ost und West". Menschen mussten nun wegen ihrer „Nationalität" ihre Heimat verlassen. Der *Kalte Krieg*[7] hat aus den Siegern längst Gegner gemacht. Churchill meinte dazu *„Wir haben das falsche Schwein geschlachtet!"* Er meinte damit wohl, dass man statt des Nationalsozialismus den Kommunismus hätte stürzen sollen.

Ein Ziel der ersten Nachkriegsregierung war der „richtige Umgang" mit den ehemaligen Angehörigen der nationalsozialistischen Partei. Vor allem sollte ein Wiederaufflammen nationalsozialistischer Ideen verhindert werden. Gegen 130.000 Österreicher wurden Gerichtsverfahren eingeleitet. In Vorarlberg wurde die Entnazifizierungskommission von einem ehemaligen Nationalsozialisten geleitet. Ein Drittel der österreichischen Beamtenschaft[8] wurde zwar entlassen, aber nach einer gewissen Zeit kehrten sie durch die Hintertür in ihre Ämter zurück. In den Schulen wurde statt des Horst-Wessel-Liedes wieder die Landeshymne gesungen. 70 % der Lehrer waren während des Krieges Parteimitglieder. Ohne diese „belasteten Lehrer" hätte nach dem Krieg der Unterricht wohl nur mehr sehr bedingt durchgeführt werden können. Ein Handeln im Sinne der ehemaligen NSDAP und die Verbreitung dieser Ideologie

---

6 Wikipedia: „Blutgruppentätowierungen der SS-Männer"
7 Demokratiewebstatt: Der Ausdruck „Kalter Krieg" dürfte von Winston Churchill stammen: Von Stettin an der Ostsee bis Triest an der Adria ist ein eiserner Vorhang über den Kontinent heruntergegangen!
8 Entnazifizierungsakten im Österreichischen Staatsarchiv.

wurden fortan unter dem Begriff „Wiederbetätigung"[9] unter Strafe gestellt. Die Entnazifizierung wurde Grundlage der Gesetzgebung. 1945 wurden das Kriegsverbrecher- und das Verbotsgesetz vom Parlament beschlossen, 1947 das Nationalsozialistengesetz. Vor allem die Justiz wurde mit der Vollziehung dieser Gesetze beauftragt. Nur die Vorerhebungen mussten durch die Exekutive getätigt werden.

Eigene Volksgerichtshöfe wurden für die Aufarbeitung der Kriegsverbrechen eingerichtet. Sie bestanden bis 1955 und fällten in ganz Österreich über 13.600 Schuldsprüche, darunter 43 Todesurteile, von denen 30 vollstreckt wurden. 6000 Angeklagte standen wegen vermuteter NS-Kriegsverbrechen vor dem Volksgerichtshof Linz, 4300 von ihnen wurden bestraft. 50.000 Österreicher wurden zwischen 1945 und 1948 in den Lagern Wolfsberg und Glasenbach festgehalten. Diese Lager sollten vor allem der „Umerziehung" dienen. Das Vorhaben scheiterte meistens bereits im Ansatz kläglich. Die Behandlung durch das Wachpersonal war meistens respektvoll. Viele der Inhaftierten nannten ihr Lager zwar „Konzentrationslager", aber an diesen Vergleich dürften sie insgeheim wohl selbst nicht geglaubt haben, denn der Tod der Lagerinsassen war nicht einkalkuliert. Es bildeten sich nun in diesen Lagern neue Seilschaften und Netzwerke oder diese wurden erneuert.

30.000 Österreicher verließen nach dem „Umbruch" fluchtartig ihre Heimat. Bundesweit sollten die Entnazifizierungskommissionen[10] dafür sorgen, zwischen Tätern und Mitläufern zu unterscheiden. Die dabei

---

9   Kurier: 2018 wurden 138 Personen, zu 90 % Männer, wegen Wiederbetätigung (2017: 119) verurteilt. Das NS-Verbotsgesetz von 1947 stellt sowohl den Versuch der Wiedererrichtung der NSDAP sowie die Leugnung und Verharmlosung der NS-Verbrechen unter Strafe. Der Strafrahmen für solche Delikte beträgt bis zu 15 Jahren Haft. Die bekanntesten Neonazis, die in den letzten Jahren verurteilt wurden, waren Gottfried Küssel und Franz Radl. In Oberösterreich war das Aufdecken des Neonazi-Netzwerkes „Objekt 21" spektakulär. Der ehemalige Chef dieses Netzwerkes erhielt am Kreisgericht Ried im Innkreis 5 Jahre Haft.

10 WienGeschichte

verwendeten Netze waren meistens grobmaschig und so mancher dicke Nazifisch rutschte durch die oberflächlich gehaltenen Vernehmungen. Am Ende galt oft genug die obligate „Unschuldsvermutung". Nach dem heutigen Wissen wäre Albert Speer etwa beim Nürnberger Kriegsverbrecherprozess zum Tode verurteilt worden. Das geringe Strafmaß für Dr. Lothar Rendulic und Dr. Kranebitter darf in dieser Hinsicht genannt werden. Rendulic und Kranebitter wurden jeweils zu zwanzig Jahren Haft verurteilt, erhielten aber bereits nach drei Jahren wieder ihre Freiheit.

Bereits 1948 wurden diese Gesetze durch Amnestie-Gesetze wieder aufgeweicht. Die „Minderbelasteteten", die „einfachen Parteimitglieder", erhielten das aktive und passive Wahlrecht zurück. Vor allem der Kalte Krieg schuf mit den kommunistischen Staaten neue Feindbilder. 1949 trat erstmals der Verband der Unabhängigen (VdU) bei Wahlen an. Zwischen den beiden Großparteien und dem Sammelbecken der nationalen Kräfte kam es von nun an zu einem Gerangel um die Bürger mit nationalsozialistischer Vergangenheit.

Die Konsenspolitik führte zu unzähligen Begnadigungen durch den Bundespräsidenten. Auch viele diesbezügliche Gesetze wurden ausgehöhlt und führten dazu, dass ab 1957 de facto alle Kriegsverbrechen weitgehend als gesühnt galten.

Wie wurde aber mit jenen umgegangen, die während des Krieges im Kampf gegen den Faschismus ihr Leben hingegeben haben? Die Antworten können hier nur vielschichtig sein. Es gab posthum häufig Gerichtsverfahren, die schon bald eingestellt wurden. Häufig wurden die Opfer auch als Feiglinge, Vaterlandsverräter und Verrückte hingestellt. Allerdings gab es meistens das Bemühen, die Opfer möglichst schnell aus der kollektiven Erinnerung zu löschen. Während der „Helden" zumindest zu Allerheiligen gedacht wird, sind die Opfer des Nazi-Regimes oft sogar im eigenen Ort kein Thema mehr. Der Umgang mit den ehemaligen KZlern fiel den Mitbürgern schwer. Mit Ausnahme von zwei oberösterreichischen Priestern, die den Holocaust überlebten, wurden diese in ihren Heimatgemeinden erst gar nicht willkommen geheißen. Widerstandskämpfer, die das Regime überlebten, hatten meistens größte Mühe, ihre berechtigten finanziellen Ansprüche geltend zu machen. Schnell wurde die Vergangenheit vom Großteil der Österreicher tabuisiert oder verdrängt. Die Widerstandskämpfer waren daher lediglich lästige Zeitzeugen. Im Großteil der Bevölkerung entstand ein Opfermythos. Gestärkt wurde dieser durch die Moskauer Deklaration des Jahres 1943. Diese besagte, dass Österreich das erste Opfer der Angriffspolitik Hitlers gewesen sei.

Viele Historiker bemängeln, dass der Widerstand[11] in Österreich während des Krieges zu gering gewesen sei. In hochsubventionierten Büchern wird darüber Klage geführt. Es bleibt jedem Nachgeborenen überlassen, ob er/sie diese Bilanz hinsichtlich der Opfer als zu gering erachtet. Aus dem Polstersessel heraus lässt sich leicht Widerstandskämpfer spielen. Tatsache ist und bleibt, dass Österreich während des Nazi-Interregnums ein Land der Opfer und der Täter war.

Die Bilanz des Krieges war auch für Österreich[12,13,14] mehr als schrecklich: Während des Krieges wurden mehr als 1,3 Millionen Österreicher zu den Waffen gerufen. 242.000 von ihnen mussten diesen Einsatz mit dem Verlust ihres Lebens auf dem „Feld der Ehre" bezahlen. 117.000 österreichische Soldaten wurden während des Krieges verwundet, 76.000 galten als vermisst. Damit sollte jeder fünfte österreichische Soldat nicht mehr heimkehren. Im Altreich war es sogar jeder Dritte. 1400 Deserteure verließen unerlaubt ihre Einheit und wurden dafür hingerichtet. Etwa 30.000 Menschen fielen dem Euthanasieprogramm der Nazis zum

---

11 Wolfgang Neugebauer: In seiner Publikation „Der österreichische Widerstand" schätzte der ehemalige Leiter des Dokumentationszentrums des österreichischen-Widerstandes – kurz DÖW – den oö. Widerstand im Vergleich zu Gesamtösterreich mit 4 % als sehr gering ein.
12 Österreichische Zeitgeschichte: „Auswirkungen und Folgen des Zweiten Weltkrieges in Österreich"
13 Wikipedia: „Die Toten des Zweiten Weltkrieges"
14 aeiou: „Der Zweite Weltkrieg"

Opfer. 100.000 Österreicher hatten einen unerfreulichen Kontakt mit der Gestapo oder der Kriminalpolizei. 32.000 starben entweder in einem Konzentrationslager oder in einem Gefängnis. 65.000 österreichische Juden wurden ermordet. Rund 20.000 Österreicher kamen bei Bombenangriffen der Alliierten ums Leben, viele davon in Oberösterreich. Der Bombenhagel zerstörte Industrieanlagen und Bahnhöfe in Oberösterreich. Ist diese Opferzahl tatsächlich zu gering? Sollte man sich als Nachgeborener eher glücklich schätzen, dass man diese unselige Zeit erst gar nicht erlebt hat? Dass wir laut Helmut Kohl über die „Gnade der späten Geburt" verfügen? Aus der Weihnachtsansprache des damaligen Bundeskanzlers Leopold Figl[15]: *„Ich kann euch nichts zu Weihnachten geben. Ich kann euch für den Weihnachtsbaum, wenn ihr überhaupt einen habt, keine Kerzen geben, kein Stück Kuchen, keine Kohlen zum Heizen, kein Glas zum Einschenken... Wir haben nichts. Ich kann euch nur bitten: Glaubt an dieses Österreich!"*

In den folgenden zehn Jahren geschah ein kleines Wirtschaftswunder in Österreich. Landwirtschaft, Bergbau, Fremdenverkehrswirtschaft, Gewerbe und Industrie lieferten jeweils einen Beitrag.

Schwerarbeiter, Chronik Österreich

---

15 Wiener Zeitung vom 21.12.2005: „Leopold Figls echte Weihnachtsbotschaft". In diesem Artikel wird die Frage gestellt, ob der damalige österreichische Bundeskanzler überhaupt diese Radioansprache gehalten hat.

Den wertvollsten Beitrag lieferten allerdings die Arbeiter und Angestellten des Landes. Die Sozialpartnerschaft zwischen Arbeitgebern und Arbeitnehmern war jener Garant, der für das rasche Wirtschaftswachstum in Österreich sorgte. Die ausverhandelten Lohnstopps lasteten allerdings schwer auf den Arbeiterhaushalten. Der spätere Bundeskanzler Dr. Franz Vranitzky meinte mit einem leichten Anflug von Sarkasmus zu diesem Thema: *„Eigentlich ist uns nichts anderes übriggeblieben als der Wiederaufbau!"* Krieg bedeutet auch immer gleichzeitig Flucht. Die neuen Machtverhältnisse bedingten es, dass Menschen nicht mehr gewollt waren. Sie mussten ihre Heimat verlassen, weil sie dem „falschen Volk" angehörten.

Alleine in Österreich befanden sich nach dem Krieg 1,5 Millionen Menschen, nach neuer Diktion Asylanten, auf der Flucht. Für viele war Österreich nur ein „Durchhaus", um später in einem anderen Kontinent bzw. Land eine neue Heimat zu finden. Die Flüchtlinge waren nur mit wenigen Habseligkeiten unterwegs, geladen oft auf Kinderleiterwagen. Zwölf Millionen Menschen mussten jene Länder verlassen, die später als Ostblockländer bezeichnet wurden. Sie mussten jene Rechnung begleichen, die wegen des Vernichtungsfeldzuges gegen ihre Länder ausgestellt wurde. Banater, Deutschböhmen, Schlesier, Bessarabiendeutsche hatten kein Anrecht mehr auf Heimat. Die wohl größte Völkerwanderung der Geschichte wurde durch den Zweiten Weltkrieg ausgelöst. So wurde für 200 Flüchtlinge der Dachboden des Gasthofes „Zur Post" in Obernberg am Inn zur Lebens- und Schlafstätte. Genügend Akteure wie Politiker, Journalisten und Geheimdienstmänner lehnten insgeheim den nahtlosen Übergang zur Demokratie ab. Weitverbreitet war allerdings auch der Wunsch, die Vergangenheit ruhen zu lassen. Ein dicker Schlussstrich[16,17] sollte gezogen werden. Zu lange hatte man den Schrecken des Krieges erlebt. Sollte man darüber dauernd reden, die schreckliche Vergangenheit immer wieder Revue passieren lassen? 1945 galt es vor allem die Zukunft

---

16 Österreichische Mediathek
17 Die Welt: „Die deutsche Sehnsucht nach dem Schlussstrich"

zu bewältigen. Ganze Städte waren zerstört, ebenso Industrieanlagen. Der Österreicher wollte wieder ohne Angst leben, das Leben genießen. In den ersten zwei, drei Jahren nach dem Krieg herrschte allgemeiner Mangel. Die Lebensmittel und die Gegenstände des täglichen Lebens waren knapp. An den Wochenenden fuhren die Städter hinaus aufs Land, um wieder einmal zu hamstern. Es begann ein reger Tauschhandel. Ab 1947 gab es weitgehend keinen Hunger mehr im Lande.

Es begann die gute alte Zeit, die bis in die Gegenwart hinein andauert

Coca-Cola wurde zum Symbol für den „American Way of Life"

Die Umstellung auf die „neuen Verhältnisse" gelang oft seltsam mühelos. Das Hakenkreuz wurde von der Richterrobe genommen, aus dem Stempel wurde das Hakenkreuz und meist auch der Reichsadler herausgeschnitten. Im Jahre 1949 konnte die österreichische Landwirtschaft die eigene Bevölkerung weitgehend versorgen. In den fünfziger Jahren erfasste eine „Fresswelle" das Land.

Es war auch eine Zeit der Wendehälse und der Opportunisten. Besonders „*Wendige*" schafften schnell den Zugang zu lukrativen Beschäftigungen und politischen Ämtern. Das Lexikon beschreibt diese Wendigkeit auf diese Weise: „*sich rasch und leicht einer gegebenen neuen Situation anpassen, sich in ihr geschickt bewegen, sie zu nutzen verstehen*". Auch die Segelsportler verwenden das Wort „Wende".[18] „*Der Segler muss sich schnell ducken, wenn der Wind dreht und der Segelbaum eine andere Richtung annimmt.*" Im Ducken hat so mancher Österreicher auch heute noch große Erfahrungen und übt dies mit größter Perfektion aus. In der Segelregatta des Lebens wird jede politische Windveränderung geschickt ausgenützt und bei jeder Boje wird die eigene Wendigkeit unter Beweis gestellt.

Diese Wendigkeit stellte so mancher auch in religiösen Fragen unter Beweis. Während des Krieges wurden die Teilnehmer einer Fronleichnamsprozession als „*Betschwestern und Kerzerlschlucker*"[19] beschimpft, nach Kriegsende reihte man sich in die Reihen jener ein, die man vor Jahren noch grob beschimpft hatte. Eine hochrangige Parteigenossin in einem beschaulichen Markt am Inn bespuckte während des siebenjährigen Nazi-Interregnums das Kruzifix, nach Kriegsende gehörte der tägliche Kirchgang zu ihren christlichen Pflichten. Ein Zeitgenosse dieser Dame war der Inder Mahatma Gandhi, der ohne jede Waffengewalt die Loslösung Indiens von Großbritannien schaffte. Gandhi hielt sehr viel vom Christentum. Auf die Frage eines Reporters, warum er denn nicht zum Christentum übertrete, kam seine Antwort „Weil ich zu viele Christen kenne!". Es waren schnell

---

18 Wikipedia: „Wende (Segeln)"
19 Diese Ausdrücke sollen „Heuchler" demaskieren.

christliche Zeiten eingekehrt. Der Besuch des Sonntagsgottesdienstes gehörte wieder zum allwöchentlichen Ritual. Während des Krieges traten 30.000 Österreicher aus der Kirche aus. Nach dem Krieg kehrten viele von ihnen in den Schoß der Kirche zurück.

Mit Kriegsende war das Mühlviertel von der Sowjetunion und der Rest Oberösterreichs von den Amerikanern besetzt. Landeshauptmann Dr. Heinrich Gleißner[20] hatte dazu einen bildlichen Vergleich: *„Wir haben die längste Brücke der Welt — sie beginnt in Washington und endet in Sibirien!"*

Es war nun die Zeit gekommen, um mit dem „Tausendjährigen Reich" und dessen Exponenten abzurechnen. Fünfzehn Prozent der österreichischen Bevölkerung waren „Pg.", also Parteigenossen, gewesen. Es wären wohl mehr gewesen, wenn die Nationalsozialisten nicht einen Aufnahmestopp verhängt hätten. 700.000 Österreicher waren also *„bei der Partei"*, 540.000 von ihnen wurden unter die Lupe der Siegermächte genommen. 98.300 galten als Illegale, die bereits vor 1938 bei der Partei waren. In Oberösterreich gab es 90.000 registrierte Nationalsozialisten. Drei Viertel von ihnen waren Männer. Auch für sie gab es häufig nach dem Krieg Berufsverbot oder Gehalts- und Pensionskürzungen.

Sogar bei der Frage, wie viele Nazitäter hingerichtet werden sollten, herrschte Uneinigkeit zwischen den Siegermächten. Der Kremlherrscher Stalin ging von mindestens 50.000 Tätern aus, die die Teilnahme an Naziuntaten mit ihrer Hinrichtung büßen sollten. Churchill war diese Anzahl eindeutig zu hoch.

Schnell wurden Stalins Soldaten[21] selbst zu Tätern. Frauen wurden zum Freiwild. Sexuelle Gewalt gegen Frauen gehört zu den Begleiterscheinungen eines jeden Krieges. Das hätten auch die deutschen Landser mit

---

20 Die Mondfrau: Am 23. Juni 1953 kam es zu einem spontanen Freudenfest auf der Linzer Nibelungenbrücke. Grund war, dass die Grenzkontrollen durch die Russen an diesem Tag aufgehoben wurden. Legendär wurde auch das das Walzertänzchen von Landeshauptmann Dr. Gleißner und Linzer Bürgermeistergattin Elmire Koref.
21 profil vom 4. Mai 2012: „Stalins Soldaten in Österreich"

„ihren — russischen — Frauen so gemacht". Auch durch die westlichen Alliierten kam es zu sexuellen Übergriffen. Sie waren aber seltener. Fast jede Familie in der Sowjetunion hatte ein Familienmitglied verloren. Nun fand sich ein Ventil, um diesen aufgestauten Hass an meist Unschuldigen auszulassen.

Trotz des strengen Fraternisierungsverbotes der amerikanischen Heeresleitung kam es bald zu Freundschaften zwischen amerikanischen GIs und den österreichischen „Frowleins". Amerikanische Soldaten nahmen ihre österreichischen Partnerinnen mit in die Staaten, andere ließen diese mit einem gemeinsamen Kind zurück.

Viele Juden, die überlebt hatten, verließen Europa für immer und wurden Bürger des Staates Israel, der 1948 geschaffen wurde, andere verschlug es in die vier anderen Kontinente. Noch heute herrscht weitgehend Uneinigkeit innerhalb der Historikerschar, ob die Österreicher die „besseren Nazis" gewesen seien. Mit verschiedenen Statistiken werden Gräueltaten „gegenverrechnet". Tatsächlich waren mit den beiden „Linzern" Adolf Eichmann und Dr. Ernst Kaltenbrunner zwei Österreicher an der Shoah maßgeblich beteiligt. Viele Österreicher begingen während des Krieges Gräueltaten. Nur wenige von ihnen wurden zur Rechenschaft gezogen oder mit fadenscheinigen Begründungen von den Gerichten freigesprochen.

Nach der Wiedererlangung des Wahlrechts für „Minderbelastete" begann ein regelrechtes Gerangel um die ehemaligen Parteigenossen. Diese zeigten sich dann auch oft sehr gelehrig und heuerten schnell bei einer demokratischen Partei an. Mit ihren ehemaligen Parteigenossen verglichen sie verschämt jene Strafsteuern und Sühneabgaben, die sie für die Mitwirkung am „Tausendjährigen Reich" berappen mussten. Durch die Bezahlung erhielten sie allerdings den gewünschten Persilschein. Auf dem Kalender unterstrich man doppelt den Termin für das nächste Glasenbach-Treffen. Man war wieder unter sich und spottete über die neuen Verhältnisse.

Im Februar 1947 verabschiedete das österreichische Parlament das „Nationalsozialistengesetz". Ab nun sollte zwischen „Belasteten" und „Minderbelasteten" unterschieden werden. Unter „Belastete" wurden die ehemaligen Parteifunktionäre eingereiht, „Minderbelastete" waren demnach „einfache Parteimitglieder". Eine ungeheure bürokratische Aufgabe – und zu ihrer Bewältigung brauchte man eben wieder ehemalige Nationalsozialisten. Finanziert wurde dieses Unternehmen durch die angesprochenen „Sühneabgaben". Natürlich konnte gegen diese Klassifizierung berufen werden. Alleine in Wien wurden 24.000 Entscheidungen „beeinsprucht".

1947 erhielten die Minderbelasteten wieder das aktive Wahlrecht. Nun wurde von den Parteien im Teich der ehemaligen Nationalsozialisten eifrig gefischt. Ein Jahr später beschloss das österreichische Parlament eine „Generalamnestie für die Minderbelasteten". Wie viele dieser „Minderbelasteten" auch innerlich mit dem Nationalsozialismus abgeschlossen und ihm abgeschworen haben, kann nicht einmal annähernd geschätzt werden. Es ist allerdings auch nicht richtig, dass man nach 80 Jahren ihre Namen publiziert. Aus jedem ehemaligen Parteigenossen einen Verbrecher zu machen, entspricht keineswegs den Tatsachen. Entscheidend ist am Ende nicht die Tatsache, wer 1938 Nazi war, sondern eher der Umstand, wer es 1945 und danach noch immer war. Der ehemalige Bundeskanzler Dr. Bruno Kreisky meinte einst zu einem verdutzten Reporter „Lernen Sie Geschichte!". Vielleicht sollte man Geschichte nicht lernen, sondern vielmehr aus der Geschichte lernen. Bis zur Gegenwart herauf werden von vielen Mitbürgern keine Konsequenzen aus dem „Vogelschiss der deutschen Geschichte" – AfD-Führer Gauland – gezogen.

Bereits zwei Jahre nach Abschluss des Staatsvertrages wurden auch die Schwerbelasteten amnestiert. Ab nun waren wieder alle Österreicher vor dem Gesetz gleich und durch diesen Blankoscheck gab es offiziell keine Nationalsozialisten mehr in der Alpenrepublik. Es war wahrscheinlich eine der größten Fehlentscheidungen im Parlament der Zweiten Republik, dass Schwerbelastete ab nun wieder an Schaltstellen der Macht saßen. Auf der gegenüberliegenden Regierungsbank saßen plötzlich fünf ehemalige Nazis.

Viele der ehemaligen nationalsozialistischen Würdenträger machten ein zweites Mal, nun unter demokratischen Vorzeichen, Karriere.

Gestapo-Mann Ferdinand Oberfellner zum Beispiel war 23 Jahre lang Vizebürgermeister von Innsbruck.

Johann Biringer[22] stammte aus Maria Schmolln und war während des Krieges als SS-Mann mit seiner Einheit an Massakern in Minsk beteiligt. Das hinderte ihn 1972 nicht daran, Polizeidirektor von Salzburg zu werden. Besonders hart – „bei Festnahmen können schon einmal Knochen brechen" – ließ er gegen Demonstranten vorgehen. 1985 wurde der Schriftsteller und spätere Literaturnobelpreisträger und Serbenfreund Peter Handke wegen „Widerstandes gegen die Staatsgewalt" festgenommen. Als Biringer seine Beamten gegen öffentliche Kritik verteidigte, nannte ihn Handke einen *„alpenländischen Folterknecht"* und handelte sich damit eine Ehrenbeleidigungsklage Biringers ein. Eine „Jedermann-Vorstellung" musste abgesagt werden, weil der Darsteller Walter Reyer unsanft mit den schlagenden Argumenten der Salzburger Polizei in Berührung kam.

Der Nationalsozialismus forderte mehr als 60 Millionen Menschenleben. Grund genug, diese unselige Ideologie für immer aus den Köpfen der Menschen zu entfernen? Die vielen Prozesse wegen „Wiederbetätigung" sprachen bzw. sprechen allerdings eine andere Sprache. Die Angeklagten verteidigen sich häufig mit einer *„vollkommenen Berauschung",* einem *„Imponiergehabe vor Freunden"* oder einer *„Jugendsünde".* Die eintätowierte Zahl „88" wird damit argumentiert, dass man ein Fan von Hansi Hinterseer sei. Die Zahl „88" ist allerdings als Codezahl für „Heil Hitler" bekannt. Zur vorgerückten Stunde wird an Stammtischen Tacheles gesprochen: *„Unter Hitler hätte es das nicht gegeben!"* und *„Ein kleiner Hitler muss wieder her!",* Aussagen, die nicht durch den Alkoholkonsum zu rechtfertigen sind.

Bis etwa 1970 wurde die rechtsextreme Szene von den ehemaligen Nazis getragen. Seit dieser Zeit übernahmen die Nachgeborenen das rechte Gedankengut von der „ersten Generation nach dem Krieg". Sie machten keine Erfahrungen mehr mit der Nazi-Diktatur, die sie im Vergleich zur Demokratie der Gegenwart glorifizieren. Ihr martialisches Auftreten mit

---

22 SalzburgWiki: „Johann Biringer"

Glatze, Panzerstiefeln, Flecktarnhose und Bomberjacke gehörte – zumindest in den Großstädten – zum allgegenwärtigen Straßenbild. Inzwischen wird das Straßenbild von weniger Skinheads geprägt. Eigene Modefirmen versorgen sie nun mit Modelabels. Auch die Haare ließen sich die Skinheads wieder wachsen. Die Neonazis treten nun „dezenter" auf. Bomberjacken, Springerstiefel und Glatze sind längst Geschichte. Auf der Straße geben sich die Neonazis weitgehend unauffällig. Nur bei „besonderen Aktionen" ist das Auftreten martialisch und mit derbem Aktionismus verbunden. Über die sozialen Medien wird der Kontakt mit Gleichgesinnten in anderen Ländern hergestellt. Die Botschaften darin sind oft verschlüsselt. Das Abstreiten von geschichtlichen Fakten wird umschrieben. In einem vom profil veröffentlichten „Strategiepapier" waren die Aussagen mehr als deutlich: *„Es ist Krieg. Ein Kampf bis aufs Messer... Damit dieser Krieg gewonnen werden kann, muss er begonnen werden... Eine wahnsinnige Schlacht gegen den unsichtbaren Feind..."*

Noch sind jene, die diesem krausen Weltbild nachhängen, eine kleine Minderheit! Noch! Ihr klares Feindbild sind dabei Juden, Ausländer, Menschen mit Migrationshintergrund und die politisch Linken. Ihr Hass gilt auch den Homosexuellen und Behinderten.

Zeitungsartikel wie der folgende machen auf Probleme mit Rechtsradikalen aufmerksam: *Als sich der 20-jährige Florian K. und der 23-jährige Julian Z. im August 2006 nach einer intensiven Sauftour im bayrischen Lindau am Bodensee auf in Richtung der Vorarlberger Heimat machen, entdecken die beiden rechtsextremen Skinheads gegen 4 Uhr Früh einen 20-Jährigen, der auf einer Bank vor einem Fastfood-Lokal eingeschlafen ist. Der 20-Jährige wird von Florian K. und Julian Z. aufgeweckt, geschubst und gefilmt. Als er die beiden Skinheads beschimpft, prügeln sie auf ihn ein. Mindestens 20-mal treten sie mit ihren Stiefeln gegen den Kopf ihres Opfers. „Wir traten so lange auf ihn ein, bis der Kopf nur mehr ein blutiges Bündel war", erklärt einer der beiden später vor Gericht. Der 20-Jährige überlebt den Angriff der rechtsextremen Skinheads, trägt nach einem mehrwöchigen Koma allerdings schwere bleibende Schäden davon.*

Die beiden Täter stammten aus der rechtsextremen Szene, die in Vorarlberg über Jahre hinweg ihr Unwesen treiben konnte. Während in Tirol die Hauptakteure der Gruppe *Blood & Honour*[23] – *Combat 18 Section Tirol* bereits 2007 wegen Bildung einer Organisation im nationalsozialistischen Sinne angezeigt wurden, konnte die sich ebenfalls zum international agierenden, militanten Neonazi-Netzwerk *Blood & Honour* zählende Gruppe *Motorradfreunde Bodensee* noch 2008 ihr eigenes Vereinslokal in Vorarlberg eröffnen.

Am 22. Juli 2011 starben 77 vorwiegend junge Menschen in Oslo und auf einer norwegischen Ferieninsel durch Anschläge mit rechtsextremem Hintergrund. Für Anders Breivik[24] war die Ermordung möglichst vieler Menschen Teil seines Plans. Die Morde sollten nur die Plattform seiner rechtsextremen Botschaft sein.

Auch die sogenannten NSU-Morde[25] in Deutschland hatten eindeutig einen rechtsextremen Hintergrund. Prompt auf die Aufrufe zur Gewalt folgten in Deutschland Morde an Andersdenkenden, Andersgläubigen, Andersaussehenden. Der Mord am CDU-Politiker Walter Lübcke[26] war grausamer Höhepunkt und Folge jener Hasstiraden, die weitgehend über Social Media verbreitet wurden. *Wer Hass sät, wird Mord ernten* ist gezwungenermaßen die logische Schlussfolgerung jener Kreise, die weitgehend ihre Anonymität dazu nützen, um ihre verworrene Welt in die Tat umzusetzen.

Von 1993 bis 1997 überzog der rechtsextreme Terrorist und Bombenbauer Franz Fuchs[27] im Namen der Bajuwarischen Befreiungsfront das Land mit zahlreichen Rohr- und Briefbomben. Seine Briefbombensendungen erreichten Politiker und Prominente, die sich für humanitäre Hilfe für Zugewanderte, Behinderte und Hilfsbedürftige engagierten. 15

---

23 Blood & Honour in Österreich
24 Die Welt: „Anders Breivik. Ich flehte ihn an, nicht abzudrücken"
25 Berliner Morgenpost: „Vom ersten Mord bis zur Enttarnung der NSU"
26 Der Spiegel: „Mordfall Walter Lübcke. Was wir über den Mörder wissen"
27 OÖNachrichten v. 5. Februar 2020: „Bombenbauer Franz Fuchs wurde 1997 gefasst"

Österreicher wurden dabei schwer verletzt. Prominente Opfer waren Dr. Helmut Zilk und Arabella Kiesbauer. Negativer Höhepunkt dieser Bombenserie war am 4. Februar 1995 die Ermordung von vier Sinti durch eine Rohrbombe. 2000 beging Fuchs in der Justizanstalt Karlau Selbstmord.

Die zweimalige Schändung der KZ-Gedenkstätte Mauthausen[28] dürfte von rechten Kreisen begangen worden sein. *„Türkenrass' ab ins Gas"* war ihre unheilvolle Botschaft, geschmiert auf einer Länge von 20 Metern. Daneben ein Hakenkreuz. Es sind nicht irgendwelche Mauern, die diese Worte tragen mussten. Innerhalb dieser Mauern wurden 100.000 Menschen ermordet. Die Attacken auf KZ-Überlebende bei einer internationalen Gedenkfeier in Ebensee brachten negative Schlagzeilen für das *„ewiggestrige Österreich"*. Teilnehmer wurden von Jugendlichen mit Gummigeschossen beschossen. Diese spektakulären Fälle sind aber nur die Spitze des Eisbergs.

Die rechten Recken haben durchaus gelernt. Das tätowierte Hakenkreuz verbirgt nun das Hosenbein. Treffen werden als Geburtstagsfeiern getarnt. Die einschlägigen Lieder werden im privaten Rahmen gesungen, die Liederbücher hält man nach diversen Erfahrungen besser unter Verschluss. Übrigens darf ein Hakenkreuz „verdeckt" getragen werden und gegen „Kameradschaftstreffen in privatem Rahmen" kann der Gesetzgeber auch wenig ausrichten.

Was geschah mit dem Andenken an jene, die während des Nazi-Regimes den Widerstand gegen diese Diktatur oft mit dem Verlust ihres eigenen Lebens büßen mussten? Weitgehend wenig! Es blieb dem Engagement einzelner Bürger überlassen, ob aus dem jeweiligen Ort ein Ort des Gedenkens wurde. Oft bedeutete dies einen zähen Kampf mit der jeweiligen Gemeindeverwaltung, damit eine Straße zum Beispiel nach einem Blutzeugen umbenannt wurde. Die Errichtung von Denkmälern wird erst gar nicht von der „öffentlichen Hand" gefördert. Dabei erlebt der Nationalsozialismus vor allem in Deutschland, aber auch bei uns in

---

28 OÖNachrichten vom 16. Februar 2009: „Betroffenheit und Bestürzung nach Schändung der Gedenkstätte Mauthausen"

Österreich eine Renaissance. Die Bundesländer Sachsen und Thüringen haben sich in Deutschland zu „Hotspots" der rechten Szene entwickelt. In der thüringischen Kleinstadt Themar mit 3000 Einwohnern versammeln sich jährlich 6000 Neonazis. Die Gegendemonstranten marschieren dann mit 193 Kreuzen zum „Festzelt". Jedes Kreuz trägt jeweils den Namen eines Menschen, der von einem Neonazi seit 1945 ermordet wurde. Die AfD hat in Thüringen 2020 eine Regierungskrise ausgelöst. Tieferer Sinn dieser Aktion war wohl die Aushöhlung der Demokratie. Nachhilfeunterricht erhielten sie dabei durch einen Teilnehmer der Friedenslichtreise 2018 ins Heilige Land. Für seine Reisekosten kam der österreichische Steuerzahler auf.

Allein in den Jahren 2010 und 2011 wurden seitens der Sicherheitsbehörden insgesamt 171 einschlägige Delikte registriert. „Im Bundesvergleich ist Oberösterreich eine Hochburg der rechtsextremen Szene", betont Robert Eiter.[29] Im Jahre 2017 gab es bundesweit folgende Verfahren bzw. Verurteilungen:

- 164 Verfahren wegen § 283 StGB (Verhetzung). Es gab 111 Verurteilungen.
- 135 Verfahren nach dem Verbotsgesetz. Es kam zu 127 Verurteilungen.
- Alleine beim Kreisgericht Ried kam es zu folgenden Verfahren bzw. Verurteilungen:
- 3 Verfahren wegen § 283 StGB (Verhetzung). Ein Angeklagter wurde zu einer teilbedingten Freiheitsstrafe verurteilt.
- 16 Verfahren sind nach dem Verbotsgesetz bei Gericht angefallen. Es kam zu zehn Verurteilungen (acht Mal bedingte Freiheitsstrafe, eine teilbedingte Freiheitsstrafe, eine unbedingte Freiheitsstrafe).

---

29 Robert Eiter ist Jurist, Journalist und Mitbegründer der Welser Initiative gegen Faschismus, kurz Antifa.

Laut Auskunft des Justizministeriums zeigen diese Statistiken nicht die wahre Dimension auf. Viele Gerichtsverfahren wurden im Jahr 2017 begonnen, die Verhandlungen wurden oftmals erst 2018 abgeschlossen.

Das Jahr 2015 war durch einen enormen ungeordneten Zuzug von Flüchtlingen geprägt. Gleichzeitig sah der Islamische Staat (IS) in Europa einen Nebenkriegsschauplatz. Fürchterliche Terroranschläge in Deutschland, Belgien und Frankreich erschütterten Europa. Viele der Eingewanderten erwiesen sich hinsichtlich der Integration als resistent. In der Bevölkerung bildeten sich zwei Gruppen. Die eine Gruppe sah in den Flüchtlingen Menschen, die dem grausamen Morden vor allem in Syrien und im Irak mit knapper Mühe entronnen waren. Die zweite Gruppe sah bzw. sieht die Zuwanderer weniger positiv. Sie würden vor allem das Sozialsystem schamlos ausnützen und damit auch aushöhlen – was in vielen Fällen leider der Wirklichkeit entspricht. Vor allem bedeutet es für Politiker und die zuständigen Beamten ein schwieriges Unterfangen, zwischen den beiden Meinungen die richtigen Entscheidungen zu finden. Wer soll ein Bleiberecht in Österreich erhalten, wer in seine ursprüngliche Heimat zurückgeschickt werden? Vor allem versagte die „Solidaritätsgemeinschaft EU" kläglich.

Diese Entwicklung bedeutete allerdings auch viel Wasser auf die Mühlen von rechtsradikalen Parteien. Es darf gehofft werden, dass aus den Fehlern der Vergangenheit gelernt wurde und wird. Bei allen Schwächen der Demokratie muss man diese doch deutlich über den Faschismus stellen, der im 20. Jahrhundert sehr viel Unheil mit sich brachte.

Der ehemalige Bezirkshauptmann von Braunau und spätere Sicherheitsdirektor von Oberösterreich, Hans von Hammerstein,[30] verglich in seinem Buch „Im Anfang war der Mord" den Nationalsozialismus mit der Seuche Tollwut. Nun, dieser Vergleich dürfte auch in der Gegenwart gültig sein. Tollwut gilt als nicht ausgerottet und tritt in kürzeren oder längeren Abständen immer wieder auf.

---

30 StifterHaus: „Hans von Hammerstein-Equord"

Bereits 1943 waren sich die Großmächte in der Moskauer Deklaration einig, dass Österreich als erstes Land von der deutschen Wehrmacht überfallen wurde und daher das Anrecht erhielt, als erstes Land die völlige Freiheit zu erhalten. Diese Deklaration war wohl als Motivation gedacht, um die Österreicher zu mehr Widerstand zu animieren. Dieses Vorhaben scheiterte weitgehend. Der Großteil der österreichischen Bevölkerung beließ es beim passiven Widerstand. Erst nach Kriegsende wurde Österreich ein Volk der Widerstandskämpfer und der Antifaschisten. Die Tatsache, dass viele Österreicher am Völkermord mitgewirkt hatten, wurde natürlich dezent verschwiegen. Wien wurde ein Drehpunkt der internationalen Spionage. Zumindest den Geheimdiensten war klar, dass ein ganzes Land aus „Opferlämmern" bestand. Es gehört wohl zu den „Spezialitäten" von uns Österreichern, sich mit viel „Bauernschläue aus den jeweiligen Affären" zu ziehen.

Überraschend schnell erhielt Österreich bereits nach zehn Jahren wieder die vollkommene Souveränität. Der 15. Mai 1955 war ein Wendepunkt in der Geschichte Österreichs. *„Ein 17 Jahre dauernder dornenvoller Weg der Unfreiheit ist beendet. Mit dem Dank an den Allmächtigen wollen wir die Unterschrift setzen und mit Freude rufen wir aus: „Österreich ist frei!"*, verkündigte Außenminister Ing. Leopold Figl[31] vom Balkon des Schlosses Belvedere. Seit 1955 ist Österreich also frei, vom Gedankengut der Nationalsozialisten sind viele Köpfe unserer Bürger noch immer nicht frei. Der Schlussstrich unter dem dunkelsten Kapitel unserer Geschichte sollte erst dann gezogen werden, wenn alle Österreicher aus der Geschichte gelernt haben und den kurzen Satz „Nie wieder!" unterschreiben würden. Papst Paul VI. nannte *Österreich eine Insel der Seligen.* Dank des Fleißes der Bürger unseres Landes hat sich Österreich zu einem der reichsten Länder dieser Erde entwickelt. Aufgabe unserer und kommender Generationen muss es sein,

---

31 aeiou: „Leopold Figl – Lebenslauf"

es vor extremen Strömungen zu schützen. Die „Kreisky-Peter-Wiesenthal-Affäre"[32] beherrschte monatelang den österreichischen Blätterwald. Simon Wiesenthal unterstellte dem ehemaligen SS-Mann Friedrich Peter, er habe einer Einheit angehört, die Massenmorde an der Zivilbevölkerung beging. Der damalige Bundeskanzler Dr. Bruno Kreisky stellte sich klar auf die Seite Friedrich Peters. Kreisky unterstellte Wiesenthal, dass er ein Spitzel der Nazis gewesen sei. In einer Gerichtsverhandlung musste Kreisky diese und weitere Behauptungen „mit Bedauern" zurücknehmen.

Die Affären rund um Walter Reder[33] und Dr. Kurt Waldheim[34] haben das Land zwar kurz aufgeschreckt, am Ende wurde Kurt Waldheim mit deutlichem Vorsprung österreichischer Bundespräsident. Kurze Zeit rebellierte die Jugend – Stichwort 68er-Bewegung – gegen die nach ihrer Ansicht verlogene Welt der Eltern- und Großelterngeneration. Am Ende blieben dann nur die langen Haare.

Mit dem Theaterstück „Heldenplatz" provozierte der Schriftsteller Thomas Bernhard[35] einen riesigen Theaterskandal. Eine Fuhre Mist vor dem Burgtheater sollte nach Meinung erboster Bürger die Qualität dieses Stückes symbolisieren.

Persönlich war es mir klar, dass man dieses Thema nicht erschöpfend behandeln kann. Zusätzlich stellt die Behandlung des Nationalsozialismus eine schwierige Gratwanderung dar. 2019 kam für kurze Zeit die Forderung auf, dass der meist getrunkene Rotwein Österreichs, der Zweigelt, umbenannt werden sollte. Der Grund für die Forderung war, dass Dr.

---

32 Der Standard vom 20. September 2005: „Hintergründe der ‚Kreisky-Peter-Wiesenthal-Affäre'"
33 Die Presse vom 23. Januar 2015: „Affäre Reder: Minister-Handschlag mit dem Schlächter"
34 Lernmodule für die Politische Bildung. Demokratiezentrum Wien: Waldheim-Debatte
35 newsORF: Heldenplatz

Zweigelt[36] seit 1933 ein Nazi war. Die Winzer und auch der Großteil der Bevölkerung sahen diese Forderung als völlig überzogen an. Der angedachte neue Name für den Zweigelt wäre übrigens „Blauer Montag" gewesen. Auch ist niemandem damit gedient, dass in einer Publikation die ehemaligen Nazis einer Marktgemeinde aufgelistet werden.

Man sollte vordergründig nicht Geschichte lernen, sondern aus der Geschichte lernen. Jeder, der in der Gegenwart noch mit diesem Gedankengut sympathisiert, hat nichts aus der Geschichte gelernt. In diesem Sinne soll das Buch mit dem Zitat über „Intelligenz, Anstand und Nationalsozialismus" enden:

„Es gibt drei Dinge, die sich nicht vereinen lassen: Intelligenz, Anständigkeit und Nationalsozialismus. Man kann intelligent und Nazi sein. Dann ist man nicht anständig. Man kann anständig und Nazi sein. Dann ist man nicht intelligent. Und man kann anständig und intelligent sein. Dann ist man kein Nazi."

Gerhard Bronner[37] bei der Gedenkfeier zum 60. Jahrestag der Befreiung des KZ Gunskirchen am 7. Mai 2005.

---

36 falstaff: Dr. Friedrich Zweigelt wurde vor allem als Rebenzüchter bekannt. Als Leiter der Weinbauschule Klosterneuburg gelangen ihm spektakuläre Kreuzungen. Er wandte sich gegen Direktträger-Weinsorten. Auf seine Anregung hin wurden Messerstecherweine wie der Uhudler verboten. Er soll einen seiner Schüler, der Mitglied der Widerstandsgruppe um den Klosterneuburger Roman Scholz war, an die Gestapo verraten haben. Sogar nach Kriegsende soll Dr. Zweigelt noch mit dem Nationalsozialismus sympathisiert haben. 1972 wurde nach einer Anregung von Lenz Moser der Rotburgunder in Zweigelt umbenannt.

37 Gerhard Bronner war Kabarettist, Komponist, Musiker und Buchautor.

ABKÜRZUNGEN UND BEGRIFFSERKLÄRUNGEN

Abwehr	militärischer Geheimdienst der deutschen Wehrmacht
AHS	Adolf-Hitler-Schule
Aktion 14f13	Tötung von KZ-Häftlingen im Schloss Hartheim
Aktion T4	Vernichtung von Menschen, die laut NS-Meinung lebensunwert waren
Alliierte	Großbritannien, Frankreich, USA, UdSSR
Arier	germanische Herrenrasse; falsche Begriffserklärung der Nazis. Altiranisch für edelmütig, reinrassig und sauber
Asoziale	laut Nazis Begriff für „minderwertige Menschen" wie Landstreicher, Alkoholiker, Prostituierte, Zuhälter,...
BDM	Bund Deutscher Mädel
BND	Bundesnachrichtendienst (BRD)
Blood & Honour	Skinhead-Organisation
Bolschewiken	russische Kommunisten
Bunker	Gefängnis im Konzentrationslager
CIA	Central Intelligence Agency, Auslandsgeheimdienst der USA
CV	Cartellverband, katholische Hochschulverbindung
Dachau, KZ	erstes Konzentrationslager in Deutschland
DAF	Deutsche Arbeitsfront
Deportation	Übersiedlung von Menschen in Konzentrationslager
DÖW	Dokumentationsarchiv für Widerstand und Verfolgung
Duce	„Führer" Mussolini
Flak	Flugabwehrkanone
Gestapo	Geheime Staatspolizei des Deutschen Reiches
Hakenkreuz	ursprünglich Sonnenkreuz; Entstehung vor 14.000 Jahren
Heimtückegesetz	„falsche Behauptungen" gegen das Regime wurden unter Strafe gestellt.
HJ	Hitlerjugend
Holocaust	Begriff für die Ermordung von sechs Millionen Juden.
Illegale	1933 kam es zum Verbot durch den Ständestaat. Die NSDAP war ab diesem Zeitpunkt „illegal".
KdF	Kraft durch Freude, NS-Propagandaeinrichtung für Freizeitgestaltung
KGB	Komitee für Staatssicherheit der UdSSR

KL	Konzentrationslager
LSR	Luftschutzraum
KZ	Konzentrationslager
Mossad	israelischer Geheimdienst
Muselmann	Begriff der Nationalsozialisten für jene Häftlinge, die bis auf die Knochen abgemagert waren
Napola	Erziehungsanstalt für den SS-Nachwuchs
Nazi	abwertende Form für Nationalsozialisten
NS	Nationalsozialismus
NSDAP	Nationalsozialistische Deutsche Arbeiterpartei
OÖLA	Oberösterreichisches Landesarchiv
Pg.	Mitglied der NSDAP; Parteigenosse
Pritsche	mehrstöckige Betten aus Holz in den Konzentrationslagern, die von mehreren Häftlingen geteilt werden mussten
RAD	Reichsarbeitsdienst
RU	Rückkehr unerwünscht
RS	Revolutionäre Sozialisten
RV	Rieder Volkszeitung
RSHA	Reichssicherheitshauptamt gehörte neben Sicherheitspolizei, Kriminalpolizei, Gestapo zu den 12 Hauptämtern der SS.
SA	Sturmabteilung, bis 1933 Schlägergruppe, ab 1933 Bedeutungsverlust
SD	Sicherheitsdienst
Shoah	„großes Unglück", geplante Ermordung eines ganzen Volkes
SS	Schutzstaffel
Standgerichte	Ohne Gerichtsurteil konnten Deserteure ermordet werden.
Stuka	Sturzkampfbomber
uk	unabkömmlich, schützte vor Einberufung
Todesstrafe	nicht nur für schwere Delikte wie Mord und Raub, sondern auch für solche, die eine „besonders niedrige Gesinnung" zeigten
VF	Vaterländische Front
Wehrkraftzersetzung	Selbstverstümmelung, Desertation, Defätismus. Diese Delikte wurden mit dem Tode bedroht.

ZEITTAFEL 1914 – 2002

28. Juni 1914	Ermordung des österreichischen Thronfolgerpaares in Sarajewo.
28. Juli 1914	Im kleinen Salon der Kaiservilla in Bad Ischl unterzeichnet Kaiser Franz Joseph das Kriegsmanifest „An meine Völker". Damit besiegelt der greise Kaiser die Urkatastrophe des 20. Jahrhunderts.
1914-1918	Während des Ersten Weltkrieges sterben 23.000 Oberösterreicher an der Front.
12. November 1918	Ausrufung der Republik Deutschösterreich, damit endet die 600-jährige Herrschaft der Habsburger.
10. September 1919	Friedensvertrag von St. Germain. Verbot des Anschlusses an Deutschland. Anerkennung der Nachfolgestaaten der Monarchie. Verlust von Südtirol, der Untersteiermark und Triest.
29. Oktober 1922	Der italienische König ernennt Benito Mussolini zum Ministerpräsidenten.
9. November 1923	Gescheiterter Putsch durch Hitler in München.
1924	Fertigstellung und Weihe des Linzer Domes.
30. Januar 1927	Zusammenstöße zwischen Frontkämpfern und dem Republikanischen Schutzbund. Zwei Tote. Wegen des Schandurteils kam es am ...
15. Juli 1927	Zum Brand des Justizpalastes. Über 90 Personen starben bei diesen Unruhen.
25. Oktober 1929	„Schwarzer Freitag". Börsenkrach in New York. In der Folge gibt es riesige Arbeitslosenheere in den USA und in Europa und Radikalisierung weiter Teile der Bevölkerung (z. B. Deutschland: 1928: 2,6 % für die NSDAP, 1930: 18,3 %, bei zwei Wahlen im Jahr 1932 bereits die stärkste Partei).
1931	44.000 Arbeitslose in Oberösterreich. Große Armut vor allem in der Stadt Steyr.
30. Januar 1933	Hitler wird deutscher Reichskanzler.
4. März 1933	Rücktritt der drei Nationalratspräsidenten, „Selbstausschaltung" des Parlaments. Der Weg ist damit frei für die Ständestaatdiktatur von Dollfuß. Verbot der Kommunistischen Partei und der NSDAP.

März 1933	In Dachau wird das erste KZ errichtet.
12. Februar 1934	In Linz beginnt der viertägige Bürgerkrieg in Ö. Der Aufstand des Schutzbundes wurde von der Heimwehr, der Polizei und dem Bundesheer blutig niedergeschlagen. In der weiteren Folge Verbot der Sozialdemokratischen Partei.
25. Juli 1934	Nationalsozialisten ermorden Bundeskanzler Dollfuß. Sein Nachfolger wird Kurt Schuschnigg.
12. Februar 1938	„Unterredung" zwischen Hitler und Schuschnigg am Obersalzberg.
12. März 1938	Besetzung Österreichs durch das Deutsche Reich.
8. August 1938	Erste Überstellungen von Gefangenen aus Dachau ins KZ Mauthausen. Weitere 48 Nebenlager werden errichtet.
20. Mai 1940	Im Schloss Hartheim werden die ersten Behinderten vergast. In Summe fallen 18.000 Menschen dem Euthanasie-Programm der Nazis zum Opfer. 12.000 weitere Personen werden in Hartheim ermordet.
1939-1945	Etwa 40.000 oberösterreichische Soldaten kommen während des Krieges ums Leben.
8. Mai 1945	Der Zweite Weltkrieg endet in Europa.
April/Mai 1945	Oberösterreich wird durch russische und amerikanische Truppen besetzt. Zehn Jahre bleibt OÖ. zweigeteilt. 8000 Oberösterreicher werden wegen ihrer NS-Vergangenheit verhaftet und ins Anhaltelager Glasenbach bei Salzburg gebracht. Beim Mauthausen-Prozess werden 58 Angeklagte zum Tode verurteilt, unter ihnen der ehemalige Gauleiter August Eigruber.
15. Mai 1955	Staatsvertrag. Nach 17 Jahren gewinnt Österreich wieder seine Souveränität.
12. Juni 1994	Volksabstimmung in Österreich über den Beitritt des Landes zur Europäischen Union. 66,6 % der Abstimmenden befürworten den geplanten EU-Beitritt.
1. Januar 1995	Beitritt zur EU.
1. Januar 2002	Einführung des Euros als Bargeld.

BEGLEITFILME AUF YOUTUBE

Thema	Film	in min
12.03.38	Der Anschluss an das Deutsche Reich	51
Schuschnigg	Rücktrittsrede von Kurt Schuschnigg; mit Hugo Portisch	11
ÖBB im III. Reich	Verdrängte Jahre – Bahn und Nationalsozialismus	46
Dr. Roland Freisler	Hitlers Blutrichter Roland Freisler – Volksgerichtshof	46
KZ Dachau	KZ-Gedenkstätte Dachau	6
KZ Buchenwald	Der Schrecken im KZ Buchenwald	6
KZ Buchenwald	Ilse Koch – die Hexe von Buchenwald	44
KZ Buchenwald	Der „Bunker"... aus „Kein Wald mit Buchen"	4
Jugend im III. Reich	Dokumentation: Nationalsozialistische Erziehungsideale	25
Adolf Eichmann	Hitlers Helfer Adolf Eichmann	52
Heinrich Himmler	Hitlers Helfer Heinrich Himmler – die Vollstrecker	52
Charles Darwin	Darwin Folge 1 – Die Suche nach dem Ursprung des Lebens	7
Das Zeugenhaus	Das Zeugenhaus	126
General Zehner	Ein General gegen Hitler – Wilhelm Zehner	48
Otto Skorzeny	Idole der Nazis – Otto Skorzeny	51
Schloss Hartheim	Hartheim „behindert, ausgegrenzt, getötet"; ORF 1990	29
Schloss Hartheim	Das Mordschloss	10
Martin Bormann	Hitlers Helfer – Martin Bormann (Der Schattenmann)	41
Horst Wessel	Horst Wessel	10

Thema	Film	in min
Canaris Wilhelm	Canaris (Spielfilm, 1954)	108
Engelbert Dollfuß	Arbeitermörder oder verklärter Märtyrer?	42
Galen Kardinal	Clemens August von Galen – Der Löwe von Münster	7
KZ Gusen	Es geschah in Gusen	9
Reinhard Heydrich	Reinhard Heydrich – Der Henker von Halle	45
Dr. Kaltenbrunner	Nürnberger Prozess – Dr. Ernst Kaltenbrunner	7
Dr. Joseph Goebbels	Dr. Joseph Goebbels – Hitlers Helfer	54
Heinrich Himmler	Hitlers Helfers – Heinrich Himmler	52
Gestapo	Gestapo – Hitlers Geheimpolizei	32
Franz Jägerstätter	Der Fall Jägerstätter	15
Widerstand	dorftv: Auf den Spuren des antifaschistischen Widerstandes	37
Märtyrer	Otto Neururer – Hoffnungsvolle Finsternis	90
Widerstand	„Ein Dorf wehrt sich"	110

Danksagung

Dr. Frohmann und ihren Mitarbeitern,
Volkskundehaus Ried
Familie Gann, Eigentümer des Verlages INNSALZ in Munderfing,
Mitarbeitern des Landesarchivs in Linz
Dir. Wolfgang Maxlmoser für sein Lektorat und
für die Verlegung des Buches
Wiesenberger Michael für seine „technische Hilfestellung"